Diane Chamberlain

Der Tod meiner Schwester

Roman

Aus dem Amerikanischen von
Judith Heisig

MIRA®

MIRA® TASCHENBUCH
Band 25372
1. Auflage: April 2009

MIRA® TASCHENBÜCHER
erscheinen in der Cora Verlag GmbH & Co. KG,
Valentinskamp 24, 20350 Hamburg
Deutsche Erstveröffentlichung

Titel der nordamerikanischen Originalausgabe:
The Bay at Midnight

erschienen bei: MIRA Books, Toronto
Published by arrangement with
HARLEQUIN ENTERPRISES II B.V./S.àr.l.

Konzeption/Reihengestaltung: fredebold&partner gmbh, Köln
Umschlaggestaltung: pecher und soiron, Köln
Redaktion: Ivonne Senn
Titelabbildung: Getty Images, München
Autorenfoto: © by Harlequin Enterprise S.A., Schweiz
Satz: Buch-Werkstatt GmbH, Bad Aibling
Druck und Bindearbeiten: CPI – Ebner & Spiegel, Ulm
Printed in Germany
ISBN 978-3-89941-605-3

www.mira-taschenbuch.de

1. KAPITEL

Julie

Alle Kinder machen Fehler. Die meisten vergessen wir rasch, doch einige sind von zu großer Tragweite und zu verheerend, um sie je aus der Erinnerung zu streichen. Der Fehler, den ich mit zwölf machte, verfolgte mich noch mit dreiundfünfzig. Die meiste Zeit dachte ich nicht daran, doch an manchen Tagen geschah etwas, das mir alles urplötzlich wieder ins Gedächtnis rief und mich mit der Schuld jener Zwölfjährigen erfüllte, die es besser hätte wissen müssen. Dann wünschte ich mir verzweifelt, jenen Sommer 1962 noch einmal durchleben zu können. Der Montag, an dem Abby Chapman Worley vor meiner Tür stand, gehörte zu diesen Tagen.

Ich arbeitete fleißig an *The Broad Street Murders*, dem dreiunddreißigsten Roman meiner Granny-Fran-Serie. Hätte ich den Erfolg der Serie geahnt, hätte ich Fran Gallagher von vornherein jünger angelegt. Im ersten Buch war sie bereits siebzig. Und nun, dreizehn Jahre später, war sie dreiundachtzig und noch immer gut in Form, doch ich fragte mich, wie lange ich sie noch auf Mörderjagd schicken konnte.

Im Haus war es wunderbar ruhig. Meine Tochter Shannon, die am Samstag zuvor ihren Abschluss an der Westfield High School gefeiert hatte, gab in einem Musikgeschäft unten in der Stadt Cello-Unterricht. Die Juni-Luft draußen war klar und windstill, und da mein Haus in New Jersey an einer Straßenkurve lag, genoss ich von meinem sonnendurchfluteten Zimmer aus einen großartigen Blick auf die Nachbarschaft mit ihren leuchtend grünen Rasenflächen und den gepflegten Gärten. Ich schrieb einen oder zwei Sätze, starrte dann aus dem Fenster und erfreute mich an der Aussicht, während ich darüber nachdachte, was als Nächstes in meiner Geschichte passieren sollte.

Ich hatte das dritte Kapitel beendet und fing gerade das vierte an, als es an der Haustür klingelte. Ich lehnte mich zurück und überlegte, ob ich öffnen sollte oder nicht. Vermutlich war es nur ein Freund von Shannon, doch was, wenn ein Kurier vor der Tür stand, der einen Vertrag oder etwas anderes brachte, wofür er meine Unterschrift benötigte?

Ich spähte aus dem Vorderfenster. Kein Lieferwagen in Sicht. Ein weißer VW Beetle – ein Cabrio mit heruntergelassenem Dach – parkte allerdings vor meinem Haus. Da meine Konzentration nun sowieso unterbrochen war, konnte ich genauso gut nachsehen, wer da war.

Ich ging durch das Wohnzimmer, öffnete die Haustür, und meine Laune sank. Die schlanke junge Frau, die vor meiner Tür stand, war zu alt, um eine Freundin von Shannon zu sein, und ich befürchtete, dass es sich um einen meiner Fans handeln könnte. Obwohl ich meine Identität zu verbergen suchte, hatten mich einige meiner beharrlichsten Leserinnen im Lauf der Jahre ausfindig gemacht. Ich schätzte sie sehr und war dankbar für ihre Treue zu meinen Büchern, doch ich legte auch Wert auf meine Ungestörtheit, vor allem, wenn ich arbeitete.

„Ja?", sagte ich mit einem Lächeln.

Das sonnengebleichte blonde Haar der Frau war kurz geschnitten, sodass es kaum ihre Ohren berührte, und sie trug eine sehr dunkle Sonnenbrille, die ihre Augen nicht erkennen ließ. Eine Aura von Perfektion umgab sie. Ihre Shorts mit dem Gürtel waren blitzsauber und hatten eine Bügelfalte, das malvenfarbene T-Shirt hatte sie ordentlich hineingesteckt. Über ihrer Schulter trug sie eine marineblaue kleine Handtasche.

„Mrs. Bauer?", fragte sie und bestätigte damit meinen Verdacht. Julianne Bauer, mein Mädchenname, war zugleich mein Pseudonym. Freunde und Nachbarn kannten mich als Julie Sellers.

„Ja?", fragte ich.

„Es tut mir leid, dass ich hier einfach so auftauche." Sie

steckte die Hände in die Taschen. „Mein Name ist Abby Worley. Sie und mein Vater – Ethan Chapman – waren als Kinder befreundet."

Unwillkürlich schlug ich die Hand vor den Mund. Ich hatte Ethans Namen seit jenem Sommer 1962 nicht mehr gehört, doch auch einundvierzig Jahre später brauchte ich nur eine Sekunde, um ihn zuzuordnen. Vor meinem geistigen Auge war ich wieder in Bay Head Shores, wo der Bungalow meiner Eltern neben dem der Chapmans stand und wo die alles verändernden Geschehnisse jenes Sommers all die guten Sommer der vergangenen Jahre auslöschen sollten.

„Sie erinnern sich an ihn?", fragte Abby Worley.

„Ja, natürlich", erwiderte ich. Ich sah Ethan bei unserer letzten Begegnung vor mir – ein dürrer, bebrillter Zwölfjähriger mit Sommersprossen, ein zerbrechlich wirkender Junge mit rotem Haar und weißen Beinen. Ich sah ihn, wie er einen riesigen Kugelfisch aus dem Kanal hinter unserem Haus an Land zog und dann den weißen Bauch des Fisches rieb, damit er sich aufblies. Ich sah ihn, wie er mit aus Laken genähten Flügeln von der Spundwand sprang, als er zu fliegen versuchte. Wir waren einmal Freunde gewesen, doch 1962 nicht mehr. Bei unserer letzten Begegnung hatte ich ihn verprügelt.

„Ich hoffe, Sie verzeihen mir, dass ich hier einfach so auftauche", sagte sie noch einmal. „Dad erzählte mir mal, dass Sie in Westfield leben, und so fragte ich ein wenig herum. Im Bagel-Shop. Bei dem Verkäufer in der Videothek. Ihre Nachbarn sind nicht gerade gut darin, Ihre Privatsphäre zu schützen. Und hier geht es um eine Angelegenheit, über die ich nicht in einem Brief schreiben oder am Telefon sprechen wollte."

„Was für eine Angelegenheit?", fragte ich. Ihr ernster Ton überzeugte mich, dass dies mehr war als der Besuch eines Fans.

Sie blickte zu den geflochtenen Schaukelstühlen auf meiner breiten Veranda.

„Könnten wir uns setzen?", bat sie.

„Natürlich", sagte ich, öffnete die Fliegengittertür und führte sie zu den Stühlen. „Kann ich Ihnen etwas zu trinken anbieten?"

„Nein, vielen Dank", entgegnete sie, während sie sich in einem der Stühle niederließ. „Es muss hübsch sein, so eine Veranda zu haben."

Ich nickte. „Wenn die Moskitozeit gekommen ist, nutzen wir sie kaum, doch im Moment ist es wirklich schön." Ich musterte sie und suchte nach einer Ähnlichkeit mit Ethan in ihrem Gesicht. Sie hatte hohe Wangenknochen und sah mit ihrer tiefen Bräune umwerfend aus, wie ungesund diese auch sein mochte. Vielleicht war die Farbe nicht echt. Sie wirkte wie eine Frau, die sich sehr gut pflegte. Es fiel mir schwer, mir Ethan als ihren Vater vorzustellen. Er war nicht hässlich gewesen, aber doch ein linkischer Eigenbrötler.

„Also", begann ich. „Worum handelt es sich, dass Sie darüber nicht am Telefon sprechen wollen?"

Jetzt, da wir im Schatten saßen, nahm sie ihre Sonnenbrille ab und zeigte ihre blauen Augen. „Können Sie sich an meinen Onkel Ned erinnern?", fragte sie.

Ethans Bruder war mir sogar noch besser im Gedächtnis geblieben als Ethan selbst. Ich hatte eine Schwäche für ihn gehabt, auch wenn er sechs Jahre älter war als ich und damit unerreichbar. Doch am Ende jenes Sommers hatte ich ihn verabscheut.

Ich nickte. „Sicher", antwortete ich.

„Nun, er ist vor ein paar Wochen gestorben."

„Tut mir sehr leid, das zu hören", erwiderte ich automatisch. „Er muss –" Ich rechnete im Kopf kurz nach. „Er muss ungefähr neunundfünfzig gewesen sein?"

„Er starb in der Nacht vor seinem neunundfünfzigsten Geburtstag", sagte Abby.

„War er krank?"

„Er hatte eine Leberzirrhose", sagte Abby sachlich. „Er

trank zu viel. Mein Vater sagte ... dass er mit dem Trinken angefangen hätte, nachdem in dem einen Sommer Ihre ... Sie wissen schon." Zum ersten Mal wirkte sie etwas unsicher. „Nachdem Ihre Schwester gestorben war", sagte sie. „Er wurde richtiggehend depressiv. Ich kenne ihn nur als einen sehr traurigen Mann."

„Das tut mir leid", wiederholte ich. Ich konnte mir den gut aussehenden und athletisch gebauten Ned Chapman nicht als niedergeschlagenen neunundfünfzigjährigen Mann vorstellen. Andererseits hatte uns jener Sommer alle verändert.

„Dad weiß nicht, dass ich hier bin", gestand Abby. „Und er würde es nicht gutheißen, doch ich musste einfach kommen."

Ich beugte mich vor und wünschte mir, dass sie zum Punkt käme. „Warum sind Sie hier, Abby?", wollte ich wissen.

Sie nickte, als ob sie sich bereit machte, etwas lange Einstudiertes vorzutragen. „Dad und ich räumten Onkel Neds Stadthaus aus", begann sie. „Ich durchstöberte seine Küche und fand in einer der Schubladen einen Umschlag, der an das Point Pleasant Police Department adressiert war. Dad hat ihn geöffnet und ..." Sie griff in ihre Umhängetasche und reichte mir ein Blatt Papier. „Das hier ist eine Kopie."

Ich blickte auf den kurzen, maschinengeschriebenen Brief, der auf zwei Monate früher datiert war.

An alle, die es angeht:
Ich habe Informationen zu einem Mord, der 1962 in Ihrem Zuständigkeitsbereich begangen wurde. Für das Verbrechen hat die falsche Person gebüßt. Ich bin todkrank und möchte die Dinge richtigstellen. Sie können mich unter der oben genannten Telefonnummer erreichen.
Mit freundlichen Grüßen Ned Chapman

„Mein Gott." Ich lehnte mich in dem Schaukelstuhl zurück und schloss die Augen. Ich dachte, mein Kopf würde explodieren, als mir die Bedeutung der Worte klar wurde. „Er hatte vor, ein Geständnis abzulegen“, sagte ich.

„Das wissen wir nicht“, entgegnete Abby rasch. „Ich meine, Dad ist ganz sicher, dass Onkel Ned es nicht getan hat. Hundertprozentig sicher. Doch er hat mir vor langer Zeit von Ihnen erzählt. Meine Mom und ich haben all Ihre Bücher gelesen, und deswegen hat er mir alles von Ihnen erzählt. Er sagte, dass Sie damals Onkel Ned verdächtigten, obwohl niemand anderes das tat. Ich dachte, Sie hätten ein Recht darauf, von dem Brief zu erfahren. Ich sagte Dad, wir sollten ihn zur Polizei bringen. Schließlich klingt es danach, als ob der Typ, der ins Gefängnis musste, es vielleicht nicht getan hat.“

„Auf jeden Fall!“, stimmte ich ihr zu und hielt den Brief hoch. „Die Polizei muss das hier sehen.“

Abby biss sich auf die Lippe. „Das Problem besteht darin, dass Dad das nicht möchte. Er sagt, dass der Mann, der verurteilt wurde, im Gefängnis starb, sodass es jetzt keine Rolle mehr spielen würde.“

Ich fühlte, wie mir die Tränen in die Augen schossen. Ich wusste, dass George Lewis fünf Jahre nach seiner Verurteilung zu lebenslanger Haft wegen Mordes an meiner Schwester an einer Lungenentzündung gestorben war. Ich hatte immer geglaubt, dass er zu Unrecht im Gefängnis saß. Wie grausam und ungerecht.

„Zumindest sollte sein Name reingewaschen werden“, sagte ich.

„Das denke ich ebenfalls“, stimmte Abby zu. „Doch Dad befürchtet, dass die Polizei Onkel Ned vorschnell zum Täter stempelt, ebenso wie Sie es tun. Mein Onkel war ziemlich verkorkst, doch er hätte niemals jemanden verletzen können.“

Ich holte ein Taschentuch hervor und nahm die Brille ab, um mir die Tränen abzuwischen. „Vielleicht *hat* er jemanden verletzt“, entgegnete ich freundlich, während ich die Brille wieder aufsetzte. „Und vielleicht machte ihn *das* so unglücklich.“

Abby schüttelte den Kopf. „Ich weiß, dass es so aussieht, doch laut Dad hatte Ned ein wasserdichtes Alibi. Er war zu Hause, als Ihre Schwes…, also als es geschah."

„Das klingt danach, als wolle Ihr Vater seinen Bruder um jeden Preis schützen", bemerkte ich und versuchte dabei nicht die Bitterkeit durchklingen zu lassen, die ich empfand. „Wenn Ihr Vater dieses Schreiben nicht bei der Polizei abliefert, werde ich es tun." Das sollte nicht nach einer Drohung klingen, doch vermutlich tat es das.

„Ich verstehe", sagte Abby. „Und ich bin ebenfalls der Meinung, dass die Polizei davon erfahren sollte. Doch Dad …" Sie schüttelte den Kopf. „Könnten Sie vielleicht mit ihm sprechen?", bat sie.

Ich dachte daran, wie wenig erfreut Ethan wohl über dieses Gespräch wäre. „Es klingt nicht so, als würde er darüber sprechen wollen", entgegnete ich. „Und Sie sagten, dass er wahrscheinlich wütend wäre, dass Sie hier sind."

„Nicht wütend", erwiderte Abby. „Er wird nie richtig wütend. Er würde sich nur … aufregen. Ich werde ihm sagen, dass ich hier war. Doch wenn Sie ihn anrufen, können Sie ihn vielleicht überzeugen. Sie haben das größte persönliche Interesse in dieser Angelegenheit."

Sie konnte nicht wissen, wie allein der Gedanke an jenen Sommer 1962 meine Handflächen feucht werden ließ und mir ein flaues Gefühl verursachte. Ich dachte an die Schwester von George Lewis, Wanda, und das persönliche Interesse, das *sie* in dieser Angelegenheit hatte. Und ich dachte an seine Cousine Salena, die Frau, die ihn aufgezogen hatte. Nichts konnte meine Schwester wieder ihrer Familie zurückbringen oder George Lewis der seinen, doch zumindest verdienten wir es alle, die Wahrheit zu erfahren. „Geben Sie mir seine Nummer", sagte ich.

Sie nahm die Kopie des Briefes, schrieb Ethans Nummer darauf und gab ihn mir zurück. Dann setzte sie ihre Sonnenbrille auf und erhob sich.

„Vielen Dank“, verabschiedete sie sich, während sie den Stift wieder in ihre winzige Handtasche steckte. Sie sah mich an. „Ich hoffe … nun, um ehrlich zu sein, weiß ich nicht, was ich hoffe. Vermutlich habe ich die Hoffnung, dass die Wahrheit schließlich ans Licht kommt.“

„Das hoffe ich ebenfalls, Abby“, sagte ich.

Ich beobachtete sie, als sie den Weg zur Straße entlangging und in das weiße Beetle-Cabrio stieg. Sie winkte, als sie losfuhr, und ich blickte ihr nach, bis sie um die Ecke bog und entschwand.

Lange saß ich unbewegt da, den Brief mit seinen schrecklichen Implikationen im Schoß. Kapitel vier war vergessen. Mein Körper fühlte sich schwer wie Blei an, und mein Herz zog sich schmerzhaft zusammen. Egal wer sich als Mörder meiner Schwester herausstellen sollte, die Verantwortung für ihren Tod würde doch immer bei mir liegen.

2. *KAPITEL*

Julie

Eine halbe Stunde später saß ich noch immer mit dem Brief in meinem Schoß auf der Veranda, als ich zu meiner Überraschung Shannon auf unser Haus zukommen sah. Sie war relativ weit weg, doch ich hätte sie auf jede Entfernung erkannt. Sie war ein Meter fünfundsiebzig groß und hatte langes, kräftiges, fast schwarzes Haar. Schon vom Tag ihrer Geburt an hatte sie einfach außergewöhnlich ausgesehen.

Ich machte mir Sorgen um sie. Als Glen und ich ihr erlaubten, die dritte Klasse zu überspringen, hatte ich noch nicht daran gedacht, wie ich mich fühlen würde, wenn meine siebzehn Jahre alte Tochter aufs College ging und eine Welt außerhalb meines Einflussbereiches betrat. Ich hatte zumindest gerne die Illusion einer Kontrolle über das, was mit den Menschen, die ich liebte, geschah. Glen sagte, dass ich aus genau diesem Grund Romane schrieb. Das gäbe mir die totale Kontrolle über jeden einzelnen Charakter und jedes einzelne Ereignis. Vermutlich hatte er recht.

Doch da war mehr, was mir Sorgen bereitete. Während ihres letzten Jahres an der Highschool hatte sich Shannon verändert. Sie hatte niemals Komplexe wegen ihrer Größe gehabt; ihre Haltung war fast schon königlich, und die Art, wie sie ihr Haar mit einer Kopfbewegung über die Schulter warf, zeugte von Stolz und Selbstvertrauen. Doch in jüngster Zeit schien sie sich in ihrer Haut nicht recht wohlzufühlen. Ich war sicher, dass sie zugenommen hatte. Einige Abende zuvor hatte ich sie in ihrem Zimmer überrascht, als sie aus einer Schüssel rohen Kuchenteig aß! Ich erklärte ihr, dass sie sich von den rohen Eiern darin Salmonellen holen konnte, doch ich hätte sie am liebsten gefragt, ob ihr eigentlich klar war, wie viele Kalorien sie da zu sich nahm.

Manchmal erwischte ich sie dabei, wie sie mit ihren mandelförmigen Augen ins Leere starrte, und mit ihren Freundinnen ging sie kaum noch aus. Seit ihrem vierzehnten Geburtstag hatte sie den einen oder anderen Freund gehabt, doch ich hatte nicht den Eindruck, dass sie sich in den letzten sechs Monaten mit jemandem getroffen hatte. Ihre neue Häuslichkeit machte es mir leichter, ein Auge auf sie zu haben, dennoch bereitete mir diese plötzliche Verwandlung Sorgen.

„Ich möchte mein letztes Schuljahr einfach mit einem Ausrufezeichen beenden", antwortete sie, als ich sie auf ihr verändertes Verhalten ansprach. „Ich will keine Versagerin sein."

Ich wusste, dass Glen mit ihr darüber gesprochen hatte, wie wichtig es trotz ihrer frühen Zulassung fürs Oberlin Musikkonservatorium sei, auch im letzten Schuljahr ihre Noten zu halten. Kein Problem. Sie beendete die Highschool als Jahrgangssprecherin mit einem fast optimalen Notendurchschnitt, doch irgendetwas schien nicht zu stimmen. Ich fragte mich, ob sie Angst davor hatte, ihr Zuhause zu verlassen. Oder vielleicht zeigte sie eine verspätete Reaktion auf unsere Scheidung. Die lag fast zwei Jahre zurück, und ich hatte bislang den Eindruck gehabt, sie hätte sie gut verkraftet, auch wenn sie mich dafür verantwortlich zu machen schien. Doch vielleicht betrog ich mich ja selbst.

Als sie sich auf dem Gehweg näherte, erspähte sie mich.

„Hallo!" Sie winkte. Sie trug heute einen weiß-grün bedruckten Rock von der Art, wie meine Schwester Lucy sie gerne trug – lang und weit –, und er stand ihr sehr gut. Auch das gehörte zu den Veränderungen: Shannon schien ihre Hüfthosen gegen einen weiblicheren Stil eingetauscht zu haben.

„Was machst du denn zu Hause?", rief ich von meinem Schaukelstuhl aus.

„Ich habe noch Zeit bis zur nächsten Stunde", sagte sie.

„Ich wollte eine Pause machen."

Wir wohnten in der Nähe des Zentrums von Westfield in einer Gegend mit vielen Häusern, die aus der Jahrhundertwende stammten. Der Weg zum und vom Musikladen war kurz, ebenso wie der zur Kindertagesstätte, wo sie zwei Nachmittage die Woche aushalf und sich um die Kleinkinder kümmerte.

Mit einer Dose Vanilla Coke in der Hand kam sie die Verandatreppe hoch.

„Der Haarschnitt ist toll", sagte sie, als sie sich in den Schaukelstuhl setzte, den Abby Worley erst vor Kurzem freigemacht hatte.

In Vorbereitung eines Fototermins für ein Porträt in meinem nächsten Buch hatte ich mein Haar einige Tage zuvor auf Kinnlänge stutzen lassen. Meine Friseurin hatte den kastanienbraunen Ton, den ich seit zehn Jahren trug, mit einigen hellen Strähnen aufgelockert, und Shannon machte immer eine Bemerkung dazu, wenn sie mich sah. Sogar meine Mutter hatte die Veränderung bemerkt und gesagt, dass Schnitt und Farbe „frech" aussähen. Ich ahnte, dass sie das als Kompliment meinte.

Shannon beugte sich vor, um mich genauer zu mustern, wobei ihr Haar wie ein dicker schwarzer Vorhang ihr Gesicht umrahmte. „Ich glaube, du brauchst jetzt eine neue Brille", sagte sie.

Ich berührte kurz das randlose Glas. „Wirklich?", fragte ich. Ich hielt meine Brille für modern, doch hinkte ich dem Trend drei oder vier Jahre hinterher.

„Du solltest dir eines dieser coolen Plastikgestelle besorgen", schlug sie vor. „Vielleicht in einem Bronzeton."

„Ich glaube nicht, dass ich bereit bin für so viel Coolness." Ich staunte selbst über meine Fähigkeit, ein so banales Gespräch zu führen, während ich noch immer aufgewühlt war von Abbys Besuch.

Shannon nahm einen langen Schluck von ihrer Coke. „Ehrlich gesagt, Mom", begann sie, „bin ich nach Hause gekommen, weil ich mit dir über etwas reden muss." Sie blickte mich an. „Ich fürchte allerdings, dass du sauer sein wirst."

„Schieß los", erwiderte ich, damit sie mit der Sache rausrückte, bevor meine allzu lebhafte Fantasie schreckliche Szenarien entwarf.

Sie biss sich auf die untere Lippe. Ihre Grübchen kamen zum Vorschein, wenn sie das tat. „Ich habe mich entschieden, den Sommer über bei Dad zu wohnen." Shannon blickte mich an und wartete auf meine Reaktion. Ich versuchte, mir nichts anmerken zu lassen, und sah starr auf die Hundehütte im Vorgarten unseres Nachbarn.

Das ist keine große Sache, redete ich mir ein. Glen wohnte nur ein paar Kilometer entfernt, und vermutlich war es für beide gut, ein bisschen Zeit miteinander zu verbringen, bevor sie aufs College ging. Warum also stiegen mir zum zweiten Mal am heutigen Tag die Tränen in die Augen? *Dies ist der letzte Sommer, den ich mit dir habe*, wollte ich sagen, doch ich behielt die Fassung.

„Warum, Liebling?", fragte ich.

„Ich … ich weiß nicht. Ich bin seit der Scheidung bei dir, und ich weiß, dass Dad es gerne sähe, wenn … du weißt … wenn ich den Sommer bei ihm bliebe. Ich versuche, zu allen fair zu sein", fügte sie hinzu, auch wenn ich das sofort durchschaute. Shannon war ein gutes Kind, doch so edel war sie nicht, dass sie ihre Bedürfnisse den Wünschen anderer unterordnete.

„Was ist der wahre Grund?", hakte ich nach. „Hat er versucht, dich zum Umzug zu überreden?"

„Nein." Sie schüttelte müde den Kopf. „Nichts davon."

„Er arbeitet viel."

Sie lachte unwillkürlich auf, bevor sie es unterdrücken konnte. „Jetzt hast du's", sagte sie. Sie strich sich das Haar aus dem Gesicht, wobei mein Blick auf ihr italienisches Bettelarmband mit den vielen Anhängern fiel. Sie alle hatten Bezug zur Musik.

„Habe ich was?“, fragte ich.

„Mom, ich werde in drei Monaten *achtzehn*“, erwiderte sie in einem Ton, der um Verständnis warb. „Du behandelst mich noch immer wie zehn. Ich muss dich von jedem meiner Schritte unterrichten. Dad dagegen behandelt mich wie eine Erwachsene.“

Das war es also. „Na ja“, meinte ich. „Da du nun kurz vorm College stehst, können wir die Regeln vielleicht ein bisschen ändern.“

„Du müsstest deine Regeln komplett umwerfen, damit sie erträglich wären“, erklärte sie. „Du lässt mir keinen Raum zu *atmen.*“

„Ach, Shannon, komm“, lenkte ich ein. Das Argument war nicht neu. Sie behauptete, ich würde sie ersticken und ihr keine Freiheit gönnen. Ich *war* überfürsorglich – so viel musste ich zugeben –, doch ich führte mich nicht wie ihre Gefängniswärterin auf. „Du hast seit Monaten noch nicht einmal *gefragt*, ob du etwas unternehmen darfst, wie kannst du da sagen, dass ich dir keinen Raum zum Atmen lasse?“

Sie verdrehte die Augen. „Es hat keinen Sinn, dich zu fragen, ob ich etwas unternehmen kann, weil du sowieso Nein sagst“, gab sie zurück.

„*Shannon.* Das ist nicht wahr, und das weißt du auch.“

„Wenn du auf Lesereise gehst, bringst du mich noch immer bei Erikas Familie unter, obwohl wir seit mindestens fünf Jahren nicht mehr befreundet sind. Und das nur, weil ihre Eltern noch strenger sind als du und du genau weißt, dass sie mir nichts durchgehen lassen. Ich *hasse* das.“

„Du hast niemals darum gebeten, bei jemand anders zu bleiben“, verteidigte ich mich.

„Und du rufst mich ständig auf dem Handy an, um mich

zu kontrollieren", fuhr sie fort. „Weißt du eigentlich –"

„Nicht um dich zu kontrollieren", unterbrach ich sie. „Ich rufe dich an, weil ich mir Gedanken um dich mache. Und ich rufe dich nicht *ständig* an." Unsere immer wiederkehrenden Auseinandersetzungen nahmen oft diese Richtung. Sie begannen mit einem bestimmten Punkt und schweiften dann immer mehr ab, bis sich mir der Kopf drehte. „Worum geht es hier wirklich?", wollte ich wissen.

Sie stöhnte gereizt auf, als ob ich sowieso zu begriffsstutzig sei, um das zu verstehen. „Nichts", sagte sie. „Es ist nur so, dass ich bald auf mich selbst gestellt sein werde und das allmählich üben sollte. Deshalb halte ich es für besser, wenn ich den Sommer über bei Dad wohne."

„Du wirst bei Dad nicht auf dich selbst gestellt sein", konterte ich, obwohl mir klar war, dass Glen alles tun würde, um seinem Kind zu gefallen. Jedem möglichen Konflikt zwischen Shannon und ihm würde er mit seiner üblichen Passivität begegnen. Von Beginn an hatte ich bei unserer Tochter die Erziehung – und damit die Rolle des strengen Elternteils – übernehmen müssen.

Ich dachte an Shannons Abschlussfeier. Glen, seine Schwester und sein Neffe hatten ein paar Reihen hinter Mom, Lucy und mir gesessen, und ich hatte das Gefühl, dass alle drei mich anstarrten. Ich wollte nach der Zeremonie zu Glen gehen, ihn umarmen und mit Blick auf Shannon sagen: *Sieh nur, was wir beide geschaffen haben!* Doch da war noch immer eine Mauer zwischen uns, die vermutlich ich aufgebaut hatte. Ich war noch immer zornig wegen dem, was er mir und unserer Ehe angetan hatte. Shannon wusste nichts davon, und das sollte so bleiben. Ich wollte ihr Bild von ihrem Vater nicht beschädigen.

„Ich weiß, dass ich dort nicht wirklich auf mich allein gestellt sein werde", gab sie zu. „Darum geht es auch gar nicht. Ich werde es einfach tun, Mom, okay? Ich meine, ich brauche ja wohl nicht wirklich deine Erlaubnis, oder? Um bei Dad zu bleiben?“

Ich konnte nicht klar denken. „Können wir später darüber sprechen?“, bat ich sie. Ich blickte auf den Brief in meinem Schoß und bemerkte, dass ich ihn immer kleiner und kleiner gefaltet hatte, sodass er genau in meine Hand passte.

„Was ist das?“ Shannon deutete auf das Papierbündel.

Ich faltete es auseinander und konnte es noch immer kaum glauben, dass Abby Worley tatsächlich da gewesen war. „Ich hatte Besuch“, sagte ich.

„Wen?“

„Die Tochter von Ethan Chapman. Als ich klein war, wohnte er neben dem Sommerbungalow meiner Familie. Er war so alt wie ich. Sein älterer Bruder Ned starb kürzlich, und Ethans Tochter – sie heißt Abby – fand diesen Brief in seinem Nachlass. Er war an die Polizei adressiert.“

Ich reichte ihr den Brief und beobachtete, wie sich bei der Lektüre Sorgenfalten auf ihrer Stirn zeigten.

„Oh, Mom“, sagte sie voller Mitgefühl. „Als ob du das hier wirklich brauchen würdest.“

„Ich weiß.“ Ich flüsterte fast.

„Ned war Isabels Freund, nicht wahr?“ Isabels Name kam ihr leichter über die Lippen als irgendjemand anderem in der Familie. Vielleicht, weil sie sie nicht gekannt hatte. Für Shannon war Isabel die Tante, die lange vor ihrer Geburt gestorben war. Diejenige, von der wir nur selten sprachen, obwohl Shannon ihr von Jahr zu Jahr ähnlicher sah. Das dicke dunkle Haar und die dichten schwarzen Wimpern, die mandelförmigen Augen und tiefen Grübchen. Shannon war jetzt siebzehn, genauso alt wie Isabel, als sie starb. Shannon wusste von den Ereignissen in jenem Sommer, als ich zwölf war, und sie begriff, dass ich sie aufgrund dieser Ereignisse so sehr unter Kontrolle hielt. Sie durfte sich niemals so frei bewegen, wie Isabel das damals getan hatte. Shannon wusste das alles, doch es hielt sie nicht davon ab, sich meinen Bemühungen um ihre Sicherheit zu widersetzen.

„Ja", bestätigte ich. „Isabels Freund."

„Deine Hände zittern."

Ich blickte hinunter auf meine Hände. Sie hatte recht.

„Was sollst du damit machen?" Sie gab mir den Brief zurück.

„Ich werde Ethan bitten, ihn der Polizei zu übergeben. Und wenn er es nicht tut, werde ich das übernehmen."

Sie seufzte nachdenklich auf. „Vermutlich musst du das", sagte sie. „Hast du mit Lucy darüber gesprochen?"

„Noch nicht", erwiderte ich. Ich hatte meine Schwester gerade anrufen wollen, als Shannon gekommen war. Ich musste mit jemandem sprechen, der meine Gefühle verstand.

Shannon erhob sich. „Nun", sagte sie etwas unbehaglich, „ich muss zurück zum Laden. Ich wollte dir nur sagen ... du weißt schon, dass ich zu Dad ziehe. Tut mir leid wegen des blöden Zeitpunkts und dass daraus so eine große Sache wurde wie dieser Streit."

Ich nickte. „Wann wirst du gehen?"

„In ein paar Tagen. Ist das okay?" Sie wollte unbedingt meinen Segen.

„Okay." Was sonst konnte ich schon sagen?

Sie reichte mir die leere Coke-Dose. „Könntest du die bitte in den Recycling-Müll geben?", bat sie.

Ich nahm die Dose und hielt sie zusammen mit dem Brief in meinem Schoß. „Viel Spaß bei der Arbeit", wünschte ich.

„Danke." Sie sprang die Verandastufen mit einer Leichtfüßigkeit hinab, wie man sie nur von Jugendlichen kennt.

„Shannon?", rief ich, als sie den Weg zur Straße hinunterging.

„Was?" Sie machte sich nicht einmal die Mühe, sich umzudrehen.

„Wenn du mit Nana sprichst, erzähl ihr bitte nichts von

dem hier." Nach einem ungeschriebenen Gesetz in unserer Familie durfte niemand mit meiner Mutter über den Sommer 1962 reden.

„Werde ich nicht", versprach sie und winkte zum Abschied.

Ich stand mit dem Brief und der Dose in meinen Händen auf und ging ins Haus, um meine Schwester anzurufen.

3. KAPITEL

Lucy

Gerade als ich auf dem McDonald's-Parkplatz in Garwood aus dem Wagen stieg, klingelte mein Handy. Auf dem Display sah ich, dass es Julie war, und ging ran. Kaum hatte ich ein „Hallo, Schwesterherz“ über die Lippen gebracht, erzählte sie mir auch schon von dem Gespräch, das sie mit Ethan Chapmans Tochter geführt hatte. Ich lehnte mich an den Wagen, während ich ihr zuhörte, und versuchte erfolglos, ein zusammenhängendes Bild von Ethan und Ned heraufzubeschwören. An Ned hatte ich kaum eine Erinnerung, und Ethan war zwölf und irgendwie verschwommen. Der Grund, warum seine Tochter vor Julies Tür aufgetaucht war, gefiel mir kein bisschen.

„Weißt du was, Julie?“, sagte ich, nachdem sie ihren Bericht beendet hatte.

„Was?“

„Ich gebe zu, dass diese ganze Sache beunruhigend ist“, sagte ich. „Doch ich finde, Ethan Chapmans Tochter sollte das Geheimnis allein lösen und dich aus der Sache heraushalten. Du kannst das wirklich nicht gebrauchen.“

„Das sagte Shannon auch.“

„Ich habe eben eine sehr kluge Nichte“, bemerkte ich grinsend.

Julie schwieg.

„Was denkst du?“ Ich holte die Sonnenbrille aus meiner Schultertasche und setzte sie auf. Wer wusste schon, wie lange ich noch hier draußen stand und mit ihr sprach? Ich konnte während des Gesprächs nicht ins McDonald's gehen: Meine Mutter arbeitete dort.

„Wenn George Lewis es nicht getan hat“, sagte Julie, „kann ich mich nicht einfach zurücklehnen und die Welt glauben lassen, dass er es getan hat.“

„Doch, das kannst du“, erwiderte ich, obwohl mein Gerechtigkeitssinn womöglich noch stärker war als Julies. „Lass doch Ethans Tochter den Brief zur Polizei bringen. Wenn sie das tut, sehe ich keinen Grund, warum du überhaupt mit hineingezogen werden solltest.“ Ich war selbst überrascht, wie viel Zorn in mir aufwallte. Meine kreative, sensible Schwester hatte sowieso schon Schwierigkeiten, Shannon – Isabels Ebenbild – aus ihrer Obhut zu geben und aufs College gehen zu lassen. Ich wollte nicht, dass ihr Stress noch verstärkt wurde, und war ärgerlich auf Abby Chapman, dass sie sie in etwas hineinzog, das sie eigentlich nichts anging.

„Das ist der Punkt“, sagte Julie. „Ich glaube nicht, dass sie irgendetwas unternimmt ohne seine Zustimmung. Ich muss mit ihm sprechen. Ich sitze in der Klemme.“

Ich wusste, dass sie ihren Entschluss bereits gefasst hatte. „Okay“, gab ich nach. „Wenn du es tun musst, dann tu's.“

Ein paar Kinder liefen an mir vorbei, und ihr lautes Gelächter klang mir im Ohr.

„Wo bist du?“, fragte Julie.

„Ich bin auf dem Parkplatz vom McDonald's.“

„Erzähl Mom nichts von der Sache.“

„Glaubst du, ich bin verrückt?“ Die Warnung wäre nicht nötig gewesen.

„Und ich habe heute noch weitere gute Neuigkeiten erhalten.“ Julies Stimme troff fast vor Sarkasmus.

„Und zwar?“, fragte ich.

„Shannon möchte den Sommer über zu Glen ziehen.“

„Oh“, sagte ich. Shannon hatte mit mir über diese Möglichkeit gesprochen. Sie kam mit ihren Angelegenheiten immer zu mir, bevor sie sie Julie unterbreitete. Sie erzählte mir Sachen, die sie keinem anderen Erwachsenen gegenüber erwähnen würde. Ich war diejenige, die ihr die Pille besorgt hatte, als sie fünfzehn war. Julie würde mich umbringen, wenn sie davon erfuhr. In diesem Jahr, in dem Shannon so alt war wie

Isabel zum Zeitpunkt ihres Todes, schien Julie beinahe zu zerbrechen und hielt ihre Tochter nur umso fester, obwohl sie sie eigentlich loslassen sollte. Aus diesem Grund sagte ich Shannon, dass es zwar hart für ihre Mutter sein würde, wenn sie den Sommer über bei Glen wohnte, ich das aber für eine gute Idee hielt. Es konnte Julie dabei helfen, sie gehen zu lassen.

Meine geringe Überraschung über Julies Neuigkeit machte sie argwöhnisch.

„Wusstest du davon?"

„Sie erzählte mir, dass sie darüber nachdenkt", gab ich zu.

Es gab eine kurze Pause in der Leitung. „Ich wünschte, du hättest es mir gesagt", sagte sie.

„Sie hatte sich noch nicht entschieden, und ich fand, dass sie es dir sagen sollte." Ich fühlte mich schuldig. „Es könnte für euch beide gut sein, Julie."

Zwei Mittdreißiger gingen auf dem Parkplatz an mir vorbei, ohne mich überhaupt nur eines Blickes zu würdigen. Ich wurde bald fünfzig – jenes Alter, in dem Frauen unsichtbar werden. Ein Phänomen, das mich eher faszinierte als peinigte. Es schien über Nacht geschehen zu sein. Obwohl ich mein silber gesträhntes Haar vor vier oder fünf Jahren genauso getragen hatte wie jetzt – zu einem französischen Zopf geflochten und mit einem dichten Pony über der Stirn –, hatten sich damals noch einige Männer nach mir umgedreht. Meine Haut war fast genauso glatt und klar wie damals, und ich trug noch die gleiche Art von Kleidung, meistens lange Knitterröcke mit ärmellosen Strickoberteilen. Dennoch schienen Männer, egal ob in meinem Alter oder jünger, heute direkt durch mich hindurchzusehen. Vielleicht verströmte ich den Geruch des Verfalls. Es war mir egal. Ich machte eine lange, vielleicht nie endende Dating-Pause.

„Sie wirkt so ... distanziert irgendwie", klang Julie in meinem Ohr, sodass ich meine Aufmerksamkeit wieder auf unser Gespräch lenkte. „Sie verändert sich. Ist dir das aufgefallen?

Ich glaube, sie hat zugenommen, und sie geht nicht mehr aus. Ich mache mir Sorgen um sie."

Julie hatte recht. Shannon schien sich in letzter Zeit mehr zurückzuziehen, verhielt sich in unseren Gesprächen reservierter und rief nicht mehr so häufig an. Ihre körperliche Veränderung hatte ich erst am Sonnabend bemerkt, als ich sie über die Bühne gehen sah, um ihr Diplom in Empfang zu nehmen. Da war eine gewisse Schwere an ihr gewesen, mehr in ihrer Stimmung als an ihrem Körper, doch ich spielte es herunter, um Julie ihre Ängste zu nehmen. „Sie hat gerade einen Wachstumsschub", behauptete ich. „Und was ihr soziales Leben angeht, hast du dich immer beklagt, *wenn* sie ausgegangen ist. Du solltest vorsichtiger sein mit deinen Wünschen."

Julie seufzte. „Ich weiß."

Wir beendeten unser Gespräch, und ich ließ das Handy wieder in meine Schultertasche gleiten, als ich den Parkplatz überquerte und das Restaurant betrat. Es war voll mit Kindern von der Garwood-Sommerschule, deren Schüler sich sehr von denen unterschieden, die ich an der Plainfield High School unterrichtete. Die Garwood-Schüler waren meistens Weiße und stammten aus der Mittelklasse, wohingegen die Schüler an der Plainfield unterschiedlichster Herkunft und ökonomisch benachteiligt waren. Ich lehrte dort Englisch als Fremdsprache, weil ich die Gesellschaft all dieser Kinder genoss, die trotz verschiedener Hautfarben und Sprachen der dringende Wunsch einte, dazuzugehören.

Ich erblickte meine Mutter am anderen Ende des Restaurants. In ihrer rot-weißen Uniform und mit einigen Tabletts in der Hand stand sie an einem Tisch, wo sie mit einer jungen Frau und deren zwei Kindern sprach. Viele meiner Freunde in meinem Alter mussten ihre Eltern in Pflegeheimen besuchen. Ich fand es großartig, dass ich meine Mutter bei McDonald's besuchen konnte. Mom war die Empfangskraft, die immer für jeden ein Lächeln hatte, die die Kinder in der Spielzone beaufsichtigte und die den Laden mit genauso viel Sorgfalt aufräumte wie zu Hause. Sie wirkte auf mich kleiner als noch vor einem Monat. Ich dachte immer als eine große Person an sie, doch entweder schrumpfte sie allmählich, oder ich hatte mir ihre Größe nur eingebildet. Ihr Haar war weiß und sah toll aus. Sie ließ es jede Woche frisieren, und es wirkte immer weich und natürlich. Das schneeweiße Haar bildete einen verblüffenden Gegensatz zu ihrem karamellfarbenen Teint, den sie ihrer italienischen Mutter verdankte. Die Leute glaubten immer, dass sie gerade von einer Kreuzfahrt in die Karibik zurückgekehrt sein müsse. Isabel war ihr am ähnlichsten gewesen, doch ich hatte ihre perfekte Nase und die vollen Lippen geerbt, und Julie hatte ihre großen dunklen Augen. Wir hatten beide ziemlich viel Glück, überhaupt etwas von der Schönheit unserer Mutter geerbt zu haben.

Ich trat zu ihr.

„Hallo, Mom“, begrüßte ich sie.

Wie erwartet, schien sie erfreut, mich zu sehen. Sie schlang einen Arm um meine Taille.

„Dies ist die Tochter, von der ich erzählte“, sagte sie zu der jungen Frau. „Die mit dem Boheme-Leben.“

Ich lachte, und die Frau lächelte verwirrt. Ich war sicher, dass sie mit ihren zwanzig und ein paar Jahren keine Ahnung hatte, was Boheme bedeutete, doch sie lächelte trotzdem.

„Ihre Mutter sagte, dass Sie gerade aus Nepal zurückgekommen sind“, sagte die Frau und bot ihrem Sohn dabei eine Pommes an.

„Stimmt“, bestätigte ich. „Es war eine fantastische Reise. Waren Sie jemals dort?“

„Oh nein.“ Die Frau nickte in Richtung ihrer Kinder. „Ich war seit drei Jahren nirgendwo mehr, aus naheliegenden Gründen.“

Auch ich war seit drei Jahren nicht mehr in Nepal gewesen, doch meine Mutter genoss es, mit dieser Reise Leute zu beeindrucken. Für sie klang es einfach exotisch. Ich hätte sie gern dorthin mitgenommen, doch obwohl sie für ihre einundachtzig Jahre erstaunlich gesund war, hatte ich Angst, dass die Höhe und das viele Wandern sie umbringen würden.

„Hast du eine Minute Zeit?", fragte ich sie.

„Natürlich!" Sie entschuldigte sich bei der jungen Frau, sah dann aber einen Tisch mit nicht abgeräumten Tabletts. „Such dir schon mal einen Platz, ich komme gleich", sagte sie.

Ich kaufte einen Eistee und setzte mich an einen Ecktisch. Mom fand noch mehr, was zu tun war, und sprach mit einer ihrer viel, viel jüngeren Kolleginnen, einem hispanischen Mädchen mit einem zarten Tattoo auf dem Handgelenk, das in mir immer den Wunsch weckte, mir auch eines machen zu lassen. Ich hatte mir tatsächlich mal einen Schmetterling auf die Hüfte tätowieren lassen – ein dummer Fehler, den ich in meinen Zwanzigern beging, als ich noch nicht begriff, welchen Einfluss die Schwerkraft später auf diesen Teil meines Körpers haben sollte. Aus diesem Grund hatte ich versucht, Shannon das Tattoo eines Cellos auf ihrem Rücken auszureden, doch sie hatte darauf bestanden, und ich musste zugeben, dass es sehr hübsch aussah, wenn sie ihre hüfttiefen Hosen trug. Das Tattoo war so kunstvoll gestochen, dass selbst Julie sich nur zehn Sekunden lang aufregte, wenn sie es zu Gesicht bekam.

Während ich auf Mom wartete, dachte ich an Julies Anruf. Ich konnte nicht glauben, dass sie nach all dieser Zeit wieder mit Isabels Tod konfrontiert wurde. Ich erinnerte mich an so wenig aus jenem Sommer, dass die Geschehnisse mich niemals so schmerzten wie meine Schwester. Ich war erst acht Jahre alt gewesen, und die Erinnerung an unser Leben in Bay Head Shores umfasste nur winzige Ausschnitte, ähnlich den kurzen Videoaufnahmen, die man mit einer Digitalkamera machen konnte. Während ich an meinem Tee nippte, kam mir das Bild in den Sinn, wie Julie einen riesigen Aal gefangen hatte. Es war nicht ungewöhnlich, im Kanal hinter unserem Bungalow Aale zu fangen, doch dieser war ganz besonders groß gewesen.

„Und sie hat ihn ganz allein an Land gezogen“, prahlte mein Großvater. Julie war seine Partnerin beim Angeln. Die beiden verbrachten Stunde um Stunde in unserem sandigen Garten, wo sie auf den blauen Holzstühlen saßen, ihre Angelstöcke festhielten und sich unterhielten, auch wenn ich keine Ahnung hatte, worüber eigentlich. Ich saß normalerweise zusammengekuschelt mit einem Buch irgendwo in der Sicherheit des Hauses.

Die meisten Menschen warfen die Aale vermutlich wieder zurück ins Wasser, doch meine Mutter und meine Großmutter hielten sie für eine Delikatesse. Mom kam aus dem Haus, und gemeinsam töteten sie und Julie den Aal. Ich erinnere mich nicht daran, wie sie es taten – gnädigerweise ist dieser Teil meiner Erinnerung verschüttet. Danach häuteten sie den Aal. Barfuß standen sie auf der schmalen Plattform am Fuße unseres Docks, Julie in einem roten Badeanzug und meine Mutter in einem Hauskleid mit einer Schürze darüber. Mom hielt den Kopf des Aals mit einem Putzlumpen umfasst, während Julie ihm die Haut abzog, wie man einen Strumpf von einem Bein zieht. Ich sah von meinem Platz hinter dem Lattenzaun aus zu. Ich hatte Angst, in den Kanal zu fallen, und achtete daher darauf, dass sich immer der Zaun zwischen mir und dem Wasser befand.

Ich erinnere mich schwach, dass Grandpop und Grandma an der anderen Seite des Docks standen und ebenfalls zusahen. Es wurde viel gelacht und durcheinandergeredet, was Ethan Chapman wohl neugierig machte, denn er kam von nebenan herüber.

„*Stark*“, sagte er, als er sich in den Sand neben der Plattform kniete, auf der Julie und meine Mutter ihr unappetitliches Werk vollendeten. „Das ist der größte Aal, den ich je gesehen habe.“ Ethan war sehr dünn, den dicksten Teil seiner

Beine bildeten tatsächlich seine Knie. Seine Haut war über und über bedeckt mit Sommersprossen, und sein Haar wirkte mal braun, mal rot, je nachdem wie das Licht darauf fiel. Er trug eine Brille mit dicken Gläsern.

„Warum kommst du heute Abend nicht vorbei und isst ein Stück mit?", lud meine Mutter ihn ein. Dann warf sie lachend den Kopf zurück, als Ethan eine Grimasse schnitt. Sie wusste, dass außer meiner Großmutter und ihr niemand den gekochten Aal anrühren würde.

„Ich will das Ding nicht essen", entgegnete Ethan. „Aber kann ich die Haut haben?"

Julie hatte sie gerade ins Wasser werfen wollen. Sie sah zu ihm hoch, wobei das Weiße in ihren Augen in starkem Kontrast zu ihrer dunklen Sommerbräune stand.

„Wofür?", fragte sie.

„Sie ist schön", erwiderte er und zeigte auf die Haut. „Sieh nur, wie sie innen schimmert. In allen Farben."

Wir starrten auf die abgezogene Aalhaut. Ich verstand, was er meinte. Die Haut hatte einen perlmuttartigen Schimmer.

„Sie gehört dir." Julie warf ihm die Haut zu.

Ethan streckte einen seiner Streichholzarme aus und fing das glitschige Ding auf. „Und kann ich die Eingeweide haben, wenn ihr ihn ausnehmt?", fragte er.

Ich sah, wie Julie angewidert die Nase kraus zog. „Du bist ekelhaft", sagte sie.

„Julie", wies meine Mutter sie zurecht. Dann blickte sie zu Ethan hinauf. „Natürlich kannst du sie haben, Ethan", lenkte sie ein. „Was willst du denn damit?"

„Sie untersuchen", antwortete Ethan, und ich verstand, warum Julie in diesem Sommer nicht mehr mit ihm befreundet war.

Als meine Mutter den gehäuteten, ausgenommenen und geköpften Aal in die heiße Pfanne warf, zuckte er noch immer. Das bescherte mir mehrere Nächte hintereinander schreckliche Albträume. Ich war damals ein besonders ängstliches Kind. Erst nachdem Isabel im August starb, verschwanden meine Ängste allmählich. Es schien unlogisch. Eigentlich hätte ich noch ängstlicher werden müssen, weil meine Welt erschüttert worden war. Doch es war, als ob das Allerschlimmste geschehen war und ich dennoch überlebt hatte, sodass ich von nun an nichts mehr fürchten musste.

Endlich kam Mom zu meinem Ecktisch und setzte sich mir gegenüber.

„Puhh!“ Sie lächelte. „Ganz schön viel los heute.“

„All die Kinder von der Sommerschule“, erwiderte ich.

Mom war nicht wirklich bei mir. Unruhig schossen ihre Augen durch das kleine Restaurant, immer auf der Suche nach Kunden, die sie kannte, oder Tischen, die abgeräumt werden mussten. Sie arbeitete dort seit fünf Jahren, und es war ihr zweites Zuhause.

„Dieses Mädchen“, bemerkte sie mit einem Nicken in Richtung der jungen Frau, der sie mich vorgestellt hatte. „Sie ist wieder schwanger. Kannst du dir das vorstellen? Sie wird drei kleine Kinder unter vier Jahren haben.“ Sie schnalzte mit der Zunge. „Die Leute treffen Entscheidungen …“, wunderte sie sich.

„Nun, es ist ihre Entscheidung“, erwiderte ich.

„Ich bin sicher, dass ihr Mann ebenfalls dazu beigetragen hat“, sagte meine Mutter. Sie holte ein Taschentuch heraus und wischte über einen Fleck auf dem Tisch. „Ich wünschte, du würdest Sonntag mit mir zur Kirche gehen“, wechselte sie das Thema. „Es ist ein besonderer Anlass.“

„Was ist denn Besonderes?“ Ich versuchte, mich an die heiligen Sonntage zu erinnern, doch da war nur Leere.

„Pater Terrell hat Geburtstag.“

„Ah“, sagte ich. Das war nicht besonders genug, um mich in eine katholische Kirche zu bringen. Im Laufe meines Erwachsenenlebens hatte ich so ziemlich jede Religion ausprobiert, und man konnte mich heute wohl am ehesten als buddhistische Quäkerin beschreiben. Ich strebte nach Frieden, innerem und äußerem. Ich sah zu, wie meine Mutter das Taschentuch sorgfältig zusammenfaltete und wieder in die Tasche zurücksteckte. Sie war so süß. Und sie ging so auf in ihrer Arbeit. Wie konnte ich ihr da widerstehen?

„Ich werde mitgehen", willigte ich ein.

„Oh, das ist wunderbar, Lucy!", freute sie sich.

Trotz meiner Lebensentscheidungen verstand ich mich gut mit meiner Mutter. Ich war niemals verheiratet gewesen, sondern hatte mit drei verschiedenen Männern zusammengelebt, jeweils acht Jahre lang. Acht Jahre schien aus irgendeinem Grund das Limit zu sein.

Julies Verhältnis zu meiner Mutter war dagegen immer etwas angespannt gewesen, obwohl meine Schwester versuchte, alles richtig zu machen. Sie war in der katholischen Kirche geblieben, hatte geheiratet und ein wunderschönes Enkelkind zur Welt gebracht, dazu kam ihre erfolgreiche Karriere. Sie war vorsichtig und zuverlässig, die praktisch denkende Tochter, die Mom zu ihren Arztterminen begleitete und ihr bei all dem Papierkram half. Dennoch gab es eine nicht zu leugnende Unbehaglichkeit zwischen meiner Mutter und Julie, die vermutlich nie verschwinden würde. Julie glaubte, dass Mom sie noch immer für Isabels Tod verantwortlich machte. Ich glaubte nicht eine Minute daran, doch man konnte es nicht mit letzter Sicherheit wissen, weil meine Mutter nicht der Typ war, der über seine Gefühle sprach. Das Thema Isabel war sowieso tabu. Sogar *mir* wäre es unangenehm gewesen, es in ihrer Anwesenheit anzusprechen. Unter Verschluss gehaltene Gefühle konnten jedoch viel zerstörerischer sein als jene Emotionen, die man offenbarte. Das wusste ich, und zudem war ich eine unerschrockene Frau. Dennoch hätte ich nie die richtigen Worte gefunden, um mit meiner Mutter über Isabel zu sprechen.

„Hör mal", sagte meine Mutter. „Ich denke, wir sollten

eine große Party geben, bevor Shannon aufs College geht. An ihrem Geburtstag am zehnten September wird sie fort sein, insofern könnte es eine Kombination aus Geburtstags- und Abschiedsparty sein."

„Das ist erst in ein paar Monaten, Mom", wendete ich ein.

„Aber du weißt doch, wie die Zeit vergeht. Wenn wir nicht jetzt mit der Planung anfangen, wird vielleicht nie was draus."

„In Ordnung." Manchmal war es besser, den Ideen meiner Mutter zu folgen, als sie aufzuhalten. „An was denkst du?"

„Wir könnten hier feiern."

„Bei McDonald's?" Ich versuchte, nicht allzu entgeistert zu klingen. „Shannon ist fast achtzehn. Ich glaube nicht, dass sie sich ihre Party hier wünscht."

„Okay, okay." Meine Mutter wedelte meine Antwort fort, als hätte sie sie kommen sehen. „Wie wäre es dann mit zu Hause?" Sie meinte ihr Haus, das Haus, in dem Julie und ich aufgewachsen waren.

„Gute Idee", pflichtete ich ihr bei.

Sie erzählte von ihren Plänen für die Party – wen wir einladen sollten, ein Motto für die Dekoration, was es zu essen geben sollte –, und ich dachte wieder zurück an den Aal.

„Erinnerst du dich noch, als Julie den riesigen Aal fing?", fragte ich plötzlich.

Meine Mutter wirkte verwirrt, weil meine Frage so völlig aus dem Nichts kam. „Wovon sprichst du?", fragte sie. „Welcher Aal? Wann?"

Ich begriff, dass ich einen Fehler gemacht hatte, das Thema anzuschneiden, denn ich war sicher, dass die Geschichte mit dem Aal 1962 gewesen war.

„Als ... Als wir Kinder waren", antwortete ich ausweichend. „Sie fing ihn im Kanal. Als du ihn in die Pfanne legtest, zuckte er noch."

„Oh, das tun sie immer", behauptete meine Mutter.

„Wieso?“, fragte ich.

„Hat irgendwas mit einem autonomen Nervensystem zu tun“, erwiderte sie. „Aber sie waren so tot, wie man nur tot sein kann. Was um Himmels willen hat dich daran denken lassen?“

Ich zuckte die Achseln. „Ich weiß nicht“, log ich. „Es kam mir einfach so in den Sinn.“

Meine Mutter blickte träumerisch ins Leere. „Was ich genau jetzt für einen Aal geben würde!“

Ich lehnte mich zurück, nippte an meinem Tee und war unverhältnismäßig zufrieden mit dem Gespräch: Ich hatte etwas von dem Bungalow zur Sprache gebracht – und überlebt.

4. KAPITEL

Julie
1962

Bis zum Tod meiner Schwester in dem Sommer, als ich zwölf Jahre alt war, verbrachte ich eine geradezu idyllische Kindheit. Das Schuljahr über wohnten wir in Westfield, einer Stadt, die alles bot, was ich mir wünschen konnte, und eine gute Busverbindung nach New York hatte, wo meine Eltern mit meinen Schwestern und mir öfter in den Zoo, ins Historische Museum oder zu einer Broadway-Aufführung gingen. Meine Eltern waren gebildet, gut erzogen und liebevoll, und meine viel zu nachsichtigen Großeltern mütterlicherseits, Grandma und Grandpop Foley, wohnten nebenan. Ihr Haus stand uns ebenso offen wie unser eigenes.

Ich war ein fantasievolles Kind – zu fantasievoll, wie einige meiner Lehrer fanden – und dachte mir für mich und meine Freunde gerne Abenteuer aus. Ich erfand Geschichten über merkwürdige Ereignisse in der Nachbarschaft: Die alte Dame an der Ecke war eine Zauberin, ich hatte einen Freund in einer anderen Stadt, man hatte mich als Säugling verlassen vor der Tür meiner Eltern gefunden. Den Kindern in meiner Klasse erzählte ich, dass man im Mindowaskin Park in der Nähe unserer Häuser Wölfe gesichtet hätte. Ich schrieb gerne kleine Stücke, um sie in unserer Garage aufzuführen, und Gedichte, die ich meinen Klassenkameraden vortrug.

Meine Mutter war bei meinen Freunden beliebt, weil sie unsere Anstrengungen sehr ernst nahm. Sie malte Bühnenbilder und nähte Vorhänge für die improvisierte Bühne, auf der wir die Stücke aufführten, und sie ließ mich mit meinen Lügengeschichten gewähren, solange ich den Nachbarkindern nicht allzu viel Angst einflößte.

Mein Vater war Arzt und hatte viele Termine, doch er nahm

sich Zeit für meine Schwestern und mich. Obwohl er wegen einer Verletzung aus dem Zweiten Weltkrieg hinkte, ging er dennoch mit uns Rodeln, Eislaufen oder Bowlen. Meine Welt war sicher, schön und geborgen.

Die Dinge begannen schwieriger zu werden, als Isabel fünfzehn wurde. Sie wollte mit ihren Freunden zusammen sein statt mit der Familie, und sie wollte zu Partys gehen, die meine Eltern nicht billigten. Sie verhielt sich gemein mir gegenüber und behandelte mich plötzlich wie eine Bürde. Sie wollte mich nicht länger um sich haben und sprach kaum mit mir, wenn sie mit ihren Freundinnen zusammen war. Im Rückblick gesehen war ihre Rebellion ziemlich zahm. Während mein Vater noch immer zu glauben schien, dass seine älteste Tochter über Wasser laufen konnte, bekam meine Mutter die volle Wucht ihres feindseligen Verhaltens ab. Das Schlimmste war, dass meine Eltern in dem Sommer, in dem Isabel siebzehn war, begonnen hatten, sich darüber zu streiten, wie man am besten mit ihr umging. Niemals zuvor hatte ich böse Worte zwischen ihnen gehört, und ihr Zwist beunruhigte mich.

Während des gesamten Schuljahrs sehnte ich mich nach dem Sommerbungalow meiner Großeltern unten am Ufer des Kanals von Point Pleasant. Er gehörte zu der kleinen Strandgemeinde Bay Head Shores, das nur eine Autostunde von Westfield entfernt lag und doch wie in einer anderen Welt schien. 1962 kamen wir wenige Tage nach Schulende beim Bungalow an. Wir fuhren zusammen mit unseren Großeltern, die unser Boot im Schlepptau ihres schwarzen Studebaker transportierten. Lucy, meine Mutter und ich folgten im Chrysler, und Dad und Isabel bildeten in dem knallgelben Lark Cabrio die Nachhut. Alle taten so, als ob Isabel mit Dad fuhr, um in dem offenen Wagen schon mal braun zu werden, doch ich wusste, dass sie und meine Mutter sich mal wieder in den Haaren lagen und dass es für alle Beteiligten friedlicher war, wenn sie bei Dad mitfuhr.

Lucy, die damals acht Jahre alt war, liebte Bücher ebenso sehr wie ich, doch sie konnte im Auto nicht lesen, ohne dass ihr schlecht wurde. Ihr Hang zur Reisekrankheit machte es außerdem erforderlich, dass sie im Chrysler vorne neben Mom saß, was mir nur zugutekam. Ich lümmelte zwischen Koffern und Kissen auf dem Rücksitz und las das Nancy-Drew-Abenteuer *Das Geheimnis der Red Gate Farm*, das ich schon einmal gelesen hatte. Ich kannte alle Nancy-Drew-Romane und arbeitete mich systematisch noch einmal durch alle hindurch. Ich tat immer gern so, als sei ich selbst Nancy Drew, die Detektivin. Einige Monate zuvor hatte ich angefangen, alle Dinge zu sammeln, die ich im Garten oder in der Nachbarschaft so fand. Ich hatte einen Handschuh im Rinnstein gefunden, eine Geldklammer auf dem Gehweg und – zum Entsetzen meiner Mutter – einen Büstenhalter, den ich im Wäldchen hinter dem Haus einer Freundin entdeckt hatte. All diese Gegenstände sammelte ich unter meinem Bett für den Fall, dass sich in der Nachbarschaft etwas Mysteriöses ereignen und eines meiner Fundstücke sich als wertvolles Beweisstück entpuppen sollte. Das Gleiche wollte ich auch in unserem Sommerbungalow tun.

Das kleine blaugraue, mit schwarzen Fensterläden versehene Holzhaus war einer von zwei Bungalows am Ende einer kurzen, nicht gepflasterten Sackgasse. Meine Schwestern und ich hatten unsere Schuhe schon ausgezogen, bevor wir überhaupt aus dem Wagen stiegen. Grandpop schloss die Vordertür auf, wobei er extra umständlich mit dem Schlüssel herumfummelte und über unsere Ungeduld kicherte. Der muffige Geruch eines Hauses, das zehn Monate lang unbewohnt war, umhüllte uns, als wir in den Flur traten. Lucy und ich rannten von einem Zimmer ins nächste, um uns davon zu überzeugen, dass noch alles genau so war, wie wir es letztes Jahr verlassen hatten.

Die beiden Schlafzimmer unten wurden von den Erwachsenen benutzt, während wir drei Mädchen auf dem Dachboden schliefen. Izzy und ich liebten den Dachboden, doch Lucy, die offenbar sämtliche Angst-Gene der Familie abbekommen hatte, fürchtete ihn. Als Lucy klein gewesen war, hatten sie und Mom einen Autounfall gehabt, und man hatte meiner Mutter das schreiende Kind aus dem Arm gerissen und in die Notaufnahme gebracht, wo ihre gebrochenen Rippen und ein gebrochenes Bein versorgt wurden. Seit diesem Tag schien sie vor allem Angst zu haben. Den Dachboden konnte man nur über eine wackelige ausklappbare Treppe betreten, und Lucy befürchtete immer, dass diese Treppe irgendwie einrasten könnte, während sie sich oben befand, und sie gefangen wäre. Der Dachboden an sich war eine Quelle endloser Faszination für mich. Er schien unendlich groß. Die Holzschrägen bildeten praktisch den Bauch des Daches, und es standen genug Betten darin, dass acht Menschen hier oben schlafen konnten. Die Betten waren durch Vorhänge voneinander getrennt, die an gespannten Wäscheleinen hingen, sodass jeder ein bisschen Privatsphäre hatte, wenn er das wollte. Tagsüber zogen wir die Vorhänge allerdings meistens zurück, damit eine kleine Brise durch den Raum mit den kleinen Fenstern zog. Die Hitze auf dem Dachboden konnte erstickend sein.

Jedermanns Lieblingsplatz am Bungalow – und überhaupt der Grund für seine Existenz – war der Kanal, der hinter dem Haus entlangfloss. Unser Garten bestand aus einem großen Rechteck voller Sand, das wir mit der Chapman-Familie von nebenan teilten und das zwischen ihrem und unserem Dock lag. Unser Boot war nur ein kleiner Flitzer, ein winziges, offenes Boot mit Außenbordmotor, doch die Chapmans hatten einen richtigen Boston Whaler, der schnell genug war, um zwei Wasserskiläufer gleichzeitig zu ziehen.

Jeder, der die Inland-Route von der Barnegat Bay zum Manasquan River nahm, musste unseren Kanal passieren, und einige Boote gehörten Prominenten. Mein Vater erzählte jedem, dass Richard Nixon ihm einmal zugewinkt habe, als das Boot des damaligen Vizepräsidenten an unserem Haus vorbeifuhr. An den Wochenenden füllte sich der Kanal mit Booten und Schiffen aller Größen und Arten und war schwer zu befahren. Unter der kleinen Lovelandtown Bridge, die man von unserem Haus aus gut sehen konnte, schlug das Wasser Wellen wie das Meer bei Sturm, und es kam durchaus mal zu Unfällen. Wir schauten alle gern zu, wenn die Boote an den belebten Wochenendnachmittagen verzweifelt versuchten, den Stützpfeilern der Brücke auszuweichen.

Als wir in jenem Sommer beim Bungalow ankamen, ging mein Vater allerdings nicht in den Garten, um Boote zu beobachten, und er kletterte auch nicht die Leiter am Dock hinunter, um einen Zeh ins Wasser zu tauchen, wie meine Mutter und ich es taten. Stattdessen schritt er sofort zum Telefon. Er hatte dafür gesorgt, dass es bereits wieder angeschlossen war, weil er sich auf einem Rachefeldzug befand. Er war entrüstet über das kürzliche Verbot von Gebeten in der Schule, das der Oberste Gerichtshof erlassen hatte, und wollte jeden Katholiken, den er kannte, anrufen, um einen Protest gegen das Gesetz zu organisieren. Mein Vater war ein Träger des Purple Heart, des Kriegsversehrtenabzeichens. Er saß im Gemeinderat der Stadt und war ein hoch angesehenes Mitglied unserer Kirche, da er regelmäßig eine Kolumne für eine katholische Zeitschrift schrieb. Zu jung, um mir eine eigene Meinung zu bilden, und geprägt von den Werten meiner Eltern, war ich ebenso entrüstet über die neue Regelung wie er. Ich konnte mir nicht vorstellen, den Schulunterricht morgens ohne das übliche Gebet zu beginnen. Also ließen wir meinem Vater die nötige Zeit, damit er sich im Wohnzimmer neben dem Wandtelefon mit seinem Schreibblock niederlassen und seine Anrufe erledigen konnte, bei denen er seine Stimme manchmal vor Zorn erhob.

Die vier Chapmans waren bei unserer Ankunft gerade alle im Garten. Meine Mutter und meine Schwestern liefen hinüber, um sie zu begrüßen, doch ich ging außerhalb des Maschendrahtzauns zur Spundwand, wo ich mich hinsetzte. In meinem Schoß hatte ich ein Buch, und meine Füße baumelten nur wenige Zentimeter über dem Wasser. Obwohl ich nicht in seine Richtung sah, ahnte ich, dass Ethan mich beobachtete. Ich konnte mir vorstellen, wie er auf einem der Stühle saß, seine Beine hin und her schwingen ließ und wie seine Flipflops von seinen Füßen baumelten. Ethan und ich waren einmal dicke Ferienfreunde gewesen. Wir fuhren mit dem Rad zu dem kleinen Strand von Bay Head Shores, angelten zusammen und kletterten auf Bäume. Wir hatten sogar jeweils bei dem anderen übernachtet. Wir waren am gleichen Tag geboren – am 10. März 1950 – und dachten, das würde ein lebenslanges Band zwischen uns knüpfen. Doch im letzten Sommer waren wir uns fremd geworden, wie es zwischen Jungen und Mädchen oft vorkommt, wenn sie älter werden. Unser Auseinanderdriften schien auf Gegenseitigkeit zu beruhen, als ob man uns beiden zur gleichen Zeit nahegelegt hätte, einander zu meiden. In meinen Augen war er einfach merkwürdig geworden. Er hatte eine große Faszination für Meerestiere entwickelt und untersuchte alles, was er finden konnte – Krabben, Kugelfische, Aale, Seesterne und auch winzige Garnelen, die sich dicht unter der Wasseroberfläche an die Spundwand klammerten. Ich war froh, dass meine Mutter mich nicht zwang, hinüberzugehen und ihn zu begrüßen.

Das Abendessen – Großmutters Spaghetti mit Hackbällchen in Tomatensauce – nahmen wir auf der mit Fliegengitter geschützten Veranda ein wie immer. Der riesige Tisch, der dort an einer Seite stand, war das Zentrum sämtlichen Treibens im Haus – dort wurde gegessen, Karten gespielt und gepuzzelt. Nach dem Essen halfen meine Schwestern und ich Mom beim Abwaschen. Ich war glücklich, weil zwei lange Monate voller Freiheit vor mir lagen. Lucy allerdings fühlte sich nicht frei, sondern hatte Angst.

„Du gehst doch heute Abend mit mir nach oben ins Bett, Julie, oder?", fragte sie, als sie das Besteck abtrocknete. Ich musste zusammen mit ihr ins Bett gehen, damit sie auf dem Dachboden nicht allein war. Der Zeitpunkt war ein Kompromiss zwischen ihrer frühen Bettgehzeit und meiner späteren.

Ich blickte zu meiner Mutter. „Ich möchte diesen Sommer länger aufbleiben, Mom", bettelte ich. „Ich bin jetzt *zwölf*."

„Du gehst zur gleichen Zeit wie Lucy", erwiderte meine Mutter. Dann zog sie mich zur Seite und flüsterte mir ins Ohr: „Geh mit ihr hoch und warte, bis sie einschläft. Dann kannst du wieder runterkommen."

„Lucy muss erwachsen werden", mischte sich Isabel ein, die einen Teller abtrocknete. „Sie wird ihre Ängste niemals überwinden, wenn ihr sie verhätschelt."

„Hilfreicher als deine Kritik", gab meine Mutter zu bedenken, „wäre das Angebot, ab und zu mit Lucy hochzugehen, damit Julie das nicht immer machen muss."

„Gerne", schnappte Isabel. „Dann erzähle ich ihr Gespenstergeschichten."

Mom wischte gerade die Arbeitsfläche und hielt inne, um Isabel anzusehen. „Wann bist du nur so gemein geworden?", fragte sie und wandte sich ab. Ich bemerkte den Ausdruck von Reue in Isabels Gesicht, den sie rasch mit einem Grinsen überdeckte. Meine Schwester war nicht so hart, wie sie vorgab.

Ich begriff allmählich, dass Isabel sehr schön war – und dass sie das wusste. Sie konnte jeden, allen voran unseren Vater, um den Finger wickeln, indem sie einen Schmollmund zog oder Tränen in ihren Augen schimmern ließ. Ihre dunklen Augen waren wunderschön, die Wimpern so lang und dicht, dass sie fast unecht wirkten. Über ihr Haar beklagte sie sich ständig. Es sei zu wellig. Zu dick. Zu dunkel. Doch diese Klagen waren reine Koketterie; sie wusste, dass sie von jedem anderen Mädchen in ihrer Klasse um ihr Haar beneidet wurde. Sie hatte große Brüste und eine schmale Taille. Die Jungs starrten sie an, wenn wir die Straße entlanggingen, und die Mädchen hatten Angst, dass ihre Freunde sie mit Isabel vergleichen könnten und sie dabei schlecht abschnitten. Es war einfach nicht zu leugnen, dass sie die Schönheit in der Familie abbekommen hatte. Lucy und ich hatten zwar auch dunkles Haar, doch ich musste meines auf Wickler drehen, damit es wellig fiel, und Lucys kurzem Haar hatte Mom eine Dauerwelle verpasst, sodass sie wie ein Pudel aussah.

Es war sehr still geworden in der Küche. Ich füllte die übrig gebliebene Tomatensauce in eine Tupperdose und machte mit dem Deckel Rülpsgeräusche, was Lucy zum Kichern brachte.

Isabel nahm das Sieb von dem Abtropfständer und trocknete es ab. „Ned hat mich heute Abend zu einer Party eingeladen", sagte sie. „Ich kann doch gehen, nicht wahr?"

Meine Mutter bearbeitete erneut die Arbeitsfläche mit dem Schwamm. „Nicht heute Abend", widersprach sie. „Du musst noch auspacken –"

„Ich habe bereits ausgepackt und auch Julie und Lucy beim Auspacken geholfen", erklärte Izzy. „Und die Betten oben sind gemacht, und ich habe den Boden gewischt, und außerdem die Toilette, das Waschbecken und alles geputzt."

Ehrlich gesagt, war ich nicht sicher, ob das alles der Wahrheit entsprach. Ich wusste, dass ich meine Sachen allein ausgepackt hatte, doch ich hielt den Mund.

„Und hier sind wir doch praktisch fertig, oder?", fügte Isabel hinzu.

„Ja, das sind wir." Meine Mutter spülte den Schwamm aus. „Aber ich möchte nicht, dass du schon am ersten Abend weg bist."

Isabel warf ihr Geschirrtuch auf den Tisch. „Das ergibt absolut keinen Sinn."

Meine Mutter sah auf, während sie den Schwamm mit beiden Händen ausdrückte. „Ich sagte: Nein!"

Isabel verdrehte die Augen und nahm wieder das Geschirrtuch. Ich hörte sie wütend schnaufen, während sie eine der Kasserolen abtrocknete. Doch sie sagte nichts mehr, ebenso meine Mutter. Eine Spannung lag in der Luft, die auch mich still werden ließ. Ich wusste nicht, welche Verhaltensregeln galten, wenn das Eis plötzlich so dünn geworden war.

Später wischten meine Mutter und ich die tiefen Schubladen unten in den Küchenschränken aus. Lucy stand daneben und fegte uralte Brotkrümel aus dem Toaster. Sie hatte sich geweigert, bei den Schubladen zu helfen, nachdem wir in der einen Mäusekot und in der anderen eine Spinne gefunden hatten. Daddy kam herein und goss sich von der Flasche im Kühlschrank ein Ginger Ale ein. Er trug seine übliche Sommeruniform: ausgebeulte Shorts, die seine blassen, vernarbten Beine preisgaben, und eines seiner kurzärmeligen karierten Hemden.

„Charles." Meine Mutter sah auf. „Suchst du bitte Isabel und sagst ihr, sie möchte den Flurschrank aufräumen und auswischen?"

„Sie ist ausgegangen", sagte er. Er holte den Eiswürfelbehälter aus dem Kühlschrank und ließ zwei Eiswürfel in sein Glas fallen.

Meine Mutter straffte die Schultern. „Wohin?"

„Zu einer Party mit Ned Chapman."

Meine Mutter stemmte die Hände in die Hüften. „Ich habe ihr verboten, dorthin zu gehen", schimpfte sie.

Mein Vater riss überrascht die Augen auf, die die gleiche hellbraune Farbe hatten wie sein Haar. „Sie hat mir nicht gesagt, dass sie dich gefragt hat", erklärte er.

Ich sah, wie sich am Hals meiner Mutter ein roter Fleck bildete. „Ich werde ihr für den Rest der Woche Hausarrest geben", drohte sie an.

„Das ist ein bisschen streng, Maria, findest du nicht?" Mein Vater schwenkte die Eiswürfel in seinem Glas hin und her. „Es ist ihre erste Nacht hier unten, und sie kennt Ned schon ihr ganzes Leben lang. Sein Vater mag einer der größten Dummköpfe auf Erden sein, doch das kannst du nicht Ned ankreiden. Es schadet doch niemandem, wenn sie mit ihm zu einer Party geht."

„Ja, sie kennt ihn schon ihr ganzes Leben, doch sie ist *siebzehn* in diesem Sommer", antwortete sie, als ob das alles erklärte. „Und es ist ihr erster Abend hier. Ich finde, sie hätte dableiben sollen. Uns beim Putzen helfen. Sich akklimatisieren."

Daddy lachte. „Akklimatisieren?", fragte er. Ich war nicht sicher, was das Wort bedeutete, und mir fiel ein, dass ich mein Wörterbuch in Westfield vergessen hatte. Ich mochte es nicht, wenn meine Eltern stritten, und vergrub meinen Kopf daher ganz tief in der Schublade, wo ich mit einem kleinen Besen Mäusekot auf eine Kehrschaufel fegte. Ich blickte kurz zu Lucy, die sich offenbar genauso unbehaglich fühlte wie ich. Konzentriert nahm sie sich jede einzelne Spalte des Toasters vor.

Daddy schlang einen Arm um meine Mutter und küsste sie auf die Wange. „Wir haben sie gut erzogen", versuchte er sie zu beschwichtigen. „Sie trägt einen vernünftigen Kopf auf ihren Schultern."

Meine Mutter wirkte verletzt. „Wie kannst du das sagen, wo sie dich gerade angelogen –"

„Sie hat mich nicht angelogen", korrigierte Daddy, der sich von ihr löste und in Richtung Flur ging. „Sie hat nur eine Kleinigkeit ausgelassen."

„Sie hat dich um ihren kleinen Finger gewickelt", gab meine Mutter zurück.

„Es wird ihr nichts passieren", sagte Daddy. Er ging hinaus und wandte sich zur Haustür. Ich wusste, dass er heute Abend mit Grandpop in der Garage arbeitete, um das Angelzubehör einsatzbereit zu machen und den Deckchairs einen frischen blauen Anstrich zu verpassen.

Meine Mutter machte sich mit Nachdruck wieder ans Putzen, und ich bemerkte ihren zusammengekniffenen Mund. Ich wusste, dass Isabel meine Eltern oft belog. Wenn wir samstagabends zur Beichte gingen, war ich immer erstaunt, wie kurz ihre Beichte war. Ich wusste, dass sie in dieser kurzen Zeit niemals alle Lügen aufzählen konnte. Ich lernte von ihr. Statt jede einzelne Sache zu erwähnen, die ich falsch gemacht hatte, präsentierte ich dem Pater jetzt eine verkürzte Version. „Ich habe fünfmal gelogen", sagte ich beispielsweise. Ich lehnte es allerdings ab, vortäuschen als lügen zu zählen. Wenn ich das tat, würde ich die ganze Nacht im Beichtstuhl sitzen. „Einmal habe ich meiner Mutter nicht gehorcht", fuhr ich dann fort, „und zweimal war ich gemein zu meiner kleinen Schwester." Es war einfacher, auf diese Art zu beichten, statt meine Sünden in allen Einzelheiten zu schildern, und dem Pater schien es egal zu sein.

Ich legte meiner Mutter den Arm um die Taille und fühlte mich sehr erwachsen. „Sie wird okay sein, Mom", tröstete ich sie.

Meine Mutter antwortete nicht. Ihre Augen waren feucht, als ob sie gleich weinen würde. Ihre Tränen verwirrten mich. Ich dachte, sie wollte vielleicht allein sein, und bot daher an, dass ich den Flurschrank auswischte. Ich nahm Lucy an die Hand und zog sie mit mir aus der Küche.

Um neun Uhr kletterte ich an jenem Abend die knarrenden Stufen zum Dachboden hoch, Lucy folgte mir. Selbst ich klammerte mich ans Geländer. Die ausklappbare Treppe schien von Jahr zu Jahr wackliger zu werden, und wenn ich auch nur ein bisschen ängstlich veranlagt gewesen wäre, hätte ich mich vermutlich auch davor gefürchtet. In den letzten Jahren hatten Lucy und ich in dem Doppelbett geschlafen, das der Treppe am nächsten stand. Doch dieses Jahr wünschte ich mir mehr Privatsphäre. Ich wollte die Leselampe so lange anlassen, wie es mir gefiel, und in der Abgeschiedenheit meiner durch Vorhänge abgetrennten Kabine ohne Lucys unablässiges Geschnatter vor mich hin träumen. Aus diesem Grund hatten wir unsere Betten in verschiedenen Ecken des Raumes gewählt, während Isabel sich das Doppelbett hinter dem Schornstein ausgesucht hatte. Lucy war einverstanden gewesen mit der Neuaufteilung, doch jetzt, da sie auf dem aufgeheizten Dachboden unter ihr Laken kroch, schien sie nicht mehr so glücklich.

„Lass den Vorhang offen, damit ich dich sehen kann", bettelte sie. Sie lag auf der Seite, mit dem Gesicht zu meinem Bett, und hatte sich die Decke bis zu den Schultern hochgezogen.

„Ich werde das Licht anlassen, damit ich lesen kann", erklärte ich, während ich das Kissen aufschüttelte und die Decke aufschlug. „Das würde dich nur wach halten." Ich wollte, dass sie so schnell wie möglich einschlief, damit ich hinuntergehen und mit meiner Mutter und Großmutter Canasta spielen konnte. Während der Schulzeit beschäftigte ich mich abends mit meinen Hausaufgaben und dem Fernseher – mit der *Andy Griffith Show* oder *Ed Sullivan*. Doch im Sommer hatten wir abends Zeit für Kartenspiele und Puzzles.

„*Bitte*", jammerte sie.

„Du kannst meinen Schatten sehen", sagte ich und war froh, dass ich das Bett gewählt hatte, das dem Vorhang am nächsten war. „Sieh nur." Ich ging zu dem kleinen Tischchen, das zwischen den beiden Betten in meiner Nische stand, und machte das Licht an. Dann zog ich den Vorhang zu. Er hing direkt neben meinem Bett, und als ich noch angezogen ins Bett geklettert war, wusste ich, wie ich für Lucy aussehen würde. Ich hatte jahrelang die Silhouetten meiner Schwester, meiner Cousinen, meiner Tanten und Onkel durch diese Vorhänge gesehen. „Siehst du", sagte ich. „Du siehst mich doch, oder?"

„Okay", willigte Lucy mit unsicherer Stimme ein.

Ich hörte, wie sie es sich im Bett bequem machte, und sah sie vor meinem geistigen Auge, wie sie mit weit geöffneten Augen auf der Seite lag und meinen Schatten beobachtete, während ich mich in Nancy Drew versenkte.

Ich las ein Kapitel und den Anfang eines weiteren. Dann zog ich eine Ecke des Vorhangs neben meinem Kopf zurück. Lucy hatte die Augen geschlossen und nuckelte am Daumen wie eine Dreijährige. Ihren schäbigen alten Teddybären hielt sie fest im Arm. Lautlos schlüpfte ich aus dem Bett. Ich zog die Decke vom anderen Bett, stopfte sie unter meine und platzierte das aufgeschlagene Buch hochkant neben dem Kissen. Dann ging ich zur Mitte des Dachbodens, um zu sehen, wie die Schatten aus Lucys Perspektive aussahen, falls sie aufwachen sollte. Ziemlich überzeugend.

Es war unmöglich, die Treppe ohne Knarren hinabzusteigen, doch ich gab mein Bestes.

Meine Mutter lächelte mich an, als ich auf die Veranda kam. Sie hatte irgendwie innerlich Frieden damit geschlossen, dass Izzy auf einer Party war, und ihr Lächeln erleichterte mich.

„Schläft sie?" Sie saß meiner Großmutter an dem großen Tisch gegenüber, rauchte eine Zigarette und legte eine Doppel-Patience auf der geblümten Plastiktischdecke aus. Beide Frauen trugen Hauskleider aus Baumwolle, meine Mutter eines mit blassgelben Streifen und meine Großmutter mit hellblauen.

Ich nickte und ließ mich in einen der Schaukelstühle fallen. Wie der Tisch waren auch alle Stühle auf der langen Veranda rot angestrichen. Wegen der hohen Luftfeuchtigkeit war die Farbe immer ein wenig klebrig und so dick, dass man mit dem Fingernagel eine Kerbe hinterlassen konnte. Außerdem stand am anderen Ende der Veranda ein Bett für diejenigen, die beim Einschlafen das Plätschern des Wassers und das Zirpen der Grillen hören wollten.

„Wenn wir hier fertig sind, kannst du uns beim Canasta Gesellschaft leisten", sagte Grandma und nahm einen Schluck von ihrem löslichen Kaffee. Als sie ihre Beine unter dem Tisch übereinanderschlug, sah ich, dass sie ihre Strümpfe bis unter die Knie hinuntergerollt hatte. Sie sprach perfekt Englisch, doch ihr italienischer Akzent war auch sechzig Jahre nach ihrer Ankunft in den Vereinigten Staaten noch immer ausgeprägt. Ich liebte die Melodie in ihrer Stimme. Erst mit zehn wurde mir klar, dass nicht jeder eine Grandma hatte, die so singend sprach und bei der jedes Wort mit einem Vokal zu enden schien.

Ich schaukelte eine Weile hin und her, der Zementboden unter meinen Füßen fühlte sich glatt und kühl an. Ich sah das Licht eines Boots, das den Kanal in Richtung Bay entlangschipperte. Das sanfte, stetige Summen seines Motors bildete den Hintergrund zum Klatschen der Karten auf dem Tisch. Ich konnte es kaum erwarten, bis Grandpop morgen unser eigenes Boot zu Wasser ließ. In den letzten zwei Sommern hatte ich es schon allein gesteuert, wenn auch immer mit einem Erwachsenen oder mit Isabel an Bord. Daddy hatte mir versprochen, dass ich diesen Sommer mit dem Boot allein hinausdürfe, wenn ich eine Schwimmweste trug und an unserem Ende des Kanals blieb, also zwischen unserem Haus und der Stelle, wo er in die Bay mündete. Das war zwar keine große Strecke, doch ich war trotzdem aufgeregt in Erwartung von so viel Freiheit.

Irgendjemand war im Garten der Chapmans. Es war zu dunkel, um zu erkennen, wer, doch die Person angelte. Ich konnte die brennenden Enden von zwei Räucherspiralen gegen Moskitos ausmachen, und im schwachen Mondlicht leuchtete das weiße Hemd des Anglers. Ich vermutete, dass es Ethan war, der dort saß und versuchte etwas zu fangen, das er aufschneiden konnte. Ich beobachtete, wie sich das Hemd bewegte, als er die Angel nach hinten schwang und dann mit dem unverkennbaren Sirren der Rute durch die Luft zog. Unwillkürlich bewegte ich meine Finger, als ob ich selbst eine Angel halten würde.

„Bist du bereit, es gegen uns beim Canasta aufzunehmen?“,

fragte mich meine Großmutter.

Ich ging hinüber zum Tisch und setzte mich, während sie austeilte. Meine Mutter drückte ihre Zigarette in dem Muschelaschenbecher aus und zog gerade eine weitere aus der Packung, als ein furchtbarer Schrei die Stille zerschnitt. Bevor ich überhaupt kapierte, dass er vom Dachboden kam, war sie schon aufgesprungen. Weitere Schreie folgten – Lucy nahm sich kaum die Zeit zum Atmen. Ich folgte meiner Mutter nach oben.

„Baby!" Meine Mutter machte das Deckenlicht an und lief zu Lucys Bett. Lucy hatte sich an das eiserne Kopfteil des Bettes gekauert und presste ihren Teddy fest an sich. Ihr pudelähnliches Haar klebte ihr an einer Seite flach am Kopf. Unsere Mutter setzte sich zu ihr. „Was ist los?"

„Dort!" Lucy deutete auf eine Stelle an der Decke, etwa in der Mitte des Daches.

Ich ging zu der Stelle hinüber und sah hinauf. „Wo?", fragte ich.

„Dort", sagte Lucy wieder hilflos. Ich blickte genauer hin und sah einen alten Lumpen, der zwischen der Decke und dem komplizierten Wirrwarr von Schnüren für die Vorhänge geklemmt war. Seit ich mich erinnern konnte, steckte er da schon. Vermutlich hatte jemand ein Leck stopfen wollen, bevor das Dach neu gedeckt wurde.

„Es ist nur ein Lumpen", sagte ich. Lucy war wirklich noch ein Baby.

„Er sah aus wie ein Kopf", jammerte Lucy. „Ich dachte, es sei ein Kopf, und dann sah ich zu dir hinüber und merkte, dass du nicht da warst und ich ganz allein hier oben bin!" Sie klang beleidigt. Ich blickte zu dem Vorhang vor meiner Nische. Das aufgebauschte Bettzeug war in sich zusammengefallen. Ganz offensichtlich war ich nicht mehr da.

Meine Mutter stand auf, löschte das Licht, und zu dritt betrachteten wir den Lumpen.

„Seht ihr?", sagte Lucy.

„Es sieht aus wie ein Lumpen", gab ich zurück.

Mom setzte sich wieder zu ihr. „Du hättest nur das Licht anmachen müssen, um zu sehen, dass es nur ein Lumpen war", sagte sie. „Es ist nicht fair, dass Julie immer mit dir hier oben bleiben muss, Lucy. Du bist jetzt acht Jahre alt. Du musst lernen, dass es hier oben nichts gibt, vor dem du dich fürchten musst. Du weißt, dass du uns unten findest, wenn du etwas brauchst. Jetzt leg dich hin." Sie griff nach der Decke und zog sie ihrer jüngsten Tochter bis zur Schulter.

„Können wir das Licht anlassen?"

„So wirst du niemals einschlafen."

„Doch, werde ich", behauptete sie, während ihr Blick wieder zu dem Lumpen schoss.

„In Ordnung." Seufzend erhob sich meine Mutter, strich ihr Kleid glatt und warf mir einen verschwörerischen Blick voller Verzweiflung zu, bei dem ich mir sehr erwachsen und unerschrocken vorkam. Am Lichtschalter an der Wand schaltete sie wieder die einzelne Glühbirne an, die von der Decke hing. „Gute Nacht, Liebes."

„Nacht, Lucy", sagte ich und folgte meiner Mutter nach unten.

Am nächsten Morgen weckte mich das Krähen eines Hahnes um halb sechs Uhr. Ich lag im Bett und lächelte vor mich hin. Die rosige Morgensonne schien durch das Fenster in meine mit Vorhängen abgetrennte Nische, und wieder ergriff mich das Gefühl von sommerlicher Freiheit.

Ich krabbelte in das Bett neben mir, um von dort aus dem Fenster sehen zu können. Ich wusste, wo der Hahn lebte. Ich hatte ihn und sein frühmorgendliches Weckkrähen völlig vergessen. Jenseits des Kanals, schräg gegenüber von unserem Bungalow, stand eine kleine Bretterbude, die im Laufe der Jahre fast schwarz geworden war. Das Dach war teilweise eingesackt, und im Garten standen das Gras und die Rohrkolben schulterhoch. Es war das einzige Haus, wenn man es überhaupt so nennen konnte, auf der anderen Seite des Kanals, und ich konnte mich nicht daran erinnern, jemals eine Menschenseele dort gesehen zu haben, auch wenn dort jemand wohnen musste, der den Hahn fütterte. Nahe dem Haus befand sich ein kleines Dock. Ich konnte mit dem kleinen Flitzer hinüberzischen, das Boot festmachen und mich durch das hohe Unkraut zum Haus schleichen. Innerlich setzte ich den Punkt „Erforschung der Bretterbude" auf meinen Tagesplan.

Ich kletterte aus dem Bett und war sicher, dass noch niemand auf sein würde. Die Vorhänge um Isabels Doppelbett waren zugezogen. Ich hatte keine Ahnung, wann sie in der letzten Nacht zurückgekommen war, und fragte mich, auf welche Strafe sich meine Eltern geeinigt hatten. Ich hoffte, dass sie streng sein würden. Ich konnte es nicht leiden, dass Isabel log und damit durchkam.

Ich zog einen meiner Badeanzüge an, schlüpfte in die Caprihose und ging dann über das Linoleum. Wir waren noch keine vierundzwanzig Stunden an der Küste, und gleich würde ich den körnigen Sand unter meinen nackten Füßen spüren. Auf Zehenspitzen schlich ich an Lucys Bett vorbei. Ihre Vorhänge waren nicht zugezogen, und ich wollte sie nicht wecken. Ich hatte die Treppe fast erreicht, als ich Isabel hörte.

„Julie?"

Ich drehte mich um und sah, wie sie ihren Vorhang ein Stück zurückzog. Obwohl ihr langes dunkles Haar völlig zerzaust war, sah sie wunderschön aus in dem rosigen Morgenlicht.

Ich schlich vorsichtig zu ihrem Bett. Sie nahm meinen Arm und zog mich hinter den Vorhang.

„Du musst mir einen Gefallen tun", sagte sie. Sie hatte die Decke bis unter die bloßen Schultern hochgezogen. Ich war schockiert, als ich begriff, dass sie nackt geschlafen hatte. Ich kannte niemanden, der das tat.

Ich setzte mich auf ihr Bett. Aus der Nähe erkannte ich, dass ihre Augen rot waren. „Was haben Mom und Dad gesagt?“, fragte ich. „Du hättest nicht zu Daddy gehen sollen, nachdem –“

„Schschsch!“, machte sie. „Das geht dich gar nichts an.“ Sie fummelte zwischen den Decken auf ihrem Bett herum und brachte eine kleine Plastikgiraffe zum Vorschein, etwa so groß wie ihre Faust. „Gib dies hier Ned Chapman, ja?“, bat sie, auch wenn ich wusste, dass es mehr ein Befehl als eine Bitte war.

Ich blickte hinunter auf die rot-lila gefleckte Giraffe, die sie mir in die Hand gedrückt hatte. „Warum?“, fragte ich. Wenn sie meine Kooperation wollte, konnte sie mich nicht damit abspeisen, dass es mich nichts anginge.

„Sie gehört ihm“, erklärte sie. „Ich habe gestern Abend vergessen, sie ihm zu geben.“

„Wozu sollte ein achtzehnjähriger Junge sie haben wollen?“, fragte ich. Die Giraffe sah aus, als ob sich selbst ein Kleinkind schon nach ein, zwei Minuten damit langweilen würde.

„Stell nicht so viele Fragen“, schimpfte Isabel. „Tu es einfach. Bitte. Ich habe den ganzen Tag Hausarrest.“

„Das ist alles?“ Ich fand, dass Mom recht hatte – sie sollte eine Woche lang Hausarrest haben.

„Das reicht schließlich.“ Isabel ließ sich wieder in ihr Kissen fallen. „Ich schlafe jetzt weiter.“

„Bitte schön“, schnappte ich voller Ärger über ihre Undankbarkeit.

Als ich nach unten ging, war noch niemand auf. Ich ging hinaus, wo ich die warme, feuchte Morgenluft in meine Lungen sog. Ich deponierte die Giraffe unter einem der Deckchairs, damit sie nicht verloren ging, bis ich Ned sah. Ich griff nach meinem Eimer und dem Krabbennetz, das ich an den Baum gelehnt hatte, und begann meine Krabbenrunde. Vom

Rande unseres Docks aus lugte ich ins Wasser und hielt Ausschau nach Krabben, die unter der Wasseroberfläche an den Balken klebten. Ich fand drei in unserem Dock und balancierte dann außerhalb des Zauns auf den hölzernen Planken der Kanalbefestigung, um nach weiteren Krabben Ausschau zu halten. Die Strömung in Richtung Fluss war stark. Ich sah einen Pappbecher an mir vorübertreiben, gefolgt von einer Krabbe. Ich hielt mein Netz ins Wasser, zog sie heraus und warf sie in den Eimer. Es war fast zu leicht. Ein riesiges Büschel Seetang zog an mir vorüber und dann ein kleiner Ball, den ich mit meinem Netz herausfischte und untersuchte. Er war nichts Besonderes, nur ein eingedellter Pingpong-Ball, doch ich würde ihn unter mein Bett legen, um damit meine Beweissammlung von Bay Head Shores zu starten.

Ich sah über den Kanal hinweg zu der Bretterbude mit dem Hahn, und mein Blick fiel auf das hohe Schilf direkt gegenüber von unserem Haus. Die Angler trafen ein. Sie gingen einen schmalen Pfad entlang, den sie durch das Schilf geschlagen hatten, und luden ihr Gerät und ihre Klappstühle hinter dem Zaun ab. Es waren alles Farbige, und es schien auch Frauen unter ihnen zu geben. Aus der Entfernung war es schwer, die Frauen von den Männern zu unterscheiden, doch ich war sicher, dass auch ein paar Kinder dabei waren.

„Auf Krabbenjagd, was?“

Die Stimme kam von hinten und überraschte mich so, dass ich mich am Zaun festhalten musste, um nicht die Balance zu verlieren. Ich wandte mich um und sah Ned Chapman breit grinsend auf mich zukommen. In diesem Moment geschah etwas mit mir. Ich weiß nicht, ob es an seinen blauen Augen lag, die in der Sonne leuchteten, oder an dem Dreieck gebräunter Brust, das sein halb geöffnetes Hemd zeigte, oder an der Art, wie er seine Zigarette zwischen Daumen und Zeigefinger hielt, doch ich dachte, ich würde ohnmächtig werden und in den Kanal fallen. Im Frühling hatte ich zum ersten Mal meine Periode bekommen, seitdem wurde mir immer ganz flau im Magen, wenn ich einen süßen Jungen sah. Und Ned war eindeutig *süß*. Sein dichtes Haar hatte die Farbe von Sonnenschein. Er ähnelte Troy Donahue, dem Teeniestar.

„Hallo, Ned", brachte ich heraus, und erst als ich seinen Namen laut ausgesprochen hatte, bemerkte ich, dass er genauso hieß wie Nancy Drews Freund. „Hallo, Ned", wiederholte ich für mich, nur um seinen Namen noch einmal auf meiner Zunge zu spüren.

Er erreichte die andere Seite des Zauns und beugte sich vor. Seine Ellenbogen ruhten auf dem Metallbalken über dem Maschendraht. „Du bist ja ein Frühaufsteher", sagte er.

„Du auch."

„Wie viele hast du gefangen?" Er beugte sich weiter über den Zaun, um in den Eimer zu schauen.

„Bisher fünf."

„Magst du sie?"

„Zum Essen, meinst du?"

Er nahm einen Zug von der Zigarette und stieß den Rauch langsam aus. „Was sonst?", fragte er.

„Eigentlich nicht." Ich kicherte und ärgerte mich, dass ich mich wie ein Kind aufführte. „Aber Grandma liebt sie. Und ich fange sie gern, also hat jeder was davon."

„Aha." Er rieb sich mit der Hand übers Kinn, als prüfe er, ob er sich rasieren müsse. Die Geste war sexy. „Hat Izzy gestern Abend Schwierigkeiten bekommen?"

Ich nickte. „Sie darf den ganzen Tag nicht raus. Aber sie bat mich, dir etwas zu geben."

Vorsichtig balancierte ich an der Spundwand zurück und versuchte ihn zu beeindrucken, indem ich mich nicht am Zaun festhielt. In unserem Garten legte ich Eimer und Netz beiseite, holte die Giraffe unter dem Deckchair hervor und reichte sie ihm. „Sie bat mich, dir dies hier zu geben."

Er lächelte und nahm mir die Giraffe aus der Hand. Ich

schämte mich für Isabel, dass sie ihm etwas so Dummes geben wollte. Ich glaubte ihr nicht, dass sie ihm gehörte.

„Das ist nett, dass du das für sie tust." Er sah mich an.

Ich streckte mich so weit wie möglich und fragte mich, wie meine kleinen, kaum vorhandenen Brüste in dem kindlichen Badeanzug wirken mochten. Ich musste diesen Sommer einen Bikini bekommen, wenn Mom es erlaubte.

„Sie sagte, sie gehört dir", sagte ich.

„Ja, das tut sie tatsächlich", erwiderte er. „Danke, dass du sie mir gebracht hast. Sag ihr, es ist alles okay."

Ich hörte Geräusche von seiner Veranda. Da ich nicht im Garten der Chapmans sein wollte, wenn der trottelige Ethan rauskam, verabschiedete ich mich von Ned und ging zurück zu unserem Dock, um nachzusehen, ob wieder neue Krabben an der Wand hingen.

Nach dem Mittagessen schleppten Grandpop, Daddy und ich das Boot zum Yachthafen. Wir tankten es auf, wobei Grandpop wie ein kleiner Junge auf dem Pier auf und ab hüpfte. Ich wusste, wie er sich fühlte. Allein der Geruch des Benzins, gemischt mit dem salzigen Duft des Wassers, erfüllte mich mit reiner Freude. *Ich komme nach ihm*, dachte ich insgeheim. Genauso wie ich liebte Grandpop einfach alles an der Küste – das Wasser, das Angeln, die Boote, die Gerüche, den Abendhimmel. Wir sahen uns nicht ähnlich. Er war fast kahl und hatte ein trauriges Gesicht, das mich immer an einen Bassett erinnerte, doch wir ähnelten uns in vielerlei Beziehung.

Er und ich unternahmen eine kleine Tour durch die Bucht, bevor wir mit dem Boot in den Kanal und in unser Dock fuhren. Grandpop ließ mich die Hälfte der Zeit ans Steuer und erlaubte mir sogar, das Boot in unser Dock zu manövrieren. Er lobte mich, dass ich es großartig gemacht hätte. Unser Boot hatte kein Steuerrad, sondern nur einen am Motor angebrachten Griff für die Ruderpinne. Ich war froh, dass ich den Dreh so schnell heraushatte. Als ich vom Boot auf die Spundwand springen wollte, wäre ich allerdings beinahe gefallen, doch Grandpop sagte, dass das in ein paar Tagen kein Problem mehr wäre. Ich machte das Boot an den Haken seitlich des Docks fest und genoss das Gefühl des nassen, rauen Taus unter meinen Fingern. Ich bedauerte Izzy. Der erste richtige Tag an der Küste, und sie durfte nicht einmal aus dem Haus.

Ich setzte mich eine Weile zu ihr und Lucy auf die Veranda, um zu lesen. Lucy und ich saßen in den Schaukelstühlen, und Isabel hatte sich auf dem Bett am Ende der Veranda ausgestreckt, um dem Haus der Chapmans so nahe wie möglich zu sein. Ich bemerkte, dass sie nicht eine einzige Seite umblätterte. Sie starrte zum Garten der Chapmans und wartete vermutlich darauf, einen Blick auf Ned zu erhaschen. Er und Mr. Chapman arbeiteten an ihrem Boot, und ich bezweifelte, dass sie von ihrem Platz aus das Dock der Chapmans im Blick hatte. Doch wenn Ned durch den Garten ging, um etwas aus dem Haus zu holen, konnte ich fast hören, wie laut Izzys Herz schlug. Ich verstand ihre Gefühle. Er hatte die gleiche Wirkung auf mich.

Vor dem Abendessen fuhr ich allein mit dem Boot hinaus. Mom hatte Bedenken, doch Daddy überredete sie, mich gewähren zu lassen, solange ich nur die hässliche orangefarbene Schwimmweste trug. Es war Montag und vom Andrang des Wochenendes auf dem Kanal nichts mehr zu sehen. Ich fuhr mit dem Boot bis zur Mündung in die Bucht. Breit und einladend erstreckte sich vor mir das Wasser, und ich wäre zu gerne hinausgefahren, nur ein kleines bisschen, doch ich wagte es nicht. Stattdessen kehrte ich in einem weiten Bogen um und steuerte auf das Dock zwischen den farbigen Anglern und der Hahnenhütte zu.

Als ich in das unvertraute Dock hineingefahren war, stoppte ich den Motor. Zu meiner Linken befand sich eine kurze Leiter, und ich machte das Boot an einer der Sprossen fest. Dann zog ich die Schwimmweste aus und kletterte hinauf. Die farbigen Angler machten mich nervös. Ich sah sie nicht an, doch ich fühlte, wie ihre Blicke mir folgten, als ich mich zwischen dem Zaun und den Rohrkolben der Hütte näherte. Schließlich stieß ich auf einen schmalen Pfad, der in dem hohen Gras freigeschlagen worden war. Ihm folgte ich bis zur vorderen Veranda der baufälligen kleinen Hütte.

„Wer bist du?"

Ich fuhr zusammen, als ich die Stimme hörte, denn ich konnte den Mann durch die Fliegengittertür seiner Veranda nicht sehen.

„Ich wollte nur einmal sehen, wo der Hahn wohnt", sagte ich.

Die Fliegengittertür öffnete sich ein paar Zentimeter, und ein Mann stand auf der Schwelle. Er trug einen struppigen, langen Bart und hatte einen schmutzigen alten Hut auf dem Kopf. Die frühe Abendsonne schien ihm ins Gesicht, und er blinzelte, sodass seine Augen wie zwei blassblaue kleine Perlen aussahen und er ein bisschen dämonisch wirkte. *Das Geheimnis der Hexer-Hütte*, dachte ich insgeheim. Der Titel gefiel mir. Vielleicht würde ich mich daranmachen, mein eigenes Buch zu schreiben.

„Wo wohnst du?", fragte er.

Ich drehte mich um und deutete auf unseren Bungalow, den man durch das Schilf kaum sehen konnte. Er wirkte sehr weit entfernt.

„Bist du mit dem Boot herübergekommen?"

„Ja."

„Allein?"

„Ja", erwiderte ich, und wandte mich zum Gehen um. „Und ich fahre mal lieber wieder zurück."

„Was wolltest du mit meinem Hahn machen?", wollte er wissen.

„Oh, nichts", erwiderte ich. „Ich würde ihm nicht wehtun. Ich wollte nur sehen, wo er lebt."

Er zog die Tür ein Stück weiter auf. „Genau hier."

Ich konnte an ihm vorbei auf die Veranda sehen, wo ein Hahn und ein paar Hennen wie aufgezogene Spielzeuge herumtrippelten. Ich trat einen Schritt zurück und fragte mich, ob die Schuhe des Mannes nicht mit dem Schmutz seiner gefiederten Haustiere bedeckt waren.

„Danke, dass Sie ihn mir gezeigt haben", sagte ich.

„Es gibt hier ein paar Menschen, die meinem Hahn gerne den Hals umdrehen würden", erklärte er und klang dabei ein wenig misstrauisch.

„Ich nicht", gab ich zurück. „Noch einmal danke, dass ich ihn sehen durfte." Ich wandte mich um und lief so schnell ich konnte durch das hohe Gras. Vermutlich brauchte ich nur dreißig Sekunden, bis ich das Dock erreicht hatte, doch in dieser kurzen Zeit hatte ich schon zwei oder drei Geschichten über den Mann erfunden. In dem klapprigen alten Haus hielt er Kinder in Schränken gefangen. Er hatte seine Frau ermordet und ihre Leiche unter der Veranda begraben. Als ich die Leiter wieder hinabklettern wollte, blinkte etwas in dem flach getretenen Gras am Dock. Ich ging hinüber und fand eine Sonnenbrille, die ich aufhob. Vielleicht gehörte sie der Frau, die der alte Mann umgebracht hatte. Wer weiß? Ich würde sie für den Fall des Falles meiner Beweissammlung unter dem Bett zufügen.

An jenem Abend gingen Grandpop und ich bis ans Ende unserer staubigen Straße. Solange ich mich erinnern kann, hatte er in dem hohen Gras, das mich einen halben Meter überragte, immer einen Pfad freigetrampelt. Dem folgten wir, und ich genoss das Gefühl, von Graswänden umgeben zu sein. Libellen schwirrten um uns herum. Da wir uns mit Insektenschutzmittel eingerieben hatten, ließen uns die Mücken in Ruhe. Der Pfad mündete in einem sumpfigen Bereich mit einem stehenden Gewässer, das durch eine kleine Öffnung in der Spundwand mit dem Kanal verbunden war. Wie immer hatte Grandpop seine Käfigfalle hier im seichten Wasser ausgelegt und sie an einen Stock in dem weichen sandigen Boden zwischen dem Gras angebunden. Ich holte die Falle raus. Sie war voller grüngrauer Killifische, die sich auf dem Drahtgeflecht wanden und zuckten. Grandpop öffnete die Falle und beförderte den Fang in seinen Eimer. Währenddessen erspähte ich etwas im Wasser, nur ein, zwei Meter von uns entfernt. Ein Babyschuh! Ich rollte die Hosenbeine meiner Capris so hoch wie möglich, watete bis zu den Knien ins Wasser und griff nach dem kleinen weißen Lederschuh – ein wahrer Schatz in meiner Beweissammlung.

„Was machst du mit all den Dingen, die du da findest?", fragte Grandpop, während er wieder die Falle präparierte.

„Ich sammele sie unter meinem Bett", sagte ich. „Sie könnten Beweisstücke sein, falls etwas Mysteriöses passiert ist. Was zum Beispiel, wenn ein Baby entführt wurde oder so etwas? Ich könnte diesen Schuh zur Polizei bringen und ihnen sagen, wo ich ihn gefunden habe, und vielleicht können sie den Fall dann lösen."

„Ich glaube, du brauchst einen besseren Ort als unter dem Bett", meinte Großvater. „Deine Mutter könnte dort sauber machen und all den alten Kram wegwerfen, den du gefunden hast."

Dafür liebte ich meinen Großvater sehr. Er nahm mich immer ernst.

„Wo könnte ich ihn sonst hintun?" Ich musterte den winzigen Schuh in meinen Händen.

„Ich habe eine Idee", sagte er. Er legte mir die Hand in den Nacken, während wir zurückgingen, und ich spürte seine etwas rauen und feuchten Finger auf meiner Haut. „Wenn wir zu Hause sind, sammelst du deine Beweise zusammen, und ich zeige dir, wo du sie aufbewahren kannst."

Kaum angekommen, tat ich, wie er es mir gesagt hatte. Ich besaß bislang erst drei schäbige Beweise: den Babyschuh, die

Sonnenbrille und den idiotischen Pingbong-Ball, doch für gerade mal zwei Tage Schnüffelei schien das ganz gut. Ich brachte die Sachen hinaus in den Garten. An der Häuserecke, die dem Wald am nächsten war, grub Grandpop ein Loch. Neben ihm stand einen alte Brotbüchse aus Blech mit einem abnehmbaren roten Deckel.

Er grinste mich an, wobei sich sein liebes Bassett-Gesicht für einen Moment aufhellte. „Was meinst du, Nancy Drew?", fragte er. „Wir vergraben diese Brotbüchse in diesem Loch, bedecken sie mit ein bisschen Sand, und niemand wird jemals wissen, dass sich hier deine Beweisstücke befinden."

Ich half ihm, die Brotbüchse in das Loch zu legen, packte meine Beweise hinein, machte den Deckel zu und bedeckte die Büchse mit Sand. Ich liebte mein neues Versteck. Niemand würde je erfahren, dass ich hier meine Fundstücke aufbewahrte.

Zumindest dachte ich das.

5. KAPITEL

Julie

Die sonnenverbrannte Kellnerin schenkte mir Eistee nach, und ich interpretierte den Blick, den sie mir zuwarf, als mitleidig. *Das ist der Grund, warum ich keine Dates habe*, dachte ich. Das Warten, die Unsicherheit, das Analysieren. Warum verspätete sich Ethan? Steckte er im Verkehr fest? Hatte er vergessen, wo wir uns zum Lunch treffen wollten? Oder war er einfach nur sauer, weil ich ihn zu dem Treffen überredet hatte? Ich wollte der Kellnerin erklären, dass ich hier zwar einen Mann traf, er aber kein Date war. Es gab keinen romantischen Hintergrund. Doch dann wurde mir klar, dass mich die Kellnerin vermutlich sowieso für zu alt hielt für ein Date. Sie war Mitte zwanzig; höchstwahrscheinlich erinnerte ich sie an ihre Mutter.

Das Spring Lake Restaurant war etwa fünfzehn Kilometer von Bay Head Shores entfernt. Seit ich zwölf war, war ich unserer früheren Sommerfrische nicht mehr so nahe gekommen. Als ich aus dem Wagen ausstieg, hatte ich das Salz vom Meer schmecken können, das sich nur einige Blocks weiter erstreckte. Überraschenderweise rief der Geruch nicht nur das von mir erwartete Unbehagen hervor, sondern auch eine tiefe Sehnsucht, als könnte sich ein winziger Teil von mir noch an die guten Zeiten da unten an der Küste erinnern, obwohl meiner Familie dort so viel genommen wurde.

Wieder kam die Kellnerin an meinen Tisch. „Kann ich Ihnen etwas Brot oder etwas zum Knabbern bringen, während Sie warten?", fragte sie.

„Nein, danke." Ich lächelte sie an. „Alles bestens."

Es war warm in dem Restaurant, oder zumindest war *mir* warm. Ich hatte eine schwarze Dreiviertelhose an und ein ärmelloses rotes Top, doch ich bemerkte, wie andere Frauen im

Restaurant sich ihre Jacken überzogen. Seit bei mir vor einem Jahr die Menopause eingesetzt hatte, trug ich gar keine Jacken mehr.

Ich hatte einen Tisch am Eingang gewählt, damit ich Ethan sehen würde, wenn er hereinkam. Ich war nicht sicher, ob ich ihn wiedererkennen würde. Durch das Fenster musterte ich die Männer, die vorübergingen, und hielt nach schlaksigen Akademiker-Typen Ausschau. Ich beobachtete, wie Menschen die kleinen Geschäfte auf der anderen Straßenseite betraten und wieder herauskamen. Ein junger Mann, der direkt gegenüberstand, rieb einer Frau den Rücken mit Sonnencreme ein. Ich beobachtete die beiden, bis ein paar Radfahrer vorbeifuhren und die Sicht blockierten.

Ich sah auf die Uhr. Zwanzig Minuten zu spät. Vielleicht würde er gar nicht auftauchen. Er hatte sich über meinen Anruf nicht gerade gefreut.

„Es tut mir leid, dass Abby dich damit belästigt hat“, hatte er gesagt, als ich mich meldete. Seine Stimme war sanft und entsprach der Stimme, die ich mir vorgestellt hatte. Er klang weder verärgert noch wütend. Nur müde.

„Das musste sie tun.“ Ich telefonierte von meinem Büro aus und starrte auf die Worte *Kapitel vier* auf meinem Bildschirm. Der Rest der Seite war noch immer leer. „Sie hat recht daran getan“, fuhr sie fort. „Und sie und ich stimmten darin überein, dass man die Sache untersuchen muss.“

Es blieb still. „Ich bin nicht sicher, dass *ich* damit übereinstimme“, gestand er schließlich.

„Wir sprechen hier von einem ernsthaften Justizirrtum“, erklärte ich. „Ein Mann saß im Gefängnis für etwas, das er nicht getan hat. Und wir sprechen über meine *Schwester.*“ Als ich Isabel erwähnte, spürte ich nicht nur das alte Verlustgefühl, sondern erkannte auch, wie unsensibel ich war. „Es tut mir leid, Ethan“, entschuldigte ich mich rasch. „Ich habe dir noch nicht einmal mein Beileid ausgesprochen. Es tut mir sehr leid.

Ich weiß, wie es ist, ein Geschwister zu verlieren."

Ich hörte ihn seufzen. „Danke", sagte er. „Ned ... Ich weiß nicht, was mit ihm los war. So um die Zwanzig rum hatte er eine Art Zusammenbruch. Er wurde so ... Ich weiß nicht, wie ich es beschreiben soll. Er existierte einfach nur noch. Lebte nicht mehr richtig."

Hältst du das nicht für einen Hinweis darauf, dass er unter einer geheimen Schuld litt?, wollte ich fragen, tat es aber nicht. Dies war nicht der rechte Zeitpunkt.

„Wie schlimm war es?", fragte ich stattdessen. „Konnte er arbeiten?"

„Oh ja", erwiderte Ethan. „So schlimm stand es nicht um ihn. Er war eine Zeit lang in Vietnam, was seinen Zustand nicht gerade verbesserte, und wurde schließlich wegen Schlafproblemen entlassen. Dann machte er eine Ausbildung als Buchhalter und arbeitete für eine Klempnerfirma, der er die Bücher führte. Er hat nie geheiratet. Er hatte ab und zu ein Date, doch nie etwas Ernstes."

„Abby sagte ... oder deutete zumindest an, dass er ein Alkoholproblem hatte."

„Ja, das hatte er", bestätigte Ethan. „Doch er war kein verlotterter Trinker. Der Alkohol hinderte ihn nicht am Arbeiten oder so etwas. Er hielt ihn nur betäubt. Wir versuchten, ihm Hilfe zu besorgen, doch er hätte niemals zugegeben, ein Problem zu haben. Man kann niemanden verändern, der sich nicht verändern will."

Ich hatte noch viele weitere Fragen, wollte sie aber nicht am Telefon stellen. Ich hatte Angst, er würde auflegen, wenn ich zu tief herumstocherte.

„Können wir uns treffen?", bat ich. „Ich würde gern mit dir persönlich darüber reden. Über den Brief."

Die darauf folgende Stille war so tief und lang, dass ich fragen musste, ob er noch dran war.

„Ich bin hier", sagte er mit dieser sanften Stimme. „Und ja, ich werde dich treffen. Wo wohnst du?“

„Westfield“, erwiderte ich. „Und du?“

„Am Kanal“, sagte er. Ich bezweifelte, dass er ahnte, wie mir diese zwei Worte den Atem stocken ließen. „Wir haben das Haus vor Jahren winterfest gemacht“, fügte er hinzu.

„Lebst du dort mit …“ Ich war nicht sicher, wer mit ihm in dem alten Haus der Chapmans leben mochte. Seine Eltern? Seine Frau?

„Allein“, antwortete er. „Meine Frau und Abby wohnten auch hier, doch ich wurde vor fünf Jahren geschieden, und Abby hat jetzt natürlich eine eigene Wohnung. Sie hat eine Tochter. Meine Enkelin. Hat sie dir von ihr erzählt?“ Stolz lag in seiner Stimme, und ich spürte, dass er lächelte.

„Nein“, sagte ich. „Aber das ist wundervoll.“

„Möchtest du hierherkommen?“

„Nein“, spie ich das Wort förmlich heraus. Auf gar keinen Fall würde ich nach Bay Head Shores fahren. „Vielleicht könnten wir uns auf halbem Wege treffen.“

„Nun“, sagte er. „Ich muss am Freitag nach Spring Lake. Wenn du willst, können wir uns dort zum Lunch treffen.“

Das war für mich mehr als der halbe Weg, doch das ging in Ordnung. Ich musste ihn von Angesicht zu Angesicht sehen, um ihn zu überzeugen, dass der Brief der Polizei übergeben werden musste.

Ein Mann mit einer Aktentasche betrat das Restaurant, und ich schaute ihn erwartungsvoll an. Doch ich vermisste das rote Haar und die Brille, weshalb ich mich wieder dem Fenster zuwandte.

„Julie?“ Ich drehte mich um und sah den Mann an meinem Tisch stehen.

„*Ethan?*“, fragte ich zurück.

Er nickte mit einem gedämpften Lächeln und streckte mir die Hand entgegen. „Tut mir leid, dass ich zu spät bin. Ich steckte im Ausflugsverkehr fest.“

„Ist schon in Ordnung." Ich nahm seine Hand, und er setzte sich mir gegenüber.

„Ich hätte dich niemals wiedererkannt", gestand ich und fragte mich dann, ob das unhöflich klang. Doch tatsächlich hatte ihn das Alter positiv verändert. Statt rot war sein Haar nun grau meliert, an den Schläfen dünnte es aus. Er trug keine Brille. Die sommersprossige Haut seiner Kindheit war nun einheitlich wettergegerbt, und er hatte Muskeln angesetzt. Er trug ein kobaltblaues kurzärmeliges Hemd, und seine Arme wirkten schlank und kraftvoll. Das Stubenhockerhafte seiner Kindheit war verschwunden. Völlig. „Du siehst großartig aus", fügte ich hinzu.

„Und du siehst wundervoll aus", sagte er. „Ich hätte dich überall wiedererkannt. Aber natürlich lagen überall im Haus deine Bücher mit deinem Foto auf dem Umschlag herum."

„Lagen?", hakte ich nach.

„Wir haben sie beide gelesen, doch meine Frau hat die Bücher in ihre Obhut genommen", erklärte er. Er blickte auf meinen leeren Ringfinger. „Du bist verheiratet, oder?", fragte er. „Ich erinnere mich an ‚Die Autorin lebt mit ihrem Mann in New Jersey' oder so ähnlich auf einem der Buchumschläge."

Die Kellnerin erschien, den Schreibblock bereit. „Wissen Sie schon, was Sie möchten?"

Ich blickte in ihr sonnenverbranntes Gesicht. „Er hatte noch keine Gelegenheit, einen Blick in die Speisekarte zu werfen", sagte ich.

Ethan gab der Kellnerin die Karte, ohne sie geöffnet zu haben. „Einfach nur einen Burger, medium", bestellte er. „Und Zitronenlimonade, bitte."

Ich wählte den Shrimpssalat und wandte mich dann wieder Ethan zu. „Ich bin geschieden. Seit zwei Jahren."

„Kinder?"

„Eine Tochter. Shannon. Sie ist siebzehn. Sie hat gerade die Highschool abgeschlossen."

„Und schon College-Pläne?"

„Das Oberlin Musikkonservatorium", erwiderte ich. „Sie spielt Cello."

Er wirkte beeindruckt. „Wow."

„Was machst du?", fragte ich, hielt aber gleich die Hand hoch. „Warte. Lass mich raten ... Du lehrst Meeresbiologie."

Er lachte. „Ich bin Tischler", entgegnete er.

„Oh." Ich nickte. Das hatte ich nicht erwartet. Wenn irgendjemand mir gesagt hätte, dass der dürre kleine Ethan Chapman später mit seinen Händen statt mit seinem Kopf arbeiten würde, hätte ich es niemals geglaubt. Ich dachte an seinen ehrgeizigen Vater, Rosswell Chapman III. oder wie er geheißen hatte. In dem Sommer, als ich zwölf war, war er Vorsitzender Richter am Obersten Gerichtshof von New Jersey, und später kandidierte er erfolglos als Gouverneur. Ich fragte mich, ob es ihn enttäuscht hatte, dass seine Söhne Buchhalter und Tischler geworden waren, statt sich wie er mit Jura oder Politik zu beschäftigen.

„Ich war nicht im Mindesten überrascht, dass du Schriftstellerin geworden bist", bemerkte Ethan.

„Nein?"

„Deine Familie war so künstlerisch veranlagt. Deine Mutter hat gemalt, nicht wahr?"

„Stimmt. Sie war Lehrerin, doch ihr Hobby war die Malerei." Ich hatte fast vergessen, wie gern meine Mutter ihre Staffelei auf der Veranda des Bungalows aufgestellt hatte.

„Und dein Vater war Arzt, aber hat er nicht ebenfalls geschrieben?"

„Eine Kolumne für eine Zeitschrift", bekräftigte ich.

„Du hast eine Tochter, die Cello spielt", fuhr er fort. „Und deine kleine Schwester Lucy spielte immer auf dieser Plastikgeige."

„Was?" Ich musste lachen. „Daran erinnere ich mich gar nicht, aber du hast vermutlich recht, denn sie spielt heute tatsächlich Geige. Sie ist in einer Band, den ZydaChicks."

Er lächelte. „Siehst du."

Ich nippte an meinem Tee und fragte mich, ob Isabel ein besonderes Talent entwickelt hätte, wenn sie die Chance gehabt hätte, erwachsen zu werden.

Ethan lächelte mich noch immer an, den Kopf zur Seite geneigt.

„Was?", fragte ich.

„Du siehst wirklich umwerfend aus", schmeichelte er.

Ich spürte, wie ich errötete. „Danke", erwiderte ich.

„Das meine ich wirklich." Dann lehnte er sich seufzend zurück. „Nun, ich schätze, wir sollten wohl lieber darüber sprechen, weshalb wir hierhergekommen sind." Er öffnete die Aktentasche und holte einen Umschlag hervor. „Abby sagte mir, sie hätte dir eine Kopie des Briefes gezeigt."

Ich musterte den Umschlag. Anders als der getippte Brief war die Adresse des Police Department auf dem Umschlag mit der Hand geschrieben, in präzisen, leicht schrägen Buchstaben.

„Warum hast du ihn nicht zur Polizei gebracht?", wollte ich wissen und sah ihn an. Seine Augen waren von einem klaren, tiefen Blau. Hinter den dicken Brillengläsern, die er damals trug, hatte ich die Farbe niemals wahrgenommen. „Ich meine, es ist doch offensichtlich, das Ned wollte, dass sie ihn bekommen."

„Nein, offenbar hat er es sich anders überlegt", korrigierte Ethan mich. Sein Ton mochte freundlich sein, doch seine Worte hatten ihre eigene Kraft. Auch wenn ich nicht seiner Meinung war, gefiel es mir doch, wie er für sich eintrat. Glen hatte es anderen Menschen immer leicht gemacht, über ihn hinwegzugehen. „Laut Datum schrieb er den Brief ein paar Monate, bevor er starb", fügte Ethan hinzu.

„Doch er hat ihn nicht weggeworfen", wendete ich ein.

Ethan seufzte. „Julie, wenn ich ihn zur Polizei bringe, werden sie daraus schließen, dass Ned es getan hat. Sie werden anfangen, Fragen zu stellen. Es ist mir egal, was sie mich fragen, doch mein Vater ist sehr alt. Ich möchte nicht, dass er in seinen letzten Jahren glaubt, dass sein Sohn jemanden ermordet hat. Ich habe einen Freund bei der Polizei, dem ich diese Sache – rein hypothetisch – vorgetragen habe. Er sagte, sie würden den Fall neu aufrollen. Damals spielte die Gerichtsmedizin noch keine so große Rolle, weshalb man sich die Beweise nun aus einer anderen Perspektive ansehen würde. Doch sie würden mit Sicherheit mit meinem Vater sprechen wollen. Ich möchte nicht, dass er da durch muss."

Ich bemerkte die aufrichtige Sorge in seinem Gesicht und war berührt von seiner Begründung. Ich hoffte, dass ich meine Mutter davor bewahren konnte, überhaupt von dem Brief zu erfahren, geschweige denn von den Folgen. Ich war mir jedoch nicht sicher, ob das möglich war. Ich wusste von den Recherchen für meine Bücher, dass Ethans Freund bei der Polizei recht hatte. Egal wie lange der Fall zurücklag, die Polizei würde ihn neu aufrollen. Noch einmal ganz von vorne anfangen. Ich betete nur, dass sie meine Mutter heraushalten konnten. Ross Chapman jedoch würde mit Sicherheit befragt werden, denn er war derjenige, der Neds Alibi bestätigt hatte.

„Lebt deine Mutter auch noch?", fragte ich.

Bevor er antworten konnte, erschien die Kellnerin mit unserem Essen, und wir tauschten ein paar Sätze mit ihr wegen ihrer extremen Gesichtsfarbe. Sie sei am Strand eingeschlafen, erzählte sie und presste ihre Hände gegen die hochroten Wangen, nachdem sie unsere Teller abgestellt hatte.

„Ich leide *Höllenqualen*", erklärte sie mit einem Hang zur Dramatik.

Ethan griff in seine Aktentasche und holte eine Tube hervor. „Hier", sagte er und reichte sie ihr. „Reiben Sie das auf die Verbrennungen. Der Schmerz geht sofort weg."

Sie wirkte überrascht. „Vielen Dank", stammelte sie.

„Sie können es behalten", fügte Ethan hinzu.

„Das ist sehr nett von Ihnen“, sagte sie und schob die Tube in ihre Schürzentasche. „Machen Sie sich keine Gedanken wegen des Trinkgelds.“

Als sie den Tisch verlassen hatte, wandte ich mich ihm wieder zu. „Trägst du immer Creme gegen Sonnenbrand mit dir herum?“ Mir gefiel, dass er so locker mit der Kellnerin gesprochen hatte. Glen hätte einfach durch sie hindurchgesehen. Warum verglich ich Ethan nur immer mit Glen?

Ethan zuckte die Achseln. „Ich bin gerne draußen“, sagte er, „aber zwei Minuten in der Sonne, und ich habe einen Sonnenbrand. Ich muss mich da langsam rantasten.“

Ich lächelte. Ich konnte noch immer den empfindlichen Jungen in ihm sehen, der sich hinter der männlichen Fassade verbarg. Ich beobachtete das Muskelspiel in seinen Armen, als er den Hamburger zum Mund führte. Das Hautdreieck unter dem geöffneten Hemdkragen hatte die gleiche rötliche Bräune wie der Rest von ihm, und für einen Moment verlor ich mich in der flachen Mulde, wo sein Hals begann. Die Muskeln in meinem Bauch zogen sich zusammen. Das hatte ich so lange nicht mehr gespürt, dass ich einen Moment brauchte, um das Gefühl als Verlangen zu identifizieren.

Oh, dachte ich, *das ist sehr merkwürdig*.

„Ich hatte nach deiner Mutter gefragt“, kehrte ich zu der relativen Sicherheit unseres Gesprächs zurück.

„Richtig“, sagte er, nachdem er den Bissen seines Hamburgers hinuntergeschluckt hatte. „Sie starb letztes Jahr. Das ist mit ein Grund, warum ich mir Sorgen um meinen Vater mache. Er war am Boden zerstört wegen Mom, und Neds Tod hat ihn ebenfalls sehr getroffen. Ich möchte gern, dass er zu einem Psychologen geht, jemandem, der mit älteren Menschen arbeitet, doch er akzeptiert Hilfe ebenso wenig, wie Ned das getan hat.“ Er führte eine Pommes zum Mund und legte sie dann wieder ab. „Ehrlich gesagt glaube ich, dass er sterben will.“

„Ist er krank?“

„Nicht krank. Nur alt. Nur alt und sehr traurig. Er lebt in einer Altersresidenz in Lakewood. Ich erzählte ihm, dass ich heute mir dir essen gehe, um seine Reaktion zu testen. Er wirkte überrascht, doch das war alles. Es ist so, als ob er es alles nicht richtig mitbekommt. Als ob er nicht weiß, wer du bist." Er aß die Pommes. „Leben deine Eltern noch?"

„Mein Vater starb zwei Jahre nach Isabels Tod an einem Herzinfarkt", antwortete ich. Ich musste nicht extra erwähnen, dass der Verlust seiner Lieblingstochter seinen Tribut gefordert hatte. „Meine Mutter lebt noch, allein, und es geht ihr sehr gut. Sie arbeitet bei McDonald's."

Er lachte. „Sie hatte immer eine unglaubliche Energie", erinnerte er sich.

Ich knabberte an meinem Shrimpssalat. „Ich glaube", sagte ich langsam, „dass wir nicht nur an deinen Vater und meine Mutter denken müssen, sondern auch an die Familie von George Lewis, oder?"

Er drückte die Serviette an seine Lippen. „Selbstverständlich", erwiderte er. „Und ich fühle mich nicht wohl damit. Doch Lewis ist tot und –"

„Das macht mich so unendlich traurig", unterbrach ich ihn kopfschüttelnd. „Ich wusste immer, dass er unschuldig war, und konnte doch nichts tun."

Ethan schwieg. Langsam hob er den Hamburger, um abzubeißen.

„Hat Ned dir nicht irgendwann mal etwas gesagt, das darauf schließen ließe, dass er mehr wusste, als er vorgab?"

Ethan schüttelte den Kopf, während er kaute und schluckte. „Wir haben nie darüber gesprochen. Ich erinnere mich, dass meine Eltern seine Veränderung damals auf das schoben, was mit Isabel passiert war, doch er und ich haben niemals darüber gesprochen." Er schob den Strohhalm in seinem Glas von einer Seite zur anderen. Seine Fingernägel waren kurz und sauber, seine Hände wohlgeformt. „Ned und ich waren sehr verschieden", fuhr er fort. „Wir hatten unterschiedliche Interessen und ... auch eine andere Sicht auf das Leben. Ich neigte dazu, das Glas als halb voll zu betrachten, wohingegen Ned normalerweise eher deprimiert war."

„Was ist mit deinem Vater?", fragte ich. „Hat er seine Version davon, wo Ned in jener Nacht war, jemals geändert?"

Ethan lehnte sich zurück und sah mich aus schmalen Augen an. „Julie, bitte spiel hier nicht Nancy Drew, die Kinderdetektivin", bat er. „Betrachte das hier nicht als eine Geschichte aus einem deiner Bücher. Das hier ist das wirkliche Leben. Du sprichst von meinem Vater und meinem Bruder."

Seine Reaktion überraschte mich, und ich fühlte Ärger in mir hochsteigen.

„Was ist mit *meiner* Familie?", hielt ich entgegen und bemühte mich, dabei ebenso ruhig zu klingen wie er. Ich erkannte die Kraft in seinem gelassenen Verhalten. „Auch ich möchte die Sache am liebsten auf sich beruhen lassen, Ethan. Glaubst du, ich möchte Isabels Tod noch einmal durchleben? Nein. Der Gedanke allein schreckt mich. Doch wir müssen wissen, was wirklich geschehen ist. Wir alle. Und wenn du den Brief nicht zur Polizei bringst, habe ich keine andere Wahl, als ihnen die Kopie zu schicken, die Abby mir gab."

Einige andere Gäste hatten beim Essen innegehalten und starrten mich an. Offenbar war meine Stimme doch nicht so ruhig geblieben, wie ich dachte.

„Es tut mir leid", lenkte er ein. „Du hast recht. Unser beider Familien stecken in dieser Sache drin. Und du hast ebenso recht, dass die Behörden davon erfahren müssen. Doch würde es wirklich etwas ändern, wenn wir noch ein bisschen warten? Bitte."

„Ich möchte nicht warten, Ethan", beharrte ich. „Dein Vater kann noch weitere zehn Jahre leben." Ich kam mir grausam vor, doch meine Familie lebte seit einundvierzig Jahren mit dem Verlust von Isabel. George Lewis und seine Familie hatten die unrechtmäßige Haftstrafe erleiden müssen. Ich wollte gar nicht daran denken, dass er vielleicht noch leben würde, wenn er nicht für einen Mord hätte büßen müssen, den er nicht begangen hatte. Wenn ein schrecklicher Fehler unterlaufen war, musste man ihn korrigieren.

„Du glaubst, dass Ned es getan hat.“

Ich nickte langsam.

Ethan schloss die Augen und atmete aus. „In Ordnung“, sagte er, als er die Augen wieder öffnete. Statt mich anzusehen, starrte er aus dem Fenster. „Ich bringe den Brief zur Polizei.“

„Warum?“, fragte ich, verwirrt von seinem Sinneswandel.

Er blickte mich an. „Weil ich die Bestätigung brauche, dass du dich irrst.“

6. KAPITEL

Lucy

Ich wohnte in Plainfield, nur zehn Autominuten von meiner Heimatstadt Westfield entfernt und nur zwei Blocks weg von der Highschool, sodass ich zu Fuß zur Arbeit gehen konnte. Heute hatte die Klimaanlage in der Schule schon in den ersten zehn Minuten meines Sommerkurses versagt. Ich hatte Schwierigkeiten gehabt, mich auf meinen Kursplan zu konzentrieren, und die Kinder, die am Anfang immer lustlos waren, wollten überall sein, nur nicht eingepfercht im stickigen Schulgebäude. Da saßen wir also, zwanzig mürrische Kinder und ich. Ich war genauso froh wie sie, als es endlich klingelte.

Auf dem Weg nach Hause fragte ich mich, wie Julies Lunch mit Ethan wohl gelaufen war. So sehr ich auch versucht hatte, es ihr auszureden – sie hatte natürlich recht, dass die Polizei von dem Brief erfahren sollte. Ich wollte nur nicht, dass sie etwas emotional so Anstrengendes durchmachen musste, und wünschte, dass sie zumindest mit dem Treffen mit Ethan gewartet hätte, bis ich sie hätte begleiten können. Ihr war bange gewesen davor. In meiner Pause hatte ich sie angerufen, um sie moralisch zu unterstützen. Da befand sie sich gerade auf der Schnellstraße nach Spring Lake und wollte am Handy nicht mit mir sprechen, solange sie den Wagen steuerte. Das war Julie. Immer, immer vorsichtig. Immer darauf bedacht, ja keinen Fehler zu machen.

Ich wohnte in einem der großen viktorianischen Häuser in der West Eighth Street, die man so wunderschön restauriert hatte. Man hatte das Haus in drei geräumige Apartments aufgeteilt. Meines befand sich im obersten Stock, wo ich das sonnige Turmzimmer als Musikzimmer eingerichtet hatte. Meine Nachbarn waren ein schwules Paar, das das Haus renoviert hatte, sowie ein afro-amerikanisches Paar, das ebenfalls an der

Highschool unterrichtete. Abends saßen wir manchmal alle fünf auf der Veranda und erzählten uns Geschichten. Ich hatte Glück, dass sich niemand an meinem Geigenspiel störte. Ich wohnte sehr gerne dort.

Bevor ich noch das Haus erreichte, wusste ich, dass Shannon in meinem Apartment war, denn ich sah sie am Turmfenster stehen. Wahrscheinlich hielt sie schon nach mir Ausschau. Ich winkte, und sie winkte zurück, und ich fragte mich, was los war. Shannon hatte einen Schlüssel zu meiner Wohnung und konnte kommen und gehen, wie sie wollte, doch sie war seit Monaten nicht mehr unangekündigt aufgetaucht.

Ich durchquerte den marmorgefliesten Flur und ging gerade die breite Wendeltreppe hinauf, als ich ihre Stimme von oben hörte.

„Wie war's in der Schule?", rief sie zu mir hinunter.

Ich legte den Kopf zurück und sah, wie sie sich hoch über mir über das Treppengeländer beugte.

„Heiß", antwortete ich. „Die Klimaanlage war kaputt."

„Oje, du Arme", bedauerte mich Shannon.

„Und solltest du nicht bei der Arbeit sein?", fragte ich, als ich oben angekommen war, wo ich sie umarmte.

„Ich gehe später hin", erklärte sie. „Ich muss mit dir sprechen." Sie hatte wunderschöne braune Augen. Ich stellte mir vor, dass die Jungen nur so vor ihr dahinschmolzen. Aber waren ihre Augen heute nicht ein wenig blutunterlaufen? Ich versuchte, sie nicht anzustarren.

Ich legte meinen Arm um sie, und gemeinsam betraten wir die Wohnung. „Wo liegt das Problem, Kleines?"

Sie umfasste meine Taille. „Einfach alles", gab sie zurück.

Ich legte meine Aktentasche auf den Stuhl im Esszimmer. „Möchtest du etwas trinken?" Ich nahm mein grünes Top am Saum und fächelte mir etwas Kühlung auf die feuchte Haut. „Soda? Eistee?"

Sie schüttelte den Kopf. „Ich habe mich schon bedient",

sagte sie und deutete auf den Wohnzimmertisch. Auf einem Untersetzer stand ein Glas. Es war fast leer, sie musste schon eine Zeit hier sein.

„Mango-Geschmack", sagte ich. „Lecker, nicht wahr?"

Sie nickte.

„Lass mich etwas zu trinken holen, und dann reden wir, okay?"

Sie nahm auf dem alten geblümten Sofa im Wohnzimmer Platz und sah aus wie ein Model. Das Weiß ihrer Hose und der Bluse bildeten einen starken Kontrast zu den Flieder- und Beerentönen des Bezugs. Ich schenkte mir in der Küche einen Eistee ein und bereitete mich innerlich auf das Gespräch vor. Sicher wollte sie über Julies Reaktion sprechen, nachdem sie ihr gesagt hatte, dass sie den Sommer über bei Glen wohnen wollte. Ich würde ihr meine Unterstützung zusichern, und das meinte ich ernst.

Als ich das Wohnzimmer betrat, rutschte sie auf die Kante des Sofas vor, als wollte sie sich für ein Einstellungsgespräch wappnen. Ich setzte mich in meinen Lieblingssessel, legte die Beine über die Armlehne und kickte meine Sandalen von den Füßen.

„Ich weiß, dass deine Mom es nicht gerade positiv aufgenommen hat, dass du bei deinem Vater wohnen willst", begann ich und hob mein Glas an die Lippen.

Sie schüttelte den Kopf und blickte auf ihre im Schoß verschränkten Hände. „Das stimmt", meinte sie. „Aber deshalb bin ich nicht hier."

„Nein?", ermunterte ich sie.

Sie blickte mich an. Ihre Augen *waren* rot.

„Ich bin schwanger", platzte sie völlig unvermittelt heraus. Meine Kinnlade fiel herunter, es hatte mir die Sprache verschlagen.

„Es tut mir leid", fügte sie hinzu, als hätte sie mich verletzt.

„Aber du nimmst doch die Pille", wunderte ich mich.

„Ich habe eine vergessen.“ Sie spielte mit den Fransen der Decke, die über der Sofalehne lag. „Aber ich habe sie am nächsten Tag genommen, als ich es bemerkte. Ich schätze, es war zu spät oder so.“

„Wie weit bist du?“, fragte ich.

„In der sechzehnten Woche ... ziemlich genau.“

„Sechzehnte Woche!“ Ich blickte auf ihren Bauch, der durch die weite weiße Bluse kaschiert wurde. Plötzlich ergab alles Sinn. Dass sie zugenommen hatte, ihre gedämpfte Stimmung, das Unbewegliche in ihrem Gesicht.

„Mein Stichtag ist der zwanzigste Dezember“, erklärte sie.

„Stichtag?“, fragte ich. „Du meinst ... du willst dieses Baby zur Welt bringen?“

Sie nickte. „Der Vater des Babys und ich haben darüber gesprochen, und wir haben beschlossen, dass wir es haben wollen.“

„Wer um Himmels willen ist der Vater des Babys?“, fragte ich, durchaus nicht zornig. Eher verwirrt als wütend. „Deine Mutter sagte, dass du seit Monaten kein Date mehr gehabt hättest.“

„Sie hat recht“, erwiderte sie. „Das hatte ich nicht, weil ich total verliebt bin in ... den Vater des Babys. Er lebt in Colorado und heißt Tanner Stroh.“

„Woher kennst du ihn?“ Tausend Gedanken schossen mir durch den Kopf, ohne dass ich sie festhalten konnte: Wie würde Julie reagieren, wie meine Mutter, die dann Urgroßmutter würde, was war mit Shannons Musikkarriere? Sie sollte im Herbst aufs Konservatorium in Oberlin gehen!

„Ich habe ihn im Netz kennengelernt, als ich für ein Referat über den Bürgerkrieg recherchierte“, sagte sie. „Er hat eine Website darüber. Wir fingen an, uns zu mailen. Und wir telefonierten viel miteinander.“

Ich unterrichtete früher amerikanische Geschichte, und trotz meiner Vorbehalte gefiel mir der Umstand, dass dieser

Typ aus Colorado eine Website über den Bürgerkrieg betrieb. Ich konnte mir gerade noch die Frage verkneifen, ob die Site eher dem Norden oder dem Süden gewogen war.

„Und offensichtlich habt ihr euch getroffen“, vermutete ich und deutete auf ihren Bauch.

„Er verbrachte seine Frühjahrsferien hier.“ Shannon zupfte weiter an den Fransen herum, bis sich eine löste. Sie verzog das Gesicht, sah mich an. „Tut mir leid.“

„Ist schon in Ordnung.“ Ich bedeutete ihr mit einer kreisenden Handbewegung fortzufahren. „Wo hat er gewohnt?“

„Er hat Freunde in Montclair.“ Plötzlich bebte ihre Unterlippe. „Er ist außergewöhnlich, Lucy“, sagte sie kopfschüttelnd, als könne sie das Glück kaum fassen, ihm begegnet zu sein. „Er würde dir gefallen. Das weiß ich.“

Ich war mir dessen keineswegs so sicher. Ich wünschte mir, sie hätte mir früher davon erzählt. *Viel* früher, sodass wir ein vernünftiges Gespräch über ihre Optionen hätten führen können. Ich fühlte mich irgendwie verraten von ihr. Shannon hatte mir immer vertraut. Ich dachte, ich wüsste alles über sie.

„Warum hast du mir nie von diesem Jungen erzählt?“ Ich dachte an all die gemeinsamen Mittag- und Abendessen in den letzten sechs Monaten, als sie offenbar schon diesen Tanner im Kopf und dennoch nichts gesagt hatte.

„Ich wollte dich nicht sagen hören, dass ich dumm sei“, erklärte sie.

„Wann habe ich je zu dir gesagt, dass du dumm wärst?“, wollte ich wissen. „Und warum sollte ich jetzt damit anfangen?“

„Du weißt schon …“ Sie spielte mit der abgerissenen Franse in ihrer Hand. „Weil er so weit weg wohnt, und weil ich ihn im Internet kennengelernt habe und so.“

Ich wurde argwöhnisch. „Was meinst du mit ‚und so‘?“

„Er ist siebenundzwanzig“, antwortete sie und hielt die Franse ganz still, während sie auf meine Reaktion wartete.

Ich versuchte mir den Schock nicht anmerken zu lassen. Es

gab hundert Dinge, die ich gerne sagen wollte, doch nichts davon wäre hilfreich für sie.

„Und was weißt du über ihn?“ Es gelang mir, meine Stimme ruhig zu halten.

Zum ersten Mal seit meiner Ankunft lächelte sie, wobei sich ihre Grübchen zeigten und ihre Augen den träumerischen Ausdruck einer verliebten Frau annahmen.

„Er ist so großartig“, schwärmte sie. „Er ist an der Hochschule für Aufbaustudien, um seinen Doktor in Geschichte zu machen. Der Bürgerkrieg war seine letzte Abschlussarbeit. Nun schreibt er an einer Arbeit über den Holocaust. Er ist absolut hinreißend und brillant. Er will College-Professor werden“, fügte sie hinzu, um mein Herz zu gewinnen. Sie wusste, dass ich eine Schwäche hatte für alle, die unterrichteten.

„Wie hat er reagiert, als du ihm gesagt hast, dass du schwanger bist?“ Ich traute diesem absolut hinreißenden und mehr oder weniger mittelalten zukünftigen Professor kein bisschen. Er lebte mehr als dreitausend Kilometer weit weg. Er konnte irgendein Widerling sein, der sich seine Zeugnisse fälschte. Aber er hatte diese Website. Die würde ich mir mit Sicherheit anschauen.

„Er war wirklich aufgelöst“, sagte sie, „aber vor allem wegen mir. Er sagte, er wolle nicht, dass ich das Kind abtreiben lasse, doch er könne verstehen, dass ein Baby all meine Pläne fürs College und so durchkreuzen würde. Und er sagte, dass ich es tun solle, wenn ich es wirklich wollte.“

„Und was –“

„Ich kann es nicht tun, Lucy.“ Ein Flehen um Verständnis lag in ihrer Stimme. „Wenn es letztes Jahr geschehen wäre, hätte ich mich für eine Abtreibung entschieden. Also wenn es vor meinem Schulabschluss passiert wäre. Doch jetzt … ich würde mir egoistisch vorkommen, es jetzt zu tun. Dies ist mein *Baby*.“ Sie legte ihre Hände schützend auf ihren kaum sichtbaren Bauch.

„Ach, Liebes", seufzte ich und fühlte mit ihr. Ich dachte daran, wie schwer diese letzten Monate für sie gewesen sein mussten, in denen sie ihr Geheimnis vor all jenen Menschen verborgen hatte, die sie am meisten liebten. Ich dachte an ihren Notendurchschnitt und ihre Verantwortung als Jahrgangssprecherin. Wie um Himmels willen hatte sie das alles so gut geschafft? Sie war selbst ziemlich großartig.

„Er wird mich und das Baby unterstützen", erklärte sie. „Er möchte, dass ich nach Colorado ziehe, und wir suchen uns beide einen Job, und er arbeitet in Teilzeit an der Uni. Und wenn das Baby ein bisschen älter ist, kann ich aufs College gehen."

Tränen stiegen mir in die Augen. Wir hatten alle geglaubt, dass Shannons Zukunft so klar gezeichnet vor ihr lag. Sie war an einer renommierten und führenden Musikschule angenommen worden. Und sie war talentiert genug, um eine wunderbare Karriere mit einem guten Sinfonieorchester vor sich zu haben. Und nun sah ich sie vor mir, wie sie ein Durchschnittsleben führte in Colorado, mit einem Mann, den sie kaum kannte, und einem Baby, für das sie sorgte.

„Du bist bestürzt", stellte sie fest.

„Das bin ich, oh ja. Es ist einfach zu viel, das ich in zu kurzer Zeit verarbeiten muss."

„Ich weiß", gab sie zu. „Ich hätte dir schon lange vorher von ihm erzählen sollen."

„Du wusstest, dass du dir jetzt einiges anhören musst."

Sie nickte.

„Doch nur weil ich dich liebe und mir Sorgen um dich mache."

Sie schluckte und nickte erneut. Wieder begann ihre Unterlippe zu beben.

Ich setzte mich aufrecht hin und presste meine Handflächen im Schoß zusammen. Mein Zopf fiel mir über die Schulter, als ich mich vorbeugte. „Ich versuche zu verarbeiten, was das für dich bedeutet“, sagte ich. „Für deine Zukunft.“

„Du weißt, wie sehr ich Kinder liebe“, erwiderte sie. „Ich wollte erst Cellistin und später Mutter werden. Nun werde ich die Reihenfolge nur umdrehen. Ich meine, wenn ich zum Beispiel zwischen beidem wählen müsste, würde ich mich dafür entscheiden, eine Mutter zu sein.“

Stimmte das? Shannon hatte Cellistin in einem Sinfonieorchester sein wollen, seit Julie und Glen sie mit fünf Jahren zu ihrem ersten Konzert der New Yorker Philharmoniker mitgenommen hatten. Hatten die Erwachsenen in ihrem Leben, die sie in diesem Traum ermutigten, ihre bodenständigeren Ziele ignoriert, oder machte Shannon sich nur selbst etwas vor?

„Du hast immer gesagt, du seist *berufen* zum Cellospielen“, hielt ich ihr vor.

„Ich liebe es noch immer“, bekräftigte sie. „Ich will noch immer spielen, und ich will noch immer zur Musikschule … später. Nur jetzt kann ich es nicht machen. Du bist auch nicht gleich aufs College gegangen. Ist das so schlimm?“

„Natürlich nicht“, erwiderte ich. Ich wollte sie fragen, ob dieser Tanner vorhatte, sie zu heiraten. Ich wollte fragen, wie sie sich um das Baby kümmern und „später“ auf die Musikschule gehen wollte. Doch diese Fragen wären nicht hilfreich gewesen. Noch nicht. Stattdessen hörte ich ihr weiter zu und versuchte, ihr keine Vorwürfe zu machen. Davon würde sie woanders genug bekommen.

„Was glaubst du, wie lange du das vor deiner Mutter verheimlichen kannst?“, fragte ich. „Willst du deshalb zu deinem Vater ziehen? Glaubst du, er würde es nicht bemerken?“

„Ehrlich gesagt, weiß ich nicht, was ich tun soll.“ Sie zog an der Franse in ihren Händen und ließ sie dann in ihren Schoß fallen. „Bei Tanner kann ich bis September nicht einziehen, weil er im Moment mit einigen anderen Leuten zusammenwohnt und es kein Zimmer für mich gäbe.“

Ich hasste ihn. Selbstsüchtiger Bastard. Ich fragte mich, ob es sich bei einem der „anderen Leute" um seine Frau handelte, doch ich hielt meinen Mund.

„Also ..." Sie sah mich Hilfe suchend an. „Was soll ich tun? Ich dachte, ich könnte vielleicht bei dir wohnen, da du es ja jetzt weißt, und ich würde ..."

„Mm-Mm." Ich schüttelte den Kopf. „Du musst es deinen Eltern sagen, Shannon. Du *musst* es tun. Das weißt du doch, oder?"

„Mom wird völlig durchdrehen."

„Ja, das wird sie." Julie würde einen Anfall bekommen. Ein uneheliches Baby. Vereitelte Collegepläne, nachdem sie Shannon durch das halbe Land gefahren hatte, damit sie bei den Schulen vorspielen konnte, die sie besuchen wollte. Eine vielversprechende Zukunft, die nun auf der Kippe stand. Und vor allem die Sorge, dass etwas schiefgehen könnte. Julie wartete seit siebzehn Jahren darauf, dass Shannon etwas Furchtbares zustieß. Vielleicht war es dies.

„Ja, das wird sie", wiederholte ich. „Dennoch musst du es ihr sagen."

7. KAPITEL

Julie
1962

Dass ich am dritten Tag an der Küste meine Periode bekam, schien mir das Schlimmste, was passieren konnte. Wir machten uns gerade fertig für unseren örtlichen Strand, manchmal auch „Baby-Strand“ genannt, weil er mehr an der Bucht als am Meer lag und das Wasser ruhig und flach genug war, dass auch Kleinkinder darin schwimmen konnten. Ich schwamm besonders gerne in der Bucht. Ich hoffte, dort einige Kinder in meinem Alter zu finden, mit denen ich spielen konnte. Denn ich fühlte mich bereits einsam und musste zugeben, dass ich die Freundschaft mit Ethan vermisste. In der Straße gab es keine anderen Kinder in meinem Alter. Lucy war nutzlos, weil sie vor allem ständig Angst hatte, und Isabel wollte nichts mit mir zu tun haben. In Gegenwart ihrer Freundinnen behandelte sie mich, als ob ich ihr peinlich wäre.

Lucy saß im Wohnzimmer und sah mit Großmutter fern, während sie ihren Flintstones-Schwimmreifen aufblies. Isabel holte den Sonnenschirm aus der Garage, und ich sammelte in verschiedenen Ecken des Hauses Handtücher zusammen, als ich plötzlich in meinem Unterbauch diesen Schmerz verspürte, der mir in wenigen Monaten nur allzu vertraut geworden war. Ich ging nach oben auf den Dachboden in das winzige, mit einem Vorhang abgetrennte Badezimmer, wo ich meinen Badeanzug herunterzog und den Fleck sah. Am liebsten hätte ich geheult, doch ich versuchte mich zu beherrschen. Zu dieser Zeit waren die kleinen in Zellophanpapier gehüllten Tampons oder selbstklebenden Slipeinlagen noch nicht selbstverständlich. Ich holte den Bindengürtel, den ich schon rasch zu verwünschen gelernt hatte, und befestigte die voluminöse Binde. Ich verfluchte es, als Mädchen geboren zu sein. Danach zog ich meine Shorts und ein Top an, sammelte weitere Handtücher ein und ging hinunter in die Küche, wo ich mich mit den Handtüchern im Arm aufbaute.

Meine Mutter wickelte gerade das letzte Sandwich in Wachspapier, als sie mich ansah.

„Warum hast du deinen Badeanzug ausgezogen?", wunderte sie sich.

„Ich gehe nicht mit", antwortete ich. „Meine blöde Freundin ist da."

Einen Augenblick wirkte sie verwirrt, bevor sie die Anspielung verstand. „Ach, Süße, das tut mir leid." Sie umarmte mich, doch sie lächelte dabei, was mich an ihrem Mitgefühl zweifeln ließ. „Komm trotzdem mit an den Strand."

„Jeder wird fragen, warum ich keinen Badeanzug anhabe", jammerte ich.

Sie zuckte die Achseln, als wäre das nebensächlich. „Und wenn schon. Dann sagst du, du hättest heute keine Lust zum Schwimmen", schlug sie vor.

In dem Moment kam Isabel herein. Sie bewegte rhythmisch den Kopf zu dem Lied „Sherry" von den Four Seasons, das aus dem Transistorradio dröhnte, das sie bei sich trug.

„Schirm ist im Wagen", sagte sie zu unserer Mutter.

„Mach das bitte leiser", forderte Mom.

Ich zuckte halb zusammen, weil ich erwartete, dass Isabel sich weigern würde. Sie und Mom stritten Tag und Nacht, meistens über Ausgangssperren und die Klamotten, die Isabel anziehen wollte. Ich hatte es satt. Doch Isabel drehte den kleinen Knopf an ihrem Radio und stellte die Lautstärke leiser, hörte aber nicht auf, sich zu der Musik zu bewegen. Ich sah ihr gerne dabei zu. Ich wusste, dass sie sexy war. Ich wusste, dass das die Jungs über sie sagten. Sie trug einen pinkfarbenen Bikini, wobei die Hose kaum ihren Nabel bedeckte. Ihre Haut hatte einen sanften Olivton, der sich nach ein paar Tagen am Strand zu einem tiefen Braun verdunkeln würde. Ich konnte es kaum erwarten, so alt zu werden wie sie.

Plötzlich hörte Isabel auf, in der Küche herumzuhüpfen, und starrte mich an. „Warum bist du nicht fertig für den Strand, Jules?", fragte sie.

„Ich *bin* fertig", betonte ich.

„Oh." Isabel nickte. Ihr Mitgefühl schien aufrichtig. „Die Heimsuchung ist über dich gekommen."

„Es ist so peinlich."

„Ich weiß", sagte sie. „Es tut mir wirklich leid für dich. Ich zeige dir, wie man einen Tampon benutzt."

„Nein, das wirst du nicht." Meine Mutter öffnete den Schrank und holte die kleinen Plastikanstecker raus, die wir an dem Privatstrand an unseren Badeanzügen tragen mussten. „Sie ist zu jung."

Es spielte keine Rolle, ob Isabel mir beibrachte, wie man einen Tampon benutzte, oder nicht. Was zählte, war, dass sie mir ihre Aufmerksamkeit geschenkt und es mir angeboten hatte.

„Das ist *mein* Handtuch!" Isabel zog unvermittelt eines der Handtücher aus dem Stapel in meinem Arm, sodass einige andere zu Boden fielen.

„Wo ist das Problem?", gab ich zurück und hob die Handtücher verärgert auf.

„Kein Problem", erwiderte sie und warf mir einen Blick zu, der eindeutig besagte: *Halt die Klappe!*

Ich glaubte zu verstehen. Das Handtuch, das sie rausgefischt hatte, war mir völlig unbekannt. Es war sehr groß und weich und zeigte eine Giraffe. Ich war sicher, dass Ned es ihr geschenkt hatte.

Wir drängten uns alle in den heißen Wagen für die Zwei-Minuten-Fahrt zum Strand. Lucy musste sich ein Handtuch unter die Beine legen, weil sie glaubte, dass der Sitz sie sonst verbrennen könnte. Sie trug bereits ihren Schwimmring um den Bauch, als ob sie Angst hätte, in der Hitze zu ertrinken.

Ich half ihr, den Plastikanstecker an ihrem Badeanzug zu befestigen.

Da es mitten in der Woche war, befanden sich nicht allzu viele Menschen am Strand, was mich enttäuschte. Wir gingen von dem mit Muschelresten bedeckten Parkplatz über den heißen Sand Richtung Wasser. Ich erblickte kein anderes Kind, das in meinem Alter war. Bis ich schließlich doch jemanden sah. Er lag bäuchlings an der Wassergrenze und stocherte mit einem Stock in einem Klumpen Seetang herum. Ethan. Was für ein *Spinner*, dachte ich. Wie hatte ich jemals mit ihm befreundet sein können?

Schließlich erreichten wir eine Stelle am Strand, nicht weit vom Wasser, die meine Mutter für perfekt erklärte. Isabel legte ihr Radio und das Giraffenhandtuch ab, stach den Sonnenschirm in den Sand und öffnete ihn. Mom und ich breiteten daneben eine unserer zwei Decken aus, und Lucy mit ihrem Schwimmreifen setzte sich sofort hin. Sie kreuzte die Beine, öffnete ihr Buch und begann zu lesen.

„Du kannst die Decke direkt neben diese legen", sagte Mom zu Isabel.

Isabel sah zur Strandwache, und ich folgte ihrem Blick. Ned Chapman war der Strandwächter. Kein Wunder, dass er schon so braun gebrannt war. Er trug eine Sonnenbrille und hatte weiße Zinkcreme auf der Nase. Sein blondes Haar wirkte noch heller als vor ein paar Tagen. Die Haare an seinen nackten Beinen glitzerten im Sonnenlicht, und ich verspürte wieder dieses köstliche Ziehen in meinem Bauch, das mich immer überkam, wenn ich ihn sah. Ich würde das Gefühl für zwanzig Minuten oder so genießen und mich dann dem Trost von Nancy Drew und ihrer rätselhaften Geheimnisse überlassen. Das unvertraute Verlangen, das in mir hochstieg, erschreckte mich in Kombination mit meinem ungestümen Temperament und meinem Verlangen nach Aufregung fast zu Tode, und Nancy versprach da Erleichterung.

Als ob er spürte, dass ich an ihn dachte, sah Ned zu uns herüber und winkte. Ich winkte zurück, auch wenn ich wusste, dass er nicht mich meinte.

„Kann ich zu Mitzi und Pam hinübergehen?“, fragte Isabel.

„Darf ich bitte“, korrigierte Mom.

„Darf ich bitte?“

„Natürlich. Möchtest du vorher noch ein Glas Limonade?“

„Nein, danke.“ Isabel war bereits auf dem Weg, das Radio und das Handtuch unter dem Arm, und ich fragte mich, ob unsere Mutter eigentlich bemerkte, dass Ned dort drüben war. Ich bewunderte die Beine meiner Schwester, während sie durch den Sand zu dem Haufen Teenager schlenderte, die sich dort bei Radiomusik um die Strandwache herum bräunten. Herrje, ich wollte Isabel sein! Ich wollte wissen, wie man einen Tampon benutzt, wollte diese langen Beine und vollen Brüste haben. Ich wollte, dass die Jungs mir nachschauten, wenn ich an ihnen vorüberging, so wie sie es jetzt bei Isabel taten. Ich beobachtete, wie die anderen sie begrüßten. Pamela Durant setzte sich auf und schob dabei einen Träger ihres Oberteils zurecht, der ihr über die Schulter gerutscht war. Sie lächelte Isabel an und klopfte auf die Decke neben sich, wo Isabel Platz nahm. Es war ein ganzer Haufen gut aussehender Teenager. Sie waren etwa zu zehnt, überall lange Glieder, volle Brüste und nackte Männeroberkörper, welliges Haar, das im Sonnenlicht glänzte, und Körper, auf denen das mit Jod getönte Baby-Öl glänzte. Die meisten von ihnen rauchten, doch ich glaubte nicht, dass Izzy jemals eine Zigarette geraucht hatte.

Ich kannte einige von Isabels Freundinnen, weil sie seit ein paar Jahren zu dieser Clique gehörte. Mitzi Caruso war das netteste der Mädchen, zugleich das schüchternste und am wenigsten attraktive. Ihr schwarzes Haar blieb den ganzen Sommer lang kraus, und sie war ein wenig mollig. Pamela Durant war umwerfend, vielleicht noch hübscher als meine Schwester. Sie trug ihr hellblondes Haar in einem langen, seitlich gebundenen Pferdeschwanz, und sie erinnerte mich an Cricket, die Person, die Connie Stevens in der Fernsehserie *Hawaiian Eye* spielt. Der einzige Junge, den ich kannte, war Bruno Walker, Neds bester Freund. Sein richtiger Name lautete Bruce, doch nur die Erwachsenen nannten ihn so. Er trug sein schwarzes Haar zu einem Ducktail frisiert, hatte grüne Augen und Schmolllippen und war groß und durchtrainiert. Ich hörte Isabel und Pam einmal darüber sprechen, dass er wie Elvis Presley aussehe. Sie sagten, er wäre wild: Er war schon mal auf der Motorhaube eines Autos mitgefahren, und er trank zu viel. Er sah gut aus, doch er interessierte mich nicht so wie Ned.

Ich bemerkte, wie Ned von seiner Rettungsstation zu uns herübersah, dann hinuntersprang und die paar Schritte hinüber zu Isabel ging. Er legte ihr die Hand auf die Schulter, und in meinem Bauch krampfte sich wieder alles zusammen, als er sich vorbeugte, um ihr etwas ins Ohr zu flüstern. Sie lachte und zog neckisch an der schwarzen Trillerpfeife, die um seinen Hals hing.

Du solltest besser den Strand bewachen, dachte ich. Ich legte mich bäuchlings auf die Decke, wandte mich von ihnen ab und schloss die Augen. Ich war ganz einfach eifersüchtig.

Ich wusste etwas über Isabel und Ned, das niemand sonst wusste. Etwas, mit dem ich Druck auf sie ausüben konnte, wenn ich das je musste. Am Tag zuvor hatten Isabel und ich auf der Veranda gelesen, während Mom an der Staffelei Skizzen gemacht hatte. Es sah so aus, als ob sie vorhätte, die Hütte des Hahnen-Mannes auf der anderen Seite zu malen. Ich fragte mich, ob sie wohl wusste, wer dort wohnte, doch ich wagte es nicht, ihr von meinem Besuch bei ihm zu erzählen. Isabel sah plötzlich von ihrem Buch auf.

„Kann ich heute in Neds Boot mitfahren?“, fragte sie.

Ich wartete darauf, dass Mom mit ihrem üblichen „Darf ich

bitte“ antwortete, doch stattdessen sah sie nur gedankenverloren über den Kanal. Dann nickte sie. „Wenn entweder Ethan oder Julie euch begleitet, dann ja. Dann kannst du mitfahren.“

Ich war begeistert! Ich konnte es nicht erwarten, mit dem Boston Whaler der Chapmans zu fahren. Ich hoffte, dass wir Wasserski fahren durften. Doch Isabel wollte nichts davon.

„Wirklich, Mutter“, ärgerte sie sich, während sie ihr Buch zuschlug und ins Haus ging. „Das ist lächerlich.“

Sie ging ins Haus, und Mom rief ihr hinterher: „Denk daran, dass du dir für diesen Sommer einen Job suchen sollst.“

Mom zeichnete weiter, als ob nichts geschehen sei, und ich wandte mich wieder dem *Geheimnis auf dem alten Dachboden* zu. Später am Tag schlenderte ich allein an den Strand, und als ich am kleinen Yachthafen am Ende des Kanals vorbeikam, sah ich Isabel an der Spundwand stehen und ins Wasser starren. Ich rief ihren Namen, doch sie schien mich nicht zu hören. Dann sah ich, wie Ned mit seinem Boot dicht an die Wand heranfuhr. Er streckte die Hand aus, und Isabel kletterte ins Boot.

Mit offenem Mund blieb ich stehen. Ich konnte nicht glauben, dass sie die Verbote meiner Mutter so völlig missachtete. Neidisch beobachtete ich, wie das Boot Fahrt aufnahm und aus dem Yachthafen schoss. Das Bild speicherte ich ab für einen künftigen Tag, an dem ich es vielleicht brauchen könnte.

„Komm, Lucy“, sagte meine Mutter jetzt. „Lass uns ins Wasser gehen.“ Ich öffnete die Augen und sah, dass sie die Sandwiches und die Thermoskanne, die Sonnenlotion und ihr Buch schön säuberlich an einer Seite der Decke aufgereiht hatte. Nun war sie bereit, um schwimmen zu gehen.

„Ich lese gerade“, antwortete Lucy. Sie saß außerhalb meines Blickfeldes, doch ich war sicher, dass sie nicht einmal hochgeguckt hatte.

Ich sah, wie Mama sich vor ihr hinkniete. „Dies ist ein neuer Sommer, Lucy“, redete sie ihr zu. „Du bist jetzt acht. Es ist wirklich dumm, noch Angst vor dem Wasser zu haben."

Lucy erwiderte nichts.

„Feigling", lästerte ich und schloss wieder die Augen.

„Schschsch!", wies Mom mich zurecht. „Das hilft bestimmt nicht."

„Geh ins Wasser, Lucy." Ich setzte mich auf, fühlte mich schuldig. Ich wollte keine garstige ältere Schwester sein. Ich wusste, wie sich das anfühlte. „Dann gehe ich später auch mit dir schaukeln."

Mit einem viel zu tiefen Seufzer für eine Achtjährige stand Lucy auf. Meine Mutter setzte ihre Badekappe auf und stopfte ihr dunkles kinnlanges Haar darunter. Dann half sie Lucy, ihre Badekappe über die kurzen, dauergewellten Locken zu ziehen. Als ob meine Schwester tatsächlich so weit ins Wasser gehen würde, dass ihre Haare nass werden könnten! Ich beobachtete, wie beide Hand in Hand zu dem mit einem Seil abgetrennten Schwimmbereich des Wassers gingen. Mom zeigte auf ein Flugzeug, das über dem Wasser flog und ein Werbebanner von Coppertone hinter sich herzog. Wie ich es geahnt hatte, wagte Lucy sich bis zu den Knien ins Wasser, weigerte sich aber, weiterzugehen. Ich konnte die Diskussion nicht hören, doch ich sah, dass meine Mutter lange versuchte, sie zu überreden, und dass Lucy immer wieder den Kopf schüttelte: *nein*. Schließlich gab meine Mutter auf und ging allein ins Wasser. Sobald sie das tiefe Wasser erreicht hatte, tauchte sie kopfüber ein und dann unter dem Seil hindurch. Mit kraftvollen, langen Zügen schwamm sie parallel zum Ufer. Sie sah wunderschön aus, mehr wie ein Wesen aus dem Meer als wie eine Frau. Ich wollte zu gerne da draußen bei ihr sein. Sie hatte mir das Schwimmen beigebracht, als ich halb so alt war wie Lucy.

Ich blickte zu meiner jüngeren Schwester. In ihrem trockenen gelben Badeanzug und mit dem rührenden Schwimmring um den Bauch stand sie noch immer in dem knietiefen Wasser und sah unserer Mutter beim Schwimmen zu. Plötzlich tat sie mir so leid, dass ich hätte heulen können.

„Lucy, Süße“, rief ich. Der Kosename rutschte mir heraus, bevor ich es verhindern konnte.

Sie drehte sich um und blickte mich an.

„Komm zurück zur Decke“, forderte ich sie auf.

Das tat sie. Sie trottete zurück zur Decke, streifte den Schwimmring ab, zog den Badeanzug aus und setzte sich neben mich, um zu lesen.

„Leg dich hin, und ich reibe dich mit Sonnencreme ein“, sagte ich.

Mom hatte sie bereits eingerieben, aber ich wollte einfach nett zu ihr sein. Sie legte sich auf den Bauch, und ich verteilte die nach Kokosnuss duftende Lotion auf ihrem Rücken. Ich spürte ihre spitzen Schulterblätter unter meinen Händen. Sie wirkte so zerbrechlich. Ich wollte mich über sie beugen und sie umarmen. Ich hätte ihr gern von meinem Mut abgegeben. Ich hatte mehr, als ich brauchte.

Ich schraubte gerade die Cremetube wieder zu, als ich bemerkte, dass Mr. und Mrs. Chapman jetzt direkt hinter uns waren. Sie saßen auf gestreiften Strandstühlen, und Mrs. Chapman hatte den Kopf nach hinten geworfen und reckte mit geschlossenen Augen ihr Gesicht der Sonne entgegen. Sie hatte hübsches blondes Haar, das sie wie zu einer Kappe geschnitten trug. Mr. Chapman las ein Buch, doch er musste meinen Blick gespürt haben, denn er nahm die Sonnenbrille ab und erwiderte meinen Blick. Er schien nicht glücklich, mich zu sehen.

„Oh“, sagte er. „Hallo, Lucy.“

„Ich bin Julie“, klärte ich ihn auf.

„Julie, natürlich.“

Ich sah zu der Stelle, wo Ethan gelegen hatte, doch er war nicht mehr da. Dann erblickte ich ihn auf dem Pier, wo er eine Schnur ins Wasser hielt. Wahrscheinlich fischte er nach Krabben. Wenn ich ihn noch hätte ausstehen könnte, wäre ich gerne dabei gewesen.

„Ist Charles ... ist dein Vater für die Woche wieder nach Westfield gefahren?“, erkundigte sich Mr. Chapman.

Ich nickte. „Müssen Sie in der Woche nicht auch wieder nach Hause?“, fragte ich.

Er schüttelte den Kopf. „Nicht seit ich am Obersten Gerichtshof bin“, erwiderte er. „Wir machen eine Sommerpause.“

Ich war verwirrt. Ich hatte keine Ahnung, dass Mr. Chapman am Obersten Gerichtshof war. „Warum haben Sie das Schulgebet abgeschafft?“, wollte ich wissen und nahm damit den Kampf meines Vaters auf.

„Was?“ Er schien verblüfft und lachte dann. Seine Züge wurden weicher, wenn er lachte, und ich erkannte Ned in ihm wieder. „Das ist der Oberste Gerichtshof der *Vereinigten Staaten*“, erklärte er. „Und ich bin am Obersten Gerichtshof von *New Jersey*.“

„Oh.“ Ich fühlte mich beschämt, als hätte ich das wissen müssen.

„Aber ich *hätte* das Schulgebet abgeschafft“, fügte er hinzu, „wenn ich in der Lage dazu gewesen wäre.“

Ich verstand plötzlich, warum mein Vater Mr. Chapman nicht zu mögen schien. Ich konnte mich nicht erinnern, sie jemals miteinander sprechen gesehen zu haben.

„Fang nicht damit an, Ross.“ Mrs. Chapman bewegte sich nicht, doch sie lächelte, als sie ihren Mann zurechtwies.

„Ich finde, es sollte jeden Morgen in der Schule ein Gebet geben“, sagte ich, wobei ich mir sehr erwachsen vorkam und dankbar war für das Vorbild meines Vaters.

Mr. Chapman beugte sich vor. Seine Augen hatten die Farbe der Zinn-Kaffeekanne meiner Mutter. „Es ist schön, dass du einen Standpunkt beziehst, Julie“, sagte er. „Es ist wichtig, sich für etwas zu engagieren, egal auf welcher Seite man steht. Doch zufällig bin ich nicht deiner Meinung. In diesem Land haben wir nicht nur Christen. Es gibt Juden und Muslime und Atheisten. Findest du wirklich, dass diese Kinder jeden Morgen in der Schule ein christliches Gebet sprechen sollten?"

Ich kannte nur ein jüdisches Mädchen und ganz sicher keinen Muslim. Ich wusste nicht genau, was ich erwidern sollte. Er hatte ein Argument, das ich nicht widerlegen konnte, doch ich klammerte mich so an den Standpunkt meines Vaters, dass ich keinen Rückzieher machen konnte. „Atheisten sind dumm", behauptete ich und errötete sofort, weil ich wusste, wie lächerlich dieser Satz war.

Er lachte. „Und sie könnten dasselbe über euren Glauben sagen."

„Sind Sie ein Atheist?", hakte ich nach und überlegte, ob das der Grund war, weshalb er das Schulgebet abschaffen wollte.

„Nein, ich bin Katholik. So wie ihr. Doch selbst Katholiken sind sich in wichtigen Punkten nicht immer einig."

Seine Frau neigte plötzlich den Kopf. Sie beschattete ihre Augen mit der Hand, um mich anzusehen, und lächelte dann. Zu ihrem Mann sagte sie: „Hör auf, sie zu piesacken."

„Wir führen nur ein gesundes Streitgespräch", erklärte Mr. Chapman, und ich war froh, dass er das nach meinem schwachen Kommentar zu den Atheisten so sah.

„Wie geht es dir denn, Julie, Liebes?", lenkte Mrs. Chapman das Thema in eine unverfänglichere Richtung. „Wir hatten in diesem Sommer bislang noch kaum Gelegenheit, deine Familie zu sehen. Wo ist deine Mutter?"

Ich drehte mich in Richtung Bucht und deutete auf die Stelle, an der ich meine Mutter zuletzt gesehen hatte. Doch sie kam gerade aus dem Wasser und streifte ihre Badekappe ab, sodass ihr das dunkle Haar wieder in Wellen um das Gesicht fiel. Wie die meisten Frauen ihres Alters trug sie einen schwarzen Badeanzug mit einem kleinen Rockteil, doch es war offensichtlich, dass sie ihre langen schlanken Oberschenkel absolut nicht verstecken musste. Ich verspürte einen Anflug von Stolz. Sie war so hübsch.

„Hallo, Joan", sagte meine Mutter, als sie ein Handtuch

von der Decke nahm und sich das Gesicht abtrocknete. „Und Ross.“

„Maria.“ Mr. Chapman nickte meiner Mutter zu.

„Wie ist das Wasser?“, erkundigte sich Mrs. Chapman.

„Kühl“, erwiderte meine Mutter. „Aber sehr erfrischend.“ Sie wandte sich Lucy und mir zu. „Lasst uns Mittag essen, Mädchen, in Ordnung?“ Sie setzte sich mit dem Rücken zu den Chapmans auf die Decke, sodass sie mir den Blick verbaute und dem „gesunden“ Streitgespräch ein Ende setzte.

Wir aßen unsere Sandwiches, als ich zur Strandwache hinübersah und bemerkte, dass die Decken, auf denen Isabel und ihre Freunde gesessen hatten, leer waren. Auf der Plattform saß ein Junge, den ich nicht kannte und der die schwarze Trillerpfeife von einer Hand in die andere warf. Ich wusste, wo sie alle waren. Ich sah hinaus zu der Plattform im Wasser, ein schweres Holzfloß, das in dem tiefen Wasser verankert worden war und durch leere Ölfässer an der Oberfläche gehalten wurde. Die Teenager hatten sich auf die Plattform gezwängt, die viel zu klein für alle war. Ich hörte sie von meinem Platz aus lachen. Ich vernahm auch Musik und fragte mich, wie sie ein Radio dort draußen hingeschafft hatten, ohne dass es nass wurde. Meine Schwester und ein anderes Mädchen standen auf und tanzten zur Musik. Bruno Walker balancierte an der Kante der Plattform, und ich sah, wie er einen perfekten Kopfsprung ins Wasser vollführte. Dann schwamm er zurück zur Plattform und stemmte sich mit seinen muskulösen Armen hoch, statt die Leiter zu benutzen. Er setzte sich neben eines der Mädchen, das ich nicht kannte.

Ich kaute langsam an meinem Sandwich, während ich sie beobachtete. Ich war noch nie auf der Plattform gewesen, obwohl ich es zu gerne wollte. Ich konnte gut schwimmen und war sicher, dass ich mich ebenso wie Bruno auf die Plattform hieven konnte, doch ich fühlte mich eingeschüchtert von den Teenagern, die dort immer rumhingen – Isabel eingeschlossen. Es war offenbar ihr Territorium. Eine Zwölfjährige wäre nicht willkommen. Während ich sie beobachtete, konnte ich nicht ahnen, dass meine Schwester, die so vital und lebensfroh wirkte, noch vor Ende dieses Sommers tot sein würde. Und ich konnte nicht ahnen, wie diese Plattform mich später in meinen Träumen verfolgen würde.

8. KAPITEL

Maria

Ich jätete meinen Garten jeden Tag. Obwohl es erst Ende Juni war, konnte ich bereits sehen, wie das Unkraut durch den Mulch kam, den Julie und Lucy für mich ausgestreut hatten. Die meisten Menschen hassen Jäten, doch ich nicht. Ich war gerne in der Sonne – zweifellos das italienische Blut in meinen Adern. Vielleicht hatte ich deshalb mehr Falten, als wenn ich nicht so viel Zeit meines Lebens draußen verbrachte hätte, doch das war mir egal. Es war ein Privileg, alt zu werden, und nicht jeder kam dazu, es zu genießen. Ich war dankbar für jede Minute, die mir gegeben war.

Ich hielt die Blumenbeete gerne sauber, entfernte das Unkraut zwischen den roten Begonien und den rosafarbenen Pfingstrosen und verwandelte das Chaos in Ordnung. In der Beziehung kam Julie ganz nach mir. Lucy war insgesamt ein anderer Typus. Sie war schluderig und kompliziert. Ich versuchte nicht daran zu denken, wo in diesem Spektrum zwischen Ordnungssinn und Schlampigkeit Isabel gelandet wäre. Über solche Dinge nachzudenken kann einen verrückt machen.

An jenem Morgen Ende Juni saß ich auf dem kleinen Sitzroller, den Julie mir gekauft hatte, und arbeitete an dem Blumenbeet nahe der Vordertreppe, als ein Wagen in meine Einfahrt fuhr. Es war ein großes Auto mit einer langen Motorhaube – die Art von Wagen, die ein alter Mann fahren würde, und tatsächlich sah ich, wie ein Mann meines Alters ausstieg.

Ich legte meine Gartenschaufel hin und richtete mich langsam auf. Das ist etwas, das ich gelernt habe – ich musste mir Zeit nehmen, um nach der Arbeit in der Sonne auf die Füße zu kommen. Ansonsten würde alles für ein paar Sekunden schwarz werden. Ich zog die Gartenhandschuhe aus und warf sie auf den Mulch, während ich beobachtete, wie der alte Mann einen Gehstock aus dem Wagen holte und auf mich zuhumpelte.

„Hallo“, rief ich und ging ihm ein paar Schritte über den Rasen entgegen.

Er winkte mir. „Hallo, Maria“, sagte er, und in meinem Kopf begann ein wildes Rasen, wie immer, wenn ein mir unbekannter Mensch mich zu kennen schien. Mein Erinnerungsvermögen war ganz und gar nicht schlecht, doch wenn ich Menschen außerhalb der gewohnten Umgebung traf, konnte ich sie oft nicht richtig zuordnen. Kannte ich diesen Mann von der Kirche? Oder vom McDonald's? Mit der Hand beschattete ich meine Augen, um ihn klarer zu sehen. Er war groß und sehr hager und hatte schütteres weißes Haar. Er hinkte, als er auf mich zukam, und ich begriff, dass er auf den Gehstock angewiesen war und ihn nicht nur zur Zierde benutzte. Er wirkte wie ein völlig Fremder auf mich.

Er lächelte, als er näher kam, und obwohl etwas Vertrautes im Schwung seiner Lippen lag, konnte ich ihn dennoch nicht zuordnen.

„Du erkennst mich nicht wieder, oder?“, fragte er ohne Vorwurf.

Ich schüttelte den Kopf. „Es tut mir leid, doch so ist es“, erwiderte ich. „Gehören Sie zur Holy Trinity Church?“

Er streckte mir seine linke Hand entgegen, während er sich mit der rechten schwer auf den Gehstock stützte. „Ich bin Ross Chapman“, stellte er sich vor.

Ich war langsam genug aufgestanden, dessen war ich mir sicher, doch nun wurde mir so schwindlig, dass ich glaubte, ohnmächtig zu werden. Ich ergriff seine Hand, mehr um mir Halt zu geben, als um sie zu schütteln, und meine Stimme schien mir nicht mehr zu gehorchen.

„Es ist lange, lange her“, meinte er.

Es gelang mir zu nicken. „Ja“, bestätigte ich.

„Du bist noch immer eine umwerfende Frau“, sagte er, obwohl ich meinen Garten-Overall trug und mein Gesicht vermutlich schmutzverschmiert war.

„Danke." Ich konnte das Kompliment nicht erwidern. Ross Chapman war einst ein sehr attraktiver Mann gewesen, doch in den einundvierzig Jahren, seit ich ihn zuletzt persönlich gesehen hatte, war er verdorrt und verschrumpelt. Nachdem wir das Sommerhaus 1962 zum letzten Mal verließen, hatte ich sein Bild gelegentlich in den Zeitungen oder im Fernsehen gesehen. Schließlich war er ein prominenter Mann in New Jersey und hatte sogar als Gouverneur kandidiert. Doch heute erinnerte nichts mehr an ihm an jenen vitalen Politiker.

„Verbringst du damit deine Zeit?" Er deutete auf das Blumenbeet. „Mit Gartenarbeit?"

„Ich arbeite außerdem bei McDonald's in Garwood und ehrenamtlich im Krankenhaus", antwortete ich.

„McDonald's?", wiederholte er lachend. „Das ist großartig. Du wusstest dich immer zu beschäftigen." Er nickte auf eine Art, die wohl als Anerkennung gemeint war.

Ich wusste nicht genau, was ich mit ihm anfangen sollte. Ein unangenehmes Schweigen entstand. Ich wollte ihn eigentlich nicht hereinbitten, doch ich sah keine Alternative.

„Möchtest du hereinkommen und etwas trinken?", bot ich schließlich an.

„Gerne", erwiderte er.

Ich ging die vordere Treppe hinauf und hielt ihm die Haustür auf. Die vier Stufen bereiteten ihm offenbar Probleme. Ich blickte zur Seite und tat, als ob ich seine Gebrechlichkeit nicht bemerkte, weil ich ihn nicht in Verlegenheit bringen wollte.

„Setz dich doch hierhin." Ich deutete auf einen Sessel im Wohnzimmer und rasselte dann die Dinge herunter, die ich ihm zu trinken anbieten konnte.

„Nur Eiswasser", sagte er.

In der Küche ließ ich mir Zeit, die Gläser vorzubereiten. Ich wünschte mir, er wäre nicht gekommen. Ich wusste nicht, wozu sein Besuch gut sein sollte. Ich hätte den Rest meines Lebens sehr glücklich weiter leben können, ohne meinen alten Nachbarn wiederzusehen.

Als ich zurück ins Wohnzimmer ging, hatte er sich nicht hingesetzt. Stattdessen betrachtete er die Bilder auf dem Kaminsims. Auf einem waren wir alle vier – Charles und ich und Julie und Lucy. Die Mädchen waren damals vierzehn und zehn Jahre alt. Es war das letzte Bild von Charles; nur wenige Wochen danach war er in unserer Küche mit einem Herzinfarkt tot zusammengebrochen. Dann standen da noch Julies und Lucys Bilder von der College-Abschlussfeier und daneben eines von Shannon. Ross nahm es in die Hand und sah mich lächelnd an.

„Eine Enkelin?", fragte er.

Ich nickte. „Shannon", erwiderte ich. „Von Julie." Ich überlegte, ob ich ihm mehr erzählen sollte. Dass sie in Oberlin angenommen worden war, wie virtuos sie bereits spielte. Doch ich wollte das Gespräch mit Ross nicht länger als nötig dauern lassen.

„Sehr hübsch." Dann deutete er auf Julies Bild. „Das ist Julie, nicht wahr? Sie war die Pfiffige. Diejenige mit Köpfchen und Mumm."

Seine Worte berührten mich. Julie hatte Köpfchen, richtig, doch ihr Mumm war schon lange verflogen. Dennoch hatte er recht. Als er meine Mädchen gekannt hatte, war Julie diejenige mit dem meisten Elan gewesen.

„Ja", pflichtete ich ihm jedoch bei, um das Gespräch kurz zu halten. „Sie hatte immer etwas vor."

Ross humpelte hinüber zu dem Sessel und setzte sich. „Ich habe eine Enkelin und eine Urenkelin", erzählte er. Er nahm das Glas, das ich ihm reichte, und sah zu mir hoch. „Aber deswegen bin ich nicht hier."

Ich legte einen Untersetzer neben ihn auf den Tisch und setzte mich auf das Sitzkissen vor dem anderen Sessel. „Und warum bist du hier?", fragte ich. Ich rieb meinen Nacken, der ein bisschen schmerzte. Meine Haut war feucht vor Schweiß, der weniger von der Hitze als von meiner Anspannung herrührte.

„Weißt du, dass mein Ethan und deine Julie sich heute zum Lunch treffen?", fragte Ross.

„*Was?*" Ich hatte gerade einen Schluck Wasser nehmen wollen und hätte beinahe das Glas fallen gelassen. „Warum um Gottes willen?" Soweit ich wusste, hatte Julie seit 1962 keinen Kontakt mehr mit Ethan Chapman.

Ross zuckte die Achseln. „Ethan sagte nur, dass er an sie gedacht und das Gefühl gehabt hätte, sie sehen zu wollen. Sie wollten sich in Spring Lake treffen."

„Schön", sagte ich knapp und erholte mich allmählich von dem Schock. „Schön für sie. Sie waren schließlich befreundet als Kinder."

„Wie auch immer", setzte Ross an. „Als Ethan mir sagte, dass er sich mit Julie treffen würde, musste ich an dich denken ... an deine Familie. Daran, wie ich ..." Er stellte sein Glas auf dem Untersetzer ab und blickte mir in die Augen. „Ich habe es alles falsch gemacht, Maria. In jeder Beziehung. Ich –"

„Schnee von gestern, Ross", unterbrach ich ihn. „Ist gar nicht nötig, das alles wieder aufzuwärmen."

„Aber ich glaube, dass es doch nötig ist", entgegnete er.

Den gleichen ernsten Blick hatte er auch aufgesetzt, als er für den Gouverneursposten kandidierte. Ein Blick, der das Bedürfnis weckte, ihm zu vertrauen.

„Ich bin alt und müde", gestand er. „Ich bezweifle, dass ich noch viel länger leben werde, und ich möchte mich bei all den Menschen entschuldigen, die ich im Lauf meines Lebens verletzt habe."

„Was ist los?", wollte ich wissen. Ich fragte mich, ob er vielleicht Krebs hatte, weil er so dünn war. „Bist du krank?"

Er schüttelte den Kopf und wischte meine Frage mit einer Handbewegung fort. „Letztes Jahr habe ich Joan verloren." Er blickte von mir zu den Bildern auf dem Kaminsims. „Und Ned … Ned ist vor wenigen Wochen gestorben."

„Oh", sagte ich. Nun verstand ich, wie sich seine Welt verändert hatte. Ned musste fast sechzig gewesen sein, doch das Alter spielte keine Rolle, wenn man sein Kind beerdigen musste. „Es tut mir leid, Ross."

„Zum ersten Mal verstand ich, wie du dich gefühlt haben musst, als Isabel starb."

„Ja", sagte ich nur.

„Deshalb wollte ich mit dir darüber sprechen … Ich wollte mich einfach entschuldigen."

„Das hast du jetzt getan, und damit ist es gut und vorbei", beruhigte ich ihn. Das Mitgefühl, das ich für diesen alten Mann empfand, war mir unangenehm. In erster Linie war er ein Politiker, der in der Lage war, jedem nach dem Mund zu reden.

Er sah mich so lange und eindringlich an, dass ich den Blick abwenden musste. Ich wusste, dass er mehr sagen wollte, doch was es auch sein mochte, ich wollte es nicht hören. Also erhob ich mich.

„Komm", sagte ich und streckte ihm die Hand hin, um ihm aus dem Sessel zu helfen. Er hatte sein Wasser kaum angerührt, doch er war auch nicht wegen der Erfrischung gekommen.

Er umklammerte meine Hand, während er mühsam auf die Beine kam. Mit seiner Hand auf meinem Arm führte ich ihn über die Vordertreppe zurück zu seinem Wagen. Keiner von uns beiden sprach ein Wort, auch wenn ich wusste, dass es viel zu sagen gäbe, wenn wir den Mut dazu hätten. Ich öffnete ihm die Tür auf der Fahrerseite. Es machte mich nervös, wenn ich daran dachte, dass jemand in seinem Zustand am Steuer saß. Ich hatte ihn nicht einmal gefragt, wo er wohnte und wie weit er es hatte.

„Woran ist Ned gestorben?", fragte ich, bevor ich die Wagentür schloss.

„Am Alkohol", erwiderte Ross. „Daran, dass er seine Probleme im Alkohol ertränkt hat. Ich glaube nicht, dass er jemals über den Verlust von Isabel hinweggekommen ist."

Ich zuckte zusammen und schloss dann die Tür. Ich beobachtete, wie er fortfuhr, bevor ich zu meinem Sitz im Garten zurückkehrte. Ich zog die Handschuhe an und versenkte die Gartenschaufel in der Erde, obwohl ich vor lauter Tränen kaum etwas sehen konnte. *Ich glaube nicht, dass er jemals über den Verlust von Isabel hinweggekommen ist.*

„Genauso wenig wie ich, Ross", sagte ich laut. „Genauso wenig wie ich."

9. KAPITEL

Lucy

Shannon verbrachte fast den ganzen Nachmittag bei mir, während wir über ihr Dilemma sprachen. Es war für mich merkwürdig, mit anzusehen, wie sie zwischen Tränen der Angst und der Sorge und der Freude über die neue Liebe in ihrem Leben hin- und herschwankte. Sie war immer eine sehr bodenständige und vernünftige Person gewesen, sogar als kleines Kind. Doch wenn sie von Tanner sprach, hatte man den seltsamen Eindruck, als hätte eine Sekte sie vereinnahmt, ihr eine Gehirnwäsche verpasst und sie als andere Person wieder entlassen. Die Shannon, die hier in meinem Wohnzimmer saß, war das gleiche hübsche Mädchen, das so viel Freude in ihre Familie gebracht hatte, doch ihre Worte schienen so gar nicht zu ihr zu passen. Es war, als ob wir sie wieder umprogrammieren müssten.

Sie sagte, dass sie im Musikgeschäft noch eine Cellostunde geben müsste und ging gegen vier Uhr. Keine Viertelstunde später tauchte Julie bei mir auf. Ich hatte versucht, sie auf dem Handy zu erreichen, um zu erfahren, wie der Lunch mit Ethan gelaufen war, doch ich hatte nur ihre Mailbox erreicht. Also holte ich meine Geige hervor, um für ein anstehendes Konzert der ZydaChicks zu üben.

„Ich störe dich beim Proben", sagte Julie, als sie die Geige in meiner Hand erblickte. Ihre Wangen waren gerötet, was sie sehr hübsch aussehen ließ, aber vermutlich von einem unangenehmen Wärmegefühl herrührte. Ich wusste, dass sie mit Hitzewallungen zu kämpfen hatte, etwas, das mir noch bevorstand.

„Ich habe noch nicht einmal angefangen", erwiderte ich, nahm ihre Hand und zog sie in mein Apartment. „Also, wie war es?", fragte ich, während ich die Geige wieder in den Kasten zurücklegte.

„Nicht schlecht.“ Julie ließ sich auf mein Sofa fallen. Auf dem Tisch standen noch immer die zwei leeren Limonadegläser, und ich räumte sie rasch in die Küche, bevor sie fragen konnte, wer da gewesen war, doch sie schien sie nicht einmal bemerkt zu haben.

Ich musterte sie, als ich wieder ins Zimmer kam. „Bist du okay?“

Sie hielt die Hände gegen die Wangen gepresst, die fast so rot waren wie ihr T-Shirt. „Ich bin nur …“ Sie lächelte albern. „Ich verliere nur die Beherrschung, glaube ich.“

„Eine Hitzewallung?“, fragte ich, obwohl ich inzwischen ahnte, dass es mehr war als das. Sie hatte gerade ein Gespräch über den Mord an Isabel hinter sich. Das allein war Grund genug, die Beherrschung zu verlieren.

„Was?“, sagte sie. „Oh, möglich. Ich weiß es nicht.“ Sie streifte ihre Sandalen ab und legte die Beine auf die Couch. „Ich konnte Ethan überzeugen, den Brief zur Polizei zu bringen.“

„Oh, das ist großartig.“ Ich war erleichtert. Ich setzte mich wieder in den Sessel und zog die Beine unter den Rock. „War es schwer, ihn dazu zu bringen?“

Sie nickte. „Ich brauchte viel Überzeugungskraft“, erwiderte sie. „Es war hart, und er tat mir leid.“ Julie betrachtete ihre Füße, die sie anzog und wieder streckte. Dann blickte sie zu mir. „Er kann einfach nicht damit umgehen, dass sein Bruder nach all den Jahren womöglich schuldig ist.“

„Verständlich, dass er das nicht kann“, kommentierte ich. „Was glaubst du, was die Cops mit dem Brief tun werden?“

„Das ist der beängstigende Teil“, antwortete Julie. „Ethan hat einen Freund bei der Polizei, und dem hat er die Sache – hypothetisch – unterbreitetet, um zu erfahren, was geschehen würde. Sein Freund sagte, dass sie den Fall vermutlich neu aufrollen würden, was ich auch erwartet hätte. Doch das bedeutet, dass sie alle Beteiligten noch einmal befragen. Das beträfe vermutlich mich, was natürlich in Ordnung ist. Außerdem Ethan,

Ned und Izzys Freunde. Und Mr. Chapman, was Ethan Sorgen bereitet.“ Sie biss sich auf die Lippe und sah mich eindringlich an. „Und vielleicht Mom.“

„Oh“, sagte ich nur.

„Genau. Ich hoffe, dass es nicht so weit kommt. Ich würde ihr überhaupt gern vorenthalten, was hier passiert. Ich sehe schon vor mir, wie man sie mit Fragen bombardiert, und dann hat sie einen Herzinfarkt oder Schlaganfall oder –“

„Julie!“, unterbrach ich sie lachend. Einer der Gründe, warum meine Schwester fesselnde Bestseller schrieb, war ihre Einbildungskraft, mit der sie jede Situation zu einem Katastrophenszenario ausmalte. Ich fürchtete schon die Schreckensbilder, die sie malte, wenn sie erst einmal von Shannons Schwangerschaft erfuhr. Ihre Fähigkeit, jedes Ereignis zu einer Katastrophe weiterzudenken, hatte auch zu Glens Klagen über sie gehört. *Sie macht sich immer über alles Sorgen*, hatte er mir vorgejammert. *Sie gönnt sich niemals etwas Spaß*. Auch wenn der Vorwurf einen wahren Kern hatte, machte es mich dennoch wütend, dass er sich niemals die Mühe machte, den Ursprung dieser Sorgen zu verstehen.

„Wenn Mom befragt werden muss, wird sie das gut überstehen“, tröstete ich sie. „Sie würde auch wollen, dass die Wahrheit ans Licht kommt.“ Meine Stimme klang überzeugend, doch auch ich hoffte, dass unsere Mutter nicht in eine neue Untersuchung hineingezogen wurde.

„Ich möchte einfach nur nicht, dass sie noch mehr verletzt wird“, sagte Julie. Sie zog ein Taschentuch aus der Hosentasche, nahm ihre Brille ab und begann sie zu putzen.

„Sie wird es überstehen“, beruhigte ich sie. „Glaubst du, dass sie mich befragen wollen?“

„Das bezweifle ich“, erwiderte sie. „An was erinnerst du dich denn von der ganzen Situation?“ Sie hielt die Brille gegen das Licht und setzte sie dann wieder auf.

Ich schüttelte den Kopf. „Fast nichts. Ich erinnere mich an

überhaupt wenig von der Küste. Du weißt, wie ich war – ich hielt mich immer im Hintergrund, während alle schwimmen gingen oder mit dem Boot hinausfuhren oder was auch immer." Es war, als ob ich gar nicht richtig da gewesen wäre. Ich nahm an, dass ich die meisten Erinnerungen an jenen schlimmsten Sommer, den meine Familie hatte durchleben müssen, verdrängt hatte. „Ich erinnere mich aber an den Tag, als du den riesigen Aal gefangen hast und Ethan die Eingeweide haben wollte."

Julie lachte, und wieder erschien die Röte auf ihren Wangen. Das machte mich argwöhnisch. Vielleicht hätte ich jene Andeutung von Verliebtheit in ihrem Gesicht nicht erkannt, wenn ich nicht gerade den gleichen Ausdruck bei ihrer Tochter gesehen hätte.

„Wie ist er denn heute so?", forschte ich. „So merkwürdig wie damals?"

Sie wich meinem Blick aus. „Er war nett", sagte sie, und ich hatte den Eindruck, dass sie ein Lächeln unterdrückte. „Er … er sah gut aus. Ich habe ihn zuerst gar nicht erkannt. Er ist Tischler und hat einen eindrucksvollen Körper."

„Du machst Witze." Ich versuchte mir den dürren, linkischen Jungen aus meiner Erinnerung mit einem eindrucksvollen Körper vorzustellen.

„Und er hat sich wohl die Augen lasern lassen, denn er trug keine Brille. Seine Augen sind sehr blau."

„Hallo", sagte ich, stellte die Füße wieder auf den Boden und beugte mich vor. „Hast du dich in ihn verliebt oder was?" Seit ihrer Scheidung hatte Julie keinerlei Interesse an Männern gezeigt.

Lachend schüttelte sie den Kopf. „Er sah nur besser aus, als ich es erwartet hatte, das ist alles."

„Wenn du das sagst", meinte ich lächelnd. Es gefiel mir, sie so lebendig und fröhlich zu sehen. Es mochte ein schwieriges Gespräch gewesen sein, doch alles in allem schien ihr das Treffen mit Ethan Chapman gutgetan zu haben. Ihre Tochter zu sehen würde dagegen völlig anders sein. Für den Rest unseres Gesprächs konnte ich Shannon nicht aus meinen Gedanken verbannen. Ich saß dort mit meiner Schwester und kannte ein Geheimnis, das ihre Welt erschüttern würde. Es war so, als ob man jemandes Foto auf der Seite mit den Sterbeanzeigen sah. Man wollte ihn warnen. *Du weißt es noch nicht, aber du wirst am 3. März 2003 von einem Lkw überfahren.* Ich hörte meiner Schwester zu und hatte die ganze Zeit ein schlechtes Gewissen, weil ich dieses Geheimnis mit mir herumtrug. Shannon musste es Julie bald sagen – wenn schon nicht ihretwegen, dann um meinetwillen.

10. KAPITEL

Julie

Shannon zog am Dienstag zu Glen. Ich rief mir ins Gedächtnis, dass sie nur zwei Meilen entfernt war. Zwei Meilen. Ich konnte hinlaufen, auch wenn ich das nicht wollte. Sie zog aus, um ihre Freiheit auszuprobieren. Um meinem strengen Regiment zu entkommen. Und ich musste mich jetzt etwas zurückziehen. Manchmal hatte ich das Gefühl, als wäre sie nur sicher, wenn ich sie im Blick hatte. Ich wünschte, dass Kinder mit der Garantie zur Welt kämen, dass sie gesund blieben und ihre Eltern überlebten.

Als sie an jenem Morgen gepackt hatte, war ich in ihr Zimmer gegangen.

„Brauchst du Hilfe?", fragte ich.

Sie lächelte, doch es war nicht echt. „Ich komme zurecht", sagte sie. Sie hatte ihren Computer vom Netz genommen und die verschiedenen Teile auf dem Bett verteilt, wo sie sie nun in Handtücher wickelte.

Ich deutete auf die einzige freie Ecke auf dem großen Bett. „Darf ich mich setzen?"

Sie zuckte die Achseln. „Sicher."

Ich sah zu, wie sie ihren Drucker vorsichtig in ein Handtuch wickelte. Ich sehnte mich nach etwas, von dem ich selbst nicht wusste, was es war. Ich fragte mich, ob alle Eltern sich so fühlten, wenn ihre Kinder aus dem Haus gingen. Es wirkte so gewaltig. Zeit für ein gutes Gespräch. Zeit, um all das zu sagen, woran wir dachten, aber einander nie gesagt hatten. Ich startete einen Versuch.

„Ich werde dich vermissen", begann ich.

„Ich werde immer noch hier sein, Mom." Sie war mit den Computerteilen fertig und nahm sich nun die mittlere Schublade ihrer Kommode vor. „Ich nehme nur meinen Koffer, meine CDs, den Computer und das Cello mit. Es ist nicht so, als ob ich schon aufs Konservatorium ginge."

„Da gibt es etwas, das ich dich fragen muss", tastete ich mich vor.

Sie reagierte nicht. Sie faltete eine Shorts, legte sie in den Koffer und fuhr mit der Hand darüber, als sei es lebenswichtig, jede unsichtbare Falte zu beseitigen. Ihr langes Haar fiel nach vorn und verdeckte ihr Gesicht.

„Wir haben nie darüber gesprochen", fuhr ich fort und wappnete mich für ein Gespräch, das seit zwei Jahren überfällig war. „Aber ich muss es wissen. Gibst du mir die Schuld an der Scheidung?"

Erst jetzt blickte sie mich an. Sie trat einen Schritt zurück und holte einen Stapel T-Shirts aus der Kommode. „Natürlich nicht", erwiderte sie, während sie die T-Shirts aufs Bett fallen ließ.

„Gibst du dann deinem Dad die Schuld?"

„Ich glaube, das war eine wechselseitige Sache."

„Was ist deiner Meinung nach geschehen?" Ich fragte mich oft, was sie wusste, ob sie irgendwie zwei und zwei zusammengezählt und von Glens Affäre erfahren hatte.

Sie zuckte die Achseln. „Ich ging davon aus, dass es mich nichts angeht", erklärte sie.

„Liebes, ich möchte nur sichergehen … du weißt schon, du sollst nicht glauben, dass es irgendwas mit dir zu tun hätte. Dass es irgendwie dein Fehler gewesen wäre."

„Das weiß ich doch", sagte sie, wobei ihre Stimme einen verärgerten Unterton annahm. „Ich glaube einfach, dass Dad mies zu dir war und du dann mies zu ihm warst, das ist alles."

Das verblüffte mich, denn soweit ich mich erinnern konnte, hatte ich mich bei ihr nie über ihren Vater beschwert.

„Und was glaubst du, womit er meinen Zorn geweckt hat?", hakte ich nach.

Sie stemmte die Hände in die Hüften und sah mich genervt

an. „Mom, ich versuche zu packen", wich sie aus. „Ich muss meine Sachen zu Dad hinüberbringen und um zwölf in der Kindertagesstätte arbeiten."

„Ich möchte es nur verstehen", drängte ich. Irgendwie schien ich nicht aufhören zu können. „Ich möchte sicher sein, dass –"

„Ich glaube, dass Dad ein Chaot war und dir das auf die Nerven ging", sagte sie. „Und ich glaube, dass du Angst vor ... vor der ganzen Welt hast, und das ging ihm auf die Nerven."

„Ich habe keine Angst vor der ganzen Welt", schnappte ich verletzt.

„Mutter, du bist eine Einsiedlerin." Sie stopfte eines ihrer T-Shirts in den Koffer. „Mach dir nichts vor. Du sitzt den ganzen Tag in deinem kleinen Kabuff und verbringst die Zeit mit Menschen, die nicht existieren."

„Das ist wirklich nicht fair." Ich fühlte mich missverstanden und in die Ecke gedrängt. Das Einzige, wovor ich wirklich Angst hatte – abgesehen davon, dass einem geliebten Menschen etwas Schreckliches zustieß –, war Wasser. Nicht das Wasser in meiner Badewanne oder in einem Swimmingpool. Doch allein der Gedanke daran, im offenen Wasser des Meeres oder eines Sees schwimmen zu gehen, verursachte mir Herzklopfen. Und ich musste zugeben, dass ich seit der Nacht, in der Isabel starb, nie wieder ein Boot bestiegen hatte. Doch ich hatte *keine* Angst vor der ganzen Welt.

„Ich fliege regelmäßig", rechtfertigte ich mich gegenüber Shannon. „Ich mache meine Lesereisen – die mehr als anstrengend sind – manchmal mehrere Wochen lang. Ich spreche vor Publikum. Ich probiere exotisches Essen." Meine Stimme wurde schrill. „Ich gehe im Dunkeln durch Westfield. Ich unterrichte biografisches Schreiben im Altenheim. Ich arbeite ehrenamtlich im Krankenhaus. Also sag du mir bitte nicht, ich sei eine Einsiedlerin, die von ihren Ängsten in ihrem Büro festgehalten wird, oder was auch immer du zum

Ausdruck bringen wolltest.“

„Du hast recht, es tut mir leid.“ Ihr Tonfall ließ erkennen, dass sie das nur sagte, um das Gespräch zu beenden.

Ich fuhr mit der Hand über das oberste T-Shirt auf dem Stapel und erkannte es als eines wieder, das ich ihr von Seattle aus geschickt hatte, als ich dort auf Lesereise war. „Das Einzige, wovor ich wirklich Angst habe, ist, dich zu verlieren“, entschlüpfte es mir, bevor ich die Worte zurückhalten konnte.

Sie sah mich an, an ihren Fingern baumelten ein paar BHs. „Weißt du eigentlich, was für eine Last das ist? Bei allem, was ich tue, muss ich nicht nur mein Wohlergehen, sondern auch deines berücksichtigen.“

Ich starrte auf das T-Shirt und wusste, dass sie recht hatte. Vielleicht verstand ich hier zum ersten Mal, wie schwierig es war, meine Tochter zu sein. Ich wusste nicht, was ich sagen sollte.

„Ich bin fertig mit Packen.“ Sie schloss den Koffer und zog den Reißverschluss zu. „Ich werde das hier schon mal hinunter zum Wagen bringen.“

„Ich helfe dir“, bot ich an und erhob mich. „Aber ich möchte diese Unterhaltung irgendwann fortsetzen. Nicht jetzt. Wir sollten das jetzt erst einmal ruhen lassen. Ich möchte nicht, dass am Tag deines Auszugs einer von uns beiden sauer auf den anderen ist.“

„Ich wollte von vornherein nicht darüber reden“, erklärte sie und hob den Koffer vom Bett.

„Ich liebe dich“, sagte ich. „Ich hoffe, es tut dir gut, den Sommer bei Dad zu verbringen.“

Ich half ihr dabei, den Computer und den Koffer in ihrem kleinen Honda zu verstauen, und ging in mein Büro, nachdem sie fort war. Es stimmte, dass ich mich normalerweise sicher und geschützt fühlte in dem Raum mit meinen „Menschen, die nicht existieren“. Doch in den letzten Tagen hatte ich mich dort nicht wohlgefühlt. Unter den Worten *Kapitel vier* war die Seite noch immer gähnend leer, und ich hatte keine Idee, wie ich sie füllen sollte. Es gab Zeiten, in denen meine Figuren unwichtig und reine Zeitverschwendung zu sein schienen. So auch an diesem Morgen.

Ich hatte vier Absätze geschrieben und wieder gelöscht, als das Telefon klingelte. Es war Ethan.

„Ich habe den Brief gestern zur Polizei gebracht."

„Oh, das ist gut, Ethan." Ich erhob mich von dem Drehstuhl und ging mit dem Telefon hinüber zu meinem Lieblingssessel, wo ich es mir bequem machen konnte. Ich war überrascht und erfreut, dass er sich so rasch um die Angelegenheit gekümmert hatte. „Was haben sie gesagt?"

„Was wir erwartet hatten", erwiderte er. „Sie rollen den Fall neu auf. Ich war danach im Supermarkt, und als ich zu Hause eintraf, hatte ich schon eine Nachricht auf dem Anrufbeantworter, dass sie Neds Haus durchsuchen wollen."

Ich verspürte einen Anflug von Schuldgefühl. Ich hatte Ethan überredet, den Brief zur Polizei zu bringen, und schon wurde die Privatsphäre der Chapmans verletzt, während ich in einem Haus saß, das niemals auch nur angetastet werden würde.

„Was könnten sie nach mehr als vierzig Jahren in Neds Haus überhaupt finden?", fragte ich, obwohl ich die Antwort kannte: DNA.

„Wer weiß?", meinte Ethan. „Ein Tagebuch vielleicht, auch wenn ich weiß – oder zumindest glaube –, dass er keines führte. Briefe. Andenken. Allerdings – und das habe ich ihnen gesagt – sind Abby und ich schon alles durchgegangen. Wir haben alles Mögliche weggeworfen, das unwichtig schien, und es ist definitiv zu spät, diese Dinge zu retten. Alles Wertige haben wir in Kisten verpackt, die ich zusammen mit seinen Möbeln einlagern wollte, bis ich die Zeit finde, alles durchzusehen und zu entscheiden, was ich verkaufen und was ich behalten will."

„Ich nehme an“, warf ich vorsichtig ein, „dass sie nach DNA-Spuren suchen.“

Er schwieg einen Moment. „Wie könnte ihnen das nach all dieser Zeit helfen?“

„Ich bin nicht sicher. Vielleicht haben sie damals Spuren am Tatort gesichert.“ Ich wusste, dass man heutzutage alle Rückstände an den Händen von Mordopfern sorgfältig eintütete, weil sie eventuell DNA-Spuren vom Täter enthielten, doch ich wusste nicht, ob man das schon 1962 getan hatte.

„Aber Isabel war im –“ Ich wusste, dass er sich meinetwegen auf die Zunge biss.

„Im Wasser“, beendete ich den Satz für ihn. „Ich weiß. Ich habe keine Ahnung, welche Konsequenzen das für die Spurensuche hat.“ Ich wollte nicht weiter darüber sprechen, eher seinet- als meinetwegen.

„Bist du wütend?“, fragte ich.

„Nicht auf dich“, antwortete er. „Ich weiß zwar, dass du und ich auf unterschiedliche Ergebnisse hoffen, aber ich schätze … ich mache mir einfach Sorgen.“

„Dass sie erfahren, dass es Ned war?“

„Nein, ich weiß, dass das nicht sein kann“, sagte er mit einem leicht sturen Unterton in seiner warmen Stimme. „Aber ich mache mir Sorgen, dass sie irgendwelche Indizien so interpretieren, dass sie – zu Unrecht – zu diesem Schluss kommen. Ich meine, ich habe keine Ahnung, wie sie die DNA des Täters nach all dieser Zeit an deiner Schwester sichern wollen. Doch sie war immer mit Ned zusammen, und insofern ist es natürlich möglich, dass sie seine DNA auf ihr finden.“

Oder in ihr, dachte ich, sprach es aber nicht aus.

„Und wie ich schon sagte, mache ich mir auch Sorgen, dass mein Vater in diese Sache hineingezogen wird.“

„Ich weiß“, sagte ich, „und es tut mir leid, dass dies so schwer für dich ist. Aber lass uns die Probleme nicht vorwegnehmen. Einen Schritt nach dem anderen.“

„Da hast du recht“, stimmte er zu. „Und weißt du, dass die Sache auch ein Gutes hat?“

„Was denn?“

„Es war schön, dich zu sehen, Julie. Auch wenn es kein leichtes Gespräch war, so war es doch ein Vergnügen, mit dir zu lunchen.“

Ich lächelte und spürte, wie ein unerwarteter Schauer der Erregung durch meinen Körper schoss. „Das ging mir auch so“, stimmte ich zu.

„Ich erinnerte mich an einige Dinge über dich“, sagte er. „Bist du immer noch so eine großartige Schwimmerin?“

„Ehrlich gesagt schwimme ich gar nicht mehr“, gestand ich. „Nach jenem Sommer verlor ich das Interesse.“

„Tatsächlich?“, wunderte er sich. „Du warst so gut darin. Ich erinnere mich daran, wie du und ich um die Wette über den Kanal schwammen.“

Ich lachte. Das hatte ich vergessen. Wir waren erst zehn Jahre alt gewesen in jenem letzten Sommer, in dem wir noch befreundet waren. Wir waren klug genug gewesen, das Totwasser abzuwarten, und für unser Alter konnten wir wirklich außergewöhnlich gut schwimmen, doch wir bekamen eine Menge Ärger.

„Ich durfte eine Woche lang nicht einmal in die Nähe des Wassers“, erzählte ich ihm.

„Und ich musste das ganze Haus staubsaugen.“ Ethan lachte.

„Ich glaube nicht, dass ich danach je wieder im Kanal schwamm“, überlegte ich. „Wenn unser Boot draußen war, ging ich immer in unserem Dock schwimmen, aber nicht im Kanal.“

„Ach, das ist nicht wahr“, widersprach Ethan.

„Was meinst du?“

„Ich erinnere mich, wie du dich in einem Autoreifen den Kanal hast hinuntertreiben lassen.“

Ich brauchte einen Moment, um mich zu erinnern, doch dann hatte ich das Bild sofort vor Augen. „Das hatte ich vergessen“, sagte ich lachend, auch wenn die Erinnerung nicht nur Freude, sondern auch Traurigkeit hervorrief, weil sie so sehr mit Isabel verknüpft war. Und obwohl Ethan und ich noch viele andere gemeinsame Erinnerungen auferstehen ließen, war es dieses Bild, das mich den Rest des Tages begleitete.

11. KAPITEL

Julie
1962

Es war an einem Wochentag in Bay Head Shores, was bedeutete, dass unser Vater zu Hause in Westfield war. Wir hatten gerade zu Ende gefrühstückt, und Grandpop war schon in der Garage, um an irgendwas herumzuwerkeln, während Grandma begann, den Tisch abzuräumen, obwohl meine Mutter sie ermahnt hatte, sich eine Weile auszuruhen. Ich stand auf, um Grandma zu helfen, doch Mom befahl mir, dass ich bleiben sollte, wo ich war, sodass ich mich wieder hinsetzte. Sie schüttelte eine Zigarette aus ihrer Packung Kents, zündete sie an und blies den Rauch in die Luft über dem Tisch.

„Ich habe eine Idee, was wir heute machen können, Mädchen", sagte sie zu uns dreien.

„Was?" Lucy klang argwöhnisch. Was auch immer es war, sie war bereit, Nein zu sagen.

„Achtet mal auf die Strömung", sagte Mom, und ich drehte mich um, um durch das Gitter zum Kanal zu sehen. Die Strömung war schwach, langsam zog das Wasser in Richtung Bucht.

„Was ist damit?", fragte Isabel. Sie hielt sich eine Haarlocke vor die Augen und inspizierte sie vermutlich auf gespaltene Spitzen.

„Nun", meinte Mom, „wie wäre es denn, wenn wir nach einer kurzen Verdauungspause die großen Autoreifen nehmen würden und uns darin mit der Strömung bis zur Bucht treiben ließen?"

„Scharf!", rief ich. Das war eine großartige Idee.

„Du machst Witze", sagte Isabel, doch ich wusste, dass sie neugierig geworden war. Es war nicht leicht, Isabel für irgendeine Art von Familienunternehmung zu interessieren, und es beeindruckte mich, dass meine Mutter etwas so Aufregendes vorgeschlagen hatte, dass sogar ihre älteste Tochter dabei sein wollte.

Grandma lachte und setzte sich wieder an den Tisch. Die Hausarbeit war vergessen. „Ich erinnere mich, wie du und Ross das immer gemacht habt“, sagte sie zu meiner Mutter. Sie rollte das R in Ross auf eine Art, dass der Name sehr nett klang. Dennoch war ich überrascht von ihren Worten. Ebenso Isabel.

„Du und *Mr. Chapman* habt euch in den Reifen zur Bucht treiben lassen?“, fragte sie ungläubig.

„Als wir Kinder waren“, bestätigte meine Mutter.

Ich vergaß immer, dass meine Mutter ihre Kindheitssommer in unserem Bungalow verbracht hatte. Ihr Vater – unser Grandpop – hatte das Haus in den zwanziger Jahren selbst gebaut, und wenig später waren die Chapmans nebenan eingezogen. Mr. Chapman und unsere Mutter waren als Kinder Freunde gewesen, so wie ich und Ethan befreundet gewesen waren.

„Wir waren fünfzehn oder so“, fuhr meine Mutter fort. „Das eine Mal ließen wir uns den ganzen Weg bis zum Fluss treiben.“

„Tss, tss.“ Meine Grandma schüttelte den Kopf. „Weißt du noch, wie wütend ich war, als ich bemerkte, was ihr getan habt?“

Mom lächelte ihr zu und wandte dann den Kopf zur Seite, um den Rauch nicht über den Tisch, sondern über ihre Schulter zu blasen. „Ich hab’s überlebt“, sagte sie leichthin.

„Nun, ich gehe nicht mit“, kündigte Lucy an. Allerdings war das keine Überraschung, sodass ihr niemand besondere Aufmerksamkeit schenkte.

„Der Kanal war damals anders“, erinnerte sich Grandma. „Es gab keine Spundwand, sodass man vom Garten aus direkt hineingehen konnte. Und natürlich gab es früher viel weniger Boote als heute.“

„Mensch." Ich wandte den Kopf, um erneut zum Wasser zu sehen, und stellte mir vor, wie es an unseren sandigen Garten schlug. Ich hätte es gerne erlebt.

„Die Reifen sind ein wenig weich", gab Isabel zu bedenken.

Wir hatten vier große schwarze Autoreifen in der Garage. Ethan und ich hatten uns damit früher immer im Dock treiben lassen, Arme und Beine baumelten zur Seite. Doch dieses Jahr hatte ich noch nicht einmal an die Reifen gedacht. Es machte keinen Spaß, allein im Dock zu spielen. Meine Einsamkeit wuchs von Tag zu Tag. Ich dachte mir Geschichten über den Mann mit dem Hahn aus, doch ich hatte keine Freunde, denen ich mit diesen unheimlichen Geschichten Angst einjagen konnte. Ich traute mich nicht, sie Lucy zu erzählen und sie noch panischer zu machen, als sie es sowieso schon war.

„Bring doch die Reifen mit Julie zusammen zur Tankstelle und lass sie aufblasen", schlug Mom vor, während sie ihre Zigarette in dem großen Muschelaschenbecher auf dem Tisch ausdrückte. „Bis ihr zurück seid, sollte die Strömung perfekt sein für unser Abenteuer."

Nachdem wir beim Abräumen geholfen hatten, gingen Isabel und ich in die Garage, holten die vier großen Reifen heraus und hievten sie auf den Wagen. Isabel startete den Motor und drehte am Knopf des Radios, bis sie „Johnny Angel" gefunden hatte und wir beide mitsangen. Es war schön, diese Verbindung zu meiner Schwester zu haben. Ich betrachtete ihre bloßen Arme am Steuer, während wir aus der Auffahrt fuhren. Ihre Haut war samtig und dunkel, meine Arme wirkten dagegen blass und wabbelig. Isabel fand ihre Bräunung nur mittelmäßig, weil sie in diesem Sommer drei Tage die Woche im Kaufhaus Abramowitz in der Stadt arbeitete und deshalb nicht jeden Tag am Strand liegen konnte. Sie stahl in dem Kaufhaus, dessen war ich sicher. Ein- oder zweimal die Woche kam sie mit neuen Sachen nach Hause. Gestern hatte sie zwei neue BHs mitgebracht. Als sie mit Mitzi und Pam unterwegs war, hatte ich einen anprobiert und die spitzen Körbchen mit Toilettenpapier ausgestopft, um zu sehen, wie ich mit richtigen Brüsten aussah, doch es wirkte nur lächerlich. Ich versuchte außerdem, einen ihrer Tampons zu benutzen, damit ich beim nächsten Besuch meiner „Freundin“ bereit wäre. Der Tampon war riesig in seiner Papphülle, und ich hatte es nicht geschafft, ihn hineinzubekommen. Es war, als würde man einen dicken Filzstift gegen eine Mauer drücken. Ich hatte Angst und fragte mich, ob irgendwas mit mir nicht stimmte und ich niemals mit meinem Ehemann schlafen und Babys bekommen könnte.

„Der große ist für mich reserviert“, sagte Isabel und meinte damit den einen Reifen.

„Ist mir egal“, erwiderte ich. Ich wusste, welchen sie meinte. Er war größer und dicker als die anderen und gab einem das Gefühl, auf einer Wolke zu schweben. Doch ich würde mich nicht mir ihr darum streiten.

Als wir auf die Rue Mirador bogen, holte Isabel ein Päckchen Zigaretten aus der Tasche in ihrem Schoß, schüttelte eine halb hervor und zog sie mit den Lippen endgültig heraus. Sie drückte den Zigarettenanzünder hinein und wartete.

Ich war wie vor den Kopf geschlagen. „Hat Mom dir erlaubt, zu rauchen?“

„Sie raucht selbst, also was kann sie schon sagen?“, gab Isabel zurück. Sie hielt mir das Päckchen hin. „Willst du eine?“

Ich zögerte und nahm dann eine der Zigaretten, die ich plump aus dem Päckchen fingerte. Ich steckte sie zwischen die Lippen.

„Aber ich werde sie nicht anzünden“, verkündete ich.

„Warum hast du sie dann genommen?“ Sie lachte und zog den Zigarettenanzünder heraus. Sie hielt ihn gegen ihre Zigarette und inhalierte tief, als das Ende orange wurde.

Ich zuckte die Achseln. „Ich weiß nicht“, sagte ich, obwohl ich es wusste. Ich wollte einfach mit ihr zusammen sein. Wollte etwas mit ihr teilen. Wollte sein wie sie.

„Ich kriege heute Abend das Bett auf der Veranda“, kündigte sie an.

„Ich weiß.“ Sie und ich wechselten uns damit ab, bei gutem Wetter auf der Veranda zu schlafen. Ich musste noch immer mein Bettzeug unter die Decke stopfen, um Lucy etwas vorzumachen. Ich war sicher, dass sie die Sache durchschaute, aber dennoch schien es sie zu trösten. Solange ich das tat und das Licht anließ, kam sie nachts besser klar da oben.

„Was vergräbst du im Garten?“, fragte Isabel unvermittelt und bog mit dem Wagen in die Bridge Avenue ein.

„Was meinst du?“, fragte ich unschuldig zurück.

„Ich habe gesehen, wie du etwas an der Ecke zum Haus vergraben hast. Was war das?“

Verdammt. Wenn ich ihr nicht die Wahrheit sagte, würde sie vermutlich selber dort graben, um ihre Neugierde zu befriedigen, und meine Brotbüchse voller Beweise finden.

„Das ist meine Nancy-Drew-Büchse“, erklärte ich.

„Häh?“ Sie warf mir einen dieser „Wovon redest du überhaupt?“-Blicke zu, während sie den Rauch durch die Nasenlöcher ausstieß. Sie erinnerte mich an einen Drachen.

„Wenn ich etwas finde, das ein Beweis in einem Kriminalfall sein könnte, packe ich es in eine Büchse, die Grandpop dort für mich vergraben hat.“

„Ein Beweisstück in einem Kriminalfall? Was für ein Kriminalfall?“

„Nun, das weiß ich noch nicht. Manchmal findet man Dinge, und später, wenn es einen Kriminalfall gibt, entdeckst du, dass du vielleicht ein Beweisstück gefunden hast, das der Polizei hilft, den Fall zu lösen.“

Isabel lachte. „Du bist eine Idiotin, weißt du das? Du wirfst also jedes alte Ding, das du findest, in diese Büchse und wartest darauf, dass irgendwas Geheimnisvolles passiert?“

„Nicht jedes alte Ding“, schnappte ich beleidigt. Ich dachte an den Pingpong-Ball, den ich im Kanal gefunden hatte. Vielleicht *war* ich unkritisch gewesen, doch gute Beweisstücke waren schwer zu finden. Ich wollte nicht, dass Isabel meine Theorie zerstörte. Insgeheim wusste ich, dass es den erhofften Kriminalfall niemals geben würde, doch ich hatte Spaß daran, so zu tun, als ob. Grandpop hatte das verstanden.

„Du benimmst dich echt wie eine Zwölfjährige, weißt du das?“ In Isabels Stimme schwang Verachtung mit.

„Das ist zufällig auch mein Alter“, entgegnete ich schnippisch und kreuzte die Arme vor der Brust, wobei ich versehentlich die nicht angezündete Zigarette in meinem Mund knickte. Was wollte sie von mir? „Als du zwölf warst, hast du vermutlich ähnliche Dinge getan“, rechtfertigte ich mich, doch ich glaubte nicht wirklich daran. Isabel war immer die hoch entwickelte ältere Schwester gewesen. Ich konnte sie niemals einholen. Vermutlich würde ich auch mit siebzehn noch Nancy Drew lesen und Geschichten von Wölfen in der Nachbarschaft erfinden.

Wir fuhren auf die Tankstelle und trugen die Reifen hinüber zur Luftpumpe. Meine Zigarette warf ich in einen Abfalleimer. „Es ist ein Geheimnis“, sagte ich, während ich zusah, wie sie die Düse an dem Ventil befestigte.

„Was ist ein Geheimnis?“ Sie blickte zu mir hoch. Ich sah mein zwölfjähriges Spiegelbild in den Gläsern ihrer Sonnenbrille.

„Die Nancy-Drew-Büchse.“

Sie lachte. „Mach dir keine Sorgen, Jules“, versuchte sie mich zu beschwichtigen. „Ich kenne niemanden, der sich für deine sogenannten Beweisstücke interessieren würde.“

Ich fühlte mich gedemütigt durch ihre Herablassung, und meine Kehle schnürte sich zu. Wieder und wieder musste ich schlucken, damit ich nicht zu weinen anfing, während wir schweigend die Reifen aufpumpten. Als wir wieder im Wagen saßen, spielten sie im Radio „Sealed with a Kiss“. Für mich war es das traurigste Lied der Welt, und mein Herz tat weh, während ich mitsang und dabei aus dem Fenster schaute, damit meine Schwester meine Tränen nicht sah und sich schon wieder über mich lustig machen konnte.

Als wir wieder auf der Straße waren, griff sie in ihre Handtasche und holte die rot-lila angemalte Spielzeuggiraffe heraus. „Am Strand werde ich halten. Und ich möchte, dass du hinüber zur Strandwache läufst und dies Ned gibst."

„Ich habe sie schon mal Ned gegeben", wunderte ich mich. „Was hat sie in deiner Tasche zu suchen?"

„Er hat sie mir zurückgegeben", sagte sie, als ob das alles erklären würde.

Ich sah die Plastikgiraffe an. „Du glaubst, dass *ich* kindisch bin", warf ich ihr vor. „Ein blödes Spielzeug hin- und herzugeben ist wirklich mehr als bescheuert."

„Das geht dich nichts an."

„Es geht mich was an, wenn ich die Botin bin", argumentierte ich.

Sie riss mir die Giraffe aus der Hand. „Na gut, dann gebe ich sie ihm selbst."

Ich besann mich eines Besseren, weil ich daran dachte, dass ich einen Blick auf Ned bei seiner Strandwache erhaschen konnte. Vielleicht würde er versehentlich meine Finger berühren, wenn er mir die Giraffe abnahm. „Ich mache es", gab ich mich großzügig und griff nach dem Spielzeug.

Sie reichte es mir. „Danke."

Wir hielten auf dem Parkplatz beim Strand, und die Reifen knirschten auf den Muschelresten. Ich hüpfte hinaus und rannte über den Sand zur Strandwache. Es hatte in der Nacht geregnet, und der Sand war feucht und spritzte in kleinen Klumpen hinter mir weg.

Ich erblickte die übliche Ansammlung von Teenagern, die um die Strandwache herum auf ihren Decken lagerten. In den Radios lief dieser „Sweet Little Sheila"-Song.

„Hey!", rief Bruno Walker, als ich näher kam. „Wo bleibt Izzy heute?"

Ich wollte weder ihm noch einem von den anderen von unserem geplanten Abenteuer erzählen. „Sie kommt später rüber“, sagte ich. Neben ihm lag mit geschlossenen Augen Pam Durant auf dem Bauch, und ich bemerkte entsetzt, dass sie ihr Oberteil aufgehakt hatte und ihr die Träger von den Schultern gerutscht waren. Es wirkte, als würde sie oben überhaupt nichts anhaben. Deutlich konnte ich ihre Brüste von der Seite erkennen. Schnell wandte ich den Blick ab.

Ich trat näher an die Strandwache und sah hinauf zu Ned.

„Hallo, Ned“, begrüßte ich ihn.

Er blickte hinter seiner Sonnenbrille auf mich hinunter und zeigte sein wunderbares strahlendes Lächeln. Meine Knie schienen unter mir nachzugeben.

Ich hielt die Giraffe hoch. „Isabel wollte, dass ich dir das gebe.“

Er blickte hinüber zum Parkplatz, sah unseren Wagen und winkte. Er hatte weiße Zinkcreme auf der Nase, eine Zigarette in der Hand und sah einfach sexy damit aus. Frauen sahen meiner Meinung nicht gut aus mit Zigarette, doch ein Mann mit einer Zigarette in der Hand war etwas völlig anderes.

Er beugte sich hinunter, griff nach der Giraffe, und vielleicht berührte einer seiner Finger die meinen, doch ich war nicht sicher.

„Danke, Julie“, sagte er. „Du bist ein nettes Mädchen.“

„Gerne.“ Ich wollte noch nicht gehen. „Warum schickt ihr dieses Ding immer hin und her?“ Ich deutete auf die Giraffe.

„Ich glaube nicht, dass du das verstehst.“ Er blickte hinaus aufs Wasser, stand auf und stieß einen gellenden Pfiff aus. Zugleich winkte er mit dem Arm, was bedeutete, dass ein paar Kinder zu weit hinausgeschwommen waren und er sie näher bei sich haben wollte, wo er sie sehen konnte. Wo er sie beschützen konnte. Seine braun gebrannten Beine waren lang und muskulös und mit goldenen Härchen bedeckt, die ich zu gerne berührt hätte.

„Doch, das würde ich verstehen. Ehrlich“, behauptete ich, als er sich wieder hingesetzt hatte. Ich fragte mich, ob er noch wusste, worüber wir gesprochen hatten. Er wusste es. Er hatte gut aufgepasst.

„Hast du irgendwas, was dir richtig viel bedeutet?“, fragte er, während er noch immer aufs Wasser blickte.

Ich hatte so viele Dinge, die mir viel bedeuteten, dass ich gar nicht wusste, womit ich anfangen sollte. Die Brotbüchse mit den Beweisen natürlich. Und meine Sammlung von Nancy-Drew-Büchern. Ich hatte auch eine Spieldose, die mir meine Freundin Iris zum neunten Geburtstag geschenkt hatte. Sie war oval, und wenn man sie öffnete, fuhr ein Mädchen auf einem Fahrrad im Kreis.

„Eine Spieldose“, sagte ich.

„Oh, okay!“ Meine Antwort schien ihn zufriedenzustellen. „Wenn du älter bist und du begegnest jemandem, der dir viel bedeutet, dann hast du das Bedürfnis, deine Spieldose mit dieser Person zu teilen.“

„Oh“, machte ich. Ich bezweifelte sehr, dass ich meine Spieldose zwischen mir und einem Jungen hin- und herschicken würde, doch ich tat so, als ob ich alles verstünde. „Dann ist also Isabel die Person, die … die dir viel bedeutet?“

„Das bleibt unter uns, okay?“, bat er, und ich glaubte, ihn hinter der Sonnenbrille zwinkern zu sehen. „Eure alte Lady würde sonst im Dreieck springen, wenn sie davon Wind bekäme.“

Ich begriff, dass er mit „alte Lady“ meine Mutter meinte, doch ich hörte den Ausdruck zum ersten Mal.

„Ich habe gesehen, wie Isabel an dem einen Tag in dein Boot gestiegen ist“, vertraute ich ihm an. Die Worte schienen sich selbstständig gemacht zu haben, ich hatte nicht einmal daran gedacht, sie auszusprechen.

Sein Lächeln erstarb. Er nahm die Sonnenbrille ab, und seine blauen Augen schienen sich bis in mein Herz zu bohren.

„Du wirst doch nichts sagen, nicht wahr?"

Ich schüttelte den Kopf. *Du kannst mir dein Leben anvertrauen*, hätte ich am liebsten gesagt, wollte es aber nicht zu melodramatisch machen. „Ich werde nichts sagen", versprach ich und bekreuzigte mich. Ich sah mich auf dem Beichtstuhl, mit dem Weihrauchduft in der Luft. War es eine Lüge, wenn ich meinen Eltern so etwas vorenthielt?, fragte ich mich.

Ned setzte seine Sonnenbrille auf und blickte wieder hinaus aufs Wasser, um sich zu vergewissern, dass alles in Ordnung war. „Wie kommt es, dass du und Ethan nicht mehr miteinander rumhängt?", wollte er wissen und lächelte mich dann an. „Erspar dir die Antwort", kam er mir zuvor. „Er ist diesen Sommer einfach ein Idiot, ich weiß."

Ich wollte Ethan verteidigen, konnte es aber nicht. Ich nickte nur. „Ja", bestätigte ich.

„Sag Izzy, dass ich sie später sehe, okay?" Er sah hinüber zum Wagen und winkte.

„Okay", sagte ich und wusste, dass ich entlassen war. Trotzdem war es eine unbeschreibliche Unterhaltung gewesen. Wir teilten Geheimnisse. Wir hatten fast wie Erwachsene miteinander gesprochen.

In ging zurück zum Wagen und stieg ein. Es roch nach dem heißen Gummi der Reifen.

„Worüber hast du mit ihm so lange gesprochen?" Isabel klang argwöhnisch, als sie den Motor startete.

„Darüber, dass ich dich am Yachthafen in Neds Boot steigen sah." Ich blickte so unbeteiligt wie möglich aus dem Fenster hinaus zur Strandwache.

Isabel schwieg, und als ich wieder zu ihr hinübersah, fiel mir auf, dass ihre Handknöchel ganz weiß geworden waren. „Und was hat er gesagt?", fragte sie gepresst.

„Er bat mich, es niemandem zu erzählen, und das versprach ich ihm."

Ihr Griff um das Lenkrad lockerte sich. „Danke", sagte

sie. Dann hielt sie mir die Packung Marlboros hin. „Nimm dir doch noch eine Zigarette."

Meine Mutter, Isabel und ich warfen die Reifen in den Kanal und sprangen dann rasch hinterher. Lachend bemühten wir uns, auf sie raufzuklettern.

„Ich bin froh, dass keiner ein Foto davon macht", gestand Isabel, die verzweifelt versuchte, sich auf ihren riesigen Reifen zu ziehen. Mom und ich hatten schon unsere Position auf den Schwimmreifen gefunden: Hintern, Unterarme und Füße befanden sich im kühlen Wasser.

„Tschüs!" Mom hob den Arm, um Grandpop, Grandma und Lucy zuzuwinken, die in unserem Garten standen und uns gute Wünsche für die Fahrt zuriefen. Die Strömung war flink, und unsere Reise kostete keinerlei Anstrengung. Wir benutzten die Hände als Paddel, um nahe an der Spundwand zu bleiben und nicht überfahren zu werden. Einige der farbigen Fischer auf der anderen Kanalseite winkten uns ebenso zu wie die Leute in den Booten, die uns überholten. Wir wurden von Wellen der Yachten und Motorboote emporgehoben und fielen wieder hinunter. Es war himmlisch.

Als wir die Bucht erreichten, rollten wir uns auf den Bauch und fingen ernsthaft an zu paddeln, um uns der Küstenlinie entlang zum kleinen Strand zu manövrieren. Ich sah Grandpop und Lucy, die auf dem Pier auf uns warteten, wobei sich Lucy an die Hand meines Großvaters klammerte. Ich war beeindruckt, dass er sie überhaupt dazu gebracht hatte, so weit mit hinauszugehen. Ich wünschte mir, dass mein Vater auch an der Küste wäre und sich mit uns auf den Reifen hätte treiben lassen. Vielleicht, dachte ich, können wir das an einem Wochenende wiederholen, wenn er bei uns ist. Doch wir taten es nie.

Als ich in jener Nacht im Bett lag, hatte ich das Gefühl, noch immer auf dem Wasser zu schweben. Wie wunderbar es doch gewesen war, sich von der Strömung treiben zu lassen! Mir kam eine Idee. Wenn die Strömung an diesem Morgen Richtung Bucht führte, würde das heute Nacht genauso sein. Was, wenn ich das Boot geräuschlos aus dem Dock steuerte und es bis zur Bucht treiben ließ? Niemand würde davon erfahren, weil ich den Motor nicht starten müsste und keiner aufwachte. Wenn ich erst einmal in der Bucht war, konnte ich den Motor anlassen und eine Weile herumfahren. Zurückzukommen würde allerdings ein Problem sein, denn ich bezweifelte, dass ich so lange draußen bleiben konnte, bis die Strömung ihre Richtung wechselte. Doch laut war es nur, wenn man den Motor startete. Wenn ich zurückfuhr, würde das Boot nur leise tuckern, wenn ich ins Dock steuerte, und niemand würde es merken.

Ich konnte die Raffinesse meines Plans kaum fassen! Ich würde lebenslang Hausarrest bekommen, wenn ich erwischt wurde, doch das Abenteuer schien dieses Risiko wert zu sein. Als ich die knarrenden Stufen hinunterschlich, wusste ich, dass ich am Samstagabend noch etwas zu beichten haben würde, doch in diesem Moment war mir das egal.

Unser kleines Boot hatte keine Beleuchtung, weshalb ich die Taschenlampe aus der Schublade in der Küche holte und außerdem eine Moskito-Spirale und Streichhölzer. Dann schlich ich mich auf die Veranda. Als ich die Gittertür öffnen wollte, fiel mir plötzlich ein, dass Isabel an der Reihe war, auf der Veranda zu schlafen, und ich hielt den Atem an. Der halbe Mond war zwar nicht sehr hell, doch er warf genug Licht, dass sie mich sah, wenn sie wach war. Ich lugte zum anderen Ende der Veranda und sah sie dort unter der Decke liegen, den Rücken mir zugewandt. Ich war in Sicherheit.

Draußen machte ich das Boot los, kletterte die Leiter hinunter und hinein. Ich benutzte die Ruder, um aus dem Dock herauszusteuern, und erschrak jedes Mal, wenn das Wasser geräuschvoll gegen die Spundwand schwappte. Als ich auf dem

Kanal war, brauchte ich die Ruder, um das Boot auf Kurs zu halten – die Strömung drückte es immer wieder zur Seite –, und ich geriet ein bisschen in Panik, dass ich es nicht kontrollieren könnte. Doch bald glitt ich ruhig mit der Strömung dahin und hatte innerhalb weniger Minuten die Bucht erreicht. Am Ufer sah ich Lichter, wenn auch nicht allzu viele. Schließlich war es bereits fast Mitternacht, und die meisten Häuser waren dunkel. Im Licht der Mondsichel wirkte das Wasser schemenhaft und verzerrt, und ich spürte, wie mich Freude und ein Gefühl des Friedens erfüllten. Eigentlich hatte ich den Motor starten wollen, sobald ich in der Bucht war, doch nun trieb ich gemütlich dahin und wollte die Stille nicht stören. Ich war neugierig, wohin die Strömung mich tragen würde.

Ich spürte einen Moskitostich auf meiner Schulter und erinnerte mich an die Spirale. Ich zündete sie an und legte sie neben mich in das Boot. Als ich den Kopf wieder hob, kam unsere kleine Siedlung in Sicht. Vom Wasser aus wirkte sie immer so klein und perfekt, eine sanfte, blasse Sichel aus Sand. Dann vernahm ich Gelächter von der Plattform im tiefen Wasser. Zwei Menschen standen dort. Ich starrte angestrengt hin und ruderte ein wenig näher. Ich sah das lange dunkle Haar eines Mädchens, den breiten Rücken eines Jungen und hielt mir unwillkürlich die Hand vor den Mund.

Das können doch nicht Ned und Isabel sein, dachte ich. Ich erinnerte mich, dass ich Isabel auf der Veranda hatte schlafen sehen. Doch dann fiel mir ein, wie ich mein Bettzeug unter die Decke gestopft hatte, um Lucy zu täuschen. Offensichtlich hatte Isabel den gleichen Kniff angewendet, denn jetzt stand sie mit Ned Chapman auf der Plattform. Mir stockte fast der Atem, als ich sie beobachtete. Meine Schwester hatte einen ihrer Bikinis an. Aus der Entfernung konnte ich nicht erkennen, welche Farbe er hatte. Ich beobachtete, wie die beiden Gestalten miteinander verschmolzen. Ich war nicht sicher, doch ich vermutete, dass sie sich küssten. Als Ned einen Schritt zurücktrat, hatte er ihr Bikini-Oberteil in der Hand, und ich sah Isabels nackte Brüste im Mondlicht schimmern.

Oh mein Gott. Meine Hände zitterten, als ich mich vorbeugte, um den Motor zu starten. Ich musste drei Mal an der Schnur ziehen, weil mir meine Finger nicht gehorchen wollten. Schließlich sprang der Motor mit einem metallischen Röhren an. Ich stellte mir vor, wie Ned und Isabel überrascht hinaus aufs Wasser starrten. Vielleicht würde sich meine Schwester sogar rasch hinhocken, um sich zu verbergen. Ich fuhr in die Nacht hinein und schickte ein Stoßgebet zum Himmel, dass sie nicht bemerkt hatten, dass ausgerechnet ich sie beobachtete.

Ich fuhr einen großen Bogen durch die Bucht und zurück in den Kanal. Ich drosselte den Motor zu einem leisen Tuckern, als ich das Boot in unser Dock steuerte. Schließlich machte ich ihn ganz aus, warf die halb verglühte Moskito-Spirale ins Wasser, kletterte hinaus und vertäute das Boot.

Ich zitterte noch immer, als ich die Tür des Verandagitters öffnete. Sowohl Isabels Täuschung als auch meine Ankunft schienen niemanden aufgeweckt zu haben. Ich legte die Taschenlampe zurück in die Küchenschublade und stieg die wackligen Stufen zum Dachboden empor. Lucy atmete tief und regelmäßig. Auf Zehenspitzen schlich ich mich an ihrem Bett vorbei und in meine kleine Kabine. Ich ließ keinen Gedanken an das Gesehene zu, bis ich im Bett lag.

Ein Gedanke hallte die ganze Zeit in meinem Kopf wider: Gingen Isabel und Ned bis zum Äußersten? Den Ausdruck „Liebe machen" kannte ich noch nicht. Ich wusste zwar, was Geschlechtsverkehr war, doch ich wusste nicht, was genau dabei passierte. Ich dachte zurück an die Plattform und stellte mir vor, ich sei an Isabels Stelle. Meine Brüste, irgendwie größer und voller, waren ebenso bloß wie ihre. Neds Hände berührten sie. Er zog mir den Rest des Bikinis aus, legte mich dann auf das feuchte Holz der Plattform und küsste mich zärtlich. Er zog seine Badehose aus, und ich spreizte die Beine als Einladung, und irgendwie schaffte er es, seinen Penis in mich zu schieben und die Mauer zu durchstoßen. Das schien mir zwar unmöglich, doch das taten die Menschen irgendwie, und Ned würde wissen, wie. Er würde Sperma in mich hineinschießen und mir sagen, dass er mich liebte. Mein Körper sehnte sich danach, statt Isabel auf der Plattform zu liegen, mit dem Mondlicht auf meinen Brüsten, und mit meinem Liebhaber bis zum Äußersten zu gehen.

In jenem Juli schlich ich mich noch mehrere Male mit dem Boot hinaus. Im August tat ich es nur ein Mal, und das sollte sich als Fehler erweisen.

12. KAPITEL

Lucy

Ich stand im Keller der Methodisten-Kirche in Westfield und bereitete mich mit meiner Band auf den Auftritt bei einem „Coffee with Conscience"-Konzert vor. Ich stand neben der Säule an der kleinen Bühne und sah zu, wie sich der Raum füllte. Es würde das letzte Konzert der ZydaChicks in dieser Saison sein, und wir beendeten das Jahr gern in unserer Gegend, um für unsere Fans in Westfield zu spielen. Die Erlöse des „Coffee with Conscience"-Konzerts würden für eine wohltätige Vereinigung gespendet werden, was uns sehr recht war. Unsere Musik gehörte zur Feel-good-Abteilung. Wir spielten eine nette Mischung aus Zydeco, Folk und Rhythm & Blues, und nur drei von uns waren tatsächlich „Chicks", was mich im Lauf unserer Konzerte immer wieder zu einer langen Erklärung nötigte.

Es duftete bereits stark nach Kaffee, als ich einige unserer alten Nachbarn in Westfield erblickte, die ihre Plätze am runden Tisch einnahmen. Auch ein paar Freunde aus Plainfield kamen herein, und sogar einige meiner ESL-Studenten tauchten auf. Drei Jungen und zwei Mädchen, alle Hispanos. Die Kids erspähten mich neben der Säule und winkten mir lächelnd zu. Es berührte mich sehr, sie hier zu sehen. Sie schienen sich ein wenig unsicher und fehl am Platze zu fühlen, demonstrierten aber ihr übliches „Leg dich ja nicht mit mir an"-Gehabe. Zwei meiner früheren Liebhaber waren ebenfalls da, wobei sie sich zu meiner Erleichterung an zwei unterschiedliche Tische gesetzt hatten. Ich machte mir im Geiste eine Notiz, nach dem Konzert vorsichtig zu sein. Die meisten meiner ehemaligen Liebhaber wussten voneinander und kamen gut miteinander aus, doch diese beiden hatten eine ziemliche Aversion gegeneinander. Ich würde jeden einzeln begrüßen müssen.

Endlich, nur wenige Minuten vor unserem Auftritt, kamen Julie und Shannon herein. Ich wusste, dass Julie ihre Tochter bei Glen abgeholt hatte, und fragte mich, wie das wohl gelaufen sein mochte. Mich hatte eines meiner Bandmitglieder mit zur Kirche genommen, und Julie würde mich nach Hause fahren. Ich hoffte, dass wir drei noch irgendwo auf ein Getränk einkehrten. Vielleicht konnte ich ein Gespräch zwischen Mutter und Tochter vermitteln. Mir war klar, dass Shannon ihrer Mutter noch nichts von der Schwangerschaft gesagt hatte, und sie würde in den nächsten Wochen sicher nicht abnehmen.

Julie wirkt ein wenig angespannt, doch dann sah ich sie lachen, als sie mit einer Bekannten sprach. Das Lachen ließ sie hübscher und gleich zehn Jahre jünger erscheinen, und ich freute mich, sie so zu sehen.

Mein Blick fiel auf Shannons Körpermitte. Sie verbarg ihre Schwangerschaft wirklich sehr geschickt. Sie trug eine weite weiße Bauernbluse, die ich ihr vor Jahren geschenkt hatte, als ich aus Guadalajara zurückkam. Ich hatte Shannon nie zuvor darin gesehen, doch die Bluse war die perfekte Tarnung. Sie war weit und luftig, vor allem aber zog die aufwendige Stickerei am Hals alle Aufmerksamkeit auf sich. Shannon blickte ernst, und ich fragte mich, ob sie in letzter Zeit überhaupt noch lächelte. Ihr Leben hatte eine ziemlich dramatische Wendung genommen. Vielleicht lächelte sie ja, wenn sie mit ihrem siebenundzwanzigjährigen Freund sprach. Travis. Oder Taylor. Oder Tanner. Wie auch immer er hieß, ich traute ihm nicht.

Der Raum war voll, und es war schon ziemlich warm, als wir auf die Bühne gingen. Ich blendete alles außer der Musik aus. Ich kann leider nicht sagen, dass unser Auftritt fehlerlos war. Eines geschah am Ende jeder Saison: Wir wurden zu übermütig. Wir probten nicht genug, und deshalb verspielten wir uns mitten in einem alten Song, den wir eigentlich im Schlaf beherrschten. Ich bezweifelte allerdings, dass das Publikum es überhaupt bemerkt hatte oder sich darum scherte. Die Leute tranken geeisten Kaffee, wippten mit den Füßen, und einige unserer glühendsten Fans sangen laut mit. Viele waren aufgestanden, und der Raum schien zu vibrieren vor Energie. Ich mochte es sehr, wenn das Publikum so reagierte.

Danach unterhielt ich mich mit meinen Studenten und einigen Freunden. Glücklicherweise waren meine beiden Ex nicht zu erblicken. An der Tür traf ich schließlich Julie und Shannon.

„Tolles Konzert“, sagte Julie. Sie nahm meinen Geigenkasten, als wüsste sie, dass ich mich nach einer Pause sehnte.

„Ihr braucht nur noch ein Cello“, neckte Shannon mich. Sie behauptete immer, dass jede Band der Welt durch die Aufnahme eines Cellos nur besser werden konnte.

Ich umarmte sie kurz. „Wollen wir noch ein Eis essen gehen?“, fragte ich, als wir hinaus gingen in die warme Nachtluft.

„Ich muss leider nach Hause“, lehnte Shannon ab und verbesserte sich dann: „Ich meine zu Dad.“ Sie wohnte seit vier Tagen bei ihrem Vater, und ich hatte mich gefreut, dass sie heute mit Julie zusammen ausgehen wollte. Allerdings schien sie den Abend kurz halten zu wollen.

„Ach komm, Shannon“, versuchte ich sie umzustimmen und legte ihr den Arm um die Schultern. „Nur auf einen Sprung.“

„Ich erwarte einen wichtigen Anruf“, erklärte sie und warf mir einen bedeutungsvollen Blick zu, der mir verriet, von wem der wichtige Anruf kam.

„Du kannst doch zurückrufen“, meinte Julie. „Lucy kommt vermutlich um vor Hunger.“

„Allerdings“, stimmte ich zu. „Ihr wisst doch, dass ich vor einem Konzert nichts essen mag.“

Wenn ich mich nicht zu Wort gemeldet hätte, hätte sich Shannon vermutlich mit ihrer Mutter gestritten wegen des Zwischenstopps, doch so gab sie nach.

„Westfield Diner?“, schlug Julie vor, als sie die Wagentür öffnete.

„Sicher“, bestätigte ich. „Shannon, willst du nach vorne?“ Ich deutete auf den Beifahrersitz.

„Hinten ist okay“, murmelte sie kaum hörbar. Ich begriff, dass sie entweder eingeschnappt war oder Angst hatte, dass ich ihre Situation beim Eisessen ansprechen könnte, was ich tatsächlich vorhatte.

Wir machten es uns in einer der Nischen im Diner bequem. Shannon setzte sich neben mich, sodass ihre Mutter die leichte Rundung ihres Bauches nicht sehen konnte.

„Wie läuft die Arbeit?“, fragte ich sie.

Sie nickte. „Gut.“ Sie studierte die Karte, um meinem Blick auszuweichen.

„Spielst du noch immer Cello im Krankenhaus?“, fragte ich weiter.

„Ja“, gab sie zurück. „Ich war gestern dort. Ich habe Nana gesehen.“

„Cool“, freute ich mich. Wir alle arbeiteten ehrenamtlich im Krankenhaus. Ich übersetzte für spanischsprachige Patienten, Mom arbeitete im Geschenke-Shop, Julie machte Krankenbesuche, um ihnen vorzulesen oder ihnen einfach Gesellschaft zu leisten, und Shannon spielte in den Gängen Cello. Wir hatten eine lange ehrenamtliche Tradition in unserer Familie.

„Was soll ich mit deiner Post machen, Liebes?“, erkundigte sich Julie. „Du wirst im Sommer vermutlich viel Material von Oberlin bekommen.“

Jetzt hatte Shannon Gelegenheit, es ihrer Mutter zu sagen, dachte ich. Unter dem Tisch tätschelte ich aufmunternd ihr Knie, doch sie zog ihr Bein weg, und ich spurte ihre Ablehnung. Da wusste ich, dass das Gespräch, das ich mir für sie beide wünschte, heute nicht stattfinden würde.

„Sammle sie bitte einfach in einer Tüte“, sagte Shannon,

ohne eine von uns beiden anzusehen. „Ich hole sie, wenn ich vorbeikomme."

„Okay." Julie blätterte in ihrer Karte nach den Desserts. „Und wenn etwas wichtig aussieht, lasse ich es dich wissen. Du wirst vermutlich in ein paar Wochen erfahren, wer deine Mitbewohnerin sein wird. Ich glaube, du solltest noch im Sommer Kontakt mit ihr aufnehmen, um zu erfahren, was sie alles mit ins Apartment bringt und so."

Halt die Klappe, Julie, dachte ich.

„Hm-hm." Shannon studierte die Karte, als ob sie sie nicht längst auswendig kannte.

Julie und ich bestellten Eisbecher und Shannon eine kleine Portion Schokoladeneis. Dann ging Julie zur Toilette.

Ich rutschte auf der Bank etwas von Shannon weg, um ihr ins Gesicht zu sehen.

„Wie geht es dir wirklich?"

„Gut", erwiderte sie. „Alles ist gut."

„Bei deinem Dad zu wohnen ist okay?"

Sie verdrehte die Augen. „Ich hätte ebenso gut bei Mom bleiben können. Sie ruft mich ungefähr zehnmal am Tag an."

„Warum sagst du ihr das jetzt nicht mit dem Baby?", schnitt ich das heikle Thema an. „In meiner Anwesenheit. Ich kann dabei helfen, sie zu beruhigen."

„*Dräng* mich nicht, Lucy", sträubte sie sich. „Lass mich das nach meinem eigenen Plan machen, ja?"

„Und wie sieht dein Plan aus?" Ich konnte mich nicht beherrschen.

„Weiß ich nicht", presste sie mit zusammengebissenen Zähnen hervor.

„Okay." Ich gab es auf. „Tut mir leid."

„Danke", sagte sie, als hätte ich sie im Würgegriff gehalten und schließlich freigegeben.

„Kannst du mir … wie war noch mal sein Name? Tanner?"

Sie nickte und sah mich fragend an.

„Kannst du mir die Adresse seiner Website geben?"

„Warum?"

„Damit ich sie mir ansehen kann", erklärte ich und fügte hinzu: „Aus der Perspektive einer ehemaligen Geschichtslehrerin."

„Willst du ihm schreiben oder so etwas?" Sie blickte mich argwöhnisch an.

Ich schüttelte den Kopf. „Nein."

Sie zögerte. „Schwörst du, dass du es nicht tust?"

„Du hast mein Wort. Ich will nur ... du weißt schon, ich möchte etwas über diesen Menschen erfahren, der so wichtig ist in deinem Leben. Ich will nur seine Website sehen, das ist alles." Mir kam es so vor, als ob ich schuldbewusst klang, so als ob ich tatsächlich vorhätte, ihn zu kontaktieren – was ich nicht wollte –, doch Shannon riss ein Stück von ihrer Serviette ab, holte einen Stift aus der Tasche und schrieb mir die Adresse auf. Ich steckte den Schnipsel in meine Hosentasche. „Danke."

„Die Seite ist wirklich cool", schwärmte sie, und ihr Blick wurde wieder ganz träumerisch. „Er weiß alles über Computer."

Julie kehrte zum Tisch zurück und setzte sich.

„Wer weiß alles über Computer?", fragte sie. „Dad?"

„Nein", antwortete Shannon. „Nur ein Freund."

Die Kellnerin brachte unsere Bestellung.

„Irgendwelche Neuigkeiten von Ethan?", wandte ich mich an Julie.

„Wer ist Ethan?" Shannon runzelte die Stirn.

„Ethan Chapman", sagte Julie. „Ich hatte dir von dem Besuch seiner Tochter erzählt. Wie sie –"

„Mit diesem Brief?", unterbrach Shannon sie.

„Ja", antwortete Julie. „Ethan brachte ihn zur Polizei. Sie haben das Haus von seinem Bruder Ned durchsucht, aber nichts gefunden. Oder zumindest haben sie Ethan gesagt, dass sie nichts gefunden haben." Obwohl das keine besonders guten Neuigkeiten waren, lächelte Julie. Irgendetwas ging da vor sich. Ich hätte schwören können, dass ihre Augen funkelten, wenn sie den Namen „Ethan“ aussprach. Ich war mir jetzt sicher, dass sie ein bisschen verknallt in ihn war.

„Er hat mich daran erinnert, wie Mom, Izzy und ich uns in den großen Autoreifen zur Bucht treiben ließen“, fuhr Julie fort. „Erinnerst du dich daran?“

„Von wo aus zur Bucht?“, fragte ich.

„Vom Bungalow aus“, erwiderte sie. „Du hast zugesehen, als wir in den Kanal sprangen, und du hast uns mit Grandpop zusammen an der Bucht abgeholt.“

Ich schüttelte den Kopf. Ich musste im All gewesen sein mit acht. Ich erinnerte mich an so wenig.

„*Du* hast dich auf einem Reifen treiben lassen?“ Shannon blickte ihre Mutter verblüfft an.

„Ja“, sagte Julie nur.

„Ich kann mir dich dabei einfach nicht vorstellen.“ Shannon schüttelte den Kopf. „Du hast doch Todesangst vorm Wasser.“

„Damals hatte ich die nicht“, entgegnete Julie achselzuckend.

„Deine Mutter hat einfach alles gemacht“, warf ich ein. „Sie war die Abenteurerin. Und ich der Angsthase.“

„Das muss toll sein“, schwärmte Shannon. „Sich auf einem Reifen den Kanal entlang treiben lassen.“

Shannon hatte den Kanal niemals gesehen und war nur ein paarmal mit Freunden an der Küste gewesen, soweit ich mich erinnern konnte. Julie hatte sie mit Sicherheit nicht mitgenommen.

„Vermutlich ist es heute verboten“, sinnierte Julie.

„Es war vermutlich auch damals verboten“, konstatierte ich.

Als wir unser Eis ausgelöffelt hatten, fuhren wir zu Glens Stadtvilla. Er winkte von der Haustür aus, als Shannon ausstieg, und ich winkte zurück. Ich wusste nicht, ob Julie ihn überhaupt wahrnahm. Meines Wissens redeten sie nicht mehr miteinander. Allerdings hatten sie wegen Shannon kooperiert. Sie hatten Besuche bei den verschiedenen Colleges organisiert und waren sogar zusammen zu Lehrer-Eltern-Konferenzen gegangen. Doch meinem Eindruck nach war ihre Beziehung endgültig vorbei. Der Schmerz und die Feindschaft schienen zum großen Teil – wenn auch nicht restlos – einer Gleichgültigkeit gewichen zu sein, was mich froh stimmte. Ich wusste von meinen eigenen gescheiterten Beziehungen, wie tröstlich Gleichgültigkeit sein kann.

„Ich wette, dass sie hier kein bisschen beaufsichtigt wird", sagte Julie, als sie wieder anfuhr.

Was die Aufsicht anging, war es sowieso zu spät, dachte ich und ignorierte die Bemerkung. „Also", sagte ich stattdessen, „entdecke ich da bei dir ein gewisses Interesse an Ethan Chapman?"

Möglich, dass sie rot wurde. Ich war nicht sicher. „Es ist schön, mit ihm zu reden", erwiderte sie. „Er hat eine unglaublich nette Stimme."

„Also ist er großartig", sagte ich. „Er hat einen eindrucksvollen Körper. Eine nette Stimme. Es ist schön, mit ihm zu reden. Was willst du mehr?"

„Ich will nicht mehr. Ich wäre vielleicht interessiert, wenn er nicht Ethan Chapman wäre", gab sie zu. „Aber ich möchte bestimmt keinen Mann, der in Bay Head Shores lebt und dessen Bruder vermutlich meine Schwester umgebracht hat." Sie wirkte entschieden und hatte ja auch ein gutes Argument. Ich wechselte das Thema.

„Als du von den Reifen auf dem Kanal sprachst, habe ich mich wieder an etwas erinnert", sagte ich.

„Was?"

„Ich erinnerte mich, wie Dad auf die andere Kanalseite fuhr, um dich zu holen, als du mit den Lewis zusammen geangelt hast."

„Oh“, sagte sie und seufzte. „Er war nicht gerade erfreut.“

„Er war manchmal ziemlich hart zu dir, oder?“, fragte ich. „Ich lernte, indem ich dich beobachtete. Ich lernte, in seiner Gegenwart lieber ruhig zu sein.“

„Aber er war niemals hart zu Izzy“, erinnerte sich Julie. Sie deutete das nicht zum ersten Mal an.

„Warst du deshalb sauer?“, hakte ich nach.

„Nicht wirklich“, antwortete Julie. „Ich glaube, ich hatte einfach so eine Art, die Dinge anzupacken, die er nicht akzeptieren konnte. Wie zum Beispiel mit den Lewis herumzuhängen.“ Danach wurde sie sehr still, bis wir vor meinem Apartmenthaus hielten.

„Möchtest du reinkommen?“ Ich sah sie erwartungsvoll an.

Sie schüttelte den Kopf. „Nein. Ich bin müde.“ Sie lächelte. „Es war ein tolles Konzert. Ich sehe dir so gerne zu. Du hast da oben so viel Spaß.“

„Danke“, sagte ich, doch ich machte mir Sorgen um sie. „Bist du wirklich okay?“

Sie blickte auf ihre Hände, die auf dem Lenkrad lagen. „Ich muss nur gerade an George denken“, erwiderte sie.

Ich berührte ihre Schulter. „Tut mir leid, dass ich das Thema angeschnitten habe.“

Sie zuckte die Achseln. „Es ist nur … wenn ich niemals hinübergefahren wäre, wäre George niemals ins Gefängnis gekommen.“

„Oh, Julie“, sagte ich und umarmte sie. „Ich wünschte, Ethan und seine Tochter wären mit diesem Brief niemals zu dir gekommen.“

Sie lächelte tapfer, als ich sie losließ. „Ich bin okay“, versicherte sie mir. „Ehrlich.“

Ich öffnete die Tür und blickte mich noch einmal um.

„Was Ethan angeht …“, begann ich.

Fragend schaute sie mich an.

„Hab einfach Spaß, Julie“, wünschte ich ihr. „Einfach nur Spaß.“

Bevor ich ins Bett ging, verbrachte ich eine Stunde mit der Website von Tanner Stroh über den Bürgerkrieg. Sie war unbestreitbar brillant. Eine wissenschaftliche Abhandlung, die vor Informationen nur so strotzte und so wenig tendenziös war, dass ich nicht wusste, ob ich seiner politischen Überzeugung zustimmen würde. Als ich den Computer ausmachte, ging mir ein Gedanke durch den Kopf: Vielleicht hatte Shannon sich tatsächlich einen Winner ausgesucht.

13. KAPITEL

Julie
1962

Grandpop und ich befanden uns im Wettbewerb. Wir standen nur wenige Meter voneinander entfernt hinter dem Gartenzaun. Die Morgensonne schien uns in die Augen, und wir hielten unsere Angeln ins Wasser, um zu sehen, wer von uns den größten essbaren Fisch fangen würde. Ich trug meinen violetten Badeanzug. Nachdem ich ein paar Wochen in der Sommersonne verbracht hatte, war meine Haut genauso dunkel wie die meiner Großmutter. Grandpop dagegen war noch ziemlich blass. Er schien nie braun zu werden. Er trug seine üblichen braunen Hosen – er musste sechs Paar davon haben –, dazu ein weißes kurzärmeliges Hemd und Sandalen. Ich habe ihn nie barfuß laufen sehen.

Als wir eine halbe Stunden draußen waren, hatte ich noch nichts gefangen, während Grandpop schon zwei Kugelfische an der Angel gehabt hatte, die aber weniger als nichts zählten, weil es zu gefährlich war, sie zu essen. Ihre Organe enthielten ein tödliches Gift, und nachdem Grandpop den zweiten Kugelfisch wieder ins Wasser warf, dachte ich mir eine Kriminalgeschichte aus: Die farbigen Angler auf der anderen Kanalseite würden alle sterben, dort drüben im Schilf zusammenbrechen, und es würde sich herausstellen, dass sie vom Hahnen-Mann vergiftet wurden, der ihnen gebratene Kugelfischleber gegeben hatte. Ich mochte den Plot und schmückte ihn im Kopf aus, während wir angelten.

Nach einer Zeit, dir mir sehr lange vorkam, spürte ich etwas mit Kraft an meiner Leine ziehen. Ich zog sie ein, nur um einen Knurrhahn an meinem Haken zu entdecken. Grandpop kriegte sich kaum ein vor Lachen. Es gab nichts Hässlicheres auf der Welt als einen Knurrhahn mit seinen langen knöchernen Stacheln, die aus seinem Körper ragten. Ich zog eine Grimasse, als der Fisch an meiner Angel vor und zurück schwang. Ich war nicht zimperlich, doch der Gedanke daran, diese stachelige Kreatur anfassen zu müssen, um den Haken zu entfernen, behagte mir nicht.

„Ich wette, Ethan würde der Knurrhahn gefallen“, sagte Grandpop und nickte hinüber zum Garten der Chapmans.

Ich sah dort Ethan im Sand sitzen mit einem riesigen Berg Miesmuscheln vor sich. Ich hatte noch nicht einmal bemerkt, dass er ebenfalls draußen war.

„Hey, Ethan“, rief ich.

Er sah auf, doch seine Brillengläser reflektierten die Sonne, sodass ich seine Augen nicht erkennen konnte.

„Willst du diesen Knurrhahn haben?“ Ich hielt meine Angel in die Luft, an der der Fisch mit seinem Schwanz und seinen flügelähnlichen Flossen hin und her zuckte.

„Scharf!“, rief Ethan zurück. Er nahm einen blauen Eimer und kam zu uns herüber.

„Aber du musst ihn vom Haken nehmen“, verlangte ich.

„Okay.“ Das schien Ethan nicht zu stören. Er nahm einen Lappen, den ich zwischen die Zaunmaschen geklemmt hatte, griff damit nach dem Fisch und löste den Haken mit einer Leichtigkeit, die ich nur bewundern konnte. Er strahlte mich an, als hätte ich ihm einen Schokoriegel gegeben. „Danke!“ Er warf den Fisch in seinen Eimer und ging zurück in seinen Garten.

Grandpop und ich angelten weiter. Allerdings waren wir müde vom Stehen, weshalb wir uns zwei Deckchairs an den Zaun zogen und uns hinsetzten. Ich stemmte meine nackten Füße gegen den Zaun und machte es mir gemütlich. Ich fühlte mich völlig im Reinen mit der Welt.

„Sieht so aus, als wären wir auf der falschen Seite des Kanals“, bemerkte Grandpop nach einer Weile.

„Was meinst du damit?“ Ich folgte seinem Blick zu den

Schwarzen, die dort drüben auf der anderen Seite angelten.

„Ich habe sie gerade ein paar Netze an Land ziehen sehen", erklärte er.

„Ach, wahrscheinlich fangen sie auch nur Kugelfische", erwiderte ich. „Dad sagt, dass die Schwarzen sie essen, weil sie es nicht besser wissen."

Mein Großvater starrte unbewegt geradeaus und sagte eine Weile nichts. „Das sagt Charles also?", fragte er schließlich.

Ich nickte. „Er sagt, sie sind nicht so klug wie wir. Und sie sind arm, weshalb sie essen müssen, was sie bekommen."

Es entstand eine lange Pause, die ich nicht als ungewöhnlich erkannte, bis Großvater sich wieder zu Wort meldete.

„Ist dir jemals der Gedanke gekommen, dass, selbst wenn sie Kugelfisch essen – was ich bezweifele –, dies vielleicht daran liegt, dass sie *klüger* sind als wir? Vielleicht wissen sie, wie man den giftigen Teil herausschneidet. Vielleicht sind wir ja die Dummen", gab er zu bedenken.

In seiner Stimme lag ein Ernst, den er selten an den Tag legte. „Ich glaube nicht, dass Dad dem zustimmen würde", vermutete ich.

„Weißt du eigentlich, dass ich in Mississippi lebte, bis ich so alt war wie du?", kam Grandpop auf ein anderes Thema zu sprechen.

„Ich dachte, du wärst in Westfield aufgewachsen", wunderte ich mich.

„Ich bin erst mit vierzehn nach New Jersey gekommen", erzählte er. „Als ich ein Junge war, lebten wir bei der Familie meiner Mutter in Mississippi. Wir hatten eine Haushälterin, die wiederum einen Sohn in meinem Alter hatte. Wir waren die besten Freunde. Er hieß Willie und war schwarz."

„Dein bester Freund?", fragte ich erstaunt. Ich konnte es mir einfach nicht vorstellen. Ich hatte noch nie mit einem Schwarzen gesprochen.

Grandpop nickte lächelnd. „Willie und ich hatten viel Spaß

zusammen. Wie wohnten nahe an einem See, und wir angelten und schwammen und erkundeten die Umgebung. Wegen der Rassentrennung durfte er allerdings nicht auf meine Schule gehen.“

Ich nickte. Ich wusste, was Rassentrennung bedeutete, auch wenn man in Westfield praktisch nichts damit zu tun hatte, weil hier jeder weiß war.

„Seine Schule war viel schlechter als meine“, fuhr Grandpop fort. „Willie war genauso klug wie ich – in manchen Dingen sogar klüger –, doch er hatte keine Chance. Und jetzt kommt das Schlimmste.“ Er schüttelte den Kopf, und ich beugte mich in meinem Stuhl weiter vor, um jedes Wort von diesem „Schlimmsten“ mitzubekommen.

„Einmal gingen er und ich in die Stadt in der Nähe von unserer Siedlung. Wir waren erst acht oder neun und wollten Süßigkeiten kaufen. Doch Schwarze waren im Laden nicht erlaubt.“

„Das ist nicht gerecht“, empörte ich mich.

„Natürlich ist das nicht gerecht“, stimmte Grandpop zu. „Also ging ich in den Laden, ein Gemischtwarenladen, so nannte man das damals. Und ich kaufte für ein paar Cent eine Tüte mit Süßigkeiten und nahm sie mit hinaus, wo Willie und ich uns auf den Bordstein setzten und anfingen zu essen. Dann musste er ganz dringend auf die Toilette. Der Laden hatte hinten ein Toilettenhäuschen. Doch auf einem Schild stand: ‚Keine Schwarzen‘, sodass Willie es nicht benutzen durfte. Ich ging in den Laden und fragte die Lady, ob sie eine Ausnahme machen würde, weil er doch nur ein Kind war und wirklich nötig musste, doch sie wollte es nicht erlauben. Wir gingen in einen anderen Laden, doch auch die wollten uns ihre Toilette nicht benutzen lassen. Es endete damit, dass er sich in die Hosen pinkelte.“

„Oh“, sagte ich betroffen, weil mir Grandpops kleiner Freund so leidtat.

„Und dann kam ein Mann und begann, Willie zu schlagen und ihn zu beschimpfen, und er sagte, aus diesem Grund …“ Grandpop zögerte, und ich hatte den Eindruck, dass er das Gesagte für meine Ohren umformulierte. „Er sagte, aus diesem Grund würden Neger an schönen Orten nicht geduldet, weil sie sich selbst besudelten und so. Du kannst dir vorstellen, wie demütigend diese Erfahrung für Willie war.“

Das war eine furchtbare Geschichte. Ich dachte daran, wie es sich anfühlen mochte, wenn ich den kleinen Eckladen nicht mehr betreten durfte, zu dem ich mit dem Rad immer hinfuhr, um Süßigkeiten zu kaufen. Ich stellte mir ein Schild an der Tür vor, auf dem stand: Weißen Kindern ist das Betreten verboten. Ich stellte mir vor, wie ich ganz dringend auf die Toilette musste und nicht hineingehen durfte.

Doch mir war unbehaglich bei dem Gespräch, weil Grandpop damit ausdrückte – nicht direkt, aber unmissverständlich –, dass mein Vater unrecht hatte. Dass er Vorurteile hatte. Mein Vater war ein so guter und bewunderungswürdiger Mann. Es war schwer für mich, den Mann, den ich liebte und respektierte, als einen Fanatiker anzusehen.

„Dad würde niemals … du weißt, er würde einem kleinen Jungen, der auf die Toilette muss, das niemals verweigern“, verteidigte ich meinen Vater und wünschte mir nichts sehnlicher, als dass mein Großvater zustimmte.

Grandpop lächelte mir zu. „Damit hast du recht“, sagte er. „Dein Daddy ist ein gerechter Mann. Doch er hat niemals Erfahrungen mit Schwarzen gemacht, deshalb weiß er das, was er sagt, nicht besser. Die Menschen haben meistens Vorurteile, weil sie es nicht besser wissen.“

Ich war erleichtert. Für einen Moment hatte ich Angst gehabt, dass Grandpop meinen Vater nicht leiden konnte.

„Weißt du zum Beispiel, dass viele Leute hier deine Großmutter für etwas Schlechteres hielten, als sie hier in New Jersey aufwuchs?“, fragte er dann. „Sie dachten, sie wäre dumm.“

„Warum?“ Ich war verblüfft. „Sie ist doch gar nicht schwarz.“

„Sie kommt aus Italien. Sie sprach nicht perfekt Englisch. Manche Leute halten das für schlimmer, als schwarz zu sein.“

Ich dachte daran, was für ein Glück ich hatte, eine italienische Großmutter zu haben. Sie war nett zu meinen Freundinnen, kochte tolle Lasagne und machte zu Weihnachten Kekse mit Rosenwasser und Mandelgeschmack. Es war schwer, sich vorzustellen, dass irgendjemand sie nicht mochte.

Plötzlich spürte ich wieder einen Ruck an der Leine, der mir diesmal fast die Angel aus der Hand riss. Grandpop steckte seine Angel neben seinem Stuhl in die Erde und kam zu mir herüber, um zu helfen.

„Diesmal hast du etwas Großes dran, Julie“, freute er sich.

Er hielt die Angel so fest wie möglich, während ich die größte Flunder an Land zog, die ich jemals in diesem Kanal gesehen hatte. Schreiend und kreischend sprang ich auf und ab, als der Fisch aus dem Wasser kam und wir ihn über den Zaun in den Sand zogen. Er sprang von seiner flachen braunen Seite mit den zwei Augen auf die weiße Seite und wieder zurück, als Grandma und Mom aus dem Haus rannten, um zu sehen, was hier vor sich ging. Lucy kam ebenfalls heraus, blieb aber an der Gittertür der Veranda stehen, weil sie Angst vor dem Fisch oder dem Haken oder dem Wasser hatte. Vor irgendwas eben.

Mom und Grandma sahen zu, wie Grandpop vorsichtig die Flunder festhielt und ich den Haken entfernte.

„Das ist ein Prachtstück!“ Meine Mutter klatschte begeistert in die Hände.

„Du hast gewonnen, Julie“, gratulierte mir Grandpop, als er den Fisch in unseren Eimer fallen ließ. Er war fast zu groß, um hineinzupassen. „Ich werde ihn gleich ausnehmen.“ Es war die Aufgabe des Verlierers, den Fang zu säubern.

Ich war stolz auf mich. Während ich meine Großeltern und

meine Mutter wieder ins Haus gehen sah, spürte ich plötzlich, dass jemand hinter mir stand. Ich drehte mich um und erblickte Ethan.

„Das ist die riesigste Flunder, die ich je gesehen habe", staunte er. „Kann ich die Eingeweide haben?"

Am nächsten Morgen saß ich auf der Spundwand und sah mir durch ein Fernglas an, wie die Boote in dem aufgewühlten Wasser hinter der Lovelandtown Bridge hin und her geworfen wurden. Grandpop hatte nicht nur „die größte Flunder, die je in den Küstengewässern gefangen wurde", wie er sie ab jetzt immer nannte, gesäubert, sondern mir auch ein Fernglas geschenkt.

„Ich hatte es dir zu einer besonderen Gelegenheit geben wollen", verriet er mir. „Aber diesen Fisch zu fangen war ziemlich besonders."

Vermutlich war es mein Gespräch mit Grandpop, das mich veranlasste, das Fernglas auf die schwarzen Angler auf der anderen Kanalseite zu richten. Dort sah ich das Mädchen. Sie stand dicht am Dock, das die Angelzone von der Hütte des Hahnen-Mannes trennte. Sie beugte sich vor und fummelte irgendwie an ihrer Angel herum. Vielleicht richtete sie den Köder aus. Wie alt war sie? Ich musterte sie eingehend und drehte das kleine Rad an dem Fernglas, um sie noch näher an mich heranzuzoomen. Ich konnte nicht besonders gut erkennen, wie sie aussah, doch sie war ungefähr in meinem Alter, da war ich sicher.

Ich ging in die Garage, nahm meine Angel und mein Fischmesser, zog eine Schachtel mit Tintenfisch aus dem Kühlschrank, sprang in das Boot und fuhr über den Kanal, noch bevor ich groß darüber nachdenken konnte. Ich steuerte in das Dock neben dem Mädchen. Ich war nervös, aber auch voller Vorfreude. Vielleicht hatte sie Sinn für Abenteuer. Vielleicht konnte sie meine Freundin werden, so wie Willie der

Freund meines Großvaters gewesen war. Ich hatte es so satt, allein zu sein.

Ich vertäute das Boot an der Leiter am Dock und kletterte dann mit meiner Angel und meinem Eimer hoch. Das Fernglas hing mir noch immer um den Hals. Sechs Menschen waren dort oben. Neben mir standen das Mädchen, das hoffentlich meine zukünftige Freundin wurde, ein älterer Junge und eine Frau – vermutlich ihre Mutter. Etwas weiter weg gab es noch drei Männer. Alle wandten den Kopf und starrten mich an. All diese schwarzen Gesichter. Es war, als würde ich in Afrika aus dem Boot steigen. Niemals zuvor hatte ich mich so weiß und so fehl am Platze gefühlt.

Ich musste mich zwingen, die letzten Stufen zu dem Mädchen hochzugehen.

„Hi!", begrüßte ich sie gekünstelt fröhlich und viel zu laut. „Was beißt denn so an?"

Das Mädchen starrte mich verständnislos an, als ob sie kein Englisch verstand. Ihre Haut war sehr dunkel, und ihre großen Augen hatten das gleiche tiefe Braun. In ihrem Haar trug sie viele bunte Haarspangen, die wie Schleifen aussahen. Sie war kleiner als ich und vielleicht ein bisschen jünger, nahm ich an. Sie wirkte ganz pfiffig, doch offenbar schien sie nichts sagen zu wollen, sodass meine Begrüßung noch immer in der heißen Juliluft hing.

Der ältere Junge neben dem Mädchen sah mich argwöhnisch an.

„Was machst *du* denn hier?", fragte er.

„Ich wollte nur zur Abwechslung mal auf dieser Seite des Kanals angeln", erklärte ich mit einem nervösen Kichern.

„Es ist schon schwer genug für uns, ausreichend Fische zu fangen, ohne dass du uns auch noch den Platz wegnimmst", beschwerte sich der Junge.

„Still, George", ermahnte ihn die Frau und legte ihm eine Hand auf den muskulösen Unterarm. „Ich bin Salena", stellte sie sich vor. „Wie heißt du, Liebes?“

„Nancy“, log ich. Ich blickte zu dem Mädchen, das fast in meinem Alter war. „Wie heißt du?“

„Wanda“, antwortete sie. Ihre Stimme war hoch und wurde bei der zweiten Silbe des Namens sogar noch ein wenig höher.

„Wie alt bist du?“, fragte ich weiter.

„Elf“, erwiderte sie. Ich konnte mich kaum daran *erinnern*, elf gewesen zu sein, doch ich fand, dass das reichte.

„Ich bin zwölf“, sagte ich. „Darf ich hier ein bisschen neben dir angeln?“

„Denke schon“, meinte sie kurz angebunden.

„Was nimmst du als Köder?“, erkundigte sich Salena.

„Tintenfisch.“ Ich langte in meinen Eimer. Meine Hände zitterten, als ich ein Stück von dem Köder abschnitt und es am Haken befestigte. „Was nimmst du?“, wollte ich von Wanda wissen.

„Mückenlarven.“

„Die nehme ich auch manchmal.“ Vorsichtig warf ich die Angel aus, denn ich wollte nicht, dass sich der Haken bei einem von ihnen in den Haaren verfing und sie noch fuchsiger wurden, als sie es schon zu sein schienen. Ihr Haar war völlig anders als meines. Das von Salena und Wanda war borstig und sogar noch schwärzer als Isabels Haar. Kleine Schwänzchen ragten aus Wandas Haarspangen und standen ihr vom Kopf ab. Die Männer konnte ich nicht so gut sehen, weil sie weiter weg standen, doch Georges kurze Haare waren extrem drahtig. Er trug ein weißes T-Shirt zu einer weiten braunen Hose und sah aus, als ob er viel Sport treiben würde, denn er glänzte vor Schweiß.

„Kannst du lesen?“, bohrte ich weiter in Wanda.

„Natürlich kann sie lesen.“ George blickte finster. „Glaubst du, dass wir den ganzen Tag Baumwolle ernten oder so was?“

„Halt die Klappe“, wies ihn Wanda zurecht, bevor sie sich

mir zuwandte. „Klar kann ich lesen."

„Hast du ein paar Nancy-Drew-Bücher gelesen?"

„Einige", behauptete sie.

Ich wusste nicht, ob ich ihr glauben sollte. „Hast du einen Lieblingsband?" Ich wollte sie auf die Probe stellen, weil ich mir nicht vorstellen konnte, dass ein schwarzes Mädchen Nancy Drew las. Ich fragte mich, wie sich das anfühlte, wenn man schwarz war und ein Buch las, in dem alle Menschen weiß waren. Und was das anging – wie war es überhaupt für Wanda, ein Buch zu lesen oder fernzusehen? Die einzige TV-Show, die mir einfiel, in der ein Schwarzer mitspielte, war Jack Bennys Show mit Rochester, dem Butler, oder was auch immer er darstellen sollte.

„Hab keinen Lieblingsband", sagte Wanda, die ihre Leine einholte, weil sich Seegras darin verfangen hatte.

„Also, mein Lieblingsband ist *Der Fall der tanzenden Puppen*", machte ich weiter. „Der ist neu."

„Den habe ich nicht gelesen." Wanda spießte ihre Angel in den Sand und machte sich daran, das Seegras abzupulen. „Ich mochte das, wo sie sich dem Zirkus anschloss."

Mir klappte der Kiefer herunter. „*Das Geheimnis des Zirkusdirektors*?"

„Ja, mit diesem –", sie deutete auf ihr Handgelenk, „– diesem Pferde-Armband."

„Richtig", bestätigte ich. Sie hatte es tatsächlich gelesen, und ich schämte mich, dass ich daran gezweifelt hatte. „Ich heiße übrigens nicht wirklich Nancy", gestand ich, weil ich ebenso aufrichtig sein wollte wie sie. „Ich heiße Julie."

„Warum hast du dann Nancy gesagt?"

„Weil ich gerne Geheimnisse löse, so wie sie."

„Hier gibt's keine Geheimnisse", mischte George sich ein. „Also kannst du auch wieder auf deine Seite des Kanals gehen."

„Halt die Klappe", maulte Wanda erneut. „Hast du einen Bruder?", fragte sie mich und verdrehte demonstrativ die Augen.

Grinsend schüttelte ich den Kopf.

„Du Glückliche!" Ihr Köder steckte noch immer am Haken und mit einem Schwung warf sie die Angel wieder aus.

„Aber du hast eine Schwester", behauptete George.

„Zwei", verbesserte ich. „Lucy und Isabel."

„Welche trägt den Bikini?", fragte er.

„Keine", erwiderte ich, obwohl ich wusste, dass er Isabel meinte. Aber eigentlich trug sie gar keinen richtigen Bikini, weil das Unterteil ihren Bauch bis knapp unter dem Nabel bedeckte. Pam Durant war das einzige Mädchen, das ich kannte, das einen richtigen Bikini trug, mit einem ganz knappen Höschen.

„Du lügst", sagte er. „Da ist eine, die diesen zweiteiligen Badeanzug trägt. Sie sitzt manchmal auf der Spundwand und spricht mit den Jungs in ihren Booten."

„Das ist Isabel. Sie ist siebzehn."

„Sie ist eine verdammt gut aussehende Frau", sagte George auf eine Art, bei der ich mich unbehaglich fühlte.

„Sprich nicht so über meine Schwester", maulte ich.

„Wie denn?", provozierte er mich grinsend. Er hatte die perfektesten weißen Zähne, die ich je gesehen hatte.

„Du weißt schon wie", erwiderte ich.

Ich glaubte etwas zu hören und wandte lauschend den Kopf. Da war es – das leise Gackern von Hühnern. Ich schaute zu der Hütte des Hahnen-Manns. Man konnte sie zwischen dem hohen Gras und Schilf kaum erkennen.

„Seid ihr schon dem Hahnen-Mann begegnet?", fragte ich Wanda und George.

„Wer ist der Hahnen-Mann?" Wanda zog die Stirn kraus.

An meiner Leine ruckte etwas. Ich holte sie ein bisschen ein, doch was auch immer es gewesen war, es hatte sich davongemacht. Vermutlich war auch mein Köder fort, doch das

Angeln war mir sowieso ziemlich egal. Ich fand gerade neue Freunde.

„Er wohnt in der Hütte dort." Ich zeigte auf den baufälligen Schuppen auf der anderen Seite des Docks.

„Ich habe ihn mal gesehen", erzählte Wanda. „George und ich gingen mal hinüber, um dort zu fischen, und er hat uns fortgejagt."

„Ich glaube, dass er etwas zu verbergen hat", flüsterte ich.

George lachte. „Du hast es wirklich auf Ärger angelegt, oder?"

Salena kam mit einer Schüssel Himbeeren herübergeschlendert und bot mir welche an.

„Danke", sagte ich und steckte ein paar in den Mund.

„Deine Mama weiß, dass du hier drüben bist, Liebes?", erkundigte sich Salena.

Ich schüttelte den Kopf. „Nein, aber ich darf an diesem Ende des Kanals überall hin." Ich hoffte, dass das der Wahrheit entsprach. Ich wusste, dass ich mit dem Boot an dieser Seite des Kanals überall hinfahren durfte. Doch niemand hatte mir ausdrücklich erlaubt, das Boot zu verlassen und jemanden zu besuchen.

„Nun, das nächste Mal fragst du lieber, hörst du?", vergewisserte sich Salena.

Ich nickte.

„Genau, du sagst: ‚Hey, Mama, darf ich mit den Niggern angeln?'", warf George ein.

Ich war entsetzt, dass er dieses Wort aussprach. Er bemerkte meinen schockierten Ausdruck und brach in Gelächter aus.

„Hey, Mädchen", sagte er, „ich nehme dich nur auf den Arm."

Salena lachte ebenfalls, doch Wanda sah ihren Bruder nur voller Abscheu an. „Du bist so blöd", beschimpfte sie ihn und wandte sich dann mir zu. „Er wurde gestern achtzehn, und jetzt ist er noch blöder als vorher."

Nun hatte ich endlich ein paar neue Freunde. Sie waren anders als alle anderen Menschen, die ich kannte, doch das machte es nur noch spannender. In jener Woche fuhr ich noch einige Male über den Kanal. Ich war gerne dort drüben. Salena entpuppte sich als Wandas Cousine, nicht ihre Mutter, wie ich ursprünglich gedacht hatte. Ich erfuhr, dass sie alle – auch die Männer, die sich meist abseits hielten – Cousinen oder Cousins waren. Wanda und George hatten keinen Vater, und ihre Mutter war sehr krank, weshalb ihre älteren Verwandten die beiden zu sich genommen hatten.

Es wurde immer jemand „auf den Arm genommen", wie George das nannte, und es dauerte ein wenig, bis ich kapierte, dass das so etwas wie eine Zuneigungsbekundung war. Ich überließ ihnen jeden Fisch, den ich fing, und entdeckte, dass auch sie die Kugelfische und Knurrhähne wieder zurück ins Wasser warfen. Ich gab ihnen mein Fernglas und ließ sie nacheinander hindurchsehen. Ich pflückte eine Schale voll Blaubeeren auf dem Grundstück gegenüber von unserem Haus und teilte sie mit den Lewis. Ich nahm *Der Fall der tanzenden Puppe* mit, setzte mich auf einen umgedrehten Eimer und las Wanda das Buch vor. Sie bot nie an, auch einmal vorzulesen, und ich bat sie nicht darum, weil ich befürchtete, dass sie vielleicht nicht so gut lesen konnte wie ich und ihr das peinlich wäre. Ich las mit sehr viel Ausdruck, und selbst George und Salena hörten nach einer Weile zu.

Ich nahm Wanda auf eine Spritztour mit dem Boot mit und packte an dem Tag eine zusätzliche Schwimmweste ein. Ich wollte mit ihr über den Kanal fahren, damit sie meine Familie kennenlernte, doch instinktiv wusste ich, dass ich das besser nicht tat. Ich hatte niemandem erzählt, wo ich meine Vormittage verbrachte. Sie brauchten nur zur anderen Seite des Kanals zu schauen, um mich zu sehen, doch sie waren so daran gewöhnt, die farbigen Angler zu ignorieren, dass sie es vermutlich nie taten.

Doch eines Tages stand ich gerade neben Wanda und wollte einen Killifisch als Köder an meinen Haken stecken, als plötzlich ein Weißer auf dem Trampelpfad durch das hohe Gras auf uns zukam. Wir alle sahen ihn an. Ich war gedanklich so weit entfernt von meiner Familie, dass ich erst an dem Hinken meinen Vater erkannte.

„Daddy!“, rief ich. „Was machst du hier?“

Ich bemerkte ein paar graue Strähnen im braunen Haar meines Vaters, als er näher kam. Er ging um einen Fischeimer herum und machte um George einen noch weiteren Bogen. George blitzte ihn wütend an und sah aus, als ob er ihm nur zu gerne ein Messer in die Seite rammen wollte. Diesen Ausdruck hatte ich an George noch nie gesehen.

„Du musst mit nach Hause kommen“, sagte Daddy. Seine Stimme klang ruhig, doch ich wusste, dass dahinter Zorn lauerte. Mein Vater war niemand, der schlug oder auch nur die Stimme erhob, doch lautloser Zorn konnte manchmal viel schwerer zu ertragen sein.

„Warum?“, fragte ich, auch wenn ich genau wusste, warum. Ich hielt den Killifisch in der einen Hand, den Haken in der anderen, und fühlte mich wie gelähmt.

„Wir haben nach dir gesucht“, erklärte er. „Du weißt, dass du uns sagen sollst, wo du bist. Wirf den Killifisch ins Wasser und komm mit“, befahl er.

Mit einem Gefühl der Unsicherheit warf ich den Killifisch über den Zaun. „Das hier ist Wanda Lewis, Daddy“, stellte ich vor. „Mit ihrem Bruder George. Und ihrer Cousine Salena.“

„Sie haben eine nette Tochter“, sagte Salena. „Sie ist uns jederzeit willkommen, mit uns zu angeln.“

Daddy nickte ihr zu. „Danke.“ Er legte mir die Hand auf die Schulter, und ich versuchte, an der Berührung den Grad seiner Verärgerung abzulesen. Neun auf einer Skala von eins bis zehn. Ich hatte Angst, mit ihm zu gehen. Meine Hände zitterten, als ich meine Sachen zusammenpackte.

„Was ist mit dem Boot?", fragte ich ihn.

„Grandpop kann es später holen", erwiderte er.

„Tschüss", verabschiedete ich mich bei den Lewis und folgte dann meinem Vater. Er hatte bereits die Hälfte des Wegs bis zu der sandigen Stelle, wo er parkte, zurückgelegt.

Er sprach kein Wort, bis wir beide im Wagen saßen und er den Motor startete. Dann sah er mich an und schüttelte langsam den Kopf, als ob er nicht glauben könnte, dass ich seine Tochter war.

„Was in Gottes Namen glaubst du, tust du auf dieser Seite des Kanals?", fragte er mit einem kalten Unterton.

„Angeln", brachte ich hervor.

„Glaubst du etwa, sie haben hier andere Fische als auf unserer Seite?"

Das glaubte ich tatsächlich, wählte aber eine andere Taktik.

„Grandpop hat gesagt, ich solle versuchen, mich mit ihnen anzufreunden", rechtfertigte ich mich und krümmte mich innerlich. Wie ekelhaft, die Schuld auf meinen Großvater zu schieben. Aber Daddy glaubte mir sowieso nicht.

„Du fängst an, zu viel zu lügen, Julie", warf er mir vor, als er mit dem Wagen auf die Straße bog. „Du hast eine lebhafte Fantasie, das ist schön. Doch du musst den Unterschied begreifen zwischen dem Erfinden von harmlosen Geschichten – die niemanden, auch dir selbst nicht wehtun – und dem Erzählen von Lügen."

„Es gibt hier kein Mädchen in meinem Alter, Dad", beschwerte ich mich und glaubte, gleich weinen zu müssen.

„Du kannst mit Lucy spielen."

„Das würde ich ja, nur will sie ja nie etwas machen."

Daddy sah plötzlich traurig aus. Er strich mir sanft übers Haar. Sein Zorn war verflogen und hatte sich in Traurigkeit verwandelt, was fast schlimmer war. „Liebes", begann er. „Ich weiß, dass du diesen Sommer allein bist. Aber versuch nicht, dich mit den Negern anzufreunden. Das kann zu nichts Gutem führen."

„Wanda liest auch Nancy Drew", versuchte ich ihn umzustimmen.

„Und wenn sie Dostojewskij liest", sagte er, wobei seine Stimme ganz ruhig blieb. Ich hatte keine Ahnung, wer Dostojewskij war. „Ich möchte nicht, dass du dort wieder hingehst. Verstanden?"

„Wenn Izzy es täte, wäre es dir egal", behauptete ich.

„Wenn Izzy es täte, würde ich sie ein Jahr lang im Haus einsperren", widersprach er. Er bog in die Straße, die zur Lovelandtown Bridge führte, und blickte mich dann an. „Du glaubst, dass ich Isabel bevorzuge?"

„Ich *weiß*, dass du das tust."

Er schwieg, während wir über die Brücke fuhren und die Stahlroste unter den Reifen klapperten.

„Isabel war mein erstes Kind", sagte Dad, als wir die Brücke überquert hatten. „Sie wird immer einen besonderen Platz in meinem Herzen haben, doch ich liebe euch alle drei gleichermaßen. Es tut mir leid, wenn ich dir jemals Anlass gab, etwas anderes zu glauben."

Obwohl ich meinen Vater mit meiner Anschuldigung nicht hatte manipulieren wollen, schien sie sich doch zu meinem Vorteil auszuwirken. Daddy umarmte mich, als wir in unserer Auffahrt ausstiegen, und sagte, dass diese Lektion Bestrafung genug sei. Da weinte ich wirklich, weil ich ihn von ganzem Herzen liebte – und weil ich wusste, dass ich nicht das gehorsame Mädchen sein konnte, das er sich wünschte.

An jenem Nachmittag saß ich auf der Spundwand, ließ die Füße über dem Wasser baumeln und sah hinüber zu den Lewis, die ihre Sachen packten, um heimzugehen. George und

Wanda winkten, und ich winkte zurück.

„Dein Dad hat dich von drüben geholt, oder?"

Ich erkannte die Stimme, ohne mich überhaupt umzudrehen.

„Verzieh dich, Ethan", brummte ich.

„Ich finde es toll, dass du hinübergefahren bist", fuhr er unbeirrt fort.

Überrascht drehte ich mich um. Er lehnte am Zaun. Die Sonnenbrille, die er trug, hatte ebenso dicke Gläser wie seine normale Brille.

„Mein Vater und deiner hatten einen Riesenkrach."

„Wovon redest du?" Ich zog die Beine hoch und schwenkte zu ihm herum.

„Dein Vater hat nach dir gesucht, und mein Vater war hier draußen, und dein Vater fragte, ob er Julie gesehen hätte, und mein Vater sagte: ‚Sie ist da, wo sie jeden Tag ist, und angelt auf der anderen Seite des Kanals.'"

„Dein Vater hat mich verpfiffen?", fragte ich.

„Dein Vater sagte, er würde hinüberfahren, um dich zu holen, und mein Vater sagte, dass du trotz aller Hindernisse einen aufgeschlossenen Charakter entwickelt hättest, den dein Vater unterdrücken wollte. Da nannte dein Vater meinen Vater ein *liberales Arschloch* und sagte, dass es meinen Vater nichts angeht, was in seiner Familie geschieht." Ethan grinste. „Es war ziemlich scharf."

Ziemlich scharf, wenn man nicht der Anlass des Streits war, dachte ich. Ich musste allerdings zugeben, dass der Streit nach dem Aufregendsten klang, was hier seit Wochen passiert war. Ich konnte nicht glauben, dass mein Vater das Wort *Arschloch* benutzt hatte.

Ganze neun Tage angelte ich nicht mehr mit Wanda und George, doch dann kam ich wieder. Ich sagte Salena, ich hätte Daddys Erlaubnis. Ich brachte ihnen mehr Blaubeeren und aß ihre Himbeeren und große Brocken Maisbrot, das Salena gebacken hatte. Ich lieh ihnen mein Fernglas und las Wanda weiter vor. Allerdings fuhr ich nur hinüber, wenn mein Vater in Westfield war.

Und ich übte den Spruch, den ich bei der Beichte brauchen würde. „Ich habe meinen Eltern an fast jedem Tag der Woche nicht gehorcht."

14. KAPITEL

Julie

Am Morgen nach dem Konzert der ZydaChicks fuhr ich zum Haus meiner Mutter und war gerade dabei, Gartenhandschuhe, Sonnenhut und Insektenschutz aus dem Kofferraum zu holen, als Lucy neben mir hielt.

„Ich habe Bagels mitgebracht." Sie stieg aus und hielt eine Tüte hoch.

„Oh, das ist großartig", freute ich mich. „Daran habe ich gar nicht gedacht."

„Der Hut sieht toll aus zu der Frisur." Lucy kam näher und berührte die Krempe meines Strohhuts.

„Danke. Wo ist deiner?"

„Habe ich vergessen. Mom wird noch einen übrig haben, da bin ich sicher."

Wir gingen den Fußweg entlang zu dem Terrassenhaus, dem Haus unserer Kindheit. Wir trommelten mehrmals im Jahr alle verfügbaren Kräfte zusammen, um unserer Mutter im Garten zu helfen. Mom konnte ihre vorderen Blumenbeete bestens selber pflegen, und zu unserem Kummer mähte sie sogar den Rasen selbst. Das tat sie mit einem riesigen Aufsitzrasenmäher, den wir ihr trotz aller Versuche noch nicht hatten entreißen können. Ich hatte ihr angeboten, jemanden zu bezahlen, der das Mähen erledigte, und sagte ihr, dass ich Angst hätte, sie könnte von dem Mäher runterfallen oder sich mit ihm überschlagen. Doch sie tat alle Bedenken als lächerlich ab. Ich fragte mich, wie wir sie dazu bringen sollten, ihren Führerschein abzugeben, wenn die Zeit gekommen war. Immerhin hatte Mom unsere Hilfe beim Gemüsegarten hinter dem Haus akzeptiert, und deshalb waren wir heute Morgen hier.

Lucy klingelte an der Haustür. In dem Glas konnte ich unsere Spiegelbilder ebenso gut erkennen wie in einem richtigen Spiegel. Ähnlich waren nur unsere ovalen Sonnenbrillen, dachte ich. Meine Gläser waren geschliffen. Unsere Gesichtszüge dagegen waren recht unterschiedlich, auch wenn ich beide Eltern in unseren Gesichtern erkennen konnte. Lucys Haar war fast völlig silbern. Außer dem dicken Pony hatte sie alle Haare wie üblich zu dem langen französischen Zopf gebunden, und ich fragte mich, ob mein Haar unter der Farbe und den Strähnen inzwischen genauso aussah.

„Okay, Mom", rief Lucy, als sie noch einmal klingelte. „Wir sind's."

Wir warteten eine weitere Minute. Obwohl es noch früh war, hatten wir schon mindestens fünfundzwanzig Grad, und uns wurde heiß auf der Treppe.

„Ist ihr Auto da?" Lucy lehnte sich zur Seite und blickte zu der verschlossenen Garagentür, als könnte sie hineinsehen.

„Ich habe sie gestern vor dem Konzert angerufen, um Bescheid zu sagen, dass wir kommen." Leicht beunruhigt griff ich in meine Tasche. „Ich habe meinen Schlüssel dabei."

Ich zog die Außentür auf, die glücklicherweise unverschlossen war, und öffnete die Haustür.

Wir traten in die angenehme Kühle unseres alten Hauses.

„Mom?", rief Lucy.

Keine Antwort. Ich ging in die Küche und öffnete die Verbindungstür zur Garage, wo ihr silberner Taurus stand.

Ich wollte gerade nach oben gehen, als Lucy sagte: „Dort ist sie." Sie deutete in Richtung der gläsernen Schiebetür, die vom Esszimmer zum Innenhof führte. Ich war erleichtert, meine Mutter dort an dem Terrassentisch sitzen zu sehen, den Rücken uns zugewandt. Sie hatte noch ihren leichten Morgenmantel an und Frottee-Slipper.

„Sie muss es vergessen haben", vermutete ich.

Lucy und ich schoben die Tür auf, und meine Mutter schrak zusammen bei dem Geräusch. Sie wollte sehen, wer hinter ihr war, konnte jedoch den Kopf nicht weit genug herumdrehen. Mir war es unangenehm, sie so erschreckt zu haben.

„Wir sind es nur, Mom“, sagte ich rasch und beugte mich hinunter, um sie auf die Wange zu küssen.

Sie betrachtete ein altes Fotoalbum und versuchte es schnell zu schließen, doch zu spät. Zwischen den vielen Schwarz-Weiß-Bildern entdeckte ich eines, auf dem Isabel in einem hellen Sommerkleid auf der Spundwand stand und in die Kamera winkte. Mein Gott, sie sah aus wie Shannon! Hinter ihr auf dem Kanal sah man ein Segelboot, das Richtung Bucht fuhr. Ich erhaschte einen Blick auf Izzys Grübchen, bevor es meiner Mutter gelang, das Album mit nervös zitternden Händen zu schließen.

„Hallo, Mädchen“, grüßte sie bemüht fröhlich. „Was macht ihr hier?“

Lucy warf mir über den Kopf meiner Mutter hinweg einen besorgten Blick zu. Mom war normalerweise nicht vergesslicher als ich, doch offenbar hatten wir sie in einem privaten Moment überrascht.

„Wir sind gekommen, um dir im Garten zu helfen“, erklärte Lucy.

„Ach ja, richtig.“ Unsere Mutter stand auf und zog das Album an die Brust. Meine Schwester und ich taten so, als wäre es nicht da. So machten wir es immer in der Familie: Wir waren Meister darin, den Elefanten im Zimmer komplett zu ignorieren. Wenn wir einfach so taten, als wäre er nicht da, konnte er uns nichts tun.

„Ich ziehe mich nur schnell an und helfe euch dann.“ Mit gesenktem Kopf flitzte Mom an uns vorbei, als hoffte sie, wir würden ihre roten Augen nicht bemerken. Offenbar wollte sie sich von uns entfernen, um ihre Fassung zurückzugewinnen. Ihre Unsicherheit tat mir leid. Ich hätte sie gerne berührt. Sie umarmt. Ich hätte sie gern gefragt, was sie so aufgewühlt hatte, doch es war klar, dass sie das nicht wollte. Ich ließ sie an mir vorbeigehen.

„Ich habe Bagels mitgebracht.“ Vermutlich wusste Lucy nichts anderes zu sagen.

„Und im Kühlschrank ist Saft.“ Mom verschwand durch die Schiebetür.

Lucy und ich sahen uns an.

„Vielleicht hätten wir anrufen sollen, dass wir kommen“, flüsterte Lucy.

„Wie merkwürdig, dass sie gerade jetzt alte Bilder anschaut“, wunderte ich mich.

„Was meinst du mit ‚gerade jetzt‘?“

„Du weißt schon“, erwiderte ich. „Neds Brief. Mein Gespräch mit Ethan. Die Erinnerung an Isabels Tod. All das.“

„Zufall“, befand Lucy, besann sich dann aber eines Besseren. „Doch, du hast recht. Es ist schon merkwürdig.“ Sie hob die Tüte. „Zimt mit Rosine, Haferkleie oder normal?“, fragte sie.

Wir aßen jede einen halben Bagel in der Küche und ließen die anderen auf dem Tisch für unsere Mutter. Lucy fand einen von Moms alten Gartenhüten im Flurschrank und zog ihn tief ins Gesicht. Dann besprühten wir uns mit Insektenschutz und gingen zum Geräteschuppen im Garten.

Wir öffneten die Tür der muffig riechenden Hütte und holten uns die Gartengeräte.

„Irgendwas Neues von Ethan?“ Lucy warf mir einen erwartungsvollen Blick zu, während wir Harken, Spaten und Kniepolster in die Schubkarre luden.

Ich lachte. „Es ist erst … wie viel? Erst zehn Stunden her, dass du mich das gestern Abend gefragt hast.“ Ich spürte, wie die Hitze in mir aufstieg, erst meinen Kopf zum Glühen brachte und dann über meine Wangen und meinen Nacken nach unten wanderte. Ich nahm meinen Hut ab und fächelte mir Luft zu.

Lucy lachte. „Eine winzige Bemerkung über Ethan, und

sieh nur, was mit dir geschieht."

Ich war nicht wirklich verärgert. „Warte nur ein paar Jahre", entgegnete ich. „Ich werde nicht vergessen, wie wenig mitfühlend du warst, als ich das hier durchmachen musste."

Ich setzte den Hut wieder auf, und gemeinsam schoben wir die Schubkarre in den Garten.

„Meinst du, der Sex könnte schwierig werden?"

Ich starrte Lucy entgeistert an. „Wovon sprichst du?"

„Ich meine ..." Sie wirkte völlig arglos. „Du weißt schon, du in der Menopause und all das." Lucy hatte das Talent, die diffizilsten Themen in völliger Unschuld anzusprechen. „Sagen wir mal, du würdest deine Einwände gegen eine Beziehung mit Ethan überwinden und –"

„Ich bezweifle sehr, dass ich das könnte." In einer Ecke des Gartens blieb ich mit der Schubkarre stehen und zog eine Harke heraus. „Und selbst wenn ich eine Beziehung mit ihm wollte, bezweifle ich, dass er eine mit mir wollte." Ich begann den Boden zwischen den Tomatenpflanzen zu bearbeiten. Der Garten war noch immer jenes viel zu große Stück fruchtbarer Erde, mit dem Lucy und ich aufgewachsen waren, doch er schien nun viel mehr Arbeit zu machen als damals. „Und außerdem", fügte ich hinzu, „habe ich derzeit sowieso wenig Interesse an Sex." Das war nur die halbe Wahrheit. Ich hatte mich daran gewöhnt, mich selbst für asexuell zu halten. In den letzten Ehejahren mit Glen hätte ich nicht weniger interessiert sein können an Sex, was vielleicht zu den Problemen zwischen uns geführt hatte – noch eine Sache, an der ich schuld war. Doch meine Reaktion auf Ethan – allein auf seine Stimme am Telefon – veranlasste mich, mein Selbstbild als asexuelles Wesen neu zu überdenken.

„Ich fürchte, das wird mir auch passieren." Lucy warf das Kniepolster neben das Spinatbeet.

„Dir?" Ich starrte sie überrascht an. Ich war davon ausgegangen, dass Lucy ihren unersättlichen Appetit auf Sex behalten würde, bis sie auf dem Totenbett lag – und vielleicht selbst dann noch.

„Schade, nicht wahr?“ Sie kniete sich mit einer kleinen Schaufel hin. Ihr Hut hing ihr über die Sonnenbrille. „Ich hätte niemals gedacht, dass ich das mal sagen müsste.“

Wir hörten, wie die Schiebetür aufging, und sahen unsere Mutter auf uns zukommen. Sie trug einen Arbeitsoverall, den ich ihr vor Jahren gekauft hatte, dazu grüne Gummischuhe und einen Strohhut. Sie sah wesentlich besser aus als vor einer halben Stunde.

„Mom, warum setzt du dich nicht und entspannst dich, während Lucy und ich das heute machen?“, schlug ich vor.

Sie hielt inne. „Keine schlechte Idee“, meinte sie. „Ich hole mir nur einen Kaffee und einen Bagel und setze mich dann hier draußen hin, um euch Gesellschaft zu leisten.“ Sie verschwand wieder im Haus, während Lucy und ich uns erneut einen bedeutungsvollen Blick zuwarfen.

„Was ist los mit ihr?“, wunderte sich Lucy. Es sah unserer Mutter gar nicht ähnlich, uns die Arbeit tun zu lassen, auch wenn es uns nicht das Geringste ausmachte.

Ich wischte einen kleinen Käfer vom Arm. „Vielleicht hat sie endlich erkannt, dass Gartenarbeit bei dieser Hitze nicht gut für sie ist.“ Ich ließ meine Hacke fallen, ging hinüber zur Terrasse, nahm einen Stuhl und trug ihn zu einem schattigen Platz in unserer Nähe.

„Wie kann sie Kaffee trinken, wenn es so heiß ist?“, fragte Lucy, als Mom wieder auf der Terrasse erschien. Sie kam auf uns zu, mit einem Kaffeebecher in der Hand und einem halben Bagel auf einer Serviette. Sie setzte sich in den Stuhl und strahlte.

„Es tut mir so leid, dass ich gestern Abend nicht zu eurem Konzert kommen konnte“, sagte sie zu Lucy. „Wie war es?“

„Wir hatten viel Spaß“, erwiderte Lucy.

„Sie waren großartig wie immer“, schaltete ich mich ein

und hob die Hacke auf. Mom hatte mit Shannon und mir zu dem Konzert gehen wollen, dann aber am Nachmittag angerufen, dass sie zu müde zum Ausgehen sei. Ich hatte mir nicht viel dabei gedacht, doch nun fragte ich mich, ob das, was sie gestern so ermüdet hatte, mit ihrer Traurigkeit von heute Morgen zusammenhing. Was mich anging, war ich noch beseelt von der Zeit, die ich gestern Abend mit meiner Tochter verbracht hatte. Es fehlte mir, sie jeden Tag zu sehen. Ich wusste, dass ich sie zu oft anrief und damit verärgerte, dabei griff ich nur bei jedem zehnten Mal, das ich an sie denken musste, tatsächlich zum Telefon.

„Hat Lucy dir gesagt, dass ich eine Mischung aus Geburtstags- und Abschiedsparty für Shannon plane?“, fragte mich Mom.

„Nein“, antwortete ich erfreut. „Das ist eine großartige Idee.“

„Ich dachte erst ans McDonald's, doch Lucy fand, sie sollte hier stattfinden.“

Ich warf meiner Schwester ein Lächeln zu und formte mit den Lippen ein lautloses *Danke*.

„Hier wäre wirklich perfekt“, untermauerte ich die Idee.

„Ich finde, es sollte eine Überraschungsparty sein“, fuhr Mom fort. „Könntest du mir deshalb vielleicht eine Liste ihrer Freunde und Freundinnen geben, Julie?“

„Sicher.“ Ich ging die ganze Sache in Gedanken durch. „Wie wär's, wenn ich mich um die Einladungen kümmere, damit du damit gar keine Arbeit hast?“, schlug ich vor. „Wir müssen noch mal in den Kalender schauen und einen guten Termin ausmachen. Ende August muss sie am Oberlin sein.“

„Ich halte eine Überraschungsparty für keine so gute Idee“, warf Lucy ein.

„Warum nicht?“, fragte ich und hackte wieder das Unkraut fort.

„Ich weiß nicht. Ich glaube … sie möchte vielleicht ein

Wort mitreden, wer eingeladen wird. Solche Dinge. Ich weiß, dass ich das an ihrer Stelle wollte."

„Nun, am besten, ihr sprecht das noch mal durch und kommt dann auf mich zurück", empfahl unsere Mutter. Sie nippte an ihrem Kaffee. „Und in der Zwischenzeit ..." Sie zögerte so lange, dass wir sie beide fragend anschauten, ob sie vielleicht vergessen hatte, was sie sagen wollte. „Ich habe eine Frage an Julie."

„Schieß los", forderte ich sie auf.

„Ich frage mich, wann du mir erzählen willst, dass du mit Ethan Chapman Mittagessen warst."

Sprachlos starrte ich Lucy an. *Hast du ihr das erzählt?*, fragte mein Blick. Doch Lucy wirkte genauso überrascht wie ich und schüttelte leicht den Kopf.

„Woher weißt du davon?", fragte ich.

„Ich habe so meine Quellen", tat sie geheimnisvoll und schob sich eine Strähne ihres weißen Haares unter den Hut.

„*Mom*", beharrte ich. „Woher?"

„Sein Vater hat mir einen Besuch abgestattet", erwiderte sie.

„Du machst Witze." Ich sah Mr. Chapman vor mir, als ich ihn das letzte Mal gesehen hatte. Er war im Fernsehen gewesen, ein schlanker, gut aussehender, mittelalter Mann, der Hände schüttelte, Babys küsste und ständig etwas versprach bei seiner Kandidatur fürs Gouverneursamt. Das musste in den späten Sechzigern gewesen sein. „Warum?", hakte ich nach.

„Er sagte mir, dass Ethan ihm erzählt hätte, dich treffen zu wollen. Das hat ihn an unsere Familie erinnert, und deshalb wollte er mich besuchen."

„Merkwürdig", fand Lucy. Auch sie hatte aufgehört zu harken und saß nun auf ihrem Kniepolster und umfasste ihre Unterschenkel. „Wie war es?"

„Oh, nett", antwortete Mom. „Er ist ein ziemlich greiser Kerl. Hat sich nicht allzu gut gehalten. Er sollte nicht mehr fahren, wenn ihr mich fragt."

Ich dachte plötzlich an das Fotoalbum von heute Morgen. Kein Wunder. Das Wiedersehen mit Ross Chapman musste bei ihr viele Erinnerungen an die Küste geweckt haben.

„Worüber habt ihr gesprochen?“, bohrte ich.

„Nicht viel. Er war nur ein paar Minuten hier. Ich dagegen bin neugierig, worüber du mit Ethan gesprochen hast.“

Konnte sie von dem Brief wissen? Ich versicherte mir selbst, dass das unmöglich war, da Ethan es noch nicht einmal seinem Vater erzählt hatte.

„Das war so ähnlich“, sagte ich. „Er hatte nur an uns gedacht. Du weißt, als Kinder waren er und ich wirklich gut befreundet, und vermutlich hat er sich plötzlich an mich erinnert. Du weißt, wie das manchmal so geht.“

„Ist er Single?“, fragte Mom.

„Nun ja, das ist er tatsächlich“, erwiderte ich. „Er ist geschieden.“

„Dann ist er wohl auf der Suche nach einer neuen Mrs. Chapman“, gab sie zurück.

Ich lachte. „Oh, Mom, das ist, glaube ich, das Letzte, was er sucht.“

„Nun, falls doch, wirst du seine Avancen hoffentlich ignorieren“, riet sie mir.

„Warum sollte sie das?“ Lucy war irritiert.

Meine Mutter seufzte tief. Sie nahm einen Schluck Kaffee und wischte sich ein paar Krümel vom Schoß, während Lucy und ich warteten. „Weil“, begann sie, „die Chapmans eine Erinnerung an Zeiten sind, die ich lieber vergessen möchte.“

Ich konnte den Elefanten förmlich sehen, wie er von der Terrasse auf uns zustampfte und sich mitten auf den Tomatenpflanzen niederließ.

„Also –“, meine Mutter stellte den Kaffeebecher auf die Armlehne und faltete die Hände im Schoß, „– lasst uns entscheiden, ob Shannons Party eine Überraschung werden soll oder nicht.“

15. KAPITEL

Lucy
1962

Ich erinnerte mich an etwas.

Ich bin nicht sicher, was die Erinnerung hervorrief. Vielleicht war es Moms Erwähnung von Mr. Chapman. Vielleicht lag es aber auch daran, dass ich einen Blick auf eines der alten Bilder erhaschen konnte, bevor sie mit diesen nervösen, bebenden Händen das Fotoalbum schloss. Es war vom Wasser aus aufgenommen worden und zeigte unseren Bungalow neben dem der Chapmans zwischen den beiden Docks. Während ich an jenem Morgen Unkraut jätete und mir die Sonne auf die Arme brannte, stieg die Erinnerung Stück für Stück in mir hoch, bis ich das ganze Bild vor mir sah.

Als ich klein war, wollte meine Mutter mir unbedingt das Schwimmen beibringen. Selbst eine exzellente Schwimmerin, war sie besorgt, dass einer von uns nicht sicher war am Wasser. Ich *wollte* Schwimmen lernen. Ich wollte es aufrichtig, doch eine große Furcht in mir ließ es einfach nicht zu. An der Bucht stand ich zitternd im knietiefen Wasser und hatte Angst … wovor? Dass die Krabben mich in den Zeh kniffen? Dass das Wasser den Sand unter mir wegzog? Vorm Ertrinken? Ich bin mir heute nicht mehr sicher, und ich glaube auch nicht, dass ich damals hätten sagen können, was mir Angst machte, aber jedenfalls konnte ich nicht ins Wasser gehen. Im Winter brachte Mom mich zu einem Lehrer, der dafür bekannt war, auch die widerspenstigsten Kinder zum Schwimmen zu bringen. Doch bei dem „Komm doch rein, Kleines"-Spielchen hatte ich den längeren Atem, und nach zwei Jahren gab der Lehrer es auf. Jeder gab es auf, außer meiner Mom.

Im Sommer 1962 hatte sie einen neuen Plan, um mir das Schwimmen beizubringen. Ich hatte gerade meine erste Geige bekommen – ein doofes, leichtes Plastikding aus dem Kaufhaus – und wollte eigentlich nur auf der Veranda sitzen und die einfachen Lieder üben, die in dem beiliegenden Notenbuch standen. Doch Mom blieb hartnäckig.

„Ich habe irgendwie das Gefühl, dass heute der richtige Tag ist!“, rief sie in ihrem Enthusiasmus. Sie stand vor mir in ihrem schwarz-weiß getupften Badeanzug mit dem Rockteil und hielt die orangefarbene Kinder-Schwimmweste in der Hand. „Das habe ich wirklich“, behauptete sie. „Und ich habe Mr. und Mrs. Chapman gefragt, ob wir ihr Dock benutzen dürfen, weil es eine Schräge hat, an der du ins Wasser gehen kannst. Klingt das nicht super?“

Ich sah durch das Fliegengitter der Veranda zum Dock der Chapmans und erblickte den Aufsatz ihres Bootes, der über die Spundwand hinausragte.

„Sie haben ihr Boot da“, wandte ich ein.

„Ja, aber das Dock ist doppelt so breit“, sagte meine Mutter. „Jede Menge Platz für dich und das Boot.“

Ich weiß nicht mehr, was mich dazu brachte, meine Geige niederzulegen und mir die Schwimmweste anlegen zu lassen. Ich weiß nicht, ob ich resigniert seufzte, als ich ihr folgte, oder ob ich ein bisschen Hoffnung hatte, dass ich es diesmal wirklich schaffen würde. Vielleicht lernte ich tatsächlich zu schwimmen. Wir gingen durch unseren Garten zu den Chapmans. Ich erinnere mich, dass ich mich mit meinen nackten Füßen vorsichtig über den Sand tastete. Das tat ich auf diesem Weg zu den Chapmans immer, seit ich hier auf das piksige Blatt einer Stechpalme getreten war, das von einem der Büsche in ihrem Garten stammte. Ich war entschlossen, alle Blätter vor mir herzuschieben, damit sie mir nicht wehtun konnten.

Das Dock der Chapmans war sehr breit, und Ned hatte das Boot an der einen Seite festgemacht, sodass jede Menge Platz blieb für meine Schwimmstunde. Alle männlichen Mitglieder der Chapmans waren dort versammelt, außerdem Neds

Freund Bruno. Ned und Bruno putzten das Innere des Bootes mit einem Lappen und einer Flasche blauem Reinigungsmittel, während aus einem Transistorradio auf der Spundwand „Sherry“ schallte. Ned war ebenso gebräunt wie sein dunkelhaariger Freund, und zum ersten Mal begriff ich, dass Blonde genauso braun werden konnten wie Leute mit dunklem Haar. Ich war froh über Neds Anwesenheit, weil er ein Rettungsschwimmer war. Das gab mir ein kleines bisschen mehr Sicherheit.

Der dünne Ethan stand schon im Wasser, um mir Mut zu machen, und Mr. Chapman lehnte an einem Baum beim Dock und beobachtete, wie wir uns dem zementierten Gefälle näherten.

„Bist du bereit, heute Schwimmen zu lernen, Lucy?“, fragte er mich.

„Vielleicht“, antwortete ich, ohne die Augen vom Wasser zu wenden.

Meine Mutter hielt mich an der Hand, als wir die Schräge hinuntergingen. Es war nicht so, wie ich es mir vorgestellt hatte. Ich konnte den Zementboden kaum erkennen, weil er mit schleimigem Grün bedeckt war. Ich hatte Angst auszurutschen und klammerte mich an die Hand meiner Mutter.

Ich ging bis zu den Knöcheln ins Wasser.

„Das ist gut“, sagte meine Mutter. „Es ist nicht zu kalt. Fühlt es sich nicht gut an?“

Ich nickte und starrte auf das dunkle Wasser im Dock. Man konnte nicht erkennen, was unter der Oberfläche war. Ich hatte gesehen, wie Julie jede Menge Krabben in unserem Dock gefangen hatte, und wusste, dass dieses genauso voll davon war. In dem knöcheltiefen Wasser konnte ich meine nackten, verwundbaren Füße sehen.

„Ich muss meine Flip-Flops holen“, fiel mir ein.

„Warum?“ Meine Mutter blickte mich fragend an.

„Wegen der Krabben.“

„Die Krabben haben Besseres zu tun, als deine Zehen anzuknabbern“, versuchte Bruno mich zu beruhigen. Er kniete auf dem Deck des Bootes und putzte die Frontscheibe. Außer seiner Badehose trug er nichts, und ich hatte noch nie einen Körper wie den seinen gesehen. Sogar seine Muskeln hatten noch Muskeln.

„Nimm meine Flip-Flops“, rief Ethan vom Wasser aus. Er deutete auf den Sand hinter uns, wo er achtlos seine Flip-Flops abgestreift hatte und sie übereinanderlagen. Ich kraxelte die Steigung hinauf und zog sie an. Sie waren zu groß, doch das war mir egal.

„Sieh mal, Lucy!“, rief Ethan, als ich ins knöcheltiefe Wasser und zur sicheren Hand meiner Mutter zurückkehrte. Er stand am Ende der Schräge, oder zumindest nahm ich das an. Ich konnte es nicht wirklich erkennen. „Es geht mir hier nur bis zur Mitte.“ Er streckte beide Arme aus dem Wasser, und ich konnte jede einzelne seiner Rippen sehen.

„Lass uns einen Schritt weiter hineingehen“, schlug meine Mutter vor. „Immer nur einen Schritt nach dem anderen.“

Ich wollte ihr entgegenkommen und tat es. Ich machte einen winzigen Schritt nach vorn und zitterte, als das kalte Wasser um meine Waden spielte. Meine Zähne begannen zu klappern. Ich konnte kaum noch meine Zehen erkennen und hüpfte immer von einem Fuß auf den anderen, um die Krabben zu verscheuchen. Die Flip-Flops reichten nicht, um mich sicher zu fühlen. Ich hätte meine Turnschuhe anziehen sollen.

„Es ist leichter, wenn du schnell hineingehst, Lucy“, riet mir Ned. Er war der Experte, und ich wusste, dass er recht hatte, doch ich brachte es einfach nicht über mich.

„Noch einen“, ermunterte mich meine Mutter, und mit angehaltenem Atem machte ich einen weiteren Schritt. Das Wasser schlug gegen meine Knie, und meine Zähne klapperten inzwischen so laut, dass ich glaubte, jeder könne es hören. Auf meinen Armen hatte ich Gänsehaut.

„Das ist klasse, Lucy!“, spornte Ethan mich an. „Komm, weiter.“ Er schlug leicht auf die Wasseroberfläche, als ob er auf den Sofaplatz neben sich klopfte, um einen Freund zu ermuntern, sich neben ihn zu setzen.

„Sind dort Krabben neben deinen Füßen?“, fragte ich ihn voller Misstrauen.

„Nein!“, behauptete er. „Die Krabben haben Angst vor dir. Sie sehen deine Füße und laufen fort.“

Das beruhigte mich nicht. Ich wollte lieber hören, dass es dort gar keine Krabben gab.

„Was, wenn sie meine Füße zu spät sehen? Dann beißen sie mich.“

„Du bist ein richtiges Baby, Lucy“, machte Bruno sich vom Boot aus über mich lustig.

„Lass sie in Ruhe, Bruno“, wies Ned ihn zurecht.

„Wie schaffst du es nur, so viel Geduld mit ihr zu haben, Maria?“ Mr. Chapman schüttelte den Kopf.

Meine Mutter blickte ihn an. „Hast du niemals vor irgendetwas Angst gehabt, Ross?“, fragte sie zurück.

„Nicht so“, erwiderte er, und ich kam mir vor wie eine Missgeburt im Zirkus.

„Ich will das hier nicht, Mom“, jammerte ich. „Können wir nicht nach Hause gehen?“

„Bitte, Lucy.“ Meine Mutter klang bettelnd. Ich wollte ihr einen Gefallen tun, doch ich zitterte am ganzen Körper. Ich konnte keinen weiteren Schritt machen.

„Es tut mir leid“, wimmerte ich. „Ich kann einfach nicht.“

Schließlich gab sie auf. Sie sah Ethan an: „Danke für deine Hilfe, Ethan.“

„Gern geschehen.“ Ethan trat ein paar Schritte zurück und fing an, Wasser zu treten. Warum konnte er so tief hineingehen und ich nicht? Warum war ich die Einzige, die solche Angst hatte?

Meine Mutter und ich kletterten die Schräge hinauf, und ich

war erleichtert, als wir wieder normalen Boden unter den Füßen hatten. Ich öffnete die Schwimmweste und streifte Ethans Flip-Flops ab.

Wir waren ein paar Schritte in Richtung unseres Bungalows gegangen, als ich plötzlich angehoben und in die Luft geworfen wurde, wobei mir die Schwimmweste über die Arme glitt. Vielleicht habe ich geschrien, ich erinnere mich nicht. Doch ich weiß, dass meine Mutter „Ross!" schrie, während ich fiel. Ich sah die Spundwand an mir vorbeisausen, und dann landete ich im tiefsten Bereich des Docks der Chapmans. Ich tauchte unter und ruderte wie wild mit den Armen in der grünen, verschwommenen Unterwasserwelt. Ich hörte Stimmen, gedämpftes Schreien. Dann tauchte ich Luft schnappend wieder auf, wo mich meine Mutter festhielt. Ihr dunkles, welliges Haar ringelte sich feucht um das Gesicht.

„Alles in Ordnung, Liebling", tröstete sie mich und hielt mich fest und sicher umfangen.

Schluchzend presste ich meinen Kopf an ihre Schulter.

„Warum hast du das getan, Dad?", hörte ich Ethan fragen.

„Das ist die beste Methode, um eine Angst zu überwinden", erklärte Mr. Chapman. „Einfach hineinspringen. Siehst du, Lucy? Du warst im tiefen Wasser und bist nicht ertrunken. Du bist gleich an die Oberfläche gekommen." Seine Stimme klang freundlich, doch ich sollte mich nie wieder in seine Nähe wagen.

Meine Mutter trug mich halb zu der Schräge, wo sie mich auf die Füße stellte und meinen Arm nahm. Gemeinsam kletterten wir auf dem schleimigen Algenbelag hinauf, und erst da bemerkte ich, dass auch sie weinte. Als wir oben waren, ließ sie meinen Arm los, ging zu Mr. Chapman hinüber und boxte ihn mit aller Kraft auf die Schulter. „Wie kannst du es wagen!"

Mr. Chapman rieb sich die Schulter. „Wenn du sie zu einem Psychiater bringen würdest – was vielleicht gar keine schlechte

Idee ist –, würde er dir genau das empfehlen, was ich gerade getan habe."

Meine Mutter griff nach meiner Hand. „Sie ist nicht deine Tochter!", warf sie ihm vor und ging mit mir zu unserem Haus. Niemals hatte ich sie so wütend erlebt. Ich spürte ihre Wut bis in meine Finger, die sie drückte. Über die Schulter rief sie zurück: „Untersteh dich, jemals wieder eines meiner Kinder anzufassen!"

Daheim war sogar mir klar, dass ich aus dem traumatischen Vorfall das Beste herausholte. Grandma verwöhnte mich und half mir aus meinem nassen Badeanzug, während ich mich über die schreckliche Behandlung durch unseren Nachbarn beklagte. Sie rieb mich am ganzen Körper mit dem Puder aus ihrer speziellen rosa Dose mit dem Kaschmir-Duft ein und zog mir dann meinen grünen Lieblingsschlafanzug an. Ich hörte, wie meine Mutter meinem Großvater erzählte, was geschehen war, und wie Grandpop sie zu beruhigen versuchte. Ich durfte lange aufbleiben und mit meiner Plastikgeige spielen, und Julie musste mit mir zusammen ins Bett gehen, damit ich schlafen konnte, ohne Albträume zu bekommen wegen dieses Lumpens, der aussah wie ein Kopf.

Als ich neun war, sprang ich in den Swimmingpool unserer Nachbarn und fing an zu schwimmen. Ich hatte so viele Stunden gehabt, dass ich die Bewegung auswendig konnte. Ich brauchte nur Übung – und den Mut, der sich einstellte, nachdem ich das Schlimmste überlebt hatte, was geschehen konnte: den Tod meiner Schwester.

16. KAPITEL

Maria
1927–1939

Es ist merkwürdig, wie man sich gegen Ende seines Lebens dabei ertappt, dass man über den Anfang nachdenkt. Ich war erst fünf, als meine Eltern und ich den ersten Sommer in dem Bungalow verbrachten. Der Kanal war damals noch ganz neu, er war erst im Jahr zuvor fertiggestellt worden. Zu der Zeit gab es nur wenige Häuser in Bay Head Shores, und jeder kannte jeden. Insofern war es anfangs wohl schwierig für meine Mutter, Freunde zu finden. Mit ihrem exotischen Aussehen und ihrem italienischen Akzent war Rosa Foley eine Kuriosität in dem Nest, doch mein Vater war so typisch amerikanisch, dass wir uns schnell mit den anderen Familien und ihren Kindern bekannt machten und ich rasch mehrere Spielkameraden fand.

Als ich acht oder neun war, zog Ross Chapman nebenan ein und wurde mein bester Freund. Wir angelten zusammen am Kanal und schwammen in der Bucht. Er brachte mir das Tennisspielen bei, als ich elf war, und ich ihm das Tanzen, als ich zwölf war. Den Rest des Jahres lebten die Chapmans in Princeton, während wir in Westfield wohnten, sodass Ross und ich uns in diesen Monaten nicht sahen und uns auch keine Briefe schrieben. Im Sommer aber knüpften wir immer dort an, wo wir im Jahr zuvor aufgehört hatten.

In dem Sommer, als ich vierzehn war, begann ich Ross mit anderen Augen zu sehen. Er war groß und schlaksig geworden, ich fand ihn sehr attraktiv, und auch wenn er und ich noch immer Kumpel waren, stellte ich mir gern vor, er wäre mehr als das. Sogar während des Schuljahrs dachte ich an ihn, und gegenüber meinen Freundinnen in Westfield bezeichnete ich ihn als meinen Freund. Die Mädchen waren neidisch, weil sie dachten, ich hätte eine tolle Sommerliebe. Ich wusste, dass

Ross mir mit seinem Tennisschläger eins überziehen würde, wenn er davon erfuhr. Für ihn war ich noch immer das Mädchen von nebenan.

Als meine Töchter größer wurden und sich für das andere Geschlecht interessierten, gingen sie immer nur mit einem Jungen aus, doch in meiner Teenagerzeit war das anders. Meine Freunde und ich taten alles in der Gruppe. „Marias Gang" nannte mein Vater uns immer. An der Küste bestand meine „Gang" aus etwa zwölf Leuten. Viele von uns hatten Boote, und wir fuhren zwischen Bucht und Fluss hin und her.

In dem Sommer, als Ross sechzehn war, tauchte er mit einem Ford Cabrio an der Küste auf. Was hatten wir für Spaß mit dem Wagen! Natürlich war er nur für vier Leute gedacht, doch wir schafften es, uns zu sechst oder siebt hineinzuquetschen, wobei einige nur auf dem Trittbrett standen und sich festklammerten. Wir waren wild – natürlich nicht nach heutigen Maßstäben, doch damals hielten wir uns für ziemlich verwegen. Es schien alles so sicher zu sein. Ich kannte niemanden, der bei einem Autounfall verletzt wurde. Niemand ertrank im Meer. Und vor allem wurde niemand ermordet: Mit dem Zusammenbruch der Wall Street und dem Zweiten Weltkrieg sollte unser beschauliches Leben wenige Jahre später ein Ende finden, doch unsere Teenagerzeit war unbeschwert und voller Spaß.

Da jeder von uns fahren konnte, hingen wir in Jenkinson's Pavillon an der Strandpromenade rum. Wir wohnten beinahe dort, tanzten abends zu Live-Musik, schwammen tagsüber in dem riesigen Salzwasserpool und brieten stundenlang in der Sonne. Ein Wunder, dass ich niemals Hautkrebs bekam, doch ich hatte den mediterranen Teint meiner Mutter, und der hat mich wohl geschützt.

Meine dunkle Haut hatte jedoch auch ihren Preis.

In dem Sommer, als ich siebzehn war, hatte sich meine Schwärmerei für Ross fast zu einer Obsession entwickelt. Er sah nicht nur gut aus, sondern war auch noch klug. Er erhielt Bestnoten in seiner Privatschule und würde im Herbst in Princeton angenommen werden, wo er in die Fußstapfen seines Vaters trat und Jura studierte. Doch es schien, als würden wir niemals mehr sein als reine Freunde. Ross nahm mich oft mit zu Partys oder anderen Geselligkeiten, und auf dem Heimweg sprachen wir darüber, wen wir attraktiv fanden, mit wem wir gerne ausgehen würden. *Mit dir*, wollte ich sagen. *Du bist es, mit dem ich ausgehen will.* Es war hart für mich, von ihm zu hören, dass er Sally oder Delores mochte, während mein Verlangen nach ihm mich fast zerfraß. Doch ich spielte das Spiel mit, indem ich sagte, ich hätte eine Schwäche für Fred Peters, den am besten aussehenden Jungen in unserer Gruppe. Ross antwortete nur, dass er glaube, Fred sei ebenfalls an mir interessiert.

Die Wende kam, als ich zur Königin des Sommerfestes gekrönt wurde, einer alljährlichen Veranstaltung in Point Pleasant. Dabei gab es eine kleine Parade, bei der ich auf einem Festwagen stand, der von einigen Jungen aus meiner Clique gezogen wurde, darunter Ross und Fred. Ich war von Kopf bis Fuß in Weiß gekleidet und trug eine Krone. Meine neidischen Freundinnen taten unbeeindruckt, doch seit meinen fünfzehn Minuten Ruhm schien Ross mich mit anderen Augen zu sehen.

Nach der Parade fuhr er mich nach Hause. Er bog in den Shore Boulevard, doch statt weiter zu uns nach Hause zu fahren, hielt er vor dem Wald.

„Was soll das?“, fragte ich.

Er blickte mich an und lächelte fast schüchtern. „Ich will dir etwas sagen, Maria“

„Was?“

„Du warst eine sehr schöne Königin.“ So etwas hatte Ross noch nie zu mir gesagt. In all den Jahren, die ich ihn kannte, hatte er sich niemals zu meinem Aussehen geäußert.

„Danke“, sagte ich.

„Ich hoffe, du findest das jetzt nicht dumm von mir“, setzte er an, „weil wir ja immer nur Freunde gewesen sind. Doch ich habe den Winter über an dich gedacht. Ich dachte daran, wie toll es wird, dich diesen Sommer wiederzusehen.“

„Das dachte ich auch“, flüsterte ich.

„Tatsächlich?“

Ich nickte.

„Ich bin in Princeton mit ein paar Mädchen ausgegangen, du weißt schon, doch ich dachte die ganze Zeit nur an dich“, gestand er. „Ich sah mir Fotos an, die meine Eltern von dir und mir gemacht hatten … du weißt schon, beim Segeln und in unserer Tenniskleidung und … du kennst die Bilder.“

Ich nickte wieder, und mein Herz wollte schier zerspringen vor Freude und Dankbarkeit. Hier waren die Worte, die ich mir von ihm erträumt und nur in meiner Vorstellung gehört hatte – oder erlogen hatte, wenn ich meinen Freundinnen in Westfield von Ross erzählte.

„Als ich heute bemerkte, wie die anderen Männer dich ansahen …“ Er schüttelte den Kopf. „Ich wusste, dass ich dir meine Gefühle gestehen muss. Ich konnte es nicht riskieren, dich fortgehen zu lassen.“ Er nahm meine Hand und umschloss sie mit seinen Händen. „Ich habe mich in dich verliebt, Maria.“

Ich war sicher, dass mein Strahlen den ganzen Wagen erhellte. Ich befreite meine Hand aus seiner und umarmte ihn. „Ich liebe dich schon seit Jahren“, flüsterte ich in sein Ohr.

Er küsste mich so zart, dass ich es kaum spürte. Dann hob er die Hand, um durch das dumme weiße Königinnenkleid meine Brust zu berühren, wobei mir ein Schauer durch den Körper rann.

„Ich will dich.“ Er strich mir eine Strähne meines dichten Haares hinters Ohr.

„Ich will dich auch“, erwiderte ich.

„Heute Abend“, sagte er. „Wir trennen uns von der Clique bei Jenkinson’s. Wir können an den Strand gehen und die Sterne anschauen.“ Er hob meine Hand an seine Lippen, und ich nickte.

„In Ordnung“, bestätigte ich. Ich wusste, was ich sagte und worauf ich mich da einließ, und ich wusste, dass es eine Sünde war. Doch das war mir egal.

An jenem Abend tanzten wir bei Jenkinson’s, mal miteinander, mal mit anderen, um nicht die Aufmerksamkeit auf uns zu ziehen. Gegen neun traten Ross und ich auf die breite Veranda und stiegen die Stufen hinunter zum Strand. Wir zogen unsere Schuhe aus, und unsere bloßen Füße hatten noch kaum den Sand berührt, da küssten wir uns auch schon. Wir liebten uns unterhalb der Jenkinson’s Strandpromenade, während die Band fast genau über uns Benny Goodman und Glenn Miller spielte. Für mich war es das erste Mal, wenn auch nicht für ihn, dessen war ich mir sicher. In jener Nacht am Strand verlor ich meine Unschuld an Ross. Mein Herz hatte ich schon vor Jahren an ihn verloren.

Ross und ich begannen, unabhängig von der Clique miteinander auszugehen. Er holte mich ab, und meine Eltern, die ihn immer gemocht hatten, freuten sich, dass wir zusammen waren. Natürlich hatten sie keine Ahnung, wie weit unsere Beziehung gediehen war. Sie luden ihm zum Abendessen oder zum Kartenspielen ein, und ich war stolz, wie selbstverständlich er sich in unsere Familie einfügte. Unsere Beziehung, die immer eine freundschaftliche gewesen war, wurde erotischer, als ich mir das vorgestellt hatte. Fast jeder Abend endete damit, dass wir uns liebten, oft auf dem sandigen Grundstück gegenüber von unseren Bungalows, wo dichte Blaubeerbüsche eine gute Deckung boten. Es war nicht der zärtliche Sex, den ich mir immer vorgestellt hatte, sondern eher ein hungriges, animalisches Verlangen nacheinander. Wenn ich tagsüber meiner Mutter im Haushalt half, ließ mich die Erinnerung an den vorherigen Abend mit Ross oft zusammenfahren und sandte einen Schauer der Erregung durch meinen Körper.

Ross und ich sprachen selten über den Herbst, wenn er nach Princeton gehen und ich am New Jersey Mädchen-College Pädagogik studieren würde, doch wir sprachen über die Zukunft.

„Ich fände es besser, wenn du Kunst statt Pädagogik studieren würdest“, meinte er eines Abends. Ich lag im Schutz der Blaubeerbüsche in seinen Armen und hatte mich mit dem Kleid bedeckt. An einer Kette um meinen Hals trug ich seinen Highschool-Ring, den er mir am Tag zuvor gegeben hatte. Ich konnte nicht aufhören, ihn zu betasten.

„Was aber sollte ich mit einem Abschluss in Kunst tun?“, fragte ich. „Ich wollte immer unterrichten.“

„Das kommt, weil du denkst, du müsstest deinen Lebensunterhalt verdienen“, sagte er und küsste mich auf die Nase. Ich hörte das Lächeln in seiner Stimme.

„Wovon redest du?“

„Nun, du weißt, dass ich noch nicht in der Lage bin, dich zu fragen, ob du mich heiraten willst. Aber wenn du und ich eines Tages heiraten, dann wirst du nicht arbeiten müssen. Ich würde es nicht *wollen*. Du hättest jede Menge damit zu tun, Gastgeberin für meine Kollegen zu sein.“

Ich lächelte vor mich hin und kuschelte mich enger an ihn. Ich sah meine Zukunft vor mir. *Unsere* Zukunft. Ich malte mir unser elegantes Haus in Princeton aus, unsere hübschen Kinder – ein Junge und ein Mädchen. Ich sah mich selbst in einem wunderschönen Abendkleid, in dem ich unsere erlesenen Gäste empfing.

„Wir werden sehen“, bremste ich ihn, denn auch wenn die Vision wunderbar war, hatten meine Eltern mir doch das Bedürfnis nach einer eigenen Karriere anerzogen. Ich wusste, dass ich Zeit brauchen würde, um diesen Traum zu begraben.

Unsere Freunde hatten rasch begriffen, dass wir ein Paar

waren, auch wenn wir anfänglich versucht hatten, die Beziehung geheim zu halten. Als es erst einmal raus war, schienen sich die Mädchen von mir weniger bedroht zu fühlen und wurden wieder meine Freundinnen. Ich hatte sie vermisst und war froh.

Eines Abends gingen Ross und ich mit der ganzen Gang ins Jenkinson's. Wir standen an der Limonaden-Bar an, und die Jungs rissen Witze, über die die Mädchen kicherten. Der Limonadenverkäufer war ein Italiener, dessen Akzent stärker war als der meiner Mutter, aber ähnlich. Einer der Jungs aus der Gang, James, gab ihm einen Dollarschein, um eine Limonade für zehn Cent zu bezahlen. Ich weiß nicht genau, wie er es machte, doch er trickste den Verkäufer aus, sodass der ihm zwei Dollar Wechselgeld zurückgab. Ich bemerkte, wie die meisten Jungs und Mädchen der Clique kicherten, als wir uns entfernten. Kaum waren wir außer Hörweite des Verkäufers, krümmte James sich fast vor Lachen.

„Könnt ihr euch so einen Schwachkopf vorstellen?", prustete er. „Dämlicher Itaker!"

Ich sah rasch zu Ross hinüber. Er grinste. Seine nach oben gebogenen Lippen, die Zähne, die Lachfalten in seinen Augenwinkeln – diese Details würde ich den Rest des Abends nicht vergessen. Nichts anderes sah ich mehr, wenn ich ihn anschaute. Ich war Halbitalienerin. Meine Mutter war eine richtige „Itakerin". Warum konnte ich ihm nicht sagen, wie sehr mich die Verspottung des Verkäufers verletzte? Falls er sich wunderte, warum meinem Liebesspiel in jener Nacht die übliche Intensität fehlte, sagte er jedoch nichts. Ich wartete darauf, dass er fragte, was los sei. Dann würde ich ihm sagen, dass ich mich verraten fühlte. Doch er fragte nicht, und ich versuchte meine Traurigkeit tief in mir zu verbergen, sodass sie nicht wieder hochkam.

Wenige Tage später fand meine Mutter eine vergessene Tüte Pinienkerne in der Vorratskammer und buk eine doppelte Portion Pignoli. Sie schichtete ein gutes Dutzend auf einen Teller und bat mich, sie den Chapmans zu bringen.

Ich durchquerte unseren Garten und klopfte an die Verandatür der Nachbarn. Ich wusste, dass Ross mit seinem Vater Golf spielen war, doch seine Mutter war daheim und öffnete mir die Tür.

„Hallo, Maria", begrüßte sie mich. „Wie geht es der Sommerkönigin heute?"

„Gut, danke, Mrs. Chapman", sagte ich, während ich auf die Veranda trat. Als Kind hatte ich viel Zeit im Haus der Chapmans verbracht, doch nun schienen Ross und ich uns nur bei uns zu Hause zu treffen. Ich nahm an, dass Ross meine Eltern warmherziger und gastfreundlicher fand als seine eigenen – was tatsächlich stimmte. „Mutter hat eine Extra-Portion Pignoli für Sie gemacht." Ich hielt ihr den Teller mit den Keksen hin.

„Wie nett von ihr!", erwiderte sie. „Bring sie doch in die Küche."

Ich ging in ihre Küche und stellte den Teller auf einen Tisch in der Ecke. Als ich aufsah, war das Lächeln aus ihrem Gesicht verschwunden.

„Wessen Ring trägst du da?", fragte sie mich.

Meine Finger umklammerten den Ring, den ich an der Kette um den Hals trug. Hatte Ross ihr nichts gesagt?

„Den von Ross", antwortete ich.

Ich konnte an ihrer Miene ablesen, dass Ross ihr tatsächlich nichts gesagt hatte. Sie blickte mich verwirrt an. „Warum um alles in der Welt sollte er dir seinen Ring geben?"

Was sollte ich sagen außer der Wahrheit? „Wir gehen miteinander." Plötzlich unsicher geworden, ließ ich den Ring los.

„Aber ... er hat eine Freundin in Princeton", stammelte sie.

Ich wusste von Veronica und dass seine Eltern ihn dazu drängten, mit ihr auszugehen.

„Veronica ist nicht seine Freundin", klärte ich sie auf und bemühte mich, nicht zu abwehrend zu klingen. Als Beweis hielt ich ihr den Ring hin.

Sie wandte sich ab, vorgeblich, um eine Tasse wegzustellen, die auf dem Tresen stand. „Das wusste ich nicht", sagte sie verkrampft. „Ich dachte, er hätte noch Interesse an ihr."

Wieder stieg in mir das Gefühl hoch, verraten worden zu sein. „Vielleicht sollten Sie darüber besser mit Ross sprechen", schlug ich vor.

Voller Zorn, dass Ross es nicht seinen Eltern oder zumindest mir nicht gesagt hatte, dass seine Eltern keine Ahnung hatten, ging ich nach Hause. Ich half Mutter gerade beim Staubwischen, als ich den Wagen der Chapmans an unserem Haus vorbeituckern hörte. Ich ging hinaus zur Verandatür, in der Hoffnung, etwas von dem Gespräch zu hören, falls es laut genug war.

Das Geschrei ging kurz nach Ross' Ankunft los, doch ich konnte keine einzelnen Sätze ausmachen. Ich fühlte mit Ross und wünschte, ich hätte seiner Mutter etwas sagen können, das die Heftigkeit ihrer Wut gelindert hätte. Wenn ich geahnt hätte, dass sie nichts von uns beiden wusste, hätte ich den Ring in die Tasche stecken können. In meiner Naivität dachte ich, seine Eltern seien wütend, weil er ihnen verschwiegen hatte, dass er nicht mehr an Veronica interessiert war oder weil er ihnen von uns nichts erzählt hatte. Doch der wahre Streitpunkt war ein ganz anderer.

Später am Abend kam Ross herüber und lud mich zu einem Spaziergang ein. Natürlich willigte ich ein, schließlich wartete ich beklommen darauf zu hören, was zwischen ihm und seinen Eltern geschehen war. Er hielt meine Hand, während wir den Shore Boulevard entlanggingen.

„Ich muss mit dir Schluss machen", sagte er, und seine Worte schnitten mir ins Herz.

„*Warum?* Ist es wegen Veronica?"

„Nein, nein“, wehrte er rasch ab und umklammerte meine Hand fester. „Veronica ist mir völlig egal. Das weißt du. Ich liebe *dich*, Maria. Das werde ich immer tun, und wenn wir eines Tages auf eigenen Füßen stehen, können wir vielleicht wieder zusammen sein, doch jetzt im Moment darf ich es nicht.“

„Warum hast du deinen Eltern nichts von uns erzählt?“, fragte ich, während mir die Tränen in die Augen stiegen.

Er streichelte meine Hand so fest, dass die Haut brannte. „Ich will dich nicht verletzen.“

„Sag es mir.“

Er schwieg einen Moment. „Weil du Italienerin bist“, gestand er schließlich.

„Ja, und?“, fragte ich verteidigend. „Außerdem bin ich nur eine Halbitalienerin.“

„Deine Mutter kam mit dem Schiff herüber, und für sie ist das ... ich weiß nicht.“ Er schüttelte den Kopf. „Meine Eltern haben sehr konservative Ansichten.“

„Du wusstest doch die ganze Zeit, dass ich Italienerin bin“, warf ich ihm wütend vor. „Das hat dich nicht davon abgehalten, mit mir zu schlafen, wenn dir danach war.“

„Mir ist es doch egal, wo du herkommst“, behauptete er. „Das weißt du, Darling.“

„Warum lässt du dir dann von ihnen vorschreiben, mit wem du dich triffst?“

„Dad sagte, er würde mein Studium in Princeton nicht bezahlen, wenn wir uns weiter treffen“, platzte er heraus.

„Das ist lächerlich.“ Ich war empört. „Ihm ist dein Studium mindestens so wichtig wie dir. Glaubst du wirklich, dass er diese Drohung wahr machen würde?“

„Daran zweifele ich keine Sekunde“, sagte er grimmig. „Ich bin im Moment so wütend auf ihn, dass ich ihn –“ Er schüttelte den Kopf und war entweder nicht in der Lage oder nicht willens, den Satz zu beenden.

Tränen liefen mir die Wangen hinab, und ich hatte Mühe,

die Worte herauszubringen. „Aber wir waren immer Freunde“, schluchzte ich. „Erwartet er, dass wir nun keine mehr sind?“

„Wir werden immer Freunde sein, Maria“, antwortete er.

Wir standen wieder vor unseren Häusern, wo wir den Spaziergang begonnen hatten. Hinter uns war das Grundstück mit den Blaubeerbüschen. Lange sahen wir einander an, und jeder konnte trotz der Dunkelheit das Verlangen in den Augen des anderen erkennen. Er nahm meine Hand und deutete mit dem Kopf zu den Büschen.

„Ein letztes Mal“, flüsterte er, als er mich zu dem sandigen Platz zog.

Wir wussten beide, dass er log.

17. KAPITEL

Julie

Am Mittwochnachmittag fuhr ich zur Küste hinunter. Ich hatte Ethan gesagt, dass ich gegen vier eintreffen würde, und obwohl die Fahrt nicht viel länger als eine Stunde dauerte, fuhr ich gegen eins in Westfield los. Ich hatte Angst, dass ich in Point Pleasant erst einmal den Mut finden musste, bis zu unserem alten Haus in Bay Head Shores weiterzufahren. Und ich hatte recht.

In Point Pleasant stellte ich den Wagen auf dem riesigen, sehr belebten Parkplatz gegenüber der Promenade ab, brauchte aber einen Moment, bevor ich ausstieg. Selbst bei geschlossenem Fenster und eingeschalteter Klimaanlage konnte ich das Meer riechen. Die Menschen, einige von ihnen sonnenverbrannt oder tief gebräunt, liefen in ihrer Badekleidung zwischen den Autos umher, trugen Handtücher und Strandstühle oder schoben greinende Kleinkinder in Buggys vor sich her. Ich betrachtete das Karussell gegenüber, mit dem ich als Kind Dutzende Male gefahren war. Es hatte zu den Familienritualen gehört, im Sommer mindestens einige Male im Monat an die Promenade zu gehen. Wir fuhren Karussell, aßen Hotdogs bei Jenkinson's und gefrorenen Pudding bei Kohr's. Damals lebte ich für diese Familienausflüge; heute hatte ich Angst, das Auto zu verlassen.

Ethan hatte am Montagnachmittag angerufen. Ich stürmte gerade mit Einkaufstüten im Arm und an den Händen herein, als das Telefon klingelte. Als ich seine Nummer auf dem Display erkannte, verspürte ich Erleichterung und Unruhe zugleich. Ich entledigte mich der Tüten und griff nach dem Hörer.

„Ethan?"

„Du klingst außer Atem", stellte er fest.

„Ich bin gerade erst hereingekommen", erwiderte ich. „Gibt

es Neuigkeiten?“

„Ein paar“, sagte er. „Sie machen wirklich Tempo mit der Untersuchung. Heute Morgen haben sie mich befragt.“

„Oh.“ Ich ließ mich auf einen der Küchenstühle fallen. „Wie war's?“ Ich fragte mich, wie hart es für ihn gewesen war. „Was wollten sie wissen?“

Er zögerte. „Sie wollen als Nächstes mir dir sprechen“, sagte er, ohne meine Fragen zu beantworten.

Ich schloss die Augen. Vermutlich hatte ich gehofft, die Polizei würde den Mord an Isabel irgendwie auf Ned zurückführen können, ohne mich noch einmal zu befragen. „Wann?“

„Vermutlich diese Woche“, meinte er. „Und ich wollte vorschlagen, dass du hierherkommst. Du kannst bei mir wohnen. Ich habe jede Menge Platz und –“

„Neben dem *Bungalow*?“, fragte ich, als hätte er vorgeschlagen, dass ich auf einem Baum schlafen sollte.

„Ist das ein Problem?“

Ich schwieg lange. „Ich war seit Isabels Tod nicht mehr an der Küste“, erklärte ich schließlich. „Ich habe das vermieden. Allein der Gedanke, dorthin zu fahren, schmerzt mich.“

Diesmal schwieg er lange. „Willst du damit sagen, dass du seit vierzig Jahren nicht mehr am Strand oder am Meer warst?“

„Ich war an anderen Stränden“, erwiderte ich und dachte an meine Flitterwochen in der Karibik. An Reisen nach Kalifornien. „Aber nicht an der Küste von Jersey.“

„Nun“ – er räusperte sich – „um mit der Polizei zu sprechen, musst du hier runterkommen. Natürlich musst du nicht bei mir oder überhaupt in Bay Head Shores wohnen, doch ich finde, wir sollten uns austauschen. Sie hatten Fragen zu Neds alten Freunden und ähnlichen Dingen. Vielleicht können wir uns gegenseitig helfen, uns zu erinnern. Du kannst in einem Motel irgendwo in der Nähe wohnen, und wir treffen uns zum Abendessen.“

Das klang nach einem guten Kompromiss. „In Ordnung“,

willigte ich ein. „Ich warte, bis sich die Polizei bei mir meldet und kümmere mich dann um ein Motel und –“

„Du musst dir wahrscheinlich eines suchen, das etwas von der Küste entfernt ist“, unterbrach er mich. „Die Motels am Strand werden alle ausgebucht sein.“

„In Ordnung“, sagte ich wieder. „Ich schaue mal, was sich machen lässt, und melde mich dann bei dir.“

„Okay“, bestätigte er. „Noch etwas: Mein Freund beim Department erzählte mir, dass sie mit der Familie von George Lewis gesprochen hätten.“

„Mit Wanda?“

„Ich weiß nicht genau, mit wem. Ich weiß nur, dass Lewis immer dabei blieb, dass er unschuldig sei.“

„Ich bin sicher, dass er das war“, sagte ich. „Ich wusste, dass er es nicht getan hat. Haben sie mit Bruno Walker gesprochen?“

„Mein Freund sagte, dass sie Schwierigkeiten haben, ihn ausfindig zu machen.“

„Ausgerechnet“, ärgerte ich mich. „Da finden sie den Einzigen nicht, der vielleicht weiß, was wirklich geschah.“

Wir sprachen noch ein paar Minuten miteinander, bevor ich auflegte. Ich räumte gerade die Lebensmittel ein, als Lieutenant Alan Meyers vom Police Department in Point Pleasant anrief. Offensichtlich wollte man dort keine Zeit verschwenden. Er fragte, ob ich am Donnerstagmorgen zu der Dienststelle kommen könne. Ich sagte zu und setzte mich an den Computer, um ein Motel in der Gegend zu finden. Plötzlich kam ich mir kindisch vor. *Werde endlich erwachsen*, ermahnte ich mich und rief Ethan an, dass ich die Einladung, bei ihm zu wohnen, gerne annahm.

Und nun saß ich mitten in Point Pleasant in meinem Wagen und fragte mich, ob ich einen Fehler gemacht hatte. In der Sicherheit meines Hauses war es leicht gewesen, mutig zu sein. Ich nahm mir einen Moment Zeit, mich zu sammeln, bevor ich die Tür öffnete: Es ging mir gut. Ich stieg aus. Salzige Luft und Karussellmusik umfingen mich, und ich schlenderte mit den anderen Touristen Richtung Promenade.

Dort angekommen, sah ich überall Isabel. Sie fuhr im Höllenstrudel, wo die Zentrifugalkraft sie in ihre muschelförmige Kabine presste. Sie saß mit ausgestreckten Beinen, die Füße auf dem Promenadengeländer, neben einem blonden Jungen auf einer Bank und betrachtete das Meer. Sie kam mir in einem grünen Bikini entgegen. Sie war schlank und braun gebrannt und neigte den Kopf, als sie von einem Eissandwich abbiss.

Ich setzte mich mit Blick zur Promenade auf eine der Bänke, betrachtete die Menschen und dachte an Isabel. Wie hätte sie zu Lucy und mir gepasst? Hätte sie uns beim Unkrautjäten in Moms Garten geholfen? Wäre unser Vater noch am Leben, wenn seine heiß geliebte älteste Tochter nicht so jung gestorben wäre? Warum quälte ich mich mit Fragen, die niemand beantworten konnte?

„Lieber Gott“, betete ich halblaut, „hilf mir, dies alles durchzustehen.“

Ich stand auf und ging entschlossen zum Wagen zurück. Es war noch immer früh, sodass ich eine Weile in Point Pleasant herumfuhr. Ich erblickte St. Peter's, wo ich im Sommer jeden Sonntagmorgen zur Kirche und jeden Samstagabend zur Beichte gegangen war. Ich erinnerte mich an eines der letzten Male – vielleicht sogar das allerletzte Mal –, das ich dort beichten ging. Aus irgendeinem Grund war Mom nicht mit uns im Wagen gewesen. Daddy und Isabel saßen auf dem Weg zur Kirche vorne, Lucy und ich hinten, und wir sprachen über meine bevorstehende Kommunion. Isabel hatte ihre Schuhe ausgezogen und die bloßen Füße gegen das Armaturenbrett gestemmt, sodass ihr Rock nur knapp ihre Knie bedeckte.

„Also, Julie“, sagte sie, während sie ihre kurzen Fingernägel musterte. Sie war eine Nägelkauerin und hatte schon alle möglichen Mittel ausprobiert, um damit aufzuhören, doch nichts wirkte. „Hast du dich schon für einen Zweitnamen entschieden, den du bei der Kommunion annimmst?“ Isabel selbst hatte sich für den Kommunionsnamen Bernadette entschieden. Ein langer und anspruchsvoller Name, doch ich war keine anspruchsvolle Person und hatte mir schon vor einem Jahr einen Kommunionsnamen überlegt.

„Nancy“, erwiderte ich.

„Es muss der Name einer Heiligen sein“, bemerkte Isabel etwas von oben herab. „Ich glaube nicht, dass es eine Saint Nancy gibt.“

„Nun“, schaltete sich Daddy ein, und ich erkannte schon an seinem Ton, dass er zur Abwechslung meine Partei ergreifen würde. „Soweit ich weiß, geht Nancy auf den Namen Ann zurück, und eine Saint Ann gibt es selbstverständlich. Sie war Marias Mutter.“

Bingo, dachte ich. Ich hatte nicht nur den Namen einer Heiligen gewählt, sondern auch noch den einer besonders wichtigen.

„Dann muss sie aber Ann nehmen, oder?“, fragte Isabel meinen Vater hoffnungsvoll. Sie wollte einfach nicht, dass ich in dieser Sache recht behielt. „Das würde ziemlich blöd klingen“, fügte sie hinzu. „Julianne Ann Bauer.“

„Ich werde Kathy nehmen“, sagte Lucy. Sie identifizierte sich stark mit dem Nesthäkchen aus der Familienserie *Father Knows Best*.

„Ihr zwei versteht den Sinn der Sache nicht“, beklagte sich Isabel. „Das Ganze ist etwas Ernstes.“

„Isabel hat recht“, stimmte Daddy zu. „Aber wir können mit dem Pater darüber sprechen, ob Julie den Namen Ann nehmen muss oder Nancy wählen darf. Und Lucy, mit Sicherheit gibt es eine Saint Katherine. Wichtig für euch beide ist, dass ihr etwas über das Leben der Heiligen lernt, bevor ihr ihren Namen annehmt, so wie Isabel es getan hat.“

Wenn er nur die Wahrheit wüsste über seine süße Saint Isabel, die mit Ned wahrscheinlich bis zum Äußersten ging, dachte ich.

Daddy parkte auf der Straße gegenüber von St. Peter's, und ich bekam plötzlich Bammel. Die ganze Woche hatte ich Angst gehabt zu sterben, weil ich am letzten Samstag nicht alle meine Sünden gebeichtet hatte und deshalb nach meinem Tod auf direktem Weg in die Hölle kommen würde. Ich hatte einfach nicht gewusst, wie ich dem Pater von meinen Fantasien mit Ned Chapman erzählen sollte. Jetzt aber glaubte ich den Dreh rauszuhaben. Irgendwie war ich auf den Ausdruck „unreine Gedanken" gestoßen. Ich musste ihn irgendwo gelesen haben, vielleicht in der katholischen Zeitschrift, für die Daddy schrieb. Ich erinnerte mich auch daran, gelesen zu haben, dass unreine Gedanken eine Sünde waren, selbst wenn man sie nicht in die Tat umsetzte. Da erkannte ich, dass ich sie so schnell wie möglich beichten sollte. Dennoch hatte ich Angst. Normalerweise beichtete ich meine Lügen, meine Streitereien mit Lucy und Isabel und meinen Ungehorsam. Doch diese neue Sünde fühlte sich völlig anders an.

Ich saß in der Kirchenbank zwischen Daddy und Isabel und wartete darauf, dass ich an die Reihe kam. Ich sah, wie Lucy mit ihren kleinen Verfehlungen einer Achtjährigen auf der einen Seite den Beichtstuhl betrat. Auf der anderen Seite kam eine Frau heraus, und Isabel ging hinein. Danach kam Lucy heraus, und ich war an der Reihe.

Ich spürte mein Herz bis zum Hals klopfen, als ich mich in der Dunkelheit hinkniete. Ich vernahm das Murmeln einer männlichen Stimme und wusste, dass meine Schwester ihre vermutlich unvollständige Beichte abgelegt hatte und nun ihre Buße erhielt. Noch bevor ich damit gerechnet hatte, schob der Pater das Fenster auf.

„Segne mich, Vater, denn ich habe gesündigt", flüsterte ich und bekreuzigte mich. „Meine letzte Beichte liegt eine Woche zurück, und hier sind meine Sünden. Dreimal habe ich meinen Eltern nicht gehorcht (die Ausflüge auf die andere Kanalseite, um mit Wanda und George zu angeln), einmal habe ich meine kleine Schwester angelogen (als ich ihr sagte, im Dock der Chapmans gäbe es keine Krebse), außerdem hatte ich unreine Gedanken und habe mich zweimal mit meiner älteren Schwester gestritten." Das war's. Ich hatte es perfekt mit eingebaut.

„Erzähl mir von den unreinen Gedanken", forderte der Pater mich auf.

Oh Gott. „Ich … ich dachte an den Jungen, der nebenan wohnt", stammelte ich.

„Häufig?", fragte der Pater.

Ich schluckte. „Ja, Vater", gab ich zu. Jeden wachen Augenblick.

„Und hast du dich des schweren Vergehens der Masturbation schuldig gemacht?", hakte er nach.

Wovon redete er? Ich hatte das Wort niemals zuvor gehört, doch ich vermutete, dass er Geschlechtsverkehr meinte. Ich konnte mir nicht vorstellen, worauf er sonst anspielen sollte.

„Aber nein, Vater!", entgegnete ich so laut, dass meine Familie in der Kirchenbank es vermutlich hören konnte.

„Gut", sagte der Pater. „Tu das niemals!"

Niemals? Ich wollte ihn fragen, ob ich es tun durfte, wenn ich verheiratet war, doch er klang so ernst und grimmig, dass ich es nicht wagte.

„Ja, Vater", versprach ich.

„Als Buße sprich sechs Ave-Maria und fünf Vaterunser, und nun zeige Reue."

Die einstudierten Worte sprudelten nur so aus meinem Mund. Die ganze Zeit dachte ich, dass ich leicht davongekommen war. Für ein paar Ave-Maria extra wurde ich auch weiter unreine Gedanken an Ned haben. Ich war nicht sicher, ob ich überhaupt damit aufhören konnte, selbst wenn ich es gewollt hätte.

18. KAPITEL

Julie

Ich lag in dem Doppelbett in Ethans Gästezimmer. Der Raum war dunkel, doch ich erinnerte mich an meine Eindrücke, als ich es am Nachmittag zum ersten Mal betreten hatte, um meine Reisetasche auf dem hübschen Holzstuhl in der Ecke abzustellen. Die Wände waren in einem wunderschönen satten Hellblau gehalten. Die Vorhänge, die am geöffneten Fenster flatterten, waren blau-weiß gestreift. Das Gemälde an der Wand hätte meine Mutter gemalt haben können: die impressionistische Wiedergabe eines Gewässers oder eines grünen Feldes, je nachdem, wie man es betrachtete. Ich fragte mich, ob der einfache und doch wirkungsvolle Wandschmuck von Ethan oder seiner Exfrau stammte. Außer Zweifel stand für mich jedoch, wer für das wunderbar geschnitzte Kopfteil des Bettes oder für die Kommode verantwortlich war. Als ich das Gästezimmer betrat, wusste ich schon, dass Ethan kein gewöhnlicher Tischler war.

Seit 1962 hatte sich in Bay Head Shores vieles verändert. Während ich durch die Gegend fuhr, versuchte ich gefasst und emotionslos zu bleiben wie ein Wissenschaftler, der seine Beobachtungen anstellt, und nicht wie eine Frau, die einen Ort besucht, der sie verfolgt. Der kleine Eckladen, in dem meine Schwestern und ich immer Süßigkeiten kauften, hatte sich in einen winzigen Antiquitätenladen verwandelt und lag nun versteckt unter der Auffahrt zu einer Brücke, die die alte Lovelandtown Bridge ersetzte. Es gab viele Häuser, und die Gegend erinnerte eher an einen Ferienort als an die kleine Küstengemeinde, die hier einst siedelte. Die in unterschiedlichen Stilen erbauten Häuser glänzten im hellen Sonnenlicht. Die Gärten waren mit Steinen und Sand verziert und sehr gepflegt. Mit einem Kloß im Hals folgte ich der Straße zu unserem kleinen Strand – dem Baby-Strand.

Okay, sagte ich mir, als der Strand in Sichtweite kam. *Sei objektiv. Dort ist der kleine Spielplatz. Könnten diese Schaukeln tatsächlich noch dieselben sein, auf denen uns Daddy Schwung gab?* Ich glaubte nicht. *Dort ist die Strandwache. Und jede Menge Leute. Strandschirme in allen Farben. Das seichte Ufer ist noch immer mit einem Seil für die Kinder abgetrennt. Aber ...* Meine Augen suchten das Wasser jenseits der Abgrenzung ab. *Keine Plattform.* Ich war froh, dass sie fehlte. Ich hatte Angst gehabt, sie zu sehen. Ich hatte schon genug gesehen.

Der Shore Boulevard, meine alte Straße, hatte sich mehr verändert, als ich es mir hätte vorstellen können. Zunächst einmal war er nicht länger unbefestigt. Die Häuser standen dicht an dicht zu beiden Seiten der Straße. Der Wald war verschwunden. Zwei Häuser standen auf dem Grundstück, wo einst die Blaubeerbüsche wucherten. Überraschenderweise verspürte ich keine Traurigkeit, dass alles so zugebaut war. Stattdessen war ich erleichtert, dass es nicht mehr die gleiche Straße zu sein schien.

Ich stieß zufällig auf unseren alten Bungalow. Alles schien so verändert, dass ich das Haus zu meiner Rechten nicht so rasch erwartet hatte. Ich hielt abrupt an und konnte froh sein, dass niemand hinter mir auf der ruhigen Straße fuhr. Das Haus sah hübsch und sehr gepflegt aus. Als ich klein war, war es graublau gewesen, mit schwarzen Fensterläden. Nun war es in einem hellen Sonnengelb gestrichen und mit Weiß abgesetzt. Ein alter Anker lehnte an dem Baum im Vorgarten. Der offenbar selbst gemachte Briefkasten an der Straße war meerblau gestrichen, ein kleines Segelboot thronte darauf. Jemand liebte das Haus, das mein Großvater gebaut hatte, und ich war dieser Person dankbar, wer auch immer es sein mochte.

Zwischen dem Bungalow und dem neueren Haus zu seiner Rechten konnte ich einen Blick auf den Kanal erhaschen.

Das Wasser übte eine augenblickliche und tief sitzende Anziehung auf mich aus. Die Strömung war relativ stark und das Wasser von jenem bräunlichen Grün, an das ich mich so gut erinnerte. Ich ließ das Fenster hinunter und die feuchte Luft herein. Das hier ist das Einzige, das sich in dieser kleinen Ecke der Welt nicht verändert hat, dachte ich, während ich das in Richtung Bucht fließende Wasser betrachtete. Das Wasser mit seiner wechselnden Strömung und seinem salzigen Algengeruch. Ich starrte auf den Kanal, bis ich mich ganz benommen fühlte – eine Abwehr gegen alles, was meine fragile Gefasstheit im Hier und Jetzt erschüttern konnte. Ich war überrascht, dass ich die Heimkehr zu überleben schien – jedenfalls bis jetzt.

Ich bog in die Auffahrt der Chapmans ein, parkte hinter einem Pickup-Truck, der vermutlich Ethan gehörte, und stieg aus.

„Du hast es geschafft!“ Ethan kam aus dem Haus und lief über den Sand auf mich zu. Er trug Jeans mit einem blauen T-Shirt und war barfuß. Sein Lächeln zeugte von einer Leichtigkeit, die ich nicht fühlte, und seine Umarmung überraschte mich.

„Was für eine Fahrt!“ Ich versuchte, sein Lächeln zu erwidern.

„Der Verkehr?“, fragte er.

„Nein. Ich … ich fuhr nur so herum.“

„Ach so.“ Er schien zu verstehen. „Hat sich einiges verändert in den letzten vierzig Jahren, nicht wahr?“

Die Fliegengittertür öffnete sich erneut, und ich brauchte eine Sekunde, bis ich die Frau, die aus seinem Haus kam, als seine Tochter Abby erkannte. Sie hielt einen schlafenden Säugling in den Armen, der höchstens sechs Monate alt war.

„Hi, Julie“, begrüßte sie mich und kam auf uns zu. Sie trug eine Baseballkappe über dem kurzen blonden Haar und eine blaue Windeltasche über dem Arm.

„Hallo, Abby“, erwiderte ich und beugte mich vor, um einen Blick auf das Baby zu erhaschen. Der Kopf lag an Abbys

Schulter. Ich vermutete, dass es ein Mädchen war. Die Augen waren geschlossen, die langen, geschwungenen Wimpern ruhten auf den pummeligen Wangen. „Und wer ist das?", fragte ich.

„Meine Enkelin Clare", antwortete Ethan. Er strich dem kleinen Mädchen sanft über den Rücken.

„Sie ist wunderschön", sagte ich leise.

„Clare und ich gehen gerade." Abby lächelte mir zu. „Schön, dass ich Sie noch gesehen habe, Julie, wenn auch nur für zwei Sekunden."

„Freut mich auch, Abby."

Ethan legte den Arm um seine Tochter. „Wir sehen uns Sonntag zum Essen."

„Abgemacht." Abby stellte sich auf die Zehenspitzen, um ihren Vater auf die Wange zu küssen. „Ich liebe dich", sagte sie, bevor sie hinüber zu dem weißen Beetle Cabrio ging, der vor dem Haus stand.

„Ich liebe dich auch", rief Ethan ihr hinterher. Lächelnd beobachtete er, wie seine Tochter die Enkelin im Wagen verstaute. Dann sah er mich an. „Ich bin schon ein Glückspilz."

Ich nickte. „Abby ist wirklich eine reizende junge Frau", sagte ich, doch ich musste an Shannon denken und versuchte mich zu erinnern, wann sie mir das letzte Mal gesagt hatte, dass sie mich liebte. Ich sagte es ihr ständig. Wann hatte sie damit begonnen, mit „okay" oder einem flapsigen „ebenso" zu antworten?

„Gib mir dein Gepäck und wir gehen hinein", schlug Ethan vor.

Ich reichte ihm meine Reisetasche und holte mein Brillenetui aus der Handtasche. Als ich meine Sonnenbrille gegen meine normale Brille getauscht hatte, folgte ich ihm ins Haus. Drinnen wurde mir bewusst, wie wenig ich mich an die Einrichtung erinnerte. Wenn Ethan und ich als Kinder miteinander drinnen gespielt hatten – was selten vorkam und nur, wenn es regnete –, war das meist bei uns gewesen. Wir hatten

Karten auf der Veranda gespielt oder Brettspiele auf dem Linoleumboden im Wohnzimmer. Doch was sich im Haus der Chapmans eindeutig verändert hatte, waren die Möbel. Das Erste, was mir im Wohnzimmer auffiel, war eine deckenhohe Bücher- und TV-Wand aus einem hellen Holz. Die besondere Handwerkskunst daran fiel sogar einem Laien wie mir auf. Doch dies war nur eine von Ethans Kreationen, wie ich bemerkte. Wohin ich auch sah, stachen mir die Beweise seiner Kunstfertigkeit ins Auge. Es gab fein gearbeitete Beistelltischchen und einen edlen Couchtisch. Wunderschöne Stühle mit handgeschnitzten Rücken und seidig polierten Armlehnen. Die Küchenschränke waren aus hellem Ahorn, und selbst die Arbeitsfläche bestand aus einem auffallenden gestreiften Holz, sodass ich nicht anders konnte, als mit der Hand darüberzufahren.

„Tigerahorn", erklärte Ethan. „Ich liebe dieses Holz. Du wirst es überall im Haus sehen."

Ich fühlte, wie ich von der Realität eines Besseren belehrt wurde. Ich hatte Ethans Beruf als Tischler geringschätzig betrachtet und ihn als einen Mann abgestempelt, der statt mit dem Kopf mit den Händen arbeitete. Doch hier waren die Ergebnisse seiner Arbeit. Er hatte nicht nur seine Hände und seinen Kopf dabei eingesetzt, sondern auch sein Herz, wie man deutlich sehen konnte.

„Das Holz leidet stark unter der Feuchtigkeit hier." Er fuhr mit dem Finger über eine der Schranktüren. „Aber ich sehe keinen Sinn darin, schöne Dinge herzustellen, die man nicht benutzt, also benutze ich sie." Verdammt, er war pfiffig. Ich musste unwillkürlich lächeln. Mit seinen blauen Augen und der sanften Stimme verbreitete er einen entspannten Charme. Von dem unbeholfenen Jungen, der um Fischeingeweide gebettelt hatte, war nichts mehr zu spüren, und die Anziehung, die ich im Restaurant in Spring Lake verspürt hatte, kehrte mit aller Macht zurück.

Ich sah durch die Küche in einen Wintergarten.

„Du hast die Veranda verglast!“, rief ich. Durch die Fenster erblickte ich den Garten und den Kanal. „Lass uns rausgehen.“ Ich war nicht sicher, ob ich wirklich in den Garten wollte, den wir einst geteilt hatten, oder ob ich es einfach nur hinter mich bringen wollte.

„Gerne“, sagte er.

Als wir auf der Veranda waren, schaute ich zum Kanal. Die verwitterte Holzspundwand war fort. Stattdessen war das Ufer nun mit rostfarbenen Stahlplatten befestigt. „Was ist da passiert?“, fragte ich.

„Ich werde es dir erzählen. Komm mit.“ Ethan führte mich über die Veranda mit den weißen Rattangartenmöbeln und der Chaiselongue. Draußen bemerkte ich, dass die zwei Gärten nun durch einen dekorativen sandfarbenen Drahtzaun getrennt waren.

„Wer wohnt dort?“, flüsterte ich unwillkürlich.

Er nahm mich am Ellenbogen. „Komm“, sagte er wieder. „Setzen wir uns, und ich erzähle dir von der Nachbarschaft.“

In seinem extrabreiten Dock lag ein schönes Boot. Mit Booten kannte ich mich nicht mehr gut aus, doch dieses war garantiert ein schnelles.

Ethan zog zwei der selbst gezimmerten Klappstühle näher zueinander und bedeutete mir, mich zu setzen.

Ich ließ mich nieder und saß einen knappen Meter hinter dem Maschendrahtzaun, der uns vom Wasser trennte.

„Herrje!“ Ich schüttelte den Kopf. „Ich kann dir gar nicht sagen, wie merkwürdig es für mich ist, hier zu sein. Dieses Wasser zu sehen. Ich habe das Gefühl, als wäre ich erst letzte Woche hier gewesen, so vertraut kommt es mir vor. Und schau mal auf die andere Kanalseite.“ Ich deutete auf das dichte grüne Schilf, wo George und Wanda und ihre Cousins einst geangelt hatten. An diesem Nachmittag war niemand dort. „Es ist noch immer nicht erschlossen“, stellte ich verwundert fest.

„Richtig“, bestätigte Ethan. „Als eines der letzten Areale am Kanal.“

„Aber die Hütte des Hahnen-Mannes ist fort“, bemerkte ich und bestaunte die Anhäufung von eckigen grauen Gebäuden an dem Ort, an dem die Hütte damals gestanden hatte.

„Eigentumswohnungen“, sagte Ethan. „Wenn du zirka achthunderttausend Dollar hinblätterst, kannst du eine mit zwei Schlafzimmern kaufen.“

Mir blieb der Mund offen stehen. „Machst du Witze?“

„Du möchtest nicht wissen, was euer altes Haus wert ist“, entgegnete er.

Ich zuckte zusammen. „Du hast recht“, sagte ich. „Möchte ich nicht.“ Der jetzige Wert des Bungalows spielte keine Rolle. Meine Großeltern hätten ihn in jedem Fall verkauft, auch wenn sie die künftigen Immobilienpreise der Gegend in einer Kristallkugel gesehen hätten.

Ethan erzählte mir von der alten Holzspundwand, die langsam verfault und vor Jahren durch eine rostfarbene Stahlwand ersetzt worden war. Er erzählte mir von den Veränderungen in unserer Straße, wie rasch sich die Zahl der Häuser in den Siebzigern vermehrt hatte. Wir sahen zu, wie eine Yacht mit einer gut betuchten Partygesellschaft an uns vorbeisegelte, und mir fiel auf, dass ich mich nicht einmal unserem alten Garten zugewandt hatte. Ich seufzte.

„Es fällt mir leichter, die Spundwand oder die Boote anzuschauen –“, ich machte eine Kopfbewegung in Richtung Yacht, „– als dort hinüber.“ Ich lenkte meinen Blick nach rechts und sah zum ersten Mal seit meiner Ankunft bei Ethan in unseren alten Garten.

„Ich weiß“, erwiderte Ethan. „Ich dachte mir, du würdest es tun, wenn du so weit bist.“

Die alten gestrichenen Deckchairs waren verschwunden, stattdessen standen leichte Metallstühle im Sand. Den Drahtzaun hatte man auch um das Dock gezogen, und der große Baum daneben war kaum als der Baum wiederzuerkennen, an den ich früher mein Krabbennetz gelehnt hatte. Die abgeschirmte Veranda, die mir als Kind so riesig vorgekommen war, zog sich noch immer das ganze Haus entlang, doch sie war nicht ansatzweise so tief, wie ich sie in Erinnerung hatte. Ein rundes Plastikschwimmbecken stand im Schatten des Baums, und ich konnte den Aufbau eines Motorboots im Dock erkennen.

„Wer wohnt dort?“, fragte ich wieder.

„Ein junges Paar“, sagte Ethan. „Die Kleins. Sehr nett. Sie sind vor vier Jahren eingezogen, und sie haben einen Jungen von ungefähr sieben Jahren.“

„Ach so.“ Jetzt verstand ich das Bedürfnis nach all den Zäunen. Sie gaben ihnen ein Gefühl der Sicherheit. Ich schickte ein kleines Stoßgebet zum Himmel, dass der Junge zu einem starken, gesunden Erwachsenen heranwuchs.

„Ich erzählte ihnen, dass jemand, der in dem Haus gelebt hat, zu Besuch kommen würde“, verriet mir Ethan. „Du bist eingeladen, hinüberzugehen und dir anzuschauen, wie sich das Haus verändert hat, wenn du das möchtest.“

„Nein“, wehrte ich rasch ab. Ich wollte keinen Fuß in das Haus mit all den Erinnerungen setzen. „Wissen sie ... du weißt schon ... was damals geschah?“

„Nein.“ Lächelnd beugte Ethan sich vor und stemmte die Ellenbogen auf die Knie. „Julie, du musst wissen, dass das Haus vermutlich –“ Nachdenklich blickte er hinaus aufs Wasser. „Ich weiß es nicht genau. Vermutlich hat es in den letzten einundvierzig Jahren acht oder neun Besitzer gehabt.“

Ich musste lachen über meine Torheit. Für mich schien alles, was in dem Haus geschah, erst gestern gewesen zu sein. Ich wollte Ethan fragen, ob er es vermisste, auf der hölzernen Spundwand zu sitzen, denn die stählerne bot keine Sitzfläche mehr. Ich wollte fragen, ob er die Blaubeerbüsche vermisste und die Wälder, in denen wir gespielt hatten, und die scheppernden Geräusche der Brücke, wenn sie sich öffnete, um die Schiffe durchzulassen. Doch mir wurde bewusst, dass diese Veränderungen – die acht oder neun Besitzer unseres Hauses, die Eigentumswohnungen statt der Hütte des Hahnen-Mannes – für ihn Geschichte waren. Er lebte in der Gegenwart von Bay Head Shores, wohingegen ich in der Vergangenheit feststeckte.

„Hier zu sein ist schwer für dich, nicht wahr?", fragte er.

Ich nickte und starrte auf das Wasser. „Eine Tragödie geschieht", sinnierte ich. „Dann machst du weiter oder zumindest versuchst du das, und du lebst dein Leben, doch du kannst niemals ganz vergessen. Es schlummert immer unter der ruhigen Oberfläche. Und dann … wumm." Ich schlug mit der Faust auf den Oberschenkel. „Etwas geschieht – wie Neds Brief –, und du musst es alles noch einmal durchleben."

„Du bist diejenige, die wollte, dass ich ihn zur Polizei bringe", stellte er klar.

Ich blitzte ihn scharf an. „Das hat die Dinge ja nicht aufgewühlt", behauptete ich. „Der Brief *existierte*, ob du ihn zu ihnen gebracht hast oder nicht."

Er tätschelte beschwichtigend meine Schulter. „Du hast recht", sagte er. „Ich wollte nicht unbedacht klingen oder dir die Schuld geben. Es war richtig, ihn der Polizei zu übergeben. Sie machten mir Vorhaltungen, ihn nicht schon früher gebracht zu haben." Er blickte auf seine Hände und rieb sie, um sie dann mit der Innenfläche nach oben zu drehen, sodass ich die Spuren seiner Arbeit an seinen Fingern sah. Die Haut wirkte rau und abgehärtet. Ich wollte eine seiner Hände in meine nehmen. Es tat mir leid, dass ich ihn angefahren hatte. Das Ganze war für ihn genauso schwer wie für mich.

„Vermutlich nehmen sie an, dass ich die Zeit brauchte, um Neds Haus zu säubern", fuhr Ethan fort. „Du weißt schon, um sicherzustellen, dass sie nichts Belastendes finden werden."

„Ist es richtig, dass sie nichts fanden?"

„Ja, und auch ich habe nichts gefunden, als ich seine Hinterlassenschaften sortierte. Keine geheimen Tagebücher. Keine

Geständnisse. Obwohl mein Freund bei der Polizei sagte, dass sie in dem Haus genug Haare oder was auch immer finden, um einen DNA-Test durchzuführen."

„Nun, das ist gut", meinte ich, auch wenn ich nicht genau wusste, wie eine DNA-Probe von Ned derzeit von Nutzen sein sollte. „Was haben sie dich denn gefragt? Und was werden sie mich morgen fragen?"

Er lehnte sich zurück, seine Hände ruhten auf den Oberschenkeln. „Ich sollte ihnen die Namen von allen Personen geben, die Ned kennt. Kannte", verbesserte er sich. „Seine Trinkkumpane. Frauen, mit denen er ausging. College-Freunde. Menschen, denen er sich vielleicht anvertraut hatte. Ich konnte ihnen nicht viele nennen. Ned hielt sich abseits. Er war keiner, der mit anderen trank. Er trank, um betrunken zu werden. Allein. Punkt."

„Wie war deine Beziehung zu ihm?"

„Sehr schwierig. Er wollte nicht viel mit mir zu tun haben, weil ich ihn immer wegen seiner Trinkerei bedrängte. Damit er Hilfe annahm. Er wollte davon nichts hören. Auch Dad sah er nur selten, was meinen Vater fast umgebracht hat. Er hat noch immer das Gefühl, bei Ned versagt zu haben, dass er etwas hätte tun müssen, um ihm zu helfen."

„Oh!", fiel mir ein. „Ich habe ganz vergessen, dir etwas zu erzählen."

Erwartungsvoll sah er mich an.

„Weißt du, dass dein Vater meine Mutter besucht hat?"

Er wirkte erstaunt. „*Was?*"

„Ja, das hat er", betonte ich. „Er tauchte am gleichen Tag bei ihrem Haus auf, an dem du und ich uns in Spring Lake trafen."

Er schaute so ungläubig, als würde ich mir das zusammenfantasieren. „Warum sollte er das tun?"

„Ich weiß es nicht, und sie war nicht sehr mitteilsam", erwiderte ich. „Sie sagte, er hätte an uns gedacht und sich entschieden, sie zu besuchen. Weiß er von dem Brief?"

Ethan schüttelte den Kopf. „Das kann er nicht", antwortete er. „Seit unserem Treffen habe ich schon mit ihm gesprochen, und er hat nie ein Wort davon gesagt, dass er deine Mutter besucht hat. Ist er den ganzen Weg hinauf nach Westfield gefahren, um sie zu besuchen?"

„Ja. Jedenfalls kam er zu ihrem Haus. Ich nehme an, dass er gefahren ist."

„Oje! Es macht mir schon Angst, wenn er um die Ecke fährt, erst recht nach Westfield. Ich muss mit ihm darüber sprechen. Ich weiß nicht, wie lange er noch allein zurechtkommt. Er ist …" Er schüttelte den Kopf. „Nun, das ist etwas, was Ned und mich verband", erinnerte er sich. „Wir sprachen über Dad – was getan werden sollte, wie man ihn unterstützen konnte und solche Dinge. Nun bin ich allein damit."

Ich dachte an Lucy, wie froh ich war, sie zur Schwester zu haben. Wie sehr ich sie liebte.

Ethan lehnte sich zurück, und ein träumerischer Ausdruck trat in seine Augen. „Ich wünschte nur …", begann er. „Ich wünschte nur, ich könnte die Polizei davon abhalten, mit meinem Vater zu sprechen. Ich weiß, dass sie das vorhaben und vermutlich schon bald, denn er ist der Einzige, der Neds Alibi bestätigen kann. Ich befürchte, dass sie ihn bedrängen werden, denn sie glauben wohl, dass er seine Beziehungen spielen ließ, um Ned aus der Sache herauszubekommen." Er schüttelte den Kopf. „Ich habe Angst, ihm von dem Brief zu erzählen."

„Ich weiß. Ich kann mir ebenfalls nicht vorstellen, meiner Mutter davon zu erzählen."

„Vielleicht wirst du das müssen, Julie." Er sah mich an, und das Blau seiner Augen war so klar, dass ich am liebsten hineingetaucht wäre.

„Ich weiß", sagte ich wieder, doch ich dachte: *Nicht, wenn ich es verhindern kann.*

„Nun", begann Ethan, „mit folgenden Dingen können du und ich die Untersuchung weiter voranbringen. Wir sollten uns an Neds und Isabels Freunde von damals und an alles Wichtige über sie erinnern. Es könnte sein, dass die Polizei mit ihnen sprechen will."

Ich lehnte mich zurück und dachte an Isabels alte Clique, die immer am Strand herumhing. „Warum können sie Bruno nicht ausfindig machen?"

„Er ist aus der Gegend fortgezogen, seine Eltern sind tot, und seinen richtigen Namen – Bruce Walker – gibt es ziemlich häufig", erklärte Ethan. „Doch mein Freund versicherte mir, dass sie weiter nach ihm suchen."

„Isabel hatte hier zwei beste Freundinnen", sagte ich. „Pamela Durant und –"

„Ach ja", unterbrach mich Ethan mit einem schwärmerischen Unterton. „Unvergesslich. Sie kam nach jenem Sommer zwar nie wieder hierher, doch ich erinnere mich natürlich an sie."

„Aber hallo", neckte ich ihn lächelnd. „Ich wusste gar nicht, dass du damals irgendein Interesse am anderen Geschlecht hattest, außer vielleicht daran, es unter dem Mikroskop zu betrachten."

Er erwiderte das Lächeln. „Mein merkwürdiges Benehmen war eben nur Tarnung", gestand er.

Ich lachte.

„Wie hieß das andere Mädchen, mit dem Isabel immer zusammen war?"

„Mitzi Caruso", erinnerte ich mich. „Sie wohnte an der Ecke dort drüben." Ich deutete in die Richtung des Hauses.

„Ganz schwach kann ich mich an sie erinnern", sagte Ethan. „Ich glaube, sie kam noch ein paar Sommer lang, doch ich bin nicht sicher. Es gab noch ein paar Jungens, mit denen Ned unterwegs war, doch ich kann mich beim besten Willen an keine Namen erinnern. Weißt du noch welche?"

Ich schüttelte den Kopf. Die anderen Teenager aus der Clique von Izzy und Ned waren für mich ebenso gesichts-

wie namenlos geblieben.

Ethan sah auf die Uhr und erhob sich. „Hör zu", sagte er. „Es ist ein wunderschöner Abend. Lass uns mit dem Boot hinausfahren. Danach machen wir Abendessen – ich habe eine Flunder gefangen – und reden weiter."

Ich sah zu seinem Dock. „Ich betrete inzwischen kein Boot mehr."

„Tatsächlich?" Er wirkte verblüfft. „Wenn ich dich mir vorstelle, dann immer in dem kleinen Boot von euch. Zwölf Jahre alt, immer alleine draußen auf dem Kanal, wo du herumfährst, als ob es deine Heimat wäre."

Es war kaum zu glauben, dass ich dieses Kind gewesen sein sollte. „Seit jenem Sommer bin ich nicht mehr Boot gefahren."

„Komm." Er reichte mir die Hand. „Lass es uns versuchen. Wir können in Richtung Fluss fahren, wenn dir die Bucht Angst macht."

Er verstand es nicht. Es würde mir keinerlei Spaß machen, sondern nur Panik in mir wecken. „Ich möchte nicht, Ethan", lehnte ich sein Angebot ab.

Er merkte, dass ich es ernst meinte, und gab auf. „In Ordnung", willigte er ein. „Wir überspringen die Fahrt mit dem Boot und kommen direkt zum Abendessen. Bist du hungrig?"

Ich half ihm beim Kochen, wobei er ganz gelassen in der Küche hantierte. Als ich ihn musterte, erkannte ich, dass er überhaupt ein gelassener Mensch war. Und während ich nun in seinem selbst gebauten Gästebett lag, kam mir der Gedanke, dass er schon immer so gewesen war. Selbst als merkwürdiger kleiner Junge hatte es ihn nie gekümmert, was andere von ihm dachten. Er hatte sich in seiner Haut wohlgefühlt. Ich hatte weder erwartet, ihn zu bewundern, noch mich zu ihm hingezogen zu fühlen. Und doch tat ich beides.

19. KAPITEL

Julie

Manchmal macht man sich Sorgen um etwas, nur um zu entdecken, dass man sich um etwas ganz anderes hätte sorgen sollen. So ging es mir an dem Morgen, als meine Befragung bei der Polizei anstand.

Ich wachte früh auf und freute mich an dem von der Sonne gebleichten Blau in Ethans Gästezimmer und dem heimeligen Duft von Kaffee. Am liebsten wäre ich den ganzen Tag in dem Zimmer geblieben. Mein Kopf schmerzte etwas, und ich dachte daran, bei der Polizei anzurufen und den Termin abzusagen, weil ich krank sei. Ich wollte nicht noch einmal in allen Einzelheiten durchgehen, was 1962 geschehen war, denn danach würden sie mich vermutlich fragen. Wie sollte ich das ertragen? Doch die Befragung aufzuschieben wäre nur ein zeitlicher Gewinn. Also stand ich auf, duschte, fönte meine Haare, zog khakifarbene Hosen und mein rotes ärmelloses T-Shirt an und ging hinunter. Ethan saß Zeitung lesend am Tisch auf der Veranda, sprang aber auf, als er mich in der Küche erblickte.

„Eier oder Pancakes?“ Er legte die Zeitung auf den Tresen. „Ich mache gerne beides.“

„Toast?“, fragte ich. „Und Schinken.“ Ich deutete auf den Teller Schinken, den er bereits vorbereitet hatte, war allerdings nicht sicher, ob ich überhaupt etwas essen konnte.

„Setz dich, und ich mache alles fertig“, bot er an.

Ich nahm am Küchentisch Platz und hob die Tischdecke an, um das zu bewundern, was ich zu Recht darunter vermutete – ein weiteres von Ethans Kunstwerken.

„Wie geht es dir heute Morgen?“ Er steckte zwei Scheiben Brot in den Toaster.

„Ich glaube, ganz gut“, sagte ich so zögerlich wie jemand, der gerade eine Verletzung erlitten hatte und nun den entsprechenden Körperteil bewegte, um sicherzugehen, dass nichts gebrochen war.

„Soll ich dich fahren?"

„Sag mir einfach nur, wie ich fahren muss", erwiderte ich mit falschem Elan. Mir gefiel der Gedanke, dass er mich begleitete, doch ich war sicher, dass er etwas zu tun hatte.

Er kritzelte eine Telefonnummer auf ein Stückchen Papier und gab es mir. „Das hier ist meine Handynummer. Ich mache heute einen Zwischenstopp bei einem Auftraggeber, aber lass mich wissen, wenn du fertig bist, und dann treffe ich dich hier wieder."

Ich nickte. Der Toast war fertig, und ich trug ihn zusammen mit dem Schinken auf die Veranda, während er mit zwei Tassen Kaffee folgte. Die Fenster standen offen. Der Geruch vom Kanal, die starke Strömung und die Boote im Wasser bildeten eine Stimmung, die mir ans Herz ging. Ich knabberte appetitlos an meinem Toast, während ich ein Gespräch über Ethans Auftrag anfing. Ich hatte den halben Toast mit einem winzigen Stückchen Schinken geschafft, da musste ich los. Als ich aus der Tür ging, bereute ich, Ethans Angebot nicht angenommen zu haben.

Der Raum, in den man mich beim Point Pleasant Police Department führte, war klein und nüchtern. Es gab dort nichts anderes anzusehen als die Gesichter der zwei Personen, die mich befragten. Ich saß auf einem harten Stuhl mit gerader Lehne, mir gegenüber Lieutenant Michael Jaffe vom Büro des Staatsanwalts und eine sehr junge blonde Ermittlerin vom Police Department, Detective Grace Engelmann. Beide hatten jeweils einen Notizblock vor sich, und auf dem Tisch zwischen uns stand ein Aufnahmegerät. Daneben lagen dicke Akten.

Sie eröffneten das Gespräch mit ein bisschen Small Talk, vermutlich um mir die Anspannung zu nehmen.

„Es hat sich viel verändert, seit Sie als Kind hier waren, oder?", fragte Lieutenant Jaffe, nachdem er sich und die Kripobeamtin vorgestellt hatte. Er war ein gut aussehender Mann mit grau meliertem Haar und einem jugendlichen Gesicht.

„Ja", erwiderte ich. „Seit dem Tod meiner Schwester war ich nicht mehr hier."

„Tatsächlich?" Er schien überrascht zu sein. „Ich bin erst zweiundneunzig hierhergekommen, deshalb kenne ich es nur so, wie es jetzt ist. Welche Veränderungen sind Ihnen aufgefallen?"

Er musste wissen, wie die Gegend sich verändert hatte, egal ob er hier gewohnt hatte oder nicht, doch ich wollte das Aufwärmspielchen mitspielen.

„Nun", sagte ich, „damals gab es noch viele Sommergäste. Und viel weniger Häuser. Die Kanalbefestigung war anders. Die neue Brücke war noch nicht da."

Er runzelte die Stirn. „Die neue Brücke?"

„Über den Kanal", erklärte ich, worauf er und Detective Engelmann beide in Lachen ausbrachen.

„Und wir nennen das heute die *alte* Brücke", sagte er. „Es muss *wirklich* lange her sein, nicht wahr?"

Ich lächelte. Ich hörte das Band des Aufnahmegeräts.

„Wissen Sie", wechselte er das Thema, „meine Frau und ich lieben Ihre Bücher."

„Danke." Wie immer war ich versucht zu fragen, welches ihm am besten gefallen hatte. Ich entschied mich dagegen für den Fall, dass er nur Konversation machen wollte und keines gelesen hatte. Als Letztes wollte ich erreichen, dass er sich unbehaglich fühlte. Detective Engelmann notierte etwas auf ihrem Block. Ich konnte mir nicht vorstellen, was ich Notierenswertes gesagt haben sollte.

„Wie sind Sie dazu gekommen, Krimis zu schreiben?", wollte Lieutenant Jaffe wissen.

Diese Frage stellte man mir immer. Für öffentliche Auftritte hatte ich eine lange Antwort parat, für Situationen wie diese eine kurze. „Als Kind liebte ich Nancy Drew. Und ich schrieb gerne. Beides schien wunderbar zusammenzupassen."

„Ach so", meinte er leichthin, während Detective Engelmann sich weiter Notizen machte. „Wissen Sie, ich erinnere mich an einen Artikel über Sie … Ich weiß nicht, vermutlich in irgendeiner Zeitschrift oder Zeitung. Dort sagten Sie, dass Sie als Kind Ihren Spielkameraden erfundene Gruselgeschichten erzählten und vorgaben, sie seien in der Nachbarschaft geschehen."

Waren wir noch beim Small Talk, oder hatte sich ein etwas anderer Ton in seine Stimme geschlichen? „Das stimmt", bestätigte ich.

„Und dann geschah tatsächlich etwas Mysteriöses … und das in Ihrer eigenen Familie", fuhr er fort.

Er musste mir meine Verwirrung angesehen haben.

„Der Mord an Ihrer Schwester", wurde er konkret.

„Oh", reagierte ich. „Ja." Ich verlagerte mein Gewicht auf dem harten Stuhl. Ich wollte auf den Punkt kommen. Wollte ihm und der bislang schweigenden Detective Engelmann erklären, dass ich immer Ned für schuldig gehalten hatte und dass er dies meiner Meinung nach mit seinem Brief auch bestätigte. Aber dies hier war nicht meine Veranstaltung, weshalb ich auf die nächste Frage wartete.

„Was können Sie uns über George Lewis sagen?", fragte er.

Der Gedanke an George ließ mich bedauernd lächeln. „Er war ein Spaßvogel. Ich verbrachte damals ziemlich viel Zeit mit ihm und seiner Schwester Wanda. Ich glaube nicht, dass er seinen Vater kannte, und ich weiß nicht genau, was mit seiner Mutter los war. Er und Wanda wurden von ihrer Cousine Salena großgezogen. Ich nehme an, dass seine Familie sehr arm war, doch sie standen einander nah und mochten sich sehr." Ich erinnerte mich an den Blick, den George meinem Vater zugeworfen hatte, als der gekommen war, um mich abzuholen. „Nach außen hin wirkte er abgebrüht und war vermutlich ganz gerissen", fügte ich hinzu. „Doch das sind nur Vermutungen. Diese Seite an ihm habe ich nie erlebt. Es macht mich so wütend … und so traurig, dass er für etwas ins Gefängnis ging, das er nicht getan hat."

Der Lieutenant nickte. „Ich glaube, dass die Person, die für den Mord an Ihrer Schwester verantwortlich ist, viel Schuld auf sich geladen hat, weil ein Unschuldiger dafür ins Gefängnis musste."

Mir entging nicht die Gegenwartsform in seinem Satz. „Nun", warf ich ein, „meiner Überzeugung nach handelte es sich bei dieser Person um Ned Chapman, und ich glaube, dass ihn letztlich diese Schuld umgebracht hat." Ich hoffte, dass wir nun zum Wesentlichen kommen konnten, doch Lieutenant Jaffe faltete die Hände und beugte sich vor.

„Sie verstehen, dass wir jeder Spur in diesem Fall nachgehen müssen. Wir müssen noch einmal ganz von vorne anfangen. Wir haben Ihre Aussage von 1962, doch für uns ist es von entscheidender Bedeutung, völlig unbefangen an diesen Fall heranzugehen."

Ich nickte, auch wenn ich nervös wurde. Ich wollte das hier hinter mich bringen, wollte meine Aussagen von damals noch einmal durchgehen, um diese ständigen Erinnerungen loszuwerden. Doch das würde nicht geschehen, jedenfalls noch nicht.

„Erzählen Sie uns von Isabel", bat Lieutenant Jaffe.

Die Frage war so allgemein gehalten, dass ich nicht wusste, was ich damit anfangen sollte.

„Sie war schön", begann ich. Ich wünschte mir, dass mein Stuhl zumindest Armlehnen hätte. Meine Hände lagen schwer und nutzlos im Schoß. „Und sie war rebellisch. Ein typischer Teenager. Sie schlich sich jede Nacht hinaus, um Ned auf der Plattform in der Bucht zu treffen." Ich schwieg und überlegte, was ich noch über Isabel sagen sollte. Bis auf das leise Surren des Aufnahmegeräts und das Kritzeln des Bleistifts auf dem Block, in dem sich Detective Engelmann Notizen machte, war es völlig still im Raum. Als sie fertig war, sah sie hoch und meldete sich zum ersten Mal zu Wort.

„Woher wussten Sie, dass sie sich jede Nacht hinausschlich?", fragte sie. Sie hatte verblüffend grüne Augen in der Farbe von frischem Gras, und ich fragte mich, ob sie spezielle Kontaktlinsen trug.

„Ich wusste es, weil ich sie dabei beobachtete", erwiderte ich. „Weil ich mich selbst hinausschlich." Sicherlich wussten sie das bereits aus den alten Protokollen zum Fall. Aber, wie der Lieutenant gesagt hatte, sie fingen noch einmal von vorne an.

„Wie war Ihre Beziehung zu ihr?", fragte er.

Ich wich seinem forschenden Blick aus und schalt mich gleichzeitig dafür. Ich wollte nicht über meine Beziehung zu Isabel sprechen, und mir war klar, dass mein plötzliches Ausweichen mich in den Augen der Polizei verdächtig machte. *Und darum geht es*, begriff ich. Es interessiert sie nicht, ob ich Ned für den Mörder hielt. Sie wollten *meine* Rolle in dem ganzen Fall beleuchten. Plötzlich und unerwartet packte mich Angst.

„Wir standen uns nah, als wir klein waren." Dabei blickte ich erst dem Lieutenant und dann seiner Kollegin fest in die Augen. „Doch wir waren fünf Jahre auseinander und konnten weniger miteinander anfangen, als sie ins Teenager-Alter kam, was ja auch völlig natürlich ist. Wir hatten nicht mehr viel gemeinsam."

„Haben Sie sich viel gestritten?", wolllte Detective Engelmann wissen.

„Gezankt", antwortete ich mit einem Achselzucken. „Die typischen Eifersüchteleien unter Geschwistern."

„Und wie steht es mit Ned Chapman?", fragte sie weiter. „Wie war er?"

Ich spürte, wie die Hitze in mir aufwallte. Verdammt. In zwei Sekunden wäre mein Gesicht so rot wie mein T-Shirt.

Doch diesmal wich ich nicht aus. Ich hielt dem grasgrünen Blick der Frau stand. „Er wirkte nett“, antwortete ich. „Ich meine, ich kannte ihn mein ganzes Leben lang, weil er ja im Sommer nebenan wohnte. Er war Rettungsschwimmer am Strand. Doch man weiß nie *hundertprozentig*, wie es in einem Menschen aussieht. Nach außen hin wirkte er nett, doch wer weiß, was in ihm vorging.“

„Sie hatten eine Schwäche für ihn.“ Der Lieutenant ließ es eher wie eine Feststellung als eine Frage klingen.

Ich zuckte wieder die Achseln. „Eine typisch vorpubertäre Schwärmerei“, spielte ich die Sache herunter. Ich benutzte das Wort typisch zu oft und fragte mich, ob sie es bemerkten. Ich bekam kaum Luft, als die Hitzewallung sich über Hals und Brust zurückzog. Mit der Hand fächelte ich mir Luft zu und lächelte entschuldigend. „Eine Hitzewallung“, erklärte ich. „Eine echte Plage.“

Beide lächelten verständnisvoll, doch in Anbetracht des Alters von Detective Engelmann und des Geschlechts von Lieutenant Jaffe war ich sicher, dass sie keine Ahnung hatten, wie es mir ging. Ich hätte mir zu gerne den sich rasch füllenden Notizblock gegriffen, um mir mehr Kühlung zuzufächeln.

„Waren Sie eifersüchtig auf Isabel?“, hakte Lieutenant Jaffe nach.

Meine Augen wichen wieder zur Seite aus. *Verdammt*. Was stimmte nicht mit mir? Ich wollte sagen: *Ja, selbstverständlich war ich eifersüchtig auf sie. Waren Sie nicht eifersüchtig auf Ihre älteren Geschwister?* Stattdessen beruhigte ich mich und nickte. „In gewisser Weise ja“, gab ich zu. „Ich wünschte mir, so auszusehen wie sie und so alt zu sein und die gleichen Freiheiten zu genießen wie sie.“

„Wer wusste, dass sie an jenem 5. August 1962 um Mitternacht auf der Plattform sein würde?“, fragte Detective Engelmann.

„Ich“, sagte ich. „Und Bruno – Bruce – Walker. Und möglicherweise George Lewis, auch wenn ich mir dessen nie sicher war. Wenn er es wusste, dann vermutlich auch Wanda Lewis. Und natürlich Ned Chapman."

„Obwohl Ned Chapman laut altem Protokoll –", der Lieutenant spielte mit der Akte, die vor ihm lag, obwohl er sie nicht öffnete und durchblätterte, „– Sie gebeten hat, Isabel zu sagen, dass er sie in jener Nacht nicht treffen könne."

„Ja, doch später sagte er, dass er es vielleicht doch schaffen würde."

„Damals waren Sie doch bekannt für Ihre erfundenen Geschichten, oder?", fragte mich Detective Engelmann.

Sie sprangen so rasch von einem Punkt zum anderen, dass mein überhitztes Gehirn kaum folgen konnte, und wieder wusste ich nicht genau, worauf sie hinauswollte.

„Ich habe viel gelesen. Ich habe George und Wanda die Nancy-Drew-Bücher vorgelesen."

„Aber Sie haben doch auch vieles erfunden, nicht wahr?", bohrte sie. „So wie die Geschichten über merkwürdige Ereignisse in Ihrer Nachbarschaft, mit der Sie Ihre Spielkameraden unterhielten."

Ich starrte sie an und wusste nicht, was ich antworten sollte. Ich spürte, wie so etwas wie Hass in mir aufstieg. Als ich nicht antwortete, ergriff der Lieutenant das Wort.

„Lassen Sie mich kurz zusammenfassen, was Sie uns bislang erzählt haben", sagte er. „Es gab so etwas wie eine geschwisterliche Rivalität zwischen Ihnen und Ihrer Schwester. Sie waren eifersüchtig auf sie. Sie wussten, wo sie in jener Nacht war. Sie schlichen sich regelmäßig aus dem Haus. Sie hatten eine Schwäche für –"

„Hören Sie auf!" Ich stand abrupt auf, sodass der Stuhl fast umfiel. „Dafür bin ich nicht hierhergekommen", empörte ich mich. „Ich wollten Ihnen bei der Untersuchung helfen. Ich kam, um Ihnen zu erzählen, woran ich mich erinnere, und nicht, um des Mordes an meiner Schwester beschuldigt zu werden. Ich habe sie nicht umgebracht, wenn Sie darauf hinauswollen. Ich hätte ihr niemals etwas zuleide getan."

„Bitte setzen Sie sich", erwiderte Lieutenant Jaffe ruhig, und wider besseres Wissen tat ich das. Allerdings saß ich nur auf der Kante des Stuhls, als wollte ich gleich gehen.

„Wir müssen uns jeden Beteiligten genau anschauen", erklärte er. „Jeden, der in jener Nacht am selben Ort sein konnte wie Ihre Schwester. Das schließt auch Sie ein."

Ich hielt meinen Ärger im Zaum, weil ich wusste, dass ich sonst in Tränen ausbrechen würde. „Ich habe meine Schwester nicht umgebracht", sagte ich langsam und bestimmt. „Ich hatte nichts damit zu tun."

Der Lieutenant blickte plötzlich auf die Uhr und stand auf. „Wir sprechen mit jedem. Und wir danken Ihnen, dass Sie extra gekommen sind."

War's das? Ich hatte schon Handschellen erwartet und an meine Rechtsanwältin gedacht, die nie in ihrem Leben mit einem Kriminalfall zu tun hatte. Doch nun, da ich gehen durfte, fiel mir meine Mutter ein.

„Werden Sie auch mit meiner Mutter sprechen müssen?" Ich erhob mich zögernd. Detective Engelmann saß noch immer am Tisch und machte sich Notizen. Sie hob nicht einmal den Kopf.

„Höchstwahrscheinlich ja", erwiderte Lieutenant Jaffe. „Sie haben doch kein Problem damit, oder?"

Ich schloss die Augen und stützte mich kurz an der Stuhllehne ab. Mir war leicht schwindlig, und mein Gehirn arbeitete nur langsam. Wenn ich seine Frage bejahte, würde es so aussehen, als ob ich Angst vor dem hätte, was meine Mutter sagen könnte. Wenn ich darlegte, dass in meiner Familie nie über Isabels Tod gesprochen wurde, würde das noch schlechter wirken. Ich öffnete die Augen und sagte einfach die Wahrheit: „Ich möchte nicht, dass meine Mutter noch mehr leiden muss, als sie das schon getan hat. Ich möchte nicht, dass sie das hier alles …“ Meine Handbewegung umfasste den Raum, die beiden Polizisten und überhaupt die ganze Situation. „Ich möchte nicht, dass sie mit dem hier umgehen muss“, sagte ich.

„Verstehe“, sagte der Lieutenant. „Wir werden das berücksichtigen.“

20. KAPITEL

Julie
1962

„Wie wär's, wenn wir heute zum Strand gingen, Mädchen?", schlug meine Mutter vor.

Alle Frauen in der Familie – meine Schwestern, meine Großmutter, Mutter und ich – saßen nach dem Frühstück mit Fruchtsalat und French Toast auf der Veranda.

„Okay", willigte Lucy ein. „Aber erwarte nicht von mir, dass ich schwimmen gehe."

„Nicht, wenn du es nicht willst." Meine Mutter beugte sich vor, um ihr einen Krümel von der Lippe zu wischen, und lehnte sich dann zurück, um sie verzückt anzuschauen. „Deine Haut hat einen schönen Nuss-Ton bekommen."

Von uns drei Schwestern war Lucy diejenige mit dem hellsten Teint, da sie die meiste Zeit drinnen verbrachte, um zu lesen oder mit Grandma Karten zu spielen. Doch natürlich konnte man an der Küste die Sonne nicht vermeiden.

„Ich habe Mitzi und Pam versprochen, mit ihnen an den Strand zu gehen", sagte Isabel und fügte rasch hinzu: „Aber wir sehen uns dann dort." Sie saß an der Tischseite zum Haus hin, wo sie die beste Sicht auf den Garten der Chapmans hatte. Alle zwanzig Sekunden huschte ihr Blick aus den großen, mandelförmigen Augen in diese Richtung. Sie war so durchschaubar, dass ich es kaum fassen konnte, dass meine Mutter sie nicht dabei ertappte. Glaubte Mom denn nur für eine Sekunde, dass es Mitzi Caruso und Pamela Durant waren, mit denen Isabel am Strand herumhängen wollte?

Doch ich fürchtete, ich war genauso schlecht darin, meine wahren Intentionen zu verbergen.

„Und ich möchte einfach hierbleiben", tat ich kund und wünschte mir, ich könnte mich auf meinem Stuhl umdrehen, um nachzusehen, ob die Lewis auf der anderen Seite des Kanals schon da waren.

Offenbar argwöhnisch geworden, hob meine Mutter fragend die Brauen, doch ich zog die Gabel durch den Sirup auf meinem Teller, um ihrem forschenden Blick auszuweichen. „Vielleicht angele ich ein bisschen und fange etwas fürs Abendessen“, fügte ich hinzu, um überhaupt etwas zu sagen. Ich wartete darauf, dass sie mich ermahnte, nicht über den Kanal zu fahren. Ich hätte es nicht gewagt, ihr eindeutiges Verbot zu missachten, und war sehr erleichtert, als sie nichts sagte. Stattdessen wandte sie sich an Grandma.

„Warum kommst du heute nicht mit Lucy und mir mit, Mutter?“ Grandma schien immer zufrieden damit, im Haus zu bleiben, um die Böden zu wischen oder die Wäsche zu machen – ohne Waschmaschine eine mühselige Arbeit.

„Nun, vielleicht mache ich das zur Abwechslung mal“, sagte sie zur Überraschung aller.

Perfekt, dachte ich. Niemand wäre da, den es kümmerte, was ich tat. Grandpop war mit einigen seiner Kumpels auf einem Angelausflug. Er hatte mich eingeladen, mitzukommen, doch ich war schon letzten Sommer mit der Gruppe unterwegs gewesen und hatte den Eindruck gehabt, nicht dazuzugehören – was ich auch nicht tat.

Nachdem wir die Reste des Frühstücks beseitigt hatten, gingen alle zum Strand. Ich holte meinen Ködereimer und lief zum Ende der Straße. Voller Glück über meine Freiheit dachte ich mir ein kleines Lied über die Libellen aus, während ich durch das hohe Schilf ging, bis ich bei Grandpops Killi-Falle ankam. Ich kniete mich in den warmen Sand, schob das Fernglas nach hinten über meine Schulter, damit es nicht nass wurde, und zog gerade die Falle aus dem Wasser, als jemand schrie: „Wer ist da?“

Ich zuckte erschrocken zusammen und erkannte dann Ethans Stimme.

„Wo bist du?“, rief ich.

„Hier drüben.“ Seine Stimme kam von links. Ich musste durch das Wasser waten, um das Schilf und die Rohrkolben zu umgehen, und sah ihn schließlich mit gekreuzten Beinen im seichten Wasser sitzen, das seine Knie umspielte. Er hatte nur eine Badehose an, und die Sommersprossen auf seiner nackten Brust schienen zusammengeflossen zu sein, was ihm eine gewisse Bräune verlieh.

„Was machst du da?“

„Sieh nur“, meinte er stolz. „Ich habe Baby-Aale gefunden.“

Ich hatte noch nie einen Baby-Aal gesehen und war neugierig. Ich bewegte mich möglichst dicht am Gras, um das Wasser nicht aufzuwirbeln. Dann kniete ich mich so nah neben ihm hin, dass ich die Sonnencreme auf seiner Haut riechen konnte.

„Dort“, zeigte er auf eine Stelle im Wasser.

Ich sah drei bleistiftdünne schwarze Aale, die sich unter der Wasseroberfläche hin und her schlängelten.

„Sie sind so niedlich“, schwärmte ich.

„Ich wollte einen fangen, um ihn zu sezieren“, erklärte Ethan, „doch ich konnte es nicht. Es sind ja noch Babys.“

Er war wirklich schräg, dennoch war ich gerührt. „Ja“, pflichtete ich ihm bei. „Tu es nicht.“

Er blickte in Richtung Köderfalle, die er durch das dichte Schilf nicht richtig sehen konnte. „Hast du viele Killis?“

„Ich habe noch nicht nachgesehen.“

„Wo ist dein Großvater?“

„Auf einem Fischerboot.“

„Ach so ...“ Er schob seine dicke Sonnbrille die Nase hoch. „Fährst du heute zum Angeln auf die andere Seite des Kanals?“

„Ja“, erwiderte ich. „Und du halt deinen Mund darüber.“

„Das mache ich, wenn du mich mitnimmst.“

„Ich bin die Einzige, die dort hinüberfahren darf“, behauptete ich und war selber nicht sicher, was ich damit meinte. Ich wusste nur, dass ich keinerlei Lust verspürte, meine neuen Freunde mit Ethan zu teilen. Er würde Wanda und George unter dem Mikroskop studieren wollen, wie er es mit seinen Meerestieren tat.

„Dann werde ich es sagen“, drohte er.

„Du bist so ein Blödmann.“

„Muss man sein, um einen anderen zu erkennen“, gab er zurück.

„Wage nicht, es jemandem zu erzählen, oder ...“ Ich beendete den Satz nicht, sondern ließ die Drohung in der Luft hängen, als ich durchs Wasser zurückging. Ich hoffte, das würde ihn genug abschrecken.

Als ich die Falle endgültig an Land zog, zappelten jede Menge Killis hilflos in dem Drahtgeflecht. Ich schüttelte die kleinen Fische in meinen Eimer und warf die Falle dann wieder ins Wasser. Ich hatte mir nicht die Mühe gemacht, mich von Ethan zu verabschieden, bevor ich zurückging.

Als ich ins Boot stieg, winkte Wanda bereits von der anderen Seite des Kanals. Ich konnte es kaum erwarten, hinüberzufahren. Ich hatte heute *Das Geheimnis des Bungalows* dabei, das ich für die perfekte Strandlektüre hielt. Ich verstaute alles, was ich brauchte, im Boot und fuhr dann los. Die Strömung war stark und zog in Richtung Fluss, doch ich hatte keinerlei Probleme und fuhr in das Dock zwischen dem Platz der Lewis und der Hütte des Hahnen-Mannes. Das Dock war mir schon fast so vertraut wie unser eigenes. Ich dachte noch immer daran, wie Mr. Chapman mich gegenüber meinem Vater verteidigt hatte. Ich hatte den Respekt des Vorsitzenden Richters von New Jersey. Ich vergötterte meinen Vater, doch in dieser Sache hatte er unrecht.

George stand am Dock über meinem Boot.

„Kannst du mich und Wanda hinüber zum Fluss bringen?“

Er deutete in Richtung Manasquan River.

„Was?“ Ich war nicht sicher, was er meinte.

„Wir fangen hier heute nichts“, behauptete er. „Doch ein Typ sagte uns, dass sie beim Fluss anbeißen.“

Wanda erschien an seiner Seite. „Salena sagt, wir dürfen hin, wenn du uns hinfährst.“

Salena ist verrückt, dachte ich. Sah sie denn nicht, wie stark die Strömung heute war? Mir war es verboten, mit dem Boot zum Fluss zu fahren, der sich eineinhalb Meilen nördlich unseres Hauses befand. Ich durfte nicht einmal in diese Richtung fahren. Doch was für ein Abenteuer das wäre! Ich sah hinüber zu unserem Bungalow, dessen Veranda ich kaum sehen konnte, weil die Spundwand sie verdeckte. Aber es war ja sowieso keiner da. Niemand würde es erfahren.

Ich wandte mich wieder George und Wanda zu. „Okay“, erklärte ich mich einverstanden. Ich beugte mich vor und ergriff eine Sprosse der Leiter, um das Boot dichter an die Dockwand zu ziehen. „Kommt rein“, forderte ich sie auf. „Und bringt ein Netz mit. Ich habe keines.“

Sie suchten ihre Ausrüstung zusammen und kletterten die Leiter hinunter in unser Boot. Über uns tauchte Salena auf.

„Seid um eins zurück, hört ihr?“, mahnte sie.

„Okay.“ Ich ließ den Motor an und steuerte in den Kanal, wobei ich mich vergewisserte, dass wir nicht irgendein Boot kreuzten, das womöglich dicht am Ufer fuhr.

Auf dem Kanal erfasste uns die Strömung, und ich musste die Pinne fest umklammern, um uns auf Kurs zu halten. Als wir an unserem leeren Bungalow vorbeikamen, war ich sehr beschwingt. Vor uns lag die niedrige Lovelandtown Bridge. Mit meinem Großvater und anderen war ich schon darunter durchgesegelt, doch niemals allein und mit diesem Boot hier. Die Strömung war stark, und die eng beieinanderstehenden Brückenpfeiler kamen rasch näher. Das Wasser rauschte wie bei Stromschnellen zwischen ihnen hindurch.

„Mädchen“, warnte George, „weißt du, was du tust?“

„Klar!“ Ich hielt die Pinne verzweifelt umklammert. Mir fiel ein, dass es nur eine Schwimmweste im Boot gab und keiner von uns sie anhatte.

Vor uns fuhr ein größeres Boot, und ich wusste, dass seine Bugwelle das Wasser noch mehr aufwühlen würde. Wäre die Strömung nicht so stark gewesen, hätte ich den Motor abgewürgt und die Welle einfach abgewartet, doch ich hatte keine Wahl. Meine verschwitzte Hand ruckelte an der Pinne hin und her, als wir unter der Brücke hindurchsteuerten. Eine große Welle erhob sich vor uns. Wir wurden hoch und kurz darauf nach unten geschleudert, als schon eine zweite Welle auf uns zukam. Vielleicht hatte ich aufgeschrien. Mit Sicherheit schickte ich ein Stoßgebet zum Himmel. Ich hatte genug Zeit, um über die Sünde nachzudenken, die ich gerade beging, und darüber, welch passende Strafe der Tod sein würde. Die Welle brach vorne am Boot, sodass wir klitschnass wurden. Das Salzwasser spritzte mir in Augen und Mund, sodass ich einen Moment nicht sicher war, ob wir uns auf oder unter der Wasseroberfläche befanden. Ich weiß nicht, wie ich die Kontrolle über das Boot behielt, doch ich muss sehr vertrauensvoll gewirkt haben, denn George und Wanda kreischten vor Spaß, als ob wir in einer sicheren Achterbahn säßen.

Wir schafften es. Mein Herz schlug bis zum Hals, als wir in das ruhigere Wasser jenseits der Brücke kamen. Nach dem, was wir gerade erlebt hatten, wirkte die Strömung längst nicht mehr so einschüchternd. Ich freute mich nicht gerade auf die einzige andere Brücke, unter der wir noch durchfahren mussten, doch wie sich herausstellte, war das Wasser dort nicht so aufgewühlt. Die Entfernung zwischen dem größeren Boot und uns war inzwischen groß genug, dass seine Bugwelle nicht zum Problem wurde, was meine Passagiere allerdings zu enttäuschen schien.

Die Strömung trug uns in das offene Wasser des Manasquan River hinaus. Ich steuerte sofort Richtung Westen, weil ich Angst hatte, dass George vorschlagen könnte, Richtung Osten und dann aufs offene Meer hinauszufahren. Ich hatte genug Abenteuer erlebt für diesen Tag.

Wir waren nicht nur die einzigen Angler am Fluss, sondern fanden auch ein nettes Fleckchen ziemlich dicht am Kanal außerhalb des Verkehrs. Ich stoppte den Motor, und George warf den Anker über Bord, als ob er aus Papier wäre.

Wanda nahm einen Killi aus meinem Eimer und befestigte ihn an ihrem Haken. „Ist das ein Nancy-Drew-Buch?" Sie deutete mit einer Kopfbewegung auf *Das Geheimnis des Bungalows*, das nun in einer Wasserlache am Boden des Bootes lag.

„Ja." Ich hob es auf und legte es auf meine Knie. „Ich weiß nicht, ob man noch drin lesen kann", befürchtete ich. Ich fühlte mich furchtbar. Grandpop hatte mir das Buch letztes Jahr zum Geburtstag geschenkt.

Wir warfen unsere Leinen ins Wasser, und dann fand ich das Fläschchen mit Sonnencreme, das unter meinem Sitz schwamm. George zog sein T-Shirt aus, und er sah so gut aus, dass mir ein paar unreine Gedanken an *ihn* kamen. Ich fragte mich, was mit mir los war, dass sogar ein farbiger Junge solche Gefühle in mir hervorrufen konnte.

„Kann ich etwas davon haben?", bat er und deutete auf die Sonnencreme.

Ich muss sehr überrascht geguckt haben.

„Was?", fragte er irritiert. „Glaubst du, schwarze Menschen brauchen keine Sonnencreme?"

Er zog seine Shorts ein Stück herunter, und ich konnte den Unterschied in der Hautfarbe sehen.

Wanda schlug ihm gegen die Schulter. „Wir wollen deine hässlichen Unterhosen nicht sehen", maulte sie.

Lachend gab ich George die Flasche. Er nahm ein bisschen und gab die Creme dann an Wanda weiter. Danach warf er zu meiner Überraschung sein T-Shirt in die Wasserlache im Boot. Er wartete, bis es sich vollgesogen hatte, wrang es draußen aus und warf es wieder hinein. Ich war ihm dankbar. Ich hätte nicht gewusst, wie ich meinem Großvater das Wasser im Boot hätte erklären sollen.

Ich öffnete das Buch auf meinem Schoß, doch die Seiten klebten zusammen und wellten sich schon von der Feuchtigkeit. Es war ruiniert.

„Wenn du es trocknest, bekommst du die Seiten vielleicht wieder auseinander“, hoffte Wanda. Ich merkte, wie leid es ihr tat. Ich mochte sie inzwischen sehr. Sie war eher still, außer wenn sie sich mit ihrem Bruder neckte, und obwohl sie mir nichts aus ihrem Leben erzählt hatte, wusste ich, dass sie es wohl nicht leicht gehabt hatte. Als ich mich eines Tages darüber beklagte, dass mein Vater mich von ihrer Kanalseite fortgeholt hatte, sagte sie nur: „Zumindest hast du einen Vater“, was mich zum Nachdenken brachte. Ich war froh, dass wenigstens Salena sich um die beiden kümmerte.

Wer auch immer George gesagt hatte, dass die Fische am Fluss besser bissen, hatte recht gehabt. Wir fingen Barsche und Flundern und ein paar dicke Snapper, zogen einen Fisch nach dem anderen aus dem Wasser. Ich fragte mich, wie ich diesen wundersamen Fang meiner Mutter erklären sollte, ohne zu gestehen, wo ich gewesen war. Ich wollte Wanda und George die meisten meiner Fische mitgeben und nur ein paar Flundern für mich behalten.

„Kann ich mal das Fernglas haben?“, fragte George, nachdem wir eine Zeit lang geangelt hatten.

Ich nahm es ab und gab es ihm. Er setzte es an die Augen und erkundete die Umgebung, wobei er seine Angel zwischen den Knien hielt.

Ich brachte gerade einen neuen Köder an, als ich nur wenige Zentimeter vom Boot entfernt etwas Blasses im Wasser schwimmen sah. Ich reichte meine Angel Wanda und fischte mit dem Netz nach dem Gegenstand.

„Was ist das?“, fragte Wanda, als ich das Netz mit dem Gegenstand aus dem Wasser zog.

„Eine Puppe, glaube ich.“

Es war tatsächlich eine Puppe, eine Baby-Puppe, die nicht größer war als mein Finger. Sie war nackt und aus Plastik, mit aufgemaltem braunen Haar und blauen Augen. Ich nahm sie aus dem Netz und säuberte sie von dem Seetang.

„Was willst du mit dem schäbigen alten Ding machen?“, wollte Wanda wissen.

Ich zuckte die Achseln. „Ich mag es nicht, wenn Abfall im Wasser liegt.“ Selbst Wanda wusste nichts von der Nancy-Drew-Büchse.

Niemand von uns hatte eine Uhr, doch als die Sonne den Zenit überschritten hatte, fand ich, dass wir nun besser aufbrechen sollten. George holte den Anker ein, und ich zog an der Schnur, um den Motor zu starten. Er spuckte etwas und war dann still. Ich zog noch einmal, und er machte ein zischendes Geräusch. Ich zog immer weiter, wobei das Boot hin und her schwankte, und stellte mir alle möglichen albtraumhaften Szenarien vor – wie wir von der Wasserpolizei gerettet wurden und ich meinen Eltern erklären musste, was ich mit den farbigen Menschen, die ich nicht besuchen durfte, ausgerechnet an dem Fluss machte, zu dem ich nicht allein fahren durfte. Mir stockte fast der Atem.

„Was ist los damit?“ Wanda warf mir einen verständnislosen Blick zu.

„Hey, ist das da nicht der Freund deiner Schwester?“ George sah durch das Fernglas in Richtung Kanal.

„Wo?“, fragte ich.

„In dem Boot.“ George hielt das Fernglas ganz ruhig, als er nach rechts zeigte. Ich drehte mich in die Richtung und sah mehrere Boote, doch aus der Entfernung konnte ich nicht erkennen, wer darin saß. „Ich bin mir fast sicher, dass er es ist“, sagte George. „Aber ich habe Neuigkeiten. Neben ihm sitzt nicht deine Schwester."

Ich vergaß unser dahintreibendes Boot für einen Augenblick. „Lass mich sehen!" Er nahm das Fernglas ab und reichte es mir. „Wo?" Ich versuchte, die Brennweite richtig einzustellen.

„Ich kann es dir nicht genau sagen", antwortete George. „Ohne das Fernglas sehen die Boote wie kleine Flecken aus."

„Wir werden direkt aufs Meer hinausgetrieben, wenn du den Motor nicht anbekommst", warnte Wanda.

Sie hatte recht. Ich hängte mir das Fernglas um und zog noch einmal an der Schnur. Wieder spuckte der Motor und erstarb.

„Was ist los damit?", fragte Wanda wieder.

„Ich weiß es nicht." Manchmal musste ich zwei- oder dreimal ziehen, um den Motor in Gang zu bringen, doch so viel Mühe hatte ich noch nie gehabt.

„Lass mich mal", sagte George.

Wir tauschten unsere Plätze, sodass er neben dem Motor stand. Er nahm die Schnur und zog sie so rasch zurück, dass sein Arm nur noch ein Schatten war. Sofort sprang der Motor an, was mich schließlich aufatmen ließ. Als wir in Richtung Kanal fuhren, kehrten meine Gedanken jedoch zu dem Boot zurück, das George durch das Fernglas gesehen hatte.

„Bist du sicher, dass es Ned war?", wollte ich wissen.

„Ich glaube, dass es der weiße Junge war, den du mir an dem einen Tag gezeigt hast", meinte er. „Der Freund deiner Schwester."

Damals hatte ich Ned durch das Fernglas erspäht und ihn George und Wanda gezeigt.

„Und wer war bei ihm?", hakte ich nach. „Wie hat sie ausgesehen?"

„Ich konnte sie nicht so gut erkennen. Aber gut genug, um

sagen zu können, dass sie klasse aussah. Eine Blondine mit einem langen Pferdeschwanz."

„Pam Durant?", fragte ich mit hoher Stimme. „Trug sie den Pferdeschwanz an der *Seite* des Kopfes? Und waren noch andere dabei?"

„Mädchen, mach dir nicht gleich in die Hosen." George lachte. „Vielleicht haben sie einfach nur so als Freunde einen Ausflug gemacht. So wie wir."

Wir fuhren den Kanal zurück, wobei die Strömung zu meiner Erleichterung nur noch schwach war, sodass die Brücken viel einfacher zu passieren waren. Ich steuerte in das Dock, wo ihre Cousins angelten und wo Salena und einer der Männer sofort zu uns kamen und unseren Fang bewunderten. Ich legte ein paar Fische aus meinem Eimer in den ihren. George sah mich verwundert an und schien dann zu begreifen.

„Sag deinen Leuten einfach, dass es ein guter Angeltag am Kanal war", riet er mir und schob den größten Barsch zurück in meinen Eimer.

Ich tuckerte auf die andere Seite und machte das Boot fest. Als ich mit dem Fischeimer die Leiter hochkletterte, dachte ich unwillkürlich, dass ich ein richtiges Abenteuer zwar zu schätzen wusste, einen Tag wie diesen aber nur ein- oder zweimal im Monat ertragen könnte. Dafür war es zu oft zu heikel gewesen. Mein Schutzengel musste gut auf mich aufgepasst haben.

Erleichtert stellte ich fest, dass noch niemand zu Hause war. Ich holte den Schaber und ein Messer aus der Küche und ging zu dem alten Tisch neben dem Haus, um den Fisch zu säubern. Es dauerte ziemlich lange, und als ich fertig war und den Stapel der ausgenommenen Fische sah, wusste ich, dass ich das meiner Mutter niemals würde erklären können. Sechs ließ ich auf dem Tisch liegen, brachte aber den Rest samt Köpfen, Eingeweiden und Schwänzen zum Kanal, wo ich alles ins Wasser warf.

Nach dem Abendessen ging ich mit der kleinen Baby-Puppe, die ich im Fluss gefunden hatte, hinaus in den Garten. Ich hockte mich an die Ecke des Hauses und grub im Sand, wo ich die Brotbüchse vergraben hatte.

Ich wollte gerade den Deckel abheben, als er plötzlich in die Luft flog. Ich kreischte und sprang auf die Füße. Dann bemerkte ich die Ursache: Jemand hatte eine große zusammengerollte Spielzeugraupe in die Büchse gequetscht, die dann wie ein Springteufel funktioniert hatte. Ich hörte Gelächter und drehte mich um. Ned Chapman stand in seinem Garten, die Hände in die Hüften gestemmt und mit amüsierter Miene.

„Hast du das hier reingelegt?“, schrie ich und marschierte auf ihn zu.

Er hob beide Hände. „Sieh mich nicht so an“, sagte er und versuchte, ein Grinsen zu unterdrücken.

Ich wusste, dass er es gewesen war und dass Isabel ihm von der Büchse erzählt haben musste. Woher sonst sollte er es wissen?

„Fass ja nie wieder meine Sachen an!“, warnte ich, wobei meine Wut zur Hälfte gespielt war. Insgeheim fühlte ich mich geschmeichelt durch seine Aufmerksamkeit. Ich wollte ihn schon fragen, ob er mit Pam Durant eine Bootsfahrt unternommen hatte, doch dann fiel mir ein, dass das gar nicht möglich war. Er hatte ja Strandwache am Baby-Strand gehabt. George hatte die ganze Sache vermutlich nur erfunden, um mich aufzuziehen.

Draußen war es noch immer hell, sodass ich mich mit einem Buch auf die Spundwand setzte. Ich saß dort vielleicht eine Viertelstunde, als Isabel hinaus in den Garten kam. Sie spazierte hinter den Zaun und setzte sich nicht weit von mir ebenfalls auf die Spundwand. Sie trug das Giraffenhandtuch um die Hüfte geknotet und blickte mich ausdruckslos an.

„Was ist?“, fragte ich.

„Ich weiß, was du tust“, deutete sie geheimnisvoll an.

„Was meinst du?“ Ich tat so viele Dinge, dich ich nicht tun sollte, dass ich nicht wusste, wovon sie sprach.

„Ich weiß, dass du manchmal nachts mit dem Boot hinausfährst.“

Ich versuchte verwirrt und ungläubig auszusehen. „Wovon sprichst du?“, fragte ich scheinheilig.

Sie beugte sich vor, um sich am Schienbein zu kratzen. „Zufällig bin ich in jener Nacht hinausgegangen und habe bemerkt, dass das Boot weg war“, erklärte sie. „Ich wusste, dass Grandpop es nicht genommen haben konnte, weil ich ihn vom Garten aus schnarchen hörte. Ich ging hinauf und sah, dass dein Bett leer war.“

Ich konzentrierte meine Aufmerksamkeit wieder auf mein Buch, als könnte ich tatsächlich lesen nach dem, was sie gesagt hatte. „Ach so?“, machte ich nur.

„Wo bist du mitten in der Nacht hingefahren?“

„Das geht dich nichts an.“ Diesen Satz hatte sie so oft zu mir gesagt, dass es mir eine Genugtuung war, ihn auch einmal ihr an den Kopf zu werfen.

„Sieh mal, Julie“, meinte sie beschwichtigend. „Du bist erst zwölf. Ich mache mir Sorgen, dass du in große Schwierigkeiten gerätst.“

„Ich kann selber auf mich aufpassen“, maulte ich.

„Entweder du erzählst mir, was du da gemacht hast“, befahl Isabel in ihrem herrischsten Ton, „oder ich werde Mom erzählen müssen, was du so treibst.“

Ich sah sie scharf an. „Geh nur und erzähl es ihr“, zischte ich. „Und dann erzähl ihr auch gleich, wo *du* mitten in der Nacht hingehst.“

Sie zuckte nicht zusammen, doch ich bemerkte, dass sie blass geworden war.

„Woher solltest du wissen, wo ich hingehe?“ Nun klang sie schon weniger aufbrausend.

„Ich habe meine Quellen“, bemerkte ich altklug. „Behalt

einfach das, was du über mich weißt, für dich, und ich behalte das, was ich über dich weiß, für mich." Zum ersten Mal im Leben war ich ihr gegenüber im Vorteil. Ein besonderes Gefühl der Macht durchströmte mich. Ich erkannte, dass sie um eine Antwort rang, und das befriedigte mich. „Übrigens", fügte ich hinzu, „war Ned heute am Strand?"

Verblüfft schaute sie mich an. „Was spielt das für eine Rolle?"

„War er's oder nicht?"

„Nein", sagte sie. „Er hatte Besorgungen zu erledigen."

Mein Herz zog sich leicht zusammen. Ich dachte, es würde mich freuen, wenn Ned sie betrog, doch ich verspürte keine Schadenfreude. Ich wollte sie gerade fragen, ob Pam am Vormittag mit am Strand gewesen war, da ergriff sie zuerst das Wort.

„Ich bin so verliebt in ihn, Jules", gestand sie. Sie blickte aufs Wasser, und ein Lächeln zeigte sich in ihrem Gesicht. „Ich weiß, dass es schwer für dich ist, das zu verstehen, doch eines Tages wirst du das. Es ist wunderbar, sich so zu fühlen. Jemanden zu lieben und zu wissen, dass man ebenfalls geliebt wird."

Was sollte ich sagen? Dass ich ebenfalls in Ned verliebt war? Dass ich sehr wohl verstand, wie sich zumindest diese Seite anfühlte?

Plötzlich rückte sie näher und legte den Arm um mich. Ich machte mich ganz steif, doch es fühlte sich so weich und warm an, dass ich mich schließlich entspannte. Ich konnte mich nicht daran erinnern, wann mir Isabel zum letzten Mal ihre Zuneigung gezeigt hatte. „Julie", sagte sie, und ihre Stimme war so leise, dass ich sie ansehen musste, um sie zu verstehen. Ihr Gesicht war nah an meinem. Ihre Augen sahen irgendwie essbar aus, wie Schokoladenpudding. Ich konnte mir vorstellen, wie Ned sich fühlte, wenn er ihr so nahe war. „Hör mir zu, Julie", begann sie erneut. „Ich bin siebzehn. Was ich tue, mag nicht richtig sein, doch es geht nur mich etwas an, und ich bin alt genug, um auf mich selbst aufzupassen. Du bist das nicht. Ich mache mir Sorgen um dich. Ich möchte nicht, dass dir etwas zustößt."

Die überraschende Zärtlichkeit in ihren Worten und die Liebe dahinter trieben mir die Tränen in die Augen. „Es geht mir gut", sagte ich kleinlaut.

„Versprich mir, dass du es nicht wieder tun wirst." Sie drückte meine Schulter. „Was auch immer du da tust. Versprich es mir."

„Ich werde es nicht wieder tun", versprach ich, obwohl ich wusste, dass ich log. Meine Schwester und ich waren beide in diesem Sommer zu Lügnerinnen geworden.

Und wir würden beide dafür bezahlen.

21. KAPITEL

Julie

Ich hatte ursprünglich nicht vorgehabt, Ethan nach dem Verhör anzurufen. Ich war mir sicher, dass ich am Tag zuvor seinen Arbeitstag beschnitten hatte, und wollte ihm das nicht noch einmal zumuten. Mein Plan sah vor, zu seinem Haus zurückzufahren, ihm eine Nachricht zu hinterlassen, in der ich mich bedankte, und dann nach Hause zu fahren. Doch als ich, noch immer aufgewühlt von den vielen unerwarteten Fragen, vom Police Department abfuhr, wirbelten die Erinnerungen durch meinen Kopf, und ich fühlte mich sehr allein mit der Bürde. George. Ned. Isabel. Ich konnte an nichts anderes denken, und ich hatte der Polizei nichts von dem erzählt, was ich mir vorgenommen hatte. Ich hatte die Befragung verpatzt, indem ich zuließ, dass meine Fragesteller mich durcheinanderbrachten. Ich brauchte Ethan. Ich musste mit ihm reden. Musste Luft ablassen. Ich scherte auf der Bridge Avenue auf den Seitenstreifen aus, hielt an und griff nach meinem Handy. Ich musste dreimal wählen, bevor es mir gelang, die richtige Nummer einzutippen.

„Julie?“, meldete sich Ethan. „Wie ist es gelaufen?“

Ich brach in Tränen aus und war nicht in der Lage, etwas zu sagen.

„Wir treffen uns bei mir zu Hause“, schlug er sanft vor. „Kannst du fahren?“

„Ja“, brachte ich heraus. Ich war so erleichtert, ihn erreicht zu haben.

Sein Auto stand schon in der Einfahrt, als ich ankam. Ich ging ohne anzuklopfen ins Haus, wo er mich im Flur zur Begrüßung umarmte, wie er es schon gestern getan hatte. Diesmal war die Umarmung nicht überraschend für mich, sondern fühlte sich selbstverständlich und warm an. Ich legte die Stirn an seine Schulter und hielt ihn umschlungen.

„Schschsch", machte er, wie man ein kleines Kind nach einem Albtraum tröstet. „Alles wird gut. Es wird alles wieder gut." Er trat einen Schritt zurück. „Möchtest du draußen oder auf der Veranda sitzen?"

Ich dachte an die Nachbarn in unserem alten Bungalow, die vielleicht auf der Veranda saßen und beobachteten, wie ich in Ethans Garten zusammenbrach. „Veranda", entschied ich und ging schon nach hinten.

Ich setzte mich auf das weiße Rattansofa mit Blick zum Kanal, und obwohl es noch mehrere andere Sitzgelegenheiten gab, ließ sich Ethan neben mir nieder. Er hatte draußen gearbeitet; die Haut an seinem Arm war warm, und ich konnte den Geruch von Sonne und Seife an ihm wahrnehmen. Ich war froh, dass er hier bei mir saß. Wir vertraten unterschiedliche Seiten in dieser Untersuchung, erhofften und erwarteten unterschiedliche Ergebnisse, doch ich wusste, dass er mich verstand.

„Also", begann er. „Was hat dich so aufgeregt?"

„Sie haben mich befragt, als ob ich eine Verdächtige wäre", klagte ich.

Wir saßen so dicht nebeneinander, dass ich ihn nicht richtig ansehen konnte, doch ich spürte, wie er nickte.

„Das hatte ich nach einigen Fragen, die sie mir zu deiner Person gestellt haben, schon befürchtet", meinte er. „Dennoch bin ich sicher, dass sie dich nicht wirklich verdächtigen. Sie müssen dich als Verdächtige nur ausschließen. Sie müssen jeden unter die Lupe nehmen, der damals in den Fall verwickelt war. Auch mir haben sie einige heikle Fragen gestellt."

„Ich war darauf einfach nicht vorbereitet", erklärte ich. „Ich habe mir den Fall niemals aus der Perspektive der Behörden angesehen. Ich wirke schuldig. Ich hatte ein Motiv. Ich wusste, wo sie sein würde. Ich war ebenfalls da." Ich schüttelte den Kopf. „Ich verstehe, dass sie mich genau unter die Lupe nehmen müssen. Es hat mich nur völlig überrumpelt. Ich wurde wütend und sagte, dass ich nichts mit dem Mord zu tun hätte, doch natürlich …" Die Worte blieben mir im Halse stecken.

„Natürlich was?", hakte Ethan nach.

„Natürlich *hatte* ich etwas damit zu tun."

„Julie." Er nahm meine Hand und drückte sie fest. „Du warst erst zwölf. Ein Kind."

Viele Menschen hatten mir das schon gesagt. Freunde. Therapeuten. Doch Ethan war dabei gewesen. Er hatte mich gekannt. Er hatte das Mädchen gekannt, das ich gewesen war. Aus seinem Mund bedeuteten mir die Worte mehr.

„An das alles zu denken, brachte einige Erinnerungen zurück … auch liebevolle Momente mit Isabel", sagte ich. „Wir sind in jenem Sommer nicht gut miteinander ausgekommen, doch tief in mir drin weiß ich, dass wir uns gern hatten. Ich weiß, dass ich sie liebte."

„Natürlich tatest du das", bekräftigte Ethan. „Ned hielt mich damals für einen Trottel und behandelte mich entsprechend. Dennoch weiß ich, dass er mich liebte. Und ich weiß auch, dass er Isabel liebte. Deswegen ergibt es keinen Sinn, dass er sie getötet haben soll."

Ich beobachtete ein Segelboot, das majestätisch Richtung Brücke zog. An Bord befanden sich ein Mädchen in Schwimmweste und ihre Eltern. Es sah so aus, als wollte ihr Vater ihr gerade das Tanzen beibringen.

„Weißt du, was ich zur Polizei gesagt habe?", begann ich, als meine Gedanken wieder zu Ethans Bemerkung über Ned zurückkehrten. „Ich sagte ihnen, dass man einen anderen Menschen niemals wirklich kennt. Du weißt nicht, was in Ned wirklich vorging, Ethan. Niemand weiß das." Glen hatte diese pessimistische Theorie in mir entstehen lassen. „Ich beispielsweise dachte, ich würde meinen Exmann so gut kennen wie mich selbst", erzählte ich. „Ich war sicher, dass er mich sehr lieben würde. Ich hielt ihn für ehrlich und aufrichtig. Doch während ich das alles glaubte, hatte er eine Affäre."

„Oh." Ethan streichelte mit seinem Daumen meinen Handrücken. „Ich weiß, wie das ist. Bei Karen war es auch so. Meiner Exfrau."

„Tatsächlich?" Ich fragte mich, wie ähnlich unsere Erfahrungen sein mochten. „Dauerte ihre Affäre lange?"

„Ungefähr ein Jahr."

„Bei Glen auch. Zumindest denke ich, dass es nur ein Jahr war, doch wie ich schon sagte, ich kannte ihn nicht wirklich. Wie hast du es herausgefunden?"

„Sie hat es mir gesagt. Sie spielte in einem Stück des Gemeindetheaters mit und kam eines Abends nach Hause und erklärte mir, dass sie den Regisseur des Stücks lieben würde und die Scheidung wolle."

„Oh", meinte ich betroffen. Ich stellte mir die Szene vor. In welchem Raum hatten sie sich aufgehalten, als sie es ihm sagte? Hatte er in jener Nacht im Gästezimmer geschlafen? Oder sie? Glen hatte damals auf dem Sofa im Wohnzimmer geschlafen, weil das Gästezimmer vollgestopft war mit meinen Bücherkisten. „Warst du am Boden zerstört?", fragte ich.

„Und wie", bekräftigte er. „Ich hatte mir niemals eine Scheidung vorstellen können. Das Wort existierte gar nicht in meinem Vokabular. Meine Eltern waren fast sechzig Jahre verheiratet und hervorragende Vorbilder für eine gute Ehe. Sie konnten wunderbar miteinander kommunizieren und liebten sich. Ich dachte, dass meine Ehe genauso liefe, doch ich irrte mich."

„Genau das meine ich", warf ich ein. „Man hat eine ganz bestimmte Vorstellung davon, wie jemand ist. Du gehst davon aus, dass, wenn die Ehe für dich gut läuft, dasselbe auch für den anderen gilt. Und du ahnst nicht das Geringste, bis du eines Tages erfährst, dass dein Partner eine Affäre hat."

„Hat dein Mann dir seine Affäre nicht gestanden?"

Ich schüttelte den Kopf. „Nein, und rate mal, wie es aufgeflogen ist?"

„Wie?"

„Die Frau rief mich an. Sie wüsste, dass Glen mit sich kämpfte, wie er es mir beibringen solle. Deswegen hätte sie sich entschlossen, es mir selbst zu sagen."

Ethan lachte. „Na, da weiß man ja, wer in *der* Beziehung die Hosen anhat."

„Ich hielt das Ganze erst für einen grausamen Scherz", sagte ich. „Vielleicht war einer von Glens Kollegen wütend auf ihn und wollte ihm eins auswischen. Doch als Glen an jenem Abend nach Hause kam und ich ihm von dem Anruf erzählte, fing er an zu weinen ... und das war der Anfang vom Ende." Ich atmete tief durch. „Es war so furchtbar schmerzhaft, ihn mir mit jemand anderem vorzustellen."

„Oh ja", pflichtete Ethan verständnisvoll bei. „Hat er sie dann geheiratet?"

„Nein", antwortete ich. „Sie trennten sich bald nach unserer Scheidung." Ich blickte hinunter auf unsere verschlungenen Hände, die auf seinem Oberschenkel ruhten. Seine Haut hatte einen rötlichen Ton; die wohlgeformten Finger waren an der Oberfläche glatt und rau an der Innenseite, wo sie meine Haut berührten. Ich entdeckte winzige Falten auf dem Rücken meiner olivfarbenen Hand. Meine Hände verwandelten sich immer mehr in die meiner Mutter. „Zum Teil war es meine Schuld", bekannte ich. „Das Scheitern unserer Ehe. Ich war ein Workaholic."

„Bist du es noch immer?"

Ich musste lachen. „Nun, ich war es, bis diese ganze Geschichte mit Neds Brief anfing. Seitdem habe ich kein Wort geschrieben. Zumindest nichts Veröffentlichungswertes."

„Ich versuche, nicht in Schuldkategorien zu denken", sagte Ethan. „Ich weiß, es klingt abgedroschen, doch Karen und ich haben uns einfach auseinanderentwickelt. Sie beschäftigte sich immer mehr mit ihrer Theaterarbeit, die neu und aufregend für sie war. Sie begeisterte sich zunehmend dafür, bis sie sogar nach New York ziehen wollte, um bessere Chancen für ein

Schauspielengagement zu haben."

„Tatsächlich! Lebt sie heute dort?"

„Ja. Sie heiratete ihren Liebhaber, doch ironischerweise steht sie nicht auf der Bühne. Sie ist noch immer Lehrerin, so wie hier auch. Doch ich glaube, sie ist glücklich."

„Du klingst nicht vorwurfsvoll", bewunderte ich ihn.

„Das bin ich auch nicht. Ich habe ihr vergeben. Auch für sie war es nicht leicht."

Männer gehen mit dem Ende einer Beziehung besser um als Frauen, dachte ich. „Ich glaube, dass ich Glen ebenfalls vergeben habe", hoffte ich, war mir aber nicht sicher, ob das der Wahrheit entsprach. „Doch ich bin noch immer wütend auf ihn, weil er mir nichts davon gesagt hat, dass er unglücklich war. Dass er sich so passiv verhalten hat. Es ist schwer, etwas zu reparieren, wenn du nicht weißt, dass es kaputt ist." Ich dachte an Shannon und welchen Tribut die Scheidung von ihr gefordert hatte. „Weiß Abby das von ihrer Mutter?"

„Dass sie mich wegen jemand anderem verlassen hat?", fragte er, und ich nickte. „Ja. Es war kein Geheimnis. Sie war eine Weile sehr wütend auf sie, doch sie haben Frieden geschlossen."

„Shannon weiß es nicht. Ich möchte nicht, dass sie schlecht von ihrem Vater denkt."

„Das ist sehr klug von dir", meinte er.

Ich legte den Kopf zurück und sah an die vertäfelte Decke der Veranda. „Doch meine eigene Beziehung zu ihr wird immer schlechter", vertraute ich ihm an.

„Wie kommt's?"

„Sie sagt, ich ersticke sie, und vermutlich tue ich das auch", erwiderte ich. „Manchmal habe ich den Eindruck, dass sie mich hasst. Als ich gestern hier ankam und Abby gerade ging, sagte sie dir, dass sie dich liebt. Da fiel mir auf, dass ich mich nicht daran erinnern kann, wann Shannon diese Worte das letzte Mal zu mir sagte."

„Ich nehme an, du sagst es ihr immer wieder?“, vermutete Ethan.

„Natürlich. Und entweder antwortet sie gar nicht oder sie sagt so was wie ‚okay‘ oder so.“

Ethan lachte leise und fragte dann: „Wie oft sagst du *deiner* Mutter, dass du sie liebst?“

Ich war bestürzt. *Nie*, fiel mir plötzlich auf. Das letzte Mal hatte ich es vermutlich als Kind getan. Wahrscheinlich vor Isabels Tod. „Ich zeige ihr auf verschiedene Weise, dass ich sie liebe“, verteidigte ich mich.

„Aber das ist nicht dasselbe“, ließ er nicht locker. „Du möchtest diese Worte von Shannon hören, doch wie kannst du sie von ihr erwarten, wenn du sie nicht einmal zu deiner eigenen Mutter sagst?“

Schweigend dachte ich nach. Wie drückte man diese Gefühle aus, nachdem man sie ein ganzes Leben lang für sich behalten hat? Ich dachte daran, meine Mutter augenblicklich anzurufen, um ihr zu sagen, dass ich sie liebte. Doch ich konnte es nicht, und ich kannte den Grund: Ich hatte Angst, dass sie nicht in der Lage wäre, die Worte zu erwidern.

Das Thema war schwierig und traurig, und doch saß ich gerne mit Ethan beisammen, um über alles Mögliche zu reden, was uns beschäftigte. Es war das perfekte Bettgeflüster ohne Sex. Was konnte besser sein? Dennoch gab es einen kleinen Teil in mir, der sich fragte, wie sich unsere Hände auf *meinem* statt auf seinem Oberschenkel anfühlen würden. Ich mochte diesen neuen und gereiften Ethan sehr.

„Es tut mir leid, dass ich so abweisend zu dir war, als wir zwölf waren“, entschuldigte ich mich.

Er lachte. „Muss es nicht“, erwiderte er. „Ich lebte in meiner eigenen kleinen Welt. Ich war ein Spinner und noch dazu ein frustrierter, weil ich in jenem Sommer eine große Schwäche für dich hatte.“

„Machst du Witze?“

„Ich fand dich so cool, ein Wildfang mit dem speziellen weiblichen Charme einer Zwölfjährigen.“

Ich musste ebenfalls lachen.

„Aber ich wusste nicht, wie ich dich noch ansprechen sollte“, gestand er. „Du warst reifer geworden und unerreichbar. Ich wollte mit dir Krabben fangen und angeln gehen, wie wir es immer getan hatten. Wollte dich fragen, ob wir zusammen mit eurem Boot hinausfahren, doch ich wusste, dass du mich nicht mehr um dich haben wolltest.“

„Es tut mir leid“, wiederholte ich. „Wenn ich gewusst hätte, wie toll du dich entwickelst, hätte ich dich mitgenommen, glaub mir.“ Die Worte kamen mir leicht über die Lippen, und ich bereute sie nicht.

„Danke“, freute er sich. „Es ist schön, das zu hören.“

Wir schwiegen einen Augenblick, und unwillkürlich stellte ich mir seine Hand auf meinem Oberschenkel vor. Mein Bauch zog sich bei dem Gedanken zusammen.

„Du hattest so viel Entdeckungsgeist“, erinnerte sich Ethan. „Du warst so eine Abenteurerin.“

„Dieses Mädchen gibt es nicht mehr“, sagte ich mit einer gewissen Wehmut. „Sie starb, als Isabel starb.“

„Ich wette, sie ist noch irgendwo in dir versteckt.“

„Ich weiß nicht“, entgegnete ich.

„Das Leben ist so schön, Julie“, machte er mir Mut. „Und es ist so kurz. Wir müssen aus jeder Minute, die uns gegeben ist, das Beste machen.“

„Nimmst du Antidepressiva oder was?“

Er lachte wieder. „Ich bin nur glücklich. Vermutlich habe ich schon bei der Geburt eine Überdosis Serotonin abbekommen. Vielleicht habe ich Neds Anteil erhalten.“ Der Gedanke stimmte ihn nachdenklich, und ich ließ ihn schweigen, bis er wieder das Wort ergriff. „Ich glaube, dass meine Eltern mich geprägt haben. Sie waren sehr positive, zupackende Menschen. Ich erinnere mich oft an eine Rede meines Vaters, nachdem er die Wahl zum Gouverneur verloren hatte. Wir waren alle bei ihm. Das war in Trenton. Ich war fünfzehn und stand mit meiner Mutter und Ned hinter ihm. Ich versuchte nicht zu weinen, weil ich nicht wie ein Trottel wirken wollte, doch mein Vater tat mir wirklich leid. Er hatte so schwer für diese Kampagne gearbeitet, und auf mich machte es den Eindruck, als ob nichts anderes mehr zählte. Dad hielt die übliche Rede mit Dankesworten für seine Helfer und die Leute, die für ihn gestimmt hatten. Ein Reporter rief: ‚Was werden Sie jetzt tun?', und mein Vater wartete eine Minute, bis er antwortete, er glaube nicht an den alten Spruch, dass, wenn sich eine Tür schließe, sich zugleich irgendwo ein Fenster öffne. Er glaubte, dass, wenn sich eine Tür schließe, sich die ganze Welt öffne, und dass er andere Wege finden werde, dem Volk zu dienen. Und das tat er. Er eröffnete wieder seine Kanzlei und arbeitete unentgeltlich. Wir waren vermögend, sodass das niemals ein Thema war. Er arbeitete unauffällig und unermüdlich, bis er in Pension ging. Wie auch immer, seine Worte an jenem Tag sind mir im Gedächtnis geblieben. Er hat sich von seiner Niederlage nicht unterkriegen lassen."

„Er war ein weiser Mann", bekräftigte ich. Und ich dachte: *Ein solcher Mann würde damit umgehen können, wenn er von der Schuld seines Sohnes erfuhr. Er würde sich von einer solchen Enthüllung erholen können.*

Ethan musste Ähnliches gedacht haben.

„Weißt du was, Julie?", fragte er.

„Was?"

„Wir müssen unseren Eltern von Neds Brief erzählen, bevor die Polizei es tut."

„Ich weiß", antwortete ich resigniert.

Ethan ließ meine Hand los und legte den Arm um mich. „Und vielleicht kann ein ‚Ich liebe dich' den Schock mildern, wenn du es deiner Mutter sagst."

22. KAPITEL

Maria

Ich unterhielt mich an diesem Morgen bei McDonald's mit einer Frau, die ich von der Kirche kannte, als meine junge Kollegin Cordelia zu mir kam.

„Maria." In ihrem netten kolumbianischen Akzent sang sie meinen Namen geradezu, sodass er irgendwie neckisch klang. „Du hast einen Besucher."

„Wo?", fragte ich, und sie deutete mit dem Kopf in Richtung Eingang. Ich glaube, ich wusste, wer es war, bevor ich ihn erkannte. Ross. Er stand neben der Tür auf seinen Stock gestützt und mit ernster Miene. Er nickte höflich, als er mich sah.

Ich versuchte, mir vor Cordelia nichts anmerken zu lassen.

„Danke, meine Liebe", sagte ich.

„Ist er dein Freund?", wollte sie lächelnd wissen.

„Um Gottes willen", wehrte ich ab, bevor ich auf ihn zuging.

„Hallo, Ross", begrüßte ich ihn mit möglichst neutraler Stimme. Am liebsten hätte ich ihn angeschrien. Am liebsten hätte ich gesagt: Warum fällst du mir auf den Wecker, du alter Bock?

„Ich möchte mich gern ein bisschen unterhalten", sagte er. „Ich hole etwas zu essen, und könntest du dich dann bitte zu mir setzen?"

„Ich glaube nicht, dass wir irgendwas zu besprechen haben", entgegnete ich barsch. Ich nahm ein schmutziges Tablett vom Tisch nebenan, leerte das Papier in den Mülleimer und stellte das Tablett oben drauf. Ich war froh, etwas zu tun zu haben, damit ich ihn nicht ansehen musste.

„Bitte", versuchte er mich umzustimmen. „Ich bin den ganzen Weg von Lakewood gekommen."

Nun, und wer ist dafür verantwortlich?, dachte ich. Doch es war etwas Bedauernswertes an ihm, sodass ich nachgab.

„Okay“, lenkte ich ein. „Du setzt dich hin, und ich hole dir etwas zu essen. Was möchtest du?“

„Ich hole es mir selbst.“ Er war noch immer der stolze Mann, den ich gekannt hatte.

„Gut“, erwiderte ich. „Du holst dir, was du willst, und ich setze mich ein Weilchen zu dir. Aber ich habe nicht viel Zeit. Du weißt, ich arbeite hier.“

Er ging zu der Schlange, die nicht sehr lang war, da wir uns zwischen dem Frühstücks- und dem Mittagsansturm befanden.

Ich wünschte, dass mehr Tische schmutzig wären oder dass man einige Kleinkinder in der Spielecke beaufsichtigen müsste, doch es gab für mich nicht viel mehr zu tun, als darauf zu warten, dass Ross sein Essen bekam. Ich plauderte noch einmal mit meiner Bekannten von Holy Trinity, bis ich Ross den Tresen verlassen sah, mit einem Tablett in der Hand und dem Stock am Arm. Ich dachte daran, ihm zu helfen, doch trotz meiner Abneigung gegen ihn wollte ich sein Ego nicht noch mehr verletzen, als das durch sein Alter und die Umstände schon der Fall war.

Als er den Tisch in der Ecke erreicht hatte, ging ich hinüber und setzte mich zu ihm. Ich bemerkte sehr genau, dass meine jungen Kolleginnen hinter dem Tresen über uns kicherten und sich wahrscheinlich eine Romanze zwischen ihrer großmütterlichen Kollegin und diesem alten Knacker ausmalten.

„Also“, begann ich. „Hat Ethan dir irgendetwas erzählt, wie der Lunch mit Julie gelaufen ist?“

„Nur dass es nett war, sie zu sehen“, erwiderte Ross. Er hatte seinen Burger noch nicht ausgewickelt und schien das auch nicht vorzuhaben, doch immerhin nahm er einen Schluck Kaffee.

„Willst du nicht anfangen zu essen?“

Er schien mich nicht zu hören. „Bereust du irgendwas, was du im Leben getan hast, Maria?“

Ich musste lachen. „Natürlich tue ich das", sagte ich und senkte meine Stimme. „Meine Beziehung zu dir bereue ich ganz besonders."

Er blickte rasch nach unten und zupfte an der Serviette auf seinem Tablett, als ob sie plötzlich seine Aufmerksamkeit benötigte. Ich hatte den Eindruck, dass meine Worte ihn verletzt hatten, und verspürte Gewissensbisse. Er war kein böser Mann. Vielleicht überhaupt kein schlechter Mann, obwohl ich voller Überzeugung gegen ihn gestimmt hatte, als er für den Gouverneursposten kandidierte. Es zahlt sich nicht aus, allzu viel über seine Politiker zu wissen. Ich wusste, dass er danach einige sehr gute Dinge in seinem Leben gemacht hatte. Ich wusste, dass er mittellose Menschen vor Gericht vertreten hatte. Ich wusste, dass er wichtige Werte vertrat und bei mehr als einer Gelegenheit seinen Worten hatte Taten folgen lassen. Während ich sein viel zu hageres Gesicht und das Netz von Falten um seine zinngrauen Augen musterte, fragte ich mich, ob meine Reue mehr mit meiner eigenen Schwäche als mit irgendeiner seiner Taten zu tun hatte. Ich war nicht sicher. Wenn es um Ross ging, war ich immer ein bisschen verwirrt, was meine Gefühle betraf.

„Ich kann dir keinen Vorwurf machen, dass du das bereust, Maria." Er hob den Blick. „Und ich möchte dir meine aufrichtigste Entschuldigung anbieten, falls ich dich jemals irgendwie verletzt habe. Ich habe so viele Dinge falsch gemacht ..." Er blickte aus dem Fenster zum Parkplatz, wo ein paar Jungens auf ihren Skateboards um die Wagen herumfuhren. „Zunächst einmal war ich feige und bigott und habe die Vorurteile meiner Eltern zu meinen eigenen gemacht. Ich überließ ihnen die Macht über mich. Ich hätte bei dir bleiben sollen, mich in aller Öffentlichkeit zu dir bekennen sollen. Ich war ein Dummkopf."

Wow. Wollte er alle seine Vergehen mir gegenüber der Reihe nach aufzählen und für jedes einzelne um Entschuldigung bitten? Das würde ich nicht aushalten. Um die Wahrheit zu sagen: Seine Worte reichten einfach nicht. Nichts würde ausreichen. Und ich bedauerte es nicht, dass er mit mir Schluss gemacht hatte, als ich so jung und dumm war; ich bedauerte es nur, dass ich es zugelassen hatte, die Beziehung im Geheimen weiterzuführen. Doch mir wurde klar, dass ich ihn jetzt nur loswerden konnte, wenn ich seine Entschuldigung akzeptierte. Wenn das seinen Schmerz linderte, würde ich es einfach tun.

„Okay." Ich gab mir einen Ruck. „Danke, dass du mir das gesagt hast."

Er wirkte überrascht und lächelte dann. „Du bist schön", sagte er. „Ich meine … Ich versuche nicht … zu flirten."

Das ist gut, dachte ich. Ein alter Mann, der flirtet, ist kein schöner Anblick.

„Ich meine", stammelte er, „dass du nicht nur äußerlich schön bist, sondern auch ein schöner Charakter. Das warst du immer. Und ich … ich bin mit deiner Freundlichkeit und Großzügigkeit nicht gut umgegangen, nicht wahr, und –"

„Ross, hör bitte auf." Ich spürte, wie der Egg McMuffin vom Frühstück in meinem Hals hochstieg. Ich würde das hier nicht durchhalten. „Unsere Unterhaltung ist vorbei. Ich vergebe dir sämtliche Verfehlungen an mir, seien sie eingebildet oder real. Und jetzt kehr bitte wieder in dein eigenes Leben zurück. Ich muss wieder an die Arbeit."

Ich stand auf und spürte, wie er mir hinterherblickte, als ich durch das Restaurant zu den Waschräumen ging. Ich musste fort – nicht nur von ihm, sondern auch von den unvermeidlichen Fragen, die mich bei meinen Kolleginnen erwarten würden. Ich spritzte mir Wasser ins Gesicht und schluckte immer wieder, damit der McMuffin blieb, wo er hingehörte. Als ich den Waschraum verließ, bemerkte ich, dass Ross gegangen war und sein Tablett mit dem unberührten Burger und dem noch fast vollen Kaffeebecher zum Abräumen stehen gelassen hatte.

Ich war nie in der Lage, meinen Eltern von der Trennung von Ross zu erzählen. Wie konnte ich ihnen sagen, dass Ross' Eltern – unsere direkten Nachbarn – ihrem Sohn verboten hatten, mit mir auszugehen, weil ich die Tochter einer italienischen Einwanderin war? Wie sehr das meine Mutter verletzt hätte! Also gaukelte ich ihnen vor, dass wir beschlossen hätten, jeder von uns würde eine Weile mit anderen ausgehen, um sicher zu sein, dass wir füreinander bestimmt waren. Meine Eltern fanden das merkwürdig; sie hatten uns als ideales Paar gesehen. Einige Male ertappten sie mich, wie ich weinte, und stellten viele Fragen, um sicherzugehen, dass die Trennung meine Idee war und nicht nur von Ross ausging. Ich versicherte ihnen, dass wir uns einig gewesen seien.

Ich gab Ross seinen Ring zurück, und wenn die anderen in unserer Clique sich überrascht äußerten, sagten wir, dass wir einfach erkannt hätten, noch nicht bereit zu sein für eine feste Beziehung. Meine Freundinnen glaubten diese Ausrede nicht ganz, und obwohl ich ihnen normalerweise alles anvertraute, konnte ich ihnen in diesem Fall nicht die Wahrheit sagen. Ross hätte dann schwach und oberflächlich gewirkt. Da ich ihn noch immer liebte, wollte ich sein Image in unserem Freundeskreis nicht aufs Spiel setzen.

Doch es tat weh, in der Clique mit ihm zusammen zu sein und ihn nicht berühren zu dürfen. Ich beobachtete ihn, wie er mit anderen Mädchen sprach, und dachte über deren Vorfahren nach. Ich sah seine Hände, mit denen er sich durchs Haar fuhr oder eine Zigarette anzündete, und ich sehnte mich danach, diese Hände wieder auf meinem Körper zu spüren.

Eines Abends bei Jenkinson's tanzte ich gerade mit einem anderen Jungen, als Ross mich abklatschte. Er legte seinen Arm um meine Taille und zog mich an sich. Die Band spielte Glenn Millers „Moon Love". Ross war ein guter Tänzer, doch meine Gedanken kreisten weniger um den Tanz. Es war seine Nähe, der vertraute Duft seines Rasierwassers, der mich mit Sehnsucht erfüllte.

„Maria." Er flüsterte mir ins Ohr. „Ich kann es nicht länger ertragen. Ich muss einen Weg finden, um mit dir zusammen zu sein."

Ich schloss die Augen und sog seinen Duft ein. „Aber wie?", fragte ich. Ich wollte hören, dass er seinem Vater nicht gehorchen würde, dass er Princeton und überhaupt das ganze Studium aufgeben würde, wenn das nötig wäre, um mich zu bekommen. Doch ich wusste, dass ich das schwerlich erwarten konnte, und schließlich wollte ich das Beste für ihn. Dass er alles aufgab, wofür er gearbeitet hatte, gehörte nicht dazu.

„Ich werde anfangen, mit Delores auszugehen", sagte er. „Und ich möchte, dass du mit Fred ausgehst."

„Was?" Verwundert beugte ich mich zurück. „Was –"

„Schsch", beruhigte er mich und zog mich wieder an sich. „Hör zu. Wir gehen mit ihnen aus. Gelegentlich natürlich. Und wir erzählen unseren Familien und unseren Freunden, dass wir mit ihnen zusammen sind. Doch wir beide treffen uns heimlich."

„Wie?", flüsterte ich.

„Das müssen wir noch genauestens planen", sagte er. „Aber zuerst muss ich wissen, ob du einverstanden bist. Was sagst du?"

Ich begehrte ihn so sehr, dass ich weiche Knie bekam. Auf diese Art könnte ich ihn haben. Vielleicht überstanden wir mit diesem Trick seine College-Jahre, bis er nicht mehr unter der Kontrolle seiner Eltern stand. Dann konnten wir endlich offiziell ein Paar sein. Heiraten. „Ja", sagte ich. „Ja."

Fred war überrascht, als ich anfing, mit ihm zu flirten, und innerhalb kürzester Zeit fragte er mich, ob ich mit ihm ins Kino ginge. Ross hatte ebenfalls kein Problem, ein Date mit Delores zu arrangieren; sie hatte schon seit Jahren ein Auge auf ihn geworfen. Ross ließ mich versprechen, dass Fred und ich uns höchstens küssen würden, und ich erhielt von ihm das gleiche Versprechen in Bezug auf Delores. Auf diese Weise war unsere Tarnung perfekt.

Beim ersten Versuch gelang unsere List nicht wie geplant. Ich ging mit Fred ins Kino, während Ross Delores zum Tanzen ausführte. Ich hasste den Gedanken, dass er seine Arme um sie legte, doch ich beruhigte mich damit, dass das Tanzen nur ein Mittel zum Zweck war.

Fred sollte mich um zehn Uhr nach Hause bringen, eine Stunde vor meiner Ausgangssperre. Ich würde mich vor dem Haus von ihm verabschieden und dann auf das sandige Grundstück gegenüber schleichen. Ross würde Delores vor ihrem Haus absetzen, in der Straße auf der anderen Seite des Grundstücks parken und mich bei den Blaubeerbüschen treffen. Dort hätten wir gemeinsam eine ganze Stunde, bevor wir nach Hause mussten.

Ich verabschiedete mich im Wagen von Fred und wollte aussteigen, doch er zeigte sich zu sehr als Gentleman. Er kam um den Wagen herum, um mir die Tür zu öffnen, und begleitete mich dann zur Vordertreppe des Bungalows.

„Deine Eltern würden mich für einen Lümmel halten, wenn ich dich nicht bis zur Tür begleite", erklärte er.

Ich blickte über die Schulter zum Grundstück und fragte mich, ob Ross schon da war. Wenn ich ins Haus ging, würde ich nicht wieder rausgehen können, ohne dass meine Eltern jede Menge Fragen stellten.

„Nun", meinte ich, als wir vor der Tür standen. „Ich will noch nicht gleich rein. Ich denke, ich setze mich einfach noch ein Weilchen auf die Stufen und genieße den Abend."

Wie dumm von mir!

„Du hast recht, es ist wunderbar hier draußen", stimmte Fred zu. Er setzte sich neben mich und legte den Arm um mich.

Ich hörte irgendwo gegenüber vom Grundstück das Klappen einer Autotür und fragte mich, wie um Himmels willen ich Fred loswerden sollte.

„Ich war so froh, als du und Ross euch getrennt habt", verriet er. Er wollte mich küssen, und ich neigte den Kopf, sodass sein Kuss auf meiner Stirn landete. Das Licht war an. Ross konnte uns vermutlich von dem Grundstück aus sehen, und ich ertrug es nicht, dass er sah, wie Fred und ich uns küssten. Ich konnte mir vorstellen, wie ich mich fühlen würde, wenn ich mit ansehen müsste, wie er Delores küsste.

„Es tut mir leid", entschuldigte sich Fred.

„Es ist nur ... noch nicht", täuschte ich eine Zurückhaltung vor, die eigentlich nicht in meiner Natur lag. Dann schlug ich auf meinen Arm, als ob mich eine Mücke gestochen hätte. „Die stechen heute Nacht ziemlich viel", gab ich vor. „Ich gehe wohl besser hinein." Ich wollte lautlos hineingehen, an der Tür abwarten, bis Fred fortgefahren war, um dann wieder hinauszuschlüpfen.

Ich verabschiedete mich von Fred, öffnete die Tür und trat in den Flur. Unser winziges Badezimmer lag direkt neben der Eingangstür, und ich erstarrte, als ich die Toilettenspülung hörte. Die Tür öffnete sich, und mein Vater trat heraus.

Er war überrascht. „Oh, hallo, Liebes. Ich habe dich nicht so früh erwartet. Lief alles gut?"

„Alles bestens, Daddy", erwiderte ich. „Ich wollte es nur nicht so spät werden lassen."

Da mein Plan nun vereitelt war, ging ich nach hinten auf die Veranda, um meiner Mutter Gute Nacht zu sagen, und dann in mein kleines Schlafzimmer. Das einzige Fenster des Raumes lag zum Haus der Chapmans. Ich dachte daran, das Fliegengitter zu entfernen und hinauszuklettern, um Ross zu treffen, doch was, wenn meine Eltern entdeckten, dass ich fort war, und sich Sorgen machten? Ich setzte mich auf die Bettkante und hielt Ausschau nach Ross' Wagen. Ich hörte ein Geräusch und quiekte auf, als plötzlich sein Gesicht vor meinem Fenster erschien.

„Schsch!“ Er hielt einen Finger an die Lippen, und ich kicherte. „Was ist passiert?“, fragte er.

„Fred wollte sichergehen, dass ich unbeschadet hineinging“, erwiderte ich.

„Typisch“, sagte er. „Kannst du rauskommen?“ Er packte das Fliegengitter an den Seiten. „Kann man das rausnehmen?“

„Ja, aber ich kann das nicht, Ross“, flüsterte ich. „Es tut mir leid.“

Welche Skrupel mich auch an jenem Abend veranlassten, im Haus zu bleiben – an den folgenden Abenden waren sie verflogen. Ich lernte, das Fliegengitter abzunehmen und rasch durch das Fenster zu klettern. Um meine Eltern nicht zu beunruhigen, hinterließ ich einen Zettel auf dem Kissen. Darauf stand: „Ich wollte euch nicht wecken. Hatte nur Lust auf einen Spaziergang.“ Und dann traf ich Ross gegenüber auf dem Grundstück, wo wir in der Dunkelheit Blaubeeren pflückten und uns mit dem Beerengeschmack auf der Zunge liebten.

Ross wurde mein Sommer-Liebhaber. Ich ging auf das New Jersey Mädchen-College, und er trat in die Fußstapfen seines Vaters und ging nach Princeton. Wir hatten keinerlei Kontakt, während wir uns dem Studium widmeten, doch ich glaube, wir beide lebten auf die Sommer hin, in denen wir zwar mit anderen ausgingen, aber keine Gelegenheit ausließen, uns heimlich zu treffen. Es war ein Wunder, dass wir nie erwischt wurden. Vielleicht war es auch eine Schande.

23. KAPITEL

Lucy

Shannon rief einfach nicht zurück. Seit dem Konzert der ZycaChicks hatte ich nicht mehr mit ihr gesprochen und konnte daraus nur schließen, dass sie meiner Predigt, Julie und Glen von ihrer Schwangerschaft zu erzählen, ausweichen wollte. Doch an diesem Nachmittag hinterließ sie mir eine Nachricht auf dem Handy und klang dabei so beiläufig, als würde ich nicht seit Wochen verzweifelt versuchen, sie zu erreichen.

„Was hältst du davon, wenn ich ein paar Sandwiches mitbringe und wir ein bisschen fernsehen?", schlug sie vor.

Ich sprach ihr ebenfalls auf die Mailbox. „Großartig", sagte ich. „Wir sehen uns um sieben." Ich war mit allem einverstanden, Hauptsache, sie kam.

Als sie eintraf, war sie ungeschminkt. Ihr Gesicht wirkte frisch und hübsch, ihr langes Haar war noch feucht von der Dusche und ringelte sich leicht. Ihr Bauchumfang schien seit dem Konzert nur unwesentlich zugenommen zu haben, und auch das konnte Einbildung sein. Sie würde ohne Weiteres als ein junges Mädchen durchgehen, das einfach etwas zu viel zugenommen hatte. Doch in den nächsten Wochen würde sich das ändern.

„Ich habe eines mit Truthahn mitgebracht und ein italienisches." Shannon legte die armlangen, eingewickelten Sandwiches auf den Küchentresen. „Welches möchtest du?"

„Ich nehme die Hälfte von dem italienischen", sagte ich und öffnete den Kühlschrank. „Was zu trinken?"

Sie inspizierte den Inhalt meines Kühlschranks. „Cola light", entschied sie.

Ich gab ihr eine Dose und schüttelte ihr ein paar Eiswürfel ins Glas. Wir legten die Sandwiches auf Teller und brachten alles ins Wohnzimmer.

„Was möchtest du sehen?“, fragte ich, als wir uns auf die Couch setzten.

„Ist mir egal“, erwiderte sie. „Sind sowieso alles Wiederholungen.“

Ich zappte mich mit der Fernbedienung so lange durch die Programme, bis wir eine Wiederholung von *Friends* fanden. Wir hatten die Episode beide mehr als einmal gesehen, doch das spielte keine Rolle. Ich brauchte nur ein Hintergrundgeräusch für unser Gespräch.

„Also“, begann ich, als wir den ersten Bissen genommen hatten, „wie geht es dir denn so?“

„Klasse.“ Sie zog einen großen Zwiebelring aus ihrem Sandwich und steckte ihn in den Mund. Offenbar litt sie nicht an Verdauungsbeschwerden. „Ich war bei der Ärztin, und sie sagt, es geht mir gut“, fügte sie hinzu.

„Schön“, erwiderte ich, auch wenn mir fünf Millionen andere Dinge auf der Zunge lagen. Ich wollte wissen, wer ihre Ärztin war und was genau das Wort „gut“ zu bedeuten hatte, hielt es aber für besser, mit meinen Fragen erst nach und nach herauszurücken. Ich schwieg, während wir zusahen, wie sich auf dem Bildschirm Monica und Rachel über irgendetwas stritten – keine Ahnung, worüber. Es war mir egal.

„Wie ist der aktuelle Stand zwischen dir und Tanner?“, fragte ich, als ich mein Sandwich halb aufgegessen hatte und fand, dass seit meiner letzten Frage genug Zeit verstrichen war.

„Er kommt in anderthalb Wochen hierher“, antwortete sie. „Dann wollen wir über unsere Pläne sprechen.“ Sie klappte ihr Sandwich auf, zog einen weiteren Zwiebelring heraus und steckte ihn sich in den Mund. „Ich liebe Zwiebeln. Ist das nicht völlig verrückt?“

„Ich erinnere mich, dass deine Mutter während der Schwangerschaft auf Sandwiches mit Erdnussbutter und Kartoffelchips stand“, fiel mir ein. „Sie aß sie ständig.“

„Oh." Shannon verzog das Gesicht. „Vielleicht stimmt *deswegen* etwas nicht mit mir. Weil sie die ganze Zeit Müll aß, als sie mit mir schwanger war."

Ich zupfte an einer Strähne ihres dicken Haares. „Mit dir ist alles in Ordnung, Kleines", sagte ich sanft. „Du bist perfekt."

Mit einem Lächeln sah sie mich an. „Ich kann es kaum erwarten, dass du Tanner kennenlernst, Lucy."

„Ich freue mich darauf", log ich ein bisschen. „Ich schätze, du hast es deinem Vater noch nicht gesagt, oder?" Dass sie es Julie noch nicht gesagt hatte, dessen war ich mir sicher. Ich hätte davon gehört.

Sie schüttelte den Kopf. „Es ist solch eine Erleichterung, bei ihm zu wohnen, Lucy", schwärmte sie. „Wirklich. Er lässt mich einfach tun, was ich möchte. Ich muss ihn nicht alle zwei Sekunden anrufen, um ihm zu sagen, wo ich bin und dass ich noch lebe."

Sie klang gemein, doch ich wusste, dass sie das nicht beabsichtigte. Sie verstand Julie nur einfach nicht so, wie ich das tat.

„Ich wünschte, du würdest deine Mutter besser kennen", sagte ich.

„Was meinst du?" Sie sah mich mit großen Augen an. „Wer kennt sie besser als ich? Ich habe mein ganzes Leben mit ihr verbracht."

„Ja, aber du kanntest sie nicht vor deiner Geburt, und das ist die Zeit, die sie … die sie geprägt hat. Es ist schwer für dich, das zu verstehen –"

„Ich verstehe das völlig", entgegnete sie. „Sie glaubt, dass sie vor tausend Jahren, als sie kaum den Windeln entwachsen war, ihre Schwester hereingelegt und damit ihren Tod verursacht hat, und jetzt hat sie Angst vor allem. Angst davor, Menschen zu verlieren. *Mich* zu verlieren." Sie stellte ihren Teller auf dem Couchtisch ab, das Thema hatte ihr offenbar den Appetit verdorben. „Ich brauche *Abstand* von ihr, Lucy.

Sie erstickt mich."

„Das ist normal", fand ich. „Du brauchst deine Unabhängigkeit. Du bist bereit, das Nest zu verlassen."

„Warum machst du es mir dann so schwer?"

„Sosehr du dich auch von deiner Mutter befreien willst, ist sie doch immer noch deine Mutter und verantwortlich für dich, und du hast die *Pflicht*, ihr von deiner Schwangerschaft zu erzählen."

„Ich sage es ihr, wenn es nicht mehr anders geht", trotzte sie.

Ich dachte an all das, womit Julie gerade fertig werden musste: Neds Brief, die Befragung bei der Polizei, die Sorgen, dass unsere Mutter in die Untersuchung hineingezogen wurde, Shannons Auszug. Es war ein denkbar schlechter Zeitpunkt, um ihr noch etwas zuzumuten, doch diese spezielle Sache konnte eben nicht warten.

Inzwischen lief im Fernsehen eine andere Serie, und ich schaltete den Ton weg. „Ich möchte, dass du weißt, was gerade geschieht."

„Wovon sprichst du?" Shannon blickte mich verwirrt an. „Was meinst du? Es geht doch nicht wieder um diesen Brief, oder?"

„Doch, genau darum geht es." Ich erzählte ihr, dass Julie an die Küste gefahren war, um von der Polizei befragt zu werden, und dass sie bei Ethan wohnte, neben unserem alten Bungalow. „Beides ist sehr schwer für sie", versuchte ich Shannon klarzumachen. „Das Geschehene noch einmal durchleben zu müssen und an einem Ort zu sein, der sie an deine Tante Isabel erinnert. Und es sieht so aus, als müsste die Polizei auch deine Großmutter befragen, sodass deine Mutter ihr von dem Brief erzählen muss, und davor hat sie Angst. Davor, wie Nana reagieren wird. Sie hat im Moment also ziemlich viel am Hals."

Shannon musterte mich und schüttelte langsam den Kopf. „Ich wünschte, ich hätte einen Zauberstab, um das alles verschwinden zu lassen", sagte sie. „Mom sollte vielleicht eine Therapie machen oder so etwas."

„Sie war als Kind in Therapie", antwortete ich. „Und es geht ihr gut. Du brauchst dir keine Sorgen um sie zu machen. Du solltest nur einfach wissen, dass die nächsten Wochen für sie und deine Großmutter sehr schwer sein können."

„Und für dich", ergänzte Shannon.

„Ach, weißt du", meinte ich und zuckte die Achseln. „Ich erinnere mich an so wenig aus jener Zeit, dass es mich nicht allzu sehr berührt. Ich kann mich nicht mal mehr richtig an Isabel erinnern."

Shannon zog die Füße an und blickte mir in die Augen. „Okay. Ich sage das jetzt wirklich nicht aus Eigennutz, aber scheint es nicht ein sehr schlechter Zeitpunkt zu sein, ausgerechnet jetzt Mom von meiner Schwangerschaft zu erzählen?"

Ich nickte. „Ja, das stimmt. Aber ich glaube, je früher du es ihr sagst, desto besser." Ich nahm ihre Hand. „Komm schon, Liebes. Lass sie es nicht erst herausfinden, wenn du Umstandskleider trägst, okay?"

Sie seufzte. Sie musste einsehen, dass ich recht hatte.

„Shannon." Ich verstärkte meinen Griff. „Ich habe das noch nie zuvor zu dir gesagt, Liebes, aber wenn du es nicht deiner Mutter erzählst, werde ich es tun müssen."

Ungläubig blickte sie mich an. „In Ordnung, ich werde es ihr sagen", gab sie schließlich nach. „Aber nicht heute Abend."

„Du hast eine Woche", setzte ich ihr ein Ultimatum.

„Okay."

Wir wandten uns wieder dem Fernseher zu, und Shannon zappte sich durch, bis sie einen Sender mit alten Schwarz-Weiß-Filmen fand. Ich wusste nicht, was wir da sahen, doch es spielte auch keine Rolle. Meine Nichte rückte auf dem Sofa an mich heran und ließ den Kopf an meine Schulter sinken. Ich legte den Arm um sie und floss fast über vor Liebe.

„Möchtest du meine Geburtsbegleiterin sein?", fragte sie.

Ich war berührt, doch ich kannte meine Antwort. „Nein", antwortete ich. „Ich habe nicht das Zeug zur Geburtshelferin. Du weißt, wen du fragen solltest."

Sie seufzte. „Ich habe Angst, Lucy", gestand sie.

Ich hielt sie fester und küsste sie auf den Kopf. „Vor der Geburt oder davor, es deiner Mutter zu sagen?"

„Vor dem Rest meines Lebens."

24. KAPITEL

Julie
1962

Vor langer Zeit war ich einmal eine Heldin.

An einem erstickend heißen Tag in der letzten Juliwoche lagen Lucy und ich bäuchlings lesend am Baby-Strand, während unsere Mutter in der Bucht schwimmen war und Isabel mit ihren Freunden neben der Strandwache rumhing. Plötzlich richtete Lucy sich zum Sitzen auf.

„Irgendwas stimmt nicht", sagte sie. Lucy hatte eine besondere Wahrnehmung dafür, wenn etwas Außergewöhnliches geschah.

„Das bildest du dir ein", entgegnete ich, stellte aber rasch fest, dass sie recht hatte. Es gab eine leichte Veränderung im Strandleben. Ich hörte noch immer die Musik aus den Transistorradios, doch das Gelächter und die Gespräche hatten sich in Flüstern und vereinzeltes Rufen verwandelt. Irgendetwas ging eindeutig vor sich.

Ich setzte mich ebenfalls auf und bemerkte ein paar Frauen am Wasserrand, die suchend über die Bucht blickten. In einer von ihnen erkannte ich meine Mutter. Irgendwo hinter mir hörte ich eine weibliche Stimme rufen: „Donnie! Donnie!" Ich schaute zur Strandwache, wo Ned auf seinem Podest stand und durch das Fernglas zum tiefen Wasser schaute.

Meine Mutter kam auf uns zu.

„Was ist los, Mom?" Ich sprang auf.

„Ach, nicht viel", gab sie vor, „doch ich glaube, wir sollten jetzt nach Hause gehen. Es ist so heiß heute."

Ich durchschaute sie sofort. Irgendwas Schlimmes war geschehen, und sie wollte Lucy davor bewahren. Ich hatte nicht die Absicht, zum Bungalow gehen, sondern rannte stattdessen zur Strandwache.

„Julie!“, rief Mom mir hinterher. „Wo willst du hin? Wir müssen nach Hause.“

„In einer Minute“, schrie ich über die Schulter zurück.

Ned stand noch immer oben, hatte sich aber hinabgebeugt, um mit einer Frau zu sprechen. Es sah nach einem privaten Gespräch aus, weshalb ich hinter den Stand ging, wo die Teenager alle beisammen standen. Ich zupfte Isabel am Arm.

„Was ist los?“, wollte ich von ihr wissen.

„Ein kleiner Junge ist verschwunden“, sagte sie.

„Was meinst du mit verschwunden?“, hakte ich nach. „Im Wasser?“

„Wenn ich wüsste, wo er ist, wäre er nicht verschwunden“, gab Isabel zurück, woraufhin einige ihrer Freundinnen lachten.

„Ein dreijähriger Junge verschwand von der Stranddecke seiner Eltern“, erklärte mir Mitzi Caruso. „Er hat hellblondes Haar und trägt kurze blaue Hosen.“

Ich blickte mich um. Fast alle waren jetzt aufgestanden, sprachen miteinander und hielten ihre Kinder fest. Frauen schlugen sich die Hand vor den Mund und starrten mit gerunzelter Stirn aufs Wasser. Von meinem Platz aus suchte ich den Strand nach einem flachsköpfigen Jungen ab und erspähte auch einige, doch sie alle schienen mindestens einen Elternteil bei sich zu haben. Ich verspürte Traurigkeit und betete, dass der kleine Junge nicht ertrunken war. Ich musste etwas tun, um mein Gefühl der Hilflosigkeit zu lindern.

„Ich werde den Spielplatz überprüfen“, sagte ich, auch wenn mir die Teenager nicht viel Aufmerksamkeit schenkten. Ich rannte hinüber zu den Schaukeln. Die Aufforderung meiner Mutter, zu ihr und Lucy zurückzukehren, war vergessen.

Ich begann meine Suche sehr methodisch, indem ich mit den Füßen Striche zog und so einzelne Areale im Sand abteilte. Als Erstes fand ich eine Männeruhr. Sie lag neben einer der Schaukeln im Sand und hatte sich vermutlich vom Handgelenk eines Vaters gelöst, der sein Kind angeschoben hatte. Danach fand ich eine Spielkarte – eine Kreuzzwei – und diverse Lutscherstiele. Und dann fand ich etwas, das mir einen Schauder über den Rücken jagte: ein kleines Stückchen blauer Stoff!

Ich rannte zurück zur Strandwache, wo Ned gerade die Leiter hinunterkletterte.

„Ned!", rief ich, als ich näher kam. „Sieh mal, was ich bei den Schaukeln gefunden habe." Ich hielt ihm das Stück Stoff hin, und er nahm es, ohne offenbar zu wissen, was er damit machen sollte. Sein Gesicht wirkte ernst, und sein Mund war nur eine schmale Linie.

„Es könnte von der Hose des Jungen stammen", vermutete ich.

„Oh", erwiderte er. „Nein. Seine Hosen sind kariert, nicht einfarbig." Er wirkte abgelenkt, als er mir das Stück Stoff wiedergab. „Aber danke für den Versuch und dass du die Augen offen gehalten hast." Er lief los in Richtung Parkplatz, und Isabel kam mit gerunzelter Stirn auf mich zu.

„Nerv ihn nicht, Jules", warnte sie. Sie raffte ihr Haar im Nacken zusammen und band es mit einem Gummi zu einem Pferdeschwanz. „Das hier ist ein Notfall. Da ist keine Zeit, Quatsch zu machen."

„Ich weiß, dass das ein Notfall ist", gab ich zurück und wandte mich verärgert ab.

„Komm schon, Julie", rief meine Mutter. Sie packte gerade die Sachen zusammen, und ich ging hinüber, um ihr zu helfen.

„Ich möchte bleiben, Mom", bat ich, als sie die Decke zusammenlegte.

„Du wirst nur im Weg stehen."

„Werde ich nicht", entgegnete ich. „Ich verspreche es."

Meine Mutter klemmte die gefaltete Decke unter den Arm und blickte sich um. Die Leute standen noch immer in kleinen Gruppen beisammen und sprachen aufgeregt miteinander. Einige Erwachsene flitzten hin und her. Vermutlich suchten sie nach dem Jungen, dachte ich, auch wenn der Strand so klein war, dass man von unserem Standort aus praktisch alles überblicken konnte. Nicht einsehbar waren nur die Stellen mit hohem Strandgras zu beiden Seiten des Strandes, doch ich sah bereits zwei Frauen dort verschwinden, die immer wieder riefen: „Donnnnnieeee! Donnnnnnieeeee!“

In der Ferne hörte ich Sirenen und blickte zur Straße. Ned und Isabel und noch ein paar andere standen am Parkplatz, und Ned winkte den Krankenwagen und die Polizei heran, die kurz darauf in Sicht kamen.

„*Bitte*, Mommy.“ Lucy griff nach dem Arm unserer Mutter. „Ich möchte nach *Hause*.“

Lucy hasste das Geräusch von Sirenen. Sie erinnerten sie vermutlich an ihre Fahrt im Krankenwagen nach dem Unfall, den sie und meine Mutter vor langer Zeit gehabt hatten.

„In Ordnung“, sagte Mom. „Nimm die Thermosflaschen und wir gehen. Julie, du darfst bleiben, aber lass die Polizei in Ruhe ihre Arbeit machen.“

„Okay.“

„Und sei um drei zu Hause. Keine Minute später, klar?“

Zwei Männer gingen an uns vorbei, und einer von ihnen sagte, dass die Bucht vielleicht mit einem Schleppnetz abgesucht werden müsse.

„Was bedeutet das?“, fragte Lucy.

„Das spielt jetzt keine Rolle.“ Meine Mutter hob die Strandtasche auf, und ich sah Tränen in ihren Augen. Sie hielt den Jungen wahrscheinlich für tot.

Meine Mutter und Lucy gingen zum Parkplatz, während ich mich umsah und überlegte, was ich tun sollte. Mein Blick blieb am Pier hängen. Niemand war dort draußen, und ich fragte mich, ob ich von dort aus einen besseren Blick auf das Wasser hätte. Ich lief in die Richtung, als ein zweiter Polizeiwagen auf dem Parkplatz hielt.

Am Ende des Piers angelangt, konnte ich keine Kinder mehr im Wasser ausmachen. Erwachsene wateten mit gesenktem Blick durch den seichten Bereich, als suchten sie nach dem Körper des kleinen Jungen. Ich starrte in das Wasser unter dem Pier, weil ich dachte, dass ich ihn vielleicht sehen würde, falls er zum Pier gegangen und dann hineingefallen war. Doch das Wasser war zu dunkel, und nach einiger Zeit schmerzten meine Augen vom angestrengten Starren.

Ich ging zurück in Richtung Strand, und genau an der Schnittstelle vom Holz des Piers und dem Sand entdeckte ich kleine Fußspuren. Sie führten vom Strand weg zum Parkplatz und waren die einzigen Fußspuren in dieser Richtung. Ich folgte ihnen bis zu dem mit Muschelresten bedeckten Parkplatz. Doch wenn ich mich hinhockte und genau hinsah, konnte ich erkennen, wo der ausgebleichte Muschelkies von den winzigen Füßen bewegt worden war. Ich folgte den Spuren quer über den Parkplatz in Richtung Clubhaus, einem hübschen, nach Holz duftenden Gebäude, wo die Kinder aus der Gegend an Regentagen Bingo und andere Spiele spielen konnten. Am anderen Ende des Parkplatzes entdeckte ich die Fußspur wieder im Sand. Es war fast zu einfach. Die Fußspuren führten zum Hintereingang des Clubhauses und brachen bei dem Gitter ab, das den Kriechkeller des Gebäudes umgab. Ich zog an einem Ende des Gitters, und es löste sich sofort. Ich kniete mich hin, kroch hinein, und drinnen fand ich den kleinen Donnie Jakes, wie er im kühlen, schattigen Sand schlief.

Officer Davis, dem ich den Jungen übergeben hatte, brachte mich um kurz nach drei nach Hause. Er begleitete mich zur Tür und sagte meiner Mutter, dass ich Donnie Jake gefunden hätte, lebend und wohlbehalten. Mom brach in Tränen aus, und ich verstand erst nach einer gewissen Zeit, dass dies nichts mit meiner Rolle in dem Drama zu tun hatte, sondern damit, dass das Kind in Sicherheit war, auch wenn sie es nicht kannte.

„Wir hätten ihn mit der Zeit schon gefunden“, beruhigte Officer Davis sie, nachdem sie sich die Tränen abgewischt hatte. „Doch Julie hier hat uns eine Menge Arbeit erspart.“ Er sagte, ich sei eine ausgezeichnete Detektivin. Und ich sei eine Heldin.

Am nächsten Tag hatte der *Ocean County Leader* folgende Schlagzeile: *Junge wohlbehalten aufgefunden*. Der erste Absatz des Artikels lautete ungefähr: *Die zwölfjährige Julie Bauer, auch die Nancy Drew von Bay Head Shores genannt, half der Polizei bei der Suche nach dem dreijährigen Donald P. Jakes, der von der elterlichen Decke am BHS-Strand fortgelaufen war.*

Innerhalb von vierundzwanzig Stunden kannte jeder meinen Namen. Der Bürgermeister rief an, um sich bei mir zu bedanken und mir noch einmal zu sagen, dass ich eine Heldin wäre. Daddy kam einen Tag früher zurück aus Westfield, um uns zur Feier des Tages zum Essen auszuführen. Ich war erfüllt von Stolz und meiner eigenen Wichtigkeit. Ich hielt mich selbst für verzaubert, als könnte ich nichts mehr falsch machen. Wäre das doch nur tatsächlich so gewesen!

25. KAPITEL

Julie

„Ich habe es ihm gesagt." Ethans Stimme klang sanft und tonlos auf meinem Anrufbeantworter.

Ich saß an meinen Schreibtisch, wo ich mich wieder einmal am vierten Kapitel versuchte, und nahm sofort ab.

„Was hat er gesagt?", fragte ich. „Und wie geht es dir?" Ich hatte auf seinen Anruf gewartet, weil ich wusste, dass er heute Morgen mit seinem Vater hatte sprechen wollen. Ich hatte noch nicht den Mut gefunden, meine Mutter anzurufen.

„Es geht mir gut", erwiderte er. „Aber ich will nicht so tun, als ob es leicht gewesen wäre."

„Bist du zu ihm gegangen?" Ich wusste, dass das sein Plan gewesen war.

„Ja. Ich sagte, dass ich ihm ein bisschen Gebäck zum Frühstück bringen würde, und ich glaube, da ahnte er schon etwas. Also saßen wir in der Küche, und zuerst erzählte ich ihm von Neds Brief. Er sah ... Gott, er sah schrecklich aus, Julie. Völlig geschockt. Sein Gesicht war ganz ... völlig in sich zusammengefallen. Ich sagte ihm, dass ich Ned nicht für schuldig hielt, und er begann zu schreien ... nicht wirklich zu schreien, doch er sagte, er wüsste besser als jeder andere, dass Ned es nicht getan hätte, weil er in jener Nacht mit Ned zusammen gewesen wäre, wie er es auch der Polizei geschildert hätte. Und dann sagte er: ‚Ich hoffe, du hast mit dem Brief nichts angestellt. Wir sollten ihn verbrennen.'"

Ich zuckte zusammen. „Oh, Ethan", warf ich ein.

„Ich sagte ihm, dass ich ihn zur Polizei gebracht hätte und sie mit dir und mir gesprochen hätten und dass sie den Fall neu aufrollen und vermutlich auch mit ihm sprechen wollten." Die Worte klangen wieder so tonlos. Er wirkte müde.

„Wie hat er reagiert?"

Ethan seufzte. „Er stand auf und ging eine Zeit lang in der Küche herum. Er humpelte. Es bricht mir fast das Herz, sehen zu müssen, wie sehr er seit dem Tod meiner Mutter gealtert ist. Er sagte, es sei unfair, weil Ned sich nicht mehr verteidigen könne. Er fragte mich immer wieder, warum ich den Brief zur Polizei gebracht hätte. ‚Warum hattest du das Bedürfnis, ihn mitzunehmen?', fragte er immer wieder. Ich sagte ihm, dass ich das hätte tun *müssen*, weil es das einzig Angemessene war."

„Natürlich", murmelte ich, um mich selbst zu beruhigen, dass es richtig gewesen war, selbst wenn die Behörden sogar mich als Verdächtige in Betracht zogen.

„Ich weiß, dass er es schließlich auch so sehen wird", fuhr Ethan fort. „Er hatte immer einen ausgeprägten Gerechtigkeitssinn. Wusste, was Recht und was Unrecht war. Schließlich setzte er sich hin und sagte, er wünschte zwar, ich hätte es nicht getan, doch er könne es verstehen. Er hatte Tränen in den Augen, und als ich ihn nach dem Grund fragte, sagte er, dass er an George Lewis und seine Familie denken müsse. Er sah aus, als würde er ... ich weiß nicht. Als würde er in Ohnmacht fallen oder so etwas. Es war, als würde ich ihn umbringen, Julie."

Die Art, wie er meinen Namen aussprach, ließ mich ihm nahe fühlen. Ich wünschte mir, er säße neben mir und ich könnte ihn umarmen.

„Schließlich meinte er, ich hätte das Richtige getan, und er würde gerne mit der Polizei sprechen, weil er die einzige Stimme sei, die Ned noch hätte. Er hat Angst, dass Ned am Ende auf jeden Fall als schuldig dasteht, egal was er sagt."

„Es tut mir leid, dass es so schwer war", sagte ich. „Für euch beide."

„Danke. Ich bin erleichtert, dass er es jetzt weiß. Dass er es von mir und nicht von der Polizei gehört hat. Wann willst du es deiner Mutter sagen?"

„Heute", antwortete ich, denn ich wusste, dass ich es nicht

länger aufschieben durfte. „Ich muss es hinter mich bringen."

„Möchtest du, dass ich hochkomme? Ich könnte bei dir sein, wenn du es ihr sagst."

Ich lächelte bei dem Angebot. Es war eine Versuchung, denn ich wollte ihn wiedersehen. Doch ich wusste, dass ich diese Sache allein erledigen musste.

„Danke, ich bin schon in Ordnung", lehnte ich ab. „Ich lass dich wissen, wie es gelaufen ist."

Sobald ich das Gespräch mit Ethan beendet hatte, ging ich die zwei Blocks zum Haus meiner Mutter. Ich fand sie im Garten, wo sie blaue Hortensien für einen Strauß abschnitt. Sie sah überrascht auf, als sie mich bemerkte. Ich kam nicht oft unangekündigt vorbei.

„Julie!", rief sie und richtete sich auf. Die Hortensien in ihrer linken Hand bildeten einen riesigen hellblauen Ball. „Was machst du hier?"

„Ich möchte gern mit dir reden. Aber wie wär's, wenn ich dir zuerst mit den Hortensien helfe?" Ich griff nach den Blumen in ihrer Hand, die sie jedoch fortzog.

„Irgendwas stimmt nicht", vermutete sie und musterte mein Gesicht. Ich wusste, dass meine Sonnenbrille nicht dunkel genug war, um meine Augen zu verbergen, und sie schien aus meinem Gesicht die Sorge ablesen zu können. „Ist etwas mit Shannon?" Sie schien den Atem anzuhalten, während sie auf meine Antwort wartete.

„Nein, es geht ihr gut", versicherte ich ihr. „Allen geht es gut." Ich legte ihr die Hand auf den Rücken und deutete in Richtung Terrasse. „Wie wäre es, wenn wir uns setzen?", schlug ich vor.

„Oh, es ist also eine ‚Wir setzen uns besser'-Sache, oder?", bemerkte sie und ging mit mir zur Terrasse. Sie schien viel langsamer zu gehen als ich. War das neu?, fragte ich mich. Hatte sie Probleme mit der Hüfte, die ihr manchmal zu schaffen gemacht hatte? Ich erinnerte mich an Ethans Bemerkung über das Altern seines Vaters und verstand, wie er sich fühlte.

Meine Mutter legte die Blumen zusammen mit der Gartenschere vorsichtig auf der Glasplatte des Tisches ab, setzte sich und zog die Gartenhandschuhe aus.

„Nun?“ Sie blickte mich erwartungsvoll an.

„Erinnerst du dich, dass ich vor ein paar Wochen Ethan Chapman zum Lunch traf?“

Sie nickte. „Selbstverständlich.“

„Und du weißt, dass sein Bruder Ned gestorben ist, oder?“ Ich war nicht sicher, ob Mr. Chapman meiner Mutter davon erzählt hatte oder nicht.

Sie nickte erneut und schwieg.

„Nun, als Ethan und seine Tochter Neds Haus ausgeräumt haben, fanden sie einen Brief, den Ned an die Polizei von Point Pleasant adressiert, aber niemals abgeschickt hatte.“

Meine Mutter runzelte die Stirn. „Und was stand drin?“

Also los, spornte ich mich an. „Darin stand, dass der falsche Mann für den Mord an Isabel ins Gefängnis gegangen sei und dass er, Ned, die Sache richtigstellen wolle.“

Meine Mutter war wie erstarrt, als hätte sie der Schlag getroffen. Ihre Augen bohrten sich in meine, und während sie schweigend das Gesagte verarbeitete, erinnerte ich mich daran, dass sie mich an Isabels Todestag geohrfeigt hatte. Es war das einzige Mal, dass einer meiner Eltern mich geschlagen hatte. Allein schon bei der Erinnerung daran brannte meine Wange.

„Ned hat es getan?“, fragte sie schließlich. „Doch Ross sagte, er wäre –“

„Niemand weiß genau, wer es getan hat“, fiel ich ihr rasch ins Wort. „Ned hat in seinem Brief kein Geständnis abgelegt.“ Ich nahm die Sonnenbrille ab und rieb mir die Augen. „Ich halte es für wahrscheinlich, dass er es getan hat, Mom. Ich meine, das ergibt am ehesten einen Sinn. Doch Ethan kann nicht glauben, dass Ned so etwas getan haben könnte, und die

Polizei nimmt jeden unter die Lupe. Vielleicht werden sie auch mit dir sprechen wollen. Ich hoffe es nicht, doch es könnte sein."

Meine Mutter blickte in den Gemüsegarten, wo die Tomaten reiften und die Zucchini-Pflanzen wucherten. Doch ich wusste, dass sie nichts davon wahrnahm. Ihr Geist war irgendwo anders.

„Es tut mir leid, Mom." Ich wusste nicht genau, wofür ich mich entschuldigte. Dafür, dass ich ihr von dem Brief erzählt hatte. Dass Isabel ermordet worden war. Für alles.

„George Lewis war unschuldig?", fragte sie, als ob ich es genau wüsste.

„Der Brief klingt danach", erwiderte ich.

Sie starrte mich weiter an, und ich war nicht sicher, ob sie verstanden hatte, was ich gesagt hatte. Dann erhob sie sich langsam. „Ich werde ein Nickerchen machen", verkündete sie, während sie sich ein paar kleine Blätter vom Overall strich.

„Bist du in Ordnung?", fragte ich verwundert.

Sie antwortete nicht, sodass ich aufstand und auf sie zutrat, doch sie hob abwehrend die Hand.

„Es geht mir gut", sagte sie. „Dies alles macht mich nur so müde. Es ist so …" Sie blickte mich an. „Du verlierst ein Kind, und sie sorgen dafür, dass du es immer wieder verlierst. Wieder und wieder und wieder …" Ihre Stimme erstarb, als sie sich abwandte. Ich wusste nicht genau, was ich tun sollte. Sollte ich ihr ins Haus folgen? Mich vergewissern, dass sie wohlauf war? Doch ganz offensichtlich wollte sie allein sein. Das würde ich ihr zumindest eine Zeit lang gestatten. Ich nahm die Gartenschere und ging hinüber zu den Hortensienbüschen.

26. KAPITEL

Maria

Ich konnte nicht glauben, was geschah.

Urplötzlich kamen Ereignisse, die ich seit über vierzig Jahren versuchte ruhen zu lassen, auf abscheuliche Weise zurück. Meine Isabel. Ich hatte sie so enttäuscht. Wenn ich doch nur eine bessere Mutter gewesen wäre. Wenn ich nur gewusst hätte, wie ich mit ihrer Rebellion umgehen sollte.

Gab es in den letzten einundvierzig Jahren auch nur einen Tag, an dem ich mir nicht ihre letzten Momente vorgestellt hatte? So hatte ich es mir in den ganzen Jahren ausgemalt: Isabel war in der Bucht. Sie saß in der Dunkelheit allein auf der Plattform, voller Erwartung, dass Ned gleich zu ihr kommen würde. Dann tauchte der schwarze Junge, George Lewis, am Strand auf und schwamm hinaus zu ihr. Als Nächstes kam der Teil, den ich nie verstand. Isabel war eine hervorragende Schwimmerin. Warum sprang sie nicht ins Wasser, um ihm zu entkommen? Warum schwamm sie nicht zum Strand oder zum Pier oder … was weiß ich. Vielleicht sah sie ihn auch nicht. Vielleicht glitt er so lautlos durchs Wasser, dass sie ihn nicht bemerkte, bis er zur ihr auf die Plattform kletterte. Sie hatte blaue Flecken an den Armen gehabt. Hatte er versucht, sie zu vergewaltigen? Sprang sie ins Wasser, um ihm zu entkommen? Schlug sie mit dem Kopf an die Plattform, oder zog er ihr eine Waffe über den Kopf? Ich wusste es nicht. Ich konnte es nicht wissen. Ich wusste nur, dass mein Baby Todesangst gehabt haben musste. Mein kleines Mädchen hatte so sehr versucht, sich wie eine Frau zu verhalten und erwachsen zu sein und ihre eigenen Entscheidungen zu treffen, auch wenn es die falschen waren. Sie hielt sich für unabhängig und auf dem besten Weg, sich von mir und meinen Regeln zu befreien. Ich war sicher, dass sie in jenem Moment auf der Plattform wieder das wunderbare unschuldige Kind war, das ich in einem Hüfttuch mit mir herumgetragen hatte. Das kleine Mädchen, das mich Mommy nannte und mich für den Mittelpunkt der Welt hielt.

Immer wenn ich an ihre letzten Sekunden dachte, spürte ich in meiner Brust ihre herzzerreißende Angst und entsetzliche Panik. Ich wollte dann schreien und gegen die Wände schlagen. Einmal brachte mich diese Angst dazu, meine kleine Tochter Julie zu schlagen. Es war schlimm, zuzugeben, dass ich eines meiner Kinder hasste, doch für ein paar Tage hasste ich Julie für ihre Rolle, die sie bei Isabels Tod gespielt hatte. Doch kurz darauf erkannte ich, dass ich mich selbst verabscheute. Damals aber bekam Julie die volle Wucht ab. Das ganze Ausmaß meiner Trauer.

Irgendwann in den letzten einundvierzig Jahren konnte ich eine Art Frieden mit jener Nacht schließen. Frieden ist vielleicht das falsche Wort, doch zumindest war ich in der Lage, mit dem Geschehenen und mit meinen Unzulänglichkeiten als Mutter zu leben. Ich vergab Charles seine Nachgiebigkeit mit Isabel, und ich schöpfte Trost aus dem Wissen, dass der Kerl, der für ihren Tod und diese letzten schrecklichen Minuten in ihrem Leben verantwortlich war, im Gefängnis verrottete. Ich verspürte großen Hass auf George Lewis, und dieser Hass erstreckte sich auf jeden schwarzen Mann, noch bevor mein Intellekt sich einschalten und mich daran erinnern konnte, dass Lewis für sich allein gehandelt hatte und nicht als Repräsentant seiner Rasse oder seines Geschlechts. Und nun schien der ganze Hass, den ich auf ihn gerichtet hatte, ungerechtfertigt gewesen zu sein.

Hatte Ned Isabel ermordet? Das legte jedenfalls der Brief nahe, den er der Polizei geschrieben hatte. Was sonst konnte er bedeuten? Ich glaube, dass er Isabel so sehr liebte, wie ein achtzehnjähriger Junge eben ein siebzehnjähriges Mädchen lieben kann, und deshalb musste ich von einem Unfall ausgehen, für den er niemals die Verantwortung übernahm. Auf gewisse

Weise tröstete mich diese Erklärung, weil Izzy dann mit jemandem zusammen gewesen war, den sie liebte und dem sie vertraute, sodass sie als letztes Gefühl nicht Furcht empfunden hatte. Doch wenn es tatsächlich Ned gewesen war, musste Ross ihm ein falsches Alibi gegeben haben.

Meine Gedanken überschlugen sich, als ich mir auszumalen versuchte, was wirklich geschehen war. Julie hatte gesagt, dass die Polizei vielleicht mit mir sprechen wollte. Wie ich das überstehen sollte, wusste ich nicht. Ich würde ihnen sagen, dass ich eine schlechte Mutter gewesen war, die nicht wusste, wie sie ihre Teenager-Tochter erziehen sollte. Ich würde ihnen sagen, dass ich eifersüchtig darauf war, wie mein Mann sie anbetete, und dass diese Eifersucht vielleicht mein Verhalten ihr gegenüber beeinflusste. Und ich hätte das Bedürfnis, ihnen meinerseits Fragen zu stellen, würde es aber niemals tun. Meine Fragen würden bei ihnen wahrscheinlich nur noch mehr Fragen auslösen, und dazu hatte ich zu viel zu verbergen.

27. KAPITEL

Julie

Niemals hatte ich mich mehr als Teil der sogenannten Sandwich-Generation gefühlt wie an dem Tag, als ich meiner Mutter von Neds Brief erzählte. Ich war eine Frau mittleren Alters, die zwischen der Sorge um ihre alternde Mutter und den Herausforderungen im Umgang mit ihrem Kind gefangen war. Ich hatte Angst, dass ich beide enttäuschen würde – oder dass ich das schon längst getan hatte.

Nachdem ich Unmengen von Hortensien ins Haus gebracht und sie in Wohnzimmer und Küche auf Vasen verteilt hatte, klopfte ich an die Schlafzimmertür.

„Mom?“ Ich lauschte. „Bist du in Ordnung?“

„Alles klar“, sagte sie. „Ich bin nur müde.“

Ich wollte sie nicht allein lassen, wusste aber nicht, was sich sonst tun sollte.

„Möchtest du, dass ich eine Weile hierbleibe?“, fragte ich durch die Tür. „Ich könnte dir etwas zu essen machen oder –“

„Du brauchst nicht zu bleiben, Julie. Ich werde ein bisschen schlafen. Mach dir keine Sorgen um mich.“

„In Ordnung.“

Ich machte ihr einen Thunfischsalat und hinterließ ihr einen Zettel auf dem Tisch, dass er im Kühlschrank stand. Ich wusste nicht, was ich sonst noch tun konnte. Ich fühlte mich hilflos.

Ich kam nach Hause und setzte mich an den Computer. Als ich meine E-Mails abrief, fand ich viele Schreiben von Fans, die sich in den letzten paar Wochen angesammelt hatten. Doch ich besaß nicht die nötige Konzentration, um sie zu beantworten, und war nicht sicher, wann sich das ändern würde. Ich starrte auf die Mails und überlegte, ob ich einen neuen Versuch mit Kapitel vier starten sollte, aber ich wusste, ich würde es nicht tun. Eine Geschichte über Granny Fran zu schreiben, eine Frau, die es außerhalb meiner Vorstellung gar nicht gab und deren blödes Leben aus blöden Kriminalfällen bestand, die auf dreihundert blöden Seiten gelöst wurden, schien mir im Moment völlig sinnlos zu sein.

Ich starrte noch immer auf die Mails, als es an der Vordertür klopfte.

„Mom?“, rief Shannon, und ich verspürte lang ersehnte Freude. Ich hatte sie so sehr vermisst.

„Hier drin“, rief ich.

Sie kam in mein Büro und setzte sich auf das Sofa. „Tut mir leid, wenn ich dich beim Arbeiten störe.“

„Ach, Liebes“, meinte ich. „Du störst doch nie.“ Wir wussten beide, dass das nicht stimmte. Ich hatte die Regel aufgestellt, dass ich beim Schreiben nur im Notfall gestört werden durfte. War das einer von vielen Bereichen, in denen ich versagt hatte?

„Es gibt da etwas, worüber ich mit dir reden muss“, eröffnete sie mir. Sie sah mich aus ihren dunklen Augen mit den langen Wimpern an, lächelte aber nicht.

„Du klingst ernst“, stellte ich fest. Plötzlich verstand ich, wie sich meine Mutter vor ein paar Stunden gefühlt hatte, als ich ihr sagte, dass ich mit ihr reden müsste.

„Ja.“ Sie wandte den Blick ab, um auf ihre Hände zu schauen. Sie hielt sie im Schoß zusammengepresst, sodass die Knöchel weiß hervortraten. „Es tut mir wirklich, wirklich leid, was ich dir jetzt sagen werde, weil ich weiß, wie sehr es dich enttäuschen wird …“

„Was ist los, Shannon?“ Ich versuchte zu erraten, worauf sie hinauswollte. Wollte sie bei Glen wohnen bleiben, wenn sie in den Ferien nach Hause kam? Hatte sie ihre Meinung wegen Oberlin geändert und wollte nun auf ein anderes College? Auf ihre folgenden Worte war ich nicht vorbereitet, weil sie fern von allem lagen, was ich mir vorstellen konnte.

„Ich bin schwanger.“

Ich war konsterniert. Völlig konsterniert. „Du … du hast dich doch mit niemandem getroffen“, stammelte ich.

„Doch, habe ich“, stellte sie klar. „Ich habe in den Frühjahrsferien jemanden kennengelernt, obwohl ich ihn eigentlich schon seit einigen Monaten über das Internet kannte.“

Oh nein, dachte ich.

„Er kommt aus Colorado und war hier, um Freunde zu besuchen. Er und ich blieben über E-Mail und Telefon in Kontakt, und ich liebe ihn.“ Sie lächelte und zuckte die Achseln.

Ich weiß nicht, wie sie mein Schweigen empfand. Ich erwog meine Antwort sorgfältig, aus Angst, sie mit dem geringsten falschen Wort zu verschrecken. Ich setzte mich neben sie auf das Sofa und nahm ihre Hände in meine. Sie waren eiskalt.

„Es tut mir so leid“, sagte ich. „Das muss eine sehr schwierige Zeit für dich sein.“ Es war das Beste, was ich tun konnte. Ich würde ihr meine Unterstützung anbieten, ganz gleich, wofür sie sich entschied. Ich konnte verstehen, wenn eine Frau sich am Anfang ihrer Schwangerschaft für eine Abtreibung entschied – unter gewissen Umständen. Also würde ich diese Entscheidung Shannon überlassen, würde sie die Erwachsene sein lassen.

Meine Reaktion schien sie zu überraschen. „Danke“, sagte sie.

„Hast du es gerade erst erfahren? Weißt du, wie weit du schon bist?“

„In der achtzehnten – fast neunzehnten – Woche.“

„Oh, mein Gott“, entfuhr es mir, als ich begriff, dass es für eine frühe Abtreibung im ersten Schwangerschaftsdrittel zu spät war. „Du … Versuchst du etwa, zu entscheiden, dass du …“, stammelte ich, doch sie unterbrach mich.

„Ich werde das Baby bekommen.“

„Aber was willst du tun? Was ist mit dem College? Was ist … du bist erst siebzehn!“ Ich spürte, wie ich die Kontrolle verlor, wie Kopf, Herz und Zunge sich selbstständig machten.

Sie schüttelte den Kopf, und antwortete mit einer Stimme, die viel ruhiger war als meine. „Ich werde diesen Herbst nicht aufs College gehen. Irgendwann werde ich es tun, aber nicht jetzt.“ Sie warf mir ein entschuldigendes Lächeln zu. „Mom, ich liebe ihn so sehr. Er heißt Tanner. Er ist ein wunderbarer Mensch. Er ist an der University of Colorado in Boulder. Und Mom … dreh nicht durch“, bat sie. „Aber ich habe entschieden, zu ihm zu ziehen und ein Leben mit ihm und unserem Baby aufzubauen.“

Ich ließ ihre Hände los und stand auf, weil ich keine weitere Sekunde mehr sitzen bleiben konnte. Ich fuhr mir mit den Fingern durchs Haar. „Das alles überrumpelt mich ziemlich, Shannon. Und ich werde Zeit brauchen, das zu verarbeiten. Doch eines zumindest weiß ich genau: Du kannst nicht wegziehen.“

„Tanner und ich haben viele Stunden darüber gesprochen“, erwiderte sie. „Wir wollen das hier richtig machen. Wir wollen –“

„Du *kannst* nicht mit einem Baby und einem völlig Fremden nach Colorado gehen“, fiel ich ihr ins Wort. „Ich weiß nicht, ob du schon bis zu Ende gedacht hast, wie es sein wird, mit siebzehn Mutter zu sein.“

„Ich werde achtzehn sein, wenn das Kind zur Welt kommt.“

„Du bist noch immer mehr Kind als Frau, und die Tatsache, dass du schwanger bist, ist der beste Beweis dafür.“

„Mutter“, bat sie. „Fang nicht so an.“

„Ich weiß, dass du Sex hast“, fuhr ich fort. „Und ich wusste, dass du die Pille nimmst. Ich habe die Packung herumliegen sehen – du hast kein Geheimnis daraus gemacht. Ich habe nichts dazu gesagt und versuchte wirklich …“ Ich starrte sie fassungslos an. „Wie konnte das geschehen? Hast du es mit Absicht gemacht? Hattest du das Gefühl, irgendwie nicht bereit zu sein fürs College? Was ist *los* mit dir, Shannon? Ich habe das Gefühl, dich nicht mehr zu kennen."

Sie erhob sich und stand direkt vor mir, fünf Zentimeter größer als ich. „Ich bin eine Frau, die ein Baby von dem Mann bekommt, den sie aufrichtig liebt", erklärte sie. „Das bin ich, Mutter." Sie hatte Tränen in den Augen. „Und es gibt absolut nichts, was du dagegen tun kannst. Ich dachte nur, dass du es wissen solltest. Und nun gehe ich zurück zu Dad."

Sie machte auf dem Absatz kehrt und ging hinaus. Ich wusste nicht, was ich sagen sollte, um sie aufzuhalten. Ich hörte, wie sie die Tür zuknallte, und ließ mich wie betäubt auf das Sofa fallen. Ich weiß nicht, wie lange ich dort saß, bevor ich schließlich zum Telefon griff und Lucys Nummer wählte.

„Hallo, Schwesterherz", begrüßte Lucy mich.

„Shannon ist schwanger", sagte ich ohne Umschweife.

Das Schweigen am anderen Ende der Leitung währte zu lange.

„Du hast es *gewusst?*", fragte ich.

„Ja", erwiderte sie.

„Lucy, verdammt! Warum hast du es mir nicht *gesagt?*"

„Ich weiß es noch nicht lange", rechtfertigte sie sich. „Und ich hätte es dir auch gesagt, doch ich wollte Shannon die Chance geben, erst selbst mit dir zu sprechen."

„Oh, mein Gott! Ich kann das einfach nicht glauben. Ich kann nicht glauben, dass meine vorbildliche, musikalisch begabte Tochter schwanger ist von irgendeinem Typen aus Colorado, von dem ich noch nie gehört habe. Das ist einfach verrückt."

„Ich weiß", sagte Lucy, und ihre Zustimmung machte mir Angst, denn es gab nur wenig, das Lucy für verrückt hielt. „Weißt du, das Einzige, was ich wirklich unerträglich finde, ist sein Alter", fügte sie hinzu.

„Und das wäre ...?" Ich nahm an, dass er ein wenig älter sein musste als Shannon, da er schon aufs College ging.

Wieder schwieg meine Schwester.

„*Lucy.*"

„Er ist siebenundzwanzig. Ich dachte, sie hätte es dir gesagt."

„Oh, mein Gott", sagte ich wieder. „Oh, Lucy. Das ist Verführung Minderjähriger."

„Nein." Lucy klang so verdammt ruhig. „Dafür müsste sie unter sechzehn sein." Ich hörte sie seufzen. „Ich weiß nicht, was ich sagen soll, Julie. Ich verstehe diese Sache auch nicht mehr als du, und auch ich bin bestürzt. Die Sache ist die: Es ist passiert, und sie will das Baby haben. Natürlich müssen wir diesen jungen Mann in Augenschein nehmen, und ich schätze, das werden wir auch bald. Und wir müssen alles tun, um für Shannon da zu sein."

„Wie können wir für sie da sein, wenn sie in Colorado ist?", gab ich zu bedenken.

„Ich hoffe, dass sie sich eines Besseren besinnt", erwiderte Lucy.

Ich dachte an all die Colleges, die wir besucht hatten. Das nervenaufreibende Vorspielen. Das Warten auf Zusagen. Ihre Aufregung, als sie in Oberlin angenommen wurde. „All ihre Pläne …", begann ich, doch meine Stimme erstarb. Es gab nicht viel zu sagen über diese Pläne. Sie hatten jetzt keine Bedeutung mehr.

„Ich weiß …" Lucy zögerte, bevor sie weitersprach. „Kommen wir zu einem anderen schwierigen Thema. Hast du mit Mom über Neds Brief gesprochen?"

„Ja." Meine Stimme klang hohl. Ich fühlte mich völlig ausgelaugt.

„Oje", meinte Lucy. „Was hat sie gesagt?"

„Sie wurde ganz ruhig. Sie ging ins Haus und legte sich hin. Ich machte mir Sorgen und sah nach ihr, bevor ich ging, doch sie sagte, sie wolle nur ein bisschen schlafen." Ich blickte auf die Uhr. „Ich wollte sie in ein paar Minuten anrufen, doch ich bin noch zu aufgewühlt, um es jetzt zu tun."

„Ich übernehme das“, bot Lucy an.

„Danke“, sagte ich, bevor ich das Thema wieder auf meine Tochter lenkte. „Shannon könnte doch auch nach achtzehn Wochen noch eine sichere Abtreibung haben, oder?“

„Hm, ich kann kaum glauben, das ausgerechnet von dir zu hören.“ Lucy holte tief Luft. „Es ist alles anders, wenn es um dein eigenes Kind geht, oder?“

„Halt mir keine Vorträge, okay? Könnte sie oder nicht?“

„Ja“, antwortete sie. „Aber das will sie nicht.“

„Woher weiß sie denn, was sie will?“, ereiferte ich mich. „Sie denkt nicht logisch. Nichts davon ergibt einen Sinn. Glaubst du, dass Glen es weiß?“

„Sie sagte mir, sie würde es ihm sagen, nachdem sie mit dir gesprochen hat. Also wird er es wohl bald wissen.“

„Wahrscheinlich wäre es sinnvoll, er und ich reden mal miteinander.“

„Gute Idee“, fand Lucy. „Ich werde jetzt Mom anrufen. Bist du so weit okay?“

„Ich weiß es nicht.“ Ich seufzte. „Ich melde mich später noch einmal.“

Als ich aufgelegt hatte, begann ich Glens Nummer zu wählen, besann mich aber eines Besseren. Ich hatte jetzt keine Lust, seine Stimme zu hören oder seiner gefassten und unvermeidlich leidenschaftslosen Reaktion auf Shannons Schwangerschaft zu lauschen. Außerdem wollte ich ihm die Neuigkeit nicht aus meiner Perspektive eröffnen. Sollte er es doch von Shannon erfahren, genauso wie ich auch.

Ich hob den Hörer und wählte Ethans Nummer. Seine Stimme war die einzige, die ich hören *wollte*.

„Shannon ist schwanger“, platzte ich heraus, als er sich meldete.

„Oh nein!“

Ich erzählte ihm die ganze Geschichte, auch von Tanners Alter und den möglicherweise verpfuschten College-Plänen, und es tat mir unendlich gut, mir bei jemandem Luft zu machen, der einfach nur zuhörte. Ethan schwieg, bis ich mit meinen Ergüssen am Ende angelangt war.

„Ich weiß genau, wie du dich fühlst“, sagte er dann.

„Wirklich?“

„Oh ja“, bestätigte er. „Abby wurde schwanger, als sie sechzehn war. Ich denke, sie hätte nichts dagegen, dass ich dir das erzähle.“

„Ach, Ethan.“ Ich fühlte mit ihm und spürte auch sein Mitgefühl. „Wie hat sie sich entschieden?“

„Sie hat das Baby zur Adoption freigegeben.“

Adoption. Natürlich. Das ergab am meisten Sinn. Das war es, was Shannon tun sollte.

„Vielleicht würde Shannon das in Erwägung ziehen“, sinnierte ich.

„Ich wette, Abby würde ihr gern davon erzählen, wenn du das möchtest. Es war eine offene Adoption, aber so schrecklich die ganze Erfahrung auch war – und es war für uns alle sehr hart –, hat sie sich doch als gute Entscheidung erwiesen. Sie hat Kontakt mit ihrem Sohn, der inzwischen fast zehn ist. Ab und an bekomme sogar ich ihn zu sehen. Seine Adoptiveltern sind großartige Menschen.“

Ich dachte an Oberlin. Auch wenn Shannon das Baby zur Adoption freigab, würde sie im Herbst nicht anfangen können. Ich fragte mich, ob sie im Frühjahr starten konnte oder bis nächsten Herbst würde warten müssen.

„Ich spreche mit ihr darüber“, versprach ich, wobei mir klar war, dass das Gespräch weder leicht noch willkommen sein würde.

„Ich glaube, du brauchst mich dort oben, um dich zu umarmen“, sagte er.

Er hatte recht. Genau das brauchte ich.

„Könntest du kommen?“, fragte ich und kam mir ein bisschen schamlos vor. Ich erinnerte mich daran, wie er meine

Hand auf seinem Oberschenkel gehalten hatte. Ich wollte, dass er das wieder tat.

„Wie steht es mit Freitagabend?“, schlug er vor. „Kannst du es so lange aushalten?“

Ein erotischer Unterton lag in seiner Stimme, der mich sowohl überraschte als auch erregte und mich für einen Moment Shannons Dilemma vergessen ließ.

„Ich bin nicht sicher“, gab ich zu. „Ich werde es versuchen.“

Als ich aufgelegt hatte, saß ich einen Moment lächelnd da. Erstaunlich, dachte ich, dass ich nach einem Tag wie diesem lächeln konnte. Ich lehnte mich zurück und blickte hoch zum Deckenventilator, der sich träge bewegte. Könnte ich es tun?, fragte ich mich. Könnte ich mit Ethan schlafen? Ich legte die Hand auf meinen Bauch und spürte, wie meine Brustwarzen bei der Berührung hart wurden. *Ja*, dachte ich, *ich könnte es.*

Ich stand auf und ging aus dem Büro Richtung Schlafzimmer. Ich erinnerte mich an die längst vergangene Szene, als der Priester sagte, ich dürfe mich *niemals* des schweren Vergehens der Masturbation schuldig machen. Ich lachte, als ich mein Schlafzimmer betrat. *Heute Nachmittag*, dachte ich, *werde ich sündigen.*

28. KAPITEL

Maria

Am Tag, nachdem ich von Ned Chapmans Brief an die Polizei erfuhr, tauchte Shannon während meiner Schicht bei McDonald's auf. Ich hatte sie seit dem Schulabschluss nicht mehr gesehen. Sie winkte mir zu, als sie hereinkam, und reihte sich in die Schlange ein. Ein Blick bestätigte den Verdacht, der schon bei der Abschlussfeier in mir gekeimt hatte: Meine siebzehnjährige Enkelin war schwanger.

Ich wartete, bis sie ihr Essen geholt und sich hingesetzt hatte, bevor ich zu ihr hinüberging. Ich brauchte ein paar Minuten, um mich zu sammeln.

„Hallo, Nana." Sie stand auf, um mich auf die Wange zu küssen, und ich setzte mich ihr gegenüber, musterte den Big Mac und den Milchshake auf ihrem Tablett.

„Du weißt, Shannon, dass dieses Essen nicht gut ist für dein Baby", sagte ich.

Sie riss die Augen auf. „Hat Mom es dir gesagt?"

Ich fragte mich, wie lange Julie es schon wusste und wie lange sie es vor mir verheimlichen wollte. Ich nahm an, dass sie aus Rücksicht auf mich eine Bombe nach der anderen platzen lassen wollte, und nicht alle auf einmal.

„Ich bin alt, Shannon, aber ich bin nicht blöd", erwiderte ich. „Ich erkenne auf den ersten Blick, ob eine Frau oder besser: ein *Mädchen* schwanger ist."

Sie blickte hinunter auf ihren Big Mac und studierte seinen Inhalt, als wollte sie sich vergewissern, dass das Fleisch gar war. Vermutlich erwartete sie, dass ich ihr Vorwürfe machte. Sie hatte Angst, und mir wurde schwer ums Herz. Ich entschied, als Großmutter besser zu sein, als ich es als Mutter gewesen war.

„Wie hat deine Mutter es aufgenommen?", wollte ich von ihr wissen.

„Wie zu erwarten." Sie verdrehte die Augen. „Als ob mein Leben vorbei sei. Ruiniert für immer. Sie ist so –" Sie hielt inne und wandte den Blick ab. „Sie interessiert nur meine musikalische Karriere. Was ich will, interessiert sie nicht wirklich."

Sie nahm einen Bissen von dem Hamburger und sah sich im Restaurant um, statt mich anzuschauen. So, wie sie manchmal über ihre Mutter sprach, konnte man glauben, dass sie sie hasste. Shannon erinnerte mich stark an Isabel in den frühen Sechzigern, während Julie mich an mich selbst in jenem Sommer erinnerte. Meine eigenen Fehler wurden mir wieder vorgeführt.

„Wann hast du es ihr gesagt?"

Sie schluckte ihren Bissen hinunter. „Gestern."

„Und deinem Vater?"

„Gestern Abend." Sie schüttelte den Kopf. „Du kennst Dad", meinte sie. „Er sagte: ‚Oh, Shannon', und das war's. Mom hat wenigstens geschimpft. Dad war einfach nur … er kann manchmal so schrecklich lahm sein."

„Ich wette, es war nicht leicht, es ihnen zu erzählen, oder?"

Ihre Augen füllten sich plötzlich mit Tränen, und sie verwandelte sich von der abgebrühten jungen Frau in ein verängstigtes kleines Mädchen. Ich reichte ihr eine Serviette, doch sie zerdrückte sie nur in der Hand, während ihr eine Träne über die Wange rollte.

„Wer ist der Junge?", fragte ich weiter.

Ein Leuchten trat in ihre Augen, das erste Anzeichen von Freude, das ich an ihr bemerkte, seit sie ins Restaurant gekommen war. Sie erzählte, dass er Tanner hieße, in Colorado lebe und sie zu ihm ziehen wolle. Das ließ beinahe mein Herz stehen. *Bitte, nein*, dachte ich. Es war schlimm genug, dass sie wegen des Colleges hatte wegziehen wollen. Ich wünschte mir meine Enkelin als Teil meines Lebens. Ich liebte es, wenn sie bei McDonald's vorbeikam, um nur rasch Hallo zu sagen. Wie viele Jahre hatte ich noch? Wann würde ich sie jemals zu Gesicht bekommen, wenn sie ans andere Ende des Landes zog? Doch ich hatte mich rasch wieder im Griff.

„Ich sag dir was, Shannie“, begann ich und benutzte den Kosenamen, den ich ihr als Säugling gegeben hatte. „Falls aus diesen Plänen nichts wird und du doch hier bleibst, spiele ich gerne den Babysitter.“

Vor Überraschung blieb ihr der Mund offen stehen. Dann lächelte sie. „Nana“, sagte sie gerührt. „Ich liebe dich.“

„Ich liebe dich auch, Kleines.“

Sie schob ihren Big Mac zur Seite. „Ich glaube, ich sollte mir lieber einen Salat holen“, meinte sie und stand auf. Ich befahl ihr, sich wieder hinzusetzen, und ging dann hinter den Tresen, um ihr den gesündesten Salat zu holen, den wir hatten.

Als ich an jenem Nachmittag später nach Hause fuhr, fühlte ich mich gut damit, wie ich mit Shannon umgegangen war. Ich glaubte, dass ich ihr das gegeben hatte, was sie brauchte – Liebe und Freundlichkeit, ohne sie zu verurteilen. Das hätte auch Isabel gebraucht, doch nichts davon hatte sie von mir bekommen.

Meine gute Laune verflog, als ich ins Haus kam. Das Telefon klingelte, und als ich mich meldete, war es schon wieder Ross Chapman.

„Maria …“ Selbst dieses eine Wort auszusprechen schien ihm große Mühe zu bereiten. Die drei Silben klangen langsam und traurig. „Hat deine Tochter dir erzählt, was geschehen ist?“

Ich schloss die Augen. Ich war über die Maßen zornig auf ihn. Ich glaubte, dass er für seinen Sohn gelogen hatte und nun um meine Vergebung bat, doch die würde er nie bekommen.

„Du meinst, ob sie mir von Neds Eingeständnis seiner Schuld erzählt hat?“, gab ich zurück und legte dann auf. Ich hatte es schon einmal zugelassen, dass dieser Mann mit mir spielte. Das sollte nie wieder geschehen.

1942–1944

Als ich am ersten Tag meines Abschlussjahrs am New Jersey Mädchen-College in New Brunswick ankam, konnte ich noch Ross' Küsse in meinem Mund und seine Hände auf meinen Brüsten spüren. Wir hatten uns in jenem Sommer immer riskanter verhalten, wobei wir uns beide mit diversen anderen trafen, um zu vermeiden, dass es einen Favoriten gab, wie mir das mit Fred passiert war. Viele der jungen Männer, darunter auch Fred, kämpften zu jener Zeit im Krieg, sodass Ross deutlich mehr Auswahl für ein Date hatte als ich, doch ich tat mein Bestes. Ross war zwar zum Wehrdienst einberufen worden, doch bei der körperlichen Untersuchung hatte man ein kleineres Herzproblem entdeckt und ihn zurückgestellt. Obwohl ich sehr patriotisch war und fand, dass jeder seinen Teil zum Krieg beitragen sollte, war ich erleichtert, dass er nicht gehen musste.

Meine Eltern hatten sich mittlerweile mit einem anderen Paar in Bay Head Shores angefreundet und gingen oft zu ihnen zum Bridgespielen, sodass unser Bungalow verlassen war. Sobald ich wusste, dass sie fort sein würden, sagten Ross und ich jede Verabredung für den betreffenden Abend ab. Wir hatten das ganze Haus für uns allein und konnten in Ruhe unseren Hunger aufeinander stillen. Der ganze Sommer war erfüllt gewesen von Lug und Trug und einer heftigen körperlichen Leidenschaft. Am letzten Abend an der Küste konnte ich mich kaum von ihm fortreißen.

Am Abend meiner Ankunft feierte die Studentenverbindung ein paar Häuser weiter eine „Willkommen zurück"-Party. Ich ging mit ein paar Freundinnen hin, die ganz begierig darauf waren, ein paar Jungen von der Rutgers University kennenzulernen, auch wenn es sich bei den meisten um „Zurückgestellte" handelte. Doch ich war nicht mit dem Herzen dabei. Ich lehnte in einem Türrahmen, vermisste Ross und schrieb ihm in Gedanken schon einen Brief, als ein junger Mann auf mich zukam. Er hinkte stark, und irgendetwas an seinen Augen erinnerte mich an Ross. Eine andere Erklärung hatte ich nicht für die plötzliche, fiebrige Anziehung, die ich für ihn empfand. Er stellte sich mir als Charles Bauer vor.

„Ein hübsches Mädchen wie du sollte hier nicht alleine herumstehen“, fand er. „Möchtest du tanzen?“

„Gerne“, erwiderte ich und ließ mich von ihm umfangen. Wegen seines Hinkens war er ein schwerfälliger Tänzer, doch er schien deswegen kein bisschen gehemmt, und mir machte es nichts aus, weil er sich in meinen Armen wie Ross anfühlte. Er hatte die gleiche Größe, die Schultern waren ebenso breit, und er benutzte sogar das gleiche Aftershave wie Ross. Ich sog den Duft tief ein, als ich meinen Kopf an seine Schulter legte, und war den Tränen nahe, weil ich meinen Geliebten vermisste.

Nach einigen Minuten beugte er sich ein wenig zurück. „Ist irgendwas los?“

Ich begann zu weinen. Er nahm meine Hand und führte mich nach draußen. Wir setzten uns auf die Vordertreppe, hinter uns erklangen die Musik und Partygeräusche.

„Was bringt ein schönes Mädchen wie dich zum Weinen?“, fragte er.

„Es tut mir leid“, schluchzte ich und griff zu einer Lüge, weil es die einzige Möglichkeit war, meine Traurigkeit zu erklären. „Ich habe mich vor Kurzem von jemandem getrennt.“

„Und du liebst ihn noch immer“, vermutete Charles.

Ich nickte.

„Das ist mir auch passiert.“ Er reichte mir sein Taschentuch.

„Vor Kurzem?“, fragte ich und betupfte mir die Augen. Er war sehr attraktiv. Im Schein der Gaslampe konnte ich erkennen, dass er Ross nicht wirklich ähnelte. Er hatte leider braune Haare, wohingegen Ross blond war. Seine Augen waren ebenfalls braun, die von Ross dagegen grau. Doch er sah ebenso gut aus, und als wir dort saßen, fühlte ich mich noch immer zu ihm hingezogen.

„Wir haben uns schon vor einer Weile getrennt“, erzählte er. „Als ich auf Hawaii stationiert war.“

„Hawaii?“ Ich dachte an sein Hinken. „Warst du in Pearl Harbour, als …?“

Er nickte. „Dort habe ich mir das steife Bein geholt.“ Er rieb über seinen rechten Oberschenkel.

„Das muss furchtbar gewesen sein!“

„Für viele andere war es noch wesentlich schlimmer als für mich“, entgegnete er. „Ich wollte wieder hin, doch sie lassen mich nicht. Ich finde es schrecklich, mich hier nutzlos zu fühlen.“

„Aber du gehst jetzt aufs College“, sagte ich und bewunderte seinen Patriotismus. „Das ist keineswegs nutzlos. Was studierst du?“

„Medizin.“

„Oh!“ Ich war beeindruckt. „Du willst Arzt werden.“

„Das wollte ich immer“, bekräftigte er. „Ich dachte, dieser Wunsch müsse warten, bis der Krieg vorbei ist – wenn er das je sein wird –, doch ich schätze, das ist der Vorteil einer Verletzung. Nun steht mein Traum vor der Erfüllung. Wie ist es bei dir?“

„Das hier ist mein Abschlussjahr“, erwiderte ich. „Ich werde Lehrerin.“

„Das ist wundervoll“, freute er sich, als ob ich ebenfalls vorhätte, Medizin zu studieren. „Wolltest du schon immer Lehrerin werden?“

„Nun …“ Ich lächelte. „Eigentlich wollte ich immer eine Familie haben, doch ich halte es für wichtig, dass Frauen für sich selbst sorgen können.“

Er nickte. „Du bist ein sehr kluges Mädchen. Ich möchte ebenfalls eine Familie gründen, will aber sicher sein, dass ich gut für sie sorgen kann.“

Welch ein bemerkenswerter Mann, dachte ich. Es gefiel mir, dass er meine Berufswahl ernst nahm. Ross hatte mein Studium belächelt, als ob es völlig belanglos sei.

Ich glättete meinen Rock und schlang die Arme um die Knie. „Was für ein Arzt willst du werden?"

„Kinderarzt", antwortete er. „Als Junge war ich sehr krank, und damals entschied ich mich dafür."

„Dann haben wir also beide Berufe gewählt, in denen wir Kindern helfen werden."

Er wirkte plötzlich aufgeregt, wandte sich mir zu und griff nach meiner Hand. „Maria", sagte er. „Du musst mir auf der Stelle etwas sagen."

„Was?"

„Bitte sag mir, dass du katholisch bist."

Ich lachte. „Das bin ich. Aber warum?"

„Weil ich mich in den dreißig Minuten, seit ich dich dort drinnen zum ersten Mal gesehen habe, in dich verliebt habe", gestand er. „Und dass du katholisch bist, macht es so viel einfacher. Möchtest du mich vielleicht morgen zur Messe begleiten? Danach könnten wir lunchen gehen."

Mir gefiel seine Impulsivität. Sie war erregend, und ich musste zugeben, dass ich mich zu einer Frau entwickelt hatte, die Erregung brauchte. Dennoch fand in mir ein merkwürdiger Kampf statt. Erst vor zwei Tagen hatte ich heimlich mit einem Mann geschlafen. Nun wurde ich zu einer Messe eingeladen. Meine Familie war tatsächlich katholisch, doch wir waren Gelegenheitskatholiken, die nur Weihnachten und Ostern und selten zwischendurch in die Kirche gingen. Ich hatte das Gefühl, als ob Gott selbst nun in mein Leben eingriff. Er bot mir die Gelegenheit zur Kehrtwende und zur Beendigung meines betrügerischen und unmoralischen Verhaltens. Ich spürte, wie die Trauer über den Verlust von Ross sich in eine Art Erleichterung und Dankbarkeit verwandelte. Dieser wunderbare Mann, Charles Bauer, der für sein Land gekämpft hatte und

Arzt werden und eine Familie gründen wollte, konnte mich vielleicht vor mir selbst retten.

„Das würde ich gern“, sagte ich.

„Oh, wie schön!“, rief er mit einer Begeisterung, die ich an ihm noch schätzen lernte. „War dein Freund auch Katholik?“

„Ja, aber nicht strenggläubig“, antwortete ich. Was für eine Untertreibung.

„Dann war es von vornherein zum Scheitern verurteilt. Das Mädchen, mit dem ich letztes Jahr Schluss gemacht habe, war Methodistin. Meine Eltern hätten nicht einmal mit ihr gesprochen. Ich hätte wissen müssen, dass es nicht gut gehen kann. Der Moralkodex ist einfach zu unterschiedlich, weißt du.“

Ich nickte, auch wenn ich absolut nicht wusste, was er meinte.

„Sie war ... zu schnell, wenn du weißt, was ich meine“, fuhr er fort. „Ich fand heraus, dass sie ... du weißt schon, dass sie ein *Verhältnis* gehabt hatte mit dem Jungen, mit dem sie vor mir zusammen war, und es machte mich krank, überhaupt daran zu denken.“

In dem Moment wusste ich, dass ich diese Beziehung mit einer Lüge beginnen würde. Ich würde Charles niemals die Wahrheit über Ross und mich erzählen. Nur ein paar meiner Freundinnen wussten von Ross, also würde es relativ leicht sein, die Sache geheim zu halten. Dennoch dachte ich, dass es besser wäre, meine Abstammung zur Sprache zu bringen, bevor sich die Dinge weiterentwickelten.

„Ich bin zur Hälfte Italienerin.“

„Das dachte ich mir.“ Er berührte mein Haar. „Du hast dieses dichte italienische Haar und diese großen dunklen Augen.“ Es schien ihn nicht im Geringsten zu stören.

Charles und ich gingen am nächsten Tag zur Messe, und ich sah meine Religion in neuem Licht. Ich spürte den Frieden, der ihn innerhalb der Kirche überkam. Der Geruch von Weihrauch, das ritualisierte Aufstehen und Hinknien, die eindringlichen lateinischen Gesänge und der Geschmack der Hostie auf meiner Zunge ergriffen mich wie nie zuvor. Ich dankte Gott, dass er mir diese zweite Chance geschenkt hatte.

Als wir die Kirche verlassen hatten und wieder im Auto saßen, wandte sich Charles mir zu. „Bist du in Ordnung?"

Ich nickte und fragte mich, woher er wusste, welchen Eindruck die Messe auf mich gemacht hatte. „Beim Gottesdienst war ich noch nie mit ..." Ich wollte „meinem Freund" sagen, doch es schien zu früh dafür. „Mit einer Verabredung", beendete ich den Satz.

„Du bist nie mit deinem Freund in der Kirche gewesen?", fragte er.

Ich schüttelte den Kopf.

„Ich verstehe", sagte er lächelnd. „Darum hätte es auch nie funktionieren können mit meiner alten Freundin und deinem alten Freund. Sie hätten dort drin Däumchen gedreht und das Ende kaum erwarten können."

Wir verliebten uns rasch. Ich glaube, ich hatte mich schon an jenem Abend vor dem Haus der Studentenverbindung in ihn verliebt. Meine Beziehung zu Ross wurde mir allmählich immer klarer: Sie basierte auf der körperlichen Anziehung und dem Reiz des Verbotenen und auf wenig mehr. Dies hier war so anders. Charles lernte meine Eltern kennen, die ihn sofort vergötterten und sogar mit uns zum Gottesdienst gingen, als wir zum ersten Mal bei ihnen waren. Charles und mein Vater waren beide Fans der New York Yankees, und meine Mutter schwärmte immer, dass ich solch einen wunderbaren Mann gefunden hatte.

„Ich hatte mir schon Sorgen um dich gemacht", gestand sie mir mit ihrem melodiösen italienischen Akzent.

„Warum?", fragte ich überrascht.

„Weil du immer von einem Jungen zum anderen gehuscht bist. Nie bist du bei einem von ihnen länger geblieben. Das hat mir Sorgen gemacht."

„Du musst dich nicht sorgen", erwiderte ich lächelnd. „Ich habe nur auf den Richtigen gewartet."

Meine Beziehung mit Charles war völlig keusch. Seine Küsse waren voller Leidenschaft, doch wenn sich seine Hände in Richtung meiner Brüste oder meiner Oberschenkel verirrten, zog er sie entschuldigend zurück. Ich sehnte mich nach mehr und fand dieses Sehnen aufregend. Ich fühlte mich schuldig, weil ich ihm etwas verschwiegen hatte. Er dachte, ich wäre Jungfrau, und es gab keinen Grund, ihm etwas anderes zu sagen. Die Lüge war so kompromisslos, dass ich mich sogar selbst bald als jungfräulich ansah.

Am Ostersonntag 1943 bat Charles mich, ihn zu heiraten. Natürlich sagte ich Ja, doch als der Sommer näher rückte und meine Eltern davon sprachen, dass er mit an die Küste kommen solle, wurde ich immer nervöser. Dass Ross und ich während der Sommer ein Paar waren, war für uns ein ungeschriebenes Gesetz gewesen, und ich hatte Angst vor seiner Reaktion, wenn ich mit Charles auftauchte. Ich hoffte, dass ihm klar sein würde, dass ich unsere verbotene Beziehung beenden musste, und ich betete darum, dass er nichts unternahm, was Charles' Argwohn weckte. Eine große Überraschung sollte mich erwarten.

Auf der Fahrt an die Küste folgten Charles und ich dem Wagen meiner Eltern. Als wir in der Auffahrt des Bungalows hielten, sah ich, dass vor dem Haus der Chapmans schon zwei Autos standen. Mein Herz schlug bis zum Hals, als wir ausluden und unser muffig riechendes Haus betraten. Als ich die Tür zur Veranda mit ihrem Panoramablick auf den Kanal öffnete, schnappte Charles nach Luft.

„Das ist wunderschön!", schwärmte er, ging auf die Veranda und öffnete die Fliegengittertür, um in den Garten zu gelangen.

Im Garten der Chapmans sah ich Menschen, konnte allerdings nicht erkennen, um wen es sich handelte. Ich fühlte mich nicht bereit, mit Charles in den Garten zu gehen, wenn Ross dort war. Ich wollte eine Gelegenheit abpassen, um erst mit Ross allein zu sprechen. Doch Charles ging schon hinaus, und mir blieb nichts anderes übrig, als ihm zu folgen.

„Wann holt dein Vater das Boot?“ Charles deutete zum Dock, während wir in Richtung Kanal schlenderten. Die hölzerne Spundwand gab es damals schon, doch es sollte noch Jahre dauern, bis ein Maschendrahtzaun unseren Blick beeinträchtigte.

„Er wird es vermutlich morgen abholen“, sagte ich, die Augen auf den Garten der Chapmans gerichtet. Zwei Personen standen in der entgegengesetzten Ecke: Ross und eine Frau. Ich hätte froh sein sollen, dass auch er eine Begleitung hatte, doch stattdessen raubte mir die Eifersucht fast den Atem.

„Sieht so aus, als ob ihr euch den Garten teilt.“ Charles nickte zu den beiden hinüber.

Ross hatte den Arm um die Frau gelegt, doch als er sich umdrehte und uns erblickte, verschwand seine Hand rasch von ihrer Schulter. *Er fühlt sich ebenso unbehaglich wie ich*, dachte ich.

„Hallo, Maria!“, rief er. Er nahm die Frau am Ellenbogen und bedeutete ihr, sich umzudrehen. In der anderen Hand hielt er eine Zigarre.

„Hallo, Ross“, gab ich den Gruß zurück.

Er sagte etwas zu der Frau, das ich nicht hören konnte, und beide kamen auf uns zu. Ich spürte Charles’ Hand in meinem Rücken, die mich leicht nach vorn schob, bis wir vier uns in der Mitte des Gartens trafen.

Ross sah großartig aus, ein bisschen geschniegelter als im Jahr zuvor.

Es fiel mir schwer, seinem Blick zu begegnen. Der köstlich holzige Duft seiner Zigarre umgab uns.

„Das hier ist Joan Rockefeller“, stellte er seine Begleiterin vor. „Joan, dies ist meine Nachbarin Maria Foley. Und das ist …?“ Er hob die Brauen und blickte Charles an.

„Charles Bauer“, sagte ich. „Und dies hier ist Ross Chapman.“

Die beiden Männer gaben sich die Hand, während ich Joan musterte. Sie war eine blonde Schönheit. Große blaue Augen, sorgfältig frisiertes Haar, ein Kleid, das ihre gertenschlanke Figur betonte.

„Irgendwelche Beziehungen zu den New Yorker Rockefellers?“ Charles stellte genau die Frage, die mir auch auf der Zunge lag. Wie viel war dieses Mädchen wert?

„Ich bin die ungefähr einundfünfzigste Cousine in dritter Linie.“ Joan lachte und wandte sich dann mir zu. „Ross sagte, dass deine und seine Familie seit euren Kinderzeiten im Sommer Nachbarn sind.“ Ihre hohe Stimme klang fast wie die eines Kindes.

„Das ist richtig“, bejahte ich.

„Maria hat mir das Tanzen beigebracht“, wechselte Ross das Thema.

„Oh, da hast du gute Arbeit geleistet.“ Joan nickte mir lächelnd zu.

„Und Ross hat mir beigebracht, wie man Tennis spielt“, erzählte ich.

Ich dachte an all die anderen Dinge, die Ross mir beigebracht hatte und die nichts mit Tennis zu tun hatten, und fühlte, wie ich errötete. Ich bekam meine Gefühle einfach nicht in den Griff. Ich liebte Charles, dessen war ich mir sicher. Umso lächerlicher, dass es mich schmerzte, Ross mit einer anderen Frau zu sehen. Sie war die Sorte Mädchen, die sich seine Eltern für ihn wünschten. Eine Rockefeller, und nicht weniger. Ich fragte mich, ob er Eifersucht verspürte, weil er mich mit Charles sah. Das schien nicht der Fall zu sein. Er lächelte unbefangen und berührte Joans Arm auf eine Weise, die mir verriet, dass sein stürmisches Liebesspiel nun *ihr* galt.

Wir brachten Charles auf dem Dachboden unter, wo inzwischen zwei Doppel- und vier Einzelbetten standen, um die Verwandtschaft und anderen Besuch während des Sommers unterzubringen. Es gab dort oben keine Rückzugsmöglichkeit, was kein Problem war, solange Charles als Einziger dort oben wohnte. In der Woche, bevor meine Cousins und Cousinen kommen sollten, machte er eines Morgens beim Frühstück einen Vorschlag.

„Wie wäre es denn, wenn ich dort oben ein System von Drähten anbringe?" Er holte einen Füller aus der Hemdtasche und zeichnete auf eine Papierserviette. „Dann könnten wir Vorhänge aufhängen, sodass wir vier Kabinen mit Betten haben und der Platz in der Mitte frei bleibt."

„Das ist eine gute Idee", konstatierte mein Vater.

„Ich nähe gern die Vorhänge", schaltete sich meine Mutter ein, und ich bot ihr meine Hilfe an.

„Und noch etwas", sagte Charles und hob entschuldigend die Hände. „Ich hoffe, ich überschreite hier nicht meine Grenzen. Doch wie wäre es, wenn wir eine Toilette und ein Waschbecken dort oben einbauen? Ich würde das gern übernehmen. Mein Vater hat mir das Zimmermanns- und das Klempnerhandwerk beigebracht."

„Wo sollte das noch hinpassen?" Meine Mutter starrte auf die sich kreuzenden Linien auf der Serviette.

„Ich könnte es direkt über dem unteren Badezimmer einbauen, um es mit den Anschlüssen leichter zu haben. Es wäre natürlich sehr klein, doch dann müssten eure Gäste nicht länger mitten in der Nacht die Treppe hinuntersteigen. Und man muss ja keine Tür einbauen. Man kann einfach einen Vorhang davor anbringen."

Ich sah, dass mein Vater Feuer und Flamme war. „Lass uns zur Eisenwarenhandlung fahren, wenn wir mit dem Frühstück fertig sind, Charles", schlug er vor. „Und selbstverständlich bezahle ich dich für deine Arbeit und deine Planung."

„Oh, mein Gott, nein", wehrte Charles rasch ab. „Ihr gebt

mir den ganzen Sommer lang Kost und Logis. Es ist das Mindeste, was ich tun kann, um mich zu revanchieren."

Meine Eltern liebten Charles ebenso wie ich. Er fuhr gern mit meinem Vater im Motorboot zum Angeln raus, und zusätzlich zum Bau des oberen Badezimmers deckte er Teile des Dachs neu ein und strich die Holzrahmen des Hauses. Er fand den Akzent meiner Mutter niemals peinlich, sondern sah ihn als Teil eines Erbes, das man würdigen sollte. Und das, obwohl er beinahe sein Leben in einem Krieg verloren hatte, in dem die Italiener unsere Feinde waren. An ihrem Geburtstag im August scheuchte er sie aus der Küche, während wir ein fünfgängiges norditalienisches Essen zubereiteten. Es war alles seine Idee, ich wäre niemals darauf gekommen. Mutter weinte, als Charles ihr zum Nachtisch seine selbst gemachten Cannoli servierte, die er ihr mit unserem sorgfältig abgesparten Zucker gebacken hatte.

Mit den Chapmans verkehrten wir kaum. Abgesehen von Ross und mir, die eine „Freundschaft" verband, hatte meine Familie das sowieso selten getan. Wir gehörten zu der Sorte Nachbarn, die sofort halfen, wenn der Wagen im Sand stecken blieb, doch es war klar, dass wir einer anderen sozialen Schicht angehörten, in einer anderen Welt lebten. Auch wenn wir unseren Garten teilten, war er doch durch eine unsichtbare Linie im Sand getrennt.

Ross und ich unterhielten uns in jenem Sommer nicht ein einziges Mal unter vier Augen. Ich hätte gerne gewusst, wie er Joan kennengelernt hatte, doch sie stand oder saß immer dicht bei ihm, sodass ich nie die Gelegenheit erhielt, danach zu fragen. Vermutlich war das auch besser so.

Wenige Wochen nach unserer Ankunft im Bungalow, saßen Charles und ich im Garten und genossen den Abend, als er vorschlug, dass wir uns mit Ross und Joan einmal treffen sollten.

„Sie sind in unserem Alter", sagte er, obwohl Charles tatsächlich sechs Jahre älter war als Ross. „Sie scheinen nett zu sein. Wäre es nicht schön, wenn wir nebenan ein Paar hätten, mit dem man ab und an etwas unternehmen kann?“

Ich zögerte und dachte über eine Antwort nach. Der Gedanke, mit Ross und seiner neuen Liebe zu verkehren, entsetzte mich. Ich entschied mich, ihm die halbe Wahrheit zu sagen.

„Charles“, begann ich mit meiner Erklärung. „Als Ross und ich in die Highschool gingen, bat er mich, mit ihm auszugehen. Als seine Eltern davon erfuhren, verboten sie es ihm.“

„Warum?“, wunderte Charles sich.

„Weil ich Italienerin bin.“

Er schaute mich fassungslos an. „Das ist sehr kleingeistig“, bemerkte er, wofür ich ihn noch mehr liebte, als ich es schon tat.

„Er und seine Familie waren uns nie freundlich gesinnt“, fuhr ich fort. „Deshalb würde ich lieber nicht –“

„Natürlich“, stimmte Charles zu. Er blickte über die Schulter zum Haus der Chapmans. „War Ross beim Militär?“

„Er wurde zurückgestellt. Ein unbedeutendes Herzproblem.“

„Ach“, reagierte Charles, und ich wusste, dass ich soeben eine unüberwindbare Mauer zwischen meinem Freund, Träger des Purple Heart, und Ross Chapman errichtet hatte. Ein Mann, der seinem Land nicht gedient hatte, obwohl er gesund und munter wirkte, war in Charles' Augen ein Feigling.

„Wenn er mit dem Rauchen aufhören würde“, meinte Charles, „würde sich sein Herzproblem vermutlich erledigen.“

Ich glaube, Charles war ein bisschen enttäuscht, dass meine Eltern keine regelmäßigen Kirchgänger waren, doch er verlor darüber kein Wort. Wir besuchten jeden Sonntag den Gottesdienst in St. Peter's, und danach hielten wir immer bei Mueller's Bäckerei und nahmen Brötchen und Streuselkuchen mit für ein spätes Frühstück mit meinen Eltern. Ich ging gern mit ihm zur Kirche und fühlte mich immer berührt davon, wie ein so starker und intelligenter Mann dort Frieden und Trost fand. Bevor er abends zu Bett ging, betete er außerdem den Rosenkranz. Ich betete ebenfalls, wenn auch nicht den Rosenkranz. Ich betete, dass meine schäbige Eifersucht auf Joan Rockefeller verschwand. Ich betete darum, ohne Sehnsucht auf das Grundstück mit den Blaubeerbüschen sehen zu können. Ich betete darum, vergessen zu können, wie Ross mich berührt hatte – oder besser: mich genommen hatte, denn er konnte auf eine gewisse Art grob sein, die ich genoss. Er hatte mir niemals wehgetan, doch er konnte mir beim Sex das Gefühl geben, ich sei ein bockendes Wildpferd. Ein Herzproblem, wie lächerlich.

Charles glaubte daran, dass Gebete beantwortet wurden. Daraus konnte ich nur schließen, dass ich nicht intensiv genug betete.

Charles und ich heirateten im Juni des folgenden Jahres. Ich täuschte Schmerz vor, als wir uns das erste Mal liebten, und zu meiner großen Erleichterung nahm er mir ab, dass ich noch Jungfrau gewesen war. Wir verbrachten die Flitterwochen an den Niagarafällen und fuhren danach zu meinen Eltern in den Bungalow, wo wir diesmal gemeinsam in dem kleinen Raum wohnten, der immer mein Zimmer gewesen war. Wir packten unsere Koffer aus und traten auf die Veranda, wo ich abrupt stehen blieb, als ich ein Geräusch von nebenan hörte: das Geschrei eines Säuglings.

„Wessen Baby ist das?“, fragte ich.

Meine Mutter saß am Tisch. „Das von Ross und Joan“, antwortete sie. „Sue Clements erzählte mir, dass sie im September geheiratet haben und das Baby erst vor wenigen Wochen zur Welt kam. Ross’ Eltern sind auf ihren Alterssitz nach Florida gezogen, sodass jetzt nur noch die drei im Haus sind.“

Im Kopf rechnete ich nach und verspürte Enttäuschung

darüber, dass er sie nicht einfach nur geheiratet hatte, weil sie schwanger war. Er musste sie aus Liebe geheiratet haben, die Art von Liebe, die er und ich wegen all der Widerstände nie kennenlernen durften. Würde ich je darüber hinwegkommen?

Noch am selben Abend bekamen wir das Baby zu Gesicht. Joan brachte den Kleinen herüber zu uns in den Garten und präsentierte ihn stolz. Obwohl ich sie nicht darum gebeten hatte, legte sie ihn mir vorsichtig in die Arme, und ich verspürte spontan ein Ziehen in meinen Brustwarzen, als ich die köstliche Wärme des Säuglings fühlte.

„Er heißt Ned Rosswell Chapman", erklärte sie stolz.

Charles beugte sich vor und zog sanft die Decke von der Babywange fort. Ned Rosswell Chapman nuckelte schlafend an seinen Fingern.

„Er ist hinreißend", sagte ich aufrichtig. Ich brauchte keine Augen in meinem Hinterkopf, um zu wissen, dass sich Ross von hinten näherte. Es war eine Art sechster Sinn, und insofern war ich nicht überrascht, als er plötzlich neben Joan auftauchte und ihr einen Arm um die Taille legte.

„Was haltet ihr von ihm?", fragte er und nickte in Richtung seines Sohnes.

„Er ist ein Schatz", erwiderte ich. Ich bemerkte, dass er mich fixierte und in seinem Blick das pure Verlangen lag. Nach mir? Nach Joan? Ich wusste es nicht und wandte schnell den Blick ab, um wieder das Kind anzusehen.

Wir unterhielten uns eine Weile über den kleinen Ned und über unsere Flitterwochen, und allmählich kamen wir auf das Thema Krieg, wie es in diesen Tagen üblich war. Joan und ich hüllten uns in Schweigen, während die Stimmen der Männer immer lauter wurden. Ross klagte, dass die Regierung reine Propaganda über die Fortschritte im Krieg verbreitete und die Wahrheit über die erlittenen Verluste verschwieg. Charles bestritt das und offenbarte in dem Streit eine Seite, die ich an ihm noch nicht erlebt hatte. Beide wurden laut und erregt, und ich sah die Zukunft klar vor uns: Ross Chapman und Charles Bauer würden niemals Freunde werden. Sie waren Rechtsanwalt und Arzt und gehörten verschiedenen Lagern an. In jener Nacht legten wir in unserem gemeinsamen Garten den Grundstein für das kühle und zerstrittene Verhältnis zu unseren Nachbarn, das immer so bleiben sollte – auch als unsere Kinder sich anfreundeten.

29. KAPITEL

Julie

Ich fände es gut, wenn du einen Termin bei meiner Frauenärztin machen würdest.

Würdest du gern zu meiner Frauenärztin gehen? Meine Frauenärztin ist die beste in der Gegend.

Ich probierte jede Variante, versuchte, die richtigen Worte zu finden, damit mein Vorschlag bei Shannon nicht gleich auf Widerstand stieß. Ich hätte wissen müssen, dass es keine Rolle spielte. Meine Tochter hatte ihre eigenen Pläne.

Ich rief sie am Freitagmorgen an, spät genug, damit sie schon auf, und früh genug, damit sie noch nicht bei der Arbeit war.

„Hallo, Mom", begrüßte sie mich, da sie offenbar meine Nummer auf dem Display erkannte hatte. Ich nahm es als gutes Zeichen, dass sie abgenommen hatte, obwohl sie wusste, dass ich dran war.

„Hallo, Liebling." Ich saß im Schneidersitz auf meinem Bett und lehnte mich an das Kopfteil. Ich hatte nach dem Aufstehen die Laken gewechselt. Nur für den Fall, denn Ethan kam heute Abend nach Westfield. „Wie geht es dir?"

„Du meinst, weil ich schwanger bin?"

Egal was ich sagte, sie schien es als Angriff zu verstehen. „Ich meine überhaupt", begann ich vorsichtig.

„Gut."

„Ich wollte dich fragen, ob du vielleicht gern einen Termin mit meiner Frauenärztin machen möchtest. Ich weiß, dass du sie mögen würdest. Sie ist –"

„Ich wollte sowieso schon mit dir darüber sprechen", unterbrach mich Shannon. „Ich habe bereits eine Ärztin."

„Hast du?" Meine Tochter war mir ein völliges Rätsel. „Wo bist du … in die Klinik gegangen?"

„Keine Klinik. Es ist Dr. Meyers-Blake in Morristown. Sie ist gut. Eine Freundin hat mir von ihr erzählt."

„Myersblick?", wiederholte ich. Ich hatte nie von ihr gehört.

„Meyers-Blake", wiederholte sie langsam und deutlich. „Mit Bindestrich."

Der Name sagte mir immer noch nichts. „Wie hast du das bezahlt? Unsere Versicherung –"

„Tanner hat mir ein bisschen Geld geschickt", unterbrach sie mich. „Aber keine Angst, die Ärztin akzeptiert unsere Versicherung. Ich habe mir extra eine gesucht, die das tut, damit die Versicherung zahlt, wenn es so weit ist."

Ich schwieg voller Erstaunen, dass sie die Sache so gründlich und umsichtig durchdacht hatte, wo sie doch andere Entscheidungen so impulsiv getroffen zu haben schien. Vor dem Fenster sah ich die dicke Eiche, auf die Shannon als Kind immer geklettert war. Ich vermisste sie so sehr. Doch ich wandte den Blick ab. Es ging um das Hier und Jetzt.

„Ich bin stolz auf dich, dass du dich ganz allein um die Vorsorge gekümmert hast", sagte ich. „Aber denk doch zumindest darüber nach, zu meiner Ärztin zu gehen."

„Nein", lehnte sie ab. „Von jetzt an bin ich für mein Leben verantwortlich."

„Nun, hör zu, Liebes." Es war Zeit für eine neue Taktik. „Abby Chapman, die Tochter von Ethan Chapman, sie ist sechsundzwanzig, und sie spricht gern mit dir darüber, wie sie damit umgegangen ist, als sie in deinem Alter schwanger wurde. Sie –"

„Ich gehe gut damit um, Mom." Sie klang verärgert. Ich spürte, wie ich sie verlor.

„Ich weiß, dass du das tust", beschwichtigte ich. „Aber sieh doch ... sie hat ... und vielleicht hast du an diese Möglichkeit noch nicht gedacht ... sie gab ihr Baby zur Adoption frei, und sie –"

„Mutter, würdest du bitte meine Entscheidung respektieren? Wie viele Male muss ich dir sagen, dass ich dieses Baby behalten werde? Ich hatte nicht vor, schwanger zu werden. Ich hatte nicht vor, meine College-Pläne über den Haufen zu werfen. Doch es ist nun mal geschehen, und ich werde damit umgehen. Und da ist noch etwas, was ich dir sagen muss."

Oh Gott. „Was?"

„Tanner kommt nächste Woche. Er wohnt zwei Wochen bei seinen Freunden in Morristown. Danach muss er zurück nach Colorado, und ich gehe mit ihm. Insofern werde ich dann sowieso dort zu einem Arzt gehen."

„Du meinst, du willst *jetzt* dorthin? Um dort zu *bleiben*?"

„In ungefähr drei Wochen", antwortete sie. „Ich weiß nicht, ob wir für immer dort bleiben, doch zumindest, bis Tanner seinen Doktortitel hat. Wer weiß, wo wir danach landen."

Ich wurde panisch. „Lass uns darüber reden, Shannon", beschwor ich sie und erhob mich von meinem Bett. „Über etwas zu reden macht dich nicht weniger erwachsen. Ich spreche doch auch mit Lucy, wenn ich wichtige Entscheidungen zu treffen habe, und diese Entscheidung ist definitiv wichtig."

Sie seufzte. „Ich muss zur Arbeit, Mom. Können wir vielleicht später reden, okay?"

„In Ordnung." Was hätte ich anderes sagen sollen. „Aber bitte, Shannon. Bitte lass uns später darüber sprechen."

Kaum hatte ich das Gespräch mit Shannon beendet, rief ich Glen bei der Arbeit an. Aufgeregt erzählte ich ihm, dass sie zu einer Ärztin ging, die wir nicht kannten, und dass sie nach Colorado ziehen wollte. Er hörte ruhig zu. Er war immer ruhig. Früher hatte ich sein freundliches, nachgiebiges Wesen geschätzt. Nun hasste ich es. „Kannst du vielleicht irgendeinen Einfluss auf sie ausüben, da sie ja bei dir wohnt?", bat ich.

„Ich denke, wir müssen sie ihren eigenen Weg gehen lassen", antwortete er nach langem Zögern.

„Du hast Angst vor der Auseinandersetzung mit ihr", warf

ich ihm an den Kopf. „Du hast immer Angst vor Auseinandersetzungen. Vermutlich würde ich bis heute nichts von deiner Affäre wissen, wenn Wie-heißt-sie-noch-mal mich nicht angerufen hätte."

Glen schwieg. Er wusste, dass ich recht hatte.

„*Willst* du denn, dass sie wegzieht?", fragte ich und wartete auf eine emotionale Reaktion. Egal welche.

„Ich denke, wenn sie alt genug ist, um schwanger zu werden", erklärte er, „dann ist sie auch alt genug, um mit den Konsequenzen umzugehen."

„Das ist lächerlich", wandte ich empört ein. „Elfjährige können schwanger werden, Glen. Glaubst du, dass ein elfjähriges Mädchen mit den Konsequenzen umgehen kann?"

„Sie ist nicht elf."

„Macht es dir nichts aus, dass sie fortgeht?"

„Fürs College wäre sie sowieso weggezogen", erwiderte er, vermutlich mit einem seiner typischen *C'est la vie*-Achselzucken.

Ich legte auf. Ich konnte mich nicht erinnern, dass ich jemals zuvor mitten in einem Gespräch aufgelegt hatte, doch ich konnte seine Unfähigkeit, sich schwierigen Situationen zu stellen, nicht länger ertragen. Genau das hatte unsere Ehe zerstört. Und ich würde nicht zulassen, dass es auch meine Beziehung zu meiner Tochter zerstören würde.

Ich schickte Lucy eine E-Mail über Shannons jüngste Pläne und sah, dass ich eine Nachricht von Ethan erhalten hatte.

Die Polizei hat Bruno Walkers Schwester ausfindig gemacht. Sie sagt, er sei allein auf einem Segeltörn um die Welt. Der Polizist, mit dem ich sprach, meinte, sie würden ihn finden und „seinen Trip abkürzen".
Und sie haben Dad befragt.
Wir sehen uns heute Abend.

30. KAPITEL

Julie
1962

Ich fuhr gern mit dem Fahrrad in Bay Head Shores herum, doch Lucy fühlte sich auf ihrem nie ganz sicher. Sie radelte bis ans Ende unserer unbefestigten Straße, und das war's. Doch eines Tages bot ich an, ihr etwas Süßes zu kaufen, wenn sie mit mir bis zum Eckladen radelte. Sie liebte diese Papierstreifen mit Bonbonknöpfen darauf, und ich wusste, dass ich sie in Versuchung geführt hatte.

„Aber es ist zu weit", jammerte sie.

Wir saßen im Sand in unserem Vorgarten, die Fahrräder standen in der Auffahrt.

„Wie wär's damit", begann ich meinen Vorschlag, um den Weg abzukürzen. „Wir schieben unsere Fahrräder über das Blaubeergrundstück, damit haben wir ein Viertel des Weges eingespart." Vermutlich würde der Weg auf diese Weise anstrengender sein, da wir die Räder in dem ganz tiefen Sand würden tragen müssen, doch mein Vorschlag schien zu funktionieren.

„Okay", willigte sie ein und stand auf. Barfuß watschelte sie zu ihrem Fahrrad, immer darauf bedacht, auf keines der Stechpalmenblätter zu treten, die manchmal vom Garten der Chapmans herüberflogen. Ich musste zugeben, dass die Stacheln an diesen Blättern wehtaten, doch Lucy sah einfach zurückgeblieben aus, wenn sie so ging.

Wir schoben unsere Fahrräder mit weniger Mühe als erwartet über das Blaubeergrundstück. Dennoch schwitzte ich, als wir die Straße auf der anderen Seite erreicht hatten. Wir fuhren mit unseren Kinderfahrrädern ohne Gangschaltung in Richtung des Ladens, links und rechts stand dichter Wald. Obwohl keine Autos auf der Straße waren, hielt sich Lucy ganz weit rechts, sodass sie manchmal vom Asphalt abkam und in den Sand fuhr, doch ich sagte nichts. Als wir uns der Kreuzung mit der Rue Lido näherten, streckte sie als Signal zum Abbiegen die linke Hand aus, obwohl kein einziges Auto in Sichtweite war. Ich musste mir das Lachen verkneifen, schließlich wollte ich sie ermutigen, diese Fahrt zu wiederholen.

Wir fuhren auf den Parkplatz neben dem kleinen Laden und ließen unsere Fahrräder dort stehen. Drinnen kaufte ich Eier und Milch für Mutter, die Bonbonknöpfe und Kräuterbonbons für Lucy, Lakritzschnüre und Erdnusskaramell für mich und ein Päckchen Kaugummi für Isabel, weil ich wusste, dass sie damit gern vertuschte, dass sie rauchte. Ich legte die Tasche mit unseren Einkäufen in meinen Fahrradkorb, und wir machten uns auf den Rückweg.

Wir radelten bereits den lang gestreckten Beach Boulevard entlang, als ich irgendwo hinter uns einen Lastwagen hörte. Ich blickte über die Schulter, um sicher zu sein, dass Lucy sich schön rechts hielt, und sah, dass sie fast am Waldrand entlangfuhr. Dann erblickte ich den Wagen: Es war der Moskito-Truck, der auf uns zukam und dichte Nebelschwaden von DDT hinter sich her zog.

Der Moskito-Truck fuhr ungefähr einmal die Woche durch Bay Head Shores und besprühte alles mit Insektenvernichtungsmittel. Ich mochte den Geruch und liebte es, mit einer Freundin durch die dichte Insektizid-Wolke zu laufen, in der man einander nicht mehr sehen konnte, bis man am anderen Ende wieder herauskam. Wir hatten damals keine Ahnung von der Gefährlichkeit des DDT. Wenn Lucy nicht dabei gewesen wäre, hätte ich mich darauf gefreut, dem Truck in der Wolke hinterherzufahren, doch ich wusste, dass es Lucy nicht gefallen würde.

„Hey, Lucy!“, rief ich über die Schulter. „Der Moskito-Truck kommt. Lass uns so tun, als ob wir im Himmel mitten in einer Wolke sind.“

Ich hatte den Satz kaum beendet, als der Truck an uns vorbeifuhr. Der Fahrer hatte uns entweder nicht gesehen, oder es war ihm egal, jedenfalls wurden wir im Nu von dem chemischen Nebel eingehüllt.

„Hilfe!", schrie Lucy. „Hilfe!"

„Ist schon in Ordnung", rief ich zurück. Ich wollte nicht anhalten. Es war einfach zu aufregend. Die Straße vor mir war verschwunden. Es war, als ob ich mit geschlossenen Augen fuhr, was ich manchmal tat, wenn ich mich absolut sicher fühlte.

„Julie!" Lucys Stimme wurde dünner, und ich nahm an, dass sie angehalten hatte und abgestiegen war.

Ich wendete und fuhr den Weg zurück, doch auch als die Wolke sich lichtete, konnte ich sie nicht erspähen.

„Lucy?"

„Ich bin hier drüben", wimmerte sie. „Ich bin über den Lenker geflogen."

Da sah ich sie halb sitzend, halb liegend am Waldrand. Ich sprang vom Fahrrad, warf es zu Boden und rannte zu ihr.

„Lucy!" Ich kniete mich neben sie. „Bist du verletzt?"

Mit zusammengekniffenen Augen wedelte sie den restlichen Nebel mit den Händen fort, und ich blickte voller Angst auf ihre Arme und Beine, ob vielleicht Knochen durch die Haut stachen. Doch abgesehen von einem hässlichen Kratzer an ihrem Arm sah sie wohlauf aus.

„Mach die Augen auf", bat ich. „Komm schon. Der Nebel ist fast weg."

Sie öffnete die Augen, doch sie weinte und rang laut schluchzend nach Luft. Ich nahm an, dass sie die ganze Zeit den Atem angehalten hatte, um das Insektizid nicht zu schmecken. Nun sog sie gierig die frische Luft ein. Als sie ihren verletzten Arm erblickte, kreischte sie wieder auf. Die Wunde sah tatsächlich hässlich aus, ein breiter Streifen aufgeschrammter Haut, aus dem hier und da Blut hervorquoll.

„Es ist nicht so schlimm", tröstete ich sie, doch sie hielt ihren Arm an sich gedrückt, als sei er zerbrechlich, und jaulte vor sich hin.

Ich wusste, dass ich sie nicht dazu überreden könnte, wieder aufs Fahrrad zu steigen. Der Nebel verzog sich immer mehr, und ich versuchte, einen Orientierungspunkt zu finden, der mir sagte, wie weit es noch bis nach Hause war. Auf beiden Seiten der Straße stand Wald, doch in der Ferne vor uns sah ich den Weg zum Blaubeergrundstück.

„Steh auf, und wir schieben unsere Fahrräder nach Hause“, schlug ich vor. „Es ist nicht mehr so weit.“

Sie blickte die Straße hinunter und schüttelte den Kopf. „Ich will mein doofes Fahrrad nicht mehr anfassen“, erklärte sie trotzig.

Wo *war* ihr Fahrrad? Ich blickte suchend umher und erspähte es schließlich einige Meter weiter weg. Sie musste über das Lenkrad *geflogen* sein und tat mir wirklich leid. Sie hatte Glück gehabt, dass sie sich nur den Arm aufgeschürft hatte.

„Okay“, gab ich nach, „dann lassen wir die Fahrräder hier und gehen zu Fuß nach Hause.“

Schniefend kam sie langsam auf die Beine.

„Du bist eine alte Frau im Körper eines kleinen Mädchens“, machte ich mich über sie lustig, als ich ihr aufhalf. „Grandma hat mehr Energie als du.“

„Halt die Klappe“, maulte sie.

Wir hörten ein weiteres Fahrzeug kommen, und Lucy blickte mich nur panisch an, bevor sie ein paar Schritte in den Wald lief.

Ich drehte mich um und sah, wie sich ein rotes Auto näherte. „Es ist nur ein Auto“, beruhigte ich sie. Dann erkannte ich, wessen Auto es war: Neds rote Corvette. „Hey!“, rief ich Lucy zu. „Es ist Ned!“

Lucy kam aus dem Wald und stellte sich neben mich, wobei sie noch immer ihren Arm festhielt. Ich winkte, und Ned hielt direkt vor uns an. Auf dem Beifahrersitz saß Bruno Walker, aus dem Radio schallte „Cryin' in the Rain".

Bruno grinste mich an. „Hey, Schönheit", sagte er, und ich wusste nicht, ob er es ernst meinte oder mich aufzog. Also setzte ich ein halbes Lächeln auf, das – wie ich annahm – für beide Fälle passte.

„Was ist los, Jules?", erkundigte sich Ned. Es gefiel mir, dass er Isabels Kosenamen für mich benutzte.

„Lucy ist von ihrem Fahrrad gefallen", erklärte ich.

Ned stellte den Motor ab, und er und Bruno stiegen aus. Sie waren beide braun gebrannt und sahen toll aus: der schlanke Ned mit seinem weichen blonden Haar und Bruno mit seinem aufreizenden schwarzen Ducktail und der muskulösen Figur. Ich konnte mir nicht vorstellen, dass es zwei besser aussehende Jungen auf der ganzen Welt gab, und wünschte, ich hätte nicht mit meiner kleinen Schwester, sondern mit einer Freundin aus Westfield dort gestanden.

„Bist du okay, Lucy?", fragte Ned.

Noch immer schniefend, streckte sie ihm den Arm entgegen.

Er betastete ihn vorsichtig, begutachtete die Wunde, und für einen Moment wünschte ich, dass ich diejenige gewesen wäre, die vom Fahrrad gefallen war.

„Er ist nicht gebrochen, oder?" Er bewegte vorsichtig ihren Arm.

Lucy schüttelte den Kopf. „Es blutet nur."

„Aber nicht sehr." Ned klang sanft. „Deine Mom muss die Wunde nur reinigen und dir einen Verband anlegen."

Ich stand direkt neben Ned und täuschte Interesse an Lucys Arm vor, schwelgte aber stattdessen in seinem Geruch nach Zigaretten und Sonnencreme.

Bruno hatte Lucys Fahrrad in dem dichten Gestrüpp am Straßenrand gefunden. Er hob es über den Kopf, als ob es federleicht sei, stellte es auf die Straße und musterte das Vorderrad, während er es vor- und zurückschob. Er hatte eine Zigarette zwischen den Lippen, und mir wurde klar, warum einige der Mädchen fanden, er sähe aus wie Elvis Presley. In seinen Augen lag ebenfalls dieser verschleierte Ausdruck, und er hatte einen Schmollmund mit prallen Lippen.

„Du hast ziemlich Scheiße gebaut mit deinem Fahrrad“, meinte er zu Lucy.

„Hey!“, wies Ned ihn scharf zurecht. „Achte auf deine Sprache.“

Ich war gleichermaßen schockiert wie begeistert, dass Bruno das verbotene Wort in den Mund genommen hatte. Ich sah zu, wie er das Fahrrad zum Wagen trug und den winzigen Kofferraum öffnete. Es sah nicht so aus, als ob auch nur eines unserer Fahrräder dort hineinpassen würde, doch es gelang ihm, sogar beide bis zur Hälfte einzuladen, wobei er den roten Lack des Wagens auf Neds Bitte hin mit Strandtüchern schützte. Der Kofferraum würde offen bleiben müssen, doch wir fuhren ja auch nur um die Ecke.

Ned gab mir die Tüte mit den Einkäufen. „Also“, überlegte er mit Blick auf die beiden Sportsitze der Corvette. „Lucy, du setzt dich auf Brunos Schoß, und Julie, du und ich teilen uns meinen Sitz.“

Ich konnte es kaum glauben! Ein schöneres Szenario hätte ich mir nicht erträumen können. Ned setzte sich ganz weit links auf den Fahrersitz, und ich quetschte mich neben ihn. Mein Oberkörper war eng an ihn gepresst, während meine Beine in den Beifahrerbereich ragten. Aber ich fühlte mich *sehr* wohl.

Ned fuhr langsam, damit die Fahrräder nicht hin und her schepperten, und ich wünschte, wir hätten einen längeren Weg vor uns gehabt.

„Wie geht es deiner umwerfenden älteren Schwester?“, fragte mich Bruno, als wir in den Shore Boulevard einbogen.

Warum fragst du nicht Ned?, wollte ich sagen, doch vermutlich käme das nicht gut an. Jedes Mal wenn ich Bruno am

Strand traf, machte er eine Bemerkung über Izzy. Er hatte eine Schwäche für sie, so viel war sicher, und ich fragte mich, ob es Ned aufgefallen war.

„Es geht ihr prächtig“, sagte ich.

„Prächtig, allerdings.“ Bruno lachte und hielt sich – so gut es mit Lucy auf dem Schoß eben ging – die Hände vor die Brust. Es dauerte einen Moment, bis ich die Anspielung auf Isabels Oberweite verstand.

„Lass das“, wies Ned ihn zurecht, und richtete sich dann an mich. „Hey, Jules, ich habe da etwas, das du ihr geben kannst.“

Ich war nicht überrascht, als er sich hinunterbeugte und mir dann die Spielzeuggiraffe reichte.

„Was ist das?“, fragte Lucy. Sie griff mit ihrem unversehrten Arm nach der Giraffe, doch ich hielt sie außer Reichweite.

„Das ist für Isabel“, entgegnete ich, und sie zog ihre Hand zurück.

„Izzy und ich wissen es zu schätzen, dass du deinen Mund halten kannst, Jules“, sagte Ned.

Ich drehte den Kopf, um ihm ins Gesicht zu sehen. Die Sonne spiegelte sich in den Gläsern seiner Sonnenbrille. Diesen Moment wollte ich für immer bewahren.

Wir hielten in der Auffahrt der Chapmans. Da unser Wagen vor unserem Bungalow stand, wusste ich, dass meine Mutter und Isabel daheim waren.

„Weißt du“, wandte ich mich an Ned und bemühte mich, möglichst erwachsen zu klingen. „Wenn Bruno euch begleiten würde, würde meine Mutter es Isabel vermutlich erlauben, mit dir einen Bootsausflug zu machen. In der Gruppe ist man sicher.“ Den letzten Satz hatte ich von meinem Vater aufgeschnappt, als er mit Isabel über das Ausgehen in der Clique sprach.

„Ach ja?“ Ned tauschte einen Blick mit Bruno. Lucy ging durch den Garten, wobei sie wieder vorsichtig ihre Füße durch den Sand schob. Ihren verletzten Arm hielt sie weit von sich und sammelte vermutlich schon die Tränen, die bei meiner Mutter fließen würden.

Ich nickte. „Soll ich fragen?“, bot ich an.

„Würdest du das tun?“ Er lächelte mich an. „Falls sie darf, soll sie herüberkommen. Falls nicht, sagst du es mir, okay?“

Ich nickte und versuchte, nicht allzu blöd auszusehen, als ich vorsichtig durch die stacheligen Blätter im Chapman-Garten ging.

In unserem Wohnzimmer faltete Isabel gerade die saubere Wäsche, während meine Mutter und Großmutter großes Aufhebens um Lucy und ihren Arm machten. Sie pinselten die Wunde mit Mercuchrom-Tinktur ein, das, wie ich wusste, entsetzlich brannte. Man musste es Lucy hoch anrechnen, dass sie ihren Arm still hielt und die Prozedur mit geschlossenen Augen über sich ergehen ließ.

„Izzy“, flüsterte ich und gab ihr die Giraffe, die sie rasch zwischen dem Wäschestapel im Korb verschwinden ließ. „Ned möchte wissen, ob du mit ihm und Bruno auf eine Bootstour mitkommst.“

Isabel warf mir einen warnenden Blick zu, bevor sie sich wieder der Wäsche widmete.

„Bruno fährt auch mit“, wiederholte ich.

Meine Mutter zog ein langes Stück Verbandsmull aus der Packung im Erste-Hilfe-Kasten. Sie schnitt den Streifen ab und sah zu uns herüber.

„Ich denke, das ist schon in Ordnung, Isabel“, schaltete sie sich ein. „Aber nur eine kurze Tour. Nachdem du mit der Wäsche fertig bist.“

„Ich kann die Wäsche zusammenlegen“, bot ich an.

Isabel warf mir einen erstaunten Blick zu. Auf wundersame Weise hatte ich ihr zu einer Bootstour mit Ned verholfen und bot dann auch noch an, ihre Arbeit zu übernehmen. Sie fragte sich natürlich, was ich im Schilde führte, doch sie war so glücklich über die unvermutete Wendung, dass sie mich nicht danach fragte.

„Danke", sagte sie, vielleicht zu meiner Mutter, vielleicht zu mir. Verstohlen nahm sie die Giraffe aus dem Korb und ging zur Veranda. Ich wusste, dass sie draußen sofort loslaufen würde.

Ich faltete die Wäsche und vergrub mein Gesicht in dem frischen Duft, während ich mir vorstellte, was in Neds Garten geschah. Izzy, Bruno und Ned würden in sein Boot steigen, und vielleicht würde sich bei dem Ausflug etwas verändern. Vielleicht würde sie bemerken, wie gut Bruno aussah. Ihm war ihre Schönheit längst aufgefallen. Vielleicht würde sie finden, dass Ned im Vergleich zu Bruno ein bisschen fade war.

Ich wusste, dass man nicht um kleine Dinge beten sollte, doch ich konnte nichts gegen das Stoßgebet tun, das mir im Kopf herumging. *Lass Isabel Ned vergessen und sich in Bruno verlieben.* Wenn das geschah, würde Ned vielleicht endlich merken, was für ein wunderbares Mädchen *ich* war. Ich wusste, dass er mich als Kind ansah und im Zweifelsfall mit einem anderen Mädchen seines Alters ausgehen würde, doch meine Fantasie ging mit mir durch. Ich konnte es nicht ertragen, dass Isabel ihn besaß, während ich ihn begehrte. Er war nicht perfekt. Er rauchte, und ich hatte den Eindruck, dass er mit seinen Freunden ein bisschen zu viel trank, doch vielleicht konnte ihn die Liebe einer guten Frau verändern – auch wenn sie erst zwölf war.

31. KAPITEL

Julie

Während ich am Küchentisch die gefüllte Pasta vorbereitete, die ich Ethan servieren wollte, hatte ich nicht die Spur eines sexuellen Gedankens. Was war aus meinem lüsternen Begehren vom Tag zuvor geworden? Es war verflogen. Eine flüchtige hormonelle Verirrung. Mein Begehren war nicht nur verflogen, es *kümmerte* mich auch nicht, dass es verflogen war. Vielmehr war es fast eine Erleichterung. Ich musste mir keine Sorgen darum machen, wie ich nackt aussah. Meine Hüften waren breiter, als sie sein sollten, weil ich zu viel Zeit am Computer verbrachte und mich zu wenig bewegte. Meine Brüste schienen bei jedem Blick in den Spiegel ein bisschen mehr zu hängen. Um das alles musste ich mir keine Sorgen machen, solange Sex mich nicht interessierte. Es machte mir allerdings Sorgen, dass ich Ethan womöglich bei unserem letzten, leicht zweideutigen Telefongespräch ein falsches Signal gegeben hatte.

Doch als er eine Stunde später vor meiner Tür stand, mit einem Blumenstrauß in der Hand und Augen so blau wie der Himmel, reagierte mein Körper plötzlich wie der einer Zwanzigjährigen. Ich war nicht sicher, ob ich das Essen durchstehen würde, ohne ihn nach oben in mein Schlafzimmer zu schleifen.

Ich umarmte ihn, und der Druck seines Körpers verstärkte meine Empfindungen noch. Lächelnd ließ ich ihn los.

„Ich freue mich wirklich, dich zu sehen“, sagte ich.

„Ich mich auch.“ Er beugte sich vor und küsste mich sanft auf die Lippen. „Hast du eine Vase, in die ich die Blumen stellen kann?“ Er hielt mir den Strauß entgegen.

Ich fand in der Küche eine passende Vase und stellte sie auf den Verandatisch. Es würde kühl genug sein, um heute Abend draußen zu essen.

In der Küche betrachtete er das gerahmte Foto von Shannons Abschlussfeier, das auf dem Fensterbrett stand.

„Das muss deine Tochter sein", stellte er fest.

„Ja", bestätigte ich, während ich im Backofen nach der Pasta sah.

„Man erkennt die Ähnlichkeit mit deiner Familie. Die exotische Schönheit."

Ich blickte ihn an, als ich die Ofentür schloss. „Sie sieht Isabel sehr ähnlich."

„An Isabel kann ich mich nicht gut genug erinnern", meinte er grinsend. „Ich hatte nur Augen für ihre kleine Schwester."

Lächelnd drückte ich ihm ein Messer in die Hand und deutete auf das Schneidebrett. „Würdest du bitte die Tomaten schneiden?"

Wir arbeiteten wie selbstverständlich gemeinsam in der Küche. Er schien sich in meinem Haus ebenso wohlzufühlen wie ich in seinem. Dieses Selbstvertrauen fand ich sexy. Auch die Art, wie er meinen Arm berührte, wenn ich an ihm vorbeiging, war sexy. *Alles* an ihm fand ich heute Abend sexy.

Wir schnitten beim Essen keines der schweren Themen an. Ich wollte zwar alles über die Befragung seines Vaters wissen, doch das konnte warten. Ich wollte nicht, dass irgendetwas die Stimmung zerstörte, und ihm schien es ebenso zu gehen. Wir saßen am Tisch auf der mit Fliegengittern geschützten Veranda und aßen im Abendlicht. Ich erzählte von meiner Kindheit in Westfield und er von seiner Lehrzeit als Tischler. Während ich ihm so zuhörte, fühlte ich mich zum ersten Mal seit Wochen entspannt. Ich wollte aufstehen, mich über den Tisch beugen und ihn küssen. Ich wollte die Knöpfe von seinem blauen Hemd öffnen.

Ich stand das Dinner durch und wollte gerade die Teller in die Spüle stellen, als Ethan von hinten die Arme um mich legte und meinen Nacken küsste. Ich schmolz sofort dahin und hätte beinahe das Geschirr fallen lassen.

„Ich bin so froh, dich wieder in meinem Leben zu haben", flüsterte er mir ins Ohr.

Ich erinnerte mich kurz an die Worte, mit denen meine Mutter mich aufgefordert hatte, seine „Avancen" zu ignorieren. *Sorry, Mom*, dachte ich, als ich mich an ihn lehnte. Ich zog seine Hand an meine Lippen, sodass sein Arm meine Brust streifte.

„Lass uns nach oben gehen", sagte ich.

Es schienen Stunden zu sein, die wir uns liebten. Ich war seit dreißig Jahren mit keinem anderen Mann zusammen gewesen als mit Glen, und obwohl der Reiz des Neuen mit Ethan verlockend war, verspürte ich zugleich eine tiefe Vertrautheit und hatte das Gefühl, ihn schon lange zu kennen. Erst als wir uns hinterher gemütlich im Arm hielten, sprachen wir die Themen an, die uns auf der Seele lasteten.

„Also", begann ich und fuhr liebkosend mit der Hand über seine Brust, „erzähl mir von dem Gespräch deines Vaters mit der Polizei."

Ethan drückte seine Lippen in mein Haar, und ich kuschelte mich enger an ihn. Es gefiel mir, wie er mich in den Armen hielt.

„Eigentlich wirkte er gar nicht so aufgewühlt", erzählte er. „Ich war erleichtert. Aber du weißt, er ist ein erstaunlicher Mann. Er kann noch immer urplötzlich sein altes Richter-und-Anwalt-Auftreten herausholen. Er sagte, er sei sicher, dass die Zweifel an Neds Alibi ausgeräumt seien."

„Das ist gut." Ich wollte den Augenblick nicht mit meinen eigenen Überlegungen zu Neds Schuld zerstören. Am wichtigsten war mir jetzt, dass Ethan nicht länger besorgt um seinen Vater schien.

„Ich schätze, sie haben ihn mit Nachsicht behandelt", vermutete er. „Und sie werden wahrscheinlich noch nachsichtiger mit deiner –" Er brach ab und hob den Kopf vom Kissen.

„Hast du auch etwas gehört?“, fragte er.

Ich hob ebenfalls den Kopf und lauschte. Möglich, dass sich im Flur etwas bewegte, ich war nicht sicher.

„Mom?“

Ich sprang im Nu auf. „Oh, Scheiße!“, flüsterte ich und gebrauchte damit ein Wort, das mir nur selten über die Lippen kam. „Es ist Shannon“, erläuterte ich und überlegte, ob ich zur Jeans greifen oder den Morgenmantel aus dem Schrank holen sollte. Ich entschied mich für die Jeans, die ich rasch überstreifte.

„Mom?“ Shannon klopfte an die Tür.

„Eine Minute, Shannon“, antwortete ich. „Ich komme gleich.“

Ethan war ebenfalls aufgestanden und zog sich an.

„Bleib bitte hier“, bat ich ihn leise, während ich mir das T-Shirt überzog. Ich öffnete die Tür und trat in den Flur.

Shannon war in ihrem Zimmer und sortierte ihr Bücherregal. Einige warf sie in eine Pappkiste auf ihrem Bett.

Sie sah zu mir herüber. „Hast du geschlafen? Dein Haar ist ganz durcheinander.“

„Ja, ich habe ein kleines Nickerchen gemacht.“ Ich fuhr mir mit den Fingern durchs Haar. Ich fühlte mich beklommen, als ich mich auf eine Ecke des Bettes setzte. „Schön, dich zu sehen“, sagte ich.

„Hattest du Gäste zum Abendessen? Es riecht nach Tomatensauce.“

„Ja“, erwiderte ich. „Ich habe gefüllte Pasta gemacht, und es ist noch jede Menge übrig, falls du etwas mitnehmen möchtest.“

„Vielleicht mache ich das, danke.“ Sie musterte das Buch in ihrer Hand. „Ich kam rüber, um mit dem Packen anzufangen“, erklärte sie.

„Packen?“

„Für meinen Umzug.“ Sie sah mich nicht an, sondern betrachtete weiterhin den Umschlag des Buches. „Es ist noch paar Wochen hin, doch ich dachte, ich sollte schon mal anfangen, meine Sachen zu sortieren." Sie zog ein weiteres Buch heraus, las den Titel und schob es wieder zurück ins Regal. Ihr Bauch schien in diesen letzten Tagen enorm gewachsen zu sein.

„Shannon", sagte ich eindringlich, „hast du dir das wirklich gut überlegt?"

„Seit Monaten denke ich über nichts anderes nach, Mutter." Ich hasste es, wenn sie mich *Mutter* nannte.

„Bitte geh nicht, Liebes", bettelte ich. „Bitte. Oder bleib zumindest so lange, bis du das Baby bekommen hast." Ich würde es *nicht* zulassen. Ich überlegte fieberhaft, ob ich eine rechtliche Handhabe hatte, sie hierzubehalten.

„Ich möchte mit dem Vater meines Babys leben, Mom", sagte sie, während sie ein Buch herauszog und es in die Kiste legte. „So wie es sein sollte."

„Wann kann ich ihn kennenlernen?" Vielleicht konnte ich mit *ihm* vernünftiger reden als mit meiner Tochter.

„Darüber habe ich schon nachgedacht", meinte sie. „Vielleicht ist es besser, wenn du ihn jetzt noch nicht kennenlernst, da du –"

Ein kurzes Geräusch drang aus meinem Schlafzimmer, als ob Ethan in der Dunkelheit mit dem Knie gegen die Kommode gestoßen wäre.

„Daddy?" Shannon sah auf, und in ihren Augen lag plötzlich ein kindlicher Hoffnungsschimmer. Sie wollte in Richtung Flur laufen, doch ich hielt sie am Arm fest.

„Daddy ist nicht hier", entgegnete ich voller Verblüffung darüber, dass sie das überhaupt für möglich hielt.

„Wer ist dann in deinem Schlafzimmer?"

Ich war kurz davor, zu lügen und so zu tun, als hätte sie sich das Geräusch eingebildet, doch ich wusste, dass das nicht funktionieren würde.

„Mutter“, drängte sie. „Wer ist in deinem Schlafzimmer?“

„Ich habe Gesellschaft“, sagte ich betreten. „Ethan Chapman.“

Ich dachte, sie würde mich gleich ohrfeigen. Ihr Blick war mörderisch.

„Wie konntest du das tun?“, empörte sie sich. „Ich ziehe aus, und du fängst an herumzuvögeln? So lange seid Dad und du noch gar nicht auseinander. Du gibst einer Versöhnung nicht mal eine Chance!“

„Es gibt auch keine Chance auf eine Versöhnung, Shannon“, stellte ich klar. Ich fühlte mich furchtbar, weil sie diese Vorstellung in den letzten zwei Jahren genährt und ich nichts davon gewusst hatte. „Ethan ist ein alter Freund, jemand, dem ich mich sehr nah fühle –“

„Halt die Klappe!“ Sie hielt sich die Ohren zu. „Halt einfach nur die Klappe.“

Sie riss sich von mir los und rannte den Flur entlang. Ich lehnte mich mit geschlossenen Augen gegen die Wand und lauschte, wie sie die Treppe hinunter und aus dem Haus stürmte, und als sie die Haustür hinter sich zuwarf, zuckte ich nur ein wenig zusammen.

32. KAPITEL

Lucy

Ich übte im Turmzimmer meines Apartments gerade ein Stück, das die ZydaChicks in der nächsten Saison aufführen wollten, als ich das Gepolter im Treppenhaus hörte. Außer meinem Geigenspiel war es in dem Haus, in dem ich wohnte, sehr ruhig. Meine Nachbarn waren keine Leute, deren Freunde die Treppe rauftrampelten. Also hörte ich auf zu spielen und lauschte, denn ich wusste, wenn das Trampeln den dritten Stock erreichte, musste es jemand für mich sein. Und tatsächlich erreichten die Schritte mein Stockwerk, sodass ich die Tür öffnete, bevor der Besucher überhaupt nur klopfen konnte.

Shannon stürmte mit rotem Gesicht herein, und lang zurückgedrängte Tränen brachen aus ihr heraus, als sie sich auf meine Couch warf. Ihr Auftritt erschreckte mich. Ich dachte, dass mit dem Baby etwas nicht in Ordnung sei oder Tanner Schluss mit ihr gemacht hätte oder Julie bei einem Unfall verletzt worden wäre. Ich wusste, dass solche Katastrophenszenarien eher Julies Ding als meines ist, doch ich konnte nicht anders. Irgendetwas Traumatisches war geschehen, und Shannon schluchzte so heftig, dass sie kein Wort herausbrachte.

„Erzähl es mir", bat ich inständig, setzte mich neben sie und nahm ihre Hand. „Was ist passiert?"

Sie schüttelte den Kopf und hyperventilierte fast, während ihr die Tränen über die Wangen rannen. Ich glaubte, auch gleich weinen zu müssen. Was meine Nichte so sehr verletzt hatte, würde auch mich verletzen.

Schließlich kam sie lange genug zu Atem, um sprechen zu können.

„Ich ging nach Hause", sagte sie, „zu Mom ... um mit dem Packen anzufangen ... und ich hörte das Geräusch in ihrem

Schlafzimmer und dachte, dass vielleicht Dad herübergekommen war und sie beide …" Sie schloss die Augen. „Du weißt schon, dass sie Sex hatten. Doch es war nicht Dad." Sie sah mich an. „Es war dieser Ethan Chapman."

Erleichterung überkam mich, und zugleich verspürte ich eine Freude, die ich mir nicht anmerken ließ. *Los, Julie!*, dachte ich. *Weiter so, Mädchen!*

„Und das hat dich so aufgebracht?"

„Ich bin wütend." Sie entzog mir ihre Hand und schlug auf ein Sofakissen ein. „Ich bin so sauer auf sie. Sie war Dad eine miese Ehefrau, und dann macht sie dieses Essen für jemand anderen und hat dann auch noch Sex mit ihm. Sie hat Daddy niemals richtig wertgeschätzt, und es kotzt mich an, dass sie nun einen anderen Mann behandelt, als sei er ein Gott oder so etwas. Ethan Chapman. Ethan Chapman. Seit sie diesen Brief gesehen hat, gibt es kein anderes Thema mehr für sie."

Ich hatte Mitgefühl mit Shannon. Ich wusste, dass die Scheidung hart für sie gewesen war – härter, als wir alle das eingeschätzt hatten, erkannte ich nun. Sie liebte beide Elternteile – ihre hart arbeitende, häufig zu skeptische Mutter und ihren zurückhaltenden, sanften Vater. Und so sehr das Ende der Ehe auch Julie überrascht hatte, war es doch ein weitaus größerer Schock für Shannon gewesen. Sie hatte einen Monat lang geweint, als Glen ausgezogen war, und ich wusste, dass sie damals Julie die Schuld gegeben hatte, so wie sie es auch jetzt tat. Julie nahm lieber das in Kauf, als irgendetwas zu sagen, das Shannons Gefühle gegenüber Glen beeinträchtigen könnte. Meine Haltung war keineswegs so nobel.

„Was hat dein Vater dir eigentlich erzählt, warum er und deine Mutter sich haben scheiden lassen?", wollte ich von ihr wissen.

Shannon lehnte sich aufstöhnend zurück und blickte an die Decke.

„Nicht *das* schon wieder", betonte sie genervt. „Ich habe

keine Lust mehr, darüber zu reden, und es ändert auch nichts. Er sagte, dass er sie noch immer liebt, sie aber zu sehr in ihrer Arbeit gefangen ist. Mom hat es nie kapiert ... dass ihre Ehe wichtiger war als ihre blöde Granny Fran. Wenn sie das mal erkennen würde, könnten sie wieder zusammenkommen."

„Hat das dein Dad gesagt?"

„Nicht genau, aber es ist doch offensichtlich", behauptete sie. „Er trifft sich nie mit anderen Frauen. Ich glaube, dass er einfach darauf wartet, dass Mom ihre Prioritäten ändert und ihre blöde Karriere endlich hintanstellt."

Ich wurde nun selbst wütend und musste mich zwingen, ruhig zu bleiben. „Dieser blöden Karriere hast du dein Auto, deine Cello-Stunden, deine Sommer im Musik-Camp zu verdanken, und diese blöde Karriere wird auch dein College bezahlen", klärte ich sie auf. „Oder hätte es zumindest bezahlt."

Sie verdrehte die Augen und starrte wieder an die Decke. Sie merkte, auf wessen Seite ich stand.

„Hör mir zu, Shannon", bat ich. „Ich verstehe, wie sehr du deine Eltern liebst und dir wünschst, dass sie wieder zusammenkommen. Doch das sind Klein-Mädchen-Wünsche. Es wird nicht geschehen. Und auch wenn deine Mutter mehr gearbeitet hat, als für ihre Ehe gut war, trifft sie doch keine Schuld an der Scheidung. Deine Mutter hat deinen Dad geliebt. Versuch dich daran zu erinnern, was sie alles für ihn getan hat. Die Überraschungsreise nach Frankreich, weil sie wusste, wie sehr er dieses Land liebt. Wie sie in dem letzten Jahr der Ehe einen Teil ihrer Lesereise absagte, um ihn während seiner Lungenentzündung zu pflegen. Wie sie ihm überall kleine Zettel mit Liebesworten im Haus hinterließ. Und wer hat gekocht, obwohl sie ebenso wie dein Vater den ganzen Tag gearbeitet hat?"

Sie hielt ihr Gesicht abgewandt, doch ich konnte sehen, wie sie schluckte.

„Und darüber hinaus hat sie ihm ein wirklich schönes Zuhause geschaffen. Ja, sie war sehr beschäftigt mit ihrer Arbeit, doch das war er auch. Deine Mutter war keine schlechte Ehefrau." Ich wappnete mich, denn ich wusste, dass ich gleich ihr Weltbild zerstören würde. „Die Wahrheit ist", sagte ich, „dass dein Vater eine typische Midlife-Crisis hatte."

Sie wandte mir den Kopf zu und sah mich böse an. „Nein, hatte er nicht", widersprach sie.

„Doch, hatte er", entgegnete ich mit Nachdruck. Ich fragte mich, wie viel ich ihr erzählen sollte. „Deine Mutter hat es zugelassen, dass du ihr die Schuld an allem gabst, doch dein Vater war derjenige, der die Ehe beenden wollte. Er wollte –"

„Willst du damit sagen, dass er sie betrogen hat?" Offenbar war sie bereit für einen Streit. Zwischen ihren Augenbrauen hatte sich eine tiefe Falte gebildet.

Ich zögerte. „Ich finde, er sollte selbst mit dir darüber sprechen, nicht ich."

„Ich glaube das nicht." Sie faltete die Arme vor der Brust, sodass die Hände auf ihrem immer größer werdenden Bauch ruhten.

„Ja, er hatte eine Affäre." Ich entschied mich, ihr reinen Wein einzuschenken. „Die Frau, mit der er sich traf, rief eines Tages deine Mutter an, um ihr alles zu sagen. Kannst du dir vorstellen, wie das für deine Mutter gewesen sein muss? Wie sie sich gefühlt hat? Ihr Herz wurde ihr aus dem Leib gerissen. Stell dir vor, dass jemand, der dich liebt … stell dir vor, du findest plötzlich heraus, dass Tanner, dem du offensichtlich vertraust und der dein Freund ist, sich hinter deinem Rücken mit einer anderen trifft. Stell dir den Schmerz vor. Dann multipliziere ihn mit Tausend, denn so hat es sich für deine Mutter angefühlt."

Schockiert starrte Shannon mich an. Einen Moment lang schwiegen wir beide.

„Warum hat sie mir das nie gesagt?" Ihre Stimme war leise, nur ein Flüstern.

„Was meinst du wohl?“, fragte ich zurück.

„Damit ich mich nicht gegen Dad wende?“

„Natürlich.“

Sie blickte zur Seite und knabberte an ihrer Unterlippe. „Ich kann nicht glauben, dass Dad so etwas tun könnte.“

„Er ist ein Mensch, Shannon. Es macht ihn nicht zum Teufel.“ Glen würde mich umbringen. Julie vielleicht auch. „Er machte eine schwere Zeit durch, und manchmal glauben die Leute, dass eine Affäre ihre Probleme löst. Doch unter dem Strich bleibt, dass deine Mutter ihn nicht mehr liebt. Sie wurde zu sehr verletzt, und das Vertrauen ist verloren gegangen. Ich glaube, dass sie beide erkannt haben, dass sie nicht mehr länger zueinander passen. Das, was sie noch immer verbindet, ist die Tatsache, dass sie dich lieben, und das werden sie auch immer tun. Deine Mutter musste sich in den letzten zwei Jahren erst wieder daran gewöhnen, eine Single-Frau zu sein, obwohl sie doch davon ausgegangen war, für den Rest des Lebens mit deinem Vater verheiratet zu sein. Nun hat sie jemanden getroffen, der sowohl ein Freund ist als auch ... ein romantisches Interesse an ihr hat. Lass ihr das, Shannon. Sie braucht diesen Beistand. Sei bitte nicht egoistisch.“

Wieder stiegen ihr die Tränen in die Augen, doch diesmal waren es weiche, sanfte Tränen, die an ihren dichten Wimpern hingen. „Hältst du mich für egoistisch?“, fragte sie dann.

Ich zögerte. „Ich glaube, es ist normal für jemanden in deinem Alter, in sich selbst gefangen zu sein. Darum ist es normalerweise für einen Teenager auch schwer, eine gute Mutter zu sein. Daran wirst du wirklich arbeiten müssen, wenn du dieses Baby behalten willst.“

Sie blinzelte, und eine Träne rollte ihr langsam die Wange hinunter. „Ich habe ihr gesagt, dass ich nicht möchte, dass sie Tanner kennenlernt“, gestand sie.

„Nun“, meinte ich und strich ihr die Träne fort. „Warum bringst du das nicht wieder in Ordnung?“

33. KAPITEL

Julie

Gestern Abend sind zwei erstaunliche Dinge passiert. Während meines Telefongesprächs mit Ethan klagte ich ihm mein Leid wegen meiner Schreibblockade und wie sich mir das jüngste Granny-Fran-Abenteuer entzog. Er bat mich, ihm die Geschichte zu erzählen, und während ich ihm mein Problem mit Kapitel vier schilderte, stellte ich plötzlich fest, dass ich mich auf die Szene freute. Es war eine echte Erleichterung, zur Abwechslung mal wieder über etwas anderes als Isabels Tod oder Shannons Schwangerschaft zu reden, und ich war dankbar für Ethans Anregungen. Doch ich wusste, dass ich vorsichtig sein musste. Das Schreiben war immer mein Rückzug gewesen, und ich wollte es nicht länger als eine Flucht einsetzen. Ich wollte eine Balance finden zwischen meinem Leben und dem meiner Charaktere. Es war an der Zeit, dass ich die Realität zuließ.

Das zweite erstaunliche Geschehnis war ein Anruf von Shannon, die sich entschuldigte für ihre Reaktion auf die Entdeckung, dass ich mich mit Ethan Chapman traf – und mit ihm schlief.

„Das ist okay für mich“, sagte sie. „Es tut mir leid, dass ich eine solche Szene gemacht habe.“

Ich fragte mich, woher ihr Meinungsumschwung rührte, entschied aber, dass ich mich lieber darüber freute, als ihn zu hinterfragen.

„Danke, Liebes. Das bedeutet mir viel.“

„Und ich möchte, dass du Tanner kennenlernst, wenn er hier ist“, fügte sie überraschenderweise hinzu.

„Auch ich möchte ihn gern kennenlernen“, brachte ich heraus.

Wir kamen überein, ihn zu einem Barbecue bei mir einzuladen, sodass er meine Mutter, Lucy und mich auf einmal kennenlernen konnte.

„Aber wird er sich dabei nicht unwohl fühlen?“, gab ich zu bedenken. „Ich meine, wird es ihn nicht überfordern, so viele Leute auf einmal kennenzulernen?“

„Nein, Mom.“ Etwas von ihrer üblichen Gereiztheit schwang in der Stimme mit, und ich wusste, dass unsere Waffenruhe am seidenen Faden hing. „Er ist in sozialen Situationen sehr souverän.“

„Okay“, meinte ich und beendete das Gespräch. Ich befürchtete, ansonsten gefährliches Terrain zu betreten – wie etwa ihren geplanten Umzug nach Colorado – und den sicheren Boden zu verlieren, den wir gerade erst gewonnen hatten.

Es ging mir also gut, als ich am Vormittag nach Bay Head Shores fuhr, um Ethan zu besuchen. Mitten in der Woche und kurz vor Mittag war die Schnellstraße relativ frei, doch auch im anderen Fall wäre es mir egal gewesen. Und wenn es nur zwanzig Minuten wären, die wir uns sehen könnten, hätte ich die Fahrt dennoch auf mich genommen.

Ethan hatte mir gesagt, dass sein Vater ihn besuchen wollte, weshalb ich unterwegs Sandwiches für uns drei besorgte. Ich fragte mich, wie das Wiedersehen mit Mr. Chapman nach all diesen Jahren sein mochte und welche unverfänglichen Gesprächsthemen wir finden würden. Der Tag war wunderschön, wenn auch zu heiß, und der Duft der Sandwiches aus der Tüte auf dem Beifahrersitz kitzelte meinen Appetit. Einen kurzen Anflug von Angst verspürte ich nur, als ich auf den Shore Boulevard einbog und zu meiner Rechten den Kanal zwischen zwei Häusern erblickte. Unwillkürlich schien sich etwas in meinem Magen zu verknoten, doch als ich Ethans Haus erreicht hatte, war das Gefühl so gut wie verflogen.

Ein Wagen stand hinter Ethans Pick-up in der Auffahrt, und ich nahm an, dass er seinem Vater gehörte. Deshalb parkte ich vor dem Haus auf der Straße. Als ich ausstieg, bemerkte ich eine mollige dunkelhaarige Frau, die die Eingangstreppe vor unserem alten Bungalow fegte. Wie viele hundert Male hatte ich die gleiche Arbeit getan?

„Hallo!“, rief ich ihr zu und winkte ein bisschen zu begeistert.

Sie sah auf und winkte zurück, bevor sie sich mit einem unsicheren Lächeln wieder dem Fegen zuwandte. Vermutlich hielt sie mich für etwas merkwürdig.

Ich wollte bei Ethan klopfen, doch ich konnte durch das Glas der Eingangstür bis in den Garten sehen, wo er mit seinem Vater dicht am Zaun saß und auf den Kanal blickte. Ich ging hinein, legte die Sandwiches auf den Tresen und trat hinaus. Sie sahen mich nicht kommen, und meine Aufmerksamkeit wurde auf den Garten nebenan gelenkt, wo zwei kleine Jungen im Schatten der Eiche laut in einem Wasserbecken planschten. Es ärgerte mich, dass die Mutter draußen die Treppe fegte, statt im Garten auf sie aufzupassen. In Sekundenschnelle konnte ihnen etwas zustoßen.

„Hallo!“, rief ich, als ich mich den beiden Männern näherte.

Ethan stand auf. Lächelnd kam er auf mich zu und hielt mich an den Armen, während er mich auf die Wange küsste. „Schön, dich zu sehen.“

Mr. Chapman kämpfte sich hoch, was ihm sehr schwerzufallen schien.

„Bleiben Sie sitzen“, bat ich und trat zu ihm. Doch er stand bereits und umschloss meine ausgestreckte Hand mit seinen Händen. Sein Lächeln war warm und freundlich. Seine Finger, die meine Hand hielten, zitterten. Er wirkte so viel älter als meine Mutter. Ich verstand, warum Ethan ihn vor Neds Brief und der anschließenden Untersuchung hatte beschützen wollen.

„Die kleine Julie Bauer“, sagte Mr. Chapman. „Wie schön, dich zu sehen. Du bist zu einer hübschen Frau herangewachsen. Nicht war, Ethan?“

Ethan grinste. „Extrem hübsch.“ Er zog einen Korbsessel herbei und stellte ihn hinter mich. „Setz dich.“

„Es ist schön, Sie zu sehen, Mr. Chapman“, sagte ich, während ich Platz nahm und sich auch der alte Mann wieder in seinen Sessel sinken ließ. „Es tat mir sehr leid, das von Ned zu hören“, fügte ich hinzu.

„Danke.“ Er trug eine Sonnenbrille mit einer altmodischen Hornfassung, und ich fragte mich, wie lange er sie schon haben mochte.

„Wie war die Fahrt?“, erkundigte sich Ethan. Er stand gegen den Sessel gelehnt da und hatte die Arme vor der Brust gekreuzt. Er trug Jeans und ein dunkelblaues Poloshirt, auf dessen Brusttasche in Rot *Chapman Joinery* gestickt war. Er sah umwerfend aus.

„Kein Problem“, erwiderte ich. „Ich habe Sandwiches mitgebracht und in die Küche gelegt.“

„Super! Bist du hungrig, Dad?“ Ethan hob die Stimme ein wenig, wenn er mit seinem Vater sprach, woraus ich schloss, dass der alte Mann schwerhörig war.

„Sicher.“ Mr. Chapman nickte.

„Soll ich sie holen?“ Ich wollte schon aufstehen, doch Ethan legte mir die Hand auf die Schulter.

„Bleib hier bei Dad.“ Er fragte nach unseren Getränkewünschen und ließ mich mit seinem Vater allein.

„Nun, Julie.“ Mr. Chapman faltete die Hände und legte sie in den Schoß. Nun, da er sich körperlich nicht anstrengen musste, wirkte er ganz entspannt. „Du hast dir einen ganz schönen Namen gemacht, nicht wahr?“

„Oh, ja, ein bisschen“, sagte ich lächelnd. Ich rückte mit meinem Sessel ein paar Zentimeter weiter vor im Sand – vorgeblich, um Mr. Chapman besser sehen zu können, doch in Wahrheit wollte ich die beiden unbeaufsichtigten Jungen nebenan im Wasserbecken im Auge behalten.

„Ich sehe deine Bücher in der Bibliothek und sage der Bibliothekarin immer: ‚Ich kannte die Autorin, als sie ein kleines Mädchen war'“, erzählte er.

„Danke.“

„Ich wette, du weißt nichts davon, doch an dich kann ich mich von euch Geschwistern am besten erinnern.“

„Tatsächlich?“ Ich war überrascht. „Wie das?“

„Weil du –“, er zeigte mit einem langen, leicht verkrümmten Finger auf mich, „– am meisten Mumm von euch dreien hattest“, antwortete er.

„Finden Sie?“ Ich fand, dass Isabel den meisten Mumm von uns dreien hatte, doch ich war nicht bereit, über meine ältere Schwester zu reden.

„Oh ja“, sagte er. „Und du warst auch die Klügste. Du hattest immer ein Buch dabei und hast dich vor nichts und niemandem gefürchtet. Du bist dort hinübergefahren“ – er wedelte mit der Hand in Richtung Kanal – „zu den Schwarzen und hast dich mit ihnen angefreundet. Wer sonst hätte so etwas getan? Niemand, der auf dieser Seite des Kanals wohnte, so viel ist sicher.“

„Ich habe deshalb eine Menge Ärger bekommen“, ließ ich ihn wissen. Die Jungen nebenan ritten auf einem großen, aufblasbaren Alligator und kreischten vor Freude, als durch die von ihnen verursachte Welle das Wasser aus dem Becken spritzte.

„Du hast immer versucht, die Dinge selbst zu ergründen, das mochte ich an dir“, vertraute Mr. Chapman mir an. „Ich weiß, dass das in deiner Familie schwer war, aber du warst einfach nicht der Typ Mädchen, das die Werte der Eltern einfach akzeptiert, ohne sie zu hinterfragen.“

Ich hatte keine Ahnung, dass er mich als Kind so aufmerksam beobachtet hatte, und obwohl ich mich über das Kompliment freute, wusste ich, dass mein „Mumm“ sich eher als Bürde denn als Gewinn erwiesen hatte.

„Meine Eltern waren sehr konservativ", sagte ich. Ich beugte mich hinunter, um meine Sandalen auszuziehen, und grub die Zehen in den warmen Sand.

„Vor allem dein Vater", pflichtete Mr. Chapman mir bei. „Und du warst bereit, dich ihm zu widersetzen, nicht wahr? In der Beziehung warst du deiner Mutter sehr ähnlich."

Soweit ich wusste, hatte sich meine Mutter nie meinem Vater widersetzt, doch das wollte ich jetzt nicht anführen. Dieses Gespräch war oberflächlich, und es bestand kein Anlass, mit ihm das Kräfteverhältnis in unserer Familie zu erörtern.

„Ich vergesse immer, dass Sie und Mom als Kinder befreundet waren." Die Sonne brannte auf meinen Armen. Ich hatte mich morgens eingecremt, doch ich würde mir noch Sonnencreme von Ethan leihen müssen, wenn ich hier draußen länger saß.

„Ja, wir waren gute Kumpel, so wie du und Ethan es einst waren. Es ist schön, dass ihr wieder Freunde seid." Mr. Chapman sah auf den Kanal. Seit ich mich gesetzt hatte, war nicht ein Boot vorbeigefahren. „Ich würde gern wieder ein freundschaftliches Verhältnis zu deiner Mutter haben", vertraute er mir an. „Doch sie möchte nicht einmal mit mir sprechen."

Ich zögerte, weil ich nicht wusste, was ich darauf sagen sollte. „Wissen Sie, Mr. Chapman", begann ich, „es ist einfach so, dass jeder aus diesen alten Tagen sie an eine Zeit erinnert, die für unsere Familie sehr schmerzhaft war." Nun also doch. Wir waren mitten im Thema, und ich hatte es aufgebracht.

„Ja", erwiderte er. „Das begreife ich. Hat die Polizei schon mit ihr gesprochen?"

Ich schüttelte den Kopf. „Ich glaube nicht."

„Es muss sehr schwer für deine Familie sein, dass dies alles wieder aufgerollt wird", sagte er.

„Für Ihre ebenfalls", erwiderte ich.

Ein Fischerboot mit einigen Männern und ihrer Ausrüstung glitt auf dem Wasser vor uns Richtung Norden und steuerte vermutlich zur Bucht. Wir betrachteten es schweigend.

„Glaubst du, dass Ned deine Schwester getötet hat?" Mr. Chapmans Direktheit verblüffte mich.

Ich sah wieder zu unserem früheren Garten. Die Jungen waren jetzt ruhiger, ihre Köpfe verschwanden unter der Beckenkante, sodass ich sie nicht sehen konnte, und schossen dann wieder nach oben. Vermutlich spielten sie „Wer den Atem am längsten anhalten kann". Ich hasste das Spiel. Ich hatte Shannon verboten, es jemals zu spielen. Ein Verbot, über das sie sich garantiert viele Male hinweggesetzt hatte, wenn ich nicht dabei war. Welches Kind hätte das nicht getan?

„Ich weiß nicht, was ich glauben soll, Mr. Chapman", antwortete ich. „Ich weiß nicht, wen er sonst in seinem Brief an die Polizei gemeint haben sollte."

Er fuhr sich mit der Zunge über die trockenen, rissigen Lippen. Sein Gesicht wirkte ausgemergelt, und ich fragte mich, ob er krank war, auch wenn Ethan das bestritten hatte.

„Ich glaube, Neds Brief gehört zu diesen Dingen, die man nie ganz ergründen kann", sinnierte er.

„Könnte Ned sich in jener Nacht kurz fortgeschlichen haben, irgendwann zwischendurch, als Sie und er zusammen waren?" Ich bemühte mich, nicht anklagend zu klingen.

Mr. Chapman wirkte enttäuscht, dass ich diese Frage stellte, und antwortete nicht. Er fuhr sich erneut über die Lippen und sah hinaus aufs Wasser.

„Es tut mir leid", entschuldigte ich mich. „Ich versuche nur, die Puzzleteile zusammenzufügen."

„Er war bei mir um Mitternacht", erklärte er. „Das weiß ich genau. Und das war die Zeit … als es geschah."

„Nun, ich war niemals ganz sicher wegen der genauen Zeit", erwiderte ich.

„Ned war mit mir da draußen", sagte Mr. Chapman. „Wir betrachteten einen Meteoritenschauer. Und dann gingen wir ins Bett. Da muss es schon lange nach Mitternacht gewesen sein. Und was für ein Motiv sollte er denn gehabt haben? Er hat deine Schwester angebetet."

Ich konnte ihm nichts von meinem Verdacht erzählen, dass sein Sohn ein Verhältnis mit Pamela Durant hatte. Ich musste darauf vertrauen, dass die Wahrheit letztlich ans Tageslicht kam.

„Ich schätze, Sie haben recht", lenkte ich ein.

Ich war erleichtert, als ich das Klappen der Fliegengittertür hörte und Ethan in den Garten kam. Rasch stand ich auf, um ihm zu helfen. Er hatte drei gefüllte Gläser, Plastikteller und die Sandwiches auf einem Tablett dabei. Ich reichte Mr. Chapman sein Glas Softdrink mit Vanillegeschmack.

„Ich weiß noch gut, wie du in eurem kleinen Boot immer über den Kanal geflitzt bist", erinnerte er sich, während Ethan und ich uns setzten und anfingen zu essen. „Vor und zurück, von hier bis zur Bucht und wieder zurück."

„Weiter durfte ich nicht", sagte ich.

„Ich wette, als Teenager warst du ein Teufelsbraten." Mr. Chapman schmunzelte. Er schien nicht hungrig zu sein, denn er hatte sein Sandwich noch nicht angerührt.

„Nein", widersprach ich, „ganz und gar nicht. Nach Isabels Tod entwickelte ich Angst vor allen möglichen Dingen."

Mr. Chapman schien das zu betrüben. „Wie schade!"

„Sie fährt nicht einmal mehr Boot", schaltete sich Ethan ein.

„Nein?", wunderte sich Mr. Chapman. „Oh, das solltest du aber. Ich gehe nach dem Lunch nach Hause und finde, dass ihr zwei einen Ausflug machen solltet. Es ist ein schöner Tag, und auf dem Wasser ist nicht viel los."

„Wie wär's?" Ethan blickte mich fragend an.

„Nein danke", wehrte ich ab. Nebenan kletterten die Jungen aus dem Schwimmbecken und rannten ins Haus. Ich war erleichtert, meine Aufgabe als selbst ernannte Bademeisterin aufgeben zu können.

„Du hast dir ein neues Etikett zugelegt, nicht wahr?", fragte mich Mr. Chapman.

„Was meinen Sie?“ Ich war irritiert.

„Früher warst du das ‚Nancy-Drew-Mädchen‘. Das ‚Abenteuer-Mädchen‘. Und jetzt bist du das ‚Angst-Mädchen‘. Du musst so nicht bleiben, weißt du.“

„Da hat er recht“, pflichtete Ethan ihm bei.

Merkwürdig, welche Wirkung diese wenigen einfachen Worte von Mr. Chapman auf mich hatten. *Du musst so nicht bleiben.*

„Vielleicht komme ich mit“, sagte ich zögernd. Ich war noch nicht bereit, das Wagnis einzugehen, doch zumindest so weit, es in Erwägung zu ziehen.

Mr. Chapman verließ uns gleich nach dem Essen. Ethan und ich standen im Vorgarten und sahen ihn wegfahren.

„Bist du bereit für die Bootsfahrt?“ Ethan legte den Arm um mich.

Ich zog ein Gesicht, das eindeutig *Ich glaube nicht* besagte.

„Wie hast du dich gefühlt, wenn du als Kind mit dem Boot hinausgefahren bist?“

Ich dachte eine Minute darüber nach. „Frei“, erinnerte ich mich. „Bis zu dieser letzten Nacht. Die änderte alles.“

Er drehte sich um, und wir gingen am Haus vorbei zum Dock. „Das war 1962“, sagte er. „Nun befinden wir uns in einem neuen Jahrhundert. Komm mit.“

Ich ließ mich bis zum Dock führen. Ethan begann, das Boot von den Haken loszumachen. Ich beobachtete ihn dabei und erinnerte mich daran, wie sich das feuchte, faserige Seil unseres Bootes in meinen Fingern angefühlt hatte. Grandpop hatte mir viele verschiedene Knoten beigebracht. Ich war sicher, dass ich sie noch alle im Kopf hatte.

Ethan ging zur anderen Seite des Docks. „Los, hüpf rein“, ermutigte er mich. „Ich bin gleich bei dir.“

Ich blickte hinunter auf das sandfarbene Interieur des

Boots. Es schwankte wegen der Bugwelle eines vorbeigefahrenen Motorboots leicht hin und her, und das Auf und Ab der Sitze machte mich schwindlig. Doch ich tat es. Ich setzte mich auf die Spundwand, stützte einen nackten Fuß auf das Seitendeck und ließ mich hinunter. Mein Herz schlug bis zum Hals, als ob ich an der Kante des Grand Canyons stünde. Ich ließ mich rasch in den Beifahrersitz gleiten und umklammerte die Seitenwand des Boots.

Ethan sprang elegant ins Boot und setzte sich hinter das Steuerrad. Der Geruch von Öl und Benzin mischte sich mit dem des Wassers. Diesen Geruch hatte ich einst geliebt. Ich sog ihn tief ein und fragte mich, ob ich das wieder lernen könnte.

„Alles in Ordnung?“ Ethan lächelte.

Ich nickte.

Im Rückwartsgang fuhr er in den Kanal und steuerte das Boot dann in Richtung Fluss. Ich war still und fühlte mich beklommen. Mit einer Hand klammerte ich mich noch immer am Bootsrand fest, als wir uns der – für mich sowieso – neuen Lovelandtown Bridge näherten. Diese Brücke war höher als die alte, und die Pfeiler lagen weiter auseinander, sodass wir ohne Mühe zwischen ihnen hindurchfuhren. Wir kamen an Häusern vorbei, die ich nicht kannte, weil sie seit meiner letzten Fahrt auf dem Kanal neu gebaut oder renoviert worden waren. Dann verließen wir den Kanal und erreichten das offene Wasser des Manasquan River. Der warme, feuchte Fahrtwind zerzauste mein Haar, und ein paar Wasserspritzer kühlten meine Augen. Empfindungen, die mich nicht an die Nacht erinnerten, in der ich meine Schwester verlor, sondern an die vielen, vielen Stunden, in denen ich voller Freude in meinem kleinen Boot herumfuhr.

Ich musterte Ethans Gesicht, während wir durch das Wasser schnitten. In seinem Profil erkannte ich noch immer den Jungen, der Krabben seziert und die Innereien von Aalen in Alkohol eingelegt hatte. Den Jungen, der bäuchlings im Schilf lag, um das Meeresgetier im seichten Wasser zu untersuchen. Wer hätte ahnen können, dass ich hier bei ihm sein würde, Spaß mit ihm hatte, ihn begehrte, ihn *liebte*?

Ich schluckte und hoffte plötzlich, dass Ned sich als *nicht* verantwortlich für Isabels Tod herausstellen sollte. Es würde Ethan viel zu sehr verletzen.

Er blickte zu mir herüber und lächelte.

„Du liebst das hier, nicht wahr." Es war keine Frage.

Ich rutschte näher zu ihm und legte einen Arm um seinen Sitz.

„Ich liebe *dich*", sagte ich ihm ins Ohr und legte den Kopf an seine Schulter.

34. KAPITEL

Julie

Zwei Tage später hatten sich meine Mutter, meine Schwester, Ethan und ich in meinem Haus zu einem Barbecue versammelt, dessen Hauptzweck darin bestand, Tanner Stroh kennenzulernen. Ich hatte alle gebeten, um sechs zu kommen. Nun war es halb sieben, und Shannon und der Ehrengast waren noch nicht eingetroffen. Die Minuten vergingen, und ich fühlte mich verletzt. Wenn mich jemand so missachtete, konnte ich sehr ungnädig werden.

Ich brachte die Schüssel mit dem Kartoffelsalat aus der Küche auf die Veranda. Meine Mutter saß am Kopfende des langen Tisches, schnitt ein paar der schönen Jersey-Tomaten aus ihrem Garten zurecht und arrangierte sie auf einer Platte mit Spinatblättern und Essiggurken. Im Innenhof stand Ethan in einer blau-weiß gestreiften Schürze, die er selbst mitgebracht hatte, am Grill und wendete das Fleisch. Lucy stand mit einem Glas Bier neben ihm, sie unterhielten sich. Ich wusste, dass sie ihn mochte – sie hatte mir ein kaum verstecktes Daumen-hoch-Zeichen gegeben, als sie ihn sah –, und das machte mich froh.

Auch meine Mutter hatte Ethan freundlich begrüßt, obwohl ich ja wusste, dass sie keine Beziehung zwischen uns guthieß. Sie schien heute Abend so munter wie eh und je zu sein, was mich sehr erleichterte, nachdem sie an jenem Tag so merkwürdig nüchtern auf die Neuigkeiten in Neds Brief reagiert hatte.

„Meinst du, es ist zu warm, um draußen zu essen?", fragte ich sie jetzt. Vorher war es mir kühler vorgekommen, doch vermutlich hatte ich gerade eine Hitzewallung.

„Es ist wunderbar." Sie legte die letzte Tomatenscheibe auf die Platte und das Messer aufs Schneidebrett. „Was hattest du

Shannon gesagt, wann sie kommen sollen?"

„Um sechs", erwiderte ich und griff nach dem Schneidebrett mit dem Messer.

„Dieser junge Mann hinterlässt einen schlechten Eindruck, wenn er hier zu spät ankommt." Sie nahm einen Schluck von dem Glas Bier, das vor ihr stand. Sie sagte immer, dass sie einmal im Jahr gern ein kaltes Bier trinken würde, und offensichtlich war es heute so weit. „Ich kann es kaum erwarten, ihn in die Mangel zu nehmen." Sie rieb sich sogar die Hände, als ob sie sich auf einen besonderen Leckerbissen freute, und ich musste lachen.

„Versuchen wir, uns das nicht allzu deutlich anmerken zu lassen", sagte ich über die Schulter, als ich das Brett ins Haus trug.

Ich kam gerade mit den Hamburger-Brötchen auf die Veranda zurück, als ich zwei Autotüren auf der Straße klappen hörte.

„Vielleicht sind sie das jetzt." Ich stellte den Teller mit den Brötchen auf den Tisch.

Ich hörte Stimmen neben dem Haus, und dann trat Shannon mit einem großen schlanken Mann an der Hand auf die Veranda. Mom und ich gingen zu ihm, um ihn zu begrüßen. Tanner Stroh sah frisch geduscht aus und hatte kurzes, ordentlich geschnittenes dunkles Haar. Er trug khakifarbene Dockers-Hosen und ein kurzärmeliges Hawaii-Hemd in gedeckten Blautönen. Er hatte etwas Adrettes an sich. Lucy würde das wahrscheinlich missfallen, doch mich ermutigte es erst einmal.

Er reichte mir die Hand. „Hallo, Mrs. Sellers", begrüßte er mich. „Ich freue mich so, Sie kennenzulernen. Tut mir leid, dass wir zu spät sind."

„Kein Problem." Ich schüttelte ihm die Hand. „Ich freue mich auch, Sie kennenzulernen."

Bis zu diesem Moment war mir nicht bewusst gewesen, dass ich jemanden mit Piercings, Baggy-Hosen und mit langem, ungewaschenem Haar erwartet hatte. Er sah ganz und gar nicht nach diesen Künstlertypen aus, die Shannon normalerweise interessierten, doch er war trotzdem ein gut aussehender Mann. Allerdings deutlich zu alt für sie. Sein Haaransatz wich schon zurück, und ich bemerkte Krähenfüße in seinen Augenwinkeln.

Alle stellten einander vor, und ich ertappte Shannon dabei, wie sie Ethan einer ebenso eingehenden Prüfung unterzog wie ich umgekehrt bei Tanner. Unwillkürlich musste ich lächeln. Alle schüttelten sich die Hände und tauschten höfliche Begrüßungsfloskeln aus. Tanner war herzlich und zuvorkommend, und ich dachte an Eddie Haskell, den Jungen in der Fernsehserie *Leave it to Beaver*, der seine soziopathischen Züge hinter tadellosen Manieren versteckte.

Das Essen war fertig. Ethan brachte den Teller mit gegrilltem Rind und Hähnchen, und ich kümmerte mich um die Getränke. Tanner wollte ein Bier, Shannon Limonade. Ich würde auf jeden Fall Tanners Alkoholkonsum beobachten. Mir wurde klar, dass Shannon ihm laut Gesetz erst in mehr als drei Jahren beim Bier Gesellschaft leisten durfte. Sie hatte erst seit einem Jahr ihren Führerschein.

Als wir dann alle am Tisch auf der Veranda saßen, war es meine Mutter, die gleich zum Wesentlichen kam.

„Also", begann sie und nahm Tanner ins Visier. „Wie konnte Ihnen das passieren?"

Der überrumpelte Tanner wollte antworten, doch Shannon kam ihm zu Hilfe. Sogar ich hatte das Gefühl, ihm helfen zu wollen. Meine Mutter konnte manchmal sehr taktlos sein.

„Es war mein Fehler, Nana", sagte Shannon. „Ich habe die Pille vergessen."

„Es ist nicht der beste Start in eine gemeinsame Zukunft, Mrs. …" Tanner suchte nach dem Nachnamen meiner Mutter.

„Bauer", half sie ihm.

Tanner nickte. „Mrs. Bauer. Aber ich liebe Shannon, und

wir werden unser Bestes tun, damit alles funktioniert."

„Sie ist meine einzige Enkelin", erklärte meine Mutter, „also nehme ich Sie beim Wort."

„Ich verspreche es." Tanner wirkte zum ersten Mal seit seiner Ankunft so, als wäre ihm etwas unbehaglich zumute.

„Wo kommen Sie ursprünglich her, Tanner?" Ethan versuchte, das Gespräch auf unverfänglicheres Terrain zu lenken.

„Südkalifornien", antwortete Tanner. „Meine Eltern wohnen noch dort."

„Wie denken sie über ..." Ich machte eine Handbewegung, die ihn und Shannon einschloss. „Über das alles", beendete ich meine Frage.

Er zögerte. „Sie sind nicht glücklich darüber", gestand er, und ich respektierte seine Aufrichtigkeit. „Aber sie werden Shannon akzeptieren. Und sie werden sie lieben, sobald sie sie kennengelernt haben."

Wo würden er und Shannon ihre Ferien verbringen?, fragte ich mich. Bei seiner Familie oder bei ihrer? Ost- oder Westküste? Würde ich meine Tochter je zu Gesicht bekommen?

„Shannon sagte, dass Sie an Ihrem Doktortitel arbeiten", warf Lucy ein.

„Ja." Tanner legte eine zweite Tomatenscheibe auf seinen Burger. „Das ist Teil meines eigenen unabhängigen Studienprogramms. Halb Geschichte, halb Sozialwissenschaften."

„Haben Sie schon mit Ihrer Dissertation angefangen?", fragte Lucy.

Er nickte. „Es geht um die Begegnung zwischen Kindern von Holocaust-Überlebenden mit Kindern von Nazi-Tätern. Ich bin halb Deutscher und halb Jude, sodass ich eine natürliche Affinität zu dem Thema habe."

„Wow", sagte Lucy mit aufrichtigem Interesse. „Wie spannend." Sie verwickelte ihn in eine dieser intellektuellen Akademiker-Diskussionen, die sie so liebte, und ihre Begeisterung war ebenso groß wie die von Tanner. Auch Ethan leistete einen Beitrag – er hatte vor Kurzem auf dem History Channel eine Sendung über die Kinder von Nazis gesehen –, und meine Mutter kannte einen Holocaust-Überlebenden, der Stammgast in ihrem McDonald's war. Shannon meldete sich ab und an auch zu Wort, als wollte sie zeigen, dass auch sie etwas über das Thema wusste und dass es in ihrer Beziehung nicht nur um Sex ging. Warum nur konnte er nicht zehn Jahre jünger sein oder Shannon zehn Jahre älter? Ich hätte ein deutlich besseres Gefühl mit der ganzen Situation gehabt.

Ich schien die einzige Person am Tisch zu sein, der nichts zu Tanners Dissertation einfiel. Meine Gedanken waren woanders, und als eine ausreichende Gesprächspause entstand, ergriff ich das Wort.

„Tanner", sprach ich ihn an. „Ich glaube wirklich, dass Shannon zumindest so lange hierbleiben sollte, bis das Baby auf der Welt und sie wieder auf den Beinen ist und sich eine gewisse Routine –"

„*Mutter.*" Shannon warf mir einen mörderischen Blick zu. „Wir haben das bereits besprochen."

„Ich habe eine Ärztin für sie besorgt, Mrs. Seller." Tanner wischte sich den Mund mit der Serviette ab. „Ich habe etwas Geld beiseitegelegt, von dem wir leben können, bis ich fertig bin und unterrichten werde. Wir kommen schon klar. Ich weiß, wie beunruhigend das für Sie ist, und auch ich war zuerst ein bisschen beunruhigt. Als ich Shannon kennenlernte, hielt ich sie für viel älter. Sie sieht älter aus, und sie verhält sich auch reifer. Sie ist so intelligent und …" Er sah meine Tochter an und lächelte. „Sie ist wunderbar."

Shannon erwiderte sein Lächeln fast schüchtern. Er war verrückt nach ihr, dessen war ich mir sicher, doch ich glaubte nicht, dass er auch nur eine Ahnung davon hatte, worauf er sich da einließ.

„Mom sagte, dass deine Tochter ebenfalls in meinem Alter schwanger wurde", wandte sich Shannon an Ethan.

Ich zuckte zusammen, doch Ethan wirkte ungerührt.

„Ja", bestätigte er. „Sie war sechzehn, und ihr Baby wurde von einem wunderbaren Paar adoptiert, das keine Kinder bekommen konnte."

„Ich glaube nicht, dass ich das könnte", überlegte Shannon.

„Nun, sie befand sich in einer anderen Situation." Ethan nahm einen Schluck von seinem Bier. „Sie hatte keine echte Beziehung zu dem Jungen. Sie war ein paarmal mit ihm aus gewesen, und bei einer dieser Gelegenheiten zwang er sich ihr auf."

„Date Rape – eine Vergewaltigung?", fragte meine Mutter, und ich war überrascht, dass sie den Begriff überhaupt kannte.

„Genau", bekräftigte Ethan. „Abby hatte zuerst Angst, uns davon zu erzählen, doch sie hat es getan, und wir halfen ihr, Anklage gegen den Jungen zu erheben. Er bekam eine Gefängnisstrafe und musste gemeinnützige Arbeit ableisten."

„Zumindest das Problem haben wir nicht." Shannon zielte damit auf mich. *Siehst du*, wollte sie zum Ausdruck bringen, *es könnte noch viel schlimmer sein*.

Mir gefiel das Ganze. Natürlich nicht das Gesprächsthema, doch der Umstand, dass wir hier alle als Erwachsene beisammensaßen und uns unterhielten. Mir gefiel, dass Shannon sich die meiste Zeit mir gegenüber nicht feindselig verhielt. Ich wusste jetzt, dass ich das Lucy verdankte und dass die beiden miteinander gesprochen hatten. Ich wusste nicht, was Lucy ihr erzählt hatte, doch ich war ihr in jedem Fall dankbar. Ich versuchte, Shannon in neuem Licht zu sehen, als eine Erwachsene, doch wie sehr ich mich auch bemühte, auf mich wirkte sie immer noch wie ein schwangeres Kind.

Auch während des Desserts entspann sich ein anregendes Gespräch, und erst als wir fertig waren mit Essen und mir alle beim Abräumen geholfen hatten, fiel mir auf, dass meine Mutter sehr still geworden war. Seit wir Eiscreme und Kuchen serviert hatten, hatte sie kein Wort mehr gesagt.

Ich musterte sie, wie sie in der Küche stand und die Reste in Plastikschälchen umfüllte. „Geht es dir gut, Mom?“

Sie nickte. „Das Bier macht mich nur müde“, antwortete sie. „Ich glaube, ich werde nach Hause gehen.“

Sie war die zwei Blocks von ihrem Haus zu Fuß gegangen. Es war noch immer relativ hell draußen, doch ich wollte sie nicht allein nach Hause gehen lassen, wenn sie sich nicht wohlfühlte. Ich blickte ihr prüfend ins Gesicht – es hatte den üblichen gesunden Olivton, der durch ihren häufigen Aufenthalt im Garten ein bisschen ins Rötliche spielte.

„Mach doch hier ein kleines Nickerchen, und einer von uns fährt dich später nach Hause“, schlug ich vor.

„In Ordnung“, willigte sie ein und verschloss das Plastikschälchen, das sie gerade befüllt hatte. Ich war überrascht, dass sie sich ohne den geringsten Protest einverstanden erklärte.

„Tschüss, Nana!“ Shannon, die von dem Gespräch nichts mitbekommen hatte, drängte sich zwischen uns, um ihre Großmutter zu umarmen. „Wir müssen los.“

„Auf Wiedersehen, Darling.“ Meine Mutter drückte Shannon fest und küsste sie auf die Wange.

Wir alle verabschiedeten das Paar, wobei Lucy die Einzige war, die eine aufrichtige Umarmung für Tanner übrig hatte. Kaum waren sie fort, wandte ich mich wieder an meine Mutter.

„Du kannst mein Zimmer haben“, bot ich an. Ich fühlte mich an jenen Tag erinnert, an dem ich ihr von Neds Brief erzählt hatte. Sie zeigte die gleiche Reaktion. „Soll ich mitkommen?“

Meine Mutter gab keine Antwort. Sie stand mitten in der Küche und schüttelte langsam den Kopf. Es machte mir Angst.

„Mom?“, fragte ich mit so viel Sorge in der Stimme, dass Lucy und Ethan sich zu uns umdrehten.

„Niemand verlor auch nur ein Wort über Shannon und ihr Cello“, sagte meine Mutter. Tränen standen ihr in den Augen.

„Seit das Mädchen sprechen kann, hat sie immer die Musik geliebt. Und heute Abend war es so, als würde dieser Teil ihrer Persönlichkeit gar nicht mehr existieren." Sie deutete auf die Tür, durch die Shannon und Tanner verschwunden waren. „Dieser Junge kümmert sich nur um sich selbst und seine … Nazi-Kinder oder was auch immer sie sind." Sie wedelte mit der Hand durch die Luft. „Ich wette, dass er sie noch nie gebeten hat, ihm etwas vorzuspielen."

Lucy wollte ihr einen Arm um die Schulter legen, doch sie schob sie beiseite.

„Ich bin müde, Lucy. Ich werde mich hinlegen. Vielleicht kannst du mich später nach Hause fahren."

„Natürlich", erklärte Lucy sich einverstanden.

Ethan kam zu mir, und gemeinsam sahen wir zu, wie meine Mutter im Flur verschwand.

„Puh!" Lucy seufzte tief. „Was ist los mir ihr?"

Ich erinnerte mich an Shannon als kleines Mädchen. Nie wollte sie den lustigen kleinen Liedern lauschen, die andere Kinder so gerne hörten. Sie stand auf Hip-Hop und Rap. „Ich will YoMaMa hören", verlangte sie immer, worauf Glen und ich vor Lachen fast zusammenbrachen.

„Sie hat recht", sagte ich. „Keiner verlor ein Wort darüber."

35. KAPITEL

Maria
1944

Date Rape.

Ich kenne viele Menschen meines Alters, die den Ausdruck belächeln und Date Rape für eine Ausrede halten, um dem Jungen die Schuld zu geben, wenn das Mädchen sein Tun später bereut. Ich aber konnte mit dem Begriff sofort etwas anfangen, denn er linderte meine Schuldgefühle wegen dem, was gegen Ende des Sommers 1944 geschah.

Es war der erste Sommer, in dem Charles an den Werktagen in unserem neuen Haus in Westfield wohnte, während ich bei meinen Eltern im Bungalow blieb. Charles absolvierte in einem Veteranen-Krankenhaus seine Facharzt-Ausbildung. Er hatte dies einer Karriere als Kinderarzt vorgezogen, weil er davon erfüllt war, seinem Land auf jede erdenkliche Weise dienen zu wollen. Der Krieg durchdrang unser ganzes Leben – von den ständigen Nachrichten im Radio bis zur Rationierung unseres Essens, des Benzins und fast allem anderen, das wir zum Leben brauchten.

Ich hatte überlegt, bei Charles in Westfield zu bleiben und ebenso wie er nur an den Wochenenden zum Bungalow zu fahren, doch er sagte, es wäre wenig sinnvoll für mich, in der Hitze der Vororte zu bleiben, wenn er kaum Zeit für mich hätte. Sein Dienst war lang und strapaziös, doch er liebte die Arbeit und das Bewusstsein, dass er seinen Beitrag leistete. Ich war sehr stolz auf ihn, auch wenn ich ihn während der Woche vermisste. Ich vermisste seinen warmen Körper neben mir im Bett und unsere fröhlichen Gespräche über die Zukunft. Wir malten uns immer die Kinder aus, die wir eines Tages haben würden, und all die Dinge, die wir mit ihnen unternehmen wollten. Und wir liebten uns, wenn auch nicht so oft, wie ich es mir wünschte. Ich wusste, dass er müde war, doch ich fragte mich oft, ob ich einfach einen stärkeren Sexualtrieb hatte als andere Frauen. Meine Freundinnen und ich sprachen niemals über so etwas, insofern wusste ich nicht, ob ich normal war.

Meine Eltern hatten ein blühendes soziales Leben entwickelt, seit mehr Menschen nach Bay Head Shores gezogen waren, die kein Problem mit der Herkunft meiner Mutter hatten. Meine alten Freundinnen gingen ihrem Beruf nach oder waren mit ihren Babys beschäftigt. Viele ihrer Männer waren eingezogen worden, einige kämpften in Europa. Ich wusste um mein Glück, dass sich mein Mann auf sicherem amerikanischem Boden befand. Doch ohne Charles oder meine Freundinnen um mich herum fühlte ich mich einsam, und Einsamkeit kann gefährlich sein. Im Herbst begann mein zweites Jahr als Lehrerin, doch jener Sommer bestand nur aus einem faulen Tag nach dem anderen. Ich las ziemlich viel, dachte an Charles und hatte einfach Langeweile.

An einem Abend in der Woche, an dem meine Eltern aus waren, saß ich auf der Veranda und las *A Bell for Adano*, als ich bemerkte, dass Ross allein auf der Spundwand in seinem Garten saß. Es wurde rasch dämmerig, und ich bemerkte das glühende Ende seiner Zigarette. Ab und an klopfte er die Asche in den Kanal, und ich war fasziniert von dem roten Glühen, das durch die Dunkelheit wanderte.

In Gedanken versunken und das Buch längst vergessen, sah ich ihm beim Rauchen zu. Ich stellte mir vor, wie sein Mund schmecken würde – nach Holz und Leder –, und stand dann wie ferngesteuert auf und ging hinaus. Ich ließ die Verandatür hinter mir zuknallen, damit er nicht überrascht war, wenn ich in unserem Garten auftauchte.

Ich ging zum Kanal und setzte mich ebenfalls auf die Spundwand, zog die Beine an und schlang die Arme um meine Knie. Das Wasser war glatt wie Seide, und der fast volle Mond spiegelte sich als schimmernde weiße Scheibe auf der Oberfläche. Ich saß gut einen Meter entfernt von Ross, und obwohl er die Zigarette ausgemacht hatte, hing ihr Duft noch in der Luft.

„Eine schöne Nacht“, schwärmte ich und wandte mich ihm zu. Ich konnte ihn deutlicher sehen als erwartet, weil der Mond so hell schien. Er schaute mich an und rieb sich gedankenverloren über die Kinnlade.

„Das ist es“, stimmte er zu.

„Wie kommt es, dass du während der Woche hier bist?“

„Ich habe mir den Sommer vom Studium freigenommen, um bei Joan und dem Baby zu sein.“

Ich drehte mich um und blickte zu ihrem dunklen Bungalow. „Wo sind sie heute Abend?“

„Joan besucht ein paar Freundinnen in Brielle“, erwiderte er. „Sie hat Ned mitgenommen.“

„Aha“, sagte ich nur. Er war also auch allein.

„Ich schätze, es ist schwer für dich, dass Charles in der Woche nicht hier ist“, vermutete Ross.

„Ja“, bestätigte ich. „Aber es könnte schlimmer sein. Er könnte in Übersee sein.“ Ich dachte daran, dass ich mich ohne Charles im Bungalow wieder wie das Mädchen fühlte, das ich früher gewesen war. Das abends mit der Clique zu Jenkinson's ging oder mit einem Date ins Kino.

Ross stand auf und streckte sich. Einen Moment lang befürchtete ich, er würde ins Haus gehen. Doch er kam zu mir, und mir wurde ganz schwindlig, als er sich neben mich setzte und die Beine über die Holzwand baumeln ließ.

„Ich bin froh, dass du jemanden wie Charles gefunden hast, Maria“, sagte er. „Seine politischen Ansichten sind verdreht, doch er kann dir etwas bieten. Einen besseren sozialen Status, meine ich. Du bist die Frau eines Arztes.“

„Das ist nicht der Grund, weshalb ich ihn geheiratet habe“, stellte ich klar.

„Nein, natürlich nicht", räumte Ross ein. „Aber das ist eine gute Zugabe."

„Diese Art ‚Zugabe' ist mir völlig egal", erwiderte ich trotzig.

Er lächelte. „Du bist immer noch ein Sturkopf, nicht wahr?" Er fasste mich am Kinn und drehte meinen Kopf zu sich. „Ich habe dich vermisst. Nicht nur ... du weißt schon, den körperlichen Aspekt unserer Beziehung. *Dich* habe ich vermisst. Alles an dir. Die Freundschaft, die uns verband."

Ich wusste nicht, was ich darauf antworten sollte. Hatte ich ihn vermisst? Ja, das hatte ich, doch ich hatte genau diesen „körperlichen Aspekt" unserer Beziehung vermisst. Charles erfüllte meine Bedürfnisse nach ernsthaften Gesprächen und nach Partnerschaft, doch seine unregelmäßigen Liebesakte hatten eine gewisse Verklemmtheit, die mich unerfüllt ließ. Ich sehnte mich nach dem heimlichen, leidenschaftlichen Sex, den Ross und ich auf dem Blaubeerengrundstück genossen hatten.

„Ich vermisse ..." Sanft schob ich seine Hand fort. „Ich vermisse Dinge, auf die ich kein Recht habe."

Ross blickte zu unserem Haus. „Wo sind deine Eltern?"

„Ausgegangen."

Er stand auf und reichte mir die Hand. „Komm mit", forderte er mich auf.

Ich erhob mich und nahm seine Hand, die glatter war als die von Charles, die Haut weicher und kühler. Ich hatte fast vergessen, wie sie sich anfühlte. Er führte mich durch unseren kleinen Garten zu dem Pfad zwischen unseren Häusern, vorbei an dem Schlafzimmerfenster, durch das ich immer geklettert war, um mich mit ihm zu treffen. Wir gingen weiter unsere kurze, sandige Auffahrt hinunter, und erst da gestand ich mir ein, wohin er mich führte. Ich spürte die kühle, orangefarbene Erde unter meinen Füßen, als wir über die Straße gingen, und dann liefen wir durch den weißen, mondbeschienenen Sand des Blaubeerengrundstücks.

„Wir sollten das nicht tun, Ross …"

Er antwortete nicht, und ich ließ seine Hand nicht los. Ich spürte meinen Herzschlag – oder vielleicht war es auch seiner – zwischen unseren verschlungenen Händen. Das köstliche Gefühl, etwas Verbotenes und Wagemutiges zu tun, trieb uns wie immer an, und schon bald zog er mich in den Halbkreis der Blaubeerbüsche. Er pflückte ein paar Beeren und hielt sie mir an die Lippen. Ich nahm sie und rollte sie in meinem Mund hin und her, bevor ich in sie hineinbiss. Nie wieder sollte ich Blaubeeren essen können, ohne dass die Erinnerung an Schuld und Lust mich übermannte.

Er zog mich hinunter in den Sand und küsste mich. Ich dachte kurz an Charles und dass er niemals diesen ungezähmten Hunger meines Körpers erlebt hatte. Ich erwiderte Ross' Küsse, während ich sein Hemd aufknöpfte. Er zog mir die Bluse, meine Hose, meinen BH und mein Höschen aus, bis ich nackt vor ihm lag und vor Verlangen bebte. Ich spürte das Mondlicht auf meiner Haut, als er sich zurücksetzte und mich anschaute.

„Ich habe deinen herrlichen Körper vermisst", sagte er. Er beugte sich vor und umfuhr mit der Zunge meine Brustwarzen. „Joan hat den Körper eines Jungen. Selbst als sie schwanger war, hatte sie keine nennenswerten Brüste."

Diese Worte waren sein Fehler. Als er Joan erwähnte, wurde mein Körper kalt. Ich konnte ihr das nicht antun. Ich konnte es Charles nicht antun.

Ross drängte seinen Oberschenkel zwischen meine Beine, und ich presste meine Schenkel fest zusammen, um ihn aufzuhalten.

„Lass uns das nicht tun, Ross", bat ich.

„Sei nicht dumm", schalt er mich. Irgendwie gelang es ihm, seine Beine zwischen die meinen zu drängen. Ich spürte, wie sich sein Penis gegen mein Schambein drückte.

„Ross, ich meine es ernst." Ich versuchte mich ihm zu entziehen. „Ich möchte das nicht."

Er zog seinen Körper leicht zurück und brachte sich in Positur. So verzweifelt ich ihn auch davon abhalten wollte, in mich einzudringen, war ich durch mein vorheriges Verlangen doch noch feucht und anfällig, sodass er widerstandslos in mich hineinstieß. Voller Wut trommelte ich auf seine Schultern. Ich biss ihm ins Schlüsselbein und grub meine Nägel in seinen Rücken. Doch meine Versuche, ihn aufzuhalten, schienen sein Feuer nur noch mehr anzuheizen, sodass er immer härter und tiefer in mich hineinstieß, während er in mein Ohr keuchte. Ich fing an zu weinen, und mein Körper wurde schlaff, während ich vor mich hin schluchzte.

„*Bitte*, Ross", bettelte ich. „*Bitte hör auf.*"

Er war schnell fertig, und zumindest dafür war ich dankbar. Er ließ von mir ab, rollte sich auf den Rücken, sodass ich mich aufrichten und im Sand nach meinen Sachen suchen konnte.

Er nahm meinen Arm, als ich meinen BH aufhob. „Was machst du?", fragte er. „Zieh dich noch nicht an."

Ungläubig blickte ich auf ihn hinunter. „Ich habe dir gesagt, du sollst *aufhören*", krächzte ich.

„Ich habe nicht geglaubt, dass du das auch so meinst."

Ich schleuderte ihm den BH an die Brust. „Ich *habe* es aber so gemeint. Du hast mich gezwungen."

„*Maria*", sagte er beschwichtigend. „Komm schon. Du warst ein Tier. So wie du es immer warst."

„Ich habe versucht, dich *abzuschütteln*." Meine Stimme brach.

„Wenn du mich wirklich abschütteln wolltest, hättest du das tun können."

„Du bist tausendmal stärker als ich", hielt ich ihm entgegen.

„Ich kann mich an keine Gegenwehr erinnern, als ich dich geküsst habe", behauptete er. „Oder als ich dich ausgezogen habe."

Er hatte recht, und ich schämte mich so sehr, dass ich mir

wünschte, die Zeit bis zu jenem Moment zurückdrehen zu können, als ich ihn von der Veranda aus erblickt hatte. Ich hätte mich anders entschieden, wenn ich nur zwei Sekunden an Charles und Joan gedacht hätte – und an das Baby, an Ned.

Ich streifte den BH über, während er zusah.

„Lass mich das tun", bot er an, als ich mit den Haken kämpfte.

Ich machte fast einen Satz zur Seite und zog die Bluse über den nicht geschlossenen BH.

„Bist du wirklich wütend?" Er klang verwundert.

„Ja!", schrie ich. „Ich bin sogar *sehr* wütend."

Ich fuhr in meine Hose, das Höschen fand ich nicht.

„Es tut mir leid." Er setzte sich auf, griff nach meinem Knöchel, verfehlte ihn jedoch. „Es tut mir sehr leid, Maria", wiederholte er. „Ehrlich."

Ich rannte über das Grundstück, dass der Sand nur so hinter mir wegspritzte, und stoppte erst am Bungalow. Ich schluchzte, während ich Wasser heiß machte, um zu baden. Ich wollte jede Spur von Ross Chapman an meinem Körper tilgen. Ich zog meinen Morgenmantel an, schüttelte den Sand aus meinem Haar und stand barfuß in der Küche, um zuzusehen, wie das Wasser langsam warm wurde. Ich fühlte mich benommen. Als ob ich verrückt werden würde. Und ich wiederholte immer wieder: *Es tut mir leid, Charles, es tut mir so leid, Charles.*

Ich bin über diesen Abend niemals richtig hinweggekommen und habe ihn mir nie verziehen. Sogar mit einundachtzig Jahren und mit dem Wissen, dass man den Vorfall durchaus als Date Rape bezeichnen konnte, wachte ich manchmal mitten in der Nacht davon auf, dass ich diesen Satz voller Schuld und Reue vor mich hin murmelte.

36. KAPITEL

Julie
1962

Ich erinnere mich an den Tag, an dem alles schiefging. Es war der fünfte August, ein Sonntag. An diesem Tag starb auch Marilyn Monroe.

An dem Morgen saßen wir alle außer Isabel am Verandatisch und warteten darauf, unser reichhaltiges Sonntagsfrühstück zu beginnen.

„Isabel?“ Meine Mutter lehnte sich zurück, um ins Wohnzimmer zu spähen. Wir durften Eier und Speck und Brötchen und Streuselkuchen erst anrühren, wenn meine ältere Schwester am Tisch saß und wir ein Tischgebet gesprochen hatten.

Wir hörten, wie Isabels Füße über das Linoleum im Wohnzimmer jagten. Sie rannte auf die Veranda und setzte sich neben mich.

„Marilyn Monroe ist tot“, verkündete sie, als wir uns gerade die Hände zum Tischgebet reichten.

„*Was?*“ Meine Mutter nahm Lucys Hand. „Wovon redest du?“

„Ich habe es gerade im Radio gehört“, sagte Isabel. „Sie hat sich umgebracht.“

„Was für eine Schande“, empörte sich meine Großmutter.

Mein Vater gab einen Laut des Abscheus von sich. „Es ist nur passend, dass sie durch eine Sünde gestorben ist, denn so hat sie auch gelebt“, war sein Kommentar.

„Wie hat sie sich umgebracht?“, fragte ich neugierig.

„Ich will nichts davon hören!“ Lucy hielt sich die Ohren zu und summte laut, als meine Schwester antworten wollte.

„Nicht jetzt, Isabel“, befahl Grandma. „Lucy will es nicht hören.“

Ich wusste wenig über Marilyn Monroe, nur dass sie blond

und schön und äußerst sexy war. Die Männer wurden schwach bei ihr, und die Frauen beneideten sie. Warum sollte so jemand sich umbringen?

„Lasst uns das Tischgebet sprechen." Mein Vater griff auf der einen Seite nach meiner und auf der anderen nach der Hand meiner Großmutter. Wir beugten die Köpfe, rezitierten die auswendig gelernten Worte und machten uns dann ans Frühstück. Am Sonntagmorgen stand immer mein Vater in der Küche und bereitete Rühreier mit Zwiebeln, Peperoni und Tomaten zu. Das Sonntagsfrühstück gehörte zu meinen Lieblingszeiten mit der Familie.

„Heute Abend", verkündete Grandma, während sie das Rührei mit der Gabelseite zerteilte, „wollen Grandpop und ich euch Mädchen mit zur Strandpromenade nehmen."

Ich schrie vor Freude auf, war aber nicht überrascht, als Izzy sich rausredete.

„Danke, Gram", sagte sie, „doch ich habe schon eine Verabredung."

„Kommst du auch mit, Mom?", fragte Lucy.

Meine Mutter schenkte sich eine zweite Tasse Kaffee ein. „Nein, Liebes", meinte sie. „Ich bleibe zu Hause und erledige die Hausarbeit." Es sollte noch Jahre dauern, bis mir aufging, wie sehr sich meine Mutter vermutlich auf eine Pause von uns allen freute.

Marilyn Monroes Selbstmord kam erst später während des Frühstücks wieder zur Sprache.

„Mädchen", begann mein Vater, „es steckt eine Lektion in Marilyn Monroes Tod."

„*Daddy.*" Lucy stellte ihren Orangensaft ab und sah ihn ungnädig an. „Wir sollten doch jetzt nicht darüber sprechen."

„Du bist nicht zu jung, um von diesen Dingen zu erfahren", sagte er zu ihr. Dann sah er erst mich an, danach Isabel. „Sie lebte auf vielerlei Weise in Sünde. Es war ihr nicht nur egal, dass sie Gott verletzte, es war ihr auch egal, dass sie andere Menschen verletzte."

„Ich glaube nicht, dass sie *so* schlecht war, Charles", mischte Grandpop sich ein, während er Butter auf sein zweites Brötchen schmierte.

„Sieh dir die Fakten an", fuhr Daddy fort. „Sie hatte Affären mit verheirateten Männern. Mit vielen. Sie zerstörte Ehen. Sie posierte ... ohne Kleider für Kalender und Zeitschriften."

„Sie haben sie nackt gefunden", warf Isabel ein, und mein Vater schüttelte verächtlich den Kopf, als ob er sagen wollte: *Seht ihr, was ich meine?*

„Das vermutlich Schlimmste war, dass sie Abtreibungen hat vornehmen lassen", setzte er noch eins drauf. „Mehrere."

Ich erschauerte. Schließlich war ich von meinem Vater erzogen worden. Wie konnte eine Frau einem ungeborenen Kind das Leben nehmen?

„Was ist eine Abtreibung?", fragte Lucy.

„Das musst du noch nicht wissen." Meine Mutter warf meinem Vater einen bedeutungsvollen Blick zu.

„Und viele Leute glauben, dass sie eine Affäre mit Präsident Kennedy hatte", fügte mein Vater empört hinzu.

„Ach, das ist lächerlich", schaltete sich meine Großmutter ein. „Du setzt den Mädchen Gerüchte in den Kopf."

„Ich glaube, dass es wahr ist." Daddy trommelte mit den Fingerspitzen auf dem Rand seines Kaffeebechers. „Es tut mir leid, das zu sagen, doch ich halte John F. Kennedy für labil genug, das Ehegelübde zu brechen, und Marilyn Monroe war sicherlich fähig, ihn in Versuchung zu führen. Ein Verhalten wie das ihre kann zu nichts Gutem führen."

Ich dachte an meine unreinen Gedanken und beruhigte mich, dass sie eine Kleinigkeit waren im Vergleich zu dem, was Marilyn Monroe getan hatte.

„Ich habe von einer Frau gehört, die ihren Mann betrogen hat." Isabel hatte einen Ellenbogen auf dem Tisch, und in der anderen Hand wedelte sie mit einem knusprigen Schinkenstreifen herum, während sie sprach. „Sie fuhr mit ihrem Liebhaber in den Urlaub, und sie waren in einem Hubschrauber, und als sie ausstiegen, drehte sich der Propeller noch und schlug ihr den Kopf ab."

„Oh, Isabel!", rief meine Mutter.

„Ich will kein weiteres abscheuliches Wort mehr hören!" Lucy stand auf, nahm ihren Teller und trug ihn ins Haus.

Doch wie üblich hatte Isabel die Gunst meines Vaters gewonnen. Er blickte sie über den Tisch an und nickte. „Genau."

Mein Vater war so blind. Ich wünschte, ich hätte den Mut gehabt, ihm zu erzählen, dass sich Isabel und Ned jede Nacht auf der Plattform in der Bucht trafen. Meine Versuche, Bruno und Isabel zusammenzubringen waren bisher gescheitert, und in den Nächten, in denen ich mich mit dem Boot hinausschlich, sah ich sie dort – Isabel und Ned, die sich umarmten und küssten ... und noch viel, viel mehr.

Später an jenem Sonntag fuhr mein Vater nach Westfield, und ich sah, dass Wanda und ihre Familie noch immer auf der anderen Kanalseite saßen. Normalerweise angelten sie nur am Vormittag, doch heute war es angenehm kühl, und das wollten sie vermutlich nutzen. Ich hatte vor, zu ihnen hinüberzufahren.

Ich holte mein Angelzeug aus der Garage und ging dann ums Haus herum, um ein trockenes Handtuch von der Wäscheleine zu nehmen. Isabels schönes Giraffenhandtuch hing dort zwischen den alten Strandtüchern. Ich ging davon aus, dass Izzy schon am Strand war, sodass sie niemals erfahren würde, dass ich das Handtuch geborgt hatte, wenn ich es nur rechtzeitig zurückbrachte. Ich warf es mir über den Arm und ging dann in den Garten.

Meine Angelschnur war beim letzten Mal gerissen, weshalb ich mich auf einen Deckchair setzte, um sie zu reparieren. Nebenan waren Ned, Ethan und Mr. Chapman mit ihrem Boot im Dock beschäftigt. Ich sah ihre Köpfe und wurde Zeugin einer teilweise hitzigen Unterhaltung, auch wenn ich nicht jedes Wort verstand.

Plötzlich wurde Mr. Chapmans Stimme laut. „Ich sagte *Nein*!"

Ned schrie etwas Unverständliches zurück.

„Geh ins Haus, Ethan", befahl Mr. Chapman, und ich nahm an, dass Ethan entweder für etwas bestraft wurde oder – was wahrscheinlicher schien – dass das Gespräch nicht für seine Ohren bestimmt war. Für den Fall, dass jemand von den Chapmans zu mir herüberblicken sollte, hielt ich den Kopf dicht über die Angelschnur gebeugt und tat so, als sei ich ganz in meine Aufgabe vertieft. Doch in Wahrheit versuchte ich angestrengt zu verstehen, was gesagt wurde.

Nachdem die Verandatür hinter Ethan zugeschlagen war, ergriff Mr. Chapman wieder das Wort. „Du wirst sie heute Abend nicht treffen!"

Neugier und Hoffnung stiegen in mir hoch. Wenn ich Ned und Isabel nicht auseinanderbringen konnte, dann vielleicht Mr. Chapman. Meine Nasenspitze klebte fast an der Angelschnur, sodass mir ihr salziger Geruch in die Nase stieg.

„Wenn du die ganze Zeit davon gewusst hast", fragte Ned, „warum hast du dann plötzlich jetzt etwas dagegen?"

Mr. Chapman senkte die Stimme, und obwohl ich mich ein bisschen in Richtung ihres Gartens neigte und mein Haar hinters Ohr schob, verstand ich kein Wort. Das Gespräch dauerte nur noch wenige Minuten, bevor Mr. Chapman ins Haus ging. Ich hatte Mitleid mit Ned. Ich wusste, wie es war, wenn man zusammengestaucht wurde, und wie machtlos und wütend man sich fühlte.

Mit der Angelschnur war ich schon lange fertig, sodass ich jetzt meine Angel, meinen Eimer und das Giraffenhandtuch zu unserem Dock brachte. Ich kletterte die Leiter hinunter und wollte gerade in unser Boot springen, als ich Ned leise meinen Namen rufen hörte. Ich lugte über die Spundwand und sah ihn auf mich zukommen, weshalb ich alles ins Boot warf und schnell die Leiter wieder hochkletterte.

Ich wollte ihn schon lauthals begrüßen, doch er legte seinen Finger auf die Lippen.

Ich nickte. *Ich verstehe*, bedeutete ich ihm. Er wollte nicht, dass sein Vater etwas mitbekam.

Er wartete, bis er neben mir stand, bevor er mit leiser Stimme sprach. „Ist Izzy zu Hause?" Er blickte über die Schulter zu seinem Haus, als würde er befürchten, dass sein Vater ihn beobachtete. Ich konnte seine Angst fast riechen.

„Nein", raunte ich. Ich sah auf seine Hände, in denen ich die Spielzeuggiraffe vermutete, doch er hatte sie nicht dabei. „Ich glaube, sie ist mit Mitzi und Pam am Strand." Ich musterte ihn, um zu sehen, ob die Erwähnung von Pam irgendetwas bei ihm bewirkte, doch er schien kaum Notiz davon zu nehmen. Ich war hundertprozentig sicher, dass George an jenem Tag auf dem Fluss Ned entweder mit jemand anderem verwechselt hatte oder mich einfach nur aufziehen wollte.

„Könntest du ihr etwas von mir ausrichten?", bat Ned mich.

„Klar." *Ich würde alles für dich tun*, dachte ich. Es war toll, dass er an einem Sonntag mit mir sprach. Sonntags sah mein Haar besonders hübsch und wellig aus, weil ich es für die Kirche gewaschen und zurechtgemacht hatte. Ich fragte mich, ob er bemerkte, wie gut es aussah. Ich warf es über die Schulter, während wir sprachen, und hoffte, dass die Geste so sexy wirkte, wie ich mir das vorstellte.

„Sag ihr, dass ich sie heute Abend nicht treffen kann, okay?"

Ich nickte. Ich fühlte mich so erwachsen. So stolz, dass sie mir ihre Geheimnisse anvertrauten. „Keine Sorge", versicherte ich ihm. „Ich sage es ihr."

„Danke." Er machte eine Handbewegung zu meinem Kopf hin, und ich knirschte schon mit den Zähnen, weil ich erwartete, dass er mir wie einem Kind durchs Haar wuscheln würde. Doch stattdessen legte er die Hand auf meinen Hinterkopf und sah mir eindringlich in die Augen. „Du bist die Beste, Jules."

Ich wollte mich auf die Zehenspitzen stellen und ihn küssen. Es wäre so leicht gewesen. Er war so nah, so attraktiv. Doch meine nackten Füße klebten im Sand, und ich bedankte mich für das Kompliment nur mit einem Lächeln. Dann ging ich wieder zur Leiter.

Als ich wenig später meine Leine am anderen Ufer des Kanals auswarf, fühlte ich mich noch immer beschwingt von seiner Berührung. Ich hatte Isabels Handtuch vor mir über den Zaun gehängt, sodass die Giraffe darauf uns mit ihren großen, langbewimperten Augen ansah. Wanda gefiel das Handtuch so gut, dass ich mir wünschte, ich könnte es ihr schenken.

„Hast du jemals eine echte gesehen?" Sie deutete auf die Giraffe.

„Klar", erwiderte ich. „Im Zoo in New York. Du nicht?"

„Nöö", antwortete sie, und als wir uns wieder dem Angeln zuwandten, heckte ich einen neuen Plan aus. Ich würde etwas Geld sparen und damit Wanda – und vielleicht auch George, wenn er nett zu mir war – im Zug mit nach New York nehmen, wo wir den ganzen Tag im Zoo verbringen würden. Wenn Wanda noch nie eine Giraffe zu Gesicht bekommen hatte, hatte sie vermutlich auch noch nie einen Elefanten oder ein Rhinozeros oder andere wilde Tiere gesehen. Es wäre ein solcher Spaß, ihr diese ganze neue Welt vorzuführen. Ich überlegte, wie ich einen ganzen Tag von zu Hause fernbleiben könnte, als George meine Gedanken unterbrach.

„Also", sagte er, während er einen Köder an seinen Haken steckte, „warum gibt sich der Freund deiner großen Schwester mit einem schäbigen kleinen Kind wie dir ab?"

Aus seiner Bemerkung schloss ich, dass er Ned und mich im Garten gesehen hatte.

„Zufällig hält er mich für die Beste", erwiderte ich hochnäsig.

„Die Beste in was?", wollte er lachend wissen.

Ich ignorierte ihn. „Wie wäre es, wenn wir drei bald einmal in den Zoo in New York gehen?", schlug ich vor.

„Wie willst du deinen Daddy dazu bringen, dass er dir das erlaubt?", fragte Wanda, und George schüttelte den Kopf.

„Das macht mal zu zweit", meinte er. „Ich werde mich nicht drankriegen lassen, weil ich ein weißes Mädchen über die Staatsgrenze gebracht habe."

Fast eine Stunde ging unser Geplänkel so weiter – ich schmiedete Pläne für den Ausflug, und die beiden erzählten mir, warum es nicht funktionieren würde. Salena und die Männer saßen ein bisschen abseits von uns, und ich hörte sie die Lieder aus dem Radio mitsingen. Kein Fisch biss an, doch das störte niemanden.

Der Kanal bot viel Unterhaltung mit seiner sonntäglichen Armada aus Booten in allen Größen und Formen. Einige der größeren Boote dümpelten vor uns im Wasser, während sie darauf warteten, dass die Brücke aufging und sie durchließ. Immer mehr Boote drängten sich auf dem Kanal, und schließlich ertönten die vertrauten scheppernden Geräusche von der Brücke, als die zwei Teile langsam zur Seite schwenkten. Ich schaute fasziniert zu, weil der Anblick von dieser Seite des Kanals aus neu für mich war, als plötzlich ein Schnellboot direkt vor mir längs der Spundwand hielt.

„Hallo, Julie!"

Ich blickte hinunter und erkannte Bruno Walker in seinem Boot.

„Hallo, Bruno", begrüßte ich ihn überrascht. Sein fast schwarzer Ducktail war ein bisschen windzerzaust, was ihn noch attraktiver aussehen ließ als sonst, und er trug kein Hemd. Jeder einzelne Muskel zeichnete sich unter seiner sonnengebräunten Haut ab. Schon allein wenn er seine Zigarette zum

Mund führte, konnte man das Spiel von Muskeln und Sehnen an seinem starken Arm bewundern.

„Was machst du hier drüben?“ Er sah erst Wanda, dann George und dann wieder mich an. Er trug keine Sonnenbrille und konnte seine Verwunderung darüber, dass ich hier mit Farbigen angelte, kaum verbergen.

„Angeln“, erklärte ich, ohne die Frage zu beantworten, die er tatsächlich meinte. „Das hier sind meine Freunde, Wanda und George. Und das ist Bruno“, stellte ich sie vor und nickte in seine Richtung.

Wanda und George sagten nichts. Sie wussten, dass meine und ihre Welt nicht gut zusammenpassten.

„Ich möchte dich etwas fragen.“ Brunos Boot wurde in der Bugwelle eines anderen Schiffs auf und ab geworfen, doch er hielt es dicht vor uns. „Du und Isabel, seid ihr euch richtig nah?“

Ich zuckte die Achseln. „Irgendwie schon“, meinte ich. „Warum?“

„Was glaubst du, wie ernst es ihr mit Ned ist?“

Obwohl der Bootsausflug, den ich für meine Schwester, Ned und Bruno arrangiert hatte, nicht mein erhofftes Ziel erreicht hatte, sah ich nun eine andere Möglichkeit vor mir. „Ich glaube, dass sie allmählich das Interesse an ihm verliert.“

„Was du nicht sagst.“ Beim Sprechen bewegte er kaum die Lippen, als ob die Worte ihm wenig bedeuteten. Doch ich wusste, dass dies einfach seine Art war, und wurde mutiger.

„Du solltest mit ihr darüber sprechen“, schlug ich vor.

„Ich weiß nicht. Ich glaube nicht, dass ich ihr Typ bin.“

„Nun, vielleicht weiß sie noch gar nicht recht, wer ihr Typ ist.“ Ich klang wie eine Briefkastentante in der Zeitung.

„Außerdem ist es schwer, überhaupt mit ihr zu reden“, rechtfertigte er sich. „Ich sehe sie kaum, ohne dass Ned oder eine ihrer Freundinnen dabei ist.“ Er spielte mir direkt in die Hand.

„Ich weiß, wie du allein mit ihr sprechen kannst."

„Wie?"

„Irgendwann gegen Mitternacht schwimmt sie hinaus zur Plattform in der Bucht und sitzt dann einfach da, um nachzudenken", erklärte ich. „Sie ist gerne mal für sich, weißt du? Einfach nur, um über alles nachzudenken." Tatsächlich hasste Isabel es, allein zu sein. Ich sprach mehr über mich und wie ich meine Zeit verbrachte, wenn ich nachts mit dem Boot in die Bucht fuhr. Doch das spielte keine Rolle. In diesem Gespräch ging es nicht um die Wahrheit.

„Das ist ja merkwürdig", fand er. Ich bezweifelte sehr, dass Bruno der Typ war, der Momente der Ruhe und Innerlichkeit zu schätzen wusste. Er und Izzy würden perfekt zueinander passen.

„Sie ist einfach mal gern für sich", wiederholte ich achselzuckend. „Heute Nacht kannst du sie dort antreffen. Dann kannst du mit ihr sprechen, ohne dass jemand anders dabei ist."

„Ich weiß nicht", zierte er sich. „Ned ist ein guter Kumpel." Er blickte zur geöffneten Lovelandtown Bridge, und die Sonne spiegelte sich in seinen wunderschönen grünen Augen, während er an der Unterlippe nagte. Es war seltsam, einen so kräftigen, gut aussehenden Jungen so unsicher zu erleben. „Aber es ist eine gute Idee", betonte er und nickte, während er sich offenbar mehr und mehr mit dem Plan anfreundete. „Und du sagst, sie ist fast jede Nacht dort?"

„Ja. Und ich bin sicher, dass sie heute Nacht ebenfalls dort sein wird."

„Warum bist du sicher?"

„Weil es Sonntagnacht ist. Dad fährt sonntags zurück nach Westfield, sodass sie sich ein bisschen freier fühlt. Du weißt schon, damit man sie nicht erwischt."

„Dann danke, Julie", sagte er. „Du bist wirklich in Ordnung."

„Gerne."

Er blickte sich um, ob er zur Seite wegschwenken konnte, und winkte noch einmal, bevor er in Richtung Brücke losfuhr. Als das Röhren seines Boots zwischen den anderen Geräuschen auf dem Kanal verklungen war, dreht George sich zu mir um.

„Du führst nichts Gutes im Schilde, Mädchen“, warnte er.

Neds Nachricht richtete ich Isabel niemals aus. Lucy und ich gingen an jenem Abend mit unseren Großeltern zur Strandpromenade, und Izzy war mit ihren Freundinnen verabredet. Ich wusste, dass sie sie irgendwann verlassen würde, um sich mit Ned an der Plattform zu treffen. Sie durfte eigentlich nur bis halb zwölf weg, doch ich nahm an, dass sie gar nicht erst nach Hause ging, weil unsere Mutter sowieso schon schlafen würde. Ich war ganz aufgeregt wegen meines Plans und konnte an nichts anderes denken, während ich Karussell fuhr und die Zuckerwatte aß, die Grandpop uns spendierte. Ich hielt mich für wahnsinnig schlau.

Als wir wieder daheim waren, ging ich mit Lucy nach oben und wartete darauf, dass sie einschlief. Ich lag auf meinem Bett hinter dem Vorhang und las noch einmal *Der Beweis in der Schatzkiste*, doch ich schaffte nie mehr als einen Satz, bevor meine Gedanken zu Isabel wanderten und ich mich fragte, was wohl um Mitternacht geschehen würde. Ich hoffte, dass Bruno sich ein bisschen taktvoller verhielt als normalerweise. Ich stellte mir vor, dass er mit dem Boot an der Plattform hielt und fragte: „Bist du das, Isabel?“ Ich hoffte jedenfalls, dass er überrascht tat und nicht so etwas Dämliches vorbrachte wie: „Julie sagte mir, dass ich dich hier finden würde.“ Herrje, wenn er das tat, würde ich ihn umbringen.

Dann stellte ich mir vor, wie Isabel suchend zum Strand blicken und sich fragen würde, wo Ned blieb. Vielleicht würde sie Brunos Anwesenheit nervös machen. Vermutlich sogar, denn sie würde wohl kaum wollen, dass Ned sie dort mit einem anderen Jungen erwischte. Aber vielleicht würden sie und Bruno ein paar Minuten miteinander sprechen, und dann würde sie sich entspannen. Sie würde begreifen, dass Ned aus irgendeinem Grund nicht kam. Irgendetwas war schiefgegangen mit ihrer üblichen Verabredung. Und vielleicht würde ihr Bruno in einem anderen Licht erscheinen. Der Mond stand heute Nacht nur als schmale silberne Sichel am Himmel, sodass sie seine hübschen grünen Augen vermutlich nicht erkennen konnte, doch vielleicht fühlte sie sich dennoch zu ihm hingezogen. Zumindest würde sie anfangen, ihn mit Ned zu vergleichen, und mit ein bisschen Glück kam Ned dabei nicht so gut weg.

Wie so oft, wenn ich dabei war, schlief Lucy rasch ein. Ich arrangierte mein Bettzeug wieder so, als ob ich dort liegen würde, und schlich mich leise die wackelige Treppe hinunter.

Grandpop war bereits im Bett – ich hörte ihn schnarchen, als ich durch das Wohnzimmer ging. Ich gesellte mich auf eine Partie Canasta zu meiner Mutter und meiner Großmutter auf die Veranda. Doch ich konnte mich auf die Karten ebenso wenig konzentrieren wie zuvor auf mein Buch.

„Was ist los mir dir heute Abend?“, wunderte sich meine Mutter, nachdem ich für jeden zwölf statt elf Karten ausgeteilt hatte. Es war bereits mein dritter oder vierter Fehler.

„Wahrscheinlich bin ich nur müde“, gab ich vor.

Grandma legte mir die Hand auf die Stirn.

„Ich bin nicht krank“, protestierte ich lachend.

„Ihr zwei seid heute ja ein schönes Paar“, sagte Grandma kopfschüttelnd. „Julie ist müde, und Maria kann kaum aus den Augen gucken.“

Die Augen meiner Mutter waren rot und verweint. Sie hatte erklärt, dass sie beim Ausschütteln eines Strandtuchs den ganzen Sand in die Augen bekommen hatte.

„Ich sehe gut“, behauptete sie und klang leicht gereizt.

Grandma wandte sich wieder ihren Karten zu. „In der Kirche bin ich heute Morgen Libby Wilson über den Weg gelaufen."

„Ja, ich habe euch miteinander sprechen sehen." Meine Mutter zog eine Karte vom Stapel. „Wie geht es ihr?"

„Wer weiß das schon", sagte Grandma. „Wie es Libby geht, erfährt man niemals von Libby selbst. Sie redet immer nur über die Probleme anderer, nie über die eigenen." Sie sprach schnell. Ich liebte ihren starken italienischen Akzent, wenn sie in Fahrt war.

„Und was hast du über die Probleme anderer erfahren?" Mom legte eine Pikvier ab und hielt sich dann ein Taschentuch an ihr rechtes Auge, das ganz rot und wässerig war.

„Betty Sanders ist wieder krank", berichtete Grandma.

„Ach, die Arme", erwiderte meine Mutter. „Das ist das … wievielte Mal? Das dritte. Vermuten sie, dass es …?" Sie beendete den Satz nicht. Die Leute sprachen das Wort Krebs damals nicht aus, als ob man sonst Gefahr liefe, selbst daran zu erkranken.

Ich versuchte, auf der Uhr meiner Mutter die Zeit zu erkennen. Es schien ungefähr halb elf zu sein, doch ich war nicht sicher.

„Vermutlich." Meine Großmutter legte vier Königinnen vor sich aus. „Aber niemand spricht davon. Diesmal haben sie ihr alle weiblichen Organe entfernt."

„Ihhh", war mein Beitrag zur Konversation. Mit den Gedanken war ich allerdings woanders, und ich kannte Betty Sanders sowieso nicht.

„Ich werde ihr eine Karte schicken", sagte Mom.

„Libby erzählte außerdem, dass der Junge von Madge im letzten Herbst verhaftet wurde, und du wirst niemals erraten, warum", tat Grandma geheimnisvoll.

„Warum?", fragte meine Mutter prompt.

„Vergewaltigung." Grandma flüsterte nur.

„Oh, mein Gott!" Meine Mutter schüttelte ungläubig den

Kopf. „Ist er im Gefängnis?"

„Sie konnten ihn nicht festnageln, weil das Mädchen ein Flittchen war." Grandma stieß mich mit dem Ellenbogen an. „Du bist dran, Julie."

„Ich finde das furchtbar", empörte sich meine Mutter, als ich eine Karte vom Stapel zog. „Vergewaltigung ist Vergewaltigung, ob das Mädchen nun ein Flittchen war oder nicht."

Dass sie in meiner Anwesenheit über etwas sprachen, das mit Sex zu tun hatte, gefiel mir. Es gab mir das Gefühl, als hätte ich mit dem Einsetzen meiner Periode eine Schwelle überschritten und wäre in ihren Augen nun kein Kind mehr. Ich wusste, dass Vergewaltigung bedeutete, eine Frau zum Sex zu zwingen, doch mir war nicht klar, wie das vor sich gehen sollte. Wie machte ein Mann das? Wie konnte er die Beine einer Frau auseinanderpressen? Es war schwer für mich, mir überhaupt Sex vorzustellen – sogar Sex, der in gegenseitigem Einvernehmen stattfand. Ich erinnerte mich daran, wie ich mir den Tampon hatte einführen wollen. Es war unmöglich gewesen. Wenn Sex schon am Anfang so schwer zu vollziehen war, wie konnte es dann zu einer Vergewaltigung kommen?

„Nun, sie hatte einen einschlägigen Ruf", fuhr meine Großmutter fort. „Libby erzählte, dass Madge sehr wütend auf alle gewesen sei, die ihrem Sohn so etwas zutrauten."

Meine Mutter lachte. „Und das Letzte, was man sehen möchte, ist eine wütende Madge Walker! Erinnerst du dich noch, als ihr Mann im Clubhaus versehentlich einen Drink auf ihr verschüttete?"

Es dauerte einen Moment, bis der Name in meinem abwesenden Zustand etwas anstieß. Madge *Walker*.

„Wie heißt ihr Sohn?", erkundigte ich mich.

„Ich weiß es nicht", erwiderte Grandma. „Aber sie hat nur einen."

Oh mein Gott, dachte ich. Wie viele Walkers konnte es hier in unserer winzigen Gemeinde schon geben?

„Bruce“, vermutete meine Mutter und sah Grandma an. „Das ist er doch, oder? Bruce?“

„Mag sein“, sagte Grandma achselzuckend.

Das Herz schlug mir fast bis zum Hals, und ich starrte meine Mutter an. Sie konzentrierte sich auf ihre Karten und stellte keinerlei Verbindung her zwischen dem Bruce Walker, der vielleicht ein Vergewaltiger war, und Bruno, dem Jungen, der mit Isabels Clique herumzog. Mom hatte Isabel sogar einen Bootsausflug mit Ned erlaubt, nur weil Bruno bei ihnen war.

Und ich hatte ihn jetzt zu meiner Schwester geschickt, die in der Dunkelheit allein mit ihm sein würde!

„Dann hat die Polizei entschieden, dass er das Mädchen gar nicht richtig vergewaltigt hat, oder?“, fragte ich, während ich eine Kreuzsieben ablegte. Mir war es egal, welche Karte ich loswurde.

„Das Mädchen war … verlottert“, sagte meine Großmutter, „deswegen konnten sie weder das eine noch das andere nachweisen. Obwohl sie Verletzungen hatte. Das ist der Grund, warum du immer auf deinen guten Ruf achten musst.“ Sie drohte mir mit dem Finger.

„Nun, selbst wenn es keine richtige Vergewaltigung war“ – meine Mutter drückte sich wieder das Taschentuch ans Auge – „tut er doch Dinge, die er nicht tun sollte.“

„Es war eine Vergewaltigung“, erklärte meine Großmutter im Brustton der Überzeugung. „Libby schien sich dessen sicher.“

Meine Großmutter und meine Mutter erörterten weiter die neuesten Gerüchte aus der Nachbarschaft, während meine Gedanken sich immer weiter entfernten. Ich erinnerte mich, wie unsicher Bruno am Nachmittag im Boot gewesen war, als ich ihm vorgeschlagen hatte, mit Isabel zu reden. Er hatte eingeschüchtert und verletzbar gewirkt. Ein Vergewaltiger würde niemals so unsicher aussehen, dachte ich. Er musste unschuldig sein. Wahrscheinlich log das Mädchen, um ihm Schwierigkeiten zu machen. Doch als ich gegen elf tatsächlich ins Bett ging, konnte ich nicht schlafen. Bestand die Möglichkeit, dass ich Isabel einer Gefahr ausgesetzt hatte? War sie noch bei einer ihrer Freundinnen zu Hause? Sollte ich mich hinausschleichen und versuchen, sie zu finden? Ich hätte gern das Telefon benutzt, doch es hing im Wohnzimmer, zu dicht am Schlafzimmer meiner Eltern.

Ich ging zu dem anderen Bett in meiner Nische, damit ich aus dem Fenster schauen konnte. Es war stockdunkel, der Kanal kaum zu erkennen. Die Nacht hatte Wasser, Wälder und Himmel in das gleiche dunkle Blau getaucht. Ich saß da und lauschte dem Zirpen der Grillen. Ich fühlte meine Handlungsmöglichkeiten mit jeder Minute schwinden. Plötzlich erinnerte ich mich, wie Bruno in Neds Wagen über Isabel gesprochen und mit den Händen die Brüste meiner Schwester angedeutet hatte. *Oh Gott.*

Alles würde gut gehen, versuchte ich mich zu beruhigen. Vielleicht ließ sich Bruno ja gar nicht blicken. Dann würde Isabel nach Hause kommen und wütend auf Ned sein. Das wäre gut. Vielleicht war das sogar für mich ein guter Ausgang – bis Ned ihr allerdings erzählen würde, dass er mich hatte ausrichten lassen, er könne sie nicht treffen. Daran hatte ich nicht gedacht – wie sauer Ned auf mich sein würde, wenn ich ihm sagte, dass ich seine Botschaft vergessen hätte. Das würde vermutlich jede winzige Chance vermasseln, die ich vielleicht bei ihm hatte.

Das Wort *Vergewaltigung* kam mir wieder in den Sinn. War Bruno wirklich ein Vergewaltiger? Ich dachte an das Mädchen, das ihn beschuldigt hatte. *Sie hatte Verletzungen*, hatte Grandma gesagt.

Ich stand auf, weil ich es nicht mehr aushalten konnte. Die Uhr auf meinem Nachttisch zeigte Viertel vor zwölf. Ich hatte zu viel Zeit mit Denken verbracht und zu wenig gehandelt. Ich würde zum Strand fahren. Lautlos kletterte ich die Stufen hinunter. Falls die Strömung gerade Richtung Bucht floss, wollte ich das Boot nehmen. Falls nicht, würde ich zum Strand laufen. Ich hätte gern mein Fahrrad genommen, doch es stand in der Garage, und wenn ich das Tor öffnete, weckte ich damit das ganze Haus.

Ich sollte Ned holen, dachte ich, als ich auf unsere Veranda trat. Ich sollte gestehen, was ich getan hatte, und ihn bitten mitzukommen. Diese Sache war wichtig und ernst genug für mich, um ihm die Wahrheit zu sagen.

Leise verließ ich das Haus und rannte über den Sand zur Hintertür der Chapmans. Ich hob die Hand, um zu klopfen, zögerte jedoch. Das Haus der Chapmans war dunkel, nicht ein Licht brannte. Ich konnte es einfach nicht tun. Ich konnte nicht an die Tür klopfen, seine Eltern wecken und ihnen allen meinen dummen Plan erklären. Mit Sicherheit würden sie meine Eltern mit hineinziehen, und das wäre nur Zeitverschwendung. Ich machte wieder kehrt. Obwohl es sehr dunkel war, konnte ich die vier Deckchairs erkennen, als ich wieder in unseren Garten und zum Dock rannte.

Die Strömung war schwach, doch sie zog noch immer in Richtung Bucht, und das Wasser glitzerte vor fluoreszierenden Quallen. Ich hatte diese glitzernde Lichtvorstellung schon einmal gesehen, doch noch nicht in diesem Sommer. Ich entschied mich, das als gutes Omen anzusehen, denn ich brauchte positive Impulse für den Weg, der vor mir lag. Ich machte das Boot los, kletterte die Leiter hinunter und ruderte lautlos aus dem Dock.

Die Strömung ergriff das Boot und trug es gemächlich zu dem offenen Wasser der Bucht. Ich saß neben dem Motor, mit der Hand an der Pinne, damit das Boot nicht gegen die Spundwand gelenkt wurde. Wie viel Zeit war vergangen, seit ich auf die Uhr gesehen hatte? Fünf Minuten? Zehn? Sobald ich das Ende des Kanals erreicht hatte, würde ich den Motor starten und zur Plattform fahren. Wenn es noch vor Mitternacht war, würde Bruno vermutlich noch nicht da sein. Ich würde Isabel sagen, dass ich vergessen hätte, ihr Neds Botschaft auszurichten. Sie würde ins Boot steigen und ich sie nach Hause bringen. Und was, wenn Bruno bereits da war? Ich würde mir spontan etwas ausdenken. Irgendetwas. Aber ich würde sie nicht mit ihm allein lassen.

„Komm schon. Komm schon“, feuerte ich das Boot an, als ich mich der Bucht näherte. Bestimmt war ich jetzt weit genug vom Haus entfernt, um den Motor zu starten. Ich zog an der Schnur, doch die Antwort bestand nur aus einem Stottern. Ich zog erneut. Und noch einmal. Der Motor reagierte genau so wie an dem Tag, als ich mit Wanda und George auf den Fluss hinausgefahren war. Nur hatte ich diesmal nicht George dabei, der ihn für mich startete. Ich trieb allmählich in die Bucht, während ich mit dem Motor kämpfte. Ein Anflug von Panik erfasste mich angesichts des dunklen Wassers um mich herum, und eine unerwartete Brise trieb mich fort vom Strand, der doch mein Ziel war. Ich *musste* das Boot in Gang bekommen. Ich zog noch mehrere Male an der Leine. Meine Arme schmerzten vor Anstrengung, und meine Finger, die vermutlich schon aufgerissen waren, brannten. Für einen kurzen Moment stellte ich meine Bemühungen ein. Ich blickte in Richtung Strand und versuchte, die Plattform zu erkennen. Ohne das Geräusch des stotternden Motors war es völlig still, nur eine leise Brise streichelte mein Gesicht. Und dann hörte ich ihn: einen Schrei.

Ich sprang rasch auf, sodass ich fast über Bord gefallen wäre und mit den Armen rudernd um mein Gleichgewicht kämpfte. „Isabel!“, rief ich, doch ich spürte, wie die Brise meine Worte hinaus in die offene Bucht trug.

Ein weiterer Schrei durchschnitt die Stille, der diesmal als ein deutliches „*Hilfe!*“ zu verstehen war. Es war Isabels Stimme. Dessen war ich sicher.

Ich legte die Hände um den Mund. „Izzy!“, rief ich. „Izzy!“

Ich ging wieder auf die Knie und zog noch einmal mit aller Kraft an der Schnur des Motors. Während ich weiter mit dem Boot kämpfte und immer weiter in die Barnegat Bay abgetrieben wurde, bemerkte ich kaum, dass ich schluchzte – schluchzte, schrie und immer wieder nach meiner Schwester rief.

37. KAPITEL

Lucy
1962

Kaum war ich auf dem Dachboden aufgewacht, wusste ich, dass ich allein war. Die Leselampe in Julies Nische brannte zwar, doch die Silhouette in ihrem Bett bildete einen knollenförmigen Hügel, der unmöglich sie selbst sein konnte, wenn sie nicht urplötzlich fünfzig Pfund zugenommen hatte. Die Fenster standen alle offen, und eine Brise trug das Zirpen der Grillen und das leise Klatschen des Wassers in den Raum. Die Vorhänge um Isabels Bett waren noch nicht zugezogen, und ich sah, dass die weiße Überdecke noch ordentlich eingesteckt war. Als mir klar wurde, dass ich mich allein auf dem Dachboden befand, wurde ich ganz steif vor Panik. Ich hielt den Atem an und lauschte. Lauerte jemand hinter dem Schornstein, der in der Mitte des Raumes aufragte? Oder vielleicht im Badezimmer, wo er hinter dem Vorhang stand?

Ich bemühte mich, nicht an die Decke zu schauen, doch etwas schien mich zu zwingen. Und da war er: der Kopf des Mannes. Ich würde nicht losschreien, wie ich das in dieser einen beschämenden Nacht getan hatte. Ich musste hier raus, doch ich würde dabei nicht heulen wie ein Baby.

Ich musste drei oder vier Minuten wie gelähmt vor Angst dagelegen haben, bevor ich in der Lage war, aufzustehen. Ich bewegte mich langsam und lautlos, um denjenigen nicht zu alarmieren, der hinter dem Schornstein oder im Badezimmer lauern mochte. Auf Zehenspitzen ging ich zur Tür, fiel aber fast die Treppe hinunter in meinem Drang, dem Dachboden so rasch wie möglich zu entkommen. Im Wohnzimmer stand ich mit klopfendem Herzen in der Dunkelheit. Wo waren alle? Das ganze Haus war dunkel. Wie spät war es? Julie schlief vermutlich auf der Veranda, und Isabel musste bei

Mitzi oder Pam geblieben sein.

Ich ging den Flur hinunter und stand vor dem Schlafzimmer meiner Eltern. Daddy war in Westfield, doch ich hörte die tröstlichen Atemzüge meiner Mutter. Mehr brauchte ich nicht. Ich ging zurück ins Wohnzimmer, legte mich zwischen die weichen Kissen auf dem Sofa und sog den muffigen Geruch der alten Polster ein, während ich einschlummerte.

„*Lucy.*" Die Stimme meiner Großmutter weckte mich. Sie stand mit einem Stapel Teller in der Hand im Wohnzimmer und wollte auf der Veranda den Tisch für das Frühstück decken. „Hast du die ganze Nacht hier geschlafen?"

Ich öffnete die Augen und war einen Moment lang verwirrt. Dann setzte ich mich auf und nickte. „Ja. Isabel war nicht zu Hause, und Julie schlief auf der Veranda."

„Was sollen wir nur mit dir machen?" Sie schüttelte den Kopf und ging hinaus auf die Veranda. Ich beobachtete, wie sie in Richtung Bett schaute. „Wo ist Julie jetzt?", fragte sie, während sie die Teller auf den Tisch stellte.

„Ich weiß nicht. Sie muss nach oben gegangen sein."

„Hol sie und sag ihr, dass wir frühstücken", bat Grandma mich. „Bist du sicher, dass sie hier unten geschlafen hat? Das Bett sieht völlig unberührt aus."

Noch immer ein wenig benommen, kletterte ich auf den Dachboden. Julie lag nicht in ihrem Bett. Ihre Nachttischlampe brannte noch immer, und ich ging in ihre Nische, um sie auszuschalten. Ich bemerkte, wie nachlässig sie die Bettdecke unter das Laken gestopft hatte, um mich zu täuschen. Ich machte mir keinerlei Sorgen. Vermutlich hatte sie auf der Veranda geschlafen, war früh aufgestanden, hatte das Bett gemacht – was allerdings tatsächlich ungewöhnlich für sie war – und war dann zum Angeln hinausgegangen.

Ich zog meinen Badeanzug an und die Shorts darüber, bevor ich wieder nach unten ging. Der Morgenduft von Kaffee und Schinken erfüllte die Luft, und ich konnte sehen, dass meine Mutter bereits am Tisch saß.

Mein Großvater trug einen Teller mit Schinken durchs Wohnzimmer.

„Guten Morgen, Sonnenschein“, sagte er und zerzauste mir mit der freien Hand das Haar.

„Morgen, Grandpop“, wünschte ich und folgte ihm auf die Veranda.

„Wo sind Julie und Isabel?“ Meine Mutter sah mich fragend an, als ich mich setzte.

„Ich weiß es nicht. Ich dachte, dass Isabel bei einer ihrer Freundinnen übernachtet.“

Meine Mutter runzelte die Stirn. „Weißt du bei wem? Ich kann mich nicht erinnern, ihr das erlaubt zu haben.“

Ich schüttelte den Kopf. „Ich weiß es nicht.“

„Und ist Julie oben?“, fragte meine Mutter weiter.

„Nein. Ich dachte, sie würde hier draußen schlafen.“

Wie schon zuvor meine Großmutter, blickte nun auch meine Mutter zum Bett. Ihr Stirnrunzeln verstärkte sich. „Ich habe das Bett vorgestern gemacht. Es sieht völlig unberührt aus.“

Grandpop erhob sich so plötzlich, dass der Tisch wackelte, als er ihn mit den Oberschenkeln streifte. Er starrte zum Dock. „Das Boot ist weg!“ Wir drehten uns alle um, als er die Fliegengittertür aufstieß und in den Garten lief. Wir sahen, wie er sich nach allen Seiten suchend umschaute, während er zum Zaun beim Kanal lief. Von meinem Platz aus erkannte ich zwei kleine Segelboote, die in Richtung Bucht fuhren.

Grandpop kam rasch zur Veranda zurück. „Ich sehe sie nirgends.“ Die Sorge in seiner Stimme machte mir Angst, und ich ließ meinen Schinkenstreifen auf den Teller fallen. Mir war der Appetit vergangen.

Mom stand auf. „Ich werde bei Mitzis Eltern anrufen. Obwohl …“ Sie sah verwirrt aus, als sie sich zu Grandma umdrehte. „Warum sollten sie beide weg sein? Und das Boot?

Das ergibt keinen Sinn."

„Reg dich nicht auf", versuchte meine Großmutter sie zu beruhigen. „Es gibt bestimmt eine logische Erklärung dafür, da bin ich sicher."

Meine Mutter rief erst bei Mitzis Eltern an und dann bei Pams. Isabel war bei keiner von ihnen, und die Mädchen sagten, sie hätten sie nicht mehr gesehen, seit sie letzten Abend Mitzis Haus verlassen hätte, um nach Hause zu gehen. Ich beobachtete, wie meine Mutter nach dem Gespräch mit Pam den Hörer auflegte. Sie stand mit dem Gesicht zum Haus der Chapmans, und obwohl sich mehrere Mauern zwischen ihr und Ned Chapman befanden, wusste ich, dass sie ihn in Gedanken vor sich sah.

Sie zog ihre Schürze aus und ging rasch zur Hintertür. Grandma und ich blieben am Tisch sitzen, ohne das Essen anzurühren. „Wir machen uns alle Gedanken wegen nichts", meinte Grandma.

Grandpop stand mit dem Blick zum Kanal an der Fliegengittertür und wartete auf die Rückkehr meiner Mutter. Kurz darauf sah ich sie durch den Garten auf unsere Veranda zulaufen. Ich hatte meine Mutter noch nie rennen sehen und wusste, dass etwas Schreckliches geschehen war.

Grandpop stieß die Fliegengittertür für sie auf, und sie kam auf die Veranda.

„Irgendwas stimmt nicht", erklärte sie ihm außer Atem. „Ned hat sie seit gestern Morgen nicht gesehen. Und Joan Chapman sagt, sie hätte seit Sonnenaufgang im Garten gesessen und schon da bemerkt, dass unser Boot fort sei. Sie dachte, du wärst zu einem frühen Angeltrip rausgefahren."

Ich stand auf und begann zu weinen, wobei ich die Hände wrang wie eine alte Frau.

„Wir sollten die Wasserpolizei benachrichtigen", schlug Grandpop vor.

Meine Mutter blickte zum Garten der Chapmans, wo Ned

gerade im Dock sein Boot losmachte. „Ned will hinausfahren, um nach ihnen zu suchen."

Grandpop stieß wieder die Tür auf und trat nach draußen.

„Wo willst du hin?", fragte Grandma.

„Mit Ned hinaus", rief er uns über die Schulter zu.

„Ich werde Daddy anrufen." Meine Mutter ging auf die Verandatüren zu, die ins Haus führten. „Er muss herkommen –"

„Du ziehst voreilige Schlüsse", behauptete Grandma. „Glaubst du nicht –"

Meine Mutter wirbelte herum, um meiner Großmutter ins Gesicht zu sehen. „Mutter!" Ihre Stimme überschlug sich, und Mom klang mehr wie Isabel als wie sie selbst. „Sie werden beide *vermisst*. Das Boot ist fort. Es ergibt keinen Sinn. Irgendwas stimmt nicht."

Grandma war aufgestanden und hatte mir den Arm um die Schultern gelegt. „Du machst dir Sorgen, Lucy, nicht wahr?"

„Nun, vielleicht *sollte* sie sich Sorgen machen." Meine Mutter hastete an uns vorbei ins Wohnzimmer.

Meine Großmutter ließ mich los und murmelte etwas auf Italienisch, während sie begann, den Tisch abzuräumen. Ich ging zur Fliegengittertür und drückte meine Nase an das Drahtgeflecht. Es roch nach Staub und Metall, ein Geruch, den ich immer mit jenem Moment verband, als ich sah, wie Grandpop und Ned mit dem Boot der Chapmans in Richtung Bucht rasten.

38. KAPITEL

Julie
1962

Irgendwann in jener Nacht traf mein Boot auf Land. Ich hoffte, dass ich auf einer dieser kleinen strauchbewachsenen Inseln in der Bucht gestrandet war, doch die Dunkelheit und meine Angst machten mich so orientierungslos, dass ich nicht sicher sein konnte. Das Wasser schlug fast lautlos gegen das Boot, doch die Grillen und Frösche hinter mir sorgten für eine beständige Geräuschkulisse. Die Moskitos waren ebenso unsichtbar wie unersättlich. Sie summten an meinen Ohren und stürzten sich auf meine Arme, Beine und auf mein Gesicht. Ich fürchtete mich damals vor fast nichts, doch in jener Nacht war ich von Angst erfüllt.

Ich weinte, als ich mir vorstellte, was Bruno Isabel vielleicht angetan hatte, und betete, dass sie ihm entkommen war, bevor er sie verletzen oder vergewaltigen konnte. Ich sah sie vor mir, wie sie barfuß und womöglich nackt nach Hause rannte und nicht stehen blieb, bis sie die Sicherheit unseres Bungalows erreicht hatte. Wenn sie unversehrt war, das versprach ich Gott, würde ich nie wieder unreine Gedanken haben, würde nie wieder lügen oder meinen Eltern nicht gehorchen. Ich musste mich ändern. Ich war ein schreckliches Mädchen.

Ich saß in meinem Boot und hatte Angst, es zu verlassen, weil ich nicht wusste, worauf ich mit meinen nackten Füßen treten würde. Zum ersten Mal erfuhr ich am eigenen Leib, wie sich Lucy auf dem dunklen Dachboden fühlen musste. Ich würde mich nie wieder über sie lustig machen. Ich würde meine Schwestern hegen und pflegen. *Bitte, bitte, Gott, lass es Isabel gut gehen!*

Als klar war, dass ich nirgendwohin gehen würde, legte ich

mich ins Boot. Ich hätte gern ein Handtuch gehabt, um den harten, unnachgiebigen Boden abzupolstern. In dem Moment erinnerte ich mich daran, dass ich Isabels Handtuch auf der anderen Seite des Kanals gelassen hatte. Ich verfluchte mich selbst. An diesem Tag hatte ich einen Fehler nach dem anderen gemacht. Ich versuchte es mir so bequem zu machen, wie es mit den blutrünstigen Moskitos nur möglich war. Über mir funkelten einige wenige Sterne an dem dunklen Himmel, doch ich konnte mich nicht daran erfreuen. Allmählich fiel ich in einen unruhigen Schlaf, in dem mich der Schrei meiner Schwester als Echo verfolgte.

Ich erwachte unter einem sich rosa färbenden Himmel. Die aufgehende Sonne wärmte die Luft über der Bucht gerade erst auf. Ich fuhr hoch, als mir einfiel, wo ich war und warum, und jaulte auf, als mir ein Schmerz durch den Nacken schoss, der vom Liegen auf dem harten Untergrund ganz steif geworden war. Ich musste mich einmal um die eigene Achse drehen, um zu erkennen, dass ich tatsächlich auf einer der kleinen Inseln in der Bucht gelandet war. Der Strand lag so weit entfernt, dass ich nicht einmal die Plattform im Wasser erkennen konnte. Wer weiß, wo die Strömung mich hingetrieben hätte, wenn mein Boot nicht auf der Insel gestrandet wäre?

Es waren noch einige andere Boote auf dem Wasser. In der Ferne konnte ich ein paar Segelboote ausmachen und ein Boot wie meines, in dem zwei Männer anscheinend angelten. Ich erhob mich und winkte mit den Armen.

„Hilfe!“, schrie ich. „Bitte helft mir!“

Die Angler schienen mich nicht zu hören, und auch die Segelboote behielten ihren Kurs bei.

Ich hörte das Geräusch eines Motors und sah ein Schnellboot an meiner Insel vorbeifahren, als ich mich umdrehte. Ich winkte wie verrückt und schrie „Hey! Hierher!“, um die Aufmerksamkeit der vier Personen an Bord zu gewinnen. Ich hatte es schon fast aufgegeben, als das Boot wendete und auf mich zukam.

Der junge Mann am Steuer hielt das Boot etwa drei Meter vor der Insel an, da er offenbar befürchtete, sonst auf Grund zu laufen.

„Sitzt du fest?“, rief er. Neben ihm waren noch ein anderer Typ und zwei Mädchen im Boot. Ein Paar Wasserski ragten über den Bootsrand nach draußen.

„Ja“, rief ich zurück. „Ich konnte den Motor … Ich meine, ich habe ihn abgewürgt und kriege ihn nicht wieder an.“ Ich sah keinen Grund, ihm zu sagen, wie lange ich schon hier war. Mein ganzer Körper juckte von den Moskitostichen. Herrje, ich wollte nach Hause! Ich würde mit Freude jede Strafe akzeptieren, die mir aufgebürdet wurde. Ich wollte nur weg von dem Schlamassel, in den ich mich – und meine Schwester – manövriert hatte. Ich fragte mich, ob man sie ins Krankenhaus gebracht hatte. Musste man ins Krankenhaus, wenn man vergewaltigt worden war?

Der Typ im Boot zog sein T-Shirt aus, sprang ins hüfthohe Wasser und watete zu mir herüber, wo er in mein Boot kletterte. Er war viel jünger, als ich gedacht hatte, vermutlich erst sechzehn oder siebzehn. Er fummelte an dem Motor herum und riss ein ums andere Mal an der Leine, doch er hatte noch weniger Glück als ich.

„Der gibt keinen Mucks von sich“, stellte er fest. Er erhob sich und starrte kopfschüttelnd auf den Motor. „Komm in unser Boot, und ich bringe dich … Wo willst du eigentlich hin?“

„Ich wohne am Kanal“, sagte ich. Ich sehnte mich nach Hause.

Er grunzte, als würde ihn meine Antwort nicht gerade begeistern. „Okay“, meinte er dann gnädig. „Mit deinem Boot kommst du nirgendwo hin. Also los.“

Gemeinsam wateten wir zu seinem Boot, wo sein Freund mir hineinhalf. Dann erblickte ich keine zweihundert Meter entfernt das Boot der Chapmans mit meinem Großvater und Ned darin. Aufgrund meiner Erschöpfung und Verwirrtheit kam es mir nicht einmal seltsam vor, dass die beiden zusammen waren.

„*Hey!*“, kreischte ich, dass die Leute in meinem Boot zusammenschraken. „Das ist mein Großvater“, erklärte ich ihnen. „Hey!“, rief ich wieder, und der Junge, der mir hatte helfen wollen, betätigte das Horn.

Mein Großvater blickte in unsere Richtung, und wieder winkte ich mit den Armen. Neds Boot änderte sofort den Kurs und kam auf uns zu. Als die Boote Seite an Seite lagen, bedankte ich mich bei meinen Rettern und sprang auf das andere Boot hinüber, wo mein Großvater mir den Arm reichte und ich mich auf einen Sitz fallen ließ. Ich war unglaublich erleichtert, dass mein Martyrium vorüber war, und hätte am liebsten geweint, doch vor Ned wollte ich das nicht tun.

„Wo ist Isabel?“, fragte Ned, als sich das andere Boot von uns entfernte.

„Was meinst du?“, gab ich zurück. Angst kroch in mir hoch.

„Wir sind heute aufgewacht, und ihr wart beide fort“, erklärte mein Großvater.

Ich erstarrte. Instinktiv fing ich an, mir Lügen auszudenken, um mich zu schützen.

„Ich … ich habe vergessen, ihr zu sagen, dass du sie gestern Nacht nicht treffen konntest“, sagte ich zu Ned. „Und …“ Ich erinnerte mich an mein Gebet. *Lass es Isabel gut gehen, und ich höre auf zu lügen.* „Ich habe es nicht vergessen“, gab ich dann zu. „Ich habe es ihr nicht gesagt, weil Bruno mit ihr sprechen wollte. Deshalb habe ich ihm erzählt, dass sie um Mitternacht an der Plattform sein würde.“

Ned starrte mich an. Es war so früh am Morgen, dass er seine Sonnenbrille noch nicht aufhatte, und zum ersten Mal in meinem Leben sah ich Zorn in seinen blauen Augen.

„Du hast ihr eine Falle mit *Bruno* gestellt?“ Ungläubig sah er mich an.

„Was ist das mit dieser Plattform?“, wollte Grandpop wissen.

Ned trat einen Schritt auf mich zu. Er legte mir die Hände um die Hüften, hob mich hoch und warf mich über Bord.

Ich schoss wie ein Stein ins Wasser, und tauchte dann wieder auf. Ned lehnte sich über die Reling. „Du kleines Miststück“, fluchte er.

„Hey, hey“, beruhigte ihn mein Großvater. Er hob die Hand, damit Ned innehielt, und beugte sich dann über die Reling, um mir zurück ins Boot zu helfen. Ich zitterte am ganzen Leib, obwohl die Temperatur sicher schon bei fünfundzwanzig Grad lag und das Wasser nicht viel kälter war. Mein steifer Nacken sandte stechende Schmerzen in Richtung Kopf. „Okay, ihr zwei“, versuchte mein Großvater zu schlichten und übernahm das Kommando. „Worüber auch immer ihr euch streitet, lasst es gut sein. Diese Sache ist ernst, und ich will die Wahrheit hören.“ Ein größeres Boot fuhr vorüber, und die Bugwelle hob uns erst hoch, bevor sie uns wieder nach unten fallen ließ. Mir war schlecht. Ned und ich sahen uns an. Wir hatte beide etwas zu verbergen, und ich sah ihm an, dass er ebenso gut wie ich wusste, dass wir es nicht länger verheimlichen durften.

„Isabel und ich haben uns manchmal an der Plattform am Strand getroffen“, begann Ned. „Um Mitternacht.“

Ich bemerkte, wie mein Großvater mit seinem Ärger kämpfte und versuchte, sich nichts anmerken zu lassen. „Okay“, sagte er wieder. „Und was ist letzte Nacht passiert?“

„Ich bat Julie, Isabel auszurichten, dass ich sie nicht treffen könne.“

„Und Bruno kam vorbei und fragte, wo er Isabel finden könnte, und ich sagte, ich wüsste nicht, wo sie im Moment ist, doch dass er sie gegen Mitternacht an der Plattform finden würde. Und ich war dann auch draußen, und ich …“ Ich hatte

Angst, es laut auszusprechen.

„Was?", bohrte Ned.

„Ich hörte sie schreien. Ich hörte sie nach –"

„Betätige das Horn!", befahl Grandpop Ned, ging jedoch an ihm vorbei und tat es selbst, wobei er mit der anderen Hand winkte. Als Ned und ich uns umwandten, sahen wir einen Klipper der Wasserpolizei, den Grandpop zum Anhalten bringen wollte.

Wir verhielten uns ruhig, als der Klipper beidrehte. „Wir haben die Zwölfjährige – Julie", teilte Grandpop ihnen mit, und erst da begriff ich, dass sie die Wasserpolizei nach mir hatten suchen lassen. „Doch das ältere Mädchen wird noch immer vermisst."

„Sie waren nicht zusammen?", fragte einer der Männer.

Grandpop schüttelte den Kopf. „Sehen Sie bei der Plattform am Strand von Bay Head Shores nach", sagte er. „Die Kleine hörte von dort etwa um Mitternacht einen Schrei."

Wir folgten dem Klipper in Richtung Strand. Grandpop stand neben Ned, hielt sich an der Windschutzscheibe fest und starrte unbewegt nach vorn.

„Grandpop", stammelte ich. „Es tut mir leid."

Er antwortete nicht. Vielleicht hatte er mich bei dem ohrenbetäubenden Lärm des Motors nicht gehört. Ned verlangsamte die Fahrt, als wir uns der leeren Plattform näherten. Der einzige Mensch am Strand war eine Frau, die einen großen braunen Hund ausführte.

Der Klipper der Wasserpolizei drehte an der Plattform bei, doch Ned starrte auf einen Klumpen Seetang an der schilfbewachsenen Ecke des Strandes. Plötzlich stand er auf.

„Oh Gott", sagte er tonlos. Er zog sein T-Shirt aus und sprang ins Wasser. Ich griff nach Grandpops Arm, als er in Richtung Schilf schwamm, und es dauerte eine ganze Zeit, bis ich begriff, dass dort zwischen dem Schilf und dem Seetang der Körper meiner Schwester lag.

Meine stärkste Erinnerung an den Rest des Tages ist die eines dumpfen Schmerzes in meiner Brust und meinem Hals. Ich dachte, mein Herz würde jeden Moment stehen bleiben. Es war der Tag, an dem ich erfuhr, was das Wort Totenklage bedeutete. Und der Tag, an dem meine Mutter mich schlug. Sie hatte nie zuvor Hand an mich gelegt, doch sie gab mir eine schallende Ohrfeige, als sie von meinem Anteil am Tod meiner Schwester erfuhr.

„Wie konntest du ihr etwas so Schreckliches antun?", fragte sie verständnislos.

Meine Wange brannte, und Tränen rannen mir über das Gesicht.

„Du hast gestern Abend mit deiner Großmutter und mir auf der Veranda gesessen", sagte meine Mutter. „Du hast gehört, wie wir über den Walker-Jungen gesprochen haben und dass er ein Vergewaltiger sein könnte. Und du hast *nichts* gesagt! Wie konntest du? Warum hast du uns nichts gesagt?" Sie wollte mich erneut ohrfeigen, doch Grandpop hatte sich neben mich gestellt und hob den Arm, um den Schlag abzufangen.

„Nicht, Maria", versuchte er meine Mutter zu beschwichtigen.

„Warum hast du keinem Erwachsenen davon erzählt?", schrie mir meine Mutter ins Gesicht. Grandpop legte mir beschützend den Arm um die Schulter, doch meine Mutter konnte nicht aufhören zu schreien. „Wie konntest du das *tun*?", warf sie mir weinend vor. „*Wie?*"

Ich hatte keine Antwort, und die Worte *Es tut mir leid* waren so schwach und nutzlos, dass ich stattdessen lieber gar nichts sagte. Ich ließ den Kopf hängen und wollte mich an meinen Großvater anlehnen, doch trotz des Armes um meiner Schulter schien er weit entfernt zu sein. In mir krampfte sich alles zusammen, als ob etwas das Leben aus mir herauspressen wollte.

„Ich muss mich übergeben", stammelte ich und rannte schnell ins Badezimmer.

Ich übergab mich nicht. Es war nichts in mir, das ich hätte herauswürgen können. Wie ein Häufchen Elend hockte ich schluchzend auf dem Toilettensitz, während ich dem Jammern meiner Mutter und meiner Großmutter im Wohnzimmer lauschte. Niemand kam, um mich zu trösten. Vierzig Minuten lang muss ich dort so gesessen haben – voller Angst, das Badezimmer zu verlassen, voller Angst, meiner Familie entgegenzutreten.

Ich hörte, wie mein Vater eintraf, hörte ihn mit meiner Mutter im Flur vor dem Badezimmer sprechen. Ich sah sie in einer Umarmung vor mir. Sein Schluchzen war so laut wie das ihre, und ich weinte noch mehr. Ich schlang die Arme um meinen Körper und wiegte mich vor und zurück, denn ich wusste, dass ich ihnen ihre Lieblingstochter genommen hatte. Ich hörte, wie Autotüren zugeschlagen wurden, und beugte mich vor, um aus dem Fenster zu sehen. Ein Polizeiwagen parkte vor unserem Haus, und zwei Männer in Uniform kamen auf die Haustür zu.

Ich schloss die Augen und lauschte den Stimmen im Flur. Dann klopfte jemand an die Badezimmertür.

„Julie?“ Es war mein Großvater. „Ist alles in Ordnung?“

„Ja.“ Meine Stimme war nur ein Piepsen.

„Du musst herauskommen“, sagte er. „Die Polizei will mit dir sprechen.“

Ich wollte am liebsten in dem kleinen, sicheren Raum bleiben, stand aber auf und öffnete die Tür. Ich sah in das traurige Bassett-Gesicht meines Großvaters. Seine Augen waren rot. „Grandpop“, krächzte ich. Ich wollte ihm sagen, dass ich das alles nicht gewollt hatte, doch das wäre eine Entschuldigung für das gewesen, was ich getan hatte, und es gab keine Entschuldigung für diese spezielle Sünde. Er legte mir den Arm um die Schulter und führte mich den Flur entlang. Während des ganzen Weges durch das Wohnzimmer und über die Veranda sah ich die Polizisten im Garten mit meinem Vater sprechen. Und ich hörte Stimmen aus dem Schlafzimmer meiner Eltern. Meine Mutter, meine Großmutter und Lucy waren darin, ihre gedämpften Stimmen wurden immer wieder von Schluchzen unterbrochen. Ich hörte den Schluckauf meiner Schwester.

Ich wischte mir mit dem Handrücken über das Gesicht, als wir über die Veranda gingen. Grandpop öffnete die Fliegengittertür, und ich fiel fast die zwei Stufen zum Garten hinunter, weil meine Knie nachgaben. Mein Vater und die Polizisten sahen auf, als die Fliegengittertür hinter uns zufiel. In einem von ihnen erkannte ich Officer Davis, der mich gelobt hatte, als ich den kleinen Jungen aufgespürt hatte. Nun schämte ich mich, fühlte mich als gefallene Heldin.

Ned und sein Vater waren ebenfalls da. Plötzlich begriff ich, was für eine Närrin ich gewesen war: Ned war ein Mann, der hier mit vier anderen Männern stand. Was für eine kindische Idiotin war ich doch gewesen, zu glauben, dass er jemals ein romantisches Interesse an mir haben könnte. Ich hatte das Spiel einer Zwölfjährigen gespielt, doch mit den Konsequenzen der Erwachsenen.

Meine Vater hinkte auf mich zu und umarmte mich. Eine Geste, auf die ich nicht vorbereitet war. „Ich weiß, dass du ihr nicht schaden wolltest“, flüsterte er mir ins Ohr und seine Stimme brach beim Wort „schaden“. Niemals sollte ich das Geschenk vergessen, das er mir mit diesen Worten machte. Er löste sich von mir und wandte sich wieder der Polizei zu.

„Und Sie wollten sie gestern Nacht treffen?“, fragte Officer Davis Ned gerade.

Ned wirkte, als hätte er es satt, Fragen zu beantworten. „Ursprünglich ja“, gab er widerwillig zu. „Doch ich konnte nicht ...“ Er sah seinen Vater an, und ich erinnerte mich an den Streit, der dazu geführt hatte, dass er mir die Nachricht an Isabel auftrug. „Ich durfte gestern Abend nicht ausgehen. Deshalb bat ich Julie, Izzy die Botschaft auszurichten.“

„Warum durften Sie gestern Abend nicht ausgehen?", wollte der andere Officer wissen.

„Er war in diesem Sommer nicht viel zu Hause", mischte sich Mr. Chapman ein. „Immer unterwegs. Meine Frau und ich entschieden, dass er zur Abwechslung zu Hause bleiben und helfen sollte."

„Und, haben Sie das getan?", wandte Officer Davis sich an Ned. „Haben Sie gestern Abend zu Hause geholfen?"

Ned nickte langsam. „Ja-a." Er dehnte das Wort auf zwei Silben.

„Was genau haben Sie getan?"

„Ich habe sie nicht umgebracht", erwiderte Ned aufgebracht. „Warum sprechen Sie nicht mit Bruno Walker?"

„Ich sage ja gar nicht, dass Sie sie umgebracht haben, und nach Mr. Walker suchen wir gerade", entgegnete Officer Davis. „Im Moment versuche ich, mir ein genaues Bild von der letzten Nacht zu machen. Was haben Sie zu Hause getan?"

„Ich habe die Böden im ganzen Haus gewischt. Ich habe abgewaschen, mein Bruder trocknete ab. Ich habe die Wäsche zusammengelegt. Ich habe ein Radio repariert. Ist das genug?"

„Schsch, Ned", wies Mr. Chapman ihn zurecht. „Diese Einstellung macht es nicht besser."

„Und wo waren Sie gegen Mitternacht?", hakte Officer Davis nach.

„Ich dachte, Sie betrachten ihn nicht als Verdächtigen", schaltete sich nun wieder Mr. Chapman ein. „Er wird keine weiteren Fragen mehr beantworten, bis wir mit seinem Anwalt gesprochen haben." Plötzlich fiel mir ein, dass Mr. Chapman selbst Anwalt und auch der Vorsitzende Richter am Obersten Gerichtshof von New Jersey war. Ich war erleichtert, dass er seinem Sohn mit Rat und Tat beistehen würde. Es gefiel mir nicht, wie Ned befragt wurde. Officer Davis war so nett zu mir gewesen, als ich Donnie Jakes gefunden hatte. Doch jetzt kam eine andere, grimmige Seite an ihm zum Vorschein.

„Beantworte die Frage, Ned", sagte mein Vater im Befehlston. „Wo warst du letzte Nacht?" Ich bemerkte, dass der andere Polizist meinen Vater am Arm hielt, als ob er ihn davon abhalten wollte, Ned ins Gesicht zu schlagen. Ich fragte mich, was hier geschehen war, bevor Grandpop und ich herauskamen. Ich konnte mir vorstellen, wie Daddy darauf reagiert hatte, dass Ned und Isabel sich fast jede Nacht auf der Plattform getroffen hatten.

„Er hatte hart im Haus gearbeitet", sagte Mr. Chapman. „Ich war stolz auf ihn, dass er uns schließlich doch geholfen hatte. Danach saßen er und ich für eine Stunde oder so im Garten und sahen uns die Sterne an. Den Meteoritenschauer." Er blickte Ned an. „Wir aßen Eiscreme. Ich schätze, es war halb eins, als wir wieder hineingingen. Es war doch etwa halb eins, oder?", fragte er seinen Sohn, der unter dem Blick seines Vaters die Augen niederschlug.

„Ich habe nicht auf die Uhr gesehen", erklärte Ned.

„In Ordnung." Officer Davis klappte sein Notizbuch zu und nickte dann in meine Richtung. „Ich möchte mich jetzt mit Julie hier unterhalten." Er blickte Ned und seinen Vater an. „Sie beide können gehen. Wir bleiben in Kontakt."

Ned ging seinem Vater voraus zum Haus der Chapmans, und Daddy führte mich zu den Deckchairs. Ich setzte mich neben ihn, und mein Großvater wählte einen Korbsessel in der Nähe, während Officer Davis und der andere Polizist sich gegen den Zaun lehnten.

„Erzähl doch mal einfach von Anfang an, Julie", forderte Officer Davis mich freundlich auf.

Ich berichtete ihm alles und versuchte dabei nicht zu weinen, damit ich eine gute Zeugin war. Ich erzählte ihm, wie ich das Treffen zwischen Bruno und meiner Schwester arrangiert hatte, als ich mit Wanda angelte.

„Ich habe dir doch gesagt, du sollst da nicht hinüberfahren", schimpfte mein Vater, als ob das Angeln mit den Lewis der Grund für das Geschehene sei.

Ich gab zu, dass ich mich mit dem Boot hinausgeschlichen hatte, um Ned und Isabel auf der Plattform zu beobachten. „Das Ganze ist mein Fehler", sagte ich. Meine Stimme war mittlerweile heiser, sodass es nur als Flüstern herauskam. „Ich war eifersüchtig auf sie. Ich wollte nicht, dass sie Ned hat. Aber ich wollte auch nicht, dass sie getötet wird." Ich spürte die Hand meines Vaters auf meinem Rücken und war nicht sicher, ob die Berührung als Trost gemeint war oder ob ich aufhören sollte zu reden, weil ich schon zu viel gesagt hatte.

Ich fand es schade, als die Polizisten gingen, weil ich plötzlich wieder allein mit meiner Familie war und nicht wusste, wie ich dort länger hineinpasste. Im Bungalow herrschte eine Stimmung der Hilflosigkeit. Meine Mutter und meine Großmutter arbeiteten in der Küche, und das Schweigen wurde nur durch plötzliche Schluchzer unterbrochen. Mein Großvater und mein Vater saßen in ein Gespräch vertieft auf der Veranda. Lucy lag mit geschlossenen Augen und mit dem Daumen im Mund zusammengerollt auf der Couch im Wohnzimmer. Ihre Nase war ganz rot vom Weinen. Ich wusste nicht, wo ich hin sollte. Ich dachte daran, zu lesen, doch mir wurde wieder ganz übel, als ich an die kindischen Geschichten in meinen Nancy-Drew-Büchern dachte.

Ich setzte mich eine Zeit lang zu Lucy auf die Couch und starrte in die Luft. Ich wünschte mir, dass sie aufwachte und mit mir sprach, doch sie schlief wie betäubt. Vielleicht war sie es auch. Vielleicht hatten sie ihr etwas gegeben, damit sie ihren Kummer eine Weile vergaß.

Schließlich stand ich auf und ging in die Küche.

„Kann ich helfen?", fragte ich mit dünner Stimme.

Meine Mutter sah mich überrascht an, als hätte sie meine Existenz völlig vergessen. Dann wandte sie sich wieder der

Pfanne zu, in der sie ein Stück Fleisch anbriet.

„Es tut mir leid, dass ich dich geschlagen habe, Julie", entschuldigte sie sich, wobei sie auf den Braten achtete und nicht auf mich.

„Das ist in Ordnung", sagte ich.

„Hier." Meine Großmutter gab mir den Kartoffelschäler und deutete auf ein Häufchen Kartoffeln auf dem Tisch. „Du kannst schälen."

Wir arbeiteten in völligem Schweigen, was in unserer Familie nur selten vorkam. Doch es war mir nur recht, denn alles, was gesagt werden konnte, würde nur voller Schmerz und Zorn sein. Ich schälte jede einzelne Kartoffel perfekt, hinterließ nicht das winzigste Stückchen Schale und schnitt jedes Auge heraus. Ich wollte die Aufgabe möglichst lange ausdehnen, weil ich nicht wusste, was ich danach tun sollte.

Als das Telefon klingelte, zuckte meine Mutter zusammen, unternahm aber keine Anstalten, ins Wohnzimmer zu gehen und abzunehmen. Mit einem Pfannenwender in der Hand stand sie wie erstarrt an der Spüle, während wir den Schritten meines Vaters und dann seinem „Hallo?" lauschten, als er den Hörer abnahm. So sehr wir uns bemühten, verstanden wir doch kaum etwas von dem Gespräch. Schließlich kam mein Vater in die Küche.

Er stand im Türrahmen, das Gesicht so fahl, dass ich Angst um ihn hatte. Er könnte sterben, dachte ich. Das hier könnte ihn umbringen. Ich wäre verantwortlich nicht nur für Isabels, sondern auch für seinen Tod.

„Sie wurde nicht … Es gab keine Vergewaltigung", sagte er. „Gott sei Dank das nicht."

„Was glauben sie, was geschehen ist?" Niemals zuvor hatte die Stimme meiner Mutter so schwach und zögernd geklungen, als ob sie Angst vor der Antwort hätte.

„Sie sagen, sie sei ertrunken, doch sie wurde vorher … unsanft behandelt. Sie hatte Male auf ihrer Schulter und an ihren

Armen und eine Beule am Kopf. Sie vermuten, dass sie den Walker-Jungen abgewehrt hat und dann ins Wasser fiel oder sprang, wobei sie sich den Kopf an der Plattform angeschlagen hat."

Plötzlich warf meine Mutter den Pfannenheber an die Wand und schlug die Hände vors Gesicht. Mein Vater eilte rasch zu ihr und zog sie in seine Arme. Meine Großmutter stellte sich zu ihnen und schlang die Arme um sie beide. Mit dem Kartoffelschäler in der Hand stand ich allein mitten in der Küche, und niemand beachtete die Tränen, die mir über das Gesicht rannen.

Gerade als wir uns zu einem Abendessen hinsetzten, auf das niemand Appetit hatte, besuchte uns Officer Davis noch einmal. Mein Vater war an die Tür gegangen und kam mit ihm zusammen zurück auf die Veranda.

„Es tut mir leid, Sie zu stören", sagte Officer Davis, „doch ich muss noch einmal mit Julie sprechen."

Mein Vater nickte mir wortlos zu.

Ich stand auf und ging mit meinem Vater und dem Officer hinaus in den Garten. Daddy und ich setzten uns wieder auf die Deckchairs, und dieses Mal nahm auch Officer Davis Platz. Er zog seinen Stuhl dicht an den meinen und beugte sich vor, die Ellenbogen auf den Knien und die Hände locker verschränkt.

„Wir haben Bruno Walker gefunden", berichtete er.

Ich war voller Hass auf Bruno. Ich erinnerte mich daran, wie er gestern in Richtung Brücke geschaut hatte und wie ich gehofft hatte, meine Schwester würde sich von seinen hübschen Augen angezogen fühlen.

„Wo haben Sie ihn gefunden?", fragte mein Vater.

„In Ortley Beach", antwortete der Officer.

„Hat er gestanden?"

Davis schüttelte den Kopf. „Er sagte, dass er mit Freunden

in einem gemieteten Ferienhaus gewesen sei und sich gegen ein Uhr früh verabschiedet hätte, um nach Hause zu gehen. Wir haben einige seiner Freunde einzeln befragt, und sie alle haben seine Geschichte bestätigt.

„Was für ein Mist", fluchte mein Vater.

Officer Davis sah mich eindringlich an. „Erzähl mir noch einmal, was vor sich ging, als du Bruno gesagt hast, dass deine Schwester um Mitternacht auf der Plattform sein würde. Wo warst du, als du ihm das erzählt hast?"

„Auf der anderen Seite des Kanals", erwiderte ich.

„Mit deiner Freundin." Der Officer nickte. „Wie ist ihr Name?"

„Wanda Lewis."

„Sie sind nicht wirklich befreundet", gab mein Vater zu verstehen, und ich wusste, dass dies nicht der richtige Zeitpunkt war, um mich mit ihm zu streiten.

„Wer war noch da?", fragte der Officer weiter. „War noch irgendjemand da, der dein Gespräch mit Mr. Walker mit angehört hat?"

Du führst nichts Gutes im Schilde, Mädchen.

„George war da", erinnerte ich mich. „Wandas Bruder. Ihre anderen Verwandten waren auch da, doch sie standen weiter weg –" Ich deutete hinüber zu der Stelle, wo Salena und die Männer geangelt hatten. „Sie waren nicht nah genug, um uns zu hören."

„Aber dieser George schon", sagte der Officer.

Ich nickte. Plötzlich begriff ich, worauf das Ganze hinauslief.

„George würde niemandem etwas antun", verteidigte ich meinen farbigen Freund.

„Warum fragen Sie sie nach diesem … George?" Mein Vater sprach Georges Namen aus, als ob er von einem Gegenstand und nicht von einer Person redete.

„Mr. Walker behauptet, dass Mr. Lewis sehr aufmerksam

gewirkt hätte, als Julie sagte, dass Isabel allein auf der Plattform sein würde."

„Bruno versucht nur, die Schuld auf jemand anders abzuwälzen", behauptete ich, doch mein Herz wurde schwer. Ich erinnerte mich an die gelegentlichen anerkennenden Kommentare, die George über meine Schwester gemacht hatte, und an die merkwürdige Art, wie er meinen Vater angesehen hatte, als der mich nach Hause geholt hatte.

„Nun, das mag sein", lenkte Officer Davis ein. „Dennoch müssen wir auch mit Mr. Lewis sprechen. Weißt du, wo wir ihn finden können?"

Ich schüttelte den Kopf. „Ich habe keine Telefonnummer, Adresse oder so etwas. Aber ich glaube, sie wohnen in der South Street. Und wenn gutes Wetter ist, werden sie morgen früh vermutlich wieder auf der anderen Seite des Kanals sein. Aber ich weiß, dass er es nicht getan hat."

„Das weißt du nicht, Julie", wies mich mein Vater zurecht. „Du kennst diese Leute nicht wirklich. Du weißt nicht, wozu dieser Junge fähig ist."

„Er ist nett zu mir", sagte ich, doch das machte meinen Vater nur noch wütender.

„Siehst du, so etwas geschieht, wenn du mir nicht gehorchst", ärgerte er sich, und ich nahm an, dass er recht hatte.

In jener Nacht konnte ich nicht schlafen. Mit Lucy, die weinerlich und in sich gekehrt war, ging ich schon früh hinauf auf den Dachboden und wollte auch nicht mehr hinunter. Ich weinte noch immer – wir alle weinten. Immer wenn ich dachte, dass es nun gut wäre, dass ich mich im Griff hätte, schluchzte ich auf einmal wieder los.

In Gedanken ging ich die vorherige Nacht immer wieder durch, um zu prüfen, ob ich irgendetwas hätte anders machen und den Tod meiner Schwester verhindern können. Ich erinnerte mich, wie ich aus dem Dachbodenfenster hinaus auf den dunklen Kanal gesehen hatte. Wenn ich das Haus doch nur früher verlassen hätte! Hätte das einen Unterschied gemacht? Und was, wenn ich meine Idee in die Tat umgesetzt und Ned mitgenommen hätte? Dann wären wir mit seinem Boot gefahren und hätten die Plattform sicher erreicht, auch wenn wir vielleicht zu spät gekommen wären.

Plötzlich setzte ich mich kerzengerade auf. Ich erinnerte mich daran, wie ich hinüber zum Haus der Chapmans gelaufen war, um an ihre Tür zu klopfen, und gesehen hatte, dass alles dunkel war. Ich erinnerte mich daran, zum Kanal geschaut und die leeren Deckchairs gesehen zu haben. Und dann fiel mir die Befragung Neds durch die Polizisten am Nachmittag ein und wie Ned zu Boden geblickt hatte, als sein Vater sagte, sie hätten gemeinsam im Garten den Meteoritenschauer betrachtet. Hatte Mr. Chapman für seinen Sohn ein Alibi erfunden?

Ein Schauer rann mir über den Rücken.

Oh Ned, dachte ich. *Warum?*

39. KAPITEL

Julie
1962

Am nächsten Morgen erwachte ich mit neuer Entschlossenheit und einem Plan: Ich musste meine eigenen Ermittlungen anstellen. Die Fakten, die ich kannte, passten nicht zueinander. Ich würde der Polizei von meinem Verdacht gegen Ned erzählen, doch nicht, bevor ich überprüft hatte, welche anderen Beweise ich zusammentragen könnte. Sosehr mir der Gedanke auch widerstrebte, dass George der Mörder meiner Schwester sein könnte, mochte ich noch dreimal weniger daran denken, dass es Ned war. Dennoch würde ich objektiv sein, so unparteiisch, wie ich nur sein konnte, wenn ich meine Beweise sammelte.

Es erleichterte mich, etwas zu tun zu haben, das mein Gefühl der Hilflosigkeit linderte und es mir gleichzeitig erlaubte, meiner Familie aus dem Weg zu gehen. Ich verließ das Haus frühmorgens und ging in Gedanken versunken in Richtung Strand. Es ergab keinen Sinn, dass Ned mich gebeten hatte, Isabel auszurichten, dass er sie abends nicht treffen könne. Wie hätte er sonst davon ausgehen können, sie auf der Plattform zu finden? Meine Frage wurde nur wenige Minuten später beantwortet.

Ich war in der Nähe von Mitzis Zuhause, als ich bemerkte, dass sie vor dem Haus gerade den Wagen ihrer Eltern wusch. Sie versuchte sich vor mir auf der anderen Seite des Wagens zu verstecken, begriff aber, dass ich sie schon gesehen hatte. Ich bemerkte das resignierte Achselzucken, als ich auf sie zukam.

„Hallo, Mitzi“, begrüßte ich sie, als ich die kurze Auffahrt hochging.

„Hallo, Julie.“ Sie hielt mit dem Schwamm in der Hand

inne. Fast tat sie mir leid, weil sie sich so unwohl zu fühlen schien. „Geht es dir gut?", fragte sie. „Was ist mit deiner Mutter und deiner Großmutter?"

„Völlig durcheinander", sagte ich. „Hat die Polizei mit dir gesprochen?"

„Sie haben angerufen, fragten aber nur, um wie viel Uhr Izzy an dem Abend von mir wegging."

„Wann ist sie denn gegangen?"

„Halb zwölf." Sie wrang den Schwamm aus. Ihre Hände waren genauso pummelig wie der ganze Rest an ihr. „Sie wollte zu ... Du weißt ja schon, dass sie Ned immer um Mitternacht traf."

„Ja."

„Er war ganz schön sauer auf dich, weil du Izzy nicht ausgerichtet hattest, dass er nicht kommen kann. Selbst als er es doch konnte. Obwohl er es eigentlich nicht konnte." Sie lachte, wurde aber gleich wieder ernst, als sie sich an den Anlass des Gesprächs erinnerte.

„Was meinst du damit?", wunderte ich mich. „Was meinst du damit, dass er konnte und dann nicht konnte?"

„Er rief sie hier bei mir an, um ihr zu sagen, dass er sie nun vielleicht doch treffen könne", erklärte Mitzi. „Da erfuhr er dann auch, dass du es ihr nicht ausgerichtet hattest. Izzy war ebenfalls sauer auf dich. Wie auch immer, er sagte jedenfalls, dass er sie vielleicht treffen könne, er sei nicht sicher, doch er würde es versuchen. Doch er kam nicht raus. Ist das nicht unglaublich? Dass ausgerechnet in der einen Nacht, in der er nicht raus durfte, dieser schwarze Junge da war? Was für ein Scheißpech. Du musst –" Sie schüttelte den Kopf. „Ich wette, du könntest diesen Typen umbringen, wenn du ihn in die Finger bekommen würdest."

„Richtig", sagte ich. Es war am einfachsten, ihr zuzustimmen, doch in meinem Kopf drehte sich alles. Diese neuen Informationen musste ich erst einmal durchdenken.

„Aber sie haben ihn ja“, fuhr Mitzi fort. „Ich nehme an, du weißt das.“

„Haben wen? George?“

„Den schwarzen Jungen, ja. Ich habe es im Radio gehört, bevor ich herauskam.“

„Was haben sie gesagt?“

„Nur dass sie ihn gefunden haben und er behauptet, er sei unschuldig.“

„Vielleicht ist er das“, entgegnete ich.

„Wer sonst könnte es getan haben?“ Sie versuchte, ihre widerspenstigen dunklen Locken aus dem Gesicht zu streichen, doch sie fielen gleich wieder zurück. Sie tat mir leid, dass sie mit solchem Haar fertig werden musste. „Worüber ich nicht hinwegkomme, ist die Tatsache, dass ich die drittletzte Person war, die Izzy lebend gesehen hat.“ Dabei klang sie, als ob sie diesen Satz eingeübt hätte.

„Was meinst du mit drittletzte?“, hakte ich nach.

„Die ... du weißt schon. Die Person, die es getan hat, war die letzte“, versuchte sie mir die Logik nahezubringen. „Und Pam. Pam ging mit ihr zusammen hier weg, wie sie es immer taten, also war sie die zweitletzte.“

Pams Haus lag zwischen dem von Mitzi und dem Strand. Das ergab Sinn.

„Ned wird jetzt vermutlich mit Pam gehen“, spekulierte Mitzi.

Erst Jahre später wurde mir klar, wie taktlos diese Bemerkung von Mitzi Caruso war. Doch die Herzlosigkeit ihrer Worte ging in dem Augenblick damals an mir vorüber. Ich dachte nur an ihren Inhalt.

Ich verabschiedete mich von Mitzi und ging weiter Richtung Strand, wobei ich die Anhaltspunkte, die ich bislang hatte, in Gedanken ordnete. Erstens schien Neds Alibi eine Lüge zu sein, da ich ihn nicht mit seinem Vater im Garten gesehen hatte. Zweitens hatte Ned Isabel gesagt, dass er sie vielleicht doch treffen könne – etwas, das er der Polizei gegenüber nicht erwähnt hatte, soweit ich wusste. Drittens mochten seine Motive etwas mit seinem Interesse an Pam zu tun haben, doch dass er Izzy ermordete, um sie aus dem Weg zu räumen, schien mir etwas zu extrem.

Ich ging an Pam Durants Haus an der Lagune vorbei und nahm mir vor, mit ihr zu sprechen, nachdem ich den Strand untersucht hatte. Sie würde mir gegenüber weniger argwöhnisch sein als gegenüber der Polizei und sich deshalb vielleicht auch offener zeigen.

Der Strand war völlig verlassen. Ich hatte noch einige Polizisten in der Gegend erwartet, doch vielleicht hatten sie die Spurensuche bereits abgeschlossen. Höchstwahrscheinlich dachten sie, dass sie ihren Mörder jetzt hatten. Ich war mir mit jeder Minute sicherer, dass sie sich irrten.

Ich ging zu der Stelle an dem mit Seegras bewachsenen Ufer hinüber, wo man meine Schwester gefunden hatte. Ich suchte nach Dingen, die von den kleinen sanften Wellen ans Ufer gespült worden waren. Ich fand den Stiel eines Lutschers und einen Plastikbecher, doch das Interesse am Sammeln von altem Kram schien mir vergangen zu sein. Ich hob sie nicht einmal auf.

Tränen stiegen mir in die Augen, während ich durch die unheimlichen Büschel angeschwemmten Seetangs spazierte. Ich setzte mich dort hin, wo man Isabel gefunden hatte, und ließ das Wasser meine Beine umspülen. Ich fuhr mit den Händen durch die Halme des Seegrases. Hier war nichts. Was hatte ich erwartet?

Mit leeren Händen und schweren Herzens verließ ich den Strand und ging die Straße entlang zu Pams Haus. Ein Hund bellte, als ich an die Tür der Durants klopfte. So wie man durch unser Haus bis zum Kanal sehen konnte, konnte ich durch ihr Haus bis zur Lagune schauen.

Pam kam selbst an die Tür. Ihr Dobermannpinscher, der

einzige Hund, vor dem ich je Angst hatte, war an ihrer Seite.

„Oh, Julie!", sagte sie und zog die Tür weit auf. „Es tut mir so leid. Komm herein." Sie umarmte mich, doch ich fühlte mich ganz steif und behielt außerdem ihren Hund im Auge.

„Ich wollte nur mit dir reden", erklärte ich. Der Hund schnüffelte an der Rückseite meiner Hand.

Pam machte sich los, um mich zu mustern, doch auch ich fasste sie ins Auge. Das Weiße in ihren Augen hatte den bläulichen Schimmer von Magermilch. Keine Spur von Rot. Keine Spur von Tränen.

„Lass uns nach hinten in den Garten gehen", schlug sie vor.

„Sind deine Eltern da?", erkundigte ich mich, als wir durch das kleine Wohnzimmer gingen.

„Außer mir ist keiner da." An der Tür zur Küche hielt sie inne. „Möchtest du etwas trinken?"

Ich schüttelte den Kopf.

„Ich wäre beinahe selbst gestorben, als ich es erfuhr", sagte sie, als sie die Fliegengittertür aufstieß und den Garten betrat, der mit glatten hellen Steinen gepflastert war. Ich war froh, dass sie den Hund im Haus gelassen hatte. „Ich war die Letzte, die sie lebend gesehen hat", machte sie sich wichtig. Mitzi war wenigstens bescheiden genug gewesen, um sich als Drittletzte zu bezeichnen. Pam stellte sich gleich nach ganz vorn.

Wir saßen auf der Spundwand und ließen die Füße über dem ruhigen Lagunenwasser baumeln. Pam war so hübsch. Ihr fast schon weißer Pferdeschwanz fiel ihr in einer langen Spirale über die Schulter.

„Ich kann einfach nicht glauben, dass sie fort ist." Sie schüttelte den Kopf. „Ich habe noch niemanden gekannt, der gestorben ist. Es ist so tragisch."

„Weißt du, wo Ned in der Nacht war, als Isabel ermordet wurde?", fragte ich ganz unverblümt.

„Er war zu Hause", antwortete sie, als wüsste sie das mit Bestimmtheit.

„Er sagt, er hätte mit seinem Vater im Garten einen Meteoritenschauer betrachtet."

„Dann hat er das vermutlich auch getan." Pam zuckte die Achseln. „Er durfte nicht raus, nicht wahr? Und du solltest das Izzy sagen, hast es aber nicht getan."

„Doch dann hat er sie bei Mitzi angerufen, um zu sagen, dass er doch könnte."

„Er sagte, er könnte *vielleicht*. Sicher war er nicht." Sie neigte den Kopf, um mich anzuschauen. „Du weißt, dass Ned Isabel niemals etwas angetan hätte, oder?"

„Ich versuche nur, mir über ein paar Dinge klar zu werden", entgegnete ich.

„Er war gestern hier." Pam streckte die Beine aus, um ihre lackierten Zehennägel zu mustern. „Er war völlig am Boden zerstört. Er hatte wirklich Angst, dass die Cops ihn für den Täter hielten."

Und du hast ihn vermutlich getröstet, wollte ich sagen. „Vielleicht war er es ja", sagte ich stattdessen.

„*Was?*" Sie ließ ihre Beine wieder baumeln und schaute mich entgeistert an. „Ach Julie, sei nicht albern. Ned war ein *Lebensretter*. Er würde niemals jemanden umbringen."

Ich wusste nicht, was ich sonst noch fragen sollte. Außerdem war ich höchst erbärmlich darin, meine Bedenken wegen Ned für mich zu behalten. Nancy Drew wäre bei der Befragung von Pam sehr viel klüger vorgegangen als ich. Wir redeten noch eine Zeit lang, und dann verließ ich ihr Haus mit keinen weiteren Hinweisen außer meinem Argwohn.

Es gab noch eine andere Person, die ich befragen musste, und ich wusste ziemlich genau, wo sich sie finden würde. Ich ging zu der seichten Stelle am Ende des Shore Boulevard und folgte dem Pfad durch das hohe Gras.

„Wer ist da?", fragte Ethan, als es hinter ihm raschelte. Ich bemerkte die Angst in seiner Stimme. Vermutlich waren wir alle etwas überreizt.

„Ich bin es", beruhigte ich ihn.

Er saß am Rande des Wassers, wo er ein kleines Meeresforschungslabor aufgebaut hatte – mit einem kleinen Netz, einem Mikroskop und einem Buch über Meeresbewohner.

„Was willst du?", fragte er.

Ich setzte mich neben ihn, und der feuchte Sand kühlte meine Beine.

„War Ned in der Nacht, in der Isabel ermordet wurde, wirklich die ganze Zeit zu Hause?"

„Wie soll ich das wissen?" Er sah mich kopfschüttelnd an. „Du hältst dich wirklich für Nancy Drew, nicht wahr?"

„Und du hältst dich wirklich für irgendeinen Wissenschaftler." Mit einer Handbewegung kippte ich sein Mikroskop um, fühlte aber sogleich Reue. Abgesehen von Lucy war er der Einzige in meiner Umgebung, der schwächer war als ich. Vermutlich musste ich einfach nur meinen Frust an jemandem auslassen.

„Hey!" Er hob das Mikroskop aus dem feuchten Sand auf. „Das hier ist ein Präzisionsinstrument", protestierte er und hielt es beschützend in seinen Händen. „Du könntest es zerstört haben. Was ist los mit dir?"

„Ich glaube, dass dein Bruder meine Schwester getötet haben könnte", platzte ich heraus.

„Du hast nicht alle Tassen im Schrank!" Er schob seine Brille die Nase hoch. Ich hasste es, wenn er das tat. „Die Polizei hat bereits diesen –" er nickte in Richtung gegenüberliegendes Ufer „– diesen farbigen Jungen. Falls irgendjemand für den Tod deiner Schwester verantwortlich ist, dann bist das du, weil du ihn hast wissen lassen, dass Isabel in der Nacht allein am Strand sein würde."

„Ich habe sie nicht umgebracht", widersprach ich mit brennenden Augen.

„Nun, mein Bruder mit Sicherheit auch nicht. Er hatte Hausarrest."

„Ned hat sich vermutlich irgendwie hinausgeschlichen", beharrte ich. „Das hat er sonst ja auch getan."

„Du weißt gar nicht, wovon du sprichst." Mit Sorgfalt, fast schon zärtlich setzte Ethan das Mikroskop wieder in den Sand. „Woher weißt du denn, was mein Bruder normalerweise tut?"

„Ich weiß eine Menge", behauptete ich.

„Und warum ist Ned so am Boden zerstört, wenn er es getan hat? Er sitzt herum und weint wegen deiner Schwester."

„Nun, vielleicht weint er, weil er sie getötet hat und er –"

„Halt die Klappe!" Blitzartig war Ethan über mir und hielt meine Hände mit seinen dünnen Armen über meinem Kopf fest. Eines seiner Knie grub sich in meinen Bauch und ließ mich nach Luft schnappen. Ich sammelte all meine Kraft, um ihn von mir zu stoßen und zur Seite zu rollen, sodass ich über ihm war. Ich boxte ihn so fest ich konnte ins Gesicht. Er jaulte auf, und ich sah das Blut aus seiner Nase schießen. Es war mir egal. Ich schlug ihn noch einmal. Sein Kopf lag nur wenige Zentimeter vom Wasser entfernt, und ich hätte sein Gesicht leicht so drehen können, dass Mund und Nase von Wasser bedeckt wären. Dass ich einen solchen Gedanken überhaupt fassen konnte, brachte mich wieder zur Besinnung. Ich ließ ihn los und kam schluchzend auf die Beine. Fast blind vor Tränen und verwirrt von meinen widerstreitenden Gefühlen, rannte ich durch das hohe Gras zurück. Mein Herz krampfte sich zusammen, und meine Hände waren so fest zu Fäusten geballt, dass ich später Blut fand, wo sich meine Fingernägel in die Handflächen gegraben hatten. Ich wollte jemanden umbringen. Ich wusste nur nicht, wen.

Ich selbst rief die Polizei an. Meine Eltern und ich redeten nur mühsam miteinander, und ich konnte sie schwerlich bitten, es für mich zu tun. Ich erzählte Officer Davis von meinem Verdacht. Er hörte aufmerksam zu. Dann sagte er mir, dass George Lewis kein nachprüfbares Alibi hätte. George hatte der Polizei gesagt, dass er an der Seaside Heights Promenade auf einige Freunde gewartet hätte, die aber nicht aufgetaucht seien. Er hatte Kratzer im Gesicht und an den Armen gehabt, die er damit erklärte, dass er sich an jenem Abend am Strand mit einem weißen Jungen geprügelt hätte, den er nicht kannte. Die Polizei hatte jedoch keine Zeugen für den Kampf finden können. Beim Haus der Lewis fand man Georges nasse Hosen und – das Belastendste überhaupt – ein Handtuch, das Isabel gehörte.

„Aber *ich* habe das Handtuch mit auf die andere Seite des Kanals genommen und es dann versehentlich dort vergessen!“, schrie ich fast in das Telefon.

„Es war Blut darauf, Julie“, sagte Officer Davis. „Mr. Lewis behauptet, dass er das Handtuch nach der Prügelei benutzt habe. Da er und deine Schwester die gleiche Blutgruppe haben, wissen wir nicht, ob es sein oder ihr Blut ist, doch er war eindeutig in eine Auseinandersetzung verwickelt.“

„Die Stühle im Garten der Chapmans waren in jener Nacht leer“, sagte ich und wiederholte damit etwas, was ich ihm schon berichtet hatte.

„Wir werden die Chapmans deswegen noch einmal befragen“, versprach Officer Davis. „Ich weiß, dass du dir Sorgen machst und sicher sein möchtest, dass wir den richtigen Verdächtigen in Gewahrsam haben, und ich danke dir für den Anruf. Aber du lässt uns jetzt unsere Arbeit tun, ja?“

Als man Ned und Mr. Chapman noch einmal befragte, sagten sie aus, sie hätten in jener Nacht auf einer Decke in ihrem Garten gelegen, und darum hätte ich sie nicht gesehen, als ich zu ihrem Haus gelaufen sei. Ich glaube noch immer, dass ich sie dort gesehen hätte, und fand es zudem merkwürdig, dass sie *mich* nicht bemerkt hatten, obwohl ich nur ein kleines Stückchen hinter ihnen durch den Garten gelaufen war. Mit Sicherheit hätten sie mich hören müssen, als ich ins Boot stieg, doch niemand anderes schien sich an ihrer Geschichte zu stören.

Brunos Vater engagierte einen Anwalt – denselben, der ihn im letzten Jahr vor einer Strafe wegen Vergewaltigung bewahrt hatte. George wusste nicht einmal, wer sein Vater war, geschweige denn hatte er das Geld für einen Anwalt. Er wurde angeklagt und schließlich wegen fahrlässiger Tötung verurteilt.

Ned wurde noch nicht einmal verdächtigt. Jeder hielt den Sohn des Vorsitzenden Richters des Obersten Gerichtshofs von New Jersey für unschuldig – außer mir.

40. KAPITEL

Julie
1962

Innerhalb weniger Tage hatten wir unsere Habe zusammengepackt und den Bungalow zum letzten Mal verlassen. Dieser Tag setzte auch meinen detektivischen Ambitionen ein Ende. Isabels Beerdigung fand am Tag nach unserer Rückkehr in Westfield statt. Ich ging nicht hin, weil ich an jenem Morgen mit Bauchschmerzen aufwachte, die man im Nachhinein sicher als psychosomatisch bezeichnen konnte. Schon allein wenn ich den Kopf vom Kissen hob, schien sich der Raum zu drehen und mein Magen hochzukommen. Lucy wurde zu einer Nachbarin geschickt, während ich mit meinem wehen Bauch und meinem schlechten Gewissen zu Hause blieb. Ich fragte mich, ob ich Krebs hatte. Ich hatte schreckliche Angst, mit einer so gewaltigen Sünde auf dem Gewissen zu sterben.

Am folgenden Sonnabend wartete ich darauf, dass ich an der Reihe war zu beichten. Ich saß zwischen meiner Mutter und Lucy in der Kirchenbank von Holy Trinity und überlegte mir, was ich dem Priester sagen wollte. Ich ging bei der Beichte immer sehr systematisch vor mit meiner sorgfältig einstudierten Liste von Sünden. Diese Sünde aber passte nicht so richtig in die üblichen Kategorien. Obwohl ich seit Isabels Tod schon mehrmals daran gedacht hatte, zu beichten, hatte ich noch immer keine Ahnung, wie ich es anfangen sollte, als ich das winzige dunkle Abteil betrat.

Es spielte keine Rolle. Kaum hatte der Priester den Vorhang hinter dem kleinen Fenster aufgezogen, fing ich an zu weinen. In dem Beichtvater erkannte ich Pater Fagan, einen der ältesten Priester in unserer Gemeinde. Er hatte weiße Haare, und ebenso wie mein Vater hinkte er. Seine großen Hände hatten im Laufe der Jahre schon mehr als einmal sanft auf meinem Kopf geruht. Mir entfuhren laute, hicksende Schluchzer, die man vermutlich in der ganzen Kirche hören konnte. Ich dachte, dass vielleicht meine Mutter die Tür zum Beichtstuhl öffnen würde, um nach mir zu sehen. Vielleicht würde sie mich so in die Arme nehmen, wie sie es seit Isabels Tod nicht mehr getan hatte, doch das geschah nicht.

Pater Fagan nutzte eine Pause zwischen meinen Schluchzern, um mein Weinen zu unterbrechen. „Sag mir, was dich bedrückt, mein Kind."

„Ich …" Ich schluckte neu aufsteigende Tränen hinunter. „Ich habe etwas getan, das meine Schwester umgebracht hat."

„Oh", erwiderte er nur. Seine Stimme klang ruhig und kein bisschen aufgebracht oder schockiert, sodass ich mich fragte, ob er von Isabels Tod und meiner Rolle dabei wusste. Später erfuhr ich, dass er der Priester bei ihrer Beerdigung gewesen war. „Ich glaube, es wäre gut, wenn wir uns morgen nach dem Gottesdienst in der Pfarrei treffen", meinte er. „Könntest du das einrichten?"

Ich war überrascht. Ich konnte mir nicht vorstellen, meine Sünden im persönlichen Gespräch mit einem Priester zu beichten, doch ich wusste, dass ich die Einladung nicht abschlagen konnte.

„Ja, Pater", erwiderte ich.

„Gut. Komm um ein Uhr, und dann reden wir."

Ich wollte schon aufstehen, ging aber wieder auf die Knie. „Was, wenn ich bis dahin sterbe?", fragte ich. „Ich habe eine Todsünde begangen."

„Diese Sünde ist dir verziehen, Kind."

„Aber … Ich habe Ihnen noch gar nicht gesagt, was es ist. Es ist … Ich glaube, es ist unverzeihlich."

„Nichts ist unverzeihlich, Julie", sagte er und verblüffte mich, indem er mich bei meinem Namen nannte. „Geh jetzt zum Altar und bete drei ‚Gegrüßet seist du Maria' und zeige aufrichtige Reue. Und dann sehen wir uns morgen.“

„Okay“, sagte ich und erhob mich wieder. Doch ich fühlte mich nicht so, als ob er mir verziehen hätte. Ich hatte den Eindruck, dass er einfach nicht richtig verstand was ich Schreckliches getan hatte.

Am nächsten Tag nahm mich mein Vater mit zur Pfarrei und wartete in der Stube, während ich mit Pater Fagan sprach. Wir saßen in einem kleinen Zimmer mit schicken Stühlen und einem Leuchter, der von der Decke hing. Ich erzählte ihm alles, was ich getan hatte, und er hörte zu, wobei er ab und an mit dem Kopf nickte.

„Deine Sünde war der Neid.“ Er saß in einem großen Sessel, der mich an den Thron eines Königs erinnerte. Er legte die Fingerspitzen seiner Hände aneinander, als ob er jeden Augenblick anfangen könnte zu beten. „Und die Begierde nach dem Freund deiner Schwester“, fuhr er fort. „Und dass du sowohl deine Eltern als auch eine Reihe anderer Menschen belogen hast. Und außerdem Ungehorsam.“

Ich nickte, während er all die Dinge aufzählte, die ich falsch gemacht hatte.

„Aber“, sagte er. „Mord zählt nicht zu deinen Sünden.“

„Es wäre nicht passiert, wenn ich nicht –“

„Du wolltest nicht, dass sie stirbt.“

Ich senkte den Kopf und verfolgte eine Träne, die auf meinen blauen Rock fiel und dort einen dunklen Fleck bildete. „Nein.“

„Du wolltest nicht, dass sie stirbt“, wiederholte er, als ob er wollte, dass ich es wirklich glaubte.

Ich schüttelte den Kopf. „Ich habe sie geliebt.“

Er nickte. „Ich weiß.“ Dann änderte sich sein Ton, und ich wusste, dass wir uns dem Ende unseres Gesprächs näherten. Das enttäuschte mich. Hier konnte ich über alles reden. Zu Hause konnte ich nichts davon sagen. „Julie“, sagte er in dem veränderten Ton. „Du sollst wissen, dass du jederzeit zu mir kommen kannst, wenn du das Bedürfnis danach hast. Jederzeit. Du kannst mich mitten in der Nacht anrufen, wenn du das möchtest. Der Herr und ich werden immer für dich da sein. Und nun lass uns für die Seele deiner Schwester beten."

Das taten wir. Ein paar Minuten lang saß ich mit gesenktem Kopf da, während er Gott bat, über Isabel zu wachen. Ich spürte, wie während dieses Gebets ein winziges Stück Frieden in mein Herz einzog.

Als wir fertig waren und ich gerade hinausgehen wollte, fiel mir plötzlich ein, dass er mir keine richtige Buße aufgetragen hatte. Die drei „Gegrüßest seist du Maria" vom Vortag zählten sicher nicht; sie waren noch weniger, als ich von dem Priester in Point Pleasant für einen unreinen Gedanken bekommen hatte.

„Sie haben vergessen, mir meine Buße aufzutragen", erinnerte ich ihn, die Hand schon am Türknauf.

„Du brauchst keine Buße von mir", erwiderte Pater Fagan. „Deine Buße besteht darin, dass du mit dem, was du getan hast, bis zum Ende leben musst."

Er hätte nichts Wahreres sagen können.

Meine Großeltern brachten unseren Bungalow auf den Markt und verkauften ihn schnell. Auch das war meine Schuld. Das Haus hatte uns allen so viel bedeutet und gehörte seit fast vierzig Jahren zur Geschichte meiner Familie. Wir sollten im Sommer nie wieder an die Küste fahren. Dieses Kapitel in unserem Leben war vorüber.

Niemand sagte je: *Julie, du hast an allem Schuld, du bist ein schrecklicher Mensch*, doch das brauchte auch niemand. Jeder wusste, dass es so war. Es dauerte Wochen, bevor meine Mutter mit mir sprechen konnte, ohne *Warum? Warum? Warum?* zu fragen. Eine ganze Zeit lang fühlte ich mich abgeschnitten von dem warmen Familienleben, das ich kannte. Mit der Zeit wurde es besser, obwohl abgesehen von der mitfühlenden ersten Reaktion meines Vater niemand zu mir sagte: *Es ist in Ordnung, Julie. Wir wissen, dass du Isabels Tod nicht wolltest.* Diesen Trost fand ich in den Wochen und Monaten danach nur bei Pater Fagan, auch wenn ich diese Worte so gern von jemandem aus der Familie gehört hätte. Doch niemand sprach sie je aus.

41. KAPITEL

Lucy

„Erkennst du dieses kleine Gebäude wieder?“, fragte mich Julie, als wir in die Straße nach Bay Head Shores einbogen. Sie zeigte nach links, wo sich ein winziger Antiquitätenladen unter der Auffahrt zur Lovelandtown Bridge duckte.

Ich schüttelte den Kopf. „Nicht mal ansatzweise.“

„Na ja, es sieht natürlich auch völlig verändert aus“, bemerkte Julie. „Und die große Brücke war damals nur eine kleine, doch der Antiquitätenladen war früher der Eckladen. So haben wir ihn zumindest genannt. Du hast die Bonbonknöpfe dort geliebt.“

„Ja, an die Bonbonknöpfe erinnere ich mich“, erwiderte ich und sah die Streifen mit den bunten Bonbons vor mir.

„Einmal sind wir mit dem Fahrrad hierhergefahren und gerieten auf dem Heimweg in den Sprühnebel des Schädlingsbekämpfers, weißt du noch?“

„Daran erinnere ich mich auch“, sagte ich. „Ich fiel vom Fahrrad und hatte einen Schnitt am Arm.“ Ich sah meine Arme an, als erwartete ich, eine Narbe zu sehen, dabei war ich nicht einmal sicher, an welchem Arm ich mich verletzt hatte. „Vermutlich werden wir wegen des DDT, oder was auch immer es war, vorzeitig sterben“, fügte ich hinzu.

Julie bog wieder ab. „Sollen wir an der Bucht und unserem Strand vorbeifahren, bevor wir zu Ethan gehen?“

„Später“, schlug ich vor. Ich hatte einen Harnwegsinfekt, was mir furchtbar ungerecht vorkam, weil ich seit Monaten keinen Sex mehr gehabt hatte. Alles, woran ich im Moment denken konnte, war die Toilette in Ethans Haus.

Es war am frühen Freitagnachmittag, und Ethan hatte Julie, Shannon, Tanner und mich übers Wochenende in sein Haus eingeladen. Shannon und Tanner hatten abgelehnt, doch ich hatte zugesagt. Irgendetwas zog mich hinunter an die Küste. Ich wollte sehen, woran ich mich erinnerte.

Aus verschiedenen Gründen hatte ich mir gewünscht, dass Shannon und Tanner bei uns wären. Ich wollte, dass meine Nichte einen wichtigen Teil der Kindheit ihrer Mutter kennenlernte. Mehr noch aber dachte ich, dass sowohl Julie als auch ich mehr Zeit mit Shannon und Tanner benötigten. Das Bisschen, das ich von Tanner kannte, gefiel mir. Ich hatte ihn nur bei dem Barbecue erlebt, doch er hatte Eindruck auf mich gemacht, und ich fand, dass Shannon es wesentlich schlechter hätte treffen können als mit diesem intelligenten, aufgeschlossenen – nicht zu vergessen: gut aussehenden – jungen Mann. Der allerdings nicht ansatzweise jung genug war; in diesem Punkt musste ich Julie zustimmen. Doch nicht wir hatten die Wahl zu treffen. Was mir das Herz schwer machte und Julie fast umbrachte, war die Tatsache, dass Shannon so weit fort ziehen wollte. Ich wusste noch, wie es war, jung und verliebt zu sein und sich nach Unabhängigkeit zu sehnen. Besuche zu Hause waren das Letzte, was man im Sinn hatte.

„Weißt du", sagte ich jetzt zu Julie, „wir müssen einfach selber ein paarmal im Jahr nach Colorado fahren. Und Mom nehmen wir mit."

„Was?" Sie blickte mich verwirrt an, bevor sie auflachte. „Ach, du bist wieder bei dem Thema." Wir hatten die meiste Zeit während der Fahrt über Shannon und Tanner gesprochen, doch ich begriff, dass Julie jetzt gedanklich ganz bei unserer alten Nachbarschaft und bei Ethan war. „Ich habe nicht vor, ein paarmal im Jahr nach Colorado zu fahren", entgegnete sie, „weil ich nicht vorhabe, Shannon gehen zu lassen."

„Sie ist schwanger", protestierte ich. „Wenn sie es will, wird sie ganz legal für mündig erklärt und kann tun, was sie will."

„Können wir später darüber sprechen?", bat sie, während wir ein weiteres Mal abbogen.

„Sicher", gab ich zurück. Wir befanden uns seit Kurzem

in dieser leidigen Auseinandersetzung, dass Julie von Shannons Umzug nichts wissen wollte und ich versuchte, ihn ihr schmackhaft zu machen. „Tut mir leid, wenn ich dich damit nerve“, fügte ich hinzu.

Zu unserer Rechten blitzte zwischen einigen Häusern der Kanal auf.

„Oh!“, rief ich aus. „Ist dies unsere alte Straße?“

„Hm-hm.“

„Wow. Ich hätte sie niemals wiedererkannt. Wo sind nur all diese Häuser hergekommen?“

Julie hielt vor einem gelb-weiß gestrichenen Haus. „Erkennst du es wieder?“

Tat ich nicht. „Ist das unseres?“ Das Haus sagte mir absolut nichts.

Sie nickte.

Ich blickte zu dem blau bemalten Briefkasten mit dem Segelboot oben drauf. „Jemand liebt dieses Haus“, stellte ich fest.

„Und das hier ist Ethans Haus“, erklärte Julie, als sie in die nächste Auffahrt fuhr. Sie öffnete die Wagentür, bevor sie überhaupt den Motor abgestellt hatte. Ihre Veränderung war wirklich auffällig. Ich wusste, dass sie wütend war wegen Shannon und dass die Vergangenheit sie so stark belastete wie lange nicht mehr. Doch zugleich strahlte sie eine Freude aus, die ich noch nie zuvor an ihr bemerkt hatte, nicht einmal als sie damals als junges Mädchen in Glen verliebt war. Und der Anlass für diese Freude kam direkt aus dem Haus zu uns, umarmte Julie innig und küsste sie. Ich musste unwillkürlich lächeln.

„Willkommen, Lucy!“, begrüßte Ethan mich mit einer kürzeren und oberflächlicheren Version jener Umarmung, die meiner Schwester zuteilgeworden war.

„Hallo, Ethan“, sagte ich. „Ich sehne mich nach einer Toilette.“

Er lachte und zeigte in Richtung Haus. „Halb den Flur

hinunter und dann rechts“, erklärte er. „Wir treffen uns im Garten.“

Als ich Ethans Badezimmer verließ, ging ich in den hinteren Teil des Hauses. Durch die offenen Jalousien im Wintergarten erblickte ich den Kanal, und plötzlich wirkte alles vertraut. Ich ging hinaus zu Ethan und Julie, die an dem Maschendrahtzaun lehnten und dem Wochenendbetrieb der Boote auf dem Wasser zusahen. Mir wurde fast schwindlig bei dem Déjà-vu. Die Strömung war so stark, und ich erinnerte mich an meine Angst davor. Ich hatte Albträume gehabt, in denen ich in den Kanal fiel und vom Wasser mitgerissen wurde, während ich erfolglos versuchte, in eines der Docks zu schwimmen.

Ein Schauer überlief mich, als ich mich neben meine Schwester stellte.

„Huuu.“ Ich schüttelte mich. „Ich erinnere mich, wie viel Angst ich vor dem Wasser hatte.“

Julie legte den Arm um mich. „Das hattest du“, bestätigte sie. „Armes kleines Ding.“ Sie nickte zum benachbarten Garten hinüber. Ich hatte nicht einmal daran gedacht, dorthin zu sehen. „Erinnerst du dich daran?“

Hinter einem niedrigen Metallzaun sah ich einen kleinen Jungen, der in einem Wasserbecken planschte. Er ritt auf einem Plastikalligator, von dem er immer wieder herunterfiel, während daneben eine untersetzte, dunkelhaarige Frau mit einem Buch auf einer Liege lag. In dem eingezäunten Dock konnte ich den Aufbau eines Bootes erkennen, doch die lange, dunkle, mit grünem Fliegengitter geschützte Veranda war das Vertrauteste an der Szenerie.

„Ich würde zu gern ins Haus gehen“, sagte ich, „und sehen, was sich drinnen verändert hat.“

„Es sieht völlig anders aus“, erwiderte Ethan. „Ich rufe sie später an, und dann gehen wir hinüber.“ Er blickte zu Julie. „Du musst nicht mitkommen, wenn du nicht willst.“

Julie biss sich auf die Lippen. „Ich denke, es geht schon." Es war offensichtlich, dass sie schon vorher über dieses Thema gesprochen hatten.

Den Rest des Nachmittags verbrachten wir in Ethans Boot auf dem Kanal und dem Fluss. Es war mein erster Trip in diesen Gewässern, da ich als Kind ja zu ängstlich gewesen war, um mit dem Boot hinauszufahren. Nun liebte ich es. Doch am meisten erstaunte und begeisterte es mich, Julie wieder in einem Boot zu sehen. Sie lachte, als die Bugwelle von einem großen Schiff Wasser in unser Boot peitschte und wir aussahen wie zwei mittelalte Frauen beim „Miss Wet T-Shirt"-Wettbewerb. Sie hatte mit Ethan nicht nur die Liebe wiedergefunden, dachte ich, sondern auch den Mut und die Lebensfreude, die sie viele Jahre zuvor verloren hatte. Ich hatte einen Kloß im Hals, als ich sie lachen sah.

Als sich nach dem Abendessen der Himmel im Sonnenuntergang purpurrot färbte, schlenderten wir barfuß durch unseren alten Vorgarten und klopften bei den Nachbarn an die Haustür. Sie wurde von der jungen dunkelhaarigen Frau geöffnet, die ich hinten im Garten gesehen hatte.

„Hallo!", begrüßte sie uns. „Ich bin Ruth Klein. Und Sie müssen die früheren Bewohner unseres Hauses sein."

„Hey, Ruth", sagte Ethan. „Dies hier ist Julie Sellers." Er legte eine Hand auf Julies Rücken. „Und das ist ihre Schwester Lucy Bauer." Wir standen alle in dem kleinen Flur dicht an der Haustür.

„Wann haben Sie hier gewohnt?", fragte Ruth. Obwohl sie deutlich zu viel wog, war sie hübsch. Ihre rosige Haut war makellos, und die blauen Augen bildeten einen lebhaften Kontrast zu ihrem dunklen Haar.

„Unser Großvater hat das Haus 1926 gebaut", antwortete Julie. „In den fünfziger und Anfang der sechziger Jahre verbrachten Lucy und ich hier jeden Sommer."

„Oh", staunte Ruth. „Ich wette, es ist jetzt völlig verändert.

Wo wollen Sie anfangen?“

Julie schaute zu der halb offenen Tür zu unserer Linken. „Das hier war das Zimmer unserer Großeltern.“

„Gehen Sie nur hinein.“ Ruth stieß die Tür ganz auf. In dem kleinen Zimmer standen ein Doppelbett, eine schmale Kommode und ein Kleiderschrank. „Dies ist jetzt das Elternschlafzimmer, wie Sie unschwer erraten“, meinte sie.

Julie nickte. „Und schräg über den Flur war das Badezimmer.“

„Ist es noch immer“, sagte Ruth, und wir folgten ihr durch den Flur, um nacheinander einen Blick in das winzige Badezimmer zu werfen. Die Toilette und das Waschbecken sahen neu aus. In der Ecke war eine kleine dreieckige Badewanne eingebaut.

„Wir hatten dort nur eine Dusche“, erzählte Julie.

„Ich glaube, die Besitzer vor uns haben die Wanne eingebaut“, vermutete Ruth.

Wir gingen ein Stückchen weiter den Flur entlang. „Hier ist das Zimmer unseres Sohnes.“ Ruth deutete nach links. Der Raum war gerade groß genug für ein breites Bett und eine winzige Kommode.

„Das hier war das Zimmer von Mom und Dad, oder?“ Ich sah fragend zu Julie.

„Ja.“ Sie lächelte. „Sie hatten nicht gerade viel Platz, nicht wahr?“

Gegenüber befand sich die Küche, die mit ihren Glastüren vor den Schränken und der Granit-Arbeitsplatte ebenso wenig wiederzuerkennen war wie die anderen Zimmer, in denen wir gewohnt hatten.

Julie lachte. „Schön“, sagte sie und fuhr mit der Handfläche über den blaugrauen Granit. „Ich kann Ihnen sagen, dass unsere Küche nicht ansatzweise so aussah wie diese. Sie ist sehr schön.“

„Diese Küche – und natürlich die Lage am Wasser – gaben

den Ausschlag, das Haus zu kaufen“, sagte Ruth.

Wir gingen die paar Schritte ins Wohnzimmer, das hellgelb gestrichen war und in dem Sessel und Sofas in verschiedenen blau-gelben Mustern standen. Vor den Fenstern hingen transparente weiße Vorhänge.

„Das Zimmer wirkt viel offener als damals“, stellte ich fest.

„Da hast du recht“, bestätigte Julie. „Ich glaube, es war dunkler gestrichen. Es gefällt mir gut so.“

„Wir haben hier immer Onkel Wiggly gespielt“, erinnerte sich Ethan.

„Wie bitte?“, fragte Ruth lachend.

„Das war ein Brettspiel“, erklärte Julie.

Ich sah hinunter auf das Eichen-Laminat zu meinen Füßen. „Hier lag damals Linoleum.“ Dann erblickte ich die Treppe an der Seite des Zimmers. „Seht mal!“, rief ich. „Richtige Stufen!“

Julie lachte. „Wir hatten eine ausklappbare Treppe, als wir klein waren“, ließ sie Ruth wissen. „Lucy hatte furchtbare Angst davor.“

„Möchten Sie sich gerne auch oben umsehen?“, fragte Ruth.

„Wenn es Ihnen recht ist?“ Julie nahm ihr Haar im Nacken zusammen, wie sie es oft tat, wenn eine Hitzewallung sie überkam. „Der Dachboden war offen, als wir klein waren“, fuhr sie fort. „Nur ein Haufen Betten, die mit Vorhängen voneinander abgetrennt waren.“

„Wie in einem Schlafsaal?“, erkundigte sich Ruth.

„So ähnlich.“

Wir drei folgten Ruth nach oben, wo wir uns überzeugen konnten, wie sehr sich der Dachboden verändert hatte. Nun beherbergte er ein Büro mit drei Dachfenstern, ein großes Spielzimmer, zwei kleine Schlafzimmer und ein Badezimmer mit Dusche. Alles sah sauber und ordentlich und gepflegt aus. Hier war es wirklich schwer, von schlechten Erinnerungen heimgesucht zu werden, dachte ich. Es gab nichts mehr von der Vergangenheit, das sie hätte auslösen können.

Ich wollte fragen, ob ich das Badezimmer benutzen dürfe. Im Moment ging es mir noch gut, doch ich wusste, dass sich mein Harnwegsinfekt jede Minute melden konnte. Doch Julie, Ethan und Ruth gingen bereits wieder die Treppe hinunter. Ich konnte warten.

Als wir wieder unten waren, wandte sich Julie an Ruth. „Es macht mich wirklich glücklich zu sehen, wie wunderbar das ganze Haus aussieht“, schwärmte sie. „Man sieht, dass Sie gern hier wohnen.“

„Das tun wir“, bekräftigte Ruth und führte uns durch die französische Tür auf die Veranda. „War die Veranda schon mit Fliegengitter geschützt, als Sie hier wohnten?“, wollte sie wissen.

„Ja“, sagte Julie und sah von einem Ende zum anderen. „Hier haben wir die meiste Zeit verbracht.“

Ich erinnerte mich an die Veranda. Verglichen mit dem Haus hatte sie sich am wenigsten verändert, vielleicht weil man noch immer den gleichen Blick in den kleinen sandigen Garten und auf das Wasser hatte. Ein langer Holztisch und sechs mit Leder bezogene Stühle standen dort, wo unser alter Tisch gewesen war. Weiße Schaukelstühle aus Weiden-Imitat, ein Zweiersofa und kleine Tische füllten den restlichen Platz.

Im Garten saß der kleine Junge, den ich im Wasserbecken gesehen hatte, zusammen mit einem Mann in einem Korbsessel. Offenbar las ihm der Mann im schwindenden Licht gerade vor. Nichts machte mich glücklicher als Eltern, die ihrem Kind vorlasen.

Ruth musste gesehen haben, dass ich sie beobachtete. „Kommen Sie, lernen Sie meine Familie kennen.“

Wir gingen nach draußen. Der Sand im Garten war bereits abgekühlt und fühlte sich gut an unter meinen Füßen. Als der Mann uns kommen sah, standen er und der Junge auf.

„Hallo, Ethan“, begrüßte uns der Mann. „Und dies müssen die früheren Bewohnerinnen sein.“

Ethan stellte uns Ruths Mann Jim vor und ihren siebenjährigen Sohn Carter. Wir plauderten ein paar Minuten über das Haus und die Gegend und hielten uns die Moskitos vom Leib, während es immer dämmriger wurde.

Julies Blick wanderte zu einer Ecke des Gartens dicht am Haus. „Als ich klein war“, sie deutete zu der Ecke, „habe ich dort drüben einen Schatz vergraben.“

„Einen Schatz?“ Carter blickte zum ersten Mal während des Gesprächs interessiert.

Julie nickte.

„Könnte er noch dort sein?“, fragte Ruth.

Julie zuckte die Achseln. „Ich weiß nicht. Vielleicht hat ihn jemand in den letzten vierzig Jahren gefunden, oder man musste Arbeiten am Fundament vornehmen lassen und er wurde zerstört.“

„Oder er ist vielleicht doch noch da“, sagte Ethan. Er gab Julie einen leichten Schubs. „Möchtest du dich davon überzeugen?“

Julie blickte unsere Gastgeber an. „Es ist eine alte Brotbüchse. Sie war nicht sehr tief vergraben“, erklärte sie, um sie offenbar zu beruhigen, dass sie nicht ihren ganzen Garten umgraben würde. „Nur zehn oder zwanzig Zentimeter.“

Ruth blickte zu ihrem Mann, der belustigt wirkte. „Ich hole eine Schaufel und eine Taschenlampe“, sagte er und ging zur Garage.

Carter sah Julie an. Sogar in der Dämmerung erkannte ich, dass er die hübschen blauen Augen seiner Mutter hatte. „Was hast du in die Büchse hineingetan?“, fragte er.

„Dinge, die ich gefunden hatte“, antwortete sie, während wir zu der Ecke des Hauses schlenderten. „Einfach nur ein paar idiotische Dinge.“

Jim kehrte mit einer Gartenschaufel und einer hellen Halogenlampe zurück.

„Du weißt aber“, meinte Ruth mit einem Blick auf die kleine Gartenschaufel, „dass die Leute im Lauf der Jahre neuen Sand aufgetragen haben. Als wir einzogen, ließen wir selbst mehrere Lasterladungen kommen. Wenn die Büchse noch da ist, könnte sie doch ganz schön tief liegen."

Julie nahm die Schaufel und kniete sich in den Sand. Sie blickte zur Hausecke und schien die Entfernung abzuschätzen. Mir war klar, dass sie sich auch nach all dieser Zeit genau erinnerte, wo sich die Brotbüchse befinden musste. Mit der Schaufel schob sie ein paar Zentimeter losen Sand zur Seite. Dann hielt sie die Schaufel mit der Spitze nach unten und bohrte die Klinge in den Grund. Wir hörten, wie sie auf etwas traf.

„Oh, mein Gott", sagte Julie. „Sie ist noch da."

Wir saßen alle auf dem Boden, und Carter und ich halfen, den Sand mit unseren Händen zur Seite zu schaufeln, während Julie mit der Schaufel grub und Jim die Lampe hielt. Schließlich hatten wir den Deckel freigelegt. Julie fasste ihn an einem Ende, ich am anderen.

Julie sah mich über die Büchse hinweg an. „Eins, zwei, drei", gab sie das Kommando, und wir hoben gemeinsam den Deckel, wobei etwas Sand auf den Inhalt regnete.

Carter griff hinein, und ich hätte ihn am liebsten davon abgehalten. Dies hier war Julies Schatz. Ich wünschte ihr, dass sie die Büchse selber auspacken konnte.

Ruth schien meine Gedanken gelesen zu haben. „Warte, Carter", wies sie ihn zurecht. „Lass das Julie machen, denn schließlich gehört die Büchse ihr. Vielleicht darfst du sie danach für dein eigenes Spielzeug oder andere Sachen benutzen."

Julie nickte Ruth dankbar zu. „Natürlich darfst du sie dann benutzen", sagte sie zu Carter. „Nach heute Abend gehört sie dir."

„Oh, gut." Carter setzte sich zurück und faltete die Hände im Schoß. Was für ein braves Kind.

Ich merkte, wie sehr Julie darauf brannte, die Überreste ihres alten Lebens zu sichten, doch ich musste plötzlich auf die Toilette und konnte an nichts anderes denken. Ich wünschte mir, dass die Antibiotika endlich wirken und die Infektion in

Schach halten würden. Gerade wollte ich mich entschuldigen, als Julie plötzlich aufquiekte. Sie griff in die Büchse und zog einen winzigen Babyschuh aus Leder heraus. Vermutlich war er einmal weiß gewesen, doch im Licht der Halogenlampe hatte er einen gelb-orangen Schimmer.

„Oh, mein Gott! Den habe ich in dem seichten Wasser gefunden, wo Grandpop immer seine Killi-Fallen auslegte." Julie sah über die Büchse hinweg zu Ethan und lächelte. „Und wo Ethan sein Meeresforschungslaboratorium hatte."

Ethan lachte. „Ach ja", meinte er lachend. „Das hatte ich ganz vergessen."

„Funktionierte dein Mikroskop noch, nachdem ich ... du weißt schon?", fragte sie, und ich begriff, dass sie auf etwas anspielte, von dem nur sie beide wussten.

„Es war völlig in Ordnung", beruhigte Ethan sie.

Julie griff erneut in die Brotbüchse. „Und seht euch das an!", sagte sie, als sie eine alte Schallplatte herausholte, eine Single. Sie hielt sie näher an die Lampe und lachte. „Neil Sedaka. ‚Happy Birthday Sweet Sixteen'", las sie vor. „Ich habe keine Ahnung, wo ich die herhatte."

Ich musste unterbrechen. „Tut mir leid, aber ich muss zur Toilette." Ich erhob mich. „Ich gehe zu Ethan rüber und bin gleich –"

„Nehmen Sie unsere", bot Ruth ihr an und nickte in Richtung Haus. „Na los."

„Danke", erwiderte ich. Ich ging die zwei Stufen zur Veranda hinauf, stieß die Fliegengittertür auf und lief dann den Flur entlang Richtung Badezimmer. Hinter mir hörte ich noch einen überraschten Entdeckungsschrei meiner Schwester.

42. KAPITEL

Julie

Die Dinge in der Kiste zu sichten war überaus merkwürdig. Ich war froh um die schlechte Beleuchtung im Garten, weil dann niemand meine feuchten Augen bemerkte. Ich empfand Mitleid mit dem kleinen Mädchen, das völlig bedeutungslose Dinge aufbewahrt hatte, weil es sich danach sehnte, einen Kriminalfall aufzuklären. Niemals hatte sie sich das reale und schreckliche Verbrechen vorgestellt, das sie in jenem Sommer ereilte. Als ich die alten Fetzen, den eingedellten Ping-pong-Ball und den Babyschuh herausholte, wurde mir so klar wir nie zuvor, dass ich tatsächlich nur ein Kind gewesen war, eine Zwölfjährige, die keine Vorstellung von wirklicher Gefahr hatte. Die einzigen gefährlichen Dinge, die ich kannte, stammten aus meinen Nancy-Drew-Büchern, in denen die Heldin am Ende stets siegte.

In einer Ecke der Brotbüchse erregte etwas, das zwischen einer weiteren Schallplatte und einem Stück Tuch eingeklemmt war, meine Aufmerksamkeit. War es tatsächlich das, wofür ich es hielt?

„Könnten Sie die Lampe bitte ein bisschen dichter halten, Jim?“, bat ich.

Der Lichtkegel fiel auf die Kiste, und da war sie. Rot und lila, wie ich sie in Erinnerung hatte. Ich griff in die Ecke und zog die kleine Plastikgiraffe heraus.

„Die habe ich hier niemals reingelegt“, sagte ich im Brustton der Überzeugung.

„Was ist das?“ Ethan beugte sich vor. Ich spürte seinen Atem an meiner bloßen Schulter.

„Ein Spielzeug“, erwiderte ich. „Eine Giraffe. Isabel und Ned haben sie –“

„Sie gehörte Ned“, unterbrach mich Ethan. „Unser Onkel

schenkte sie ihm. Er gab uns beiden eine Figur. Meine war ein Elefant. Man kann sie auseinandernehmen." Er griff nach der Giraffe.

„Auseinandernehmen?", wiederholte ich verwirrt. „Ich dachte, es sei nur eine Spielfigur, die sie immer wieder austauschten."

„Wer hat sie ausgetauscht?" Ethan untersuchte die Giraffe. „Ned und deine Schwester?"

Ich nickte.

„Ich bin nicht sicher, wie diese hier funktioniert." Er drehte an dem Schwanz und dem Hals der Giraffe. Ich hatte niemals bemerkt, dass die Giraffe bewegliche Teile hatte. Plötzlich sprangen die rote und die lila Hälfte der Giraffe auseinander, und ich lachte laut auf.

„Sie müssen sich *Botschaften* mit der Giraffe geschickt haben!", rief ich. „Da wäre ich niemals draufgekommen."

Ethan hielt die Hälften der Figur unter das Licht. „Sieht so aus, als sei hier noch ein Zettel drin", sagte er.

43. KAPITEL

Lucy

Als ich im Badezimmer fertig war, ging ich in den schwach beleuchteten Flur. Ich stand neben der verglasten Haustür, als ich von der Straße Gelächter hörte. Ich drehte mich um, um hinauszuschauen, doch es war so dunkel geworden, dass ich den Haufen kleiner, kichernder Kinder, die die Straße entlangliefen, kaum erkennen konnte. Ich hätte nicht sagen können, wie viele es waren oder ob es Jungen oder Mädchen waren. Doch während ich ihnen nachsah, erinnerte ich mich plötzlich an die Nacht, in der Isabel starb, und vergaß für einen Moment Julie und ihre Nancy-Drew-Kiste.

Ich erinnerte mich, wie ich in jener Nacht allein auf dem Dachboden aufgewacht war, aber nicht schreien wollte. Ich erinnerte mich, dass ich die ausklappbare Treppe hinunterraste und wie die Stufen unter mir bebten. Doch ich ging nicht zuerst zum Zimmer meiner Eltern und dann zur Couch, um mich dort hinzulegen, wie ich es sonst immer tat. Zuerst ging ich zur Veranda, weil ich glaubte, Julie dort zu finden. Ich sah zum Bett am anderen Ende, doch es war zu dunkel, um etwas zu erkennen.

„Julie?“, rief ich.

Ich bekam keine Antwort, und die Dunkelheit schien mich zu ersticken. Ich hörte das Wasser an die Spundwand schlagen und das Quaken eines Frosches, das sich in das nächtliche Konzert der Grillen mischte. Ich wusste, dass draußen vor der Veranda auf der rechten Seite der Wald lag, doch ich konnte die Bäume in der Dunkelheit nicht erkennen. Der Gedanke, was alles dort lauern könnte, ließ mich auf der Stelle umkehren und zurück durchs Wohnzimmer und in den Flur rennen.

Dann stand ich vor dem Zimmer meiner Eltern und lauschte dem Atem meiner Mutter. Ich dachte daran, die Sofapolster zu holen, sie auf den Boden vor der Tür zu legen und dort zu schlafen, wo ich ihr so nah wie möglich sein konnte. Doch bevor ich die Idee in die Tat umsetzen konnte, musste ich auf die Toilette. Vorsichtig schlich ich den Flur entlang und fühlte mich vom Schnarchen meines Großvaters getröstet, das aus dem vorderen Schlafzimmer drang. Vor mir sah ich die Fliegengittertür zum Vorgarten; die Haustür selbst wurde durch einen schweren eisernen Türstopper in Form eines Hundes offen gehalten. Auf der anderen Seite der Fliegengittertür war es ebenso dunkel wie im Flur. Ich hasste es, dass wir nachts niemals die Türen abschlossen. Klar, die Fliegengittertür war durch einen Haken gesichert, doch das konnte mich nicht beruhigen, seit ich herausgefunden hatte, wie leicht die Sicherung aufzubrechen war.

Ich machte das Licht in dem kleinen Badezimmer an und war froh, endlich etwas sehen zu können. Ich pinkelte, spülte aber nicht, weil ich niemanden aufwecken wollte, dem ich dann erklären musste, was ich zu dieser Zeit hier unten tat. Ich schaltete das Licht wieder aus und ging hinaus. Zu meiner Linken wirkte der Flur in Richtung Wohnzimmer dunkel und bedrohlich, sodass ich an der Fliegengittertür stehen blieb, damit sich meine Augen wieder an die Dunkelheit gewöhnten.

Draußen sah ich das Aufflackern eines Lichts zwischen den Bäumen, irgendwo in der Nähe der Straße. Ich dachte zuerst, es sei ein Glühwürmchen, doch als das winzige Licht hellorange wurde, begriff ich, dass es sich um eine Zigarette handelte. Ich beobachtete die Bewegung des Lichts, während ein Schatten mit der Zigarette die Straße entlangging und auf unser Haus zukam. Ich lächelte erleichtert. *Isabel.* Vermutlich kam sie gerade von Pam oder Mitzi und genoss die letzte Zigarette, bevor sie nach Hause musste. Doch wie wollte sie hereinkommen, wenn die Fliegengittertür mit dem Haken gesichert war? Ich fand, sie hatte Glück, dass ich zufällig hier unten war.

Ich zog den Haken aus der Öse und wollte schon die Tür aufstoßen, als der Schatten mit seiner Zigarette an unserem Haus vorbeiging. Ich ließ den Haken wieder hinunter. Es war also doch nicht Isabel. Ich verlor die Person aus den Augen, doch die Glut der Zigarette leuchtete weiter und beschrieb eine scharfe Kurve, als der Raucher in die Auffahrt der Chapmans bog.

44. KAPITEL

Julie

„Es ist zu dunkel, um es hier draußen zu lesen.“ Ich glättete das zusammengefaltete Papier, das ich aus der Giraffe herausgefischt hatte, sorgfältig. „Ich bin nicht mal sicher, ob überhaupt etwas darauf steht.“

Jim kam mit der Lampe näher heran, doch Ethan tippte mir auf die Schulter.

„Lass es uns mit nach Hause nehmen“, schlug er vor. „Wir haben die Zeit der Kleins genug in Anspruch genommen.“

Ich spürte seine Sorge. Er wusste, dass eine Nachricht von meiner toten Schwester oder seinem toten Bruder mit Sicherheit Gefühle hervorrufen würde, die er nicht vor seinen Nachbarn zeigen wollte.

„Oh nein, das macht Spaß“, entgegnete Ruth, die offenbar neugierig auf unseren Fund war.

„Vermutlich ist es nur eine Nachricht von meinem Bruder an Julies Schwester“, sagte Ethan. „Und unter Umständen nicht jugendfrei.“ Er stand auf.

Ich stopfte das Papier zurück in die Giraffe und hielt die rote und lila Hälfte fest in meiner Hand, als Ethan mir aufhalf. Jim und Ruth erhoben sich ebenfalls, nur Carter blieb neben der Brotbüchse hocken und lugte hinein, obwohl er ohne das Licht der Lampe sicher nicht viel sah. Wahrscheinlich dachte er an die wundervollen Schätze, die er dort selbst vergraben könnte.

Die Fliegengittertür öffnete sich, als Lucy von der Veranda kam und sich wieder zu uns gesellte.

„Vielen Dank für das Herumführen“, sagte ich zu den Kleins. „Und Carter, die Schatzkiste gehört jetzt dir.“

„Super!“, freute er sich und sprang auf seine Füße.

„Bedank dich bei Julie“, wies Ruth ihn an.

„Danke schön“, folgte er artig.

„Sehr gerne.“ Ich blickte zu Ruth und Jim. „Und danke, dass wir in Ihrem Garten graben durften.“

„Kein Problem.“ Jim grinste, wobei sein Gesicht im fahlen Schein der Lampe gespenstisch wirkte.

„Kommen Sie jederzeit wieder vorbei“, lud Ruth uns ein.

Wir gingen zwischen den beiden Häusern hindurch zu Ethans Haustür, und ich nahm Lucy am Arm.

„Wir haben diese alte Plastikgiraffe in der Nancy-Drew-Kiste gefunden“, erklärte ich ihr. „Da drin steckt ein zusammengefaltetes Papier. Ned und Isabel haben sich auf diese Weise immer Botschaften geschickt. Doch das Merkwürdige ist, dass ich mir fast hundertprozentig sicher bin, die Giraffe nicht in die Kiste gelegt zu haben.“

Lucy blieb still. Als Ethan die Haustür öffnete, flüsterte sie mir ins Ohr: „Ich erinnerte mich gerade an etwas aus der Nacht, in der Isabel umgebracht wurde.“

„Was?“, flüsterte ich zurück. Ich war nicht sicher, warum wir so heimlichtaten.

Sie antwortete nicht.

„Was?“, wiederholte ich, doch sie schüttelte nur rasch den Kopf.

„Später“, versprach sie leise, und ich wusste, dass es keinen Zweck hatte, sie zu bedrängen. Sie hatte bestimmt ihre Gründe, warum sie die Erinnerung vor Ethan geheim halten wollte.

Wir folgten ihm in den Wintergarten, wo er die Stehlampe anschaltete.

„Lasst uns das Papier ansehen“, sagte er, während wir drei uns an den Tisch setzten.

Ich öffnete die Giraffe, und das gefaltete Papier fiel heraus. Sorgfältig strich ich es auf dem Tisch glatt. Bei dem Zettel schien es sich um ein halbes Blatt blassrosa Briefpapier zu handeln; die eine Seite war zerfranst und eine Ecke eingerissen.

Die bläuliche Schrift war verblasst, doch ich erkannte sie sofort.

„Das ist Izzys Schrift.“ Isabel hatte eine charakteristische runde Handschrift, die ihr bei den Nonnen im Katechismusunterricht immer Probleme eingebracht hatte.

Ich las das Geschriebene laut vor.

„Du bist ein betrügerisches Schwien, und ich hasse dich“, las ich. *„Ich kann es kaum erwarten, meinem Vater alles zu sagen. Er betet mich an, und du kannst darauf wetten, dass er dich umbringt.“*

Wir alle drei blieben stumm, während wir die Worte verarbeiteten.

Ethan ergriff als Erster das Wort, seine Stimme war nur noch ein müdes Flüstern. „Verdammt“, fluchte er. „Sie und Ned müssen Schluss gemacht haben.“

Ich überlegte, ob ich ihm von meinem Verdacht wegen Neds Verbindung zu Pam erzählen sollte, doch bevor ich etwas sagen konnte, bemerkte ich, dass Lucy weinte.

„Ach, Liebes.“ Ich zog sie an mich, weil ich davon ausging, dass die Notiz unserer Schwester sie aufgewühlt hatte. Doch das war es nicht.

„Ich erinnere mich an etwas“, sagte sie, nun zu uns beiden.

Ethan holte ein Taschentuch hervor und reichte es ihr. Sie betupfte sich die Augen.

„In der Nacht, in der Isabel starb“, begann sie, „wachte ich allein auf dem Dachboden auf. Ich hatte Angst und kam nach unten, um dich zu suchen“ – sie schaute mich an – „aber natürlich konnte ich dich nicht finden, weil du mit dem Boot draußen warst. Ich ging ins Badezimmer, und als ich wieder herauskam, blickte ich zufällig hinaus auf die Straße und sah dort jemanden. Jedenfalls sah ich das gluhende Ende einer Zigarette. Ich dachte zuerst, es sei Isabel, die von einer ihrer Freundinnen nach Hause kam. Doch dann ging dieser Jemand an unserem Haus vorbei und eure Auffahrt hinauf.“

Nun blickte sie Ethan an.

Ethan schloss die Augen und lehnte sich zurück. Wir alle schwiegen einen Moment.

„Mir ist schlecht", erklärte er schließlich.

„Hat Ned geraucht?", erkundigte sich Lucy.

Ethan nickte, ohne die Augen zu öffnen. „Wie ein Schlot."

„Es tut mir leid, Ethan", sagte ich.

„Trotzdem ergibt es keinen Sinn." Ethan öffnete die Augen und starrte auf das Papier, als könnte er etwas zwischen den Zeilen lesen. „Was bedeutet das? Wie hat er sie betrogen?" Mit sturer Entschlossenheit schüttelte er den Kopf. „Ich weigere mich noch immer zu glauben, dass Ned fähig war, jemanden umzubringen."

„Ich glaube, dass er sich heimlich mit Pam Durant traf", sagte ich.

„Wie kommst du darauf?"

Ich erläuterte ihm die Gründe für meinen Verdacht – dass George Ned und Pam möglicherweise im Boot gesehen hatte; Mitzis Hoffnung, dass sie nach Isabels Tod wohl ein Paar werden würden und dass Ned bei Pam Trost gesucht hatte.

„Isabel hat es vielleicht herausgefunden", spekulierte ich. „Sie schrieb ihm diesen Brief. Er traf sie an der Plattform, und sie haben sich gestritten und …"

„Vielleicht war es ein Unfall", vermutete Lucy. „Er wollte sie nicht umbringen."

„Das passt nicht zusammen", widersprach Ethan. „Ich meine, fangen wir mal damit an, dass Ned dir sagte, dass er Isabel in jener Nacht nicht treffen könne."

„Aber denk daran, dass er sie bei Mitzi anrief und sagte, er würde es vielleicht doch schaffen."

Ethan wirkte überrascht. „Davon habe ich nie etwas gehört, soweit ich weiß."

„Wie ist die Botschaft letztlich überhaupt ausgerechnet in deiner Nancy-Drew-Kiste gelandet?", fragte Lucy.

„Ich habe keine Ahnung", antwortete ich. „Sie haben mich als Botin benutzt, um die Giraffe auszutauschen, doch ich wusste nicht, dass man sie öffnen kann. Dass man darin etwas verstecken kann. Und vielleicht … Ich habe keinerlei Erinnerung daran … aber vielleicht habe ich sie in die Kiste gelegt und kann mich nur nicht daran erinnern."

„Oder vielleicht hat Ned sie hineingelegt in der Hoffnung, dass du sie findest, die richtigen Schlüsse ziehst und ihn anzeigst", sagte Lucy. „Vielleicht fühlte er sich schuldig, konnte sich aber nicht zu einem Geständnis überwinden."

„Moment mal", griff Ethan ein. „Er hatte ein *Alibi*. Er war mit unserem Vater im Garten."

„Ethan." Ich legte meine Hand auf seinen Arm. „Ist dir jemals in den Sinn gekommen, dass dein Vater ihn nur beschützen wollte? Dass er ihm ein falsches Alibi gegeben hat?"

Ethan schüttelte den Kopf. „Das würde er nicht tun", behauptete er, doch ich dachte, dass er das nur sagte, weil er es glauben wollte.

In der folgenden Nacht konnte wohl keiner von uns schlafen. Ethan warf sich neben mir hin und her. Mich belastete weniger Isabels Nachricht noch die Erkenntnis, dass Ned höchstwahrscheinlich verantwortlich war für ihren Tod – das überraschte mich nicht. Was mich verfolgte, war der Blick auf Isabels Handschrift. Dass sie nach all diesen Jahren plötzlich wieder so lebendig wirkte, einfach nur, indem ich die gerundeten *as* und den Buchstabendreher in *Schwein* betrachtete. Der Buchstabendreher brachte mich fast zum Weinen. Er machte meine große Schwester menschlich und ließ sie so jung und unschuldig wirken.

Beim Frühstück am nächsten Morgen schlug Lucy vor, früh nach Hause zu fahren und unserer Mutter von Isabels Notiz zu erzählen, bevor wir sie zur Polizei brachten.

„Ich glaube nicht, dass wir ihr davon erzählen müssen", argumentierte ich dagegen. „Du weißt, dass sie in letzter Zeit kaum sie selbst war, und dies würde sie nur noch mehr aufregen.“ Mir war klar, dass ich mich zugleich selbst schützen wollte. Ich wollte mit meiner Mutter nicht ausführlicher über Isabels Tod sprechen, als es unbedingt nötig war.

„Ich weiß, dass sie sich aufregen wird“, gab Lucy zu. „Doch das ist unvermeidlich, und ich möchte sie in der Sache auf dem Laufenden halten. Je mehr sie von uns statt von der Polizei erfährt, desto besser.“

„Ich denke, dass Lucy recht hat“, mischte Ethan sich ein. „Und sobald die Polizei diese Nachricht zu Gesicht bekommt, werden sie noch einmal mit meinem Vater sprechen wollen. Allerdings kann ich nicht glauben, dass er hinsichtlich Neds Verbleibs in jener Nacht gelogen hat.“

„Vielleicht hat er nicht gelogen“, gab Lucy zu bedenken. „Vielleicht hat er sich nur in der Zeit geirrt. Gib ihm eine Chance, es zu erklären.“

Ethan sah hinaus zum Kanal, wo an diesem Samstagmorgen viele Boote unterwegs waren. „Verdammt“, sagte er mehr zu sich selbst. „Ich wünschte, Ned wäre hier, um uns zu erzählen, was wirklich passiert ist.“

„Ich auch“, stimmte ich ihm zu.

Ich setzte Lucy vor ihrem Haus in Plainfield ab, und wir kamen überein, dass wir uns am Nachmittag bei Mom treffen wollten, wenn sie von ihrer Schicht bei McDonald’s kam. Als ich in meine Straße in Westfield einbog, empfand ich eine Mischung aus Trauer und Befriedigung. Ich hatte also die ganze Zeit recht gehabt mit Ned. Ich wünschte mir so sehr, dass George Lewis noch leben würde. Ich wünschte mir, dass ich ihn umarmen und ihm sagen könnte, wie leid es mir tat, dass ich damals mit meinen zwölf Jahren nicht in der Lage war, Neds Schuld zu beweisen.

Ich fuhr langsamer, als ich mich meinem Haus näherte, und

war überrascht, dass die ganze Einfahrt mit Autos verstopft war. Eines davon war Shannons Wagen. Die anderen kannte ich nicht. Mit einem Stich des Verrats und der Enttäuschung begriff ich, dass Shannon mein Wochenende an der Küste für eine Party genutzt hatte – eine Party, die offensichtlich bis zum frühen Morgen gedauert hatte. Vielleicht war sie sogar für das ganze Wochenende geplant.

Ich musste vor dem Grundstück meiner Nachbarn parken, da vor meinem kein Platz mehr frei war. Als ich ins Haus ging, empfing mich der überwältigende Gestank von abgestandenem Bier und möglicherweise von Marihuana, obwohl Letzteres vielleicht auch meiner Einbildung zuzuschreiben war. Im Wohnzimmer und im Flur schliefen überall Teenager. Ein Mädchen auf dem Sofa hob den Kopf, als ich hereinkam.

„Wo ist Shannon?", fragte ich mit mühsam unterdrücktem Ärger. Ich spürte, wie mir die Zornesröte in den Hals und das Gesicht stieg.

„Shannon wer?", fragte das Mädchen. „Ach, das Mädchen, das hier wohnt?"

„Ja", erwiderte ich mit zusammengebissenen Zähnen.

„Ich glaube, sie ist oben."

Ich marschierte hinauf in Shannons Zimmer, wo ich zwei schlafende blonde Mädchen fand. Die eine von ihnen war nackt und hatte den Arm um die andere gelegt. Meine Wut wurde größer, als ich in Richtung meines eigenen Schlafzimmers ging. Ich riss die Tür auf und fand meine Tochter mit Tanner in meinem Bett. Tanner schlief, doch Shannon war durch mein geräuschvolles Eintreten offensichtlich aufgewacht. Sie setzte sich rasch auf und zog die Decke über die Brust. Ihr langes Haar hing ihr wirr um die bloßen Schultern.

„Mom!", rief sie erstaunt.

Ich warf meine Handtaschc auf die Kommode. „Was zum Teufel machst du hier?"

„Es tut mir leid, Mom." Sie zog die Decke enger an sich

und sprach leise, als ob sie Tanner nicht wecken wollte. „Es kamen einfach immer mehr Leute vorbei“, verteidigte sie sich. „Es tut mir wirklich leid. Wir wollten alles aufräumen, bevor du nach Hause kommst. Die Laken wechseln und so. Und staubsaugen.“

Ich starrte sie an. Wer *war* dieses Kind?

„Ich habe das Gefühl, dich nicht mehr zu kennen.“ Ich war erschüttert. „Was ist mit dem verantwortungsbewussten Mädchen passiert, das ich aufgezogen habe?“

„Ich *bin* verantwortungsbewusst“, beteuerte sie. „Ich wollte dir davon erzählen. Von der Party und allem. Ich habe nicht erwartet, dass du jetzt schon nach Hause kommst.“

„Das ist offensichtlich“, sagte ich. „Weißt du was, Shannon? Du wirst definitiv nicht nach Colorado ziehen. Ich bin noch immer deine Mutter, und ich werde es nicht zulassen, dass du ein Leben wie dieses führst.“ Ich deutete auf Tanner. „Und was ist das für ein Mann, der mit dir im Bett deiner Mutter schläft?“ Ich konnte nicht glauben, dass Tanner während meines Angriffs tatsächlich schlief. Vermutlich war er wach und hörte zu, hielt es aber für das Beste, etwas anderes vorzugeben.

„Ich werde gehen“, beharrte Shannon.

„Nein, das wirst du nicht.“

Sie schüttelte den Kopf, und ein hässlicher Ausdruck verzerrte ihr sonst so hübsches Gesicht. „Manchmal hasse ich dich wirklich“, sagte sie. Seit sie als Vierjährige im Lebensmittelladen um Bonbons gebettelt hatte, hatte ich diese Worte nicht mehr gehört. Doch ich verzog keine Miene.

„Das ist mir egal“, behauptete ich. „Ich schließe dich in deinem Zimmer ein, wenn es sein muss. Ich muss dich beschützen.“

Bei dem Wort „beschützen“ brach meine Stimme, und ich fing an zu weinen. Ich ließ mich in den Stuhl vor meiner Frisierkommode fallen und vergrub das Gesicht in den Händen. Ich hörte, wie Shannon aus dem Bett stieg und sich anzog.

Doch alles, woran ich denken konnte, war Isabels zornige Notiz in der Giraffe. Ihre Wut in dieser Nachricht richtete sich nicht gegen unsere Mutter, obwohl das in jenen Tagen oft der Fall gewesen war. Ich konnte mich daran erinnern, wie sie zu Mom gesagt hatte, dass sie sie hasste, und ich fragte mich, ob sich meine Mutter ebenso verletzt und hilflos gefühlt hatte wie ich mich jetzt.

Shannon kam zu mir und schlang die Arme um mich. Ich lehnte mich an sie und spürte ihren geschwollenen Bauch an meiner Wange.

„Es tut mir leid, Mom", beteuerte sie. „Ich weiß, dass ich es vermasselt habe."

Ich brachte kein Wort heraus und saß einfach nur da mit Shannon, die mich in den Armen hielt. Ich erinnerte mich, wie sehr meine Mutter versucht hatte, Isabel im Zaum zu halten, und wie sehr ihr das misslungen war. Es musste ihr solche Angst eingejagt haben, mit anzusehen, wie ihre Tochter ihrer Kontrolle entglitt. So wie es jetzt mir Angst machte.

45. KAPITEL

Maria

Als ich vom McDonald's nach Hause kam, warteten Julie und Lucy im Wohnzimmer auf mich. Ich hatte vorgehabt, mich umzuziehen und zu meiner ehrenamtlichen Arbeit ins Krankenhaus zu fahren, doch sie sagten, sie müssten mit mir sprechen. Angesichts ihrer ernsten Mienen war mir schnell klar, dass ich mein Vorhaben besser abblasen sollte.

„Was ist los?", fragte ich sie. Für meinen Geschmack passierte in dieser Familie gerade zu viel. Ich nahm an, dass die Polizei jetzt so weit war, mich zu Isabel zu befragen, und das machte mich nervös, doch ich versuchte mir nichts anmerken zu lassen.

„Wir wollen nur mit dir sprechen", meinte Julie.

Quatsch mit Soße, dachte ich, drang aber nicht weiter in sie. Ich würde es früh genug erfahren.

Lucy rief die Koordinatorin der ehrenamtlichen Mitarbeiter im Krankenhaus an und sagte meine Schicht ab, während ich mich in meinem Schlafzimmer umzog.

Als ich ins Wohnzimmer zurückkehrte, saßen beide in den Armsesseln neben dem Sofa und blickten so ernst, dass mir das Herz bis zum Hals schlug. Ich setzte mich aufs Sofa und faltete die Hände im Schoß.

„Nun", fing ich an. „Was ist los?"

„Wir müssen mit dir über Isabels Tod reden", sagte Lucy.

„Will die Polizei jetzt mich befragen?"

„Nein", erwiderte Julie. „Aber Lucy und ich haben eine Entdeckung gemacht, von der du wissen solltest. Wir wollten, dass du es zuerst von uns hörst und nicht von der Polizei."

Ich wollte mich so ruhig und gelassen wie möglich geben, doch meine Hände arbeiteten ruhelos in meinem Schoß.

Julie griff in ihre Handtasche und holte eine Art Spielzeugfigur heraus.

„Was ist das?“ Ich beugte mich vor, und Julie hielt die Figur hoch, damit ich sie besser sehen konnte. „Ist das eine Giraffe?“

„Ja.“ Julie ließ die rot und lila gefärbte Figur wieder sinken. „Lucy und ich waren gestern Abend im Haus von Ethan, und wir sprachen über die Leute, die jetzt in unserem Bungalow wohnen.“

Ich verspürte bei der Erwähnung unseres alten Sommerhauses einen scharfen Stich in der Brust.

„Kannst du dich an meine Nancy-Drew-Büchse erinnern?“, fragte Julie. „Die alte Brotbüchse, in die ich alle gefundenen Beweisstücke hineinlegte?“

Brotbüchse? Ich wusste nicht, wovon sie sprach.

„Ich erinnere mich, dass du immer Beweisstücke gesammelt hast“, meinte ich. „Das war, als wir in Westfield wohnten. Hast du sie unten an der Küste auch gesammelt?“

„Ja“, bestätigte Julie. „Grandpop fand eine alte Brotbüchse für mich, in die ich sie hineintun konnte, und vergrub sie für mich im Garten.“

„Daran kann ich mich nicht erinnern“, entgegnete ich.

„Nun, ich hielt das auch geheim“, erklärte Julie. „Aber wie auch immer. Als wir die Leute besuchten, die jetzt in dem Haus wohnen, fragte ich, ob ich die Büchse ausgraben dürfe. Und dann fanden wir diese Giraffe darin. Aber ich glaube nicht, dass ich sie jemals selbst dort hineingelegt habe.“

Ich hatte das Gefühl, als müsste ich den Sinn eines verzwickten Rätsels verstehen. „Und?“

„Na ja, so geht sie auseinander.“ Julie machte irgendwas mit dem Schwanz der Giraffe, und die Figur zerfiel in zwei Teile. „Ned und Isabel tauschten sie immer aus, mit Botschaften darin.“

„Oh“, sagte ich mehr zu mir selbst als zu meinen Töchtern. Ich hatte mich so sehr bemüht, diese zwei Kinder, Isabel und Ned, voneinander fernzuhalten, und bis zum Ende hatte ich geglaubt, es sei mir gelungen.

„Wir haben eine Nachricht darin gefunden." Julie holte ein gefaltetes Stück Papier aus der Giraffe. „Soll ich vorlesen, oder möchtest du selber lesen?"

Ich streckte die Hand aus. „Ich will es sehen."

Sie schien mir den Zettel nur widerstrebend geben zu wollen, doch nach kurzem Zögern stand sie auf und reichte ihn mir. Ich faltete ihn auseinander und glättete ihn auf meinem Schoß, bevor ich die Brille gerade rückte, damit ich die verblasste Schrift entziffern konnte.

„Oh", sagte ich wieder, diesmal allerdings voller Schmerz, weil ich die mädchenhafte Schrift Isabels erkannte. Dann las ich die Worte, und Entsetzen erfüllte mich. *Oh, mein Gott.*

„Es tut mir leid, Mom", flüsterte Julie. „Ich weiß, es ist schmerzhaft, das zu lesen."

„Wir vermuten, dass dies Isabels letzte Botschaft für Ned war", erklärte Lucy. „Vieleicht hat Ned die Giraffe in Julies Kiste gelegt, weil er hoffte, dass sie hineinsehen würde, bevor wir abfuhren. Er musste wissen, dass sie sie zur Polizei bringen würde, die dann vielleicht begriff, dass Isabel wütend auf ihn gewesen war und dass er sie vermutlich –"

„Still", schnitt ich ihr das Wort ab und schloss die Augen.

Im Raum war es so ruhig, dass ich meinen eigenen Atem hörte.

„Möchtest du lieber nicht darüber sprechen, Mom?", fragte Julie sanft. Weder sie noch Lucy konnten den Grund für meine Qual verstehen. Ich würde ihnen von Dingen erzählen müssen, die ich für mich hatte behalten wollen.

Ich öffnete wieder die Augen und sah erst Julie und dann Lucy an.

„Ich bin so sicher, wie man es nur sein kann, dass diese Nachricht nicht für Ned Chapman bestimmt war", behauptete ich.

„Ach, Mom", widersprach Julie. „Ich bin sicher, dass er es

war. Ich bin sicher –"

Ich hob die Hand, damit sie innehielt. „Ich muss euch Mädchen etwas erzählen. Es ist … Ich hatte gehofft, niemandem je davon erzählen zu müssen. Es ist etwas, das ich zutiefst bereue. Doch nun muss es heraus. Ihr müsst davon wissen."

„Wovon sprichst du?", wunderte sich Lucy.

Ich blickte auf den Zettel in meinem Schoß, berührte das Papier, das meine Isabel einst berührt hatte, und wusste, dass meine Augen feucht waren, als ich wieder meine Töchter anschaute.

„Ich war mit Mr. … mit Ross Chapman nicht nur befreundet, als wir Kinder waren", begann ich. „Wir waren auch als Teenager zusammen."

„Tatsächlich?", fragte Julie.

„Tatsächlich", wiederholte ich. „Doch seine Familie lehnte mich ab, weil ich zur Hälfte Italienerin war, sodass wir uns jahrelang heimlich treffen mussten."

„Wie Ned und Isabel", bemerkte Lucy.

„Warst du in ihn verliebt?", wollte Julie von mir wissen.

Ich nickte. „Eine Zeit lang ja. Und ich war immer … Ich fühlte mich immer von ihm angezogen." Mir war unbehaglich zumute. Ich hatte mit Julie und Lucy noch nie über solche Dinge gesprochen. „Aber ich wusste, dass er schwach war, weil er seine Eltern bestimmen ließ, wen er treffen durfte", fuhr ich fort. Einen Moment lang verlor ich mich in meinen Erinnerungen, doch meine Töchter warteten geduldig, bis ich wieder aus meinen Gedanken auftauchte.

„Ich habe euren Vater 1944 geheiratet. Doch in jenem Sommer hatte ich … hatte ich Kontakt zu Ross."

„Ach, Mom." Ich hörte mehr Mitgefühl als Verurteilung in Lucys Stimme.

„Es war vielleicht das, was man heute Date Rape nennt", sagte ich. „Wie das, was Ethans Tochter zustieß. Ich weiß es nicht." Ich zuckte die Achseln. „Ich war zuerst einverstanden und begriff dann, was ich da tat … was wir taten … und sagte ihm, er solle aufhören, doch das tat er nicht. Ich schäme mich so, euch das zu sagen“, gestand ich und war nicht in der Lage, ihnen in die Augen zu sehen.

„Aber Mommy.“ Julie stand auf und setzte sich neben mich. Ich war gerührt, dass sie mich „Mommy“ genannt hatte und ihr der Kosename ganz spontan entschlüpft war. Sie legte mir die Hand auf die Schulter, was sich ein bisschen merkwürdig, aber auch schön anfühlte. „Du warst jung“, lenkte sie ein. „Solche Dinge geschehen. Du musst dich dafür nicht schämen.“

„Dennoch tue ich es“, entgegnete ich. „Das Schreckliche ist, dass ich ein paar Monate später, als ich schwanger war, nicht sicher sein konnte, ob das Baby von eurem Vater oder von Ross war.“

Ich bemerkte, wie meine Töchter sich anstarrten, als ob ihnen die Bedeutung der Worte allmählich klar wurde.

„Isabel könnte Mr. Chapmans Tochter gewesen sein?“, sprach Lucy ihren Verdacht aus.

„Ich weiß es nicht.“ Ich hob die Schultern. „Ich war mir niemals sicher. Euer Vater und ich … na ja, wir schliefen damals fast jedes Wochenende miteinander, und mit Ross war ich nur einmal zusammen. Dennoch war ich niemals sicher, wessen Kind in mir heranwuchs.“

Isabel wurde im April geboren. Sie war blond gewesen, wie Ross, doch Charles hatte sich nichts dabei gedacht. Für ihn war sie sein kleiner Engel, während ich befürchtete, sie könnte der Beweis meiner Sünde sein. Als wir sie Ende Juni mit nach Bay Head Shores nahmen, warf Ross nur einen Blick auf sie, rechnete im Kopf nach und ging davon aus, dass sie sein Kind war. Ich sah es in seinen Augen.

„Sie hatte helles Haar, als sie geboren wurde“, fuhr ich fort. „Aber ihr wisst, wie dunkel sie im Lauf der Jahre wurde. Außerdem hatte sie die gerade Nase eures Vaters. Dennoch war ich niemals wirklich sicher.“

„Kein Wunder, dass du Ned und Izzy voneinander fernhalten wolltest!“, rief Julie. „Du Ärmste. Das muss so schrecklich für dich gewesen sein.“ Sanft rieb sie mit der Hand über meine Schulter. Es fühlte sich tröstlich an.

„Konntest du mit irgendjemandem darüber reden, Mom?“, fragte Lucy. „Mit einer deiner Freundinnen?“

Ich schüttelte den Kopf. Ich wusste, dass Lucy einen solchen Mangel an Vertrauen unerträglich fand. Sie *musste* einfach mit Leuten über das sprechen, was sie beschäftigte. Wenn sie einen Pickel bekam, würde sie sich eine Pickel-Selbsthilfegruppe suchen. Doch mir war es damals nur wichtig gewesen, *nicht* darüber zu reden. Ich musste meine Untreue unbedingt für mich behalten.

Lucy stand auf und setzte sich auf der anderen Seite zu mir aufs Sofa. „Ich bin so froh, dass du es uns jetzt erzählt hast.“

Ich konnte beider Duft einatmen – den von Lucy mit ihrem Zitronenshampoo und den von Julie mit ihrem leichten Blütenparfum. Nie zuvor hatte ich mich so gefühlt wie in diesem Augenblick – von meinen Töchtern getröstet, unterstützt und verstanden. Ich wusste, dass meine Neuigkeiten sie schockiert hatten, doch sie machten mir keinen Vorwurf. Ich liebte meine Mädchen.

Ich nahm jeweils eine ihrer Hände in die meinen und führte sie an meine Lippen.

„Danke, ihr Lieben“, sagte ich. „Doch da ist noch etwas, das ihr wissen müsst.“

* * *

1962

Der Sommer, in dem Isabel starb, wurde aus naheliegenden Gründen der schlimmste Sommer meines Lebens. Doch selbst vor ihrem Tod war ich schon sehr beunruhigt gewesen. Isabel war im Lauf der Jahre schwierig geworden. Ich wusste, dass sie nur das normale Verhalten einer Heranwachsenden zeigte, doch ich hatte Schwierigkeiten, damit umzugehen. Ich machte mir so viele Sorgen um sie, dass ich zu streng zu ihr war und sie wie ein eingesperrtes Tier auf mich losging. Ich hatte vor allem Angst, dass ihr Verhältnis zu Ned zu eng wurde. Ich betete jede Nacht darum, dass sie nicht Bruder und Schwester waren, und in meinem Innersten fühlte ich, dass sie es nicht waren. Dennoch bestand die Möglichkeit, und ich hielt es für meine Pflicht, sie voneinander fernzuhalten. Doch je mehr ich mich darum bemühte, desto mehr bekämpfte mich Izzy.

Am Abend vor Isabels Tod gingen meine Eltern mit Julie und Lucy zur Promenade; Charles war bereits Richtung Westfield unterwegs. Ich dachte, ich hörte ein Klopfen an der Fliegengittertür der Veranda, als ich gerade abwusch. Ich drehte das Wasser ab, um zu lauschen.

„Maria?“

Ich erkannte die Stimme sofort. Ich hörte sie immer nur an den Tagen, wenn Ross mit seinen Söhnen oder seiner Frau im Garten war, doch ich erkannte sie trotzdem.

Ich trocknete meine Hände am Geschirrtuch ab und ging dann durchs Wohnzimmer auf die Veranda. Ross stand draußen, das Gesicht dicht am Fliegengitter und die Hand über den Augen, um in unseren Bungalow zu spähen.

„Hallo, Ross“, sagte ich und blieb ein Stück vor der Tür stehen.

„Kann ich hereinkommen?“, fragte er. „Ich muss mit dir sprechen.“

Ich stieß die Fliegengittertür auf, und er trat auf die Veranda. Im Nachhinein denke ich, dass ich mit ihm in den Garten hätte gehen sollen. Alles wäre vielleicht ganz anders gekommen, wenn ich ihn nicht hereingelassen hätte.

Ross wirkte nervös, jedenfalls so nervös, wie der Vorsitzende des Obersten Gerichtshofs eben wirken kann.

„Ich sah, dass deine Eltern mit den Mädchen fortgegangen sind“, meinte er.

„Sie sind zur Promenade.“

„Ist Isabel mit ihnen gegangen?“ Er blickte hinter meine Schulter, als ob sie dort stehen könnte.

„Nein“, erwiderte ich. „Sie ist mit ihren Freundinnen unterwegs.“

Er sah erleichtert aus. „Gut. Ich muss mit dir sprechen.“

„Ja, das erwähntest du bereits.“ Ich stand mit vor der Brust verschränkten Armen da und machte sicher einen etwas ungeduldigen Eindruck.

Er spähte über die Veranda zu seinem Haus hinüber. „Können wir hineingehen?“, bat er leise.

Ich folgte seinem Blick. Ich bemerkte keine Bewegung auf der Veranda der Chapmans, doch offensichtlich wollte er mir das, was er zu sagen hatte, unter vier Augen mitteilen. Ich gab nach. „Komm ins Wohnzimmer“, sagte ich.

Er folgte mir ins Haus, setzte sich in den Korbschaukelstuhl und rieb sich das Kinn. Ich blieb lieber gegen einen der Polstersessel gelehnt stehen, statt mich hinzusetzen. Ich wollte nicht, dass dieses Gespräch lange dauerte.

„Hör zu“, begann er. „Ich bin sicher, dass Ned und Isabel auf … romantische Weise verkehren.“

Meinte er damit, dass sie Sex hatten? „Das glaube ich nicht“, entgegnete ich.

„Du steckst den Kopf in den Sand“, warf er mir vor. „Sie und Ned verbringen mehr Zeit miteinander, als du weißt. Mehr als *ich* wusste. Ethan sagte mir, dass sie sich nachts rausschleichen, um zusammen zu sein.“

Mein Herz schien stillzustehen. „Vielleicht will Ethan seinen großen Bruder nur in Schwierigkeiten bringen“, vermutete ich. „Ich weiß immer, wo Isabel hingeht und mit wem sie zusammen ist, und sie hält sich immer an ihre Ausgangssperre.“ Das war Blödsinn, doch ich würde ihn nicht wissen lassen, dass ich die Kontrolle über meine Tochter verloren hatte.

Ross lächelte mich an. „Deine und meine Eltern hätten das Gleiche gesagt, als wir in dem Alter waren, meinst du nicht?"

Ich wandte das Gesicht ab. Er hatte recht.

„Tu mir den Gefallen", bat er. „Tu mal so, als ob ich recht hätte mit Isabel und Ned. Dann müssten du und ich einen Weg finden, diese Beziehung zu beenden. Darin stimmst du mir doch zu, oder?"

Ich hatte den ganzen Frühsommer damit verbracht, sicherzustellen, dass Izzy und Ned nicht zusammen waren, und bis zu diesem Gespräch hatte ich geglaubt, dass mir das gelungen war. Doch nun stand ich vor einem anderen Problem: Ich wollte keinesfalls zugeben, dass Isabel unter Umständen ein Kind von Ross und mir war. Zu neunzig Prozent war ich mir sicher, dass Charles sie gezeugt hatte, doch die fehlenden zehn Prozent trieben mich um.

„Ich stimme zu", erklärte ich. „Wegen der winzigen, *winzigen* Möglichkeit, dass ... du weißt. Aber das ist irrelevant, weil ich sicher bin, dass sie ihn nicht trifft. Ich würde davon wissen. Ich würde –"

„Würdest du bitte *aufwachen*, Maria?" Er stand auf. Seine Stimme wurde laut, während er wild herumgestikulierte. „Sie sieht Charles kein bisschen ähnlich."

„Sie sieht auch dir nicht ähnlich", entgegnete ich. „Sie kommt nach mir."

„Sie hat das Kinn und die Wangenknochen meiner Mutter", behauptete Ross.

„Ach, hör doch auf." Ich überspielte mein Unbehagen mit einem Lachen. „Warum gehst du nicht nach Hause und –"

„Ich werde meinem Sohn *nicht* erlauben, seine Schwester zu vögeln!", schrie er mit rotem Gesicht.

Ich wurde wütend. „Raus", befahl ich. Ich ging über die Veranda zur Fliegengittertür. „Scher dich hier sofort raus."

Er starrte mich einen Augenblick an und ging dann an

mir vorbei. „Du kannst bloß hoffen, dass sie nicht schwanger wird", sagte er eindringlich.

Kaum war er fort, atmete ich tief durch und fuhr mir mit der Hand über die Augen, als ich plötzlich ein Geräusch auf dem Dachboden hörte. Ich erstarrte. Schritte erklangen auf der Treppe, und als ich mich umdrehte, sah ich Isabel. Die Stufen bebten und knarzten, als sie sie hinuntereilte. Ich schlug die Hand vor den Mund.

„Worüber habt ihr da gesprochen?", rief sie und sprang die letzten zwei Stufen hinunter.

„*Izzy.*" Ich bemühte mich, ganz normal zu klingen, als ob alles nur Schall und Rauch wäre. „Ich dachte, du wärst mit Mitzi und Pam unterwegs."

„Ich hatte Kopfschmerzen, auch wenn dich das nichts angeht", fuhr sie mich an. Ihre Augen glühten. Sie sah Ross *absolut nicht* ähnlich. *Nicht ein bisschen.* „Was hat Mr. Chapman damit gemeint, dass ich Neds Schwester wäre?", wollte sie wissen.

Ich versuchte, überrascht zu wirken. „Was?", wich ich aus. „Ich glaube, du musst ihn da missverstanden haben, Liebes."

„Wie könnte ich denn seine Schwester sein?", stocherte sie.

Meine Stimme versagte. Isabel schüttelte den Kopf, als sie allmählich begriff. „Du Flittchen", sagte sie verächtlich. „Du warst mit Dad verheiratet und hast mit Mr. Chapman geschlafen, stimmt's?" Sie schlug die Hand vor den Mund, als ob ihr übel sei. „Oh Gott", entfuhr es ihr. „Du bist abscheulich."

Ich hatte keine Worte mehr in mir, um es abzuleugnen oder zu erklären. „Ich habe einen Fehler gemacht, Isabel", gestand ich. „Doch ich bin so sicher, wie man nur sein kann, dass du Daddys Kind bist. Du brauchst dir deshalb keine Sorgen zu machen."

„Ach, und ist das der Grund, warum du die ganze Zeit versuchst, mich von Ned fernzuhalten?" Ihre Augen schwammen in Tränen. Ich wollte sie in den Arm nehmen, doch ich wusste, dass sie es nicht zulassen würde.

„Du und Ned seid zu jung für eine ernsthafte Beziehung", versuchte ich ihr klarzumachen.

Sie blickte mich aus hasserfüllten Augen an. „Ich kann es kaum erwarten, Daddy davon zu erzählen", drohte sie. „Du bist nichts als eine Hure, Mutter. Und ausgerechnet du stellst all diese Regeln auf, denen ich gehorchen soll. Du bist eine Witzfigur." Sie wandte sich um und rannte den Flur entlang zur Haustür und hinaus.

Ich stand wie erstarrt in der aufgeladenen Stille und presste die Hände vor meinem Körper zusammen. Es würde Charles zerstören, wenn sie es ihm sagte, und umgekehrt würde es auch mich zerstören. Charles würde sich niemals von mir scheiden lassen, doch unsere Ehe wäre für ewig die Hölle. Aber ich musste diese Gedanken beiseiteschieben. In diesem Augenblick musste ich mich um die Gemütslage meines Kindes kümmern.

Ich ging hinaus auf die Straße, wo ich Isabel gegenüber zwischen den Blaubeerbüschen sitzen sah – nicht weit von der Stelle, wo sie vielleicht gezeugt worden war. Sie weinte sich die Augen aus dem Kopf. Ich ging über die Straße und setzte mich neben sie. Ich versuchte, sie in meine Arme zu ziehen, doch sie versteifte sich bei meiner Berührung.

„Sag mir, dass es nicht wahr ist", bettelte sie. „Sag mir, dass Ned nicht mein Bruder ist."

„Ich glaube nicht, dass er es ist", sagte ich. „Doch es stimmt, dass er es sein könnte."

„Oh Gott." Sie stand auf, von Weinkrämpfen geschüttelt. Dann beugte sie sich hinunter, nahm eine Hand voll Sand und warf ihn mir direkt ins Gesicht. Ich blinzelte. Der Sand brannte in meinen Augen, und ich schlug die Hände vors Gesicht. Der Schmerz brachte mich fast zum Weinen.

„Ich meine es ernst, Mutter", erklärte sie von irgendwo da

oben. „Wenn Daddy am Wochenende kommt, werde ich ihm alles sagen. Ich werde ihm sagen, dass er eine Hure zur Frau hat. Ich kann es kaum erwarten. Ich hoffe, er lässt sich scheiden von dir."

Es dauerte mehrere Minuten, bis ich meine Augen wieder so weit öffnen konnte, dass ich es zurück zum Bungalow schaffte. Dort angekommen, verbrachte ich eine halbe Stunde im Badezimmer, um den Sand aus den Augen zu spülen. Ich wusste, dass ich Charles die Wahrheit sagen musste, bevor Isabel es tun würde. Doch wie sich herausstellte, bekam keine von uns die Gelegenheit dazu.

„Izzy hat die Nachricht an Mr. Chapman geschrieben", sagte Julie, als ich meine Erzählung beendet hatte.

Ich nickte. „Das ergibt am ehesten Sinn. Ich weiß nicht, wie oder warum sie in deiner ... deiner Brotbüchse landete, doch dies –" Ich hob den Zettel. „Ich bin sicher, dass diese Nachricht an Ross gerichtet war."

46. KAPITEL

Julie

Auf dem Parkplatz der Seniorenresidenz seines Vaters in Lakewood wartete ich auf Ethan. Ich war gegen Sonnenuntergang angekommen und ließ nun die Fenster hinunter, damit die warme Brise durch meinen Wagen zog. Ich hielt die Augen auf den Eingang des Parkplatzes gerichtet, wo ich Ethans Pick-up erwartete.

Ein langer und schwerer Tag lag hinter mir, der mit der Entdeckung der Überreste von Shannons Party begonnen hatte. Während ich bei meiner Mutter war, hatten Shannon und Tanner hart geschuftet, um alle Spuren zu beseitigen. Tanner hatte sich zerknirscht gegeben, doch meine Meinung von ihm war ziemlich gesunken, und es würde ihn Mühe kosten, das wieder wettzumachen.

Nachdem ich von Mom nach Hause gefahren war, strahlte dort alles blitzsauber. Shannon und Tanner waren fort. Ich war froh darum, weil ich noch immer an den Enthüllungen meiner Mutter über ihre Beziehung mit Ross Chapman zu knabbern hatte. Ich war nicht sicher, wer meine Schwester umgebracht hatte, doch ich wusste jetzt, dass ich – wenn überhaupt – wenig damit zu tun gehabt hatte. Die Worte meiner Mutter hatten mich von dem Schuldgefühl befreit, das seit einundvierzig Jahren auf mir lastete. Isabel war nicht wegen mir gestorben. Ich war nicht viel mehr gewesen als eine Sackgasse in einem Labyrinth. Mein Schuldgefühl war einem tiefen Mitgefühl für meine Mutter gewichen, die die ganze Zeit mit ihren Dämonen hatte leben müssen.

Ich setzte mich in mein fleckenloses Wohnzimmer und hielt das Telefon einige Minuten im Schoß, bevor ich den Mut aufbrachte, Ethan anzurufen. Ich erzählte ihm von dem Gespräch mit meiner Mutter, wobei ich mich um vorsichtige Formulierungen bemühte. Ich ließ den einmaligen außerehelichen Verkehr mit Ross Chapman so klingen, als hätte er in gegenseitigem Einvernehmen stattgefunden. Vielleicht hatte er das ja auch. Wer wusste schon, wie meine Mutter das Geschehene in den letzten sechzig Jahren gedreht und gewendet hatte, um ihr Gewissen zu beschwichtigen? Ich wollte Ethan nicht mehr verletzen, als es nötig war.

Es wurde so still am anderen Ende, dass ich dachte, er hätte aufgelegt.

„Meine Eltern führten doch eine so gute Ehe", meinte er schließlich.

„Das haben sie vermutlich auch", beruhigte ich ihn. Es tat mir leid, seine Welt erschüttern zu müssen. „Ebenso wie meine Eltern. Was zwischen deinem Vater und meiner Mutter war, geschah sehr früh in ihrer Ehe. Sie waren jung ... vielleicht mussten sie sich erst noch daran gewöhnen, verheiratet zu sein."

„Also", sagte Ethan langsam, „wenn die Nachricht an meinen Vater gerichtet war, erklärt das noch immer nicht, wie sie in deiner Brotbüchse landete."

„Ich weiß."

„Bist du sicher, dass er ... dass er derjenige war, der ..." Er schien den Satz nicht beenden zu können.

„Ich weiß es nicht, Ethan", erwiderte ich. „Ich weiß nicht, was ich denken soll."

„Ich muss mit ihm sprechen", erklärte er. „Persönlich. Würdest du vielleicht mit mir kommen?"

Ich dachte daran, wie Lucy die Last der Vergangenheit mit mir teilte. Ethan hatte niemanden. Ich wollte nicht, dass er dies allein durchmachen musste. „Natürlich komme ich mit."

Und so saß ich hier also, während meine verwirrte Tochter mit dem Vater ihres Babys irgendwo da draußen war und Lucy unsere aufgelöste Mutter tröstete.

Ich sah Ethans Pick-up auf den Parkplatz fahren und stieg

aus, als er neben mir hielt.

Kaum war auch er ausgestiegen, umarmte er mich. „Danke, dass du hier bist“, flüsterte er mir ins Ohr. Er hielt mich eine Minute im Arm, und ich presste mich fest an ihn.

„Bist du okay?“, flüsterte ich.

Er ließ mich los. „Nicht wirklich“, sagte er. Ich bemerkte seine gerunzelte Stirn und die verspannten Kiefermuskeln.

„Weiß dein Vater, dass wir kommen?“

Er nickte und nahm meine Hand, als wir zum Eingang des großen Ziegelsteingebäudes gingen. „Ich habe ihn angerufen und hätte ihm fast alles erzählt, weil er immer wieder nachfragte. Ich sagte, dass deine Mutter euch von ihrer Beziehung zu ihm erzählt hat und auch von der Möglichkeit, dass er Isabels Vater gewesen sein könnte“, sagte er. „Und ich erzählte ihm von der Nachricht in der Giraffe.“

„Was hat er gesagt?“

„Erst mal gar nichts. Dann hörte ich ihn weinen.“ Ethan schauderte und presste meine Hand. „Ich habe meinen Vater nie weinen sehen. Ich habe ihn nicht einmal den Tränen nahe gesehen, weder als meine Mutter noch als Ned starb. Er brachte kein Wort heraus, und ich sagte ihm, dass ich herüberkäme und er sich keine Sorgen machen solle. Dass wir schon alles klären würden.“ Wir waren jetzt in der Lobby, und Ethan drückte auf den Fahrstuhlknopf. „Er sagte: ‚In Ordnung.‘ Ich schwöre dir, Julie, er klang wie ein verängstigtes kleines Kind.“

Zwei Bewohner der Residenz – zwei ältere Frauen mit Gehwagen – betraten mit uns den Fahrstuhl, weshalb wir bis zum fünften Stock schwiegen. Oben angekommen, verließen wir den Fahrstuhl, und Ethan führte mich rasch den Gang entlang. Er klopfte an eine Tür, an der ein kleines Gebinde aus künstlichem Efeu hing. Wir hörten Geräusche von drinnen. Einen Aufprall. Ein Quietschen. Doch niemand antwortete auf Ethans Klopfen.

Ethan lehnte sich dicht an die Tür. „Dad?“, rief er. Noch immer keine Antwort.

Er sah hinunter auf seinen Schlüsselbund und sortierte die Schlüssel, bis er den richtigen fand. Er steckte ihn ins Schloss und stieß die Tür auf.

Wir befanden uns in einem kleinen Zimmer, halb Wohn-, halb Esszimmer, mit schweren dunklen Kirschmöbeln und Lehnsesseln als altem Leder, wie sie zu einem früheren Richter passten.

„Dad?“, rief Ethan nach nebenan, wo das Schlafzimmer sein musste. Er machte einen Schritt in die Richtung, erstarrte jedoch, als er einen Schrei von irgendwo draußen hörte. Wir sahen zu den Fenstern im Wohnzimmer. Eines stand offen.

„Oh Gott, nein!“ Ethan rannte zum Fenster.

Ich folgte ihm und legte die Hand auf seinen Rücken, als er sich hinauslehnte, um nach unten zu sehen.

„*Nein!*“, schrie er. „Oh, mein Gott! *Nein.*“

Unten erklangen nun mehrere Schreie, und ich begann zu zittern. Ich wollte nicht sehen, was Ethan sah. Er richtete sich auf und sackte auf dem Boden zusammen, wo er sein Gesicht in den Händen vergrub. Ich hockte mich neben ihn, schlang die Arme um ihn und wiegte ihn hin und her, während wir die Sirenen näher kommen hörten.

Mr. Chapman hatte das zweite Schlafzimmer in seinem Apartment als Büro benutzt. Dort, auf einem ansonsten leeren Schreibtisch, fand einer der Polizisten den an Ethan adressierten Brief.

Liebster Sohn!
Am 5. August 1962 kam Isabel Bauer in unseren Garten und steckte mir einen Zettel zu. Das war die Nachricht, die ihr gefunden habt, in der sie androhte, ihrem Vater von meiner Unbesonnenheit mit ihrer Mutter

zu erzählen. Nach all diesen Jahren wirst du vermutlich kaum verstehen, wie bedrohlich das für mich war. Charles Bauer konnte meiner Karriere sehr schaden. Er hatte Einfluss und viele Freunde in höheren Positionen. Er hätte mich und meine politischen Ambitionen leicht vernichten können.

Ich wusste, dass Ned Isabel oft um Mitternacht am Strand traf. Ich verbat es ihm an jenem Abend, doch ich hörte ein Telefongespräch mit, in dem er ihr sagte, dass er sich vielleicht doch hinausschleichen könne. Ich sah dies als Möglichkeit, mit ihr allein zu sprechen. Ich hämmerte Ned noch einmal ein, dass er nicht rausdürfe. Dann ging ich los, um sie selbst zu treffen. Bitte glaub mir, dass ich keinerlei Absicht hatte, Isabel zu töten. Ich wollte nur unter vier Augen mit ihr sprechen, um ihr das Gespräch mit ihrem Vater auszureden. Ich fand sie auf der Plattform. Es war sehr dunkel, und ich vermute, dass sie mich für Ned hielt, als ich hinüberschwamm. Sie war wütend, als sie entdeckte, dass ich es war. Sie wollte ins Wasser springen, um mir zu entkommen, doch ich hielt sie am Arm fest und wir rangen miteinander. Vermutlich hörte ihre Schwester da ihren Hilfeschrei, auch wenn ich mich nicht an alle Einzelheiten erinnere. Ich weiß nur, dass wir miteinander rangen und sie ins Wasser fiel. Ich habe sie nicht geschubst. Ich hatte keine Ahnung, dass sie sich den Kopf gestoßen und ertrunken war. Ich dachte, sie würde einfach unter Wasser schwimmen, um mir zu entkommen. Erst am nächsten Morgen erfuhr ich, dass sie tot war. Ich sagte der Polizei, dass ich die ganze Nacht mit Ned die Sterne beobachtet hätte, weil ich wusste, dass Ned die Lüge für den Versuch halten würde, ihn zu beschützen. Doch in Wirklichkeit wollte ich mich und meine Karriere beschützen.

Ich habe mit meiner Schuld all die Jahre lang geha-

dert – nicht nur mit der Schuld an Isabel Bauers Tod, sondern auch mit der Schuld an Neds Verfall in Depressionen und Alkoholismus. Ich bin ziemlich sicher, dass Ned damals die Nachricht von Isabel gefunden hat, weil sie aus der Zigarettenschachtel, in die ich sie gesteckt hatte, plötzlich verschwunden war. Doch er hat nie ein Wort darüber verloren. Ich bin sicher, dass er zwei und zwei zusammengezählt hat und um meine Rolle bei Isabels Tod wusste. Ich fühle mich, als hätte ich sie beide getötet.

Trauere nicht um mich, Ethan. Ich hatte viel mehr Freude in meinem Leben, als ich verdient habe, und viel davon verdanke ich der Tatsache, dass ich zusehen durfte, wie du zu dem geschickten Handwerker, wundervollen Vater und aufrechten Menschen wurdest, der du heute bist. Ich liebe dich.
Dad

47. KAPITEL

Maria

Lucy verließ mich gestern Abend gegen acht, nachdem ich sie davon überzeugt hatte, dass es mir gut ging – was ganz und gar nicht der Wahrheit entsprach. Dann rief mich Julie um halb elf Uhr an. Nur um zu hören, wie es mir ginge, behauptete sie, doch ihre Stimme klang seltsam. Ein bisschen zu munter. Sie sagte, sie würde es heute Morgen nicht zur Kirche schaffen, bat mich aber, nach der Messe zu einem Brunch mit ihr, Lucy und Ethan zu ihr nach Hause zu kommen. Ich nahm die Einladung an. Ich versuchte, mich zu beruhigen und mir zu sagen, dass die Wahrheit früh genug ans Licht kommen würde und ich sowieso nichts daran ändern könnte, doch trotzdem überschlugen sich die Gedanken in meinem Kopf, sodass ich die ganze Nacht kaum ein Auge zutat. Ich wusste, dass etwas bevorstand. Ich war ja keine Idiotin. Ich nahm an, dass Julie mir sagen würde, was ich schon vermutete: Ross Chapman hatte mein Kind ermordet.

In der Predigt an diesem Morgen ging es um Buße. *Ah*, dachte ich, *diese Predigt ist wie maßgeschneidert für mich*. Ich wollte mich voll und ganz auf den Priester konzentrieren, und doch schweiften meine Gedanken ab. Ich war froh, als die Messe vorüber war, und fuhr auf meinem Weg zu Julie sogar bei Gelb über eine Ampel.

Ich kam vor Lucy und Ethan an und ging einfach hinein. Aus der Küche hörte ich Schreien. Erst Shannons Stimme, dann die von Julie. Ich platzte gerade in einen erbitterten Streit hinein. Shannon beschimpfte ihre Mutter mit einem Kraftausdruck, und ich krümmte mich innerlich. Das war kein normaler Streit, dachte ich. Eher ein erbarmungsloser Kampf.

Julie schrie zurück, dass sie Shannon aus ihrer Krankenversicherung streichen lassen würde, wenn sie mit ihrem jungen

Mann nach Colorado zog.

„Und glaube ja nicht, dass ich für dein College bezahle, wenn du gehst", schrie sie. Normalerweise wurde Julie nie laut. Ich merkte, dass sie völlig verzweifelt war und nicht mehr wusste, was sie mit meiner Enkelin anstellen sollte. „Vergiss jegliche finanzielle Unterstützung von mir, und damit Schluss!", brüllte sie.

Shannon teilte ebenso aus, wie sie einsteckte, nannte ihre Mutter manipulativ, hinterhältig und grausam, bevor ich überhaupt die sechs Schritte durch das Wohnzimmer gemacht hatte. Doch sie weinte. Ich hörte die Tränen in ihrer Stimme. Ich ging in Richtung Küche und betrachtete vom Türrahmen aus die Szenerie. Julie stach gerade mit einem Kugelformer Bällchen aus einer Melone und ging dabei zu Werke, als würde sie ihrer Tochter das Herz aus dem Leib schneiden. Shannon lief um die Kücheninsel herum und tippte wild Nummern in ihr Handy, während sie ihre Mutter mit Schimpfwörtern bedachte. Ich beobachtete die beiden bei ihrem Affentanz, den ich selbst nur allzu gut kannte.

Shannon bemerkte mich als Erste. Sie klappte ihr Handy zu, blickte zu Boden und ging dann hinaus.

„Tschüss, Nana", murmelte sie leise, als sie an mir vorbeiging. Dann hörte ich, wie die Haustür aufging und wieder zuschlug.

Julie legte den Kugelformer hin und rieb sich die Stirn. Ihre Augen waren geschlossen, und sie sah aus, als hätte sie Kopfschmerzen. Ich wusste nicht, was ich sagen sollte. Welche Worte hätten mir geholfen, als ich in ihrer Situation war? Welche Worte wären in meinem Dickschädel angekommen?

„Was ist los?", fragte ich.

Julie wischte sich die Hände am Küchenpapier ab und lehnte sich dann mit über der Brust verschränkten Armen an den Tresen. „Sie besteht darauf, in einer Woche mit Tanner fortzuziehen", erklärte sie. „Während ich weg war, haben sie hier eine große Party gefeiert, Mom. Dutzende von Teenagern. Alkohol und wer weiß was noch. Sie und Tanner haben in meinem Bett geschlafen."

Unwichtige Kleinigkeiten in dem großen Ganzen, fand ich. Ich war müde. Ich dachte an Isabel, die sich nachts in der Bucht mit Ned getroffen hatte. An mich und Ross auf dem Blaubeergrundstück. „Es ist ein endloser Kreislauf", konstatierte ich. „Und Shannon wird ihn in siebzehn Jahren oder so ebenfalls erleben."

Julie sah mich an, als hätte sie kein Wort verstanden.

Wir hörten, wie sich die Haustür öffnete, und kurz darauf kamen Lucy und Ethan in die Küche. Ethan nahm mich nicht einmal wahr, als er zu Julie ging und sie umarmte. Sie hielt die Augen geschlossen, als sie ihn festhielt. Dann löste sie sich von ihm und umfasste sein Gesicht mit den Händen.

„Wie geht es dir?" Sie sah ihm in die Augen, und ich wusste, dass hier etwas Starkes zwischen den beiden heranwuchs. Ich hatte schon beim Barbecue das Gefühl gehabt, doch nun war ich sicher.

Lucy legte mir den Arm um die Taille. „Hast du es ihr gesagt?", fragte sie Julie, die den Kopf schüttelte.

„Mir was gesagt?", wollte ich wissen. „Was ist los?"

Ethan sah mich an. „Mein Vater hat sich gestern Abend umgebracht."

Mein Gott. Ich war nicht sicher, ob ich diese Worte ausgesprochen oder nur gedacht hatte. Das hatte ich nicht erwartet. Mir war schwindlig, und Ethan schob mir rasch einen Küchenstuhl unter. Ich stützte mich auf seinen Arm, als ich mich setzte, und sah ihm dann in die rot geränderten Augen. „Es tut mir leid, Ethan."

Er nickte.

„Setz du dich auch hin", bat Julie ihn, und er widersetzte sich nicht, als sie ihn zu einem Stuhl führte. Er wirkte ebenso benommen, wie ich mich fühlte.

„Er hat gestanden, Mom", sagte Julie. „Du hattest recht. Isabel hatte die Nachricht für ihn geschrieben. Nachdem er sie gelesen hatte, verbot er Ned, sie in jener Nacht an der Plattform zu treffen, damit er selbst hingehen konnte. Er wollte sie überreden, Daddy nichts von … von dir und Mr. Chapman zu erzählen. Er sagte, es sei ein Unfall gewesen. Dass Izzy das Gleichgewicht verloren und er noch versucht hätte, sie am Arm festzuhalten. Er hatte nicht bemerkt, dass sie sich den Kopf angestoßen hatte. Erst am nächsten Tag erfuhr er, dass sie ertrunken war."

„Zumindest behauptet er das." Ethan rieb sich die Augen.

„Arme Seele", bedauerte ich Ross. Hätte ich seinen Selbstmord verhindert, wenn ich eingewilligt hätte, ihn zu treffen? Das würde ich niemals erfahren. Ich sah Ethan an. Ich wollte es ihm ein bisschen leichter machen. „Dein Vater war so fehlerhaft wie jeder andere Mensch auf dieser Erde", begann ich. „Aber ich glaube ihm. Ich glaube nicht, dass er eines vorsätzlichen Mordes fähig war, erst recht nicht an einem Mädchen, das er für seine Tochter hielt." Der Gedanke an Isabels letzte Minuten holte mich wie so oft wieder ein, doch ich stieß ihn beiseite. Damit würde ich mich später beschäftigen. Nicht hier. Nicht jetzt. „Um wen es mir am meisten leidtut, ist der arme George Lewis", fügte ich hinzu.

Plötzlich begann Julie zu weinen. Ethan stand auf und zog sie wieder sanft in seine Arme. Ich war ihm dankbar, dass er auf diese Weise erneut in ihrem Leben aufgetaucht war. Trotz meiner früheren Bedenken gefiel mir die tröstliche Vertrautheit zwischen den beiden, und ich war froh, dass zumindest etwas Gutes aus dieser ganzen Sache entstanden war. Doch obwohl alle versuchten, Julie zu trösten, war sie völlig aufgelöst. Sie schien nicht aufhören können zu weinen. Ethan blickte über ihre Schulter hinweg zu mir. „Sie hatte immer das Gefühl, als ob alle ihr die Schuld an Isabels Tod gaben", erklärte er.

Oh nein, dachte ich verzweifelt. War das mein Fehler? Ich

stand auf und stellte mich neben sie.

„Liebes“, sagte ich leise und streichelte Julies Rücken. „Ich habe dir niemals die Schuld gegeben.“ Das entsprach nicht ganz der Wahrheit. Am Anfang hatte ich ihr die Schuld gegeben, doch das war nur vorübergehend. Tief in meinem Herzen wusste ich, dass sie ihrer Schwester nicht hatte schaden wollen. Mein Zorn auf sie war einer Trauer gewichen, die mich lange beschäftigt hatte. Niemals war mir der Gedanke gekommen, die schrecklichen Dinge zurückzunehmen, die ich in den Stunden und Tagen nach Isabels Tod zu Julie gesagt hatte. Blind vor Trauer, war mir Julie immer ganz normal vorgekommen. Nun erkannte ich, wie sehr sie gelitten hatte, und ich sah nun auch die Chance, den Mutter-Tochter-Konflikt anzusprechen, der unsere Familie zu verfolgen schien.

„Julie, falls irgendjemand außer Ross Schuld an Isabels Tod hat, dann bin ich das“, gestand ich.

Julie schüttelte energisch den Kopf. Sie machte sich von Ethan los und wischte sich die Tränen aus dem Gesicht. „Nein, Mom“, entgegnete sie. „Das darfst du nicht einmal denken.“

„Doch es ist die Wahrheit“, beharrte ich. „Indem ich sie zu sehr festhielt, stieß ich Isabel von mir weg.“ Ich blickte meiner Tochter eindringlich ins Gesicht. „Hörst du mich, Lucy?“, fragte ich. „Hörst du mich? Ich möchte nicht, dass du mit Shannon den gleichen Fehler machst.“

48. KAPITEL

Julie

Ich hatte jede Menge zu essen vorbereitet – Melone und Erdbeeren, Bagels mit Frischkäse, Rührei und Würstchen –, doch niemand brachte mehr als ein paar Bissen hinunter. Wir saßen im Esszimmer, weil es auf der Veranda zu heiß war. Das Rührei und dic Würstchen wurden kalt, während wir redeten und Dinge aussprachen, die nie zuvor gesagt worden waren. Hätte ich schon vor Jahrzehnten den Mut gehabt, mit meiner Mutter über Isabel zu sprechen, wäre mein Leid – und sicherlich auch ihres – viel kleiner gewesen. Stattdessen wurde ich zu einer Erwachsenen, die ihre Schuldgefühle hegte und das Geschehene nach wie vor aus der Perspektive einer Zwölfjährigen beurteilte. Warum nur hatten wir das Thema vierzig Jahre lang geflissentlich übersehen? Dachten wir, es würde sich von allein erledigen, wenn wir es nur lange genug ignorierten? Dass wir es einfach aushungern konnten? Ich schwor mir, diesen Fehler nie wieder zu machen. Die Dinge anzusprechen war sicherlich oft schmerzhaft, doch man konnte es mit einer Impfung vergleichen. Die Nadel stach, aber das war nichts im Vergleich zu der eigentlichen Krankheit.

Nach dem Brunch ging Ethan in mein Schlafzimmer, um sich ein bisschen hinzulegen. Seine Tochter Abby würde später mit ihrem Mann und ihrem Baby eintreffen. Gemeinsam wollten wir die Beerdigung von Ethans Vater vorbereiten.

Lucy ging, nachdem sie mir und Mom beim Aufräumen geholfen hatte; sie hatte noch eine Probe mit den ZydaChicks. Doch meine Mutter blieb bei mir. Als die Küche sauber war, setzte sie sich zu mir aufs Sofa im Wohnzimmer und hielt meine Hand. Oder vielleicht hielt ich ihre. Wie auch immer, es fühlte sich jedenfalls gut an.

„Da ist noch etwas, über das wir nie gesprochen haben“,

begann ich, als wir ein paar Minuten so dagesessen hatten. „Etwas, das ich dir nie gesagt habe."

„Was denn, Julie?", fragte sie.

„Wie sehr ich dich liebe", erwiderte ich. „Als Kind habe ich dir das oft gesagt, doch irgendwann habe ich es mir abgewöhnt. Von jetzt an wirst du es wieder oft hören."

„Auch wenn du es nicht gesagt hast, habe ich es doch gespürt." Sie lächelte. „Aber ich höre es natürlich furchtbar gern."

„Außerdem", fuhr ich fort, „finde ich dich klug und schön und voller Lebensfreude. Ich bin froh, dass ich dich als Mutter habe." Ich konnte kaum glauben, wie gut es sich anfühlte, diese Worte auszusprechen! „Ich hoffe, ich werde so wie du, wenn ich alt bin."

Sie gluckste. „Ich werde bei McDonald's anfragen, ob sie dir einen Job freihalten", scherzte sie und wurde dann wieder ernst. Sie drückte meine Hand. „Ich ... ich habe das, was du gesagt hast, verharmlost, nicht wahr?" Seufzend schüttelte sie den Kopf. „So machen wir das in dieser Familie. Wenn wir der Wahrheit zu nahe kommen, lenken wir ab und weichen aus." Sie sah mir ins Gesicht. „Ich habe deine Worte gehört, Julie, und ich werde sie wie einen Schatz hüten. Ich liebe dich."

Wir umarmten uns, und ich hätte noch Stunden so dasitzen können. Ich war selig. Mein Glück wurde nur getrübt durch die Gedanken an den Mann, der oben in meinem Bett schlief. Er würde niemals die Chance haben, die Wunden der Vergangenheit in seiner Familie durch Wahrheit und Vergebung zu heilen.

Nachdem meine Mutter gegangen war, saß ich in meinem Arbeitszimmer – es schien Monate her zu sein, dass ich in diesem Raum tatsächlich *geschrieben* hatte – und rief einige Bestattungsinstitute in der Gegend um Lakewood an. Ich wollte ein paar Informationen parat haben, wenn Ethan aufwachte. Ich wusste nicht wirklich, was ich tat. Dies war das erste Mal, dass ich mich um so etwas kümmerte. Für Ethan wäre es das dritte Mal in weniger als zwei Jahren.

Ich legte den Hörer auf, als ich Shannons Wagen in der Auffahrt hörte. Sie trat durch die Haustür ein und ging gleich die Treppe hoch. Vermutlich wollte sie noch mehr Dinge einpacken.

„Shannon?“, rief ich.

Die Schritte verstummten. „Was?“

„Würdest du bitte herkommen?“

Sie rührte sich nicht. Ich sah sie vor mir, wie sie dort stand und mit sich rang, ob sie in ihr Zimmer gehen oder in mein Arbeitszimmer kommen sollte. Ich hörte sie seufzen. Kurz darauf stand sie im Türrahmen meines Arbeitszimmers. Sie sah mich nicht an. Vermutlich erwartete sie, dass ich unseren Streit weiterführen wollte.

„Setz dich, Liebes“ Schon mit meinem Tonfall versuchte ich ihr zu signalisieren, dass ich mich nicht weiter streiten wollte.

Sie zögerte und setzte sich dann aufs Sofa. Ich rollte mit meinem Stuhl näher an sie heran.

„Ich habe heute Morgen lange nachgedacht. Ich liebe dich sehr. Du weißt, ich möchte nicht, dass du nach Colorado gehst. Aber wenn du das wirklich willst, werde ich dir nicht im Weg stehen.“ Ich erstickte fast an den Worten, doch ich brachte sie heraus.

Shannon wirkte verblüfft und schien sich zu fragen, ob sie im richtigen Haus gelandet war.

„Machst du Witze?“, wunderte sie sich.

Ich schüttelte den Kopf. „Ich möchte dich nicht anlügen, Shannon. Der Gedanke, dass du gehst, macht mich krank. Am liebsten würde ich dich in deinem Zimmer einsperren und hierbehalten. Ich werde mir viele Sorgen um dich machen, denn du bist der wichtigste Mensch der Welt für mich.“ Meine Stimme brach nur leicht, und ich bezweifelte, dass sie es überhaupt hörte. „Aber du kannst gehen, wenn du das möchtest“, wiederholte ich. „Denk nur daran, dass du immer – *immer* – zu

Hause willkommen bist, ohne jede Einschränkung. Okay?“

Während ich sprach, hatte sich schon ein breites Lächeln in ihrem Gesicht gezeigt. Nun stand sie auf und küsste mich auf die Wange. „Danke, Mom“, sagte sie. „Das ist wirklich klasse.“

Sie ging hinaus und die Treppe hinauf, und ich hörte die Tasten ihres Handys, als sie Tanners Nummer wählte, um ihm die gute Nachricht mitzuteilen.

EPILOG

Lucy

„Sie wird niemals hinfallen", sagte Ethan, als er über die Schulter zurück zu Abby schaute, die auf einem Monoski hinter dem Boot fuhr. Sie wirkte entspannt, fast gelangweilt, während sie über das Wasser schoss, und Ethans Ton hätte man für Nörgeln halten können, wenn er nicht vor Stolz gelächelt hätte. Er hatte mir erzählt, dass er seiner Tochter das Wasserskifahren beigebracht hatte, als sie zehn war. Heute, mit siebenundzwanzig, war es für sie ebenso selbstverständlich wie das Gehen.

Ich hielt Abbys Tochter, die achtzehn Monate alte Clare, auf meinem Schoß. „Siehst du Mommy?", fragte ich sie, als ich mich vorbeugte.

„Mommy Ski", sagt Clare und deutete auf ihre Mutter.

„Ja, sie fährt Wasserski", bestätigte ich.

„Wir kriegen sie schon noch so weit, dass sie stürzt." Ethan steuerte nach links, sodass Abby durch die Bugwelle eines deutlich größeren Bootes fahren musste. Über das Dröhnen des Motors hinweg hörte ich ihr Lachen, als sie begriff, was ihr Vater vorhatte.

„Dein Grandpop ist ein gemeiner Kerl", sagte ich zu Clare.

„Pop Pop 'meiner Kerl", wiederholte Clare.

Ethan war alles andere als gemein. Seit er und Julie im Januar geheiratet hatten, zeigte sich mein Schwager als prima Kumpel. Ich verbrachte diesen Sommer ein paar Wochen bei ihnen, und er, Abby und ich waren seit meiner Ankunft nahezu jeden Tag Wasserski gefahren.

Was mich und die Männer anging, hatte ich allerdings mit dem Thema abgeschlossen. Mein Leben war zu ausgefüllt, als dass noch ein Mann hineinpasste. Zwischen meinen Studenten, den ZydaChicks, meiner Frauengruppe und meiner immer größer werdenden Familie gab es wirklich keinen Raum mehr für irgendetwas oder irgendjemand anderes.

Abby pflügte elegant wie eine Weltmeisterin durch die Bugwelle des großen Boots, die sie auf- und abhüpfen ließ. Doch dann hob sie die Hand und winkte als Signal, dass sie Ethan oder mich fahren lassen wollte.

Ethan verlangsamte das Tempo, und Abby ließ sich geschickt ins Wasser gleiten, während wir umkehrten, um sie einzusammeln. Sie kletterte über die Leiter ins Boot; ihr Körper war langbeinig und braun gebrannt. Sanft schüttelte sie ihr feuchtes Haar vor Clares Gesicht aus, sodass die Tropfen ins Gesicht des Mädchens spritzten und die Kleine zum Glucksen brachten.

„Du bist dran, Lucy“, sagte Ethan.

Ich überreichte Clare ihrer Mutter, kletterte über die Reling und sprang ins Wasser. Abby warf mir die Ski hinterher, und wie gewöhnlich hatte ich Mühe, hineinzukommen. Ich war beim Wasserski in allem schlecht: darin, in die Gummimanschetten der Ski zu schlüpfen, darin, wieder ins Boot zu klettern, und vor allem darin, mich länger als ein paar Sekunden auf den Skiern zu halten. All das Anhalten und Wiederanfahren musste Ethan und Abby verrückt machen, doch sie beklagten sich nie, und ich genoss jede Sekunde des Abenteuers – vor allem, dass ich im tiefen Wasser hundertprozentig sicher war, nicht zu ertrinken.

* * *

Maria

Schon vor langer Zeit hatte ich begriffen, dass sich das Leben selten so entwickelt, wie man es erwartete. Wie hätte ich je vorhersehen können, dass ich mit zweiundachtzig die Blumenkästen der Chapmans mit Geranien bepflanzen würde? Und was das angeht: Wie hätte ich je vorhersehen können, dass meine

Tochter Julie eines Tages eine Chapman werden würde?

Als Julie und Ethan heirateten, waren wir wohl alle über die erstaunliche Tatsache hinweggekommen, dass wir den Sohn von Isabels Mörder umarmten und in unsere Familie aufnahmen. Niemand hatte in den letzten zwei Jahren mehr gelitten als Ethan. Er hatte seine gesamte Familie verloren und die furchtbare Wahrheit über seinen Vater erfahren, zu dem er immer aufgesehen hatte. Ich bewunderte seine positive Lebenseinstellung und Flexibilität. Er war einer von uns – ein Überlebender.

Julie und Ethan teilten ihre Zeit zwischen Julies Haus in Westfield und diesem alten Bungalow in Bay Head Shores auf. Zuerst hatte ich nicht herkommen wollen. Allein bei dem Gedanken drehte sich mir der Magen um, doch ich behielt mein Unbehagen nicht für mich. Ich hatte entdeckt, dass man auch als alte Frau noch dazulernen kann. Vielleicht konnte man den Kern seiner Persönlichkeit nicht ändern – diese tief sitzende Identität –, aber man konnte seine Einstellung zu der Welt und sein Verhalten ändern. Ich hatte mich insofern verändert, als ich die Dinge nicht mehr in mich hineinfraß. Wenn mich eine Sorge oder auch eine Freude beschäftigte, rief ich eines meiner Mädchen an und ließ sie daran teilhaben. Als Julie zum ersten Mal vorschlug, mit ihnen in Ethans Haus zu fahren, erzählte ich ihr deshalb auch, wie schwer mir das fallen würde. Julie hörte mir aufmerksam zu und sagte dann, dass sie mich gerne dort hätte, doch sie könne meine Bedenken verstehen und die Entscheidung läge bei mir. Angesichts der Wahl, zu Hause in Westfield zu bleiben, während meine Familie ohne mich neue Sommertraditionen aufnahm, oder aber meinen Ängsten ins Auge zu sehen und an ihrer Zukunft teilzuhaben, entschied ich mich für Letzteres. Es wurde nicht so schlimm, wie ich erwartet hatte. Von Ethans Garten aus sah die Welt anders aus als von unserem. Ich verbrachte so viel Zeit wie möglich mit ihnen – natürlich nur, wenn ich mich vom McDonald's freimachen konnte.

* * *

Julie

Es war so friedlich auf der Veranda. Ich hatte den Laptop auf dem Schoß und eine Tasse Kaffee auf dem Tisch neben mir. Ich hörte das Schnippen der Gartenschere, mit der meine Mutter sich an den Blumenkästen und Blumentöpfen im Vorgarten zu schaffen machte. Ich schrieb an dem Buch, das das letzte in der Serie der Granny-Fran-Romane sein sollte. Fran Gallagher war jetzt vierundachtzig, und es war an der Zeit, dass sie in Rente ging. Ich wollte den Eindruck hinterlassen, dass ihre jüngeren und unerfahrenen Kollegen sie gelegentlich um Hilfe bei ihren Fällen baten, doch tatsächlich war es an der Zeit, dass sie nach Florida zog, sich die Zeit mit einem netten alten Kerl vertrieb und sich auf ihren Lorbeeren ausruhte.

Meine Fans würden es mir übel nehmen, dass ich die Serie beendete, doch ich war bereit, etwas Neues und Anderes in Angriff zu nehmen. Ich sehnte mich danach, eine Geschichte mit etwas mehr Substanz zu schreiben. Ich wollte mich mit Lebenserfahrungen beschäftigen, sowohl guten als auch schlechten. Ich wollte Bücher schreiben voller Schmerz und Liebe, Bösem und Gutem, Tod und Wiedergeburt – all diesen Höhen und Tiefen, die das Leben ausmachten. Einige meiner Leser würden mir auf diesem Weg folgen; andere würden den Verlust der unbeschwerten Unterhaltungslektüre betrauern, die ich ihnen so viele Jahre geboten hatte. Doch ich würde das schreiben, was mir jetzt vorschwebte, und konnte es kaum erwarten, damit anzufangen.

Ich sah von meiner Arbeit auf, als ich über die Szene nachdachte, in der Fran erkennt, dass sie es müde ist, die Probleme anderer Leute zu lösen. Auf dem Kanal war es ruhig, nur ein Segelboot glitt Richtung Fluss träge dahin. Am anderen Ufer erblickte ich eine Handvoll Schwarzer, die angelten. War einer von ihnen mit den Lewis verwandt? Ich würde es niemals erfahren.

Im Herbst hatte ich Wanda Lewis besucht. Sie hieß jetzt Wanda Jackson und hatte vier Söhne und unzählige Enkel. Doch sie alle konnten den Verlust ihres Bruders nicht ersetzen. Sie hieß mich nicht willkommen, und ich blieb nicht lange. Ich nahm ihr den frostigen Empfang nicht übel, weil ich inzwischen verstand, dass ich die Vergangenheit nicht ungeschehen machen konnte. Ich konnte nur versuchen, aus ihr zu lernen.

Ein Motorengeräusch störte die Stille, und als ich aufsah, erblickte ich Ethan, der sein Boot ins Dock fuhr. Ethan, Lucy, Abby und die kleine Clare fuhren jeden Morgen hinaus, während ich zu Hause blieb und schrieb. Sobald sie ins Haus hereinkamen, würde ich meine Arbeit zur Seite legen. Ich versuchte, eine Balance zwischen Arbeit und Freizeit zu finden. Ich war noch nicht sehr gut darin, doch es wurde schon besser.

Alle verließen das Boot, doch nur Ethan kam zum Haus. Abby und Lucy gingen mit Clare zur offenen Seite des Docks, wo sie sie an die Hand nahmen und die Schräge hinunter ins Wasser führten, das meiner jüngeren Schwester einmal so viel Angst gemacht hatte.

Ethan kam in den Wintergarten und nahm die Sonnenbrille ab. „Wie geht es Granny Fran?“ Sein Haar und seine Badehose waren feucht. Er hatte sichtlich Spaß gehabt an diesem Morgen.

„Sie liegt in den letzten Zügen“, erklärte ich.

Er beugte sich vor, um mich zu küssen, und ich roch das Salzwasser auf seiner Haut. „Und wie geht es Granny Julie?“, neckte er mich.

Wie auf Kommando fing Kira Sellers-Stroh, die die ganze Zeit friedlich in ihrem Gitterbettchen geschlafen hatte, an zu greinen.

„Granny Julie könnte nicht glücklicher sein“, sagte ich.

Dieses Jahr hatte wirklich viele Überraschungen bereitgehalten. Shannon war mit Tanner nach Colorado gefahren, doch nach weniger als vierundzwanzig Stunden hatte sie mich angerufen und gesagt, dass sie nach Hause käme.

„Wir kamen zu seinem Haus, wo all seine Freunde schon auf mich warteten", berichtete sie, als ich sie vom Flughafen abholte. „Sie waren wirklich nett, Mom, doch der Jüngste war fünfundzwanzig, und ich dachte: Was mache ich eigentlich hier? Was mache ich mit diesem alten Kerl, den ich kaum kenne?"

Ethan ging zum Gitterbettchen hinüber und nahm Kira auf die Arme. Er küsste sie auf die Schläfe und wiegte sie ein bisschen hin und her und gurrte ihr was vor.

„Macht Shannon ein Nickerchen?", fragte er.

„Ja." Shannon war fast die ganze Nacht mit Kira auf gewesen. Das Baby war am einundzwanzigsten Dezember genau um Mitternacht zur Welt gekommen und seitdem eine Nachteule geblieben.

Ich legte meinen Laptop auf den Boden, und Ethan reichte mir Kira, bevor er sich neben mich setzte. Ich drückte das Baby an meine Brust. Ich mochte es, wenn sie so halb wach war wie jetzt, wenn sie leise vor sich hin gurgelte und noch nicht bereit zum Saugen war und man sie durch ein bisschen Kuscheln noch leicht beruhigen konnte. Ich drückte meine Lippen auf ihr dichtes Haar und sog den Duft des Baby-Shampoos ein. Sie war ein wunderschönes Kind, mit den dunklen Augen ihrer Mutter – und ihrer Großtante Isabel –, mit dunklem Haar und dichten tintenschwarzen Wimpern. Sie und Shannon wohnten bei uns, und auch wenn Tanner jeden Monat Geld schickte, legte ich doch etwas dazu. Shannon gab noch immer Cello-Stunden im Musikgeschäft. Im Herbst würde sie an der Drew University Musik studieren und von zu Hause aus pendeln. Ein harter Weg lag vor ihr. Ich hatte es aufgegeben, darüber nachzugrübeln, ob ich ihr zu viel oder zu wenig half. Ich versuchte nur, meinem Herzen zu folgen.

Ethan lehnte sich gegen meine Schulter und streichelte Kiras Rücken, während wir Abby, Lucy und Clare zusahen, die in dem Dock mit Wasser spritzten und lachten. Dann nahm Lucy Clare auf die Schultern und ging mit ihr die Schräge hinauf. Von oben hörte ich Wasser laufen und wusste, dass Shannon aufgestanden war, und draußen quietschte die Vordertür, als meine Mutter hereinkam. Gleich würde jeder auf die Veranda kommen.

Ich legte meine Hand auf Ethans. „Hast du dir vorgestellt, dass dein Leben einmal so aussehen würde?"

„Machst du Witze?", fragte er zurück. „So etwas Wunderbares hätte ich mir nie erträumen lassen."

Ich lachte und wandte mich dann wieder meiner Enkelin in meinen Armen zu. Ich fragte mich, welche Art von Herausforderung Kira für Shannon bereithalten würde, wenn *sie* ein Teenager war. Ich konnte mir vorstellen, wie Shannon sich später an sie klammerte und versuchte, sie im Zaum zu halten, um sie zu beschützen.

Ich würde ihr beistehen und ihr helfen, sie loszulassen.

– ENDE –

Diane Chamberlain
Das geheime Leben
der CeeCee Wilkes
Band-Nr. 95003
7,95 € (D)
ISBN: 978-3-89941-365-6
496 Seiten

Diane Chamberlain
Sommerkind
Band-Nr. 25279
7,95 € (D)
ISBN: 978-3-89941-459-2
464 Seiten

Steven Carroll
Momokes Zimmer
Band-Nr. 25271
7,95 € (D)
ISBN: 978-3-89941-400-4
336 Seiten

Pam Jenoff
Der Kommandant
und das Mädchen
Band-Nr. 25376
8,95 € (D)
ISBN: 978-3-89941-609-1
416 Seiten

Lucy Gordon
Sizilianische Herzen
Band-Nr. 25360
8,95 € (D)
ISBN: 978-3-89941-582-7
480 Seiten

Margaret Way
Die Herren auf Kimbara
Band-Nr. 25396
8,95 € (D)
ISBN: 978-3-89941-643-5

Linda Laell Miller
Die McKettricks 1
So frei wie der Himmel
Band-Nr. 25355
7,95 € (D)
ISBN: 978-3-89941-574-2
304 Seiten

Emilie Richards
Das Land unter dem
Regenbogen
Band-Nr. 25229
7,95 € (D)
ISBN: 978-3-89941-346-5
608 Seiten